复旦中文先哲丛书

陈子展 著

陈子展文存

下

下编

专著选编

中国文学史讲话

中国文学史讲话总目

上　卷 ··· 591
　第一讲　从诗人时代到哲人时代 ··· 591
　第二讲　楚辞与汉赋 ·· 626
　第三讲　乐府与诗 ··· 651
　第四讲　第二诗人时代 ·· 710

中　卷 ··· 787
　第五讲　诗人与词人 ·· 787
　第六讲　杂剧 ··· 867

下　卷 ··· 912
　第七讲　传奇与章回小说 ··· 912
　第八讲　从旧文学到新文学 ··· 1025

中国文学史讲话上卷目次

第一讲 从诗人时代到哲人时代 ……………………… 591
 一 从三百篇说起 ……………………………………… 591
 二 三百篇与孔子 ……………………………………… 594
 三 三百篇析论 ………………………………………… 606
 四 诸子文学 …………………………………………… 617

第二讲 楚辞与汉赋 …………………………………… 626
 一 楚辞溯源 …………………………………………… 626
 二 楚辞篇目及其作者 ………………………………… 631
 三 汉赋继楚辞而起 …………………………………… 635
 四 汉之赋家 …………………………………………… 638
 五 赋与散文 …………………………………………… 645

第三讲 乐府与诗 ……………………………………… 651
 一 汉代乐府与五言诗 ………………………………… 651
 二 魏晋诗人与乐府 …………………………………… 661
 三 南北朝诗人与乐府（上） ………………………… 672
 四 南北朝诗人与乐府（下） ………………………… 694

五　文笔之辨 …………………………………………………… 703

第四讲　第二诗人时代 ……………………………………………… 710
　　一　第二诗人时代鸟瞰——唐诗鸟瞰 ………………………… 710
　　二　初唐诗人 …………………………………………………… 715
　　三　李白杜甫及其同时诗人 …………………………………… 723
　　四　韩白及其同时诗人 ………………………………………… 743
　　五　晚唐诗人 …………………………………………………… 762
　　六　古文运动（附论唐人小说）……………………………… 776

第一讲　从诗人时代到哲人时代

一　从三百篇说起

要写这样一部篇幅不在贪多的文学史,究竟从哪里说起才好呢？我想只有从《三百篇》说起。写一部极详的文学史,就不妨从文字的创造,文学的起源说起。写一部极简的文学史,就不妨从集部之首的《楚辞》,词赋之宗的屈、宋说起。还有写白话文学史的,就从古文死的时候说起,那也是不妨的。至于那些从开天辟地说起的,说什么邃古文学、唐虞文学、夏商文学,就有点靠不住了。比如他们以为真有《三坟》《五典》《八索》《九邱》那样的书,就说这是邃古文学,自然要承认《尚书》里的《尧典》《舜典》《禹贡》《汤誓》《盘庚》等等是唐虞、夏商文学了。其实,我们只须根据最近考古学者研究甲骨文字的结果,知道中国的历史较有把握的起头应该是商代,就会知道他们所根据的这种史实都是不可靠的。

自从一八九八年以来,河南彰德西北五里的小屯地方陆续发掘了不少的甲骨文字,经过罗振玉、王国维诸家的考证,才知道小屯地方即是"洹水南之殷虚"。这种文字则为殷代卜辞。卜辞上所记贞卜事类有卜祭、卜田渔、卜年、卜出入、卜风雨、卜征伐等等,可见当时的人无论做什么事都须取决于卜的。这种卜辞都简单拙劣得很,便是它的排列也极凌乱,或横行或直行,横行又或左读右读,并不一致。原来这种文字百分之八十以上还是纯粹象形的图画,不脱原始的形式。它的写法,繁简、分合、顺逆、反正、上下、左右,全无一定。而且一个字的写法也有多种,并无定型。例如一个羊字就有四十五种之多。可见商代还在文字创造的途中。这个时候,文学虽然早已萌芽,怕还做不出《尚书》里那样渐臻圆熟的文字来罢。

　　就是从来大家相信是真的《盘庚》,我看也不是如《史记》里所说作于盘庚之弟小辛的时候。最早怕也是殷周之际,殷之遗老或长者思盘庚之政而作。记得《吕氏春秋》两记武王找殷之遗老或长者问话,他们都有故国之思,且有"欲复盘庚之政"的话。至于相传更古的《尧典》《禹贡》,怕还是要有了战国时人的思想知识才作得出来的东西,那更是显然的事了。

　　或者有人要说《易经》一书也是卜辞,成书也最古,相传它是"世历三古,人经三圣"的。又因为它是卜筮之书,幸而不曾遭过秦火,真伪不成什么问题,那末,比较《尚书》总算是可靠的古书了。我则以为这部书的作者及其时代还是有问题的。我们就算十分信而好古,姑且承认伏羲时为上古,周文王时为中古,孔子时为下古,而以伏羲、文王、孔子为三圣;还姑且承认画卦的确是伏羲,重卦的确是文王,而孔子又确曾赞《易》作《十翼》,还有卦辞爻辞又是何人所作? 马融、陆绩等说卦辞文王,爻辞周公,又有什么根据? 近儒皮锡瑞则以为文王重六十四卦见《史记·周本纪》,而不云作卦辞;《鲁周公世家》亦无作爻辞事;他就判定卦爻辞亦为孔子所作,他的根据又在哪里?《易·系辞下》云:

　　　　《易》之兴也,其于中古乎? 作《易》者其有忧患乎?
　　　　《易》之兴也,其当殷之末世,周之盛德邪? 当文王与纣之事邪?

　　这果然是孔子的话,那末,孔子生在周之末世,真是去古未远,何以他也不能断定《易经》的作者及其时代,只能说此悬揣的话呢? 我以为《易经》里面除了所谓孔子所作的《十翼》以外,卦辞爻辞亦往往用韵。句子又极简单,三字四字成句的最多。可以推测这个时候,使用文字的技术比较殷墟卜辞进步,约与《诗经》的年代相当。因此,我们也不妨假定《易经》作于殷周之际,它和《诗三百篇》中最早的时代差不多。西方学者有一切艺术皆起于宗教祭坛之说,近人刘师培亦云中国文学出于巫祝之官。他说:

> 《说文》祠字下云:"多文词也。"盖祠从司声,兼从文词之词得义。古代祠祀之官惟祝及巫。《说文》祝字下云:"祭主赞词者,从示,从儿口。一曰从兑省,《易》曰兑为口为巫。"巫字下云:"巫,祝也。又曰🈳,古文巫如此。"案古文巫字盖从两口,即《周易》兑为口为巫之义。……盖古代文词恒施于祈祀,故巫祝之职,文词特工。今即《周礼》祝官职掌考之,若六祝六词之属,文章各体,多出于斯。又颂以成功告神明,铭以功烈扬先祖,亦与祠祀相联。是则韵语之文虽匪一体,综其大要,恒由祀礼而生。欲考文章流别者,曷溯源于清庙之守乎?

可惜刘师培不曾谈到《易经》与巫祝的关系,而定《易经》为中国最古的一部文学书,使他自己的主张更为充实有力。我看《易经》是上古巫祝所掌的卜筮之书,那是毫无疑义的事。最初文学的创造,就是由于巫祝用作神秘的符号或记录而起始的。即如八卦说是发生在文字之先,它就不能算作文字,只能算是一种神秘的符号或记录。再如相传仓颉造字,有"天雨粟,鬼夜哭"的神话,可知文字创造之初,原是被视为神秘的一种东西。我想当时文字的使用传授,以及图籍的典守保存,都是僧侣一般的巫祝和史官的特权。至今在中国称为西南蛮夷的猡猡民族,他们的文字和教育还是掌握于巫觋之手。最近广州中山大学派人前往云南调查猡猡民族的风俗,要学猡猡的语言文字,还是不得不找猡猡的"巫师"、"觋爸"请教他们的经典。我们要研究中国文学的起源,不,文字的起源,须得考察巫祝与文字或文学的关系,须得研究殷墟卜辞,须得承认《易经》的年代虽较殷墟卜辞为晚,却也是上古巫祝卜筮所用的书,这是巫祝文学。

《易经》固然是巫祝文学,我还疑《诗经》——至少关于宗庙祭祀的部分——也和巫祝有关。不过《易经》是占繇卜辞,多含着神秘性的思想;《诗经》是乐歌舞曲,可视为纯文学的诗歌。我的这部文学史颇置重于纯文学之发展的叙述,因此对于《诗经》特加重视,首先就要从它说起了。

我以为我们要考索文学的历史上的发展,应该以纯文学的发展为中心。纯文学之中最先发生的是诗。或云"歌咏所兴,自生民始",或云"诗歌开始于人类语言开始之处",这都是说得对的。无论哪一国的文学史,诗总是首先发生的,其次才有戏曲小说,以及其他种种,这是早已成了定论的。我国最古的诗歌只有一部《诗经》可靠。这是最古的一部诗歌总集,实则也就是最古的一部文学书。我不是说《诗经》以前没有诗歌,不过没有留传下来,我们就无从知道。明人冯惟讷撰集《古诗纪》,前集十卷为《诗经》以前古逸诗篇,可是这些东西都是伪托,没有一篇是可靠的。就是前人认为可以相信的,如《尚书·皋陶谟》里的《虞帝歌》,《礼记·郊特牲》里的伊耆氏《蜡辞》,《庄子·天运篇》里的《有焱氏颂》,《荀子·大略篇》里的汤之《桑林祷辞》,以及《史记》所载箕子的《麦秀歌》,夷齐的《采薇歌》等等,也都靠不住。其他录自别书的,或是书的作者伪托,或者书的时代较后,那就更不好相信是真了。因此我讲这部《中国文学史》就只好从《诗三百篇》说起。

二　三百篇与孔子

孔子是和《三百篇》有大关系的人。《三百篇》从来被认为孔门《六艺》之一,或《六经》之一。实则它的被称为经,是孔子以后的事。孔子止称"《诗》三百",或者单称为《诗》,和他称《易经》为《易》,称《书经》为《书》一样。《六经》之名始见于《庄子·天运篇》和《礼记·经解篇》,虽皆托为孔子之言,未必可信。《诗》既被称在内,《三百篇》就从此叫作《诗经》了。

所谓《诗经》,一般人大都说是经过孔子删定了的。主张这说最早的是司马迁,他在《史记·孔子世家》里说三百五篇是经过孔子从古诗三千余篇中去其重复,取其可施于礼义而定下来的。而且孔子把它弦歌起来,以求合于《韶》《武》《雅》《颂》之音。我想他这些话是根据于《论语》的。《论语》上载孔子的话说:

《诗》三百,一言以蔽之,曰:思无邪。(《为政》)

思无邪,就可施于礼义了,司马迁的意思大概是这样的,我想。《论语》上又说:

吾自卫反鲁,然后乐正,《雅》《颂》各得其所。(《子罕》)

孔子把《诗》合乐之说就不为无根了。原来孔子还是极其懂得音乐的,《论语》上记载他说乐的话很不少呢。只有删《诗》之说,孔子自己未曾明白说过,所以弄得后来儒者聚讼纷纭,纠缠不已。清儒魏源的《诗古微》里,说夫子有正乐之功,无删《诗》之事。删《诗》之说,自周秦诸子,齐、鲁、韩、毛四家《诗说》,皆未尝及;惟司马迁因夫子删《书》而并为删《诗》之说。他这些话是不错的。

我想孔子虽然不曾删《诗》,但是他却极其欢喜说《诗》的。他固然也还欢喜说到《易》、《书》、《礼》、《乐》,尤其是《乐》,然而还是不及说《诗》。据《论语》一书所载,孔子说到《诗》的有十八次之多。现在只取其最重要的来说。《论语》上载:

陈亢问于伯鱼曰:"子亦有异闻乎?"对曰:"未也。尝独立,鲤趋

而过庭,曰:'学《诗》乎?'对曰:'未也。''不学《诗》,无以言。'……"(《季氏》)

可见孔子是以为人必学《诗》的,而学《诗》又是为著言语上应用的。《论语》上又载:

> 子贡曰:"贫而无谄,富而无骄,何如?"子曰:"未若贫而乐,富而好礼者也。"子贡曰:"《诗》云:'如切如磋,如琢如磨',其斯之谓与?"子曰:"赐也始可与言《诗》已矣,告诸往而知来者!"(《学而》)
> 子夏问曰:"'巧笑倩兮,美目盼兮,素以为绚兮',何谓也?"子曰:"绘事后素。"曰:"礼后乎?"子曰:"起予者商也,始可与言《诗》已矣!"(《八佾》)

这里孔子极为称许子贡、子夏,就是因为他们能够很玄妙的断章取义把《诗》用到言语上的缘故。本来说话引《诗》,赋《诗》言志,这是春秋时候最流行的一种风气。我们只要读了《左传》,就可以看见关于这种记载是很多的。清儒朱彝尊考出《左传》引《诗》二百十九条,其间左丘明自引及述孔子之言四十八条,列国公卿引《诗》百有一条,列国宴享歌《诗》赠答七十条。二百零几条都是出自《诗经》,其余十多条算是"逸诗"。可见这个时候是怎样拿《诗》来应用的了。《论语》上还载着孔子对门人说过这样的话:

> 小子,何莫学夫《诗》!《诗》可以兴、可以观、可以群、可以怨。迩之事父,远之事君。多识于草木鸟兽之名。(《阳货》)
> 诵《诗》三百,授之以政,不达;使于四方,不能专对;虽多,亦奚以为?(《子路》)

他说的兴、观、群、怨,是把《诗》用到修养性情。他说的事父事君,是把《诗》用到实践伦理。他说的多识草木鸟兽之名,是把《诗》用到博闻强识。他说诵《诗》三百,能够授之以政,能够使于四方,是把《诗》用到政治和外交。只因那个时候文化还没有达到很高的程度,纸笔印刷也还没有发明,书籍的钞写传播都极不容易。《三百篇》是韵语,是乐歌,比较最便于流传,它就成了当时人智识的宝库,它的应用之广就可知了。总之,孔子对于《诗》的观念,只是一个实际应用的观念。他于《诗》是有深嗜笃好的。我以为这就是孔子《诗》教之说所由来,同时也就是删《诗》之说所由来罢。

孔子既曾说过《诗》的种种应用了。晚出的《礼记·经解篇》里又载着孔子这样的话:

> 入其国,其教可知也。其为人也,温柔敦厚,《诗》教也;疏通知远,《书》教也;广博易良,《乐》教也;洁净精微,《易》教也;恭俭庄敬,《礼》教也;属辞比事,《春秋》教也。

孔子删定或制作《六经》以教后世之说盖出于此,《诗》教二字亦始见于此。加以和孔子并称的孟子也最欢喜说《诗》。清儒陈澧《东塾读书记》考出《孟子》一书,引《诗》者三十,论《诗》者四。因为孟老先生激劝当时梁惠王、齐宣王那些霸者而行王者之道要用《诗》云,痛辟当时杨、墨、陈相那些邪说异端而倡圣人之道也要用《诗》云。他既以为《诗》和所谓王道圣道有关系,所以又说:

> 王者之迹熄而《诗》亡,《诗》亡然后《春秋》作。

他这种话就成了《诗》教的基本理论。后来删《诗》之说根据于此,采诗之说也根据于此。删《诗》之说已约略说过了,现在略论采诗。《礼记·王制》上说：

> 天子五年一巡守……觐诸侯……命大师陈诗以观民风。

《汉书·艺文志》上说：

> 古有采诗之官，王者所以观风俗，知得失，自考正也。孔子纯取周诗，上采殷，下取鲁，凡三百五篇。

这里似乎把采诗删《诗》说在一道，班固比司马迁又多晓得一层了。又《食货志》里说：

> 孟春之月，群居者将散，行人振木铎徇于路以采诗，献之大师。比其音律，以闻于天子。

汉人的采诗之说，理论上的根据自然离不了孟子的《诗》与王道之说。关于史实上的根据我以为就和《左传》、《国语》有关。《左传》上（襄公十四年）引《夏书》说：

> 遒人以木铎徇于路，官师相规，工执艺事以谏。

这里引来的《夏书》，怕和说楚史倚相能读《三坟》、《五典》、《八索》、《九邱》一样，都是左氏浮夸之过。杜预在这里下的注脚说："求歌谣之言也。"显然受了汉人的采诗之说的影响。可是我们只要证以汉人所传的《周礼》天官小宰，"正岁……徇以木铎，曰，不用法者，国有常刑"之文，似乎木铎徇路的作用就不是求歌谣了。再，《国语·周语》里说：

> 为民者宣之使言。故天子听政,使公卿至于列士献诗,瞽献曲,史献书,师箴,瞍赋,矇诵,百工谏,庶人传语,近臣尽规,亲戚补察,瞽史教诲,耆艾修之。

这段话是邵公谏阻当时的独夫民贼——厉王压迫言论自由的。借古代来说,这也是主文而谲谏的意思。献诗之说,自是渺茫的史实。然而汉人采诗之说就更造得像煞有介事了。

跟着《诗》教而来的问题,不仅删《诗》采诗,还有四始、正变、美刺、贞淫诸说也成问题。四始之说,亦起于汉人。《孔子世家》里说:

> 《关雎》之乱以为《风》始,《鹿鸣》为《小雅》始,《文王》为《大雅》始,《清庙》为《颂》始。

据说这是司马迁由《鲁诗》引来的。《鲁诗》亡于西晋,其详不可得而闻了。又《毛诗大序》说:

> 《关雎》,后妃之德也,《风》之始也。《风》,风也,教也;风以动之,教以化之。《雅》者,正也,言王政之所由废兴也。政有小大,故有《小雅》焉,有《大雅》焉。《颂》者,美盛德之形容,以其成功告于神明者也。是谓四始,《诗》之至也。

这似乎是说《风》、《雅》、《颂》就是四始,不是以《风》、《雅》、《颂》的第一篇为四始,和《鲁诗》又不同了。此外,《齐诗》一说,《韩诗》一说。只因《齐诗》好言谶纬,随谶纬之亡而亡了,《韩诗》又亡于北宋,所以这两说不占势力。皮锡瑞的《诗经通论》想替四始之说结一总账,说是当从司马迁所引《鲁诗》,这是定论,必不可不遵;《关雎》、《鹿鸣》、《文王》、《清庙》皆歌文王之德,为后世法,也是定论,必不可不遵。其实,"何书不有发端?

体例奚关大义？"魏源这两句话真说的不错,他的《诗古微》里《四始义例篇》都可以不作了。

还有正变美刺之说也出自《毛诗大序》。《大序》里说：

> 情发于声,声成文谓之音。治世之音安以乐,其政和。乱世之音怨以怒,其政乖。亡国之音哀以思,其民困。故正得失,动天地,感鬼神,莫近于诗。先王以是经夫妇,成孝敬,厚人伦,美教化,移风俗。……至于王道衰,礼义废,政教失,国异政,家殊俗,而变风、变雅作矣。

这篇《大序》畅论《诗》教,——畅论《诗》与王道的关系。他以为治世的诗安乐,乱世亡国的诗怨怒哀思。那末,变风、变雅正是后一类的诗,前一类的诗就是正风、正雅了。以《二南》为正风,争论还少,因为孔子曾对他的儿子伯鱼说过这样的话：

> 女谓《周南》、《召南》矣乎？人而不为《周南》、《召南》,其犹正墙面而立也与？（《论语·阳货》）

其他何者为正,何者为变,就难说了。又《诗序》每于认为治世的诗就说这是美什么的,认为乱世的诗就说这是刺什么的。纵《诗》有美刺,难道治世就没有什么可刺的,乱世就没有什么可美的？拿治乱定美刺,拿美刺定正变,这是说不通的。然而自《诗序》以后,正变美刺之说,异论纷挐,不可爬梳。宋儒郑樵、朱熹都疑孔子未尝言,经无明文可考。直到清儒崔述的《读风偶识》,就根本要推翻正变之说了。

至于贞淫之说,更是一个麻烦透了的问题,原来最初孔子论《诗》就曾触及过的。《论语》上明明记着孔子这样的话：

《关雎》乐而不淫,哀而不伤。(《八佾》)

恶紫之夺朱也,恶郑声之乱雅乐也,恶利口之覆邦家者。(《阳货》)

颜渊问为邦。子曰:"行夏之时,乘殷之辂,服周之冕。放郑声,远佞人;郑声淫,佞人殆。"(《卫灵公》)

《礼记·乐记》篇也有郑卫之音、乱世之音;桑间濮上之音、亡国之音的话。如果所谓郑声、所谓郑卫之音,真是《郑风》、《卫风》,那末,《三百篇》中就不少淫声了。孔子说过"《诗》三百,思无邪"的话,就须别求解释。比如《诗序》把许多涉及男女私情的诗指为刺某人刺某事,否则无可曲解就指为刺奔,怕就是这个缘故。又如朱熹作《诗经集传》,不相信《诗序》,指出男女淫泆奔诱而自作诗以序其事的凡二十四篇。他不讳言淫诗,以为"善者可以感发人之善心,恶者可以惩创人之逸志"。又以为"彼虽以有邪之思作之,而我以无邪之思读之"。到了他的三传弟子王柏作《诗疑》,比他的学说更进一步,主张应删淫奔之诗,就很大胆的说:

> 妄意以刺淫乱如《新台》、《墙有茨》之类凡十篇,犹可以存之惩创人之逸志。若男女自相悦之词,如《桑中》、《溱洧》之类,悉削之以遵圣人之至戒,无可疑者。……若淫奔之诗,不待智者而能知其为恶行也,虽闾阎小夫亦莫不丑之。……今夫童子淳质未漓,情欲未开,或于诵习讲说之中,反有以导其邪思,非所以为训。且学者吟哦其丑恶于唇齿间,尤非雅尚。读书而不读淫诗,未为缺典。

他主张应删的淫奔之诗有三十二篇。(今案原文所记篇目,实止三十一篇)。我把它拿来连同朱熹认为男女淫泆奔诱的诗二十四篇和《诗序》所说的作一对照表如下:

三家诗说对照表

说别 篇别	诗序说	朱熹说	王柏说
野有死麕 (《召南》)	《野有死麕》,恶无礼也。……		……
静女(《邶》)	《静女》,刺时也。卫君无道,夫人无德。	此淫奔期会之诗。	……
桑中(《鄘》)	《桑中》,刺奔也。……	卫俗淫乱,世族在位,相窃妻妾。故此人自言……如此。	……
氓	《氓》,刺时也。……	〔此淫妇为人所弃,而自叙其事,以道其悔恨之意也。〕	……
有狐	《有狐》,刺时也。……	〔国乱民散,丧其妃耦、有寡妇见鳏夫而欲嫁之。〕	……
木瓜 (并《卫风》)	《木瓜》,美齐桓公也。	疑亦男女相赠答之辞。如《静女》之类。	情款未明
采葛	《采葛》,惧谗也。	《采葛》所以为绤绤,盖淫奔者托以行也。	(同上)
大车	《大车》,刺周大夫也。……	〔周衰,大夫犹有能以刑政治其私邑者,故淫奔者畏而歌之如此。〕	妇人革面而未革心者也。畏子于为政之时,尚要誓于既死之后。心坚而志愚。
丘中有麻 (并《王风》)	《丘中有麻》,思贤也。……	妇人望其所与私而不来。……	……
将仲子	《将仲子》,刺庄公也。……	此淫奔者之辞。	此乃淫奔改行之诗。
遵大路	《遵大路》,思君子也。……	淫妇为人所弃。……	……

说别 篇别	诗序说	朱熹说	王柏说
有女同车	《有女同车》，刺忽也。……	此疑亦淫奔之诗。	……
山有扶苏	《山有扶苏》，刺忽也。所美非美然。	淫女戏其所私。……	……
箨兮	《箨兮》，刺忽也。君弱臣强，不倡而和也。	此淫女之辞。	……
狡童	《狡童》，刺忽也。不能与贤人图事，权臣擅命也。	此亦淫女见绝，而戏其人之词。	……
褰裳	《褰裳》，思见正也。狂童恣行，国人思大国之正己也。	淫女语其所私。……	……
东门之墠	《东门之墠》，刺乱也。男女有不待礼而相奔者也。	识其所与淫者之居。……	此男子有所慕而不得见之辞。
丰	《丰》，刺乱也。昏姻之道缺，阳倡而阴不知，男行而女不随。	妇人所期之男子已俟乎巷，而妇人以有异志不从，既则悔之，而作是诗。	……
风雨	《风雨》，思君子也。乱世，则思君子，不改其度焉。	淫奔之女，言当此之时见其所期之人而必悦也。	……
子衿	《子衿》，刺学校废也。乱世，则学校不修焉。	此亦淫奔之诗。	……
扬之水	《扬之水》，闵无臣也。君子闵忽之无忠臣良士，终以死亡，而作是诗也。	淫者相谓。	（人有间其兄弟，而兄弟相戒之词。）

续　表

说别 篇别	诗序说	朱熹说	王柏说
出其东门	《出其东门》,闵乱也。公子五争,兵革不息,男女相弃,民人思保其室家焉。	人见淫奔之女而作此诗。	(郑诗多淫奔,忽有《出其东门》一诗,守义安分,为得性情之正。)
野有蔓草	《野有蔓草》,思遇时也。……	男女相遇于野田草露之间,故赋其所在以起兴。	……
溱洧 (并《郑风》)	《溱洧》,刺乱也。兵革不息,男女相弃,淫风大行,莫之能救焉。	此诗淫奔者自叙之辞。	……
晨风 (《秦风》)	刺康公也。忘穆公之业,始弃其贤臣焉。		……
东方之日 (《齐风》)	《东方之日》,刺衰也。君臣失道,男女淫奔,不能以礼化也。	言此女蹑我之迹而相就也。	……
绸缪	《绸缪》,刺晋乱也。国乱、则昏姻不得其时焉。		……
葛生 (并《唐风》)	《葛生》,刺晋献公也。好攻战、则国人多丧矣。		予观所美二字,则知其非夫妇之正。……是必悼其所私之人。
东门之枌	《东门之枌》,疾乱也。……	〔此男女聚会歌舞,而赋其事以相乐也。〕	……
东门之池	《东门之池》,刺时也。疾其君之淫昏、而思贤女以配君子也。	此亦男女会遇之辞。	……

续 表

篇别＼说别	诗序说	朱熹说	王柏说
东门之杨	《东门之杨》,刺时也。昏姻失时,男女多违,亲迎、女犹有不至者也。	此亦男女期会、而有负约不至者。	……
防有鹊巢	《防有鹊巢》,忧谗贼也。宣公多信谗,君子忧惧焉。	〔此男女之有私、而忧或间之之辞。〕	……
月出	《月出》,刺好色也。在位不好德而说美色焉。	此亦男女相悦而相念之辞。	……
株林	《株林》,刺灵公也。淫乎夏姬,驱驰而往、朝夕不休息焉。		……
泽陂（并《陈风》）	《泽陂》,刺时也。言灵公君臣淫于其国。男女相悦,忧思感伤焉。	〔此诗之旨,与《月出》相类。〕	《泽陂》之美人未有以见其正不正,《诗传》遽比于《月出》,恐亦过矣。

附注：一、《诗序》不知出自何人,尊之者推之毛公以前而属于子夏,疑之者抑之毛公以后而属于卫宏。
二、朱熹二十四篇系据马端临说。〔 〕内亦系朱熹说,余所新加。
三、王柏说三十一篇有用……者,系《诗疑》中未见其说。其用（ ）者,则王柏不认为淫诗,而反朱熹之说者也。

看了上表,合朱、王两说计之,《三百篇》中可认为淫诗的竟占十分之一而强。《诗序》用反面的意义曲解为刺奔、刺时、刺好色、恶无礼,或刺什么人、什么事的,朱熹、王柏就用正面的意义直指为淫诗。王柏更主张"俟有力者请于朝而再黜放之"。三说的争持,可用一个譬喻:这里有一些臭的东西,一个人要把它用盖罩住,使人不觉其臭;一个人要把它暴露于外,使人掩鼻而过之;一个人要把它丢掉,免得惹出逐臭之夫。其实,这些东西是否就算臭,——这些涉及男女私情的诗是否就算淫诗,怕还是问题。旁观者看了他们的争持不已,不觉得好笑么?不过我们要是知道了他们都是所谓圣人之徒,相信圣人的什么《诗》教;他们的立说虽异,而用心正同;就不好轻笑他们争论的无谓,还得佩服他们卫道的苦心!

总之,《诗》教之说不破,跟着《诗》教而来的删《诗》、采诗、四始、正变、美刺、贞淫诸说,就永远纠缠不清。《三百篇》不幸而遇着孔子,又幸而遇着孔子。因它被认为孔子说教的书,后儒真以为有孔圣人的什么微言大义存乎其间,就生出许多异论,许多曲解,乌烟瘴气地掩住了它的真相,这算是不幸。又因为它列在孔子说教的书,"曾经圣人手,议论安敢到",得以保存至今;不然恐怕早被腐儒看作淫诗使它不传了,这不能不算是它的大幸。我们生于今日,只知《三百篇》是最古最有影响于后世的一部文学书,孔子是最早最有影响于后世的一个文学家或哲学家。孔子极其欢喜谈到《三百篇》,推重《三百篇》,只因这部书在那个时候自个人的学问修养,国家的政治外交,种种方面都用得着。也许还因为这部书是当日久已流行的一部乐歌总集,有些不合乐了,孔子还从乐的方面整理过它。——我以为《三百篇》与孔子的关系不过如此。

三 三百篇析论

我们既不相信《三百篇》是说教的东西,就只认定它是一部最古最伟大的文学书。现在我们就以文学者的态度来析论它。

这个作者是谁？这个作于什么时代？这是我们批判一种文学常常要发生的问题。《三百篇》的作者经《诗序》指出的大都不可靠，而作者自己在诗里说出自己是谁的又不过寥寥几篇。如：

　　《大雅·节南山》云："家父作诵，以究王讻。式讹尔心，以畜万邦。"

　　《小雅·巷伯》云："寺人孟子，作为此诗，凡百君子，敬而听之。"

　　《大雅·崧高》云："吉甫作诵，其诗孔硕，其风肆好，以赠申伯。"

　　《大雅·烝民》云："吉甫作诵，穆如清风，仲山甫永怀，以慰其心。"

此外还有一篇：

　　《鲁颂·閟宫》云："新庙弈弈，奚斯所作，孔曼且硕，万民是若。"

从来一般学人看见《诗序》于《鲁颂·駉》篇说是"史克作是颂"，就以为《鲁颂》全是史克所作。清儒段玉裁作《奚斯所作解》，才断定《閟宫》是奚斯作的。并上四篇，合为五篇，这都是在诗中明言作者的。我再略考这五篇的作者及其年代，作表如下：

三百篇作者年代表一

篇　名	作　　者	年　代	备　　考
小雅·巷伯	寺人孟子——陈奂《诗毛氏传疏》云，盖王之寺人五人，于五人中最长者谓之孟子。……	西元前八五〇左右	《汉书·古今人表》列寺人孟子于厉王朝。诗中痛詈谮人，以厉王监谤之事度之，似合。

续 表

篇 名	作 者	年 代	备 考
大雅·崧高	吉甫——《诗序》云,尹吉甫。郑笺云,尹官氏。	西元前八一〇左右	诗美周宣王褒赏申伯,作于中兴极盛时。
大雅·烝民	同右	同右	诗美周宣王任贤使能。
小雅·节南山	家父——《公羊传》何注,家,采地。父,字。陈奂《诗毛氏传疏》云,周大夫食采于家,以邑为氏。	西元前七八〇——七七〇	一、《诗序》云刺幽王,诗中刺及大师尹氏。幽王元年锡大师尹氏命。 二、幽王在位十一年。(西元前七八一——七七一)
鲁颂閟宫	奚斯——按即鲁大夫公子鱼,见闵公二年《左氏传》,可知与僖公同时。	西元前六四〇左右	诗中言及伐楚,此系僖公四年事。又言及伐淮夷,一在十三年,一在十六年——十七年。(西元前六四四——六四三)

此表以外,我们还就诗中本事或参以旁证,可以假定其作者或其年代的也有十多篇。不过因为证据的足否确否不一致,可信的程度也就不一致了。

三百篇作者年代表二

篇 名	作 者	年 代	备 考
豳风·鸱鸮	周公	西元前一一一〇左右	一、《诗序》:鸱鸮、周公救乱也。成王未知周公之志,公乃为诗以遗之。 二、《尚书·金縢》,言及此事。 三、今人顾颉刚疑诗意与周公事无关。但如朱熹《诗经集传》所释,亦似可通。

续 表

篇　名	作　者	年　代	备　考
周颂·清庙	同右	西元前一一〇〇左右	《诗序》：《清庙》，祀文王也。周公既成雒邑，朝诸侯，率以祀文王焉。 按雒邑告成，在成王十四年。（西元前一一〇二）又此诗向少异说。
周颂·时迈	同右	同右	一、《诗序》：《时迈》，巡守告祭柴望也。 二、《国语》：周文公之颂曰，载戢干戈。
周颂·思文	同右	同右	一、《诗序》：《思文》，后稷配天也。 二、《国语》：周文公之为颂曰，思文后稷，克配彼天。
大雅·桑柔	芮良夫——姬姓，厉王时芮伯。	西元前八五〇左右	一、《诗序》：芮伯，刺厉王也。 二、文公元年《左氏传》引此篇第十三章，以为周芮良夫诗。 三、《潜夫论·遏利篇》云，周厉王好专利，芮良夫谏而不入，退赋桑柔。
大雅·韩奕	吉甫	西元前八一〇左右	一、《诗序》：《韩奕》，尹吉甫美宣王也。能锡命诸侯。 二、诗中有韩侯取妻，汾王之甥，蹶父之子。《汉书·古今人表》列蹶父于宣王朝。又汾王，大王也，指厉王，宣王之父。诗作于宣王时，故称大王。
大雅·江汉	同右	同右	一、《诗序》：《江汉》，尹吉甫美宣王也。能兴衰拨乱，命召公平淮夷。 二、诗中有淮夷来求，及王命召虎语，与序合。

续　表

篇　名	作　者	年　代	备　考
大雅·常武	召穆公	西元前八一〇左右	一、《诗序》：《常武》，召穆公美宣王也。…… 二、诗中有率彼淮浦，省此徐土语，知与《江汉》同言平淮夷之事。 三、又诗中有程伯休父，《汉书·古今人表》列于宣王朝。盖《江汉》则吉甫叙召公为将，此或系召公叙程伯休父同被命出师耳。
小雅·常棣	召穆公	西元前八一〇左右	一、《左传》载富辰谏襄王以狄伐郑，谓召穆公思周德之不类，故纠合宗族于成周，而作诗曰…… 二、《周语》谓为周文公之诗。崔述《丰镐考信录》以为穆公之说较胜。
大雅·瞻卬	凡伯——旧释为畿内之凡伯。	西元前七七〇左右	一、《诗序》：《凡伯》，刺幽王大坏也。 二、诗中有乱匪降自天，生自妇人语，当指幽王时褒姒事。
大雅·抑	卫武公	西元前七六〇左右	一、《诗序》：《抑》，卫武公刺厉王，亦以自警也。 二、《国语·楚语》：昔卫武公年九十有五，犹箴儆于国曰，自卿以下至于师长士，苟在朝者，无谓我耄而舍我。于是作《懿》戒以自儆。按抑为懿之假借字。武公卒于平王十三年。

续表

篇　名	作　者	年　代	备　考
鄘风·载驰	许穆夫人——一称穆姬。魏源诗古微谓为卫懿公女，非宣姜生，与左传异说。	西元前六六一——六六〇	一、闵公二年《左氏传》：狄入卫，……许穆夫人赋载驰。 二、诗中有归唁卫侯及女子善怀，许人尤之等语可证。
邶风·泉水	同右	同右	一、魏源就其所言之地，考其先适曹，次适齐，次适邢，而遄臻于卫，皆设言遣使求援次第。 二、又谓《载驰》初闻卫难，未知谁因谁极，此篇则所因所极之国历历有之矣。
卫风·竹竿	同右	同右	魏源谓《竹竿》作于卫难已定之后，故其词多与《泉水》相出入、而较不迫切。以上三篇，魏源《诗古微》中考之极详。
商颂	正考父	西元前六四〇左右	一、《史记·宋世家》谓宋襄公欲为盟主，正考父美之，故追道契汤高宗殷之所以兴，作《商颂》。 二、魏源谓召陵之师，为中夏攘楚第一举，故鲁僖宋襄归侈厥绩，各作颂诗，荐之宗庙。 三、皮锡瑞《诗经通论》谓正考父与宋襄公年代可以相及。又谓宋襄鲁僖同时，故二颂文体相似。
鲁颂·駉	史克——按史克见文公十八年左氏传。又国语作里革，宣公时尚存。	西元前六〇〇左右	一、《诗序》：《駉》，美僖公也。……史克作颂。 二、宣公在位十八年。（西元前六〇八——五九一）

此外，《诗序》上指出作者姓名的还不少：如《大雅·公刘》、《泂酌》、《卷阿》指为召康公戒成王，《民劳》指为召穆公刺厉王，《召旻》、《板》指为召伯刺幽、厉。又如《小雅·宾之初筵》指为卫武公刺幽王，《何人斯》指为苏公刺暴公；再如《豳风·七月》指为周公陈王业。还有好几篇说是出于女作者的，如说《邶风·绿衣》、《日月》、《终风》为卫庄姜自伤，《燕燕》为卫庄姜送归妾，《鄘风·柏舟》为卫共姜自誓，都是。这些诗都无可考，可靠的程度更为低微，所以不曾列入表内。不过《诗序》独于这些诗篇不复使用他的惯例泛指为大夫、君子、诸公、国人所作，必须指出作者的私名来，或者他是根据古代的传说也未可知。据上二表所载，《三百篇》的作者及其年代约略可考的还不及全数十分之一。年人最早的不过周初成王时，即西历纪元前一一〇〇年左右，最晚的已到东周定王时，即西历纪元前六〇〇年左右。从来一般人认《陈风·株林》一篇为最晚出，这也是不错的。因为此诗言陈灵公淫乎夏姬，《左传》宣公九年十年都记此事。宣公九年为定王七年，正为西历纪元前六〇〇年。可知《株林》的年代和史克《鲁颂·駉》篇的年代相当了。

《三百篇》中就其有可以考知的年代而论：《周颂》最早，《雅》次之，《风》又次之。可是我们不能以此定《风》《雅》《颂》三者的年代早晚。因为《颂》中《商颂》、《鲁颂》就最晚，《雅》中也有早有晚的。《风》中大半为里巷歌谣男女赠答之诗；除了《载驰》、《株林》等篇的年代约略可考以外，就不能断定它比《雅》、《颂》的年代为晚，也许这其间有比《雅》、《颂》里最早的还要早些。只因它是大众口中讴唱的东西，不像《雅》、《颂》大都是个人的有意的制作，须待有文字记录才能出现。而且《雅》、《颂》里的诗除《周颂》皆止一章、章多七八句外，其他许多诗不仅要比《风》里的一些诗为长，就是咬文嚼字的修饰，谋篇布局的手腕，都要比《国风》进步。不过《雅》、《颂》多用于朝廷宗庙，不免有些做作，因此就不及出自民间的《国风》来得自然。《雅》、《颂》多为祭祀、宴享、赞美、教训而作的，不免有些枯涩无味；《国风》多儿女钟情之辞，就觉得大有动人之力。——这是

《国风》所以胜于《雅》、《颂》的地方。但若有人因此而断定说,《国风》比《雅》、《颂》的时代为后,因为《国风》的技术胜于《雅》、《颂》,"后胜于前,是文学上的通例",这就很难令人相信的了。总之,我们只知道《三百篇》大体上可以说是包含自周公以后至孔子之前一个长时期的诗篇。其中言及乱离情事的不少,可以想见其多为周宣王至定王时这三百年间的诗。虽然就某一篇说,有可以考出它的作者或其时代,可是不容易囫囵吞枣地断定《风》、《雅》、《颂》三者时代的谁先谁后来。

《风》、《雅》、《颂》的分类本来不以时代分。自其作者言之,大抵《风》是里巷歌谣,所谓小夫贱隶妇人女子之言;《雅》是朝廷之诗,《颂》是宗庙之诗,出自士大夫。宋儒郑樵、朱熹之说如此。自其入乐言之,《风》、《雅》、《颂》乃是乐中之腔调,如言仲吕调、大石调、越调之类。简言之,《风》、《雅》、《颂》是从乐上区分的。自朱熹以至惠周惕,古人主张这说的多有其人。我想《风》大半是土乐,出于民间;《雅》是正乐,《颂》是舞曲,用于宗庙朝廷。以上两说是相通的。此外异说支离,就不必究诘了。还有说《三百篇》中只有《南》、《雅》、《颂》而无所谓风的。以为其在当时亲见古乐者,凡举《雅》、《颂》,率参以《南》;《左传》记季札观乐,率皆单记国土,无今《国风》品目;孔子亦只言《周南》、《召南》、《雅》、《颂》,不曾言《风》。宋儒程大昌、王质都如此主张。还有清初顾炎武说《南》非《风》,《豳》亦非《风》,《南》、《豳》、《雅》、《颂》为四诗,《风》只算附属,此是《诗》之本序。近人梁启超则谓《南》、《风》、《雅》、《颂》为四诗。可是《三百篇》分类说的纠纷。不过他们都是从乐的观点上来分类,却又是一致。还有把《风》、《雅》、《颂》和赋比兴合说,叫作六诗或六义的,始见于《周礼·春官》太师教六诗,及《诗大序》说诗有六义。自是而赋比兴的解释亦异说纷腾。我以为定要说诗有赋比兴,我们只要知道赋在敷陈直叙;比在明白取譬;兴在隐约象征,抑或借物发端,羌无意义;就不必故为支离破碎之谈了。

《风》、《雅》、《颂》的诗各有特点。《风》多言男女,为恋歌,为抒情诗。所谓淫奔之诗,大都在这里。《雅》多叙事,为叙事诗,为史诗。自周之先世后稷、公刘、古公亶父,开国的文王、武王,以及宣王的中兴,都有诗篇叙述。《颂》美盛德,为舞曲,为剧诗。清儒阮元作《释颂》,说是所谓三《颂》各章皆言舞容,若元以后戏曲,歌者舞者与乐器全体动作;我想是不错的。还有同属于《风》,各国亦各有特点。如《魏风》见劳工诅咒,《唐风》见人生悲观,《王风》见乱离感伤,《陈风》见巫舞遗俗,《郑风》多叙儿女之情,《邶》、《鄘》、《卫》多传妇女之作,《秦风》多言车马田狩,《豳风》多言衣食农桑。这或许是因为地理上的不同所以诗也因之而异罢,《汉书·地理志》关于这点颇有论及。不过我们要知道:有风诗的止有十多国,各国存下的风诗都不多,风诗的作者个性阶级性又不一,年代先后也不一,很难机械地肯定这种诗的地方性的。倘若我们能够分析那时各国的经济情形、生活状态有何不同,去说明各国风诗的所以不同,那是最可靠的办法,可惜文献不足征了。

从来我国论诗的人每以"温柔敦厚"为极则,因为《诗》教之说是如此的。我想生在奴隶制的社会,温柔敦厚是奴隶们最好的道德,就是封建制的社会也还用得着的。在最初封建社会里,"王臣公,公臣大夫,大夫臣士,士臣皂,皂臣舆,舆臣隶,隶臣僚,僚臣仆,仆臣台"。人有十等,一层奴视一层,也还是奴隶制的变形。就是后来君主专制之下的臣民,临到杀头要向北阙拜谢,打了板子要向大老爷叩头,也还是这种奴隶道德的残余。《三百篇》里的许多诗是中国社会已经通过奴隶制进到了封建制的一个时期一般奴隶——尤其是农奴——灵魂的叫喊,温柔敦厚的道德是早已蓄在他们灵魂的深处的,所以他们表现情感的方法也只是温柔敦厚,但看《豳风·七月》一篇长诗就可知道。这篇诗是农奴们一年中的农事历,是农奴生活的缩写。那一月做那种事,过那样生活,都略略的说及。他们一年耕地劳动的结果都归了主人,到了冬季不免有"无衣无褐,何以卒岁!"之叹,那不待说;他们还得替主人做室中劳动。《七月》的七章云:

九月筑场圃，十月纳禾稼，黍稷重穋，禾麻菽麦。嗟我农夫，我稼既同，上入执宫功。昼尔于茅，宵尔索绹。亟其乘屋，其始播百谷。

他们在冬天要成日成夜赶忙替主人修好了屋子，预备一到春天又要开始耕地的劳动。其八章云：

　　……九月肃霜，十月涤场。朋酒斯飨，曰杀羔羊。跻彼公堂，称彼兕觥，万寿无疆！

他们劳苦一年，收获已毕，大家想要杀羊举酒，行乐一次，也得首先孝敬主人，祝主人万岁。你看这是何等驯服的奴隶！还有他们在这冬天有暇，习武出猎，有所获得，也须归给主人的，所以诗里郑重说道：

　　……一之日于貉，取彼狐狸，为公子裘。二之日其同，载缵武功，言私其豵，献豜于公。

顶好穿的让给主人去穿，顶好吃的让给主人去吃，真是奴隶该死！至于他们妇女一年桑麻的结果织出布帛来，拣色彩好的献给主人，也自然是她们的天经地义。所以诗里说道：

　　……七月鸣鵙，八月载绩。载玄载黄，我朱孔阳，为公子裳。

又说：

　　……春日载阳，有鸣仓庚。女执懿筐，遵彼微行，爰求柔桑。春日迟迟，采蘩祁祁。女心伤悲，殆及公子同归！

这就简直说出春日出来采桑采蘩的女子,还得提心吊胆被主人掳回家去求欢行乐了!真是奴隶不算人!可是她们也只伤悲而已。总之,我们从《七月》这首诗里可以看出那时在封建地主之下的农奴是怎样的驯服恭顺,怎样的温柔敦厚。就是那位温良恭俭让的孔大圣人似乎也晓得人太温柔敦厚了,就会要由奴才变成蠢物。所以他说:"其为人也温柔敦厚而不愚,则深于《诗》者也。"

人家只知道温柔敦厚为《诗》教,其实《三百篇》里也有不尽合乎温柔敦厚的。人家只知道《三百篇》在文学上遗留我们以不少的抒情诗的瑰宝,其实在这许多诗篇里还有一些讽刺诗也是极可宝贵的。《魏风·伐檀》篇云:

坎坎伐檀兮,寘之河之干兮。河水清且涟漪。不稼不穑,胡取禾三百廛兮!不狩不猎,胡瞻尔庭有悬貆兮!彼君子兮,不素餐兮!

又《硕鼠》篇云:

硕鼠硕鼠,无食我黍!三岁贯女,莫我肯顾。逝将去女,适彼乐土。乐土乐土,爰得我所!

我看这两篇都是农民的诗。他们对于当时的封建地主阶级榨取农民血汗所得的利益攻击得何等厉害!又《大雅·抑》篇云:

昊天孔昭,我生靡乐。视尔梦梦,我心惨惨。诲尔谆谆,听我藐藐。匪用为教,覆用为虐。借曰未知,亦聿既耄!

这篇诗对于统治阶级的一班昏庸老朽是何等的冷嘲热骂!再,《小雅·巧言》篇云:

> 悠悠昊天,曰父母且！无罪无辜,乱如此怃。昊天已威,予慎无罪！昊天泰怃,予慎无辜！

在乱世虐政之下,无所控诉,真只好喊天叫娘。一则曰予慎无罪,再则曰予慎无辜,可见但求苟全性命于乱世也不容易了。这还不过表示一点怨悱的意思。还有《巷伯》篇云：

> 骄人好好,劳人草草。苍天苍天！视彼骄人,矜此劳人！
>
> 彼谮人者,谁适与谋？取彼谮人,投畀豺虎；豺虎不食,投畀有北；有北不受,投畀有昊。

这位诗人并不是不呼天,希望天有感应,瞧瞧那得势的骄人谮人,可怜这受难的劳人；可是他终觉得不如自己直接行动起来。这就不止于怨悱,也就不能说是"怨悱而不乱"了。

总之,《三百篇》是上古诗人留给后人一份极宝贵的遗产,这遗产已经孳生了无数的可宝贵的利息。从文学上说,这些诗篇大都是四言的,间有三言、五言、七言,也偶有一、二、六、八、九言的句子。后来诗歌的发展,而五言诗,而七言诗,而长短句的词曲,追溯它的远源不能不说是出于《三百篇》了。从史学上说,《三百篇》是上古最可靠的史料,从这里可以考见那时代的社会、生活、文化、思想。

四　诸子文学

胡适之先生的《中国哲学史》上以为一部《诗经》可以代表中国西历纪元前第八世纪—第七世纪两百年间的思潮,因此他把这个时期叫作"诗人时代"。以为先有了诗人时代的思潮才发生老子孔子时代的思潮,所以又说诗人时代是中国哲学结胎的时代。不过他是仅仅从哲学上来说的。我以为从文学上来说,就是先有了一个绚烂的韵文时代才发生一个簇新的散文时代。换言之,先有了《三百篇》时代才有诸子时代,先有了诗人时代才有哲人时代。

我在这里所说的哲人就是周秦诸子,约从老子出生的时候起,经春秋战国到秦之统一四百年间(约西元前六〇〇——二二〇),许多哲学家都包括在内。不过古人论文是每每把孔子和诸子分开,把《六艺》之文和诸子之文分开,把春秋和战国分开来说的。如班固《汉书·艺文志》叙完了《六艺略》,接叙《诸子略》,说是"亦《六经》之支与流裔"。刘勰的《文心雕龙》论诸子,也说是"述道言志,枝条《五经》"。他们都是以为诸子出于《六经》或《五经》的。到了清人章学诚就把这点更说得透辟了。他的《文史通义·诗教上》说是"周衰文弊,《六艺》道息,而诸子争鸣。"他以为文体备于战国,战国之文源于《六艺》,而多出于《诗》教。因为战国之文必兼纵横,纵横之学本于古者行人之官;《三百篇》比兴之旨,讽谕之义,又是行人之所肄习;所以断定战国之文多出于《诗》教。不论他这见解究竟正确与否,但他以为《三百篇》与诸子之文有特别关系,这就是他的独到的见解了。不过他也和班固、刘勰一样,是先有尊重孔子和《六艺》的成见才说话的。我们生于现代,见解应该和他们不同。我们看孔子不过是周秦诸子之一。现在,我就从文学上把孔子和诸子放在平等的地位来说了。

先说老子(西元前六〇〇?——四五〇?)。老子一称老聃,名耳,姓李氏,陈国人,一说楚国人;周守藏室之史,一说柱下史。所谓史,我以为他和巫祝同列。《曲礼》说:"天子建六官,先六大,曰大宰、大宗、大史、大祝、大士、大卜。"巫史还是常常并称的。《国语》十八《楚语》下有"夫人作享,家为巫史"的话。《周易·巽卦》九二也说"用史巫纷若"。还有《左传》记鲁、陈、秦、晋诸国为了征伐嫁娶薨逝等事要用占筮以决吉凶,史官卜人同样可以担负这种职责。直到汉代,史官的地位还是和巫祝的地位相当,所以太史公司马迁就不免说出"文史星历近乎卜祝之间"的话。总之,我以为中国上古的巫史同是一种智识阶级,约和西洋史上资产革命出现以前的所谓僧侣阶级相当。我在上面已经说过上古时代文字的使用传授,以及图籍的典守保存,都是僧侣一般的巫祝和史官的特权。老子便是这种史官最有名的一个,孔圣人也曾问礼于他。他是那时旧智识阶级的代表人物,他站在旧统治阶级旧贵族的一边。眼见封建制度的日趋崩溃,无可挽回,而又找不着出路,因而走到消极的厌世的一条路上。他的议论不免牢骚,他的思想最为反动。他反对工商业的进步,反对文化的进步。他说:"民多利器,国家滋昏;人多技巧,奇物滋起;法令滋彰,盗贼多有。"又说:"小国寡民,使有什伯之器而不用,使民重死而不远徙,虽有舟舆无所乘之,虽有甲兵无所陈之,使人复结绳而用之。甘其食,美其服,安其居,乐其俗。邻国相望,鸡犬之声相闻,民至老死不相往来。"他似乎主张回到封建社会原始的形态上去。《老子》这部书现分上下两篇,八十一章。辞句简约,大半用韵,好像后世箴铭一类文字。所以赵翼的《陔余丛考·古文用韵》条论到《老子》,说是"其书自成箴铭一体,非散文也"。实则那个时候韵文散文还没有完全分化至于彼此孤立。老聃的文章是这样,孔子的文章也有是这样的,假如《易经》里的《系辞》、《文言》是孔子所作的话。在这种文章里还可以找出由韵文发展到散文的一点痕迹,一条线索。

其次说孔子(西元前五五一——四七九)。孔子名丘,字仲尼、鲁国人,做过鲁司寇。相传《诗》、《书》、《礼》、《乐》、《易》、《春秋》六经是他晚年不能行道,才发愤删定的。秦火之后,礼崩《乐》坏,《书》缺有间,只有《易》、《诗》、《春秋》比较完整,也不见得都是原来的面目。《诗》已说过了,《书》、《易》也已说了一些,现在不再说了。只有《春秋》是《六经》中最重要的一部,据说这是孔子寄托微言大义的书。《春秋》开端的第一句就是"元年春王正月"。《公羊传》说:"何言乎王正月?大一统也。"这一解释似乎不错,因为孔子原是主张"天下有道,礼乐征伐自天子出"的。他作《春秋》道名分,寓褒贬,不外这个意思。老子主张回到部落的放任的封建最初的形态,孔子却主张进到统一的专制的中央集权的君主制度。孔子虽出身于破落的旧贵族的家庭,他却是站在新智识阶级的一边来说话的。这种新智识阶级就是当时的所谓"士",进而参加政权的士阀,和享有"世禄"的旧贵族旧智识阶级的"世卿"(《孟子》称为"世臣"或"世禄之家"),立于对抗的地位,《春秋》讥"世卿",不是偶然的。《春秋》之外,又有《论语》一书,虽非孔子所作,大抵出自孔门后辈。其中记录孔子言行比较《礼记·檀弓》更为可靠。文字虽极简约质直,还只是初期散文的技术,却可以找出许多关于孔子的有趣的故事来。孔子代表当时的新智识分子,很富于积极进取的精神,常作参加政权的活动,因而往往见讪笑于同时的许多隐者,这在《论语》中算是很精彩的一部分。自汉朝以来,确定了统一的专制的中央集权的君主制度,二千年间,统治阶级没有不拿孔子学说作护符的,士大夫没有不读所谓孔子的经书的。而且从来文学上的所谓"道",就是孔子之道,可见孔子在二千年来文学上的影响,和他在文学史上所占的位置了。

继孔子而起,别树一帜,而足与孔子一派抗衡的哲人有墨子(西元前五〇〇?——四一〇?)。墨子名翟,鲁国人,一说宋国人。他自然也属于当时的新智识分子,不过他不和孔子一样,"四体不勤,五谷不分"。他要"以裘褐为衣,以跂蹻为服,日夜不休,以自苦为极","虽枯槁不舍"。他是过的劳苦生活,站在劳力者一方面而说话的。他主张农工也得参加政权。他说:"虽在农与工肆之人,有能则举之,高予之爵,重予之禄。"(《尚贤上》)又说:"选择天下贤良圣智辩慧之人立以为天子……置以为三公。"(《尚同中》)他似乎主张由农工平民出来组织政府。他说:"凡入国,必择务而从事焉。国家昏乱,则语之尚贤、尚同;国家贫,则语之节用、节葬;国家憙音湛湎,则语之非乐、非命;国家淫僻无礼,则语之尊天、事鬼;国家务夺侵凌,则语之兼爱、非攻:故曰择务而从事焉。"(《鲁问》)他这种择务从事的学说,用意所在,无非"必使饥者得食,寒者得衣,劳者得息,乱者得治"而已。《墨子》一书现存五十三篇。大约是墨家学派的人辑录的,其中有墨家的哲学、科学、军事学。还有一部分如《耕柱》、《贵义》、

《公孟》、《鲁问》、《公输》等篇好像是墨子的言行录,性质和儒家的论语一样,而文字比较爽快遒劲。如《耕柱》篇云:"子夏之徒问于子墨子曰,'君子有斗乎?'子墨子曰,'君子无斗。'子夏之徒曰,'狗狶犹有斗,恶有士而无斗矣?'子墨子曰,'伤矣哉!言则称于汤文,行则譬于狗狶,伤矣哉!'"我们从这些记录里可以看出墨子是怎样耐苦实行他的主义,怎样努力传播他的主义,又是怎样善辩和儒家及其他主义不同的人往复论难。就文学上而论,这是《墨子》一书里最精彩的部分。虽还没有进到《庄子》、《孟子》那样酣恣淋漓的文境,而论理的谨严实为他们所不及。和墨子同时并称,而学说不同的有杨朱,可惜没有文字传下来。《列子·杨朱》篇载着他的学说,不过《列子》伪书,怕不可靠。

排斥杨墨之道、而复兴孔子之道的为孟子(西元前三七二——二八九)。孟子邹人,名轲,曾受业于子思的门人。他痛斥墨子兼爱、杨朱为我是无父无君的禽兽。因此他就成了儒家史上第一个卫道的人。孔子诛少正卯,孟子辟杨墨,可知诛锄异己是儒家祖传的衣钵。《孟子》七篇,雄于辩论。《史记·孟子荀卿列传》里说:"当是之时,秦用商君富国强兵,楚、魏用吴起战胜弱敌,齐威王、宣王用孙子、田忌之徒而诸侯东面朝齐。天下方务于合从连衡,以攻伐为贤。"孟子生此纵横之世,虽自命儒者,亦染有纵横家习气。不过他自己不承认好辩,以为辩也出于不得已,是为着孔子之道和仁政而辩的。他的辩论方法:或用比喻,或设问答,或引《诗》、《书》,犀利机警,不可端倪,但也时见强辩遁辞,或无理谩骂。

现在要讲到庄子(死西元前二七五?)。庄子名周,蒙人,曾作蒙漆园吏。约与孟子同时,也许比孟子年事略长。他的书中往往说及老子、孔子。他于老子最为推服,称为"博大真人"。他的思想也是守旧的、反动的。他的态度很觉滑稽玩世。他的文章虽是论文却是杂有不少像小说或神话一般的寓言、故事、古史传说,而又每每设一些有趣的比喻。出语高妙而命意深远。如《应帝王》篇云:"南海之帝为儵,北海之帝为忽,中央之帝为浑沌。儵与忽时相遇于浑沌之地,浑沌待之甚善。儵与忽谋报浑沌之德,曰:'人皆有七窍以视听食息,此独无有。'尝试凿之。日凿一窍,七日而浑沌死。"这不是很耐人玩味的话么?老子之文深刻,孔子之文质直,墨子之文谨严,孟子之文辩赡,庄子之文雄奇,这是我对于各家风格不同的大概的说法。但若论到文学上的技术,我就以为散文的发展到了孟轲、庄周,纵横驰骋,洸洋自恣,已经到了极熟练的地步了。

最后,要说到荀子和他的弟子韩非、李斯。

荀子(西元前三一〇?——二二〇?),名况,字卿,赵国人。他到过齐、秦,最后到楚。春申君使他为兰陵令,被谗失官,竟死兰陵。今本《荀子》三十二篇。他的学问很博,对于那时的诸子学说都有独到的批评。他虽是儒者,他的思想在儒家中实别开生面。如反对孟子的性善论,而倡言"人之性恶,其善者伪也"。又以为五帝之外无传人,五帝之中无传政,禹汤有传政,又不及周之粲然可考,因而主张"法后王",这就和那些言必称尧、舜称先王的儒者相反了。孟子长于《诗》、《书》,他更长于《礼》、《乐》。他的文章深厚,不像孟子的浮浅。最可注意的是《成相篇》和《赋篇》。清人卢文弨疑《成相篇》即后世弹词之祖。俞樾说:"此相字即舂不相之相。《礼记·曲礼》,邻有丧,舂不相。郑注,相,谓送杵声。盖古人于劳役之事必为歌讴以相劝勉,亦举大木者呼邪许之比。"可见《成相篇》是采用一种劳动歌的形式。每五句为一组,逐句的字数是三、三、七、四、七。如发端云:"请成相,世之殃,愚谙愚谙堕贤良。人主无贤,如瞽无相何伥伥!"这显然是一种民歌的音节被荀子摹仿了。《赋篇》包括《礼》、《知》、《云》、《蚕》、《箴》五赋,标题都缀在赋尾。这都是托物见意的文章。还附有《佹诗》一首或分为两首,写他伤时感事的愤慨,大约是被谗后所作。就技术论,《成相篇》、《赋篇》都是饶有教训意味的韵文,不算文艺的成功的作品。《赋篇》里的辞句大体是四言的,有《诗经》句式,有《易经》象辞句式,余为散文句式,不过有韵罢了。韵文里有辞赋之一体,从他开始。我们从这里可以看出字数一定的整句的韵文不足达意,就改用字数不一定的散句的韵文,还可以看出从《三百篇》到辞赋的一点蜕变之迹来。

韩非(死西元前二三三),韩之诸公子,喜刑名法术之学。口吃不会说话,却会著书。他和李斯同事荀卿,李斯自愧不及。他见韩国削弱,屡谏韩王,韩王不能用,故作《孤愤》、《五蠹》、《内外储》、《说林》、《说难》、《显学》等篇十余万言。后使于秦,为李斯所忌,被害。现存《韩非子》五十五篇,文字精悍缜密。韩非是一个极有名的法家,主张法治主义。如说:"法者宪令著于官府,刑罚必于民心,赏存乎慎法,而罚加乎奸令者也。"又说:"治民无常,惟治为法。法与时转则治,治与世宜则有功。……时移而治不易者乱。"他以为社会是向前进化的,反对复古主义。他说:"今有构木钻燧于夏后氏之世者,必为鲧、禹笑矣。有决渎于殷、周之世者,必为汤、武笑矣。然则今有美尧、舜、禹、汤、武之道于当今之世者,必为新圣笑矣。是以圣人不务循古,不法常可,论世之事,因为之备。"他这种学说很有影响于后来的政治家或政论家。

李斯(死西元前二○八),楚国上蔡人,因热中富贵,往游秦国,初求为丞相吕不韦舍人,后乃事秦始皇,由长史做到廷尉、丞相。他也属于新智识分子,不像韩非一样出身贵族。不过他们都是法家一派,拥护耕战之士的利益,而排斥文学之士,那是相同的。李斯因为在秦得行其志,故得建议于始皇:"焚《诗》、《书》百家语,有敢偶语《诗》、《书》,弃市。"他还帮助始皇坑杀了一批文人。这是中国学术思想上的第一大厄。《史记》所载秦始皇封禅泰山以来石刻六篇,相传是他的手笔。所以《文心雕龙·封禅篇》说:"秦皇铭岱,文自李斯,法家之辞,体乏弘润,然疏而能壮,亦彼时之绝采也。"我以为这种歌颂功德、夸耀权威的文章,值不得恭维。在历史上或可以考见那个时代的社会已经进到什么阶段,但在文学上看来实在没有什么价值。他的《谏逐客书》有人认为这是中国古代文学史上一件杰作,怕是因他能够充分表现那种卖身投靠的文人的无耻罢!我们要在文学史上提及他,不过因他是第一个无耻的文人,代表两千几百年来无数的曲学阿世的、倚势作恶的文人学者。

还有要略为说及的就是《吕氏春秋》,一称《吕览》,秦丞相文信侯吕不韦(死西元前二三五)的食客们做的。据书中《序意》所载,成书于秦始皇八年(西元前二三九)。文信侯答良人说:"尝得黄帝之所以诲颛顼矣,'爰有大圜在上,大矩在下,汝能法之,为民父母。'盖闻古之清世,是法天地。凡十二纪者,所以纪治乱存亡也,所以知寿夭吉凶也。上揆之天,下验之地,中审之人。若此,则是非、可不可、无所遁矣。……"可见书虽成于众手,还是想建立一个思想系统。又据《史记·吕不韦列传》说:"是时诸侯多辩士,如荀卿之徒,著书布天下。吕不韦乃使其客人人著所闻,集论以为八览、六论、十二纪、二十余万言,以为备天地万物古今之事,号曰《吕氏春秋》。布咸阳市门,悬千金其上,延诸侯游士宾客有能增损一字者,予千金。"可见那个时候著书的风气盛行,由大腹贾出身的丞相也要自托风雅,有点著作。至于悬赏千金,征求增损一字,可见当日执笔的人是怎样的矜持,斤斤于字句间,想做到一字不可移易。我想这个时候散文的发展已经走到一个这样的阶段,就是一面要注意内容的组织,一面要注意字句的修饰。所以《吕氏春秋》虽是集合众手而成的,也都曾注意到这两点。因此,我就把《吕氏春秋》说在这里,作为叙述自老、孔以来诸子文学的一个结束,亦即作为叙述春秋战国到秦之统一四百年间散文发展的一个结束。

周秦诸子本来不止这几个人,不过因为那些人或者没有书流传下来,或者有书又是伪托,或者只是残篇断简的佚文,都于文学上没有什么影响,所以就不论及他们了。不过我们要知道:从诗人时代到哲人时代,即从西周封建制度的确立,经过春秋战国封建制度的解体的一个时代,也就是由应用铜器进到应用铁器的一个时代。因为铁的工具的应用,技术的进步,农业和手工业的生产力增高起来了。同时维持生活的生产方法因新的生产力的获得而改变了,一切社会关系也因而改变了,由一切社会关系而形成的各种意识形态也改变了,社会起了大大的变革。周秦时代所以产生了许多哲人,形成学术思想上缤纷奇诡之观,正因为这个时代的社会在急剧的大变革的途中,由一切社会关系的改变而发生的种种矛盾和冲突,形成了因阶级或阀阅不同而利害关系不同的各种意识形态,即发生了诸子各家各派的学说,学术思想上呈现一种大变动。但就文学形式上的演进而说,诸子文里每每引用《三百篇》,又虽是散文而杂有不少用韵的文句,那就可以考见由《三百篇》到诸子的关系,由韵文到散文的关系了。

第二讲　楚辞与汉赋

一　楚辞溯源

　　就散文而论,诸子文学可说是继续《三百篇》而发展的;就韵文而论,《楚辞》更可说是继续《三百篇》而发展的。说到《楚辞》就令人联想到屈原,实则《楚辞》非一时一人之作,好像希腊史诗都称出自荷马一人一样。关于《楚辞》与《三百篇》的关系,前人的议论颇多。最古如司马迁《史记》里说:"《国风》好色而不淫,《小雅》怨悱而不乱,若《离骚》者可谓兼之。"后来郑樵《通志·昆虫草木略序》里说:"周为河洛,召为雍岐。河洛之南濒江,雍岐之南濒汉。江汉之间,二南之地,诗之所起在于此。屈宋以来,骚人墨客多生江汉,故仲尼以二南之地为作诗之始。"最近如皮锡瑞《诗经通论》里说:"《楚辞》未尝引经,亦未道及孔子。宋玉始引《诗》素餐之语,或据以为当时孔教未行于楚之证。案楚庄王、左史倚相、观射父、白公、子张诸人在春秋时已引经,不应六国时犹未闻孔教。《楚辞》盖偶未道及,而实兼有《国风》、《小雅》之遗。"他们都似乎以为《楚辞》受了《诗》教的影响。而且依郑樵的说法,《诗》起于江汉之间,屈、宋又生于江汉,《三百篇》和《楚辞》在地理上有这样一个渊源。我想江汉属楚,本来《史记·楚世家》里就有当周夷王之时(西元前八九四——八七九),

楚王熊渠"甚得江汉民和"的话。所以胡适之的《谈谈诗经》就迳说《周南》、《召南》是《楚风》了。我以为《楚辞》形式上最特别的地方莫如句尾用兮、些、只、做助词，或句中用兮做助词。《三百篇》虽无些字，却偶有只字，如《鄘风·柏舟》篇"母也天只，不谅人只"。至于用兮字的地方就多到不胜枚举。要说《楚辞》与《三百篇》有关系的话，最显然的就莫如这个了。不过《楚辞》和《三百篇》也有好几种显然歧异的地方，这是大家知道的：第一、就时代说，《三百篇》是周初到春秋时代的作品，《楚辞》是战国时代的作品。第二、就地域说，《三百篇》代表北方文学，《楚辞》代表南方文学。第三、就内容说，《三百篇》多言人事，似属人文主义；《楚辞》多含神话，似属浪漫主义。第四、就形式说，《三百篇》篇章较短、较简单，辞句较整齐、较呆板；《楚辞》篇章较长、较繁富，辞句较参差、较活泼。因此，我觉得《楚辞》的远源虽然出于《三百篇》，它的近源却别有所在了。

　　《楚辞》的近源是什么？我以为是楚国的《巫歌》。《楚辞》与巫歌有关系的话这是老早就有人说过的，不过仅限于《九歌》。如汉王逸说："昔楚国南郢之邑，沅、湘之间，其俗信鬼而好祠，其祠必作歌乐鼓舞以乐诸神。屈原放逐，窜伏其域，怀忧苦毒，愁思沸郁。出见俗人祭祀之礼，歌舞之乐，其词鄙陋，因为作《九歌》之曲。"后来朱熹也说："……蛮荆陋俗，词既鄙俚，而其阴阳人鬼之间，又或不能无亵慢淫荒之杂，原既放逐，见而感之，故颇为更定其词，去其泰甚。"他们既相信《九歌》是屈原所作，又这样认定《九歌》与巫歌有关。到了胡适之，他的《读楚辞》里就说："《九歌》与屈原的传说绝无关系，细看内容，这九篇大概是最古之作，是当时湘江民族的宗教舞歌。"接着雪林女士作《九歌与河神祭典的关系》，她把《九歌》与宗教的关系说得更清楚。她以为《九歌》中一切言情分子都是人神恋爱，人神恋爱又由于人牺的变形。《史记·滑稽列传》里说的河伯娶妇，《后汉书·宋均传》里说的山神娶妇，都是她的好佐证。照她的说法去读《九歌》，关于宗教舞歌中何以会说及恋爱一点，似觉比较好懂得多了。

可是我也有一个说法,并不必要这样那样绕弯子,我是直接从《九歌》本身上推究出来的。陈本礼《屈辞精义》里说:"《九歌》之乐,有男巫歌者,有女巫歌者,有巫觋并舞而歌者,有一巫倡而众巫和者。"他虽没有一一具体的证明,但细心读《九歌》的人似乎可以感觉得到。再,《九歌》中说及巫的歌舞情形也有好几处。如《东皇太一》里说:

  扬枹兮拊鼓,疏缓节兮安歌,陈竽瑟兮浩倡。灵偃蹇兮姣服,芳菲菲兮满堂。五音纷兮繁会,君欣欣兮乐康。

我们可以想象是怎样的衣服漂亮、芳香四溢的女巫,在那里委婉歌舞,还配以五音繁会的乐器,希望神灵的欣欣乐康。又如《东君》里说:

  絙瑟兮交鼓,箫钟兮瑶簴,鸣篪兮吹竽。思灵保兮贤姱,翾飞兮翠曾,展诗兮会舞。应律兮合节,灵之来兮蔽日。

这比上面一节的情形似乎更加热闹。漂亮的女巫有好几个在那里像翠鸟一般的飞,歌诗合舞,等候神灵的到来。至灵保和灵的解释,王国维《宋元戏曲史》里说得好。他说:"《楚辞》之灵,殆以巫而兼尸之用者也。其词谓巫曰灵,谓神亦曰灵。盖群巫之中必有象神之衣服形貌动作者,而视为神之所凭依,故谓之曰灵,或谓之灵保。"又《礼魂》说:

  盛礼兮会鼓,传芭兮代舞,姱女倡兮容与。春兰兮秋菊,长无绝兮终古。

这是礼毕送神的时候,有许多漂亮的女巫,在那里从从容容更番迭进的歌舞,而且表示希望和神灵再见。记得《说文》巫字下云:"巫,祝也,女能事无形以舞降神者也。象人两襃舞形,与工同意。"我以为古代的人相信神也和人一样,有饮食男女的大欲,所以要用漂亮的女巫以舞降神;或者巫觋相杂,歌着恋爱的曲子。而且这种曲子只取其音调谐美,使神欢喜,内容未必和所供奉的神祇有关,后世酬神的戏曲就是一个好例。(现在湖南境内师公"冲㠾"敬神,还有唱得很猥亵的地方,不过已经不用女巫了。)似乎不一定有所谓人神恋爱,更不一定有所谓变形的人牺像河伯娶妇一样。后来的人不懂得古代的宗教心理,就不会懂得祭歌中何以杂些言情的分子,或误以为这只是人和人相爱的恋歌了。

我还以为《九歌》和《大招》、《招魂》都是楚国王室所用的巫歌。我提出这个大胆的假定,并不是没有根据的。一、严可均辑《全后汉文》十三《桓子新论》云:"昔楚灵王骄逸轻下,简贤务鬼,信巫祝之道。斋戒洁鲜,以祀上帝,礼群神,躬执羽绂,起舞坛前。吴人来攻,其国人告急,而灵王鼓舞自若,顾应之曰,'寡人方祭上帝,乐明神,当蒙福祐焉,不敢赴救。'而吴兵遂至,俘获其太子及后姬。"二、《左传》(哀公六年)说:"初,昭王有疾,卜曰:'河为祟。'王弗祭。大夫请祭诸郊。王曰:'三代命祀,祭不越望。江汉睢章,楚之望也;祸福之至,不是过也。不穀虽不德,河非所获罪也。'遂弗祭。"三、《国语》十八载有楚昭王问观射父关于巫觋祭祀的话。四、《吕氏春秋·侈乐篇》说:"楚之衰也,作为巫音。"五、《汉书·郊祀志下》谷永说成帝距绝祭祀方术云:"楚怀王隆祭祀,事鬼神,欲以获福,助却秦师。"我们看了以上五点,就可以略略知道楚国王室实有重视巫觋祭祀的事。再就《九歌》所祀的神而论,为东皇太一、云中君、湘君、湘夫人、大司命、少司命、东君、河伯、山鬼、国殇十神,除国殇外,诸神不出诸侯所祀天地三辰山川的范围;祀国殇又是"以死勤事则祀之"的国家祭典。据观射父对楚昭王论祭祀的话:"天子遍祀群神品物,诸侯祀天地三辰及其土之山川……士庶人不过其祖。"可知《九歌》所祀的神不是士庶人的神,而是诸侯的神。那末,《九歌》就不能指为楚国民间所用的巫歌,只能说是楚国王室所用的巫歌,这是巫祝文学。而且假若仅是民间所用的巫歌,而非国家的巫史所掌,恐怕也没有人保存流传下来。至于后人把它列在屈、宋之作一起,那是因为文体相似的缘故,不待言了。

何以我要说《招魂》、《大招》也是楚国王室所用的巫歌呢？这个还有其他的理由的。《大招》一说屈原作,一说景差作,王逸的时候就说疑莫能明,至为何人而招,就更不明白了。何谓《大招》？也无人明白。《招魂》一说屈原为招自己而作,一说宋玉为招其师屈原而作。我看都不是。篇中大夸饮馔声色之美,宫室珍宝之盛,步骑车乘之多,都是王者所有。比如说:"九侯淑女,多迅众些;盛鬋不同制,实满宫些。"这是臣民可以有的吗？《大招》也是一样盛夸归来有怎样怎样的享乐。篇末还说:"名声若日,照四海只。德誉配天,万民理只。"又说:"雄雄赫赫,天德明只。三公穆穆,登降堂只。诸侯毕极,立九卿只。"这都是对国王说的。或疑上文有"室家盈庭,爵禄盛只"的话,说是也可以指招人臣,这是不确的。因为爵禄二字正承接上文室家盈庭而来的,指国王的家族,非指人臣。不过我看《招魂》似乎专为某王而作,系招生魂;《大招》系通用的招魂之辞,似招亡魂。这样说来,《招魂》、《大招》也是王室所用的巫歌。

我想《九歌》至早作于灵王、昭王之时,至迟也作于怀王以前。《国殇》云:"操吴戈兮被犀甲,车错毂兮短兵接。"按吴、楚相仇,楚灵王时为甚。灵王三年以诸侯兵伐吴,十一年又会诸侯兵于申,执徐子以伐吴。十二年吴王伐楚,灵王失败而死。又《左传》(定公四年)云:"楚自昭王即位,无日不有吴师。"《国殇》当系灵王昭王之时为追悼伐吴死事者的祭歌。至于《招魂》、《大招》,或作于怀王之前;或更在其后,正所谓"楚之衰也,作为巫音。"屈原的《离骚》、《九章》所受巫歌的影响最显然的是《九歌》,不是《招魂》、《大招》。如《九歌·云中君》与《九章·涉江》同有"与日月兮齐光"的话。《九歌·东君》说:"驾龙辀兮乘雷,载云旗兮委移",《离骚》也说:"驾八龙之蜿蜿兮,载云旗之委移",这似乎不是偶然的类似。其他相类似的地方还很多,因此我要说《楚辞》的近源出于巫歌了。

二 楚辞篇目及其作者

《史记·屈原列传》说:"屈原既死之后,楚有宋玉、唐勒之徒者,皆好辞而以赋见称。"《汉书·朱买臣传》,说买臣为武帝召见言《楚辞》,又《王褒传》,说九江被公为宣帝召见诵读《楚辞》。可见《楚辞》之名,汉初已有。那时《楚辞》已成了专门学问。等到刘向校书,加入些汉人摹仿的作品,连自己作的《九叹》也收在内,集为《楚辞》。后来王逸又作章句,并加入自己作的《九思》,于是《楚辞》便有了定本。直到朱熹作《楚辞集注》,又稍与王逸本不同。现在把两本的篇目和作者录出如下:

王朱两本楚辞篇目表

王 逸 本	朱 熹 本
离骚经 屈原 九歌 天问 九章 远游 卜居 渔父	离骚经 九歌 天问 九章 远游 卜居 渔父 以上离骚凡七题二十五篇皆屈原作
九辩 宋玉 招魂 大招 屈原或言景差	九辩 宋玉 招魂 大招 景差
惜誓 贾谊 招隐士 淮南小山 七谏 东方朔 哀时命 严忌 九怀 王褒 九叹 刘向 九思 王逸	惜誓 贾谊 吊屈原 服赋 哀时命 庄忌 招隐士 淮南小山 以上续离骚凡八题十六篇

《楚辞》所包含的篇数有这么多,可是我们这里不论汉人摹仿之作,实际要论到的作者就只有屈、宋两人了。

　　屈原(西元前三四三——二八一?),名平,一名正则,字灵均,楚之同姓。博闻强识,明于治乱,娴于辞令。为楚怀王左徒,甚见信任。怀王使为宪令,上官大夫欲夺其稿、不与,因谗见疏,去职。后复使于齐,任三闾大夫或在此时。谏阻怀王入秦,不听,怀王竟没于秦。屈原既痛恶令尹子兰劝王入秦,子兰使上官大夫进谗,顷襄王闻之,大怒。于是屈原再被放逐,江滨泽畔,被发行吟,颜色憔悴,形容枯槁,最后乃投汨罗江而死。他的事迹有《史记·屈原贾生列传》可考,可是叙述不甚明白。司马光的《资治通鉴》不曾载屈原的事,胡适之就竟疑屈原是传说的人物、实际没有这个人了。

　　屈原既出身贵族,而为同列的贵族官僚所排挤,眼见宗国的危亡而不能去救,一生长在不幸的政治遭遇之中,所以他的作品带有很浓厚的忧伤愤懑的情调。他用歌曲的形式,唱出他一生的悲剧,同时又好像在唱他自己的挽歌。他的作品中,我疑《九歌》和《招魂》、《大招》都是楚国王室所用的巫歌。这在上面已经说过了。《远游》也不是他的作品,其中杂有一些方士的话,或许就是秦汉之间的所谓"杂赋"或"仙真人诗"。《卜居》、《渔父》两篇是关于屈原的民间传说,大概是屈原死后、或楚国亡后,楚人思念屈原或追怀故国才有的。因此,他的作品就只有《离骚》、《九章》和《天问》了。

　　《离骚》是他的第一杰作,也就是中国文学史上最伟大的作品。有人计算全文共二千四百九十字,一说二千四百七十二字,想系因所根据的版本不同,字句略有异文之处。这样长篇巨制的诗篇似乎要散文有了相当的发展才能出现。诸子文学到了极盛的时代才产生这样伟大的诗篇,似乎不是偶然的。《九章》九篇,有人计算共三千九百八十七字。其中《涉江》一篇有许多句子和《九歌》的句子相类似或重复,显然地现出它和《九歌》的关系。再拿《九章》和《离骚》对读,重复的句子,类似的句子,可以发见惊人的多。好像《离骚》真是拼凑《九章》扩大《九章》而成的。无怪乎梁任公说《九章》是《离骚》的放大,《离骚》乃是全部作品的缩影。无怪乎更有人疑《惜诵》、《思美人》、《惜往日》、《悲回风》四篇是摹仿《离骚》的伪作。至于《天问》一篇,胡适之说它文理不通,见解卑陋,全无文学价值,因而断定为后人杂凑起来的。我以为篇中所发的一百六十七个问题,有关于自然现象的,有关于历史事实的,有关于神话传说的,在生于现代的我们看来,自然觉得有些似是见解卑陋的愚问,但在作者的当日,就不能不说这是见解卓越,而能大胆怀疑。而且这种怀疑的精神也就只有忧深思远像屈原那样的人才有,平常的人怕不会想到人间竟有许多不可解的问题,——尤其是关于善恶祸福兴亡得失的问题——疑人间无从解释,要去问问那超人间的而又从来被认在冥冥之中为人间主宰的天罢。我们要研究屈原的文学就不能放过了《离骚》,若要研究屈原的生活思想就不能放过了《天问》。他是由失望之极而怀疑,怀疑之极而自杀的。

宋玉(西元前三〇〇?——二三〇?)是继屈原而起的楚国的大诗人之一,他和唐勒、景差同时并称,一说他为屈原的弟子,又一说他是景差的弟子。《史记·屈原传》里说他们"皆祖屈原之从容辞令,终莫敢直谏,其后楚日以削,数十年竟为秦所灭"。可见他们和屈原和楚国政治的关系。《汉书·艺文志》著录唐勒赋四篇,景差赋未见著录,大约景差赋在班固时已亡去。唐勒赋不见于《楚辞章句》,大约在王逸时亦已亡去。关于宋玉的传说很多,但都不能认为信史。他的事迹渺茫,胡适之疑他只是一个假名。他的作品《楚辞》里收有《九辩》、《招魂》,但《招魂》我已认为楚国王室所用的巫歌之一,就只剩下《九辩》了。《九辩》似是整个的一篇,王逸本分为十一章,朱熹本分为九章。王逸说:"《九辩》者,楚大夫宋玉之所作也。……宋玉者,屈原弟子也,悯惜其师忠而放逐,故作《九辩》以述其志。"可是我们读了《九辩》虽然看见有好些句子和《离骚》、《哀郢》里的雷同或类似,倒不见得有悯惜其师屈原的意思,何况屈、宋未必有师弟关系呢。《九辩》只是宋玉自己表白的东西。我疑宋玉失职后的生活比屈原

被放后的生活更要穷困,或许真是落魄而至于行吟乞食也说不定。《九辩》里说:

> 憯凄增欷兮薄寒之中人,怆怳懭悢兮去故而就新。坎廪兮贫士失职而志不平,廓落兮羁旅而无友生。惆怅兮而私自怜。

我们注意!宋玉自称"贫士",大和出身贵族的屈原不同。《九辩》里又说:

> 塞充倔而无端兮,泊莽莽而无垠。无衣裘以御冬兮,恐溘死不得见乎阳春。

我们可以想见一个漂泊诗人萧瑟的凄惨的饥寒交迫的生活。所谓"去故而就新",所谓"廓落兮羁旅而无友生",似乎是写他的流离转徙的乞食生活。不过他还穷得有志气,能够撑起几根穷骨头。所以他说:

> 处浊世而显荣兮,非余心之所乐。与其无义而有名兮,宁穷处而守高。食不媮而为饱兮,衣不苟而为温。窃慕诗人之遗风兮,愿托志乎素餐。

他既不肯同流合污贪图浊世的显荣以求温饱,又不像屈原不忍见宗国之危亡愤而自杀,他只幻想着一个天上的乐土以为安心立命之所。他说:

> 愿赐不肖之躯而别离兮,放游志乎云中,乘精气之抟抟兮,骛诸神之湛湛。……

可是他于人间世并不绝望,还是惓惓不忘故国的。他说:

赖皇天之厚德兮,还及君之无恙。

这是他的《九辩》的结局,也就是他的一生的结局罢。

此外,号为宋玉的作品,在《文选》里有《风赋》、《高唐赋》、《神女赋》、《登徒子好色赋》、《对楚王问》,共五篇,大约是汉朝的人所伪托。《古文苑》中有《笛赋》、《大言赋》、《小言赋》、《讽赋》、《钓赋》、《舞赋》,共六篇,大约是六朝人所伪托。还有严可均辑《全上古三代文》不收舞赋,又新加伪作《高唐对》一篇。我以为伪托宋玉的这些东西,正和伪托屈原的《卜居》、《渔父》一样,似乎不是文人有意的作伪,而是出于民间的传说,由文人采录或修改下来的。我还以为这种趣味浓郁的东西,与其称为赋,毋宁称为小说,它是中国小说的鼻祖。这种韵文的小说发生于散文的小说之先,在文学发展的进程上可以说得通,而且有线索可寻的。三十年前,敦煌石窟发见的唐代俗文学里还可找出这种韵文的小说,如刘复的《敦煌掇琐》所载《韩朋赋》、《晏子赋》、《燕子赋》等都是。不过韩朋、晏子都不像宋玉一样是历史上最有名的赋家,就不曾有好事的文人把这些东西采录或修改下来,作为韩朋、晏子的作品。

人家都只知道自汉以来的辞赋与诗歌都曾受着《楚辞》莫大的影响,直到王国维作《宋元戏曲史》才又说《楚辞》与戏曲的起源有关,现在我就要说《楚辞》与小说的发展也很有关了。总之,自汉以来中国文学史的全部无不受到《楚辞》的影响,自然以汉代的赋受它的影响最直接、又是最大。

三　汉赋继楚辞而起

汉代的赋是继《楚辞》而兴的一种文体,它的发生虽然和《三百篇》乃至诸子文学多少都有些关系,但总不及它和《楚辞》的关系来得密切、明显。

《三百篇》大半是西周、东周之间,三百年的长期战乱里的作品,诸子文学是五霸七雄时代的作品,《楚辞》也在七雄时代;只有汉赋的时代比较是在一种小康的状态里,所以汉赋可以说是所谓"治世"的产物。班固的《两都赋序》说:

> 或曰,赋者,古诗之流也。昔成、康没而颂声寝,王泽竭而诗不作。大汉初定,日不暇给。至于武、宣之世,乃崇礼官,考文章,内设金马、石渠之署,外兴乐府协律之事,以兴废继绝,润色鸿业。是以众庶悦豫,福应尤甚,白麟、赤雁、芝房、宝鼎之歌荐于郊庙,神爵、五凤、甘露、黄龙之瑞以为年纪。故言语侍从之臣,若司马相如、虞丘寿王、东方朔、枚皋、王褒、刘向之属,朝夕论思,日月献纳;而公卿大臣,御史大夫倪宽、太常孔臧、太中大夫董仲舒、宗正刘德、太子太傅萧望之等,时时间作。或以抒下情而通讽谕,或以宣上德而尽忠孝,雍容揄扬,著于后嗣,抑亦《雅》、《颂》之亚也。故孝成之世论而录之,盖奏御者千有余篇,而后大汉之文章炳焉与三代同风。

我们读了他这段文章,可以想见从武帝到成帝一百四十年间(约西元前一四〇——一〇)赋的发展及其背景是怎样的情况了。东汉自班彪、班固父子以下也产生了不少的有名的赋家。直到桓、灵衰世,许多文人都遭了党锢的大祸,独有好些赋家还是得到皇帝的宠眷。所以灵帝时候,蔡邕《上封事陈政要七事》,其第五事说:

> 夫书画辞赋、才之小者,匡国理政未有其能。陛下即位之初,先涉经术,观政余日,观省篇章,聊以游意,当代博弈,已非教化取士之本。而诸生竞利,作者鼎沸。其高者颇引经训风喻之言,下则连偶俗语,有类俳优。或窃成文,虚冒名氏。

同时还有阳球《奏罢鸿都文学》说:

> 伏承有诏敕中尚方为鸿都文学乐松、江览等三十二人图象立赞,以劝学者。臣闻《传》曰:"君举必书;书而不法,后嗣何观?"案松、览等皆出于微蔑,斗筲小人。依凭世戚,附托权豪,俛眉承睫,徼进明时。或献赋一篇,或鸟篆盈简,而位升郎中,形图丹青。亦有笔不点牍,辞不辩心,假手请字,妖伪百品,莫不被蒙殊恩,蝉蜕滓浊。是以有识掩口,天下嗟叹。臣闻图象之说,以昭劝戒,欲令人君动鉴得失。未闻竖子小人诈作文颂,而可妄窃天官,垂象图素者也。今太学、东观足以宣明圣化,愿罢鸿都之选,以消天下之谤。

可见当日的一般赋家虽已堕落不堪,还是很有势力。又杨赐《虹蜺对》里也说:

> 今妾媵嬖人阉尹之徒共专国朝,欺罔日月。又鸿都门下,招会群小,造作赋说,以虫篆小技见宠于时。如驩兜、共工,更相荐说。旬月之间,并各拔擢。……

他还把赋家和妾媵嬖人阉尹之徒一律看作国家的妖邪,虹蜺就是这些妖邪所生不正之象,我们自然不能同意,可是汉赋的发展已经到了它的衰落期,赋家在政治上还占有这样的势力,就正靠他们这些话作证了。

自然汉赋的全盛期就是大汉的全盛期。因为武、宣之世八九十年间,内无兵乱,外扬国威。通西南夷,平南越、朝鲜,屡攻匈奴,征服西域诸国,都在此时。君主诸王(如淮南王、梁孝王)为了"润色鸿业","虞说耳目",所以关于郊祀、巡游、宫室、狗马、弋猎、射驭、蹴鞠、刻镂,以及祥瑞宝物、角觝奇技、一切把戏,无不应时而起。当时所谓"语言侍从之臣"把这些炫耀权威、粉饰太平的把戏更用文字夸张起来,歌颂起来,便产生了赋的一种文体。这种文体真是纯粹的贵族文学,它是君主贵族的娱乐品、消遣物。甚至像宣帝的太子在病里也要后宫贵人、左右文人,成日成夜朗读或歌吟这种韵文,借以消遣病中日月。无怪乎当时的这种文学家要被皇帝"颇俳优畜之"了。

四 汉之赋家

《汉书·艺文志·诗赋略》著录屈原赋以下二十家、三百六十一篇,陆贾赋以下二十一家、二百七十四篇,荀卿赋以下二十五家、百三十六篇,客主赋以下十二家、二百三十三篇,这些赋存下来的不及十分之一。因此,我们论西汉的赋,只好就有赋篇存下来的几个著名的作家来说了。

最初的一个赋家为贾谊(西元前二〇〇——一六八)。文帝初,召为博士,迁大中大夫,谪为长沙王太傅,征拜梁王太傅。司马迁的《史记》里把他和屈原同传,似乎不仅因为他们都能作赋,而是因为他们怀才不遇,在政治上遭着同样的不幸的命运;贾谊又恰曾贬谪到屈原的故国,他和屈原是能同情共鸣的。他的《吊屈原赋》、《惜誓》,都是这种同情共鸣之作,不仅悼惜屈原,也在悼惜自己。他的《鵩赋》借一只不祥的鸟写出他的祸福生死的观念,故作达观,愈见悲感。他是当时一个眼光远大的政治家,发为政论,气势旁薄,光焰逼人。周勃、灌婴一班人都很忌刻他,都说"雒阳之人,年少初学,专欲擅权,纷乱诸事。"于是他竟以不得志而早夭了。

贾谊之后,赋家辈出,最著者有枚乘、东方朔、司马相如、王褒、刘向、扬雄诸人。

枚乘(死西元前一四二),淮阴人,景帝时为弘农都尉,曾先后游于吴、梁为上客。梁孝王好赋,梁客如邹阳、严忌、羊胜、公孙诡诸人,都像淮南王客八公之徒一样,皆善作辞赋;而以枚乘为最有名,严忌次之,并称为枚先生、严夫子。严有《哀时命》与淮南小山《招隐士》同在《楚辞》,都无甚可取。枚乘有《七发》,托言楚太子有疾,吴客前往慰问,想说以要言妙道愈太子之病;先为太子夸张琴歌、饮食、车马、游侠、校猎、观涛一些"至美""至壮""怪异诡观"的事,太子乃有起色;最后更说"将为太子奏方术之士有资略者,若庄周、魏牟、杨朱、墨翟、便蜎、詹何之伦,使之论天下之精微,理万物之是非,孔老览观,孟子持筹而算之,万不失一"。于是太子愿听圣人辩士之言,"涩然汗出,霍然病已"。他这种赋体启发了后来无数的赋家,做了无数的以"七"为题的赋,所以《文选》里为列"七"的一类。武帝即位,枚乘年已老,乃以安车蒲轮征乘,未至而死。乘子皋,字少孺,武帝时为郎。史称皋"为赋颂好嫚戏,以故得媟黩贵幸,比东方朔郭舍人等,……皋为赋善于朔也。从行至甘泉、雍、河东,东巡狩、封泰山,塞决河宣房,游观三辅离宫馆,临山泽,弋猎、射驭、狗马、蹴鞠、刻镂,上有所感,辄使赋之。为文疾,受诏辄成,故所赋者多;司马相如善为文而迟,故所作少而善于皋。皋赋辞中自言……为赋乃俳,见视如倡,自悔类倡也"。我们要知道枚乘、枚皋父子两个是首先以辞赋供奉贵族的人,枚皋且以被视如俳优,而不免懊悔了!

东方朔(前一六〇?——九〇?),字曼倩,平原厌次人。有口辩,好诙谐,善射覆。武帝时为郎。他的赋《七谏》存于《楚辞》,无甚精彩。《答客难》、《非有先生论》二篇最有名,尤以前者引起了后人的无数的仿作。因为这两篇东西写他"独不得大官"和他所以"默然无言"的很漂亮的牢骚,所以大为后来的怀才不遇的文人所注意。我最爱他那篇《自荐书》,后来干禄的人没有敢像这样说大话,说得这样漂亮、又这样俏皮的。

这个时候最大的赋家不是枚皋、东方朔一流俳优似的人物,也不是严助、朱买臣、吾丘寿王那班政客式的人物,乃是颇有浪漫气氛的文人司马相如(西元前一七九——一一七)。相如字长卿,小名犬子,蜀郡成都人,事景帝为武骑常侍。景帝不好辞赋,乃从梁孝王为客,和枚乘、严忌一流人同游。孝王死,相如归蜀,至临邛,友人王吉为临邛令,见他贫困,故意以贵客礼相待,使与土豪卓王孙接近。卓王孙有女文君,新寡好音,相如赴宴,以琴心挑之。文君夜奔相如,同归成都。因家徒四壁,不能自活,两人仍回临邛,买一酒舍。文君当炉,相如自著犊鼻裈,涤器于市中。卓王孙引以为耻,乃分与文君僮百人、钱百万、及其嫁时衣被财物。相如从此为成都富人。他这种浪漫的生活很为后来的文人所艳称,元、明以来戏曲家以此故事为题材者不少。武帝读了他的《子虚赋》,不知道是司马相如作的,恨不和作者同时。蜀人杨得意为狗监,因此荐相如,武帝以相如为郎;后为中郎将,略定西南夷。相如口吃,常有消渴病,最后病免,家居茂陵而卒。他的作品有《子虚赋》(《文选》分为《子虚》、《上林》二赋)、《大人赋》、《哀二世赋》。又有《美人赋》、《长门赋》,恐系伪托;前者似是关于相如的浪漫的一种传说,后者似在夸说相如的辞赋感人的魔力,也是一种传说。他答友人问作赋说:"合纂组以成文,列锦绣而为质,一经一纬,一宫一商,此作赋之迹也。赋家之心,包括宇宙,总览人物,斯乃得之于内,不可得其传也。"他把赋看作一种很繁缛的艺术,又把赋家的本领看得很高,赋在文学上的地位也因他而高了。他真不愧为当时一个很伟大的赋家。无怪乎扬雄有"长卿赋不似从人间来,其神化所至邪"的赞叹。

武帝刘彻是一个好大喜功的雄主,却能留心文学,提倡辞赋,招致一班赋家,给以优裕的地位。伟大的历史家司马迁亦生于此时,和司马相如同为照耀当代文坛的日月,汉代文学当以此时为最盛了。到了宣帝刘询,又能"修武帝故事,讲论《六艺》群书,博尽奇异之好。"就有王褒、刘向一辈新的赋家继起。

王褒(约死于西元前一五〇左右),字子渊,蜀人。据《汉书·王褒传》:"褒既为刺史作颂、又作其传,益州刺史因奏褒有轶材,上乃征褒,既至,诏褒为《圣主得贤臣颂》。上令褒与张子侨等并待诏,数从褒等放猎。所幸宫馆,辄为歌颂,第其高下,以差赐帛。议者多以为淫靡不急。上曰:'不有博弈者乎!为之犹贤乎已。辞赋大者与古诗同义,小者辩丽可喜。辟如女工有绮縠,音乐有郑、卫,今世俗犹皆以此虞说耳目,辞赋比之,尚有仁义讽谕鸟兽草木多闻之观,贤于倡优博弈远矣!'顷之,擢褒为谏议大夫。"王褒完全是一个歌功颂德的文人,那些肉麻的文章不必说,就是收入《楚辞》的《九怀》也不见精彩。倒是他那篇《僮约》现在很有人恭维它是一篇绝妙的白话文哩。

刘向(西元前八〇——九),字子政,初名更生,楚元王交玄孙。历仕宣元成三朝,最后为中垒校尉。他不仅以赋著,还是一个很重要的文献学者。他曾校录《战国策》、《管子》、《晏子》、《荀子》、《列子》等书。更搜集古代各书里的许多遗闻逸事,撰著为《说苑》、《新序》二书,略与韩婴的《韩诗外传》相类。又撰《列女传》,专录古代妇女的嘉言懿行。他的赋收入《楚辞》里的有《九叹》,此外皆残缺或亡佚。他的儿子歆,字子骏,能继父业,也作中垒校尉,后为王莽国师。地皇末,谋劫莽降汉,事泄,自杀。他的《遂初赋》颇有名。但他在学术上的最大的影响,乃在争立《左氏春秋》,及《毛诗》、《逸礼》、《古文尚书》,列于学官。若仅就赋而说,他就不及同时的扬雄了。

西汉最后的一个大赋家为扬雄(西元前五三——后一八)。雄字子云,蜀郡成都人。历仕成、哀、平三朝,为给事黄门郎。王莽代汉,转大中大夫。他虽善作赋,却以为这是"雕虫小技,壮夫不为"。他薄辞赋家而不为,似想做一个思想家,所以仿《易经》而作《太玄》,仿《论语》而作《法言》。实则他的思想囿于儒家,并无独到的特创的见解。和他同时的人对于他的书毁誉参半:刘歆以为只可供后人盖酱瓿,桓谭则以为绝伦。古文家自韩愈以至曾国藩都很恭维他。他的辞赋也是一味摹仿,以为"赋莫深于《离骚》,反而广之,辞莫丽于相如,作四赋,皆斟酌其本相与放依而驰骋"。他还仿《仓颉篇》作《训纂》,这是字书;又仿《虞箴》作《州箴》,仿东方朔的《答客难》而作《解嘲》、《解难》。只有一部属于语言学的《方言》,才是他的创作。从文学史上而论,他是摹仿文学之祖。他的赋现存《甘泉赋》、《河东赋》、《羽猎赋》、《长杨赋》、《蜀都赋》、《太玄赋》、《反离骚》等篇。他这些赋自己或以为是"沈博绝丽"之文,我看就不过堆砌些美辞奇字而已。还有《逐贫赋》、《酒赋》两篇,倘若真是他作的,倒是很有风趣的作品。

王莽代汉,在位不过二十年,天下大乱。更始、光武以汉的宗室起兵诛莽,汉室复兴,从此汉祚又将近延长了两百年。在这两百年间,除了末叶大乱以外,平时社会上还算能够继续保持一种小康的状态。这一时代里也产生了不少的赋家,如班固、张衡、王逸、蔡邕诸人算是其中顶有名的了。

班固(西元三二——九二)、字孟坚,扶风安陵人。九岁能属文,诵诗赋。及长,九流百家之言,无不穷究。后为兰台令史。和帝永元(公元八九)初,大将军窦宪出塞,以为中护军,行中郎将事。及宪败,坐下狱死。他的著作,以《汉书》为最著,辞赋亦颇有名。据说:"时京师修起宫室,濬缮城隍,而关中耆老,犹望朝廷西顾。固感前世相如、寿王、东方之徒,造构文辞,终以讽劝,乃上《两都赋》,盛称洛邑制度之美。以折西宾淫侈之论。"结构颇似扬雄的《子虚赋》,但因不故为艰深,故较流畅明丽。又有《答宾戏》系仿《答客难》,《幽通赋》句法大似《离骚》。固父名彪,字叔皮、亦善辞赋,有《北征赋》,系仿怀乱离之作。固妹名昭,字惠班,曹世叔妻,随夫就官,作《东征赋》。固为《汉书》,其八表及《天文志》未毕,和帝令昭续成之;数召入宫,令皇后贵人师事,号曰曹大家。著《女诫》七篇,以"卑弱"、"曲从"为训,大有影响于后来的女子教育及其生活。固弟超以平定西域最有名。班固生活于这样的家庭环境,似于他的文学的成就多少有些助力。

与班固同时的作家有冯衍、傅毅、杜笃、崔骃诸人,但皆不及固的成就之大,无甚可称。稍后一点,又有一大作家出现,成就略与班固相当,是为张衡(七八——一三九)。衡字平子,南阳西鄂人。历仕安、顺两朝,为太史令。他不仅以赋著名,他是一个很伟大的天文家。他的名作有《西京赋》、《东京赋》、《南都赋》、《思玄赋》、《归田赋》、《应间》。其他作品尚多,我最爱他的《骷髅赋》。赋的大意说:张平子于季秋之辰,出游旷野,见路旁骷髅,不觉怅然,因呼问骷髅生前为谁。于是冥冥之中有人答道:

"吾为宋人,姓庄名周。"平子因告以将欲告之于五岳,祷之于神祇,使他复生。他却答道:"……死为休息,生为役劳,冬水之凝,何如春冰之消?荣位在身,不亦轻于尘毛?……况我已化,与道逍遥:离朱不能见,子野不能听;尧、舜不能赏,桀、纣不能刑;虎豹不能害,剑戟不能伤;与阴阳同其流,与元气合其朴;以造化为父母,以天地为床褥;以雷电为鼓扇,以日月为灯烛;以云汉为川池,以星宿为珠玉;合体自然,无情无欲;澄之不清,浑之不浊;不行而至,不疾而速。"于是言卒响绝。平子因命仆夫以缟巾掩埋,为之伤涕。借着达观主义的庄子的枯骨,幻想无生之乐。看似对于死的赞颂,愈觉对于生的诅咒;看似达观,而悲观更为彻底。还有《冢赋》也是赞美幽墓灵堂的,但文不足称。他的《思玄》、《应间》、《归田》三篇虽然也有他的人生的见解,也可以看出他的悲观,但都不及《骷髅赋》技巧的独创,思想的深刻。总之,我们读他的作品,须知他在政治上是常虑宦官迫害的人。与衡同时的赋家有李尤、马融、王逸诸人,而以王逸作《楚辞章句》为最有名。

王逸(约死于公元一五〇左右),字叔师,南郡宜城人,历仕安、顺两朝,任校书郎侍中等官。他编定《楚辞》,并作章句。所释训诂名物颇为赡核。其演绎文义好像间有用韵的,摹仿《易经》小象文体,这种注释方法自他以后,不见有人再用。至于喜为穿凿傅会,说屈、宋之辞皆寓忠君爱国之意,以致掩住了《楚辞》文学的真价值,这就好像《毛诗》一派经生好以美刺一类迂腐的道理解释《三百篇》,未免可笑了!不过他是生在汉朝腐儒的氛围里,我们不必苛责。他的作品有《九思》,编入《楚辞》,只是附骥之作,也不必谈它。逸子名延寿,字文考,亦能赋。感汉室中微,盗贼奔突,自西京未央、建章之殿皆见隳坏,而鲁灵光殿岿然独存,作《鲁灵光殿赋》,有名于世。又有《梦赋》,写梦中见鬼。后渡湘江溺死。

稍后一点,也就是最后,有一个负盛名的文人蔡邕(一三三——一九二)。邕字伯喈,陈留圉人。灵帝时奏求正定《六经》文字。邕乃自书丹于碑,使工镌刻,立于大学门外,其观视及摹写者车乘日千余两,填塞街陌。他作的赋颇多,以《述行》、《短人》、《释诲》为佳,但不及他的碑铭多而有名。当时名公贵人的身后碑志,多出其手。或疑谀墓猎金,自他开始。因为胡根不过七岁,袁满来年才十五,又都是阔人之子,他也替他们作称美的碑文。他自己也曾说过:"吾为碑铭多矣,皆有惭德,唯郭有道无愧色耳。"后来他因附和董卓,卓败,坐下狱死。他有女儿名琰、字文姬、亦博学能文。她以身经丧乱,忧患余生,作为《悲愤诗》两首,一用赋体,一用五言。以同一内容而用新旧两种形式,似乎是她对于新诗体(五言)的一种尝试。结果以用新的形式一首表现得更为有力,这是很值得我们注意的。

这个时代是一个大乱的时代,政府里正闹出党锢的大祸,边疆又时有匈奴、鲜卑入寇,政治昏乱。民生痛苦,都达到极点。因之,农民的暴动蠭起了,州牧的割据形成了,纷纷扰扰二三十年,便成了三国分立的局面。由统一而分立,政治上到了一个过渡的时代;由赋而五言诗,文学上也到了一个过渡的时代。我以为赵壹的《刺世疾邪赋》正是这一时代的最好的代表作。在这一篇赋里,一面捉住了这一时代的政治的现象,一面显示了这一时代的文学的趋势,由赋而五言诗的趋势。现在我把这篇赋录在这里。

  伊五帝之不同礼,三王亦又不同乐,数极自然变化,非是故相反驳。德政不能救世溷乱,赏罚岂足惩时清浊?春秋时祸败之始,战国愈复增其荼毒;秦、汉无以相逾越,乃更加其怨酷。宁计生民之命,唯利己而自足。于兹迄今,情伪万方,佞谄日炽,刚克消亡。舐痔结驷,正色徒行;妪媚名执,抚拍豪强;偃蹇反俗,立致咎殃;捷慑逐物,日富月昌;浑然同惑,孰温孰凉?邪夫显进,直士幽藏。原斯瘼之攸兴,实执政之匪贤。女谒掩其视听兮,近习秉其威权。所好则钻皮出其毛羽,所恶则洗垢求其瘢痕。虽欲竭诚而尽忠,路绝崄而靡缘。九重既不可启,又群吠之狺狺。安危亡于旦夕,肆嗜欲于目前。奚异涉海之失柂,积薪而待燃?荣纳由于闪揄,孰知辨其蚩妍?故法禁出屈挠于执族,恩泽不逮于单门。宁饥寒于尧、舜之荒岁兮,不饱暖于当今之丰年。乘理虽死而非亡,违义虽生而匪存。有秦客者,乃为诗曰:

河清不可俟,人命不可延。顺风激靡草,富贵者称贤。文籍虽满腹,不如一囊钱。伊优北堂上,抗脏倚门边。

鲁生闻此系辞而作歌曰:

执家多所宜,咳唾自成珠。被褐怀金玉,兰蕙化为刍。贤者虽独悟,所因在群愚。且各守尔分,勿复空驰驱。哀哉复哀哉,此是命矣夫!

赵壹(一四〇?——二〇〇?),字元叔,汉阳西县人。他是一个恃才傲物的狂士,不见容于乡党,几乎送掉了性命,幸赖友人之救得免于难;因作《穷鸟赋》以纪其事,自谓"畏禁,不敢班班显言"。又作《刺世疾邪赋》以舒其怨愤。这篇赋是一半赋一半五言诗的创体,在文学的发展上正显示了由赋而五言诗的趋势。因此我要把这篇赋来代表汉赋的最后的一篇,并把赵壹来代表最后的一个赋家,想来是最适宜的罢。

五 赋 与 散 文

我们倘就文学发展的历史上观察,从屈原出生以后直到贾谊出生以前一百四五十年间(约西元前三四〇——二〇〇),不能不说是《楚辞》的时代。自贾谊之生直到赵壹之死,约四百年间(约西元前二〇〇——后二〇〇),不能不说是汉赋的时代。汉赋直接继承了《楚辞》的伟业,在文坛上握有将近四百年的权威,出了无数个赋家,作了无数篇的赋。可是存留下来的赋、篇数很少,价值也很微。就是司马相如、扬雄、班固、张衡四大赋家的作品,现在看来也很少有文学的价值。我想赋的发展所以臻于极盛,在文体上自然是远承《三百篇》近承《楚辞》的影响。同时在意识上则由于时代的要求。在这一时代,社会常呈一种小康状态,政权握于君主,学术思想则儒家独尊,权威的社会意识最为发达。文学只成了"润色鸿业"、"雍容揄扬"的东西,所以最适宜于"侈丽闳衍"之赋的生长发展(参看本篇之三)。当时的赋家也就最能献其生命于赋的制作:扬雄赋《甘泉》,伤于思虑,梦出五藏;桓谭作小赋,用思太专,发病弥日;张衡赋二京,精思傅会,十年乃成。且扬雄有言,"能读千赋则善赋",又可想见赋家记诵之博。至于好堆古文奇字,不惜累牍连篇;敷陈品物庶类,务在夸多斗靡;大约赋在当时是兼有字典类书之用的。据《汉书·艺文志·六艺略》叙小学云:"汉兴,萧何草律,……太史试学僮,能讽书九千以上乃得为史。又以六体试之,课最者以为尚书、御史、史书、令史。吏民上书,字不正,辄举劾。"许慎《说文解字叙》也说:"《尉律》,学僮十七已上始试,讽籀书九千字乃得为吏。又以八体试之,郡移太史,并课最者以为尚书史。书或不正,辄举劾之。"又应劭《汉官仪》也说:"能通《仓颉》、《史籀篇》,补兰台令史,满岁为尚书郎。"可见当时的人能多识字就可由考试做官,讽书识字是一种举业,正像明、清两代的八股文一样。司马相如作《凡将篇》,扬雄作《训纂篇》,班固又续扬雄《训纂》,赋家大都研精小学,读他们的赋还可以兼得识字之用的,这也是赋在当时所以发展的一个原因罢。章太炎《国故论衡》中论及汉赋,以为"其道与故训相俪,故小学亡而赋不作",大致是不错的。

这一时代的背景既然最适宜于赋的发展,他种文学就大都因之而黯然无色。试就散文而论,已经绝少看见周、秦诸子那样的论文。思想上能各成一家之言,而持辩行文又能酣畅淋漓,或精微简练。所以章太炎说:"晚周之论,内发膏肓,外见文采,其语不可增损。汉世之论,自贾谊已繁穰,渐与辞赋同流;千言之论,略其意不过百名。……后汉诸子渐兴,讫魏初几百种,然其深达理要者,辨事不过《论衡》,议政不过《昌言》,方人不过《人物志》，此三家差可以攀晚周，其余虽娴雅，悉腐谈也。"又说："今汉籍见存者，独有王充不循俗迹，恨其文体散杂，非可讽诵，其次独有《昌言》而已。"章先生于汉代论文，自陆贾《新语》、贾谊《新书》、淮南《鸿烈》、董仲舒《春秋繁露》、扬雄《法言》、桓宽《盐铁》、王符《潜夫》、下及荀悦《申鉴》、徐幹《中论》，都各有微辞，独取王充《论衡》、仲长统《昌言》，这也是大致不错的。

王充（二七——一〇〇？），字仲任，会稽上虞人，仕郡为功曹，后为州从事，转治中。师事班彪，好博览而不守章句。家贫无书，常游洛阳市肆，阅所卖书，一见辄能诵忆，遂博通众流百家之言。他主张言文一致。他说："说发胸臆，作文手中，其实一也。"又说："口则务在明言，笔则务在露文。""文字与言同趋，何为犹当隐闭指意？……深覆典雅，指意难睹，唯赋颂耳。"他以为文字是应当显露明白的，只有供奉贵族的赋颂那种东西才可咬文嚼字，叫人不懂。他的赋仅存《果赋》"冬实之杏，春熟之甘"两句。他的论文叫作《论衡》。他说："《论衡》之造也，起众书并失实，虚妄之言胜真美也。故虚妄之语不黜则华文不见息，华文放流则实事不见。故《论衡》者所以铨轻重之言，立真伪之平，非苟调文饰辞为奇伟之观也。"可知这部书不是专为"调文"的，乃是重在批评的。自学术思想以至习俗迷信，他都要自己用思想来批评。比如那时读书的人都只迷信孔子，孔教已成了思想界的唯一偶像，他却大胆的怀疑孔子之言未必尽是，而作《问孔篇》。因他有此等怀疑的精神，批评的眼光，所以能够成为汉朝第一流的思想家。《论衡》的文章现在读起来有很生涩而不流畅的地方，大约其中有许多当时的"俗言"。

仲长统（一八〇——二二〇），字公理，山阳高平人。少好学，博涉书记，赡于文辞。性俶傥，敢直言，不矜小节，语默无常，时人或谓之狂生。尝参丞相曹操军事。每论说古今，及时俗行事，恒发愤叹息。因著论名曰《昌言》，凡三十四篇，十余万言。现存《理乱》、《损益》、《法诫》三篇，见《后汉书》本传。又严辑《全后汉文》从《群书治要》里录一些断章零篇。

汉朝的政论家虽多，当以贾谊、崔寔、仲长统三人为最有卓识，亦很有文采。可惜崔寔的《政论》亦已不传，《全后汉文》辑有残篇，仅能见其一鳞一爪而已。仲长统以狂生而善处乱世，不像同时的孔融、祢衡、杨修那些文人一样以狂招祸。因此我最爱读他的《乐志论》和《述志诗》。

我以为汉朝的散文在论文方面虽然没有若何重要之点值得吾人注意，但在历史方面就有两个很伟大的历史家，而大有影响于后来的散文。这两个历史家一为作《史记》的司马迁，一为作《汉书》的班固。

司马迁、班固所以在历史文学上有这样伟大的成就，除了作者的天才学力及其环境与时代的影响以外，他们以前的历史家的成绩所给与的凭借更是不可少的。汉朝以前的古代史书至今流传的有《尚书》、《春秋》、《左传》、《国语》、《战国策》，还有一部保存古代神话最丰富的《山海经》。这几部书不仅于后来的史学上大有权威（史家有所谓《尚书》家、《春秋》家、《左传》家、《国语》家，合《史记》家、《汉书》家为六家。）于文学上也有很大的权威，尤其是《左传》、《战国策》两书最为古文家所称道。《山海经》也提供了后来许多文人以奇异的题材，美丽的想象。《春秋》为孔子所作，前一篇已经说过了。今本《尚书》是暴秦焚书以后残本，且原书是否曾经孔子编订也成问题。《左传》相传为鲁君子左丘明作，是《春秋》的传注，《国语》也相传是他作的；又有人说他是孔门弟子。近有瑞典的"支那学"大家珂罗倔伦（Bernhard Karlgren）著《左传真伪考》，从文法方面证明《左传》不是鲁国人所作，也不是孔门弟子所作，并证明《左传》、《国语》、两部书的文法组织很是相同。更因司马迁的《史记》引用《尚书》常把古奥难懂的文句翻译成浅近的文句，引用《左传》也是如此，就断定《左传》原本作于焚书以前。《战国策》本有《国策》、《国事》、《短长》、《事语》、《长书》、《修书》等异称，直到刘向校录，才定名《战国策》。以上所说五种古史的书都是司马迁《史记》所据之原料。还有《山海经》那一种，近似地志，实为神话，相传为大禹、伯益合作，我疑是战国时人所作，汉人又有所附益。《史记·大宛列传》末有太史公曰："……言九州山川，《尚书》近之矣,至《禹本纪》、《山海经》所有怪物,余不敢言之也。"可见司马迁虽看见过《山海经》,却不肯认为正确的史料。此外,《史记》所据之原料,尚有《世本》、《牒记》、《秦记》、《楚汉春秋》等种皆属史书,现在都不存了。我们可以想见司马迁作《史记》有赖于前人在历史上所遗留之成绩者甚多,至于班固作《汉书》又大有赖于《史记》之处,那更不待说了。

司马迁(西元前一四五——八六?),字子长,左冯翊夏阳人,今属陕西同州韩城县。司马氏世典周史,迁父谈以汉武帝建元元封间仕为太史令,谈卒,迁袭官。谈既学天官于唐都,受《易》于杨何,习道论于黄子,迁皆传其学。迁又受业孔安国治《尚书》,闻《春秋》于董仲舒。喜游历,足迹遍天下。初奉诏修《太初历》,后乃从事作史。因上书救李陵,获罪受腐刑。已而为中书令,尊宠任事。

司马迁作《史记》所依据之史料除前举诸书以外,兼取材于《六艺》、诸子、功令官书及方士言。此外,游踪所至,见闻所及,亦多采录。他以毕生精力才做成这一部"通古今之变,成一家之言"的史书,——有组织有宗旨的史书。上自黄帝,下讫"获麟"(汉武帝元狩元年冬十月,西元前一二〇),分为本纪十二,表十,书八,世家三十,列传七十,凡百三十篇,"五十二万六千五百字"。或云原缺十篇,为后人所补。书中明言"褚先生曰"云云,自是补文无疑;其他后人补续窜乱的地方还有不少;但这都无害于《史记》全书的完美。梁任公《要籍解题》里说:"从前的史或属于一件事的关系文书如《尚书》,或属于各地方的记载如《国语》、《战国策》,或属于一时代的记载如《春秋》及《左传》。《史记》则举其时所及知之人类全体自有文化以来数千年之总活动为一炉,自此始认识历史为整个浑一的,为永久相续的;非至秦、汉统一后,且文化发展至相当程度,则此观念不能发生,而太史公实应运而生。《史记》实为中国通史之创始者,自班固以下,此意荒矣。故郑樵、章学诚力言《汉书》以后断代史之不当,虽责备或太过,然史公之远识与伟力,则无论何人不能否定也。"又说:"后世诸史之列传多借史以传人,《史记》之列传惟借人以明史,故与社会无大关系之人滥竽者少。换一方面看,立传之人并不限于政治方面,凡与社会各部分有关系之事业皆有传为之代表。以行文而论,每叙一人能将其面目活现。又极复杂之事项例如《货殖列传》、《匈奴列传》、《西南夷列传》等所叙皆能剖析条理,缜密而清晰,其才力固自复绝。"《史记》一书最大之价值梁先生已说出两三点来了。

司马迁死后百余年,有班固作《汉书》。固为四大赋家之一,前已说过。固父彪因《史记》自武帝太初以后,阙而不录;后来好事者颇或缀集时事,然多鄙俗,不足以踵继其书;乃采前史遗事,傍贯异闻,作后传数十篇。彪卒,固以父彪所续前史未详,欲就其业,以为《汉书》。乃断自高祖,尽于王莽,为十二纪、十志、八表、七十列传、凡百篇。固自永平中始受诏,潜精积思,二十余年,至建初中乃成。当世甚重其书,学者莫不讽诵。寻其创造,皆准史记,但不为"世家",改"书"曰"志"而已。史称迁、固有良史之才,迁文直而事核,固文赡而事详。我以为《史记》、《汉书》不仅领袖"正史",为史家楷模;在古文学上亦为记叙文之极则。尤其是《史记》为许多古文家所尽力追摹,而苦于不能企及。汉献帝以《汉书》文繁难读,因命侍中荀悦仿《左氏传》别为《汉纪》三十卷,纪述颇有可观。但因其于后来的文学上无甚影响,就略而不论了。

以上略论汉之散文,分为论文与历史,而以历史家的成就为最伟大,最有影响于后来的文学。可是握着当时文学上之权威的究是那些有名的赋家,所以历史家也免不了这种影响。班固就是一个大赋家。司马迁也能够作赋,《汉书·艺文志》著录他的赋八篇,不过现在已亡,仅存《悲士不遇赋》残篇而已。这一时代有了伟大的赋家,有了伟大的历史家,足为文学史上的夸耀;却没有产生伟大的诗人,诗歌的成绩也无甚可说。但因这一时代里有了乐府的萌芽以至逐渐成长,五言诗就渐渐成立了,到了魏晋就开拓了一个五言诗的全盛时代,这是我们要知道的。

第三讲 乐 府 与 诗

一 汉代乐府与五言诗

为了要明白乐府与五言诗之发展的径路及其相互的关系,还是不得不先为略略提到同时盛行的赋和没落的四言诗,指出彼此间新旧递嬗的线索。

汉代的赋,就其结体为韵文而说,我们不能不承认它是"古诗之流";就其偏于敷陈事理、堆砌词藻而说,究竟和《诗》、《骚》重在言志抒情,嗟叹咏歌者大异。章学诚《校雠通义》里说:"古之赋家者流,原本《诗》、《骚》,出入战国诸子。假设问对,庄、列寓言之遗也;恢廓声势,苏、张纵横之体也;排比谐隐,韩非《储说》之属也;征材聚事,《吕览》类辑之义也。虽其文逐声韵,旨存比兴,而深探本原,实能自成一子之学,与夫专门之书初无差别。"他直把赋看作一子之学,专门之书。实则汉代的赋在当时还不失为一种新兴的有力的文学。其他纯然摹仿《三百篇》的四言诗,摹仿《楚辞》体的诗,四百年间,并不多见,也没有几首好的。

当时四言诗的作者,最初有韦孟。孟为楚元王傅,傅其子夷王及其孙王戊,戊荒淫无道,乃作《讽谏诗》,乃去位居邹,又作《在邹诗》,颇有名。孟的六世孙玄成有《自劾》、《戒子孙》两诗,傅毅有《迪志诗》,也都有名。

这也都是叙家世、述教训的四言诗,自然是受了韦孟的影响。其他,如朱穆《与刘伯宗绝交诗》,蔡邕《答元式诗》、《答卜元嗣》诗,都无可称述。只有仲长统的《述志诗》二首(或云原为一首)是好诗,我最爱他的第二首。诗云:

> 大道虽夷,见几者寡。任意无非,适物无可。古来缭绕,委曲如琐。百虑何为,至要在我。寄愁天上,埋忧地下,叛散《五经》,灭弃风雅。百家杂碎,请用从火。抗志山栖,游心海左。元气为舟,微风为柂,翱翔太清,纵意容冶。

仲长统生当汉末乱世,乃能为此深切彻悟、饶有理致的诗,这是汉朝平时那些经生腐儒所没有的。只有梁鸿的《五噫歌》、张衡的《四愁诗》算是创格的诗,也都是出于伤时感事之作,不可不述。据《后汉书》说,梁鸿东出关,过京师,作《五噫》之歌,肃宗闻而悲之,求鸿不得。歌云:

> 陟彼北芒兮,噫!顾瞻帝京兮,噫!宫阙崔巍兮,噫!民之劬劳兮,噫!辽辽未央兮,噫!

张衡顺帝时为宦官所谗,郁郁不得志,作《四愁诗》以见意。诗云:

> 我所思兮在太山,欲往从之梁甫艰,侧身东望涕沾翰。美人赠我金错刀,何以报之、英琼瑶;路远莫致倚逍遥,何为怀忧、心烦劳!
> 我所思兮在桂林,欲往从之湘水深,侧身南望涕沾襟。美人赠我金琅玕,何以报之、双玉盘;路远莫致倚惆怅,何为怀忧、心烦伤!
> 我所思兮在汉阳,欲往从之陇坂长,侧身西望涕沾裳。美人赠我貂襜褕,何以报之、明月珠;路远莫致倚踟蹰,何为怀忧、心烦纡!
> 我所思兮在雁门,欲往从之雪纷纷,侧身北望涕沾巾。美人赠我

锦绣段,何以报之、青玉案;路远莫致倚增叹,何为怀忧、心烦惋!

梁鸿尚有《适吴》、《思友》二诗,用《楚辞》体;张衡尚有四言的《怨篇》、五言的《同声歌》;《同声歌》在郭茂倩《乐府诗集》列入《杂曲歌辞》。

汉人《诗经》体的诗除了乐府以外,虽然都不可歌,但《楚辞》体的诗(简称楚声)则大半为歌而作。自从项王因垓下一战惨败,自作"力拔山兮"之歌,慷慨悲壮,以与美人、骏马作别;其后,汉宗室诸王如赵幽王友、燕剌王旦、广陵厉王胥,以及曾一度为帝而为董卓所废的弘农王辩,都于患难死生之际,用楚声作歌以告哀。他如高帝刘邦的《大风歌》,李陵别苏武的歌,都是为歌而作的《楚辞》体的诗,这是我们翻读原诗及其故事就可以知道的。

至于汉代的乐府诗,就完全是可歌的入乐的诗了。高帝时,已有宗庙祭祀所用的乐章舞曲,如《宗庙乐》、《房中祠乐》、《武德舞》、《文始舞》之类。惠帝二年,又使夏侯宽为乐府令。武帝时,更立乐府。《汉书·艺文志》里说:"自孝武立乐府而采歌谣,于是有代、赵之讴,秦、楚之风,皆感于哀乐,缘事而发,亦可以观风俗,知厚薄。"又《礼乐志》里说:"至武帝定郊祀之礼。……乃立乐府,采诗夜诵,有赵、代、秦、楚之讴,以李延年为协律都尉。多举司马相如等造为诗赋,略论律吕,以合八音之调,作十九章之歌。"《李延年传》里也说:"是时上方兴天地诸祠,欲造乐,令司马相如等作诗颂,延年辄承意弦歌所造诗,为之新声曲。"可知乐府始于武帝,初为乐官专署之名。只因乐府职责在掌声乐,或采民间的歌谣入乐,或用文人的诗颂入乐,所以后来的人就直把乐府所用的这种诗歌叫作乐府,列为诗歌之一体了。

汉乐府篇名可考的近二百曲,其歌辞存者仅近百曲。《艺文志》所载当时各地歌谣一百三十八篇,其中《河南周歌诗》、《周谣歌诗》,尚另有所谓《声曲折》。王先谦云:"声曲折即歌声之谱。唐曰乐句,今曰板眼。"可惜这些歌谣及其声曲折都不存了,无从考见当初所采民间乐府的真相。

现存的汉代民间乐府,有《相和歌辞》、《清商曲辞》、《杂曲歌辞》三种,大都为东汉时代的作品,只有《相和歌辞》中《薤露》、《蒿里》二曲可认为作于西汉时代。这种民间乐府的采集保存,最有影响于诗歌的发展与进步,这是《郊庙歌辞》、《燕射歌辞》、《舞曲歌辞》、《鼓吹曲辞》、《横吹曲辞》几种乐府诗所不及的。

《郊庙歌辞》中《宗庙歌》全亡,惟存《房中祠乐》十七章,《郊祀歌》十九章。《房中乐》为高祖唐山夫人所作。《郊祀歌》或有司马相如之作在内,说见前引《汉书·礼乐志》、《李延年传》各文。其中有四章题为"邹子乐"者,梁任公疑是邹阳作的。这种祭祀祖先天地诸神的乐章,形式不出《诗骚》的旧型,内容铺张歌颂,又毫无生趣,文学上的价值甚低。

《燕射歌辞》有《燕飨乐》、《大射乐》、《食举乐》三种,其辞全亡。

《舞曲歌辞》中《雅舞》亦全亡,《杂舞》仅存《公莫舞》、《铎舞》,又皆"声辞杂写,不复可辨"。散乐存者有《俳歌辞》,一名《侏儒导》。其辞云:

> 俳不言不语,呼俳嚯所,俳适一起,狼率不止。生拔牛角,摩断肤耳。马无悬蹄,牛无上齿,骆驼无角,奋迅两耳。

发端数语颇觉不可句解。倘若这真是"百戏"优人所用的曲子,这就算是戏剧所用的歌曲而存在最古的了。

《横吹曲辞》为胡乐,用于行军,全亡。

《鼓吹曲辞》向来也以为是"军乐""凯歌",或云亦出胡乐,未知是否。现存《铙歌》十八曲,原为二十二曲,已亡其四。各曲"声辞艳相杂,不复可分。"清人李因笃、彭士望、庄述祖、陈沆、董若雨、陈本礼、谭献、王先谦诸人都有考释,各有所见。近有夏敬观博采前人之说,附以己见,为《汉短箫铙歌注》一书,既指出其句韵,又疏证其意义,虽仍不免牵强之处,但原文略略可读了。其中也有不必多烦考证,而比较易读的,如《战城南》云:

> 战城南,死郭北,野死不葬乌可食。为我谓乌:"且为客豪(嚎),野死谅不葬,腐肉安能去子逃。"水深激激,蒲苇冥冥。枭骑战斗死,驽马徘徊鸣。梁筑室,何以南?何以北?禾黍不获君何食?愿为忠臣安可得?思子良臣,良臣诚可思!朝行出攻,莫不夜归!

这是一篇极痛切的反对战争的歌曲。又《有所思》云:

> 有所思,乃在大海南。何用问遗君?双珠瑇瑁簪。用玉绍缭之。闻君有他心,拉杂摧烧之。摧烧之,当风扬其灰!从今以往,勿复相思!相思与君绝。鸡鸣狗吠,兄嫂当知之。妃呼狶!秋风肃肃晨风飕,东方须臾高知之。

这是一篇情感极热烈的恋歌。这些歌曲似乎也是采自民间歌谣而入乐的,所以和贵族特制的《房中乐》、《郊祀歌》,辞气矜持凝重者大不相同。倘若这真是采取胡乐的声调而谱成的曲辞,那就说到中国文艺所受异民族文艺的影响,应当从这个说起了。

现在,我要论到《相和歌辞》、《清商曲辞》、《杂曲歌辞》了。这些乐府大都采自民间歌谣。所以《宋书·乐志》里说:"凡乐章古辞今之存者,并汉世街陌谣讴,《江南可采莲》、《乌生八九子》、《白头吟》之属也。"按《江南可采莲》、《乌生八九子》为《相和曲》,《白头吟》属《清商曲》。《乐志》又说:"《相和》,汉旧曲也,丝竹更相和,执节者歌。"《乐府诗集》引《古今乐录》说:"凡相和,其器有笙、笛、节鼓、琴、瑟、琵琶、筝七种。"可见《相和歌辞》所伴奏的乐器。《乐府诗集》于《相和歌辞》列有九种,其中《相和六引》、《四弦曲》二种古辞全亡;《平调曲》、《清调曲》、《瑟调曲》、《楚调曲》、《大曲》五种,经梁任公考出,实为《清商曲》;剩下来只有《相和曲》、《吟叹曲》了。《相和》、《清商》的歌辞大都出于无名氏,至于《杂曲歌辞》,则颇多有姓名的作者。《宋书·乐志》里说:"汉、魏之世,歌咏杂兴,而诗之流,乃有八名:曰行、曰引、曰歌、曰谣、曰吟、曰咏、曰怨、曰叹,皆诗人六义之余也。至其协声律,播金石,而总谓之曲。"这拿来说《杂曲》,大致是不错的。

我在上面已经说过《房中乐》、《郊祀歌》的形式不出《诗》、《骚》的旧型。这里所说的《相和》、《清商》、《杂曲》三种乐府,只有一小部分是杂言而间以五言,略和《鼓吹曲铙歌》相似;大部分则为五言,这是一种特创的新形式。这种新形式的诗歌,西汉时候就已经渐渐萌芽。自然,在《三百篇》里间或一篇也杂些五言的章句,但论到渐渐形成了纯粹的五言,就不能不从西汉时候说起。《汉书·外戚列传》于叙述诸吕一段里说:

高祖崩,惠帝立,吕后为皇太后,乃令永巷囚戚夫人,髡钳衣赭衣,令舂。戚夫人舂且歌曰:

子为王,母为虏;终日舂薄暮,常与死为伍。相离三千里,当谁使告女!

这或者是戚夫人用了当时舂歌的形式而特成的舂歌也未可知。又于叙述孝武李夫人事云:

初,夫人兄延年性知音,善歌舞,武帝爱之。每为新声变曲,闻者莫不感动。延年侍上,起舞,歌曰:

北方有佳人,绝世而独立,一顾倾人城,再顾倾人国。宁不知倾城与倾国?佳人难再得。

这自然也是李延年的"新声变曲",可算五言的乐府之先声。再,同书《五行志》里录有成帝时歌谣一首道:

邪经败良田,才口害善人。桂树华不实,黄雀巢其颠。故为人所弃，今为人所怜。

这竟是纯粹五言形式的歌谣了。又《酷吏传》载尹赏为长安令，修治长安狱，穿地方深各数丈，名为"虎穴"，坑死长安中轻薄少年恶子数百人。百日后，乃令死者家各自发掘其尸。长安中歌道：

安所求子死？桓东少年场。生时谅不谨，枯骨后何葬！

这也是成帝时候的歌谣。还有《后汉书·马援传》载援子廖于肃宗时上疏皇太后劝终成俭德，引"长安语"云：

城中好高髻，四方高一尺；城中好广眉，四方且半额；城中好大袖，四方全匹帛。

这也是纯粹五言的歌谣，不过出于东汉初叶的人所引。可惜西汉武帝时候乐府所采集的各地歌谣全不存在，其中有无五言，无从知道。但我们要认定五言诗始于民歌，采于乐府，却是无可疑的。

现存的汉代民间乐府，《相和歌辞》极少，《杂曲歌辞》亦少，《清商曲辞》则独多。自音乐的发展史言之，秦汉南朝为清商时期，这一时期的音乐以清商为中心。据《汉书·礼乐志》说，哀帝因恶外戚淫侈，至与人主争女乐，乃下诏罢乐府官，减除人郑卫之声四百四十一人。乐府人员原有八百二十九人，至是止存三百八十八人，领属大乐。"然百姓渐渍日久，又不制雅乐有以相变，豪富吏民湛沔自若"。可见当时民间俗乐势力之大。其实，那时所谓郑、卫俗乐，即指清商，汉乐无分雅俗，止此一类。近人郑觐文的《中国音乐史》已言之。那末，那时的音乐既以清商为中心，《清商曲辞》之多，自是当然的事实了。

那时乐府采集各地的歌谣，为了入乐之故，自然不免有增损字句的地

方。可是歌谣的形式,大体还是能够保存。如《相和曲·江南曲》云:

江南可采莲,莲叶何田田! 鱼戏莲叶间。
鱼戏莲叶东,鱼戏莲叶西,鱼戏莲叶南,鱼戏莲叶北。

这无疑的是采自民间的歌谣,或竟是江南地方采莲的劳动歌。又如《瑟调曲·艳歌何尝行》云:

飞来双白鹄,乃从西北来,十十五五,罗列成行。(一解)
妻卒被病,行不能相随,五里一反顾,六里一徘徊。(二解)
吾欲衔汝去,口噤不能开;吾欲负汝去,毛羽何摧颓。(三解)
乐哉新相知,忧来生别离,踟躇顾群侣,泪下不自知。(四解)
念与君离别,气结不能言。各各重自爱,远道归还难。妾当守空房,闭门下重关。若生当相见,亡者会黄泉。今日乐相乐,延年万岁期。(念与下为趋)

"飞来双白鹄⋯⋯六里一徘徊。"正和"孔雀东南飞,五里一裴回"相似,好像出于同一母题(Motif)。以双鹄喻夫妇,写远别之情,极为凄艳。又《艳歌行》云:

翩翩堂前燕,冬藏夏来见。兄弟两三人,流宕在他县。故衣谁当补?新衣谁当绽?赖得贤主人,览取为吾绽。夫婿从门来,斜柯西北眄。语卿且勿眄,水清石自见。石见何累累! 远行不如归。

"翩翩堂前燕,冬藏夏来见,"这也正和"孔雀东南飞,五里一裴回"十个字一样,都是和下文好像无甚关系的起头,民歌的起头却正如此。再《大曲·陌上桑》云:

日出东南隅,照我秦氏楼。秦氏有好女,自名为罗敷。罗敷喜蚕桑,采桑城南隅。青丝为笼系,桂枝为笼钩。头上倭堕髻,耳中明月珠;缃绮为下裙,紫绮为上襦。行者见罗敷,下担捋髭须;少年见罗敷,脱帽著帩头;耕者忘其犁,锄者忘其锄。来归相怨怒,"但坐观罗敷!"(一解)

使君从南来,五马立踟蹰。使君遣吏往,问是谁家姝。"秦氏有好女。自名为罗敷。""罗敷年几何?""二十尚不足,十五颇有余。"使君谢罗敷:"宁可共载不?"罗敷前置词:"使君一何愚!使君自有妇,罗敷自有夫。"(二解)

"东方千余骑,夫婿居上头。何用识夫婿?白马从骊驹。青丝系马尾,黄金络马头。腰中鹿卢剑,可直千万余。十五府小史,二十朝大夫,三十侍中郎,四十专城居。为人洁白皙,鬑鬑颇有须。盈盈公府步,冉冉府中趋。坐中数千人,皆言夫婿殊。"(三解。前有艳歌曲后有趋)

《陌上桑》一名《艳歌罗敷行》,《乐府诗集》列入《相和曲》。这是写一个采桑的女子拒绝一个过路官人的调戏。描写女子的美丽,描写彼此对话的口吻,描写丈夫的漂亮,都极活泼有趣。而且这个女子居然有姓名,好像真有其事。这是一篇极好的民间故事诗。还有《杂曲歌辞》里辛延年的《羽林郎》也是一篇很艳丽的故事诗。诗云:

昔有霍家姝,姓冯名子都,依倚将军势,调笑酒家胡。

胡姬年十五,春日独当垆。长裾连理带,广袖合欢襦。头上蓝田玉,耳后大秦珠。两鬟何窈窕!一世良所无。一鬟五百万,两鬟千万余。

"不意金吾子,娉婷过我庐。银鞍何煜爚!翠盖空踟蹰。就我求清酒,丝绳提玉壶;就我求珍肴,金盘脍鲤鱼。贻我青铜镜,结我红罗裾；不惜红罗裂，何论轻贱躯！男儿爱后妇，女子重前夫。人生有新故，贵贱不相逾。多谢金吾子，私爱徒区区！"

我以为这种有情节有描写的故事诗果真出于东汉时代，无怪乎《孔雀东南飞》那样伟大的长篇故事诗能够发生于汉魏之际（西元二二〇左右）。《孔雀东南飞》初见于徐陵《玉台新咏》。序云："庐江府小吏焦仲卿妻刘氏为仲卿母所遣，自誓不嫁。其家迫之，乃投水而死。仲卿闻之，亦自缢于庭树。时人伤之，为诗云尔。"全诗凡一千七百六十五字，三百五十三句，这是一篇仅见的古代的五言长篇。近人或疑此诗作于佛教盛行于中国以后，受了《佛本行赞》、《普曜经》一类的佛教文学的影响；或竟断定作于南朝。按南朝始于刘宋（四二〇），徐陵死于南朝末叶（五八三），若果作于南朝，最早也不过距徐陵死时百五六十年。诗既为徐陵所见，且采入他编的《玉台新咏》，果然是离他百年左右的人所作，他何以竟不知道，贸然把它推到三百年以前的人所作？胡适之以为在焦仲卿故事发生之后，民间就有《孔雀东南飞》的故事诗起来，一直流传演变，直到徐陵才把它收入《玉台新咏》，那倒是比较可信的一种假设了。

以上略述乐府里的五言诗。这种诗或保存歌谣的原型，或叙述民间的故事。还有可以看见曾经修改的痕迹的：如上面所引的《艳歌何尝行》本非纯粹五言，《玉台新咏》列入《古乐府诗》，改题《双白鹄》，就变成纯粹五言了。又如《西门行》本非纯粹五言，《文选》所录《古诗十九首》中《生年不满百》一首也就变成纯粹五言了。还有可以看见出于同一母题的：如《相逢狭路间行》与《长安有狭邪行》文句大同小异，其与《长安有狭邪行》不同的又与《鸡鸣桑树颠》相同。再如《陇西行》起头"天上何所有"四句与《步出夏门行》结尾四句差不多全同。其他，非五言的乐府，如《薤露》、《蒿里》悲人生的短促，为丧歌。"崔豹《古今注》云：《薤露》送王公贵人，《蒿里》送士大夫庶人，挽柩者歌之，世呼为《挽柩歌》。"这显然是一种有意义的劳动歌。又如《孤儿行》、《妇病行》、《东门行》，写兄弟夫妇父子间的争斗,都属民间可泣可歌的故事,也都属"街陌讴谣"无疑。

汉代的五言诗除了这种乐府以外,其他出于文人而有姓名可指的不过寥寥几首,《玉台新咏》载枚乘诗九首,都在《文选·古诗十九首》之内,是否枚作,还是疑问。旧说五言始于苏、李,《文选》录苏武古诗四首,李陵《与苏武》诗三首,然苏、李果曾作此诗否,也是问题。至于班倢伃的《怨歌行》,或疑为颜延年诗。现存西汉五言诗,几乎全是伪托。可是到了东汉,最初就有班固的《咏史诗》和《竹扇诗》,继而有张衡的《同声歌》。《冉冉孤生竹》一首虽刘勰以为是傅毅之作,《文选》则录入《古诗十九首》。最后有郦炎的《见志诗》,蔡琰的《悲愤诗》,和赵壹《刺世疾邪赋》里的两首诗,可见东汉就渐渐有文人创作的五言诗了,这个时候可说是五言诗成立的时代。总之,我以为汉代五言诗的起来,始于民歌,采于乐府,最后乃有文人创作,而以汉、魏之际曹氏父子及建安七子臻于极盛。

二 魏晋诗人与乐府

我们要论到魏晋文学,当然要先述汉魏之际曹氏父子和所谓"建安七子"。

汉末的大乱前已略述,当时的社会既由小康而转入大乱,文学上亦由辞赋而渐变为五言诗。五言诗便成了这一时代文人嗟叹乱象,发摅感慨的一种新兴文学。蔡邕父女、郦炎、赵壹诸人不过略开其端,曹氏父子和建安七子风起云从,无形中好像就成了一时的五言诗运动。从此五言诗便在中国文学史上划了一个新时代。

这种五言诗很多是依乐府旧曲而作的新诗,大都出于曹氏父子之手,而且其中有些采入乐府,为魏晋乐所奏。固然当时的乐府不止五言的一种,有字句整齐的四言,有句法错落的杂言,还偶然有通篇七言的、如曹丕的《燕歌行》,不过能够成为一时新趋势的究竟是五言,可见当时五言诗的发展与乐府的关系。至于王粲的《渝儿舞曲》,缪袭的《鼓吹十二曲》,本来是依乐府旧曲而改作的入乐的新曲,但于当时的五言诗运动无甚关系,就不必说了。

这种五言诗运动以曹氏父子为中心。曹操(一五五——二二〇)是一个雄才大略的野心家,既能收揽一时豪杰,又能招致许多文人。他的诗如《苦寒行》云:

> 北上太行山,艰哉何巍巍!羊肠坂诘屈,车轮为之摧。树木何萧瑟,北风声正悲。熊罴对我蹲,虎豹夹路啼。溪谷少人民,雪落何霏霏。延颈长叹息,远行多所怀。我心何怫郁,思欲一东归。水深桥梁绝,中路正徘徊。迷惑失故路,薄暮无宿栖。行行日已远,人马同时饥。担囊行取薪,斧冰持作糜。悲彼《东山》诗,悠悠使我哀。

这种诗慷慨悲凉,真是千古绝调!他如《短歌行》说:"对酒当歌,人生几何!譬如朝露,去日苦多。"《碣石篇》说:"老骥伏枥,志在千里;烈士暮年,壮心不已。"都可以想见这位野心家横槊赋诗的气概。他的儿子丕、植,也都能文,尤以曹丕(一八七——二二六)能够敬客爱士,隐然成为当时文人的领袖。他和一般文人"行则连舆,止则接席"。又尝自叙"为太子时,北园及东阁讲堂并赋诗,令王粲、刘桢、阮瑀、应场等同作"。不错,我们现在读他们的诗赋还可看见许多同题的作品。后来(二一七)因遭疫疠,一般文人大半死去,他又"撰其遗文,都为一集"。同时他还"论撰所著《典论》诗赋,盖百余篇,集诸儒于肃城门内,讲论大义,侃侃无倦"。这都可以考见他和当时一般文人的关系之深。他的诗如《于谯作》云:

> 清夜延贵客,明烛发高光。丰膳漫星陈,旨酒盈玉觞。弦歌奏新曲,游响拂丹梁。余音赴迅节,慷慨时激扬。献酬纷交错,雅舞何锵锵。罗缨从风飞,长剑自低昂。穆穆众君子,和合同乐康。

又《夏诗》云：

> 夏时饶温和，避暑就清凉。北坐高阁下，延宾作名倡。嘉肴重叠来，珍果在一傍。棋局纵横陈，博弈合双扬。功拙更胜负，欢乐美人肠。从朝至日夕，安知夏节长。

这可以想见他和一般文人当日"觞酌流行，丝竹并奏，酒酣耳热，仰而赋诗"的盛况。他的《典论·论文》说："今之文人鲁国孔融文举，广陵陈琳孔璋，山阳王粲仲宣，北海徐幹伟长，陈留阮瑀元瑜，汝南应玚德琏，东平刘桢公幹。斯七子者，于学无所遗，于辞无所假，咸以自骋骥騄于千里，仰齐足而并驰。……"这便是所谓建安七子。

孔融(一五三——二〇八)，曾为北海太守，累迁太中大夫。爱酒好士，尝云："座上客常满，樽中酒不空，吾无忧矣！"以恃才狂傲，喜议论，为曹操所忌、被杀。他的诗现存几首，却是多方面的。《杂诗》《临终诗》为五言，又有六言诗三首。《离合作郡姓名字诗》为四言，这是一种游戏之作。

阮瑀(？——二一二)，和陈琳(？——二一七)，都以章表书记见长。曹操为司空时，使琳、瑀并为军谋祭酒，管记室，军国书檄多琳、瑀所作。他们的诗都不多，陈琳的《饮马长城窟行》写边祸之惨，阮瑀的《驾出北郭门行》写后母虐待前妻的儿子，都算是名作。

徐幹(一七一——二一七)，和应玚(？——二一七)，都曾为五官中郎将文学，诗也不多。徐幹的《室思》一首写相思，还好。其第三章云："浮云何洋洋，愿因通我词。飘摇不可寄，徙倚徒相思。人离皆复会，君独无返期。自君之出矣，明镜不复治。思君如流水，何有穷已时！"自君之出矣四句，后人有许多拟作。应玚、应璩兄弟都能诗。旧说"应璩作《百一诗》讥切时事，遍以示在事者，皆愕怪，以为应焚弃之"。又说"其言虽颇谐，然多切时要"。但现存的《百一诗》三首好像格言，既不讥切时事，又无甚谐语。其《三叟》一诗云："古有行道人，陌上见三叟，年各百余岁，相与锄禾莠。住车问三叟：何以得此寿？上叟前致辞：内中妪貌丑。中叟前致辞：量腹节所受。下叟前致辞：夜卧不覆首。要哉三叟言！所以能长久。"这很近于白话。又应璩《杂诗》云："贫子语穷儿，无钱可把撮。耕自不得粟，采彼北山葛。箪瓢恒自在，无用相呵喝。"他们这种"其言颇谐"而又颇有理致的白话诗，可以说是作了王梵志、寒山、拾得一派诗的先导。

刘桢（？——二一七），比较上述诸人诗名最大。曹丕说他的"五言诗之善者，妙绝时人。"《赠从弟》、《赠徐幹》两诗都佳。《杂诗》云："职事相填委，文墨纷消散。驰翰未暇食，日昃不知晏。沈迷簿领书，回回自昏乱。释此出西城，登高且游观。方塘含白水，中有凫与雁。安得肃肃羽，从尔浮波澜！"原来他随曹操为丞相掾属是不甚愿意的，后来几乎被曹操借故杀了。

王粲（一七七——二一七），比较最有才名，长于辞赋，五言诗也好。我最爱他的《七哀诗》三首，写汉末乱离的悲惨，极其沉痛。其第一首云："西京乱无象，豺虎方遘患。复弃中国去，委身适荆蛮。亲戚对我悲，朋友相追攀。出门无所见，白骨蔽平原。路有饥妇人，抱子弃草间。顾闻号泣声，挥涕独不还。未知身死处，何能两相完！驱马弃之去，不忍听此言。南登灞陵岸，回首望长安。悟彼下泉人，喟然伤心肝。"写逃难遭饥之际，虽慈母不能保其弱子，真令人"喟然伤心肝"了！

七子以外，如繁钦、吴质之流，都不重要。现在要论到曹植。曹氏父子三人，以曹植的成就更为伟大。梁锺嵘《诗品》里说："陈思之于文章也，譬人伦之有周、孔，鳞羽之有龙凤。"真是推崇曹植极了。

曹植（一九二——二三二），字子建，丕同母弟。年十岁余，诵读诗论及辞赋数十万言。善属文，言出为论，下笔成章。性简易，不治威严。舆马服饰，不尚华丽。每进见难问，应声而对，特见宠爱。因此，他与兄丕争立为嗣。但因一个任性浪漫，一个假装规矩，一个坦率，一个阴谋；结果，他失败,好像命运上只许他文学上的成功。后来曹丕即帝位,命诸侯并就国,时而封他这里为侯,时而封他那里为王,一直到明帝,十二年间改封七八次,徙都两三次,直弄得他"汲汲无欢",无怪他的诗里屡有"转蓬""浮萍"的慨叹了!最后封陈王,死谥为思。相传曹丕不忘旧恨,几次想要杀他,限他百步成诗,又限他七步成诗,今传《死牛诗》《煮豆诗》即是。他的诗大半是依乐府旧曲而作的新声。《名都》、《美女》、《吁嗟》、《浮萍》诸篇都是名作。《升天行》以及《仙人》、《飞龙》等篇似为后来何劭、郭璞诸人的《游仙诗》所自出。他的诗情感是很真挚的,声调是很激越的,辞句是很流丽的,所以能为后来许多的诗人所倾倒。《杂诗》六首之一云:"南国有佳人,容华若桃李,朝游江北岸,夕宿潇湘沚。时俗薄朱颜,谁为发皓齿?俯仰岁将暮,荣曜难久恃!"这种诗声律渐调,对偶渐工,似于后来齐梁新体诗的发生不无影响。

明帝曹叡也很能诗,从来的论者把他和曹操、曹丕称为"魏之三祖"。魏自文帝曹丕受汉禅,至元帝禅位于晋,享国不过四十五年。所以我把汉献帝以后至魏废帝以前(一九〇——二四〇)这五十年间叫作汉魏之际,魏废帝正始以后至晋武帝太康以前(二四〇——二八〇)这四十年间叫作魏晋之际。魏晋之际也有一两个很重要的诗人可述。

嵇康(二二三——二六二),字叔夜,谯国铚人。娶魏宗室女,官至中散大夫。有奇才,美风仪,人以为龙章凤姿。恬静寡欲,喜谈老庄。弹琴咏诗,悠然自得。因为他给山涛的书信有"每非汤、武而薄周、孔"的话,那位有野心的大将军司马昭以为他含有讥讽的意思,就借着他的友人吕安因事下狱的机会,连他也杀了。他的《幽愤诗》系狱中所作。如云:"嗷嗷鸣雁,奋翼北游。顺时而动,得意忘忧。嗟我愤叹,曾莫能俦!事与愿违,遘兹淹留。穷达有命,亦又何求!"可以想见他的傲然愤叹。他的四言诗还有好几首。如云:"目送飞鸿,手挥五弦,俯仰自得,游心太玄。"这是从来传诵的名句。他和阮籍、山涛、向秀、刘伶、阮咸、王戎为友,常作竹林之游,世称"竹林七贤"。只有他和阮籍最有诗名。《文心雕龙·明诗篇》

说：“正始明道，诗杂仙心。何晏之徒，率多浮浅。惟嵇旨清峻，阮旨遥深。”他们两人的作风却是大不相同的，这就缘于个性的差异了。

阮籍（二一〇——二六三），字嗣宗，陈留尉氏人，阮瑀的儿子。司马氏三世专权，他都作他们的从事中郎。好谈老庄，更好吃酒。闻步兵厨营人善酿，有贮酒三百斛，乃求为步兵校尉。当魏晋之际，天下多故，一时名士，动遭祸害。他和嵇康同抱着消极的厌世思想，但他谨慎已极，未尝评论时事，臧否人物，一味饮酒装痴，故能苟全性命。他作《大人先生传》，说：“无君而庶物定，无臣而万事理。”又说：“无贵则贱者不怨，无富则贫者不争，各足于身，而无所求也。”这是他的理想的社会。至于他说"天地解兮六合开，星辰陨兮日月颓，我腾而上将何怀？"似乎是说把宇宙看得虚无，连神仙也不要做了。他有《咏怀诗》八十二首，写他的感情怀抱。诗意颇觉隐晦，时多忌讳使然。其中一首云："一日复一夕，一夕复一朝，颜色改平常，精神自损消。胸中怀汤火，变化故相招。万事无穷极，知谋苦不饶。但恐须臾间，魂气随风飘。终身履薄冰，谁知我心焦？"我们要懂得他的心焦，才懂他的达观。他死了不过两年（二六五），司马炎就受魏禅而做皇帝了。

司马炎灭蜀篡魏，太康元年（二八〇）又灭了吴，造成统一的局面。但他死了刚刚十年，又有"八王之乱"，接下又有"五胡之乱"。怀帝为刘聪掳去，愍帝又降于刘曜，北方各地就完全变成了胡人骚乱的世界，西晋（二六五——三一六）于是结束。元帝南迁，一直到恭帝亡国（三一七——四二〇），"五胡十六国"既迭为兴亡，同时又和东晋不断的搏战。可说两晋二百五十年都在长期战争里，这个时代的文学也就是乱世的文学。

现在先从西晋说起。钟嵘《诗品》里论西晋文学很推许"太康中，三张二陆两潘一左"，这话大致是对的。

张华（二三二——三〇〇），字茂先，范阳方城人。官至司空。与赵王伦、孙秀有隙被杀。初未知名，作《鹪鹩赋》以自寄，阮籍看了，叹为王佐之才。《励志诗》、《情诗》都有名。《杂诗》之一云："逍遥游春宫，容与绿池阿。白薠齐素叶,朱草茂丹华。微风摇蕙若,层波动芰荷。荣采曜中流,流馨入绮罗。王孙游不归,修路邈以遐。谁与玩遗芳？伫立独咨嗟。"锺嵘说他的诗多儿女之情,少风云之气,真是不错的。他和傅玄同时,两人又都以乐府著名。当时朝廷宗庙所用的乐章,大半出于两人之手。傅玄的《杂言》云:"雷隐隐,感妾心;倾耳清听非车音。"《九曲歌》云:"岁暮景迈群光绝,安得长绳系白日！"倘若这两首诗没有阙文,也就可以算是很奇警的小诗。傅玄有子名咸,集经语为四言诗,有《七经诗》,今存数首,为"集句诗"之最早者。和张华齐名的还有张载、张协。张载也和傅玄一样有拟《四愁诗》,但他做的更笨,不过他不曾拟作《天问》、《招魂》了。张协《杂诗》十首算是俊逸之作,不像张华的诗那样柔媚。如云:"朝登鲁阳关,狭路峭且深。流涧万余丈,围木数千寻。咆虎响穷山,鸣鹤聒空林。凄风为我啸,百籁坐自吟。……"可见其作风之一斑。当时的人称张载、张协、张亢兄弟为三张。史书上说的"二陆入洛,三张减价",二陆以"师资之礼"相待的张华就不在此三张之内了。

　　陆机(二六一——三〇三),字士衡,吴郡人。祖逊、父抗,世为吴国将相。吴亡,机作《辨亡论》,写他对于兴亡得失的感想,颇像贾谊的《过秦论》。太康末年,二陆兄弟入洛,张华一见,如旧相识,说是"伐吴之役,利获二俊"。后来成都王颖起兵讨长沙王乂,陆机为后将军、河北大都督,因战败为颖所杀,陆云同时遇难。陆云的《与兄书》云:"古今之能为新声绝曲者,无又过兄。"实则陆机的诗喜欢摹拟,或拟乐府,或拟《古诗十九首》,四言有摹仿《诗经》的。陆云更多长篇的四言,令人看了恹恹欲睡。不过他的《与兄书》云:"云作虽时有一佳语,见兄作又欲成贫俭家。"又云:"四言五言非所长,颇能作赋。"他已知道自己的工拙了。陆机五言,间有佳作。《赠顾颜先》云:"清夜不能寐,悲风入我轩。立影对孤躯,哀声应苦言。"《咏老》云:"软颜收红蕊,玄鬓吐素华。冉冉逝将老,咄咄奈老何！"(一云鲍照作)这种小诗在他那些繁缛富丽的诗篇中,不能不算是清隽之作了。

潘岳(？——三〇〇)，字安仁，荥阳中牟人。性情轻躁，爱势力，仕宦不达，乃作《闲居赋》。后来他和石崇同被赵王伦、孙秀所杀，即张华被杀之一年。他以貌美著名，少时出游，妇人围看，投果满车。为文长于哀诔。《悼亡诗》、《思子诗》为丧妻哭子之作。《悼亡诗》最有名。其《哀诗》云："灌如叶落树，邈若雨绝天；雨绝有归云，叶落何时连？山气冒冈岭，长风鼓松柏。堂虚闻鸟声，室暗如日夕。昼愁奄逮昏，夜深忽终昔。展转独悲穷，泣下沾枕席。人居天地间，飘若远行客。先后讵能几？谁能弊金石！"对于人生颇有了悟之处，却不似热中功名的人所说的话。他有从子名尼，字正叔，性情淡泊，著《安身论》以见志，恰和他的《闲居赋》相反。不过他的诗很绮丽，有"烂若舒锦，无处不佳"之誉，潘尼就不及他了。

左思(死于三一〇？)，字太冲，齐国临淄人。初作《齐都赋》，一年乃成。又赋《三都》，构思十年。门庭藩溷，皆著纸笔。遇得一句，即便疏记。赋成，请皇甫谧做序，替他揄扬。张载、刘逵作注，卫瓘又作略解，替他传播。但据《世说新语·文学篇》注引《左思别传》云："凡诸注解，皆思自为，欲重其文，故假时人名姓。"张华见了，叹为"班张之流"。于是豪贵之家竞相传写，洛阳为之纸贵。初，陆机欲作此赋，闻思作之，抚掌而笑，与弟云书云："此间有伧父欲作《三都赋》，须其成、当以覆酒瓮耳！"及见左思赋出，遂叹伏辍笔。可见当时的人对于《三都赋》的推重。成公绥的《天地赋》，张华虽叹为绝伦，但总不及《三都赋》能够轰动一时。实则这种赋铺陈山川土域、草木鸟兽、奇怪珍异，虽不像《两都》、《二京》夸张失实，究竟还是和类书字典差不多。只有《白发赋》假托白发的口吻不负衰老的责任，颇觉"幽默"。若论他的不朽之作，当然推《招隐》、《咏史》那十首诗。《招隐》二首之一云："杖策招隐士，荒涂横古今。岩穴无结构，丘中有鸣琴。白云停阴冈，丹葩曜阳林，石泉漱琼瑶，纤鳞或浮沉。非必丝与竹，山水有清音。何事待啸歌？灌木自悲吟。秋菊兼糇粮，幽兰间重襟。踌躇足力烦，聊欲投吾簪。"又《咏史》中有句云："振衣千仞冈，濯足万里流。"可见其风格奇逸。所以清代诗人沈德潜要说他胸次高旷，笔力雄健,不是潘、陆辈所能比埒;王士祯就要说他和刘琨、郭璞为晋代三诗杰了。

刘琨(二七〇——三一七),字越石,中山人。少以雄豪著名。闻友人祖逖被用,与亲故书曰:"吾枕戈待旦,志枭逆虏,常恐祖生先吾着鞭。"其意气自负如此。官至司空,都督并、冀、幽三州诸军事。与幽州刺史鲜卑段匹䃢结为兄弟,约以共戴晋室,后为段所害。存诗数首,可算是他的生活上很珍贵的记录。如《重赠卢谌》云:"功业未及见,夕阳忽西流,时哉不我与,去乎若云浮。朱实陨劲风,繁英落素秋。狭路倾华盖,骇骊摧双辀。何意百炼钢,化为绕指柔!"又《扶风歌》云:"系马长松下,发鞍高岳头。烈烈悲风起,泠泠涧水流。挥手长相谢,哽咽不能言。浮云为我结,归鸟为我旋。去家日已远,安知存与亡?慷慨穷林中,抱膝独摧藏。"可以想见其慷慨悲壮的气概。

郭璞(二七六——三二四),字景纯,河东闻喜人。博学有高才,好古文奇字,尤妙于阴阳五行卜筮之术。为王敦记室参军,敦反,被杀。他的诗赋推为中兴之冠。《游仙诗》最有名,诗凡十四首。其十一云:"登岳采五芝,涉涧将六草,散发荡玄溜,终年不华皓。"其十二云:"四渎流如泪,五岳罗若垤。寻我青云友,永与时人绝。"这虽是录出两首最短的,也可见其意境之一斑。他还注释《穆天子传》、《山海经》、《尔雅》、《楚辞》等书,也很有名。

现在,我要说到晋代最后的一个大诗人,也是晋代的第一大诗人,古来有数的伟大的诗人之一的陶潜了。

陶潜(三六五?——四二七),字元亮,一名渊明,世号靖节先生,浔阳柴桑人。偶因家贫求为彭泽令,在县八十余日,自免去职。《归去来兮辞》是他弃官归隐的自白,《桃花源记》是他的逃隐的理想世界。在魏晋许多诗人中只有阮籍、曹植两人差可和他比肩,但论在文学上的影响算他最大。后来的所谓隐逸诗人、田园诗人,都要算他是开山之祖,宋人所标榜的江西诗派也要推他开头。他的一生,少壮之时有雄壮的志气。所以他说:"忆我少壮时,无乐自欣豫。猛志逸四海,骞翮思远翥。"(《杂诗》)又说:"少时壮且厉,抚剑独行游。"(《拟古》)中年以后有感伤的情怀。所以他说:"日月掷人去,有志不获骋。感此怀悲凄,终晓不能静。"(《杂诗》)最后乃完成他的冲淡的人格,这是经历了许久的艰苦生活,费去了许多的修养工夫才得来的。他的《荣木》诗序云:"《荣木》,念将老也。日月推迁,已复九夏,总角闻道,白首无成。"诗的末章云:"先师遗训,余岂云坠!四十无闻,斯不足畏。脂我名车,策我名骥,千里虽遥,孰敢不至!"可见他虽到了要老的时候,修养的工夫还是不懈。他的诗是他的全人格的表现,人格是冲淡的,诗的风格也是冲淡的。他的《与子俨等疏》云:"少学琴书,偶爱闲静。开卷有得,便欣然忘食。见树木交荫,时鸟变声,亦复欢然有喜。常言五六月中,北窗下卧,遇凉风暂至,自谓是羲皇上人。"可以想见他的冲淡的人格。又《归去来兮辞》序云:"余家贫,耕植不足以自给,幼稚盈室,瓶无储粟,生生所资,未见其术。亲故多劝余为长吏。……彭泽去家百里,公田之利,足以为酒,故便求之。及少日,眷然有归欤之情。何则?质性自然,非矫励所得,饥冻虽切,违己交病。尝从人事,皆口腹自役。于是怅然慷慨,深愧平生之志。犹望一稔,当敛裳宵逝。寻程氏妹丧于武昌,情在骏奔,自免去职。……"他求官不以为嫌,归隐不以自高,何等坦白!何等直率!这也可见他的冲淡的人格。他说:"质性自然,非矫励所得,饥冻虽切,违已交病。"又说:"久在樊笼里,复得返自然。"(《归园田居》)因为他的为人能够彻底实践他的自然主义,虽然弄得饥冻乞食也在所不辞,所以才能完成他的冲淡的人格,才能令人起敬。又因为他的诗能够彻底表现他的人格,所以成为好诗。他的《读山海经》十三首之一云:"孟夏草木长,绕屋树扶疏。众鸟欣有托,吾亦爱吾庐。既耕亦已种,时还读我书。穷巷隔深辙,颇回故人车。欢然酌春酒,摘我园中蔬。微雨从东来,好风与之俱。泛览《周王传》,流观《山海图》。俯仰终宇宙,不乐复何如!"又《饮酒》二十首的第五首云:"结庐在人境,而无车马喧。问君何能尔,心远地自偏。采菊东篱下,悠然见南山。山气日夕佳,飞鸟相与还。此中有真意,欲辩已忘言。"这样平平淡淡的写来,却能写出一瞬间一个诗人与大自然真正契合的境界,真是令人神往!他有《挽歌辞》、《自祭文》写他的生死观念。他说:"勤靡余劳,心有常闲,乐天委分,以至百年。"又说:"识运知命,畴能罔眷?余今斯化,可以无恨。"生而乐天,死而无恨,可以为他一生的总评。至他所说:"但恨在世时,饮酒不得足!"又说:"春醪生浮蚁,何时更能尝?"他于人世一无所恋,何独不能忘情于酒?醉乡岂是乐国?真是所谓"有托而逃"之言,令人玩味不已。他还有《闲居赋》一篇,系摹仿张衡的《定情赋》,不过《定情赋》现在只剩下"思在面为铅华兮,悲离尘而无光"两句了。近人有推这篇赋为情诗杰作的,实则他的不朽之作还是在他的诗。苏东坡说:"吾于诗人无所好,独好渊明诗,渊明作诗不多,然质而实绮,癯而实腴,自曹、刘、鲍、谢、李、杜诸人皆不及也。"无疑的他是魏晋时代的第一大诗人,古来有数的伟大诗人之一了。

　　从汉魏之际一直到东晋亡国的时候二百三十年间(一九〇——四二〇),可说是五言诗和乐府渐渐脱离至于完全独立的一个时期。最初曹氏父子和建安七子的五言诗有好些是依乐府前曲而作的新声,并为魏晋乐所奏,前已说过。到了后来虽然还有人摹仿乐府而作诗,大半不能入乐;入乐的都是朝廷宗庙用的乐章,没有什么文学价值。有文学价值的如阮籍的《咏怀》,左思的《招隐》,郭璞的《游仙》,陶潜的《饮酒》,都是文人直抒胸臆的诗,成了一种独立的新诗体。至于那久已没落的四言诗体虽因曹操用作乐府歌辞,以他的霸才雄笔,借了乐府的声调意境,几乎要使这种诗体复活起来。可是他死了,这点复活的新生机也就夭折了。由嵇康、二陆以至陶潜,无论四言的长篇小品虽然不少,但总不能挽回四言诗体的末运。诗坛上握有权威的诗体就不能不算是五言了。

　　其实,这也是自然的趋势。因为要表现这一个大乱时代的新现象、新想念,就不可不求之于歌颂治世的赋颂及残废了的诗型以外,所以就有脱离乐府的完全五言的新诗型出现。用这种新诗型创造出来的作品确乎要比以前的作品呈现一些异彩。第一,就修辞而说,染了汉赋的旧习,诗文都更华丽繁富起来,而更加骈俪化。所谓"辞每浮于意","先辞而后情",当时的人就有自觉的。曹丕的《典论·论文》,说"诗赋欲丽"。陆机的《文赋》,说"诗缘情而绮靡,赋体物而浏亮"。曹、陆是文学批评家之最早者,当时的风尚固足以影响于他们的见解,他们的议论也足以影响于当时的风尚。第二,就表情而说,颇多慷慨悲凉之作。因为当大乱之际,耳目所及,不外暴戾恣睢、流离丧乱的现象,于是扶笔为文就不免带些激昂慷慨或悲凉酸楚的情调了。第三,就思想而说,这一时代是前一时代的反动,老、庄代替了周、孔。因为前一时代的思潮以儒教为中心。经说的支离破碎,有所谓今文古文之争;士人的标榜品题,竟酿成党锢清流之祸。加以祸变愈甚,人心愈不能安。于是发生了所谓清谈学风,要从《老》、《庄》《易经》里头找出一种安心立命的所在,思想界就充满了消极的厌世的倾向。崇尚玄虚,毁弃礼法。正始名士何晏、王弼等倡之于先,竹林名士嵇康、阮籍等继之于后,中朝名士王衍等又继之。佯狂放荡,风靡一时。就好的方面说,是通脱旷达;就坏的方面说,是颓废堕落。《游仙》、《招隐》,是他们惯用的诗题;酣饮空谈,是他们日常的生活。他们想要避祸,而被杀戮的仍多;他们故作达观,而苦闷的神情毕现。这是我们从他们的生活及其文学的史实里可以见到的。

三　南北朝诗人与乐府(上)

东晋之后,据有南方之地的为宋、齐、梁、陈四朝,都是汉族,史称南朝。因为以前吴和东晋也都是立都于建康的,故又合称为六朝。据有北方之地的为后魏,后分东、西两魏,东魏为北齐所篡,西魏为北周所篡,北周又灭北齐。后魏、北周都是鲜卑族,北齐为汉族而同化于鲜卑,是为北朝。这种南北对峙的局面直到隋文帝杨坚伐陈,俘虏了陈后主(约四二〇——五九〇),才又归于统一。当南北对峙的时候,不仅地理上南北异地,政治上南北分治,还有种族之见,如"南谓北为索虏,北谓南为岛夷"。学术上南北学风也有不同,如《隋书·儒林传》所说:"南人约简,得其英华;北学芜深,穷其枝叶。"又《文学传》说:"江左宫商发越、贵于清绮,河朔词义贞刚、重乎气质;气质则理胜其词,清绮则文过其意;理深者便于时用,文华者宜于咏歌;此其南北词人得失之大较也。"可见当时南北的文学上也有不同。唐杜佑《通典》上(百八十二)说:"永嘉之后,帝室东迁,衣冠避难,多所萃止,艺文儒术,斯为之盛。今虽闾阎贱品,处力役之际,吟咏不辍,盖因颜、谢、徐、庾之风扇焉。"这就说到南朝文学所以最盛的缘故,还说及它的影响了。

现在先说南朝文学,就从刘宋说起。

宋自刘裕代晋,至安成王让国,不过五十余年(四二〇——四七九),却是文艺思潮的历史上最好分划一个时代的关揵。因为以前的所谓文学为一切学术之统称,到了这个时期一般人对于文学的观念才算有了些正确的认识,文学才独立成为一科,和其他的学术有别。据《宋书·文帝本纪》和《文献通考》所载,宋文帝雅好艺文,使丹阳尹卢江何尚之立玄学,太子率更令何承天立史学,司徒参军谢元立文学,散骑常侍雷次宗立儒学。又据《宋书·明帝本纪》所载,明帝立总明观,分儒、道、文、史、阴阳为五部。可见当时的所谓文学已和旁的学术分开,文学一词已和今人所称文学的意义相近了。而且当时的人又分文学为文与笔两种。《南史·颜延之传》载宋文帝问延之诸子才能,延之谓竣得臣笔,测得臣文。又范晔《狱中与甥侄书》亦云:"手笔差易,文不拘韵故也。"文笔对举,原有区别;后来齐、梁时候的人所谓文与笔,就好像今人说纯文学和杂文学了。还有从前的史书没有《文苑传》,范晔作《后汉书》才有专给文学家作的传记。根据以上所说,中国文学上的自觉时代就算从此确定了。

前人论及刘宋一代的文学以为莫盛于宋文帝元嘉时候(四二四——四五三),有所谓元嘉体,而以颜延之、谢灵运为代表作家。还有惠休、鲍照也是有名的作者。所以《南齐书·文学传论》里说:"颜、谢并起,乃各擅奇；休、鲍后出，咸亦标世。"

颜延之（三八四——四五六），字延年，琅琊临沂人。文章之美，冠绝当时，很为同僚傅亮、徐羡之等所忌，他不得不由员外常侍出为始安太守。殷景仁慰藉他说："所谓俗恶俊异，世疵文雅。"原来文人互相排挤轻视，这是当时文坛上的一种风气。后来他也轻视惠休、鲍照。他说："惠休制作，委巷中歌谣耳。"他常把鲍照比惠休，有人说他"忌鲍之文，故立休鲍之论"。他有一次问鲍照，他和谢灵运的优劣。鲍照也就不客气的说："谢五言如初发芙蓉，自然可爱；君诗若铺锦列绣，亦雕缋满眼。"又鲍照为中书舍人时，文帝好为文章，自谓物莫能及，照悟其旨，为文多鄙言累句。君臣之间也争文名，这种风气真是可笑。延之在这种风气之中自谓"其狂不可及"，受他讥笑的很多。人家也就向朝廷攻击他说："虽心智薄劣，而高自比拟；客气虚张，曾无愧畏。"他的诗雕琢太甚了，好像一具蜡美人，外观虽美，可惜没有生命。比较好的如《夏夜呈从兄散骑车长沙》云："炎天方埃郁，暑晏阕尘纷。独静阙偶坐，临堂对星分。侧听风薄木，遥睇月开云。夜蝉当夏急，阴虫先秋闻。岁候初过半，荃蕙岂久芬。屏居恻物变，慕类抱情殷，九逝非空思，七襄无成文。"写夏夜静坐时候的清凉情景尚佳。但看诗的起结处，也就可见其雕琢的技巧之一斑了。

谢灵运（三八五——四三三），小字客儿，陈郡阳夏人，晋车骑将军谢玄之孙。灵运幼便颖悟，玄谓亲知云："我乃生瑍，瑍那得生灵运？"原来他的父亲生而不慧。他袭封康乐公，入宋降爵为侯，历仕散骑常侍、永嘉太守、秘书监等官，后以受诬谋反被杀。他的文章之美，江左莫逮。第一文毕，手自书写，文帝称为"二宝"。他生长世家，爱过豪奢的生活。做官的时候，车服鲜丽，衣物多改旧形制，固然极其阔绰；闲居会稽的时候，游览山水，从者数百人，曾由始宁南山伐木开路，直到临海，太守王琇疑是山贼，这种游兴也就真是豪得惊人。和他同游的文学伴侣最著名的有族弟惠连、何长瑜、荀雍、羊璿之，时人谓之"四友"。他以山水诗著名，论者每称陶、谢，可是陶渊明爱过冲淡的生活，正和他的生活相反。他的诗虽然鲍照说是"自然可爱",也不过比较"雕缋满眼"的颜诗稍觉自然,却不是陶诗那种不求雕琢的自然。他的诗因太求辞句之美,就没有佳篇,佳句倒是多的。如《登池上楼》云:"池塘生春草,园柳变鸣禽。"《过始宁墅》云:"白云抱幽石,绿篠媚清涟。"《初去郡》云:"野旷沙岸静,天高秋月明。"《入彭蠡湖口》云:"春晚绿野秀,岩高白云屯。"《道路忆山中》云:"濯流激浮湍,息阴倚密林。"《石壁立招提精舍》云:"绝溜飞庭前,高林映窗里。"沈约拿"兴会标举"四字来评他的作品,倘若仅指这类佳句,那是对的。他的小诗如《答谢惠连》云:"怀人行千里,我劳盈十旬,别时花灼灼,别后叶蓁蓁。"又《东阳溪中赠答二首》云:"可怜谁家妇,缘流洗素足。明月在云间,迢迢不可得!""可怜谁家郎,缘流乘素舸。但问情若为,月就云中堕。"都可算是佳篇。末了二首语浅而情深,当系摹仿民间恋歌的风格。这是颜延之那样轻视"委巷中歌谣"的人所不屑作,并且也作不出的。

鲍照(四二〇? ——四六五?),一作昭,字明远,东海人。初为宗室临川王义庆佐史,后为中书舍人。临海王子顼镇荆州,以为前军参军,子顼败,被杀于乱兵。他的诗很欢喜拟代乐府,如《代雉朝飞》、《拟行路难》之类。又欢喜学前人体制,如《学刘公幹体》、《学陶彭泽体》之类。不过如《拟行路难》一类的作品,虽用古题,却是创格的诗,开唐人新乐府的先路。《拟行路难》十八首,其一云:"奉君金卮之美酒,瑇瑁玉匣之雕琴,七采芙蓉之羽帐,九华葡萄之锦衾。红颜零落岁将暮,寒光宛转时欲沉。愿君裁悲且减思,听我抵节《行路吟》。不见柏梁铜爵上,宁闻古时清吹音?"其六云:"对案不能食,拔剑击柱长叹息:丈夫生世会几时?安能蹀躞垂羽翼?弃置罢官去,还家自休息。朝出与亲辞,暮还在亲侧。弄儿床前戏,看妇机中织。自古圣贤尽贫贱,何况吾辈孤且直!"钟嵘《诗品》里论他的诗"险俗",后来杜甫却说他的诗"俊逸",拿他去比李白。本来鲍的才气奔放,有和李白相近的地方,李白或许受了他的影响。还有休、鲍是并论的,可是拿惠休现存的那几首诗来看,才气远不及鲍。不过他的诗也和鲍一样欢喜用乐府题做新体诗,如《白纻歌》、《秋歌》之类都是所谓七言歌行体。又《杨花曲》云:"江南《相思引》,多叹不成音,黄鹤西北去,衔我千里心。""深堤下生草,高城上入云,春人心生思,思心长为君。"这种诗自然是受了民歌的影响。他本来是和尚,俗姓汤,这种诗也不像和尚的诗。孝武帝叫他还俗,他做过扬州刺史,我看他的诗没有和尚气,大概都是还俗以后所作。颜延之鄙薄他的诗,说是"委巷中歌谣";他也就很挖苦颜说,"颜诗如错彩镂金"。针锋相对,真是有趣。

其次,述齐梁之际的文学。

齐梁帝室同族。齐自高帝萧道成代宋至和帝让国(四七九——五〇二),享祚不过二十四五年。萧衍代齐,是为梁武帝(五〇二——五四九),在位四十八年。一时文人大都历仕两朝,所以我称这一时期的文学为齐梁之际的文学。南朝文学以这一时期为最盛,从来的历史家以为这是由于当时帝王及宗室诸王提倡的结果,我们翻读关于南朝的几种正史就可知道。梁鸿胪卿裴子野《雕虫论序》(见严可均辑《全梁文》)云:

> 宋明帝博好文章,才思朗捷,常读书奏,号称七行俱下。每有祯祥及行幸宴集,辄陈诗展义,且以命朝臣。其戎士武夫则请托不暇,困于课限,或买以应诏焉。于是天下向风,人自藻饰,雕虫之艺盛于时矣。

有了刘宋诸帝,尤其是明帝提倡于前,齐高帝及宗室诸王也都爱好文学,到了梁武帝就更加笃好篇章了。武帝本来是齐竟陵王萧子良八友之一。《梁书·武帝本纪》里说:

> 竟陵王子良开西邸,招文学。高祖与沈约、谢朓、王融、萧琛、范云、任昉、陆倕等并游焉,号曰八友。

《南史·文学传序》云:

> 自中原沸腾,五马南渡,缀文之士,无乏于时。降及梁朝,其流弥盛。盖由时主儒雅,笃好文章,故才秀之士,焕乎俱集。于时武帝每所临幸,辄命群臣赋诗,其文之善者赐以金帛,是以缙绅之士咸知自励。

这是自然的,有了皇帝提倡奖励于上,也是这种贵族文学所以发达的一个重要的原因。

这一时期的文学自齐武帝永明(八三四——四九三)以来,有所谓永明体。《南史·陆厥传》里说:

> 时盛为文章,吴兴沈约、陈郡谢朓、琅琊王融,以气类相推毂。汝南周颙善识声韵。约等文皆用宫商,将平上去入四声,以此制韵。有平韵、上尾、蠢(一作蠹)腰、鹤膝。五字之中,音韵悉异;两句之内,角徵不同,不可增减。世呼为永明体。

原来稍前一点所谓元嘉体的文学不过比太康体的文学更加骈俪化,更加注重琢句、用典。到了永明体才又有了一种新的倾向,便是注重声律,注重音韵的变化错综,以求节奏谐美。据说魏时李登撰《声类》十卷,以五声命字;晋人吕静作《韵集》五卷,宫、商、角、徵、羽,各为一篇,就是四声之始。不过把四声应用到文学上成为一种规律,就不能不说是始于永明体的文学家。当时声律之说既出,起头陆厥致书沈约,表示怀疑,稍有驳论;继而刘勰的《文心雕龙》特论声律,表示赞同,更加推阐;至于锺嵘的《诗品》论到声律,就大加反对。他说:"古曰诗颂,皆被之金竹,故非调五音无以谐会。……今既不被管弦,亦何取于声律耶?"又说:"文多拘忌,伤其真美。"最后还说:"至平上去入,则余病未能。蜂腰鹤膝,闾里已具。"他虽反对声律之说,但他也知道当时声律之说已流行到闾里乡曲了。

永明体的代表作家为王融、谢朓、沈约。王融虽为声律论之首倡者,他的诗却大半不甚遵守声律,只有沈、谢的许多诗比较声律和谐。今录他们的作品一二如下,以见此时作风之一斑。

临 高 台
王 融

游人欲骋望,积步上高台。井莲当夏吐,窗桂逐秋开。花飞低不入,鸟散远时来,还看云栋影,含月正徘徊。

曲 池 水
谢 朓

缓步遵莓渚,披衿待蕙风。芙蕖舞轻带,苞笋出芳丛。浮云自西北,江海思无穷。鸟去能传响,见我绿琴中。

移病还园示亲属
谢 朓

疲策倦人世,敛性就幽蓬。停琴伫凉月,灭烛听归鸿。凉薰乘暮晰,秋华临夜空。叶低知露密,崖断识云重。折荷葺寒袂,开镜盼衰容。海暮腾清气,何关秘栖冲。烟衡时未歇,芝兰去相从。

泛 永 康 江
沈 约

长枝萌紫叶,清源泛绿苔。山光浮水至,春色犯寒来。临睨信永矣,望美暧悠哉。寄言幽闺妾,罗袖勿空裁。

别 范 安 成
沈 约

生平少年日,分手易前期。及尔同衰暮,非复别离时。勿言一尊酒,明日难重持。梦中不识路,何以慰相思!

他们这种作品王闿运的《八代诗选》称为"齐以后新体诗"。不错,这种诗真是这一时代的创格的新体诗。上变晋、宋以前的体格,下开隋、唐以降的风气,不能不算是文学上的一大变革。"其作始也简,其将毕也巨",这是王融、沈、谢诸人所不及料的!

王融(四六八——四九四),字元长,琅琊临沂人。竟陵王子良西邸八友之一,子良以他为宁朔将军军主。齐武帝病笃,融谋立子良,及郁林王即位,下狱赐死,年二十七。他的诗不多,《奉和秋夜长》一首云:"秋夜长,夜长乐未央。舞袖拂花烛,歌声绕凤梁。"绝似一首小词。他因死的最早,他的新体诗未臻成熟,所以后来的人往往论到永明体或齐梁新体诗只知有谢朓、沈约而不曾注意及他。

谢朓(四六四——四九九),字玄晖,陈郡阳夏人。他曾做过宣城太守,所以有人称他谢宣城。齐东昏侯永元初年,江祐谋立始安王遥光,引以为党,不从,被收下狱死。沈约称他的诗:"二百年来,无此作也!"他又是李白一生低首的一个诗人。实则他的诗除了往往起句异常奇警以外,没有什么使人觉得惊异之处。他的起句如:"大江流日夜,客心悲未央。"(《夜发新林至京邑》)"兹山亘百里,合沓与天齐。"(《游敬亭山》)"洞庭张乐地,潇湘帝子游。"(《新亭渚别范零陵云》)都是从来传诵的名句。他如"朔风吹飞雨,萧条江上来。"(《观朝雨》)"飞雪天山来,飘聚绳棂外。"(《答王世子》)"沧波不可望,望极与天平。"(《和刘西曹望海台》)这些起句又何尝不是气势雄壮? 可惜全篇不甚相称。好像患了重头症的人,反觉身躯太轻,举头不起了。只有好几首乐府题的小诗算是全篇好的。如《王孙游》云:"绿草蔓如丝,杂树红英发。无论君不归,君归芳已歇!"香艳得很! 萧衍说他的诗"三日不读,即觉口臭",想是这种诗。

沈约(四四一——五一三),字休文,吴兴武康人,历仕宋、齐、梁。有人称他沈家令,因他在齐做过太子家令。或称沈隐侯,因他在梁封建昌侯,卒谥为隐。他是一个主张声律的理论家。他撰有《四声谱》,"以为在昔词人累千载而不悟,而独得胸襟,穷其妙旨,自谓入神之作"。当他那个时候还有周颙著了《四声切韵》,王斌著了《四声论》,都流行于世,可惜如今都不传了。他在《宋书·谢灵运传论》里云:"夫五色相宣,八音协畅,由乎玄黄律吕各适物宜。欲使宫羽相变,低昂互节。若前有浮声,则后须切响。一简之内音韵尽殊,两句之中轻重悉异,妙达此旨,始可言文。"又云:"自骚人以来,此秘未睹。至于高言妙句,音韵天成,皆谙与理合,匪由思至。"当时不独陆厥、锺嵘要怀疑他或反对他这种理论,北魏甄琛也著《磔四声论》来反对他。结果,还是他的理论占了胜,成为一时极有权威的主张。他的这种新体诗不少。但论他的名作,只有《八咏诗》当时传为绝唱,我也以为可以比得上鲍照的《行路难》。还有小诗如《江南弄》、《六忆诗》也都有名。《江南弄》四首,其《阳春曲》云:"杨柳垂地燕差池,缄情忍思落容仪,弦伤曲怨心自知。心自知,人不见,动罗裙,拂珠殿。"其他三首题异而体同。《六忆诗》也有四首,分说来、坐、食、眠。其末首云:"忆眠时,人眠强未眠;解罗不待劝,就枕更须牵;复恐傍人见,娇羞在烛前。"其他三首体式同。又《乐未央》云:"亿舜日,万尧年;咏《湛露》,歌《采莲》;愿杂百和气,宛转金炉前。"这种诗也都是创格的诗,很像后来的词了。

此外,这一时期还有许多著名作家,如范云、任昉、吴均、柳恽、江淹、丘迟、王僧儒、刘孝绰、何逊、阴铿、王筠、萧统诸人。现在只能择其于当时文坛最有势力或于后来文学颇有影响的三四家来说。

任昉(四六〇——五〇八),字彦昇,乐安博昌人,历仕齐、梁。雅善属文,尤长载笔,当世王公表奏,莫不请托,他都起草即成,不加点窜。他初为王俭、王融、沈约、王僧孺等所推重,及做御史中丞的时候,后进之士如刘孝绰、陆倕、到溉、到洽、张率、刘显、刘苞、殷芸诸人都出他的门下,时人号为"龙门聚",或号"兰台聚"。可见这一时期的文人好互相标榜,已和刘宋时代文人相轻的风气不同了。梁简文帝《与湘东王书》云:"近世谢朓、沈约之诗,任昉、陆倕之笔,斯实文章之冠冕,述作之楷模。"陆倕不甚为诗,他却是肯致力于诗的。《落日泛舟东溪》云:"黝黝桑柘繁,芃芃麻麦盛。交柯溪易阴,反景澄余映。吾生虽有待,乐天庶知命。不学《梁甫吟》,唯识《沧浪咏》。田荒我有役,秩满余谢病。"这算是他的最清隽之作,其余只因琢句用事过于求工,就反见其拙了。

江淹(四四四——五〇五),字文通,济阳考城人,历仕宋、齐、梁。他少时以能文章有名,相传有"梦笔生花"的故事。晚年才思稍退,当时的人都说他"才尽"。他的《恨赋》、《别赋》,至今脍炙人口。他的诗就仅以摹拟见长,锺嵘说他"诗体总杂,善于摹拟",那是不错的。谢灵运有《拟魏太子邺中集诗》八首,凡八人,各缀小序,略述各人的个性和遭遇。他也就有《杂体》三十首,摹拟汉魏晋宋有名的五言诗人的作品,人各一首,略以其人其诗的特点命题,如《李都尉陵从军》、《阮步兵籍咏怀》、《刘太尉琨伤乱》、《谢临川灵运游山》之类。他虽然看到了从来每个有名的诗人都有他的独到之处,可是他不曾发见自己的独到之处而有所造诣。他于诗的嗜好只是多方面的,他不能独成一家之诗,病根好像在此。他的《杂体三十首序》云:"五言之兴,谅非复古。但关西、邺下既已罕同,河外、江南颇为异法。故玄黄经纬之辨,金碧浮沉之殊,仆以为亦各具美兼善而已。"序文还很长,他不满意于当世诸贤的论甘而忌辛,好丹而非素,贵远贱近,重耳轻目。那就正因为他有了广博的嗜好,才有此平允的见解。

吴均(四六九——五一二),均一作筠,字叔庠,吴兴故鄣人。家世寒贱,至均始以文学知名。天监初,柳恽守吴兴,召补主簿,日引与赋诗。后为建安王伟记室,补国侍郎。均诗清拔,有古气,好事者仿效,称吴均体。《赠鲍春陵别》一诗云:"落叶思纷纷,蝉声犹可闻。水中千丈月,山上万重云。海鸿来倏去,林花合复分。所忧别离意,白露下沾裙。"宛然五律,他的这类诗不少。他死后不久,东宫学士纪少瑜的《拟吴均体应教》一诗云:"庭树发春辉,游人竞下机。却匣擎歌扇,开箱择舞衣。桑萎不复惜,看花遽将夕。自有专城居,空持迷上客。"原来吴均虽然出身贫苦阶级,但他做到了贵族官僚的属吏,诗也变成逢迎贵族官僚的东西,难怪后进诗人要摹仿他的诗在宫廷里"应教"了!

何逊(四七五?——五三五),字仲言,东海剡人。他曾做过尚书水部郎,人称何水部。他和刘孝绰都以文章见重于世,时人称为何、刘。刘文尤为后进所宗,每作一篇,朝成暮遍,好事者咸讽诵传写,流闻绝域。不过何的诗较刘诗为佳。沈约看了他的诗说:"吾每读卿诗,一日三复犹不能已。"范云和他为忘年交,极称赏他的诗文,每说:"顷观文人,质则过儒,丽则伤俗,其能含清浊,中今古,见之何生矣!"他的诗如《慈姥矶》云:"暮烟起遥岸,斜日照安流。一同心赏夕,暂解去乡忧。野岸平沙合,连山近雾浮。客悲不自已,江上望归舟。"又《见征人分别》云:"凄凄日暮时,亲宾俱伫立。征人拔剑起,儿女牵衣泣。候骑出萧关,追兵赴马邑。且当横行去,谁论裹尸入!"这种诗运用声律而不甚为它所拘,利用排偶而不甚为它所累,一气单行,情景如见,正是盛唐诗人所苦心学步的。杜甫的诗说道:"陶冶性灵存底物,新诗改罢自长吟。孰知二谢将能事,颇学阴何苦用心。"杜又称许李白道:"李侯有佳句,往往似阴铿。"阴铿,字子坚,武威姑臧人,生年较何逊略后,较徐陵略早,与张正见同时。他工五言诗。如《晚出新亭》云:"大江一浩荡,离悲足几重。潮长犹如盖,云昏不作峰。远戍唯闻鼓,寒山但见松。九十方称半,归途讵有踪?"又如《西游咸阳》中云:"上林春色满,咸阳游侠多。城斗疑连汉,桥星象跨河。影里看飞毂,尘前听远珂。还家何意晚?无处不经过!"王融、沈、谢的诗已经能够运用他们的声律论了,不过较古诗稍严,较律诗还松。到了阴、何,就做了初期的律诗的成功者。

现在我要论到梁陈之际的文学了。

自梁简文帝萧纲即位,至陈后主陈叔宝亡国(五五〇——五八九),这五十年间的文学又稍和前一时期不同。《梁书·简文帝本纪》载着萧纲自述的话道:

余七岁有诗癖,长而不倦。然伤于轻艳,号曰宫体。

又《徐摛传》里也说:

〔摛〕属文好为新变,不拘旧体。……〔晋安〕王(即萧纲)入为皇太子，转家令，兼掌管记，寻带领直。摛文体既别，春坊尽学之，宫体之号，由斯而起。高祖闻之怒，召摛加让，及见应对明敏，辞义可观，高祖意释。

可知萧衍的晚年就有所谓"宫体"文学发生。他虽不满意于这种文学，然而风会所趋，他也无可如何。本来萧衍的帝王生活，极其清俭，布衣粝食，不听音声。宫女也都衣不曳地，傍无锦绮。他五十外，便断房室。可是他的诗如《子夜歌》、《欢闻歌》以及其他乐府，却都是艳曲。等到他的晚年宫体文学发生，就更靡丽了。有人把萧衍、萧纲、萧绎（元帝）父子三人比曹操父子，不过三曹的诗有英雄气，三萧的诗多儿女情。《梁书·庾肩吾传》说：

初，太宗（即萧纲）在藩，雅好文章士。时肩吾与东海徐摛、吴郡陆杲、彭城刘遵、刘孝仪、仪弟孝威，同被赏接。及居东宫，又开文德省，置学士，肩吾子信、摛子陵、吴郡张长公、北地傅弘、东海鲍至等充其选。齐永明中文士王融、谢朓、沈约文章始用四声以为新变，至是转拘声韵，弥尚丽靡，复逾于往时。

宫体文学的作者，以及它和永明体的关系，大体如此。又《周书·庾信传》说：

肩吾为梁太子中庶子，掌管记。徐摛为左卫率。摛子陵及信并为抄撰学士。父子在东宫，出入禁闼，恩礼莫与比隆。既有盛才，文并绮艳，故世号为徐庾体焉。当时后进，竞相模范，每有一文，京师莫不传写。

原来宫体文学的作者以徐、庾父子为领袖，所以又称徐庾体。后来庾信聘于北周被留,徐陵历仕梁、陈,到陈后主时候才死。徐庾体在南北两朝同样握有文坛上的权威。总之,这个时候的文学以宫体为中心,真是货真价实的贵族文学!

徐陵(五〇七——五八三),字孝穆,东海剡人。他在萧梁声名已大,及陈氏创业,文檄军书及禅授诏策都是他的手笔,就成了一代文宗。前时萧统编集《文选》,兼录周季至梁初的诗文,为古代以来纯文学的一部总集。徐陵又编一部诗选,名叫《玉台新咏》,为古代以来艳丽诗歌的总集,可以考见他的文学主张。他的诗句如"相看不得语,密意眼中来。"(《洛阳道》)"念君今不见,谁为抱腰看?"(《长相思》)"烛送窗边影,衫传箧里香。"(《奉和咏舞》)"落花承步履,流涧写行衣。"(《春日》)"山花临舞席,冰影照歌床。"(《奉和山斋》)都是极其香艳的。本来梁简文尤其是陈后主那样的风流天子,也正需要这种风流词臣,不然作出风流的诗歌来就没有人奉和凑趣了!

庾信(五一三——五八一),字子山,南阳新野人。他以南人而被留仕北朝,寄居长安,北人虽很崇仰他,可是止不住他的乡关之思,常常表现于他的诗赋。《哀江南》、《小园》两赋一为巨制,一为小品,都极有名。杜甫最佩服他,曾有诗道:"庾信文章老更成,凌云健笔意纵横。今人嗤点流传赋,不觉前贤畏后生。"庾信本来也是宫体作家,但因到了北朝,作风一变。每于浓丽中见萧瑟,于典故中见清新。《咏怀》二十七首之一云:"榆关断音信,汉使绝经过。胡笳落泪曲,羌笛断肠歌。纤腰减束素,别泪损横波。恨心终不歇,红颜无复多。枯木期填海,青山望断河。"可见其作风之一斑。我以为他在文学史上取得重要的地位,还是在他的骈偶之文。论者称其集六朝之大成,导"四杰"之先路,屹然为四六宗匠。在北周和庾信同时而齐名的有王褒,他是和萧绎君臣一道被北周俘虏过去的。杀其君而留其臣,北周待王褒甚厚。王褒的诗也每有乡国之感。如《渡河北》云:"秋风吹木叶,还似洞庭波。常山临代郡,亭障绕黄河。心悲异方乐,肠断《陇头歌》。薄暮临征马,失道北山阿。"可为一例。

庾信、王褒本拟于论到北朝文学时去说，现在为了叙述便利就在这里说了。南朝文学到了陈后主的时候，绮艳淫靡达到了尖端。《南史·后主张贵妃传》说：

> 至德二年，乃于光昭殿前起临春、结绮、望仙三阁，高数十丈，并数十间。其窗牖壁带县楣栏槛之类皆以沉檀香为之，又饰以金玉，间以珠翠，外施珠帘，内有宝床宝帐，其服玩之属瑰丽皆近古未有。每微风暂至，香闻数里。朝日初照，光映后庭。其下积石为山，引水为池，植以奇树，杂以花蕊。后主自居临春阁，张贵妃居结绮阁，龚、孔二贵嫔居望仙阁，并复道交相往来。又有王李二美人、张薛二淑媛、袁昭仪、何婕妤、江修容等七人并有宠，递代以游其上。以宫人有文学者袁大舍等为女学士，后主每引宾客对贵妃等游宴，则使诸贵人及女学士与狎客共赋新诗，互相赠答。采其尤艳丽者以为曲调，被以新声，还宫女有容色者以千百数，令习而歌之，分部迭进，持以相乐。其曲有《玉树后庭花》、《临春乐》等。……

我们可以想见一位风流天子的浪漫生活，同时也可以知道宫体文学是在怎样的境地里产生而登峰造极的。所谓"狎客"自宰相江总以下有陈暄、孔范、王瑳等十余人。他们的新诗艳曲不少是七言的。如陈后主的《玉树后庭花》云：

> 丽宇芳林对高阁，新妆艳质本倾城。映户凝娇乍不进，出帷含态笑相迎。妖姬脸似花含露，玉树流光照后庭。

他还有《古曲》一首，虽非七言，却像小词。曲云：

> 桂钩影，桂枝开。紫绮袖，逐风回。日明珠色偏亮，叶尽衫香

更来。

江总也是一位风流宰相。他的七言较短的如《内殿赋新诗》云：

> 兔影脉脉照金铺，虬水滴滴泻玉壶。绮翼雕甍迩清汉，虹梁紫柱丽黄图。风高暗绿凋残柳，雨驶芳红湿晚芙。三五二八佳年少，百万千金买歌笑。偏著故人《织素诗》，愿奏秦声《采莲调》。织女今夜渡银河，当见新秋停玉梭。

写新秋之夜的宫中行乐，从轻描淡写中更显出绚烂的色调。他如《秋日新宠美人应令》有句云："闻道艳歌时易调，忖许新恩那久要？翠眉未画自生愁，玉脸含啼还似笑。"《新入姬人应令》有句云："玉轵轻轮五香散，金灯夜火百花开。非是妖姬渡江日，定言神女隔河来。"又如《姬人怨》句云："自悲行处绿苔生，何悟啼多红粉落！"当日所谓新诗艳歌，都是这样绚烂已极的，反映贵族阶级的淫靡生活。还有足以惹人注意的，就是这时候的诗歌颇多采用七言的形式了。

说到七言诗，它的发展的时代虽较五言诗为晚，可是它的发展的路径却和五言诗相同。因为他也是起于民歌，采于乐府，然后才有无数的文人创作。

前人关于七言诗起源之说，议论纷歧。或以为始于唐虞民谣《击壤歌》。如今所见的《击壤歌》果出于尧、舜之世？尧、舜果有其人？都是疑问。或以为始于《三百篇》，例如《齐风·著》篇、《郑风·缁衣》篇，其实这也不过偶有七言的句子。或以为始于《楚辞》，因为《楚辞》里面有除了助辞兮些即为七言的，实则这也不好就算是七言。有人说始于汉武帝《柏梁联句》，顾炎武《日知录》则指出这首诗是伪作。还有人说始于汉代乐府，例如唐山夫人的《房中歌》及《郊祀歌》中之《天门》章、《景星》章，其实这也不是纯粹的七言。不过张衡的《四愁诗》似乎是受了《铙歌》十八曲《有所思》一类歌曲的影响,虽然起句仍用楚声,把兮字足句,却差不多是纯粹的七言了。到了魏文帝曹丕的《燕歌行》,才算是纯粹的七言诗体。《燕歌行》二首:

> 秋风萧瑟天气凉,草木摇落露为霜。群燕辞归雁南翔,念君客游多思肠。慊慊思归恋故乡,君何淹留寄他方。贱妾茕茕守空房,忧来思君不可忘,不觉泪下沾衣裳。援琴鸣弦发清商,短歌微吟不能长。明月皎皎照我床,星汉西流夜未央。牵牛织女遥相望,尔独何辜限何梁!

> 别日何易会日难,山川遥远路漫漫。郁陶思君未敢言,寄声浮云往不还。涕零雨面毁容颜,谁能怀忧独不叹?展诗清歌聊自宽,乐往哀来摧肺肝,耿耿伏枕不能眠。披衣出户步东西,仰戴星月观云间。飞鸟晨鸣声可怜,留连顾怀不能存。

原来在这种乐府诗以前,还有七言的歌谣开路的。关于这种文献虽然保存下来的不多,却也不难略略的找出其间一点蜕变的线索。例如汉文帝时有一首歌谣道:

> 一尺布,尚可缝;一斗粟,尚可舂;兄弟二人不相容。

据说这是因为汉文帝待遇他的兄弟淮南王长不好,民间给他编造的歌谣,这还不是纯粹的七言。后来有一首《匈奴歌》道:

> 失我焉支山,令我妇女无颜色;失我祁连山,使我六畜不蕃息。

我想这一首歌是由胡语汉译的,也不是纯粹的七言。只有当时的人所作的字书如《凡将篇》之类就全是七言了,我疑这是采用歌谣的形式,取其便

于小学讽诵。再,《后汉书·五行志》里录有一些歌谣。如桓帝初年有京都童谣道:

> 城上乌,尾毕逋。公为吏,子为徒,一徒死,百乘车。车班班,入河间。河间姹女工数钱,以钱为室金为堂,石上慊慊舂黄粱。梁下有悬鼓,我欲击之丞卿怒。

又天下童谣道:

> 小麦青青大麦枯,谁当获者妇与姑。丈人何在西击胡。吏买马,君具车,请为诸君鼓咙胡。

桓帝末年也有京都童谣道:

> 茅田一顷中有井,四方纤纤不可整。嚼复嚼,今年尚可后年铙。

还有灵帝末年京都童谣道:

> 侯非侯,王非王,千乘万骑上北芒。

可见这个时候的许多歌谣渐渐变成纯粹七言的了。桓、灵之世是汉末党祸最惨酷的时代,一般人对于党人清流的品题标榜,也都是用的七言,如云"天下楷模李元礼,不畏强御陈仲举。"这也可以证明当时的歌谣谚语每用七言。当时已是五言诗快到成熟的时代,七言诗也恰在其时萌芽,这是我们要注意的。

自曹丕的《燕歌行》而后,时代愈进,民间乐府和文人所作乐府,七言的愈见加多。至于刘宋,鲍照、惠休就专以七言见长,我在上文已经略略说及了。综观六朝民间乐府,只有较为长篇的《白纻舞歌辞》似属于吴歌,其他七言都出于荆、郢、樊、邓之间的《西曲》。如《青骢白马》八曲,每曲七言两句同韵。我最爱其前四曲:

> 青骢白马紫丝缰,可怜石桥根柏梁。汝忽千里去无常,愿得到头还故乡。系马可怜著长松,游戏徘徊五湖中。借问湖中采菱妇,莲子青荷可得否?

又《共戏乐》四曲,我最爱其第三曲:

> 长袖翩翩若鸿惊,纤腰袅袅会人情。

又《女儿子》二曲:

> 巴东三峡猿鸣悲,夜鸣三声泪沾衣。我欲上蜀蜀水难,蹋蹀珂头腰环环。

这些曲子大都是由歌谣采入乐府的。还有文人创作的《西曲》,如《乌栖曲》或作《栖乌曲》,大都是每句用韵、二句换韵的格式。作者有梁简文帝萧纲、元帝萧绎、萧子显、徐陵、陈后主、江总诸人。今录徐陵二首为例:

> 卓女红妆期此夜,胡姬沽酒谁论价?风流荀令好儿郎,偏能傅粉复薰香。
> 绣帐罗帷隐灯烛,一夜千年犹不足。唯憎无赖汝南鸡,天河未落犹争啼!

这种歌曲七言四句好像七绝,不过用韵不同罢了。本来时代稍前一点就

有七言四句的诗,如鲍照的《夜听妓》云:

  兰膏消耗夜转多,乱筵杂坐更弦歌。倾情逐节宁不苦?特为盛年惜容华。

又惠休的《秋思引》云:

  秋寒依依风过河,白露萧萧洞庭波。思君末光光已灭,眇眇悲望如思何!

这种诗七言四句一韵到底,第三句不押韵,已经很像七言绝句,不过声律不严罢了。他如萧子显《春别》、萧纲《夜望单飞雁》、庾信《代人伤往》、江总《怨诗》,都是如此。又《西曲乌夜啼》八曲,宋临川王义庆所作,原为五言,萧纲庾信改作七言。今录萧、庾之作于下:

  绿草庭中望明月,碧玉堂里对金铺。鸣弦拨捩发初异,挑琴欲吹众曲殊。不疑三足朝含影,直言九子夜相呼。羞言独眠枕下流,托道单栖城上乌。

              ——萧　纲

  促柱繁弦非《子夜》,歌声舞态异《前溪》。御史府中何处宿?洛阳城头那得栖!弹琴蜀郡卓家女,织锦秦川窦氏妻。讵不自惊长泪落,到头啼乌恒夜啼。

              ——庾　信

这种诗就很像七言律诗了。庾信还有《杨柳歌》一首,近四十句,可算是较为长篇的七言。总之,梁、陈两代的作者大都兼作七言,至于陈后主和江总君臣相狎的新诗艳歌就更多七言之作,因为七言最适宜于做这种靡丽的诗歌。记得王闿运《王志》里论七言歌行说:"今之诗歌、古之乐也。四言如琴,五言如笙箫,歌行七言如羌笛琵琶,繁弦杂管。"那是大致不错的。我们如果要说汉魏之际是七言诗的萌芽时代,那末,梁陈之际就是它的成长时代,到了唐朝就是它的开花结实的时代了。

南朝的民间乐府除了多见七言的《西曲》和七言诗的发展显然有些关系以外,还有差不多全是五言的《吴声歌曲》就和当时的五言诗以及后来发生的词也是多少有些关系的。《西曲》既出于长江上游的荆、郢、樊、邓之间,不妨称为楚歌;《吴声歌曲》出于长江下游的江南地方,昔人简称吴歌。庾信《乌夜啼》一曲云:"促柱繁弦非《子夜》,歌声舞态异《前溪》。"可知二者间的音乐上是有区别的。大约楚歌急促,吴歌柔曼罢。《晋书·乐志》说:"吴歌杂曲并出江南,东晋以来稍有增广,其始皆徒歌,既而被之管弦。盖自永嘉渡江之后,下及梁、陈,咸都建业,《吴声歌曲》起于此也。"《古今乐录》说:"吴声歌旧器有篪、箜、琵琶,今有笙、筝。"吴歌的起源和所用乐器,大略如此。

吴歌名曲有《子夜》、《读曲》、《团扇》、《碧玉》、《桃叶》、《懊侬》、《华山畿》、《泛龙舟》,以及《玉树后庭花》、《春江花月夜》等种。这些歌曲大都是五言四句的。又大都是恋歌,就是祭祀的歌如《神弦歌》也杂有恋爱的分子。至于《大子夜歌》所云:

歌谣数百种,《子夜》最可怜。慷慨吐清音,明转出天然。
丝竹发歌声,假器扬清音。不知歌谣妙,声势出口心。

就可见吴歌中只有《子夜》最流行最有势力了。《唐书·乐志》说:"晋有女子名子夜,造此声,声过哀苦。"又《宋书·乐志》有鬼歌《子夜》之说,真是鬼话!今存四十二首,选录八首于下:

宿昔不梳头,丝发被两肩。腕伸郎膝上,何处不可怜!

> 自从别欢来，奁器了不开：头乱不敢理，粉拂生黄衣。
> 朝思出前门，莫思还后渚。语笑向谁道，腹中阴忆汝。
> 郎为旁人取，负侬非一事。摛门不安横，无复相关意。
> 谁能思不歌？谁能饥不食？日冥当户倚，惆怅底不忆？
> 揽裙未结带，约眉出前窗。罗裳易飘扬，小开骂春风。
> 揽枕北窗卧，郎来就侬嬉。小喜多唐突，相怜能几时？
> 恃爱如欲进，含羞未肯前。口朱发艳歌，玉指弄娇弦。

《乐府解题》说："后人更为四时行乐之词，谓之《子夜四时谣》，又有《大子夜歌》、《子夜警歌》、《子夜变歌》，皆曲之变也。"《子夜四时歌》七十五首，现在也选录八首：

> 春林花多媚，春鸟意多哀；春风复多情，吹我罗裳开。
> 梅花落已尽，柳花随风散。叹我当春年，无人相要唤。
>
> ——《春歌》
>
> 暑盛静无风，夏云薄莫起。携手密叶下，浮瓜沈朱李。
> 轻衣不重彩，飙风故不凉。三伏何时过，许侬红粉妆？
>
> ——《夏歌》
>
> 开窗秋月光，灭烛解罗裳。含笑帷幌里，举体兰蕙香。
> 仰头看桐树，桐花特可怜。愿天无霜雪，梧子解千年。
>
> ——《秋歌》
>
> 昔别春草绿，今还墀雪盈。谁知相思老，玄鬓白发生！
> 白雪停阴冈，丹华耀阳林。何必丝与竹？山水有清音。
>
> ——《冬歌》

《大子夜歌》已见前文，《子夜警歌》、《子夜变歌》不过几首，不录它了。《读曲歌》八十九首。《宋书·乐志》说："《读曲歌》者，民间为彭城王义康所作也。其歌云'死罪刘领军,误杀刘第四'是也。"《古今乐录》说:"《读曲歌》者,永嘉十七年,袁后崩,百官不敢作声歌,或因酒宴,止窃声读曲细吟而已。以此为名。按义康被徙亦是十七年。"其实《读曲歌》也只是民间恋歌。如云:

思欢久,不爱独枝莲,只惜同心藕。
忆欢不能食,徘徊三路间,因风觅消息。
怜欢敢唤名,念欢不呼字,连唤欢复欢,两誓不相弃。
打杀长鸣鸡,弹去乌白鸟。愿得连冥不复曙,一年都一晓。

这是何等情热的恋歌!还有《华山畿》二十五首也是这种恋歌。《古今乐录》曰:"《华山畿》者,宋少帝时《懊恼》一曲,亦变曲也。少帝时,南徐一士子从华山畿往云阳,见客舍有女子,年十八九,悦之无因,遂感心疾。母问其故,具以启母。母为至华山寻访,见女具说,闻感之,因脱蔽膝令母密置其席下,卧之当已,少日果差。忽举席见蔽膝而抱持,遂吞食而死。气欲绝,谓母曰:'葬时车载从华山度。'母从其意。比至女门,牛不肯前,打拍不动。女曰:'且待须臾,妆点沐浴。'既而出歌曰:

华山畿!君既为侬死,独活为谁施?欢若见怜时,棺木为侬开!

棺应声开,女透入棺。家人叩打,无如之何。乃合葬,呼曰神女冢"。这真是一段很凄艳的故事。《华山畿》似乎原止这一曲,其他二十四首就为变曲,不必和这个故事相合。我最爱这几首:

未敢便相许,夜闻侬家论,不持侬与汝。
啼著曙,泪落枕将浮,身沈被流去。
啼相忆,泪如漏刻水,昼夜流不息。

不能久长离,中夜忆欢时,抱被空中啼。
腹中如汤灌,肝肠寸寸断,教侬底聊赖?
奈何许!天下人何限?慊慊只为汝!

这种民间乐府实给当时贵族诗歌以绝大的影响。本来五言诗的发展到了颜、谢,成为专重排偶雕琢的风气,已经走上了一条死路。后来一方因王、沈诸人的提倡声律,音节上得到一点帮助,开了一条律诗的路;一方因萧氏父子摹仿民间乐府,做了一些侧艳的诗,开了宫体诗的一条路。同时七言诗也在同样的情形之下发展起来。所以那时所谓宫体或徐庾体的诗歌,只是平民文学和贵族文学接触以后的新产物。至于这种新体诗有许多是用三五七言错综而成的,如沈约的《六忆诗》、萧衍的《江南弄》、徐陵的《长相思》之类都是,也就都是当时的新乐府。《四库全书总目提要》里说:"考累代《吴声歌曲》,句有短长,音多柔曼,已渐近小词。"(《词曲类》)因此,我们要说《吴声歌曲》和受了《吴声歌曲》影响的长短句的新乐府就是词的(《词曲类》)或一先代,自然没有什么不可了。

四　南北朝诗人与乐府(下)

现在要谈到北朝文学了。以上刚刚说完了南朝乐府,同一时代的北朝乐府也值得一述的。

扰乱北方的"五胡",本来都是畜牧迁徙、射猎为业的游牧民族。自汉魏以来,他们先后降附中国,徙居塞内诸郡,和汉人杂居,不过大半还保存他们部落聚居的习惯。自从"五胡十六国"的混战直到北朝鲜卑族的统治,他们才渐渐从边郡进占中原,屠杀了一些汉人,赶走了一些汉人,同时却又渐渐接受了汉人的文化,于是他们就从游牧生活进到农耕生活了。

然而游牧民族的社会意识还是未能尽变,这是从北朝的文学里就可以见到的。如北魏时候刘昶的《断句》云:

  白云满障来,黄尘暗天起。关山四面绝,故乡几千里!

又董绍的《高平牧马诗》云:

  走马山之阿,马渴饮黄河。宁谓胡关下,复闻楚客歌!

这都不过是汉人不免屈身北朝,因见异乡的荒野的景色而起的乡关之感。至于北齐高昂(敖曹)的《征行诗》云:

  垄种千口牛,泉连百壶酒。朝朝围山猎,夜夜迎新妇。

又斛律金所唱的《敕勒歌》云:

  敕勒川,阴山下;天似穹庐,笼盖四野。天苍苍,野茫茫,风吹草低见牛羊。

这就是很简单的又很精彩的游牧生活的描写了。当时乐府里面还有不少这种内容的歌曲。《乐府诗集》所录《梁鼓角横吹曲》二十一种,六十五首,实为北朝乐府。如《折杨柳歌辞》五曲,其四云:

  遥看孟津河,杨柳郁婆娑。我是虏家儿,不解汉儿歌。

可见当时南北歌曲之不同。不过就语言上说,这已经是汉语的虏歌,不是"其词虏音,竟不可晓"的虏歌了。就音乐而说,北朝乐府为胡声,为北狄乐，一称马上乐，和南朝乐府为吴声，为清商乐者不同。再就所表现的社会生活而说，虏家儿更和汉儿不同。如前举《折杨柳歌辞》第五曲云：

> 健儿须快马，快马须健儿，跸跋黄尘下，然后别雄雌。

《琅琊王歌辞》八曲之一云：

> 新买五尺刀，悬著中梁柱，一日三摩挲，剧于十五女。

又《企喻歌》四曲云：

> 男儿欲作健，结伴不须多。鹞子经天飞，群雀两向波。
> 放马大泽中，草好马著膘。牌子铁裲裆，鉼鉾鸐尾条。
> 前行看后行，齐著铁裲裆。前头看后头，齐著铁鉼鉾。
> 男儿可怜虫，出门怀死忧。尸丧狭谷中，白骨无人收。

你看！健儿，快马，新刀，身上披著铁马甲，头上戴著铁帽子，帽子上插著野鸡毛，一行行，一队队，驰骋于黄尘下大泽中，虏家儿是何等生活，又是何等气概！不仅他们的男儿如此，女儿也有这样的。《木兰诗》是大家都知道的了，现在只举出一首《李波小妹歌》：

> 李波小妹字雍容，褰裙逐马如卷蓬，左射右射必叠双。妇女尚如此，男子安可逢？

这样的歌咏著男英雄、女英雄，还是游牧民族的社会意识，固然是南朝乐府里所没有，就是同样的歌咏著恋爱，表情的方法也不同。试举它几首：

地驱乐歌（四曲）

青青黄黄，雀石颓唐。槌杀野牛，押杀野羊。
驱羊入谷，白羊在前。老女不嫁，蹋地唤天。
侧侧力力，念君无极。枕郎左臂，随郎转侧。
摩捋郎须，看郎颜色。郎不念女，各自努力。

地驱乐歌（与前曲不同）

月明光光星欲堕，欲来不来早语我。

折杨柳枝歌（四曲）

上马不捉鞭，反拗杨柳枝。下马吹长笛，愁杀行客儿。
门前一株枣，岁岁不知老。阿婆不嫁女，那得孩儿抱。
敕敕何力力！女子临窗织。不闻机杼声，唯闻女叹息。
问女何所思，问女何所忆。"阿婆许嫁女，今年无消息！"

捉搦歌（四曲）

粟谷难舂付石臼，弊衣难护付巧妇。男儿千凶饱人手，老女不嫁只生口。

谁家女子能行步，反著袂襌后裙露。天生男女共一处，愿得两个成翁姁！

华阴山头百丈井，下有流水彻骨冷。可怜女子能照影，不见其余见斜领。

黄桑柘屐蒲子履，中央有丝两头系。少时怜母大怜婿，何不早嫁论家计！

这种歌曲说到男女两性关系，毫不扭扭捏捏，毫不遮遮掩掩，心直口快，要说便说。这也反映着生活简单，性情粗犷的游牧民族的意识形态。

北朝的民间乐府流传下来不多，文人创作的诗歌也极少。本来北方没有几个伟大的诗人,就是庾信、王褒也由南方过去的,已在上文附带的说过了。除了庾、王之外,勉强可以代表北朝诗人的,就是在北朝文坛上所称的"三才"——济阴温子昇鹏举、河间邢邵子才、巨鹿魏收伯起。

北魏时候,温子昇的文名最大。他的文章流传南方,梁武帝看见了,不禁叹息道:"曹植、陆机复生于北土,恨我辞人,数穷百六。"还有他的同乡文人王晖业也说:"江左文人宋有颜延之、谢灵运,梁有沈约、任昉,我子昇足以陵颜轹谢,含沈吐任。"但就他现存的上十首诗看,却未见够得上这种称誉。今录四首小诗:

安 定 侯 曲
封疆在上地,钟鼓自相和。美人当窗舞,妖姬掩扇歌。

敦 煌 乐
客从远方来,相随歌且笑。自有敦煌乐,不灭安陵调。

凉 州 乐 歌
远游武威郡,遥望姑臧城。车马相交错,歌吹日纵横。
路出玉门关,城接龙城坂。但事弦歌乐,谁道山川远?

本是北朝的贵族生活已经南朝化了?还是北朝文学已经南朝化?或者二者都是?读了这几首诗可以发生这样的疑问。邢邵的诗也只存下七八首,只有《冬日伤志篇》较佳。诗云:

昔时惰游士,任性少矜裁。朝驱玛瑙勒,夕衔熊耳杯。折花步淇水,抚瑟望丛台。繁华忽昔改,衰病一时来。重以三冬月,愁云聚复开。天高日色浅,林劲鸟声哀。终风激檐宇,余雪满条枚。遂游昔宛洛,踟蹰今草莱。时事方去矣,抚己独伤怀。

这种诗勉强可以算是燕、赵慷慨悲歌之士的本色的作品。但在技巧上如辞句的对偶,声韵的调协,却和同时南人的诗一样。北齐时候,邢、魏相轻。魏收自命独步一时,邢邵却说:"江南任昉文体本疏,魏收非直模拟,亦大偷窃。"魏收听了,便说:"伊常于沈约集中作贼,何意道我偷任!"无论偷任偷沈,谁优谁劣,北朝文人模拟南朝文人的作品,北朝文学南朝化,却是不可掩的事实。魏收的诗也只存十多首,今录三首:

棹 歌 行
雪溜添春浦,花水足新流。桃发武陵岸,柳拂武昌楼。

挟 琴 歌
春风宛转入曲房,兼送小苑百花香。白马金鞍去未返,红妆玉箸下成行。

永 世 乐
绮窗斜影入,上客酒须添。翠羽方开美,铅华汗不沾。关门今可下,落珥不相嫌。

这种诗完全染了南朝文学铅华靡曼之习,加以他的行为也很轻薄,当时的人喊他做"惊蛱蝶"!又因为他作的《魏书》褒贬不公,招人嫉恨,他死后连坟也被人发掘了!

还有隋代文学也可以归在北朝一起来说,唐人李延寿撰《北史》,就是把魏、齐、周、隋四史作为一书的。

隋代自文帝杨坚代周(五八一)灭陈(五八九),造成一个南北统一的局面。然而这一局面不到三十年就又瓦解了,以至于亡国(五八九——六一七)。在这短短的三四十年间,没有什么伟大的诗人出现,比较有名的也不过杨素、薛道衡、卢思道、虞世基、辛德源、王胄几个人,却也没有什么特殊之点可说。总之,他们文学上的成就还没有跳出南朝诗人的范围。从武力上说,北朝最后征服了南朝;从文学上说,南朝一直征服了北朝。《隋书·乐志》说:"炀帝大制艳篇,辞极媱绮。"原来杨广也是一位风流天子,正像陈叔宝一样。加以史家或称他为隋后主,因此,他的作品有和陈后主相混的。他们的艳曲大都属《吴声歌曲》,称为炀帝所作的,有二首题为《春江花月夜》:

> 暮江平不动,春花满正开。流波将月去,潮水带星来。
> 夜露含花气,春潭漾月晖。汉水逢游女,湘川值两妃。

有一首为《泛龙舟》:

> 舳舻千里泛归舟,言旋旧镇下扬州。借问扬州在何处?淮南江北海西头。六辔聊停御百丈,暂罢开山歌棹讴。讵似江东掌间地,独自称言鉴里游。

再举《江都宫乐歌》一首:

> 扬州旧处可淹留,台榭高明复好游。风亭芳树迎早夏,长皋麦陇送余秋。渌潭桂楫浮青雀,果下金鞍跃紫骝。绿觞素蚁流霞饮,长袖清歌乐戏州。

这种靡丽之作,可以说是南朝宫体诗歌的余响。末了一首论它的体制就宛然是七言律诗了。炀帝荒淫无度,流连忘返,据说当时一位无名诗人的《送别诗》就是讽刺他的。诗云:

> 杨柳青青着地垂,杨花漫漫搅天飞。柳条折尽花飞尽,借问行人归不归?

这就宛然是一首七言绝句了。又薛道衡的《人日思归》云:

入春才七日,离家已二年。人归落雁后,思发在花前。

这也很像唐人的五言绝句。薛道衡还有《豫章行》一首是七言古体,《和许给事善心戏场转韵》一首是五言排律,都算是他的名篇。总之,我们从现存的隋人作品里还可以略略看出从南北朝到唐代文学上的一点关联来。

根据以上所论,北朝文学不及南朝文学之盛,而又大受南朝文学之影响,这是显然的事实。原来中国自经五胡之乱,晋室东渡,当时北方的豪宗甲族都随着渡江,因为南方侨立许多北方名称的郡县给他们居住。前文引过了的杜佑《通典》上的话:"永嘉之后,帝室东迁,衣冠避难,多所萃止,艺文儒术,斯为之盛。"那是不错的。加以南朝用人承袭魏晋九品中正的遗制,比较新起的北朝,士庶的阶级极严,阀阅的观念极重。当时所谓"士流"或"贵游子弟",凭借优越的门阀,得到相当的教养,所以能文的极多。而且有词臣性质的秘书郎著作郎,又都成了他们起家的例授的官职。其他品位高卑,也每每以门阀谱籍为断。在这样的制度之下产生大批的文人,这种文人真是道地的贵族文人!这种文人称霸当时的文坛,正像如今一些霸占地盘封建王侯般的武人一样,如今的武人叫作军阀,他们就可以叫作"文阀"了!《南史·刘孝绰传》说:"兄弟及群从子侄当时有七十人,并能属文,近古未之有也。"又《王筠传》录筠与诸儿书论家门集云:"史传称安平崔氏及汝南应氏并累叶有文才,所以范蔚宗云崔氏雕龙,然不过父子两三世耳,非有七叶之中名德重光,爵位相继,人人有集如吾门者也。"这刘、王两家都是当时有名的文阀自不待说,此外有名的文阀还很多。总之,当时的豪宗甲族,祖孙父子,兄弟姊妹,群从子侄,一家能文的,多到不胜枚举,可见南朝文阀之盛,这是北朝所不及的。

还有我们要注意的:南北朝是佛教流传中国,翻译佛经最盛的时期。这一时期思潮的表面上是玄学(继续魏晋清谈之风)、儒家、佛教三大思想的合流,其实以佛教为主潮,这从《弘明集》、《高僧传》等书可以看出当时思想界的这种趋势。佛教的思想虽然很显然的在当时思想界抬头，佛教的文学体制和风格却似没有什么影响于当时的文坛，甚至没有什么影响于当时崇奉佛教的和尚的文学。不过我读了慧皎《高僧传》里论"诵经"、"经师"、"唱导"的文章，很疑和慧皎同时的王融、沈约诸人的声律说之发明是受了佛教文学的影响。东晋时候，鸠摩罗什为僧叡远论西方文体，说道：

> 天竺国俗，甚重文藻。其宫商体韵，以入弦为善。凡覲国王，必有赞德。见佛之仪，以歌叹为常。经中偈颂，皆其式也。

可见佛教文学原来就是极重声调以便歌诵的。这种歌诵经文的法子什么时候才传到中国呢？慧皎说：

> 自大教东流，乃译文者众，而传声者盖寡。良由梵音重复，汉语单奇。若用梵音以咏汉语，则声繁而偈迫。若用汉曲以咏梵文，则韵短而辞长。……有魏陈思王曹植，深爱声律，属意经音。既通般遮之瑞响，又感渔山之神制。于是删治《瑞应本起》，以为学者之宗。传声则三千有余，在契（犹言曲）则四十有二。其帛桥支籥，亦云祖述陈思。……至石勒建平中，有天神降于安邑听事，讽咏经音，七日乃绝。……逮宋齐之间，有昙迁、僧辩、太傅文宣等，并殷勤嗟咏，曲意音律。……

他说魏、晋、宋、齐以来诵经传声的历史，虽不免杂些宗教上神话的分子，其他大致想是可靠的。他还说：

> 若能精达经旨，洞晓音律。三位七声，次而无乱。五言四句，契而莫爽。其间起掷荡举，平折放杀，游飞却转，反叠娇弄，动韵则揄靡

弗穷,张喉则变态无尽。故能炳发八音,光扬七善,壮而不猛,凝而不滞,弱而不野,刚而不锐,清而不扰,浊而不蔽,谅足以超畅微言,怡养神性。故听声可以娱耳,聆语可以开襟。若然、可谓梵音深妙,令人乐闻者也。

他这段文章描写诵经的声调节奏之妙,可说至矣尽矣,蔑以加矣! 又说:

天竺方俗,凡是歌咏法言,皆称为呗。至于此土,咏经则称为转读,歌赞则号为梵音。

《高僧传》所载宋、齐之际著名的"转读"大师有支昙籥及其弟子法平、法等,以及僧饶、道综、智宗诸人。这种转读的法子把经文读出声调节奏来,因而影响到作诗作文也要顾及音韵谐美,便于诵读,自然是可能的事。因此,我们要说齐梁之际文学上的声律运动多少是受了晋宋以来佛教文学的转读或歌赞的影响,也就不是不可能的。如果我们要说南北朝文学受了佛教文学的影响,我看就只有从来不曾为人注意的这一点了。

五 文 笔 之 辨

最后,要略略论到南北朝几个重要的历史家和批评家,以及文笔之辨诸问题。

自司马迁、班固以后,历史家最著者,有魏晋之际陈寿,晋宋之际范晔。陈寿(二三三——二九七),字承祚,巴西安汉人,师事同郡谯周,仕蜀为观阁令史。入晋,举孝廉,除著作郎,领本郡中正,撰魏蜀吴《三国志》,凡六十五篇,时人称其善叙事,有良史之才。后来宋文帝令裴松之注《三国志》,松之所注,补遗正误,也很精博有名。范晔(三九八——四四五),

字蔚宗,小字塼,顺阳人,和裴松之同时。初为秘书丞,左迁宣城太守,不得志,乃删众家《后汉书》为一家之作,共得百卷(梁剡令刘昭又补志三十卷)。后以参与孔熙先谋清君侧事件为宋文帝所杀。他在狱中与诸甥侄书,论及所作《后汉书》说:"吾杂传论皆有精意深旨,既有裁味,故约其词句。至于《循吏》以下以及六夷诸序论,笔势纵放,实天下之奇作,其中合者往往不减《过秦论》。尝共比方班氏所作,非但不愧之而已。欲遍作诸志,《前汉》所有者悉令备,虽事不必多,且使见文得尽。又欲因事就卷内发论以正一代得失,意复未果。赞,自是吾文之杰思,殆无一字空设,奇变不穷,同含异体,乃自不知所以称之。此书行,故应有赏音者。纪传例为举其大略耳,诸细意甚多。自古体大而思精,未有此也。恐世人不能尽之,多贵古贱今,所以称情狂言耳。"你可以知道他是如何的自负!后来的人把他的《后汉书》、陈寿的《三国志》,上配《史记》、《汉书》,称为"四史"。不但为史书中极有权威之作,差不多成为文家必读之书。至于骈文家之重视《后汉书》,就无异古文家之重视《史记》了。

此外,沈约撰《宋书》百卷,萧子显(四八九——五三七)撰《南齐书》五十九卷,魏收(五〇六——五七二)撰《魏书》百三十卷,都列在正史。

论到这一时期的批评家,最著者有钟嵘、刘勰。

本来有文学即有工拙得失,文学计及工拙得失,就有了文学批评。自孔、孟论《三百篇》,司马迁、王逸论《楚辞》;扬雄《法言》、王充《论衡》也偶及文学;以及曹丕《典论·论文》、应玚《文论》、陆机《文赋》、挚虞《文章流别论》、李充《翰林论》,或存或亡,所存的都是零碎的议论,单薄的篇章,没有专书,也就不能算是专家。齐梁之际是南朝文学最盛的时期,批评的风气也最盛。关于声律说的论战,前文已约略说过。现在只能论到专以文学批评著名的钟嵘、刘勰两个人了。

钟嵘(四六〇?——五三〇?),字仲伟,颍川长社人。与兄岏、弟屿并好学有思理。历仕齐、梁,最后为晋安王萧纲记室。嵘作《诗品》,批评汉魏以至齐梁的五言诗,很有一些重要的见解。他说:"陈思为建安之杰,公幹、仲宣为辅;陆机为太康之英,安仁、景阳为辅;谢客为元嘉之雄,颜延年为辅;斯皆五言之冠冕,文辞之命世。夫四言文约意广,取效《风》《骚》,便可多得,每苦文烦而意少,故世罕习焉。五言居文辞之要,是众作之有滋味者也,故云会于流俗,岂不以指事造形,穷情写物,最为详切者邪?"他这一段话指出汉、魏、晋、宋二百五六十年间五言诗的代表作家,还说出四言五言的得失和五言所以盛行的原因。他不满意永嘉诗人的说理。他说:"永嘉时,贵黄老,尚虚谈,于时篇什,理过其辞,淡乎寡味。"他不满意宋齐诗人的数典。他说:"夫属辞比事,乃为通谈。若乃经国文符,应资博古;撰德驳奏,宜穷往烈。至乎吟咏情性,亦何贵于用事?'思君如流水',既是即目;'高台多悲风',亦惟所见。'清晨登陇首',羌无故实;'明月照积雪',讵出经史?观古今胜语,多非补假,皆由直寻。颜延、谢庄,尤为繁密,于时化之,故大明、泰始中,文章殆同书抄。近任昉、王元长等,辞不贵奇,竞争新事。尔来作者,寖以成俗。遂乃句无虚语,语无虚字,拘挛补衲,蠹文已甚。但自然英旨,罕值其人。词既失高,则宜加事义。虽谢天才,且表学问,亦一理乎!"他不满意齐梁诗人的声律论,前已说过,现在再引他的一段话于此。他说:"齐有王元长者,尝谓余云,宫商与二仪俱生,自古词人不知之。惟颜宪子乃云律吕音调,而其实大谬,唯见范晔、谢庄颇识之耳。尝欲进《知音论》未就。王元长创其首,谢朓、沈约扬其波,三贤或贵公子孙,幼有文辩。于是士流景慕,务为精密,襞积细微,专相陵架,故使文多拘忌,伤其真美。余谓文制本须讽读,不可蹇碍,但令清浊通流,口吻调利,斯为足矣。"他能洞见许多诗人的弊病,不为流俗所转移,真是当时一位极有"思理"的批评家。后来的批评家也很有受到他的影响的。

　　刘勰(四七〇?——五三〇?),与锺嵘同时,字彦和,东莞莒人。早孤,家贫,好学,不娶。依沙门僧祐住十余年。僧祐是一个有学问的和尚,《弘明集》就是他编撰的。彦和从他那里博通了经论,因区别部类,抄录序跋,成了定林寺的经藏。彦和后来出仕,做到步兵校尉、东宫通事舍人,很为昭明太子所推重。最后请求出家,就先烧鬓发以示坚决。皇帝许了他,他便换了服装,改名慧地,不久就死了。彦和为文长于佛理,京师寺塔及名僧碑志有许多是请他作的。他的不朽之作有《文心雕龙》一书。全书五十篇,论文体变迁,和文学原理。书成以后,没有人赏识。他想得到当时大文豪沈约的一言以自重,苦于没有机缘。一日,他便背上这部书,装作贩卖的样子,在一条路上等候沈约的车子到来。沈约看见了他的书,称赞他深得文理,并把这部书常常搁在案上。其实,他这部书传到今日,也还是值得研究古代文学者常常搁在案头翻读的。他论文揭橥"自然"。他说:"心生而言立,言立而文明,自然之道也。"(《原道》)又说:"人秉七情,应物斯感。感物吟志,莫非自然。"(《明诗》)却和当时文坛上矫揉雕琢的风气相反。他自述著书的动机说:"敷赞圣旨,莫若注经。而马、郑诸儒,宏之已精,就有深解,未足立家。唯文章之用,实经典枝条,五礼资之以成,六典因之致用,君臣所以炳焕,军国所以昭明。详其本源,莫非经典。而去圣久远,文体解散。辞人爱奇,言贵浮诡。饰羽尚画,文绣鞶帨,离本弥甚,将遂讹滥。《周书》论辞,贵乎体要,尼父陈训,恶乎异端。辞训之异,宜体于要。于是搦笔和墨,乃始论文。"又说:"盖《文心》之作也,本乎道,师乎圣,体乎《经》,酌乎《纬》,变乎《骚》,文之枢纽,亦云极矣。"(《序志》)可知有了当时浮滥雕饰的文学,才有他这种折中经典,崇尚自然的批评。至于他的尊经重道的见解给后来的古文家批评家以莫大的影响,为功为过,却不是他所能自料的了。

钟嵘、刘勰生在文笔之辨最严的时候,所以他们也不免受到这种影响。《诗品》里每每称诗为文为文章。《文心雕龙》虽然兼论文笔,对于文笔却是有区别的。如说:"论文叙笔,则囿别区分。"(《序志》)又说:"今之常言,有文有笔,以为无韵者笔也,有韵者文也。夫文以足言,理兼诗书,别目两名,自近代耳。"(《总术》)原来文笔之辨,刘宋的时候始严,前已说过;到了齐梁,所谓文笔,就成为文学上很平常的用语了。萧绎《金楼子》说:"古之学者、夫子门徒,转相师受,通圣人之经者谓之儒。屈原、宋玉、枚乘、长卿之徒,止于辞赋,则谓之文。今之儒,博穷子史,但能识其事,不能通其理者谓之学。至如不便为诗如阎纂,善为章奏如伯松,若是之流,汎谓之笔。吟咏风谣,流连哀思者谓之文。"又云:"笔,退则非谓成篇,进则不云取义,神其巧惠,笔端而已。至如文者、惟须绮縠纷披,宫徵靡曼,唇吻遒会,情灵摇荡。"(《立言》)照他的说法:凡文字具备词藻、声律、情感三大要素的都可叫作文,否则叫作笔。文笔二者,不仅体制各别,性质也有不同。那末,不仅有韵脚的诗赋叫作文,当时盛行的骈体文只要具备了这三要素也可叫作文了。总之,我们要知道当时的人所谓文笔,二者大有区别。但二者合称为文,或文学,或文章,却是可以的。他们在文学上的所谓文,所谓笔,就很和现在我们分文学为纯文学、杂文学的意义相近了。

当时文笔之辨既严,所以就有重文轻笔的风气。如锺嵘所说:"……今之士俗,斯风炽矣。才能胜衣,甫就小学,必甘心而驰骛焉。……至使膏腴子弟,耻文不逮。终朝点缀,分夜呻吟。"可见当时风气之一班。还有《南史·任昉传》说:"时人云任笔沈诗,昉闻,甚以为病。晚节转好著诗,欲以倾沈。用事过多,属辞不得流便。自尔都下士子慕之,转为穿凿。"这就更足为当时重文轻笔的一个证据。又说:"卫将军王俭领丹阳尹,引'昉'为主簿。俭每见其文,必三复殷勤,以为当时无辈。……于是令昉作一文,及见,曰:'正得吾腹中之欲'。乃出自作文令昉点正,昉因定数字。俭拊几叹曰:'后世谁知子定吾文'!其见知如此。"王俭、任昉两人在文字上这样契合,并不是没有原因的。据《王谌传》说:"谌从叔摛以博学见知尚书令王俭,尝集才学之士,总校虚实,类物隶之,谓之'隶事',自此始也。俭尝使宾客隶事,多者赏之,唯独庐江何宪为胜,乃赏以五花簟白团扇。坐簟执扇,容气甚自得。摛后至,俭以所隶事视之,曰:'卿能夺之乎?'摛操笔便成,文章既奥,辞亦华美,举坐击赏。摛乃命左右抽宪簟,手自掣取扇,登车而去。俭笑曰:'所谓大力者负之而趋。'"这就足以证明当时文人都重视数典,王俭、任昉、王摛恰足以代表这种文人。其实这也是由于重文轻笔的结果,才转到非常重视词藻的一条路上。

当时文辞浮华的风气既盛,发生了许多流弊,就先后引起了不少的反响。我们已经知道锺嵘、刘勰很有些不满意当时文坛的表示了,就是首倡宫体文学的萧纲,也有这种表示。他的《与湘东王萧绎书》说:"比见京师文体,懦钝异常,竞学浮疏,争为阐缓。玄冬修夜,思所不得,既殊比兴,正背《风》、《骚》。若夫六典三礼,所施则有地;吉凶嘉宾,用之则有所。未闻吟咏情性,反拟《内则》之篇;操笔写志,更摹《酒诰》之作。迟迟春日,翻学《归藏》,湛湛江水,遂同《大传》。"还有和他同时的老辈裴子野,论调更为激烈。他作《雕虫论》,其中说道:"闾阎少年,贵游总角,罔不摈落《六艺》,吟咏情性。学者以博依为急务,谓章句为颛鲁。淫文破典,斐尔为功,无被于管弦,非止乎礼义;深心主卉木,远致极风云;其兴浮,其志弱,巧而不要,隐而不深。"他直骂当时的文学为淫文破典了。锺、刘、萧纲诸人虽不满意当时文学上的一些流弊,却是站在拥护纯文学的立场来说话的,只有他裴老先生几乎要不承认纯文学的存在了。原来注《三国志》的裴松之是他的曾祖,作《史记集解》的裴骃是他的祖父,他又是删《宋书》为《宋略》的,历史家的文章尚质不尚文,祖传如此。可是他在当时的影响不小,很有些人学做作这派文章的。所以拥护纯文学的萧纲要说"裴氏乃良史之才,了无篇什之美。……师裴则蔑绝其所长,惟得其所短"了。

南朝方面,关于当时文学上发生的流弊所引起的反响,不过是几个批评家的议论。北朝方面,政府竟想用政治上的力量来革除这种文弊了。《周书·苏绰传》说:"自有晋之季,文章竞为浮华,遂成风俗。太祖欲革其弊,因魏帝祭庙,群臣毕至,乃命绰为《大诰》奏行之。……自是之后,文笔皆依此体。"北朝当魏、周之际,宇文泰当国,诏令仿《尚书》,官制仿《周官》,由苏绰、卢辩先后专掌其事。这种复古运动是很可注意的。周亡隋继。隋文帝开皇四年,普诏天下:公私文翰,并宜实录。这一年九月,泗州刺史司马幼之文表华艳,至付有司治罪。可见当时政府革除文弊具有怎样的决心,又是怎样的雷厉风行了。治书侍御史李谔迎合文帝的意思,上书请革文弊说:"臣闻古先哲王之化民也,必变其视听,防其嗜欲,塞其邪放之心,示以淳和之路。五教六行,为训民之本;《诗》、《书》、《礼》、《易》,为道义之门。故能家复孝慈,人知礼让,正俗调风,莫大于此。其有上书献赋,制诔镌铭,皆以褒德序贤,明勋证理。苟非惩劝,义不徒然。降及后代,风教渐落。魏之三祖,更尚文词,忽君人之大道,好雕虫之小技。下之从上,有同影响。竞骋文华,遂成风俗。江左齐梁,其弊弥甚。贵贱贤愚,唯务吟咏。遂复遗理存异,寻虚逐微。竞一韵之奇,争一字之巧。连篇累牍,不出月露之形;积案盈箱,唯是风云之状。世俗以此相高,朝廷据兹擢士。禄利之路既开,爱尚之情愈笃。于是闾里童昏,贵游总丱,未窥六甲,先制五言。至如羲皇、舜、禹之典,伊傅、周、孔之说,不复关心,何尝入耳。以傲诞为清虚,以缘情为勋绩,指儒素为古拙,用词赋为君子。故文笔日繁,其政日乱,良由弃大圣之轨模,构无用以为用也。……"他这篇文章算是对于汉魏以来六百年间积渐而成的浮华的文学下了一个简括的总结论。他给后来唐人的文学革新运动先打好了一个理论的基础。从此以后,就开展了唐代诗歌和古文运动的一个时代。

第四讲　第二诗人时代

一　第二诗人时代鸟瞰——唐诗鸟瞰

我们说到唐代文学,首先就会想到所谓"唐诗",其次才想到所谓"古文"和"传奇"。胡适之先生的《中国哲学史大纲》里称《三百篇》那一时代为诗人时代,我就称唐代为第二诗人时代,想来没有什么不可罢。《三百篇》而后,《楚辞》、汉赋、魏晋南北朝乐府与五言诗,都是代表一个时代的文学,无疑的代表唐代三百年间(六一七——九○六)这一时代的文学就是所谓"唐诗"了。唐代诗人虽然承袭了前代诗人所遗留的业绩,可是他们更能发扬光大,开拓了前代诗人所不曾经历过的途径。可说这一时代是古今诗歌分划时代的一个总关捩,即以前是所谓古体诗的时代,从此以后是所谓近体诗的时代;而且无形之中好像规定了后来一千多年的诗型,这也许就是宋、元以来诗人所以盛称"唐诗"或说什么"唐音"的一个缘故罢。

宋、元以来诗人虽然大都取法唐诗,但因彼此所生活的时代,社会的背景不同,当时文学上的风气趋向不同,个人的材性嗜好不同,对于唐诗的取舍就不一致。这只要略为考察宋、元以来文人选录唐诗的趋势就可知道此中消息的:第一是推崇唐人的律诗绝句,即所谓近体诗。如宋赵师秀撰《众妙集》,所录都是唐人近体,五言居十之九,七言仅十之一。周弼撰《三体唐诗》,专录七言绝句、七言律诗、五言律诗三体。洪迈撰《万首唐人绝句》,专录五言绝句和七言绝句。金元好问撰《唐诗鼓吹》,就专录七言律诗。元方回撰《瀛奎律髓》,也是只录五七言近体,不过兼录宋诗。第二是推崇盛唐的诗。宋严羽《沧浪诗话》里说:"禅家者流,乘有小大,宗有南北,道有邪正。学者须从最上乘具正法眼,悟第一义,若小乘禅、声闻辟支果,皆非正也。论诗如论禅:汉、魏、晋与盛唐之诗则第一义也,大历以还之诗则小乘禅也,已落第二义矣,晚唐之诗则声闻辟支果也。"他分唐诗为三个时期,极推崇盛唐的诗。元杨正宏撰《唐音》,分为始音、正音、遗响三种,也颇有推崇盛唐诗的意思。到了明初高棅撰《唐诗品汇》,就更加扩大杨氏所选的范围,每体分为正始、正宗、大家、名家、羽翼、接武、正变、余响、旁流九格,他以为有初唐、盛唐、中唐、晚唐之分。到了李攀龙撰《古今诗删》,虽然上起古逸,下及于明,不是专录唐诗,可是不录宋元两代的诗。原来明代前后七子都称不读唐以后书,对于宋元人的诗都瞧不起,他们学诗学到盛唐而止。——以上两派的主张最有势力,都曾在诗坛上发生过绝大的影响。此外选录唐诗的,或专取古体,如宋姚铉的《唐文粹》,诗歌部分就是仅录所谓古体的。或专取晚唐,如清杜诏、杜庭珠的《唐诗叩弹集》,查克宏的《晚唐诗钞》都是。或专录乐府,如明吴勉学的《唐乐府》。或专录女作家,如清费密的《唐宫闺诗》。或专录和尚诗,如宋李龏的《唐僧宏秀集》。或专取馆阁体,如明张之象的《唐雅》,清高士奇的《唐诗捃藻》。还有拿一种风格做选录标准的,远如五代蜀韦毂编《才调集》,以秾丽宏敞为宗;近如清人王士禛编《十种唐诗选》,以隽永超诣为宗,都是用的这种选录的方法。《四库全书总目提要》(一百九十)里说:"诗至唐,无体不备,亦无派不有。撰录总集者或得其性情之所近,或因乎风气之所趋,随所撰录,无不可各成一家。故元结尚古淡,《箧中集》所录皆古淡;令狐楚尚富赡,《御览诗》所录皆富赡;方回尚生拗,《瀛奎律髓》所录即多生拗之篇;元好问尚高华,《唐诗鼓吹》所录即多高华之制。盖求诗于唐，如求材于山海，随取皆给；而所取之当否，则如影随形，各肖其人之学识。自明以来，诗派屡变，论唐诗者亦屡变。"这一段话是不错的。总之，宋、元以下的诗人；虽是极端的复古派如明之前后七子，以及清季邓辅纶、王闿运之流，于汉魏六朝的诗以外，还是不能不取法唐诗，至少也不公然唾弃盛唐的诗。至于所谓江西诗派以"宋诗"相标榜的，也不能不远祖杜、韩。这就可见宋、元以来一千年间的诗人总跳不过唐诗的范围，可见唐诗所发生的影响之广大而悠久了。

唐代诗歌何以会发达到那样的盛况？这可不是偶然的。

第一、从诗歌本身发展的进程而说，经过魏晋六朝乐府与五言诗继长增高的发展，同时七言诗也逐渐萌芽而成长起来。齐梁之际，诗歌上的所谓"新变"是声律的开始运用；到了梁陈之际，诗歌上的所谓"新变"是宫体、徐庾体，以至七言诗的成立。同时根于民族生活不同，而意识不同的南北朝的乐府也早已异曲同工的流行。可说这六七百年间诗歌上的演变给唐代诗歌发达的进程上作了一个长期的准备。唐代诗人擅长的第一就是所谓近体，即五七言律绝，这是扩大齐梁诗人的声律运动而登峰造极的，固然不待烦言的了；其次就是七言歌行，又是很显然的从乐府出来的新乐府和新诗体。后来一般人不懂得诗歌演进的历史，妄称这种诗做"七古"，其实七言诗体到了唐代诗人才算成熟，正该叫作新体，怎么能够叫作"古体"？至于所谓"五古"，唐代诗人所作并不是没有好的，只因魏晋以来五言诗好的还多，就不必拿这个作为唐代诗人的专长了。还有梁任公在《中国韵文里头所表现的情感》一文里说：

> 我们的诗歌本来以温柔敦厚为主，完全表示诸夏民族特性，《三百篇》就是唯一的模范。《楚辞》是南方新加入之一种民族的作品，他们已经同化于诸夏，用诸夏的文化工具来写情感，搀入他们固有思想中那种半神秘的色彩，于是我们文学界添出一个新境界。汉人本来不长于文学，所以承袭了《三百篇》、《楚辞》这两份大遗产没有什

么变化扩大。到了五胡乱华的时候,西北方有好几个民族加进来,渐渐成了中华民族的新份子。他们民族的特性自然也有一部分溶化在诸夏民族的里头,不知不觉间便令我们的文学顿增活气,这是文学史上的重要关键,不可不知。这种新民族特性恰恰和我们的温柔敦厚相反,他们的好处全在伉爽直率。……经过南北朝几百年民族的化学作用,到唐朝算是告一段落。唐朝的文学用温柔敦厚的底子,加入许多慷慨悲歌的新成分,不知不觉便产生出一种异彩来。盛唐各大家为什么能在文学史上占很重要的位置呢?他们的价值在能洗却南朝的铅华靡曼,参以伉爽真率,却又不是北朝粗犷一路。拿欧洲来比,好像古代希腊罗马文明搀入些森林里头日耳曼蛮人色彩,便开辟一个新天地。……

梁先生以为经过南北朝民族性格的融合,和文学风格的融合,才产生唐代文学上的异彩,这虽是侧重文学作风上的演进而说的,却也重要,我们可以不惮烦地把它拿到这里来作参考。

第二、就当时政治社会的背景而说,正是适宜于文学向上发展的。唐代自李渊起兵,化家为国,承南北朝丧乱之后,隋炀帝荒淫之余,削平了割据的群雄,造成了统一的专制的一个大帝国,人民也就乐得休养生息,安于一种小康的状态。直到玄宗,百年之间,虽常见水旱蝗螟等灾荒,一经赈给,便又相安无事。而且玄宗开元时代,累岁丰稔,东都米斗十钱,青齐米斗五钱,这就真算是所谓太平盛世了。这时候在民间以有了剩余经济之故,自然可以产生多量有文学训练的知识分子:在政府一方贵族官僚,都只知道歌舞太平,铺张盛世,怎样的夸耀功德,炫示权威,文学恰好给他们利用担负这个使命。所以当时诗歌的大部分不是奉和应制,就是乐府歌辞,大都是揄扬或娱乐圣主贤臣以及诸王公主之作。从"四杰"以至苏、张的骈俪文、大手笔,也大半是谀生颂死的文章。因为这一时代正只需要这种文学,不然便得不到皇帝的豢养,也就不能见重于当时了。《旧唐书·张说传》就载有这样一个故事：

> 当承平岁久，志在粉饰盛时。……时中书舍人徐坚自负文学，常以集贤院学士多非其人，所司供膳太厚。尝谓朝列曰："此輩于国家何益？如此虚费，将建议罢之。"〔张〕说曰："自古帝王功成则有奢纵之失，或兴池台，或玩声色。今圣上崇儒重道，亲自讲论，刊正图书，详延学者。今丽正书院天子礼乐之司，永代规模不易之道也。所费者细，所益者大，徐子之言何其隘哉！"玄宗知之，由是薄坚。

我们看了这件故事，就可知道当时统治阶级重用文人，粉饰太平的心理。文学恰好利用为粉饰太平的工具，汉代武、宣之世提倡辞赋也就正是这样的。其实玄宗这种粉饰太平的政策，还是承袭了祖传的法宝。因为从太宗高宗历武后、中宗、睿宗各朝，莫不提倡文学，重用文人。先后设置了文学馆、弘文馆、崇文馆、修文馆等清要机关，招揽一班文学之士。又常常举行君臣酣乐，吟咏倡和的宴会。还定下了"天下英雄入吾彀中"的考试制度，兼用诗赋取士，开了文人一条获得利禄的捷径。同时文化的各方面都很自由的得到相当的发展，也足以丰富文学的内容，提高文学的水准。前人下种，后人收获，到了玄宗时代，就快要达到开花结果的日子了。加以玄宗末年，安禄山的造反，忽然天下大乱，惊破了当时人的太平迷梦。安史之乱虽然平了，从此藩镇之祸不息。从太平盛世生长的诗人，忽然跌到了这样一个乱离的社会，无论是沦落的贵族官僚，未得志的知识分子，受了这样一种大刺激，他们的心灵上所起的反应虽因阶级性个性的差异而有强弱深浅的不同，可是对于人生的认识，文学的表现，却较以前更为深刻。因为事实上告诉我们：这一时期诗人的收获最为丰富，换句话说，他们的成就最为伟大，还大有影响于后进作家。我把李白、杜甫来代表这一时期的先进作家，韩愈、白居易来代表这一时期的后进作家。这一时期即所谓盛唐、中唐的时期，也就是唐代文学最盛的时期，约自八世纪初叶到九世纪中叶。所谓晚唐即由九世纪中叶到末叶的一个时期,这就是唐代文学衰落的时期了。先在这里说一个大概,以下再来分开细说。

二 初唐诗人

李唐开国,鉴于六朝,政尚简肃,文学上也颇有复古的倾向。著名诗人有虞世南(五五八——六三八),李百药(五六五——六四八),王绩(?——六四四),魏征(五八〇——六四三)。只有魏徵年纪最小,其余三人都在隋朝做过官的。他们的诗却都想洗去前朝浮靡的习气。《新唐书·虞世南传》里说:

> 帝(太宗)常作宫体诗,使赓和。世南曰:"圣作诚工,然体非雅正。上之所好,下必有甚者。臣恐此诗一传,天下风靡,不敢奉诏。"帝曰:"朕试卿耳。"赐帛五十四。

又《文艺列传》说:

> 张昌龄,冀州南宫人,与兄昌宗皆以文自名。州欲举秀才,昌龄以科废久固让。更举进士,与王公治齐名,皆为考功员外郎王师旦所绌。太宗问其故。答曰:"昌龄等华而少实,其文浮靡,非令器也;取之则后生劝慕,劝陛下风雅。"帝然之。

可见当时的统治阶级对于文学提倡"雅正",显然是由梁陈以来淫靡的宫体文学所生的反动。再,《旧唐书·李百药传》说:

> 藻思沉郁,尤长于五言诗。虽樵童牧竖,并皆吟讽。

又《王绩传》说：

> 绩尝躬耕于东皋，故时人号东皋子。或经过酒肆，动经数日。往往题壁作诗，多为好事者讽咏。

原来他们的诗不像宋、齐以来的诗那样雕琢板滞，在当时是比较最通俗的，所以能够在民间取得许多的读者，尤其是王绩的诗很近于白话。

题酒店壁
此日长昏饮，非关养性灵。眼看人尽醉，何忍独为醒！

春桂问答二首
问春桂："桃李正芳华；年光随处满，何事独无花？"
春桂答："春华讵能久？风霜摇落时，独秀君知否？"

野望
东皋薄暮望，徒倚欲何依？树树皆秋色，山山唯落晖。牧人驱犊返，猎马带禽归。相顾无相识，长歌怀采薇。

独坐
问君樽酒外，独坐更何须？有客谈名理，无人索地租。三男婚令族，五女嫁贤夫。百年随分了，未羡陟方壶。

他是《隐逸传》中的人物，好饮酒，既作《醉乡记》、《五斗先生传》，又著《酒经》、《酒谱》，当时李淳风称他为"酒家南董"。他常把《周易》、《老子》、《庄子》放在床头，却不甚读旁的书。他的老兄就是称为文中子的王通，仿古作《六经》，又作《中说》比拟《论语》。他却不似阿兄，偏大胆地说出"礼乐囚姬旦，诗书缚孔丘"的话。他只是一个大自然的讴歌者，做了王维、孟浩然一流诗人的先驱。

倘若王梵志真是生于隋文帝时候（《太平广记》八十二），寒山子真是贞观中天台唐兴县僧(参看《四库全书总目提要》一百四十九),那末,他们就是和王绩同时而思想异致的白话诗人。王绩的思想属于老、庄一派,他们的思想属于佛教一派。王梵志的诗久逸,近来才从敦煌石室里发见。刘复编的《敦煌掇琐上辑》收有《王梵志诗》一卷。这些诗都是五言四句,没有题目。

> 耶娘年七十,不得远东西。出后倾危起,元知儿故违。
> 亲中除父母,兄弟更无过。有莫相轻贱,无时始认他。
> 养儿从小打,莫道怜不答。长大欺父母,后悔定无疑。
> 坐见人来起,尊亲尽远迎。无论贫与富,一概总须平。
> 见恶须藏掩,知贤唯赞扬。但能依此语,秘密立身方。
> 借物索不得,贷钱不肯还。频来论即斗,过在阿谁边?

这些诗都好像格言谚语,所说不外治家立身处世接物一些消极的教训。齐、梁的和尚如惠休、宝月之流,诗虽略近白话,却大都是艳冶的抒情诗。到了王梵志就要用诗说理了。寒山子的生平似较王梵志略后,他的诗也许受到王梵志的影响。王绩往往题壁作诗,寒山子却竹木石岩、人家厅壁,处处可以题诗。《全唐诗》编入他的诗一卷,也都是无题的。我们要了解他的诗,最好先要看他怎样的自述。关于作诗的方法和旨趣,他都自己透漏了一些给人的。这位说理诗人的自白,很可注意。

> 凡读我诗者,心中须护净。悭贪继日廉,谄曲登时正。驱遣除恶业,归依受真性。今时得佛身,急急如律令。
> 下愚读我诗,不解却嗤诮。中庸读我诗,思量云甚要。上贤读我诗,把着满面笑,杨修见"幼妇",一览便知妙。
> 五言五百篇,七字七十九,三字二十一,都来六百首。一例书岩石,自夸云好手。若能会我诗,真是如来母。

>　　有个王秀才,笑我诗多失。云不识蜂腰,仍不会鹤膝。平侧不解压,凡言取次出。我笑你作诗,如盲徒咏日。
>
>　　有人笑我诗,我诗合典雅。不烦郑氏笺,岂用毛公解？不恨会人稀,只为知音寡。若遣趁宫商,余病莫能罢。忽遇明眼人,即自流天下。

他自夸是"好手"。他打破了"蜂腰"、"鹤膝"、"平侧"或"宫商"一些向来遵守的诗的规律。他以为只有"上贤"、"明眼人"才能懂得他的妙处。他的妙处究竟在哪里呢？

>　　说食终不饱,说衣不免寒。饱吃须是饭,著衣方免寒。不解审思量,只道求佛难。回心即是佛,莫向外头看。
>
>　　我见百十狗,个个毛狰狞。卧者渠自卧,行者渠自行。投之一块骨,相与哮喍争。良由为骨少,狗多分不平。
>
>　　猪吃死人肉,人吃死猪肠。猪不嫌人臭,人反道猪香。猪死抛水内,人死掘土藏。彼此莫相啖,莲花生沸汤。
>
>　　东家一老婆,富来三五年。昔日贫于我,今笑我无钱。渠笑我在后,我笑渠在前。相笑傥不止,东边复西边。
>
>　　出身既扰扰,世事非一状。未能舍流俗,所以相追访。昨吊徐五死,今送刘三葬。日日不得闲,为此心凄怆。

他不像王梵志一样板起面孔来教训人。他的诗略像禅宗语录,语带诙谐而意颇严肃,外似浅近而内有机锋,这大概就是他的妙处罢。他和国清寺僧拾得、丰干时时往来。《全唐诗》有拾得、丰干诗一卷,丰干诗只存两首。他们的诗属于寒山一流,无暇多谈了。

当时这种浅俗的诗只能题于民间的山岩村壁,所谓"雅正"的诗才能用于馆阁殿堂。虞世南、许敬宗、魏徵、褚亮一流人物凋谢而后,上官仪

（六〇五？——六六四）奉和应制之作独擅一时。他在高宗时候做了宰相，诗名更大。许多人学他的诗，称作上官体，实则不如叫作馆阁体。史称"其词绮错婉媚"，在当时奉和应制，可谓得体，现在我们看了就觉肉麻。他的《入朝洛堤步月》一诗云："脉脉广川流，驱马历长洲。鹊飞山月曙，蝉噪野风秋。"有此廿字，其他可以不作。

稍后一点，有以年轻才美而享盛名的，就是王勃、杨炯、卢照邻、骆宾王四人，当时称为"四杰"。他们擅长骈文，诗也很有才气。

王勃（六四八——六七五），字子安，绛州龙门人，王通之孙，父名福畤，一家祖孙父子兄弟都有才名。他六岁能文章，未冠应举及第；旋为沛王府修撰，因诸王斗鸡，戏为文檄英王鸡，为高宗所斥。后补虢州参军，坐事除名，他的父亲也被连累，贬为交趾令。他往交趾省亲，渡海溺水而死。他作文最敏捷，不甚思索，先磨墨数升，拥被而睡，忽起疾书，不改一字，时人称为腹稿。他长于五言，如《山中》云："长江悲已滞，万里念将归。况属高风晚，山山黄叶飞。"又《杜少府之任蜀州》云："城阙辅三秦，风烟望五津。与君离别意，同是宦游人。海内存知己，天涯若比邻。无为在歧路，儿女共沾巾！"都是传诵之作。

杨炯（六五〇——六九三），华阴人，年十一举神童。历仕崇文馆学士等官。最后为婺州盈川令而卒，时人称杨盈川。当时王、杨、卢、骆齐名，他却自谓"吾愧在卢前，耻居王后。"但就诗而论，他实不及王、卢，也不及骆。《夜送赵纵》云："赵氏连城璧，由来天下传。送君还旧府，明月满前川。"可称他的佳作。

卢照邻（六四〇？——六八〇？），字昇之，幽州范阳人。初授邓王府典签，王称为"寡人之相如"。后拜新都尉，因染风疾去官，居太白山中疗养。后来病甚，移居阳翟具茨山。最后不堪病苦，就和亲属告别，自投颍水而死。他的《释疾文序》云："余羸卧不起，行已十年。宛转匡床，婆娑小室。未攀偃蹇桂，一臂连踡；不学邯郸步，两足匍匐。寸步千里，咫尺山河。"病苦之状可以想见。读他的《与洛阳名流朝士乞药直书》，他想每人乞钱二千,贫苦又可想见。无怪乎他自称幽忧子,至于自杀。《释疾文三歌》之一云:"岁将暮兮欢不再,时已晚兮忧来多。东郊绝此麒麟笔,西山秘此凤凰柯。死去死去今如此,生兮生兮奈汝何?"这大概就是那位苦命诗人的绝笔辞了!

骆宾王(?——六八五?),婺州义乌人。七岁能诗,有《咏鹅》一首:"鹅,鹅,鹅!曲项向天歌。白毛浮绿水,红掌拨清波。"至今传诵。为人落魄无行,好赌博。高宗末年,为长安主簿,坐赃左迁临海丞,不得意,弃官而去。后来徐敬业于扬州起兵讨武后,军中书檄都是他的手笔,兵败被杀。孟棨《本事诗》却说:"宾王落发,遍游名山。宋之问游灵隐寺作诗,尝为续'楼观沧海日,门对浙江潮'之句。"史称"少善属文,尤妙于五言诗。尝作《帝京篇》,当时以为绝唱。"实则他在当时比较最工七言。《帝京篇》所以有名,大约因为当时的人才看见过这种长篇七言,现在看起来,却无甚可以惊人之处。篇中屡用数字属对成句,如云"秦塞重关一百二,汉家离宫三十六。"时人称他为算博士。同时杨炯文中往往连用古人名,就被讥为点鬼簿。我以为《畴昔篇》较《帝京篇》为佳,这种五六百字的长篇七言,确是当时罕见之作。我只喜欢他这一首五言小诗,《于易水送人》云:"此地别燕丹,壮士发冲冠。昔时人已没,今日水犹寒。"原来他是一个颇有豪侠气分的人,所以他不会和沈佺期、宋之问那班文人一样肯替当局贵人捧便壶!

沈佺期(?——七一三)、宋之问(?——七一二)和四杰同时,不过死在他们之后。四杰以骈文得名,沈、宋却以律诗得名。律诗的体制大约在这个时候才算确定,所以《新唐书·文艺列传》里说:

> 魏建安后,迄江左,诗律屡变。至沈约、庾信以音韵相婉附,属对精密。及之问、沈佺期又加靡丽,回忌声病,约句准篇,如锦绣成文。学者宗之,号为沈宋。语曰:"苏、李居前,沈、宋比肩。"

又说：

> 唐兴，诗人承陈、隋风流，浮靡相矜。至宋之问、沈佺期等研揣声音，浮切不差，而号律诗，竞相袭沿。

齐梁以来的声律运动，由沈、谢而阴、何，而徐、庾，而沈、宋，可算告一段落。从此以后，"约句准篇"、"浮切不差"的律诗才算确定了。沈、宋在当时很大胆的丢弃了士大夫的假面具。武后和张易之一丑一旦大串丑戏，他们却一心巴结张易之。所以《宋之问传》还说：

> 于时张易之等蒸昵宠甚，之问与阎朝隐、沈佺期、刘允济倾心媚附。易之所赋诸篇，尽之问、朝隐所为，至为易之奉溺器！

他们这一群文人肯替张易之捧便壶，你就晓得他们在那出丑戏中串的是什么脚色了！沈佺期有七律一首，题为《古意呈补阙乔知之》，诗云：

> 卢家少妇郁金堂，海燕双栖玳瑁梁。九月寒砧催木叶，十年征戍忆辽阳。白狼河北音书断，丹凤城南秋夜长。谁谓含愁独不见？更教明月照流黄。

这首诗颇为人所传诵。乔知之有婢名窈娘，美丽善歌舞，为武承嗣所夺，沈诗似为此而作。宋之问好压仄韵，律诗并不多。《有所思》一首为名作。诗云：

> 洛阳城东桃李花，飞来飞去落谁家？洛阳女儿好颜色，坐见落花长叹息。今年花落颜色改，明年花开复谁在？已见松柏摧为薪，更闻桑田变成海。古人无复洛城东，今人还对落花风。年年岁岁花相似，

岁岁年年人不同。寄语全盛红颜子,须怜半死白发翁。此翁白头真可怜,伊昔红颜美少年。公子王孙芳树下,清歌妙舞落花前。光禄池台开锦绣,将军楼阁画神仙。一朝卧病无相识,三春行乐在谁边?婉转蛾眉能几时?须臾鹤发乱如丝。但看古来歌舞地,唯有黄昏鸟雀飞。

这可以比得上张若虚那首《春江花月夜》。相传他这首诗是偷得他的女婿刘希夷所作的《白头翁咏》。《隋唐嘉话》谓:"刘希希尝有诗云:'年年岁岁花相似,岁岁年年人不同。'宋之问酷爱其语,恳乞之,刘不与,宋恨焉,以土囊压杀之。"就宋的为人而论,也许真做得出这等事来。

还有李峤、崔融、苏味道、杜审言,为"文章四友",世号"崔、李、苏、杜",也是和沈、宋同时的,也都是依附张易之的人物。苏为滑头官僚,号为"苏模棱",他和崔、李都擅长公牍,可说当时的大手笔。李峤还会做咏物诗,凡日月、风云、河海、田宅、典籍、音乐、文具、武器、银钱、布帛、饮食、被服、舟车、器皿、飞潜动植各类物事,都有题咏,都是五律,共有一百三四十首之多。大约这时律诗体制才得确定,他就用这种诗体来作咏物的尝试,因此他就成了唐代第一个咏物诗人。杜审言是一个恃才傲物的狂士。《新唐书》本传云:"苏味道为天官侍郎,审言集判出,谓人曰:'味道必死。'人惊问故。答曰:'彼见吾判,且羞死。'又尝语人曰:'吾文章当得屈、宋作衙官,吾笔当得王羲之北面。'……审言病甚,宋之问、武平一等省候何如。答曰:'甚为造化小儿相苦,尚何言!然吾在,久压公等,今且死,固大慰,但恨不见替人。'"可见他一生到死都不失掉他的诙谐趣味,他的诗却未能有此风格。《赠苏绾书记》一绝云:"知君书记本翩翩,为许从戎赴朔边。红粉楼中应计日,燕支山下莫经年!"这就算是他的最有风趣之作了。

再有陈子昂(?——六九八)也和沈、宋同时。沈、宋以创作律体著,他却以追摹汉魏古体有名。初作《感遇诗》三十首,就有人称许他"此子必为天下文宗"。他的《与东方左史虬修竹篇书》云:"文章道弊五百年矣!汉魏风骨,晋、宋莫传,然而文献有可征者。仆尝暇时观齐、梁间诗,彩丽竞繁,而兴寄都绝,每以永叹。窃思古人,常恐逶迤颓靡,风雅不作,以耿耿也!"这可以说是他在文学上主张复古的宣言。我最爱读他的《登幽州台歌》。诗云:"前不见古人,后不见来者,念天地之悠悠,独怆然而涕下!"只寥寥二十许字,却能把一瞬间登高望远所得关于宇宙与人生的灵感表现出来,这真是神来之笔!

综观初唐(约六一七——七一〇)百年间文学,一面沿袭了六朝浮华的余习,一面又有一点借复古而革新的倾向。作者辈出,后来居上。唐代文学脱旧创新的机运已经酝酿到了快要成熟的时候了。

三 李白杜甫及其同时诗人

现在,要说到开元、天宝及肃、代两朝的一群诗人了。

最初,有苏颋、李乂称为苏、李,他们也正和稍前一点苏味道、李峤一样最工奉和应制之作。苏颋(六七〇——七二七)袭封许国公,和燕国公张说(六六七——七三〇)同以善为公牍有名,当时朝廷大诰作多出其手,世称燕许大手笔。不过张说的诗较佳,贬居岳州后,诗更凄婉,史称"得江山之助"。如《送梁六自洞庭山作》云:"巴陵一望洞庭秋,日见孤峰水山浮。闻道神仙不可接,心随湖水共悠悠。"又《和尹从事悉泛洞庭》云:"平湖一望上连天,林景千寻下洞泉。忽惊水上光华满,疑是乘船到日边。"都可为例。只可惜这样的诗不过几首,其余也都是奉和应制之作,或是写付教坊乐官的乐府歌辞。还有张九龄(六七三——七四〇)可说是陈子昂的那一派,还兼工五言律体。——以上诸人都在开元时候做过宰相尚书之类的大官,但从来的论者却都把他们归入初唐,想是因为他们的诗还没有变去初唐的体格。张说的岳州诸作可说略变了,也只能找出由"四杰"、沈、宋到李、杜之间的一个联系。到了李、杜,诗格才大变了,这一大变不仅和初唐面目不同,上溯六朝、汉魏也觉两样。他们不仅替唐诗开展了一个新时代,就全部诗史说,也开展了一个新时代。

李白(七〇一——七六二)真是屈原以后第一个伟大的诗人,曹植、陶潜都不及他。因为他的天才之高,引起了和他同时人的惊异,所以就有许多关于他的神话性的传说或故事,弄得他的家世和籍贯也惝恍迷离,莫明真相。倘若有人很大胆地假定李白为西域人,或说他的母亲是"蛮婆"(《四川总志》说龙安府平武县有蛮婆渡,在江油青莲坝,相传李白母浣纱于此)。他是汉胡混血儿,我以为比说"墨翟为印度人"来得有根据些。今据李阳冰《草堂集序》、范传正《左拾遗翰林学士李公新墓碑》、《旧唐书·文苑列传》和《新唐书·文艺列传》为主要资料,所得关于李白的家世、籍贯、和诞生的神话各说,分述如次。(一)家世:李序说是凉武昭王暠九世孙。天宝二年,追尊暠为兴圣皇帝,所以《新唐书》说是兴圣皇帝九世孙。但据范碑说:"……绝嗣之家,难求谱牒。公之孙女搜于箱箧中,得公之亡子伯禽手疏十数行,纸坏字缺,不能详备,约而计之,凉武昭王九世孙也。"可见得上说还不甚可靠。《旧唐书》说"父为任城尉",范碑却说"高卧云林,不求禄仕"。李白的老子或仕或隐也不甚明白。(二)籍贯:李序说:"陇西成纪人。……中叶非罪谪居条支,易姓与名。……神龙之始,逃归于蜀。"范碑说:"其先陇西成纪人。……隋末多难,一房被窜于碎叶。……神龙初,潜还广汉,因侨为郡人。父客、以逋其邑,遂以客为名。"《新唐书》说:"其先隋末以罪徙西域,神龙初遁还,客巴西。"以上三说大致相差不远,但流窜之地一说条支,一说碎叶,究竟是在哪一地方?《新唐书》只好含糊说是西域了。按《新唐书·地理志》,条支、碎叶同属于羁縻西域的安西都护府。条支为西域十六都督府之一,碎叶属四镇都督府之一的焉耆都督府。贞观十八年灭焉耆,置有碎叶城,调露元年都护王方翼筑,四面十二门,为屈曲隐出伏没之状。焉耆今为新疆一县,可知碎叶距内地较近,李白先世或即流放于此。倘若碎叶即是 Siyria 不甚准确之古译,那么,其地不属于现在的新疆焉耆,而为亚洲土耳其之一州,在小亚细亚南,介于地中海与阿剌伯之间。又据《元史译文证补》条支即阿剌伯,可见条支一说也似乎不甚错了。再,以上三说都云神龙初年由流窜之地潜逃回属,不过一说广汉,一说巴西,不知哪一说可靠。按《新唐书·地理志》,广汉属遂州,景龙元年改置遂宁。巴西为绵州首县。据李白友人魏颢所作《李翰林集序》,有"家于绵"的话,巴西一说比较可靠。不过据《四川总志》,李白故宅在绵州彰明县二十里。彰明唐时名昌明。大约《新唐书》是拿巴西首县来泛称昌明的。又李序作于宝应元年(七六二)十一月李白病亟时候,李华所作《故翰林学士李君墓志》说李白年六十二,推算起来,倘若李白死于宝应元年,他就是在西域诞生的;若死于次年,他就诞生于蜀。但据李序、魏序所说,他似是诞生于蜀的。至于《旧唐书》说李白山东人,"父为任城尉,因家焉"。想是他家又由巴西而迁到任城了。

(三) 诞生的神话:李序说"惊姜之夕,长庚入梦,故生而名白,以太白字之,世称太白之精,得之矣。"范碑也说:"公之生也,先府君指天枝以复姓,先夫人梦长庚而告祥。名之与字,咸所取象。"又裴敬《翰林学士李公墓碑》说:"先生得天地秀气耶?不然,何异于常之人耶?或曰太白之精下降,故字太白,故贺监号为谪仙,不其然乎?"可证唐代的文人很惊异李白的天才,就有许多关于他的诞生的神话。还有他自己的诗说:"天上白玉京,十二楼五重。仙人抚我顶,结发受长生。"似乎他自己也以不同凡人的仙种自命了。

上面做了不少的考据,这有什么用处呢?只因我们要了解这样一个伟大的天才诗人,除了纵的历史影响,横的社会背景,交互错综,必须知道以外,如果明白了他个人的遗传和环境也是很有帮助的。杜甫诗说:"不见李生久,佯狂真可哀。世人皆欲杀,吾意独怜才。"这是说李白一面被人看作可杀的狂人,又一面被人看作可爱的天才。我以为天才、狂人,或罪犯,都是变态心理者不同的人格表现。又如他的籍贯不明,就可见他的家无定处。他一生的到处流落,以及他有海阔天空的胸襟,超世出尘的思想,似乎都可从他的先天遗传和后天环境尝试一个相当的解释。

综观李白的一生,十岁左右到二十岁左右是读书修养的时期。王琦《李太白年谱》中说:"性倜傥,喜纵横术、击剑,为任侠,尝手刃数人,轻财重施,不事产业。"他自己在《上安州裴长史书》中说:"昔与逸人东严子隐于岷山之阳。白巢居数年,不迹城市。养奇禽千计,呼皆就掌取食,了无惊猜,广汉太守闻而异之,诣庐亲睹,因举二人以有道,并不起,此则白养高忘机不屈之迹。"——都是这一时期的事。二十五岁左右到四十岁左右,是他"杖剑去国,辞亲远游","遍干诸侯","历抵卿相"的时期。所到的地方是襄汉、金陵、扬州、汝海、云梦、安陆、太原、山东等处。其间娶故相许氏之孙女为妻,识郭子仪于行伍之间而救免其罪。又"酒隐安陆,蹉跎十年。"与鲁中诸生孔巢父、韩准、裴政、张叔明、陶沔等隐于徂徕山,酣歌纵酒,时号竹溪六逸。——都是这一时期的事。四十岁以后到五十岁左右,是他从酣饮长安回到浮游四方的时期。据《新唐书》本传说:"天宝初,南入会稽,与〔道士〕吴筠善,筠被召,故白亦至长安。往见贺知章,知章见其文,叹曰:'子谪仙人也!'言于玄宗,召见金銮殿,论当世事,奏颂一篇。帝赐食,亲为调羹。有诏供奉翰林,白犹与饮徒醉于市。帝坐沈香亭子,意有所感,欲得白为乐章。召入,而白已醉。左右以水颒其面,稍解。援笔成文,婉丽精切,无留思。帝爱其才,数宴饮。白常侍帝,醉使高力士脱靴,力士素贵,耻之,摘其诗以激杨贵妃。帝欲官白,妃辄沮止。白自知不为亲近所容,益骜放不自修。与知章、李适之、汝阳王琎、崔宗之、苏晋、张旭、焦遂,为酒中八仙人。恳求还山,帝赐金放还。"他在长安三年,极尽浪漫的能事,起初可算是扬眉吐气一时了,最后以不得志而去。于是就从祖陈留采访大使彦允,请北海高天师授道箓于齐州紫极宫。自是浮游四方,北抵赵、魏、燕、晋,西涉邠、岐,历商於至洛阳,南游淮、泗,再入会稽。而家寓鲁中,故时往来齐、鲁间。前后十年中,惟游梁、宋最久。——这是他四十多岁到五十多岁的事。天宝十四年,安禄山反。他正遨游宿松、匡庐间。永王璘为江淮兵马大都督,扬州节度大使,他在宣州谒见,被辟为僚佐。永王谋乱,兵败,他因郭子仪营救,仅坐长流夜郎。遇赦,还寻阳。往依当涂令李阳冰。未几,死于宣城。这位伟大的诗人的一生,最后仍在颠沛流离之中了结!

李白论诗,排斥六朝,倡言复古。可是他自己的诗不仅变去六朝面目,却又和汉魏不同。《古风》五十九首之一说:

> 《大雅》久不作,吾衰竟谁陈?王风委蔓草,战国久荆榛。龙虎相啖食,兵戈逮狂秦。正声何微茫!哀怨起骚人。扬马激颓波,开流荡无垠。废兴虽万变,宪章亦已沦。自从建安来,绮丽不足珍。圣代复玄古,垂衣贵清真。群才属休明,乘运共跃鳞。文质相炳焕,众星罗秋旻。我志在删述,垂辉映千春。希圣如有立,绝笔于获麟。

这是他在文学上复古的宣言,《古风》五十九首便是他复古的成绩之一。还有孟棨《本事诗》里也载有他几句论诗的话:

> 梁、陈以来,艳薄斯极,沈休文又尚以声律,将复古道,非我而谁?兴寄深微,五言不如四言,七言又其靡也,况使束于声调俳优哉!

可见李白对于诗歌反对建安以来的"绮丽",尤其是梁陈以来的"艳薄",并反对齐梁以来的声律,斥为"声调俳优"。李阳冰《草堂集序》说:

> 自三代已来,《风》、《骚》之后,驰驱屈、宋,鞭挞扬、马,千载独步,唯公一人。故王公趋风,列岳结轨,群贤翕习,如鸟归凤。卢黄门云陈拾遗横制颓波,天下质文翕然一变。至今国朝诗体尚有梁、陈宫掖之风,至公大变,扫地并尽。今古文集,遏而不行;唯公文章,横被六合,可谓力敌造化欤?

这一段话最重要,有文献上的价值。因为我们借此才知道:李白从他同时的人看来,他就是当时一个风靡一世的诗体革命者。我看他的诗体革命正和后来韩愈的文体革命一样,同是迎合一般人好古的心理而倡言复古,其实同是以革命者的精神而从事创作。皮日休在《刘枣强碑文》里说及李白不求古于建安江左,不求丽于江左南朝,正是指李白的创作的精神而说的。

李白的诗虽多用乐府旧题,却不甚拘原有意思,也不拘于原有声调,乃是为自己发抒胸臆而作的新诗,和其他的五七言歌行一样。从来诗人摹拟乐府的作品,大都只能算是一种戏作。其根柢全置于作者自身的经验,而唱出由作者内心所发的声音,除了极早的建安时代几个诗人以外,实不多见。到了李白,却能充分地把自己肺腑中间潜流或澎涨的情感思想借着乐府而自然地歌唱出来。他真是基于自己生活的经验,而发挥内在的真理之抒情诗人呵!兹举二例:

将　进　酒

君不见黄河之水天上来,奔流到海不复回!君不见高堂明镜悲白发,朝如青丝暮成雪!人生得意须尽欢,莫使金樽空对月。天生我材必有用,千金散尽还复来。烹羊宰牛且为乐,会须一饮三百杯。岑夫子,丹邱生,将进酒,君莫停!与君歌一曲,请君为我倾耳听:钟鼓馔玉不足贵,但愿长醉不用醒。古来圣贤皆寂寞,唯有饮者留其名。陈王昔时宴平乐,斗酒十千恣欢谑。主人何为言少钱?径须沽酒对君酌。五花马,千金裘,呼儿将出换美酒,与尔同销万古愁。

日　出　入　行

日出东方隈,似从地底来。历天又复入西海,六龙所舍安在哉?其始与终古不息,人非元气安得与之久徘徊?草不谢荣于春风,木不怨落于秋天。谁挥鞭策驱四运,万物兴歇皆自然。羲和,羲和!汝奚汩没于荒淫之波？鲁阳何德？驻景挥戈。逆道违天，矫诬实多。吾将囊括大块，浩然与溟涬同科。

《日出入行》一首可见他的自然主义的人生观，《将进酒》一首可见他的浪漫的颓废的思想与生活，却都借乐府旧有的曲题，和他自己独具的豪放、飘逸的风格写出来。他也作近体诗，却不拘拘于平仄排偶，即用排偶，也往往运以单行之气，所以常有人认他的近体为古体。这是他人所不敢学，也被认为不可学的。兹举五律二首为例：

送 友 人

青山横北郭，白水绕东城。此地一为别，孤蓬万里征。浮云游子意，落日故人情。挥手自兹去，萧萧班马鸣。

夜泊牛渚怀古（此地即谢尚闻袁宏咏史处）

牛渚西江夜，青天无片云。登舟望秋月，空忆谢将军。余亦能高咏，斯人不可闻。明朝挂帆席，枫叶落纷纷。

这样的律诗真是都如王士禛所说："诗至此，色相俱空，如羚羊挂角，无迹可求，画家所谓逸品是也。"(《分甘余话》) 李白的七律不过十首左右，绝句虽不及乐府五律之多，却亦将近百首。王士禛说："唐三百年以绝句擅场，即唐三百年之乐府。"唐人绝句又以李白最称擅场，真是一代绝唱，不愧"绝句之圣"。王维的五绝，王昌龄的七绝，略可和他比肩，余人均有不及。先举他的五绝几首为例：

静 夜 思

床前明月光，疑是地上霜。举头望明月，低头思故乡。

劳 劳 亭

天下伤心处，劳劳送客亭。春风知别苦，不遣柳条青。

独坐敬亭山

众鸟高飞尽,孤云独去闲。相看两不厌,只有敬亭山。

自　遣

对酒不觉暝,落花盈我衣。醉起步溪月,鸟还人亦稀。

忆东山(二首之一)

不向东山久,蔷薇几度花?白云还自散?明月落谁家?

陪侍郎叔游洞庭醉后三首(录一)

划却君山好,平铺湘水流。巴陵无限酒,醉杀洞庭秋。

秋浦歌(十七首之一)

白发三千丈,缘愁似个长。不知明镜里,何处得秋霜。

《静夜思》、《劳劳亭》两首情景相生,涉想巧妙。《独坐敬亭山》写出白日静坐的境地,《自遣》写出月夜独步的境地。《忆东山》写出一时的回忆。末了两首或写逸兴遄飞,或写闲愁不断,借着语言的夸大,显出情感的强度。——这样的小诗,作者却用生命的全力把瞬间的灵感涌现出来,又并不是故意去努力,只似在一种不得不然的状态里,这真是抒情诗人入神的妙技呵!再举七绝数首:

早发白帝城

朝辞白帝彩云间,千里江陵一日还。两岸猿声啼不住,轻舟已过万重山。

春夜洛城闻笛

谁家玉笛暗飞声?散入春风满洛城。此夜曲中闻《折柳》,何人不起故园情!

与史郎中饮听黄鹤楼上吹笛

一为迁客去长沙,西望长安不见家。黄鹤楼中吹玉笛,江城五月落《梅花》。

闻王昌龄左迁龙标遥有此寄

杨花落尽子规啼,闻道龙标过五溪。我寄愁心与明月,随君直到夜郎西。

黄鹤楼送孟浩然之广陵

故人西辞黄鹤楼,烟花三月下扬州。孤帆远影碧山尽,唯见长江天际流。

越 中 览 古

越王句践破吴归,义士还家尽锦衣。宫女如花满宫殿,只今唯有鹧鸪飞。

沈德潜说:"七言绝句以语近情遥含吐不露为主。只眼前景,口头语,而有弦外音,味外味,使人神远。"这话最好拿来评李白的七绝。我以为旧体诗,尤其是律诗,即算今后渐趋于废绝,但我相信七绝当为最后废绝之一物。现代世界文坛上短篇小说、独幕剧、抒情小诗、小品散文之类特别流行。在这样生活繁忙的社会,自然需要这样体制的文学。这似乎也可以作为七绝暂时不至废绝的一种理由,何况七绝似的山歌童谣在民间还是一种生气拨剌的歌唱呢?

当李白十二岁的时候,又有一个伟大的诗人诞生,这便是杜甫。

杜甫(七一二——七七〇)字子美,晋朝儒将、著名的《左传》注释家杜预之后。本籍襄阳,曾祖为河南巩县令,徙居于此。祖父审言,官至膳部员外郎。为初唐富有诙谐风趣的一位诗人,前已说过。父名闲,位终奉天县(今陕西乾县)令。甫少小多病,贫穷好学。二十岁左右,他就由故乡开始漫游,自是下姑苏,渡浙江,游剡溪。归来应试,大约已在二十五岁左右。落第之后,又出游齐、赵。他的《壮游诗》中说:"放荡齐赵间,裘马颇清狂;春歌丛台上,冬猎青丘旁。呼鹰皂枥林,逐兽云雪冈。射飞曾纵鞚,引臂落鹙鸧。苏侯据鞍喜,忽如携葛强。快意八九年,西归到咸阳。"他本来只是一个清贫的小官僚家的子弟,能够和一般清狂的裘马少年相征逐至于八九年之久,这自然是他一种快意的生活。而且他在这个时期结交了不少的当代知名之士,如李邕、李白、汝阳王琎一些人。他的《与李十二白同寻范十隐居》一诗云:"李侯有佳句,往往似阴铿。余亦东蒙客,怜君如弟兄。醉眠秋共被,携手日同行。……"李白的《鲁郡东石门送杜二甫》一诗云:"醉别复几日,登临遍池台。何时石门路,重有金樽开?……"可见他们当日诗酒登临之乐,和极浓挚的交情。此后杜甫来到长安,他已经是三十四五岁的人了。因为科第的失意,生活极其难堪。他的《奉赠韦左丞二十二韵》一诗云:"骑驴三十载,旅食京华春。朝叩富儿门,暮随肥马尘。残羹与冷炙,到处潜悲辛。"他这种落魄的情形,只算是一种寄食于人的高等叫化子。四五年间,先后进献了《雕赋》、《三大礼赋》、《封西岳赋》,得待制集贤院,改授西河尉,因不肯折腰而不拜受,改为右卫率府参军。可是他还是不能养活一家妻小。他在《自京赴奉先县咏怀五百字》里说:"老妻寄异县,十口隔风雪。谁能久不顾?庶往共饥渴。入门闻号咷,幼子饿已卒。吾宁舍一哀,里巷亦呜咽。所愧为人父,无食致夭折。"刚刚得一穷京官,儿子却已饿死了。这种惨苦的生活压迫他,真是一肩不能负荷的重担!这个时候他已经是四十多岁的人了。这一年(七五五)安禄山反,次年夏,由奉先携家往白水,依舅氏崔少府,旋由白水往鄜州。七月肃宗即位于灵武,他想奔赴行在,遂陷敌中。《哀王孙》、《哀江头》等名篇即此时所作。不久,逃到凤翔行在,拜左拾遗。恰有房琯率兵讨贼、兵败罢相的事,他上疏言琯有才,不宜罢免,几乎获罪,放还鄜州。他的杰作《北征》一诗有云:"潼关百万师,往者散何卒?遂令半秦民,残害为异物。况我堕胡尘,及归尽华发。经年至茅屋,妻子衣百结。恸哭松声回,悲泉共幽咽。平生所娇儿,颜色白胜雪。见耶背面啼,垢腻脚不袜。床前两小女,补绽才过膝。海图坼波涛,旧绣移曲折。天吴及紫凤,颠倒在短褐。老夫情怀恶,呕泄卧数日。那无囊中帛,救汝寒凛栗!粉黛亦解包,衾裯稍罗列。瘦妻面复光,痴女头自栉。学母无不为,晓妆随手抹。移时施朱铅,狼藉画眉阔。生还对童稚,似欲忘饥渴。问事竞挽须,那能即嗔喝?

翻思在贼愁,甘受杂乱聒。新归且慰意,生理焉得说?"他由乱离中到家,一时悲喜交集的情形都活描出来了。肃宗由凤翔还京,他也复任左拾遗,终以房琯事出为华州司功参军。从此(七五八)以后,就不再来长安了。值关辅大饥,弃官客居秦州,又转至同谷,负薪采橡栗自给。展转至于成都,结庐西郭。种竹植树,诗酒啸傲。与田夫野老往来,一无拘束。恰有故人严武为剑南节度使,他颇得依靠。后来严武又表他为节度参谋检拔工部员外郎,这就是他最后的官衔,所以后人称他杜工部。这时他已是五十岁的人了。严武死后,崔旰等作乱,他往来梓州、夔州间。大历中,出瞿塘,下江陵,溯沅、湘,登衡山,因客耒阳。县令送他牛炙白酒,大醉,一夕而卒。这一位伟大的诗人也竟和李白一样,最后流离转徙,客死他乡了!

自元稹以来,有许多论者推崇杜甫集诗人之大成,正像自孟轲以来推崇孔丘集群圣之大成一样。元稹说:"予读诗至杜子美而知小大之有所总萃焉。……盖所谓上薄《风》、《骚》,下该沈、宋,言夺苏、李,气吞曹、刘,掩颜、谢之孤高,杂徐、庾之流丽,尽得古今之体势,而兼人人之所独专矣。……"《新唐书·文艺列传》里也说:"……甫浑涵汪茫,千汇万状,兼古今而有之。它人不足,甫乃厌余,残膏剩馥,沾丐后人多矣。"我以为这一时期的诗体革命,陈子昂"卓立千古,横制颓波,天下翕然,质文一变,"算是做了先导,而成就不大;到了李白,才是这一革命的成功者,唐人却每以陈李并论的。陈、李以复古为标榜,看今人不起。只有杜甫才声言"不薄今人爱古人",所以他最能吸收古今诗人的长处,而亦屹然成就他的伟大。不过杜甫当日在诗坛上的影响远不及李白之大。仅就李、杜先后在长安的生活及其交游而论:李白自谓"昔在长安醉花柳,五侯七贵同杯酒。气岸遥凌豪士前,风流肯落他人后?"又谓"当时笑我微贱者,却来请谒为交欢"。可见这位新贵官僚的交游光宠。杜甫在长安的情形如何?自述"衣不盖体,常寄食于人"。这时他还是一个不得志的出身于没落了的小官僚家的子弟。我在上文说过他是过的高等乞丐生活,较之李白真有藩溷茵席之别。可证我在上文引据李阳冰所说李白在当时诗坛上唯我独尊的气概，并不是瞎恭维。可是李、杜死后五十年光景就有"李杜优劣论"出来了。元稹说："……诗人已来，未有如子美者。是时山东人李白亦以文奇取称，时人谓之李杜。予观其壮浪纵恣，摆去拘束，模写物象，及乐府歌诗，诚亦差肩于子美矣。至若铺陈终始，排比声韵，大或千言，次犹数百，词气豪迈，而风调清深；属对律切，而脱弃凡近，则李尚不能历其藩翰，况堂奥乎？"白居易也说："李白之作才矣奇矣，人不逮矣，索其风雅比兴，十无一焉。杜诗最多，可传者千余首。至于贯穿今古，觭缕格律，尽工尽善，又过于李焉。"当时韩愈《调张籍》一诗云："李杜文章在，光焰万丈长。不知群儿愚，那用故谤伤？蚍蜉撼大树，可笑不自量！"这大约就是骂那些作李、杜优劣论的人了。

我们虽不必用个人的趣味来评骘李、杜的优劣，从艺术的观点来辨别他们的差异却是可以的。最好先看他们当日彼此间的相互批评。相传李白有《戏赠杜甫》的一首诗道：

饭颗山头逢杜甫，头戴笠子日卓午。借问因何太瘦生？总谓从前作诗苦！

李白眼中的杜甫只是一个苦吟诗人的印象。所以《旧唐书·杜甫传》里说："白自负文格放达，讥甫龌龊，而有饭颗山之嘲诮。"杜甫也有一首《赠李白》的诗道：

秋来相顾尚飘蓬，未就丹砂愧葛洪。痛饮狂歌空度日，飞扬跋扈为谁雄？

杜甫这首诗也似含有不满李白的意思，他眼中的李白是一个狂歌诗人的印象。再从李、杜两人的作品里选录关于他们自己表白的几句话来。

李白说:"欻崎历落可笑人。"(《上安州李长史书》)
　　杜甫说:"乾坤一腐儒。"(《江汉》)
　　李白说:"我本楚狂人,《凤歌》笑孔丘。"(《庐山谣》)
　　杜甫说:"许身一何愚!窃比稷与契。"(《咏怀五百字》)
　　李白说:"巨鳌莫载三山去,我欲蓬莱顶上行。"(《怀仙行》)
　　杜甫说:"生逢尧舜君,不忍便永诀。"(《咏怀》)

可见一个肯自命为狂士,一个不讳言为腐儒。一个抱超世主义,源于道家思想;一个抱淑世主义,源于儒家思想。一个幻想超升仙境,一个不忍离开君国。总之,他们的作品都是他们自己生命的纯真的表白,这里不过略为举例比较而已。再看他们怎样论诗罢。

　　李白说:"清水出芙蓉,天然去雕饰。"(《放流夜郎忆旧游书怀》)
　　杜甫说:"为人性僻耽佳句,语不惊人死不休。"(《江上值水如海势聊短述》)
　　李白说:"兴酣落笔摇五岳,诗成笑傲凌沧洲。"(《江上吟》)
　　杜甫说:"但觉高歌有鬼神,焉知饿死填沟壑?"(《醉时歌》)
　　李白说:"五岁诵六甲,十岁观百家。"(《上安州裴长史书》)又说:"十五观奇书,作赋凌相如。"(《赠张相镐》)
　　杜甫说:"往昔十四五,出游翰墨场。斯文崔魏徒,以我似班扬。七龄思即壮,开口咏凤凰。九龄书大字,有作成一囊。"(《壮游诗》)又说:"读书破万卷,下笔如有神。"(《奉赠韦左丞丈二十二韵》)

可见他们于诗的修辞上一个侧重自然,一个侧重雕饰;风格上一个豪放飘逸,一个沉郁顿挫;各有各的价值,各有各的不朽。至于他们在文学上所以能够成功各自的伟大,除了多谢社会的影响以外,还要依靠个人的天才与努力,却是相同的。

王国维《人间词话》说:"客观之诗人不可不多阅世,阅世愈深则材料愈丰富愈变化。……主观之诗人不必多阅世,阅世愈浅则性情愈真。……"又说:"有造境,有写境,此理想与写实二派之所由分。然二者颇难区别,因大诗人所造之境必合乎自然,所写之境必邻于理想故也。"我们可以拿来论李、杜。李白是主观的诗人,以个人的情绪为对象,长于抒情诗。杜甫是客观的诗人,以外物的真实为对象,长于写实诗。李诗偏于造境,是想象的境界,超于现实的世界。杜诗偏于写境,是经验的境界,囿于现实的境界。两人却都能在诗坛上开拓一大境界,成为对立的两大诗人。两人虽同生一个时代,通过了各自不同的艺术的观点,各人诗中所反映出来的时代就觉异样了。

李白于律诗似不甚措意;杜甫于诗则无体不工,尤长律诗,七律更为绝唱。兹举两首为例:

闻官军收河南河北

剑外忽传收冀北,初闻涕泪满衣裳。却看妻子愁何在,漫卷诗书喜欲狂。白日放歌须纵酒,青春作伴好还乡。即从巴峡穿巫峡,便下襄阳向洛阳。

登　　高

风急天高猿啸哀,渚清沙白鸟飞回。无边落木萧萧下,不尽长江滚滚来。万里悲秋常作客,百年多病独登台。艰难苦恨繁霜鬓,潦倒新亭浊酒杯。

一首写听到官军胜利的喜悦,一首写秋日登高望远的感伤,都能把当时的情景一一达出,一气贯注,却又不失格律,七律到此,已成绝技。本来这种诗极不易做,除了句数韵脚以外,还有平仄对仗种种的限制,易犯牵强板滞诸病。李白于七律不肯多做,大约为此。相传崔颢(?——七五四)读了沈佺期的《龙池篇》:

龙池跃龙龙已飞,龙德先天天不违。池开天汉分黄道,龙向天门入紫微。邸第楼台多气色,君王凫雁有光辉。为报寰中百川水,来朝此地莫东归。

他非常佩服,因仿其格作《雁门胡人歌》:

高山代郡东接燕,雁门胡人家近边。解放胡鹰逐塞鸟,能将代马猎秋田。山头野火寒多烧,雨里孤烽湿作烟。闻道辽西无斗战,时时醉向酒家眠。

他自己觉得还赶不上沈作,再作《黄鹤楼诗》:

昔人已乘黄鹤去,此地空余黄鹤楼。黄鹤一去不复返,白云千载空悠悠。晴川历历汉阳树,芳草萋萋鹦鹉洲。日暮乡关何处是?烟波江上使人愁。

他才觉得胜过沈诗了。和他同时的李白也来登黄鹤楼,看见了他的题诗,为之搁笔,相传有"眼前有景道不得,崔颢题诗在上头"的话。他只好别作《鹦鹉洲》一诗:

鹦鹉来过吴江水,江上洲传鹦鹉名。鹦鹉西飞陇山去,芳洲之树何青青!烟开兰叶香风暖,岸夹桃花锦浪生。迁客此时徒极目,长洲孤月向谁明?

李白还以为不敌崔作,又作《登金陵凤凰台》一诗:

凤凰台上凤凰游,凤去台空江自流。吴宫花草埋幽径,晋代衣冠成古邱。三山半落青天外,二水中分白鹭洲。总为浮云能蔽日,长安不见使人愁。

这才可以和崔作雁行无愧了。我所以要在这里插入这段逸话,使人知道七律才起来,格律还不甚严的时候,以李白那样伟大的天才诗人还不容易做出好诗来,而崔颢一首七律竟可压倒李白。于是杜甫那样多又那样工的七律就真成了绝唱,他就真是"律诗之圣"了!

杜甫于天宝以后,颇多描写乱离之作。他那种客观的写实诗就在这时成功。如《自京赴奉先咏怀五百字》、《北征》,以及"三别"、"三吏"等篇,都是这种成功的作品。这正合了王国维《人间词话》里说的:"客观之诗人不可不多阅世,阅世愈深,则材料愈丰富,愈变化。"杜诗所以被称为诗史,也在这里。《四库全书总目提要》(一百四十九)云:"自宋人倡诗史之说,而笺杜诗者遂以刘昫、宋祁二书据为稿本,一字一句务使与纪传相符。夫忠君爱国,君子之心。感事忧时,风人之旨。杜诗所以高于诸家者固在于是,然集中根本不过数十首耳。咏月而以为比肃宗,咏萤而以为比李辅国,则诗家无景物矣。谓纨绔下服比小人,谓儒冠上服比君子,则诗家无字句矣。"我想李诗的注家只有宋杨齐贤、元萧士赟、清王琦三数人,注杜诗的人号称千家,他们不说些穿凿傅会的话,有什么话说?杜甫就真由他们派作腐儒了!李白毕竟是狂人,在生没有几个人了解他的为人,死后也少有几个人误笺误解他的作品!

现在,要说到和李、杜同时的王、孟、高、岑诸家。

王维(六九九——七五九)字摩诘,太原祁人。天宝末为给事中,安禄山陷两都,为敌所得,迎往洛阳,迫署伪职。事平,陷贼官三等定罪,维因在贼中有诗云:"万户伤心生野烟,百官何日再朝天?秋槐花落空宫里,凝碧池头奏管弦。"得免于罪。官至尚书右丞。维弟兄俱奉佛,居常蔬食,不茹荤血。晚年长斋,不衣文采。得宋之问蓝田别墅,在辋口,辋水周于舍下,别涨竹洲花坞。与道友裴迪浮舟往来,弹琴赋诗,啸咏终日。尝聚其田园所为诗,号《辋川集》。在京师,日饭十数名僧,以玄谈为乐。斋中无所有,唯茶铛、药臼、经案、绳床而已。退朝之后,焚香独坐,以禅诵为事。妻亡不再娶,三十年孤居一室,屏绝尘累。其一生大致如此。总之,不要忘记他是一个不出家的和尚,又以画家而兼为诗人,他的诗大半充满禅趣,或是富有画趣的。例如"大漠孤烟直,长河落日圆。"(《使至塞上》)"明月松间照,清泉石上流。"(《山居秋暝》)"鸡犬散墟落,桑榆荫远田。"(《千塔主人》)"沙平连白雪,蓬卷入黄云。"(《送张判官判河西》)"山中一夜雨,树杪百重泉。"(《送梓州李使君》)都可说是诗中有画的佳句。又如《终南别业》云:"中岁颇好道,晚家南山陲。兴来每独往,胜事空自知。行到水穷处,坐看云起时。偶然值林叟,谈笑无还期。"《鹿柴》云:"空山不见人,但闻人语响。返景入深林,复照青苔上。"这样的诗好像写来毫不费力,却是由妙悟中得来的,这是诗趣,也是禅趣。

孟浩然(六八九——七四〇),襄阳人。少好侠义,喜救人患难。隐鹿门山。年四十,乃游京师。似乎他风流潇洒,无意做官,故名位不大。皮日休《郢州孟亭记》略谓:"明皇世,章句之风大得建安体,论者推李翰林、杜工部为尤,介其间能不愧者浩然也。"王士祯最爱他的《晚泊浔阳望庐山》一首,诗云:"挂席几千里,名山都未逢。泊舟浔阳郭,始见香炉峰。尝读《远公传》,永怀尘外踪。东林精舍近,日暮但闻钟。"这自是神韵悠然之作。我也爱读他两首诗。《舟中晓》云:"挂席东南望,青山水国遥。舳舻争利涉,来往任风潮。问我今何去,天台访石桥。坐看霞色晓,疑是赤城标。"《过故人庄》云:"故人具鸡黍,邀我至田家。绿树村边合,青山郭外斜。开筵面场圃,把酒话桑麻。待到重阳日,还来就菊花。"李白于同时诗人极少许可,独于这位较他年长的孟夫子却是很佩服的。

自陶、谢歌咏田园山水,为自然诗人之宗,到了王、孟的时候,这派诗人就日见其多了。除了王维兼工七言以外,都是只工五言的,句短而意味深长。裴迪既为王维道友,又是《辋川集》同咏的人,五绝略可追踪王维。如《木兰柴》云:"苍苍落日时,鸟声乱溪水。缘溪路转深,幽兴何时已!"

可为一例。祖咏也和王维友善。《终南望余雪》云:"终南阴岭秀,积雪浮云端。林表明霁色,城中增暮寒。"相传这是他的试卷,本来限做六韵(?)或八韵(?)的罢,他却只成两韵。有人问他:"为什么不完卷?"他说:"意思尽了!"做试帖诗也要讲"烟士披里纯"(Lnspiration),这是试场笑柄,却是诗坛嘉话。储光羲也和王维友善,他的诗长于描写田园生活,质朴之中有古雅之味。《同王十三维偶然作十首》、《田家杂兴八首》,可称代表作。《同诸公秋霁曲江俯见南山》云:"……大君及群臣,晏乐方嘤鸣。吾党二三子,萧辰怡性情。逍遥沧洲时,乃在长安城。"可见在那粉饰太平的时候,一班不得志的歌唱自然的诗人也很不自然。还有常建,名位不显,与王、孟似无往来,诗却是王、孟一派。殷璠《河岳英灵集》录肃宗、代宗之间二十四人之作,以常建为冠。《题破山寺后禅院》云:"清晨入古寺,初日照高林。竹径通幽处,禅房花木深。山光悦鸟性,潭影空人心。万籁此都寂,但余钟磬音。"颈腹二联,警策之至。欧阳修说是欲效其语,久不可得。再有元结(七二三——七七二),做道州刺史时所写的山水诗也很有名,他较长于七言。《石鱼湖上醉歌》云:"石鱼湖,似洞庭,夏水欲满君山青。山为尊,水为沼,酒徒历历坐洲岛。长风连日作大浪,不能废人运酒舫。我持长瓢坐巴丘,酌饮四坐以散愁。"此公是一个愤世嫉俗的狂者,读了这首诗就可见其狂态一斑了。

说到高适,就令人想起他和王昌龄、王之涣旗亭饮酒的故事来。他们生在开元、天宝盛时,所作绝句多为伶官妓女被之管弦,或者真有其事。王之涣,并州人,出身未详,但知他和王昌龄、崔国辅联唱迭和,有名于时而已。《全唐诗》录存他的诗不过数首,《凉州词》一首最有名。诗云:"黄河远上白云间,一片孤城万仞山。羌笛何须怨杨柳,春光不度玉门关。"同时王翰也有《凉州词》一首,也是至今传诵之作。诗云:"葡萄美酒夜光杯,欲饮琵琶马上催,醉卧沙场君莫笑,古来征战几人回。"王昌龄,字少伯,江宁人,一说京兆人,曾为江宁丞。初登开元十五年(七二七)进士第,又中二十二年博学宏词科。迁汜水尉,不护细行,贬龙标尉。以世乱还乡里,为刺史闾丘晓所杀。昌龄的诗绪密而思清,《全唐诗》录为四卷,足以使他诗名不朽的在他那将近百首的绝句。如《出塞》云:"秦时明月汉时关,万里长征人未还。但使龙城飞将在,不教胡马度阴山。"《长信秋词》云:"奉帚平明金殿开,且将团扇共裴回。玉颜不及寒鸦色,犹带昭阳日影来。"还有《从军行》几首亦绝工。王士禛《唐人万首绝句选·凡例》云:"七言绝句,初唐风调未谐。开元、天宝诸名家无美不备,李白、王昌龄尤为擅场。昔李沧溟推'秦时明月汉时关'一首压卷,余以为未允。必求压卷,则王维之'渭城朝雨',李白之'朝辞白帝',王昌龄之'奉帚平明',王之涣之'黄河远上',其庶几乎?而终唐之世,绝句亦无出四章之右者矣。"关于"秦时明月"一首,李说未尝不是,王说除了"奉帚平明"一首故意和李说立异外,也是对的,因为这几首诗都好,很难甲乙。

高适(六九五?——七六五),字达夫,渤海蓨人。少濩落,不事生业。家贫,客于梁、宋,以求丐取给。天宝中,海内事干进者注意文词。适年过五十始留意诗什。数年之间,体格渐变,以气质自高。每吟一篇已,为好事者称诵。初举有道科,为封丘尉,不得志,去游河右。哥舒翰表为左骁卫兵曹、掌书记。进左拾遗、监察御史。安禄山之叛,潼关失守,适奔赴行在。擢谏议大夫,节度淮南。因李辅国潜忌,左授太子少詹事。出为蜀、彭二州刺史,进成都尹、剑南西川节度使。召为刑部侍郎,转散骑常侍,封渤海侯。开元、天宝间,诗人显达者,惟高适一人。杜甫每以高适、李白并称,如《遣怀》云:"忆与高李辈,论交入酒垆。两公壮藻思,得我色敷腴。气酣登吹台,怀古视平芜。芒砀云一去,雁鹜空相呼。"可见当日三人的豪情逸兴。就诗而论,高在李、杜之间只算蜂腰。高的一生由乞丐而诗人而达官,生活不为不丰富,可是富有生命之力的作品实在不多。本来他是一个热心功名的豪士,注意文词,也不过用作干进之具而已。送别诸作颇多壮语,我最爱"别恨随流水,交情脱宝刀"两句。《别董大》一首云:"千里黄云白日曛,北风吹雁雪纷纷。莫愁前路无知己,天下谁人不识君!"亦为人传诵。

岑参(七一五？——七七〇？)，南阳人，少孤贫，笃学。登天宝三年(七四四)进士第。由率府参军累官右补阙、起居郎、虢州长史、太子中允。代宗总戎陕服，委以书奏之任。由库部郎出刺嘉州。杜鸿渐镇西川，表为从事，以职方郎兼侍御史，领幕职。使罢，流寓不还，遂终于蜀。参诗辞意清切，迥拔孤秀，多出佳境。每一篇出，人人传写，虽闾里士庶，戎夷蛮貊，莫不讽诵。他和高适为友，一样热心功名。《银山碛西馆》云："银山碛口风似箭，铁门关西月如练。双双愁泪沾马尾，飒飒胡沙迸人面。丈夫三十未富贵，安能终日守笔砚！"可见其意气之一斑。他们两人的诗说及边塞战争，大都精神百倍，不像别的诗人仅含非战思想，高、岑并称，在这一点上不是偶然的。王、孟的诗多写田园山水，高、岑的诗多写边塞战争。王、孟的诗所见自然界的美是优美，高、岑的诗所见自然界的美是壮美。读王、孟的诗生隐逸的思想，读高、岑的诗起功名的念头。高的《送兵到蓟北》云："积雪与天迥，屯军连塞愁。谁知此行迈，不为觅封侯？"岑的《戏题关门》云："来亦一布衣，去亦一布衣，羞见关城吏，还从旧路归！"高的《同李员外贺哥舒大夫破九曲之作》句云："泉喷诸戎血，风驱死虏魂。头飞攒万戟，面缚聚辕门。"岑的《献封大夫破播仙凯歌六首》之一云："日落辕门鼓角鸣，千群面缚出蕃城。洗兵鱼海云迎阵，秣马龙堆月照营。"他们在当时都是为自己民族而歌唱的诗人，足以代表盛唐诗人的民族意识。

还有一个诗人也得提及的。——李颀，东川人，家于颍阳，擢开元十三年(七二五)进士第，官新乡尉。他和高适、王昌龄为友，较长于七言古体，七律亦工。晚清诗人王闿运极其恭维他。《杂兴》云："沉沉牛渚矶，旧说多灵怪。行人夜秉生犀烛，洞照洪深辟滂湃。乘车驾马往复旋，赤绂朱冠何伟然！波惊海若潜幽石，龙抱胡髯卧黑泉，水滨丈人曾有语，物或恶之当害汝。武昌妖梦果为灾，百代英威埋鬼府。青青兰艾本殊香，察见泉鱼固不祥。济水自清河自浊，周公大圣接舆狂。千年魑魅逢华表，九日茱萸作佩囊。善恶死生齐一贯，只应斗酒任苍苍！"王闿运说是再三摹仿这首诗也赶不上，究竟这首诗有什么不可及呢？

与李、杜同时的诗人比较著名的已如上述，还有许多诗人或作诗不多，或于后来的文学无甚大影响，就不一一谈及他们了。

四　韩白及其同时诗人

介乎李、杜与韩、白之间的诗人有所谓"大历十才子"，实则大历、贞元间（八世纪末叶）诗坛上活跃的作家还有许多人。过此以往，元和、长庆间（九世纪初叶）才是韩、白活跃的时代。据《新唐书·文艺列传》所说，卢纶与吉中孚、韩翃、钱起、司空曙、苗发、崔峒、耿沣、夏侯审、李端，皆能诗齐名，号大历十才子。又据《全唐诗》所录十人的诗，只有卢、韩、钱、李、司空的诗较多较工，而苗、吉、夏侯的诗各不过一二首，实不够才子的称号，因此又有些人想把刘长卿、郎士元、李嘉祐、李益、皇甫曾、皇甫冉、冷朝阳几个人各依自己的意见加减进去的。倘若我们再提及当时韦应物、权德舆、顾况、王建诸家，大历、贞元间诗人比较有名的就都在这里提及了。

郎士元真是在大历十才子之列，那就十人之中只有他和钱起算是领袖。所以《四库全书目录提要》（一百五十）说："大历以还，诗格初变，开、宝浑厚之气渐远渐漓，风调相高，稍趋浮响。升降之关，十子实为之职志，（钱）起与郎士元其称首也。然温秀蕴藉，不失风人之旨，前辈典型犹有存焉。"钱起，字仲文，吴兴人，天宝十年登进士第，官至尚书考功郎中。郎士元，字君胄，中山人，天宝十五年登进士第，官至郢州刺史。钱、郎齐名，当时颇见推重。自丞相以下，出使作牧，钱、郎无诗祖饯，即为时论所鄙。时人语曰："前有沈、宋，后有钱、郎。"其实，钱、郎那种应酬的祖饯诗虽工也没有什么意味，倒是当时有几个诗人，仅因一首绝句之工而享大名的。如韩翃的《寒食日即事》云：

春城无处不飞花，寒食东风御柳斜。日暮汉宫传蜡烛，轻烟散入五侯家。

德宗看了他这首诗,就用他做驾部郎中知制诰。他得了这个消息,喜出望外,疑为另一韩翃,幸而有诗为证。又李益的《夜上受降城闻笛》云:

> 回乐峰前沙似雪,受降城外月如霜。不知何处吹芦管,一夜征人尽望乡。

据《全唐诗话》说,当时教坊乐人用他这首诗度曲,画家用他这首诗绘图。又张继的《枫桥夜泊》云:

> 月落乌啼霜满天,江枫渔火对愁眠。姑苏城外寒山寺,夜半钟声到客船。

张继在当时本是一位无名诗人,但有了这首诗就留名千载了。还有顾况的几首绝句虽不见得怎样好,说起来却是有趣的。相传他在京师看见御沟里浮着一片大桐叶,题诗云:

> 一入深宫里,年年不见春。聊题一片叶,寄与有情人。

明日,他也题诗叶上从御沟上游浮下,诗云:

> 愁见莺啼柳絮飞,上阳宫女断肠时。君恩不禁东流水,叶上题诗寄与谁?

据范摅《云溪友议》(卷十)说,当时皇帝(玄宗?)因看见了顾况这首诗就放出了许多宫女。顾况又有《酬柳相公》一绝云:

>四海如今已太平,相公何用唤狂生?此身还似笼中鹤,东望瀛洲叫一声。

所谓柳相公当指他的友人柳浑。德宗时柳浑辅政,想找他做官,他就做了这首颇有狂气的打油诗给柳,结果他也做到秘书郎。后来做宰相的又是他的朋友李泌,他想当得好官,久之,得一著作郎。李泌死了,他作《海鸥咏》云:

>万里飞来为客鸟,曾蒙丹凤借枝柯。一朝凤去梧桐死,满目鸱鸦奈尔何!

他因此诗得罪了当局,宪司劾他不哭李泌之丧,而有谐笑之言,贬为饶州司户。他本来是海盐人,最后隐居茅山,自号华阳真隐,年约九十。他和元结一样,人狂诗也狂,他还加以诙谐。他作诗敢于使用白话,敢于讥讽当局,这在元白的讽谕诗之前,是可注意的。他还有好些诗很有怪味。皇甫湜替他的文集作序,说他"偏于逸歌长句,骏发踔厉,往往若穿天心,出月胁,意外惊人语,非寻常所能及。"在险怪的韩诗稍前一点就有顾况来先开风气,这也是很可注意的了。

这里还要论到所谓刘随州、韦苏州、柳柳州三刺史的诗。大历十才子虽在当时更唱迭和,盛极一时,但未能如三刺史的诗给后来的诗坛以若何的影响。韦、刘生年尚与李、杜相及,柳则与韩、白同时而早亡,为了叙述便利,同叙于此。

刘随州,名长卿,字文房、河间人,一说宣城人,开元二十一年(七三三)登进士第,官至随州刺史。他的诗长于五言,权德舆谓为"五言长城"。皇甫湜讥讽时人云:"诗未有刘长卿一句,已呼阮籍为老兵。"其为当时推重如此。他的《余干旅舍》云:"摇落暮天迥,青枫霜叶稀。孤城向水闭,独鸟背人飞。渡口月初上,邻家渔未归。乡心正欲绝,何处捣寒衣。"又《送严士元》云:"春风倚棹阖闾城,水国犹寒阴复晴。细雨湿衣看不见,闲花落地听无声。日斜江上孤帆影,草绿湖南万里程。东道若逢相识问,青袍今已误儒生。"可见其作风之一斑。论者以为其诗大抵研炼深稳,颇有高秀之韵,但才地稍弱而已。高仲武《中兴间气集》病其十首已上,语意略同,于落句尤甚。王士祯《论诗绝句》所云"不解雌黄高仲武,长城何意贬文房?"只算是故意翻案。

韦苏州,名应物,京兆长安人,少以三卫郎事玄宗,晚更折节读书,官至左司郎中,出为苏州刺史。性情高洁,所在焚香扫地而坐。唯顾况、刘长卿、丘丹、秦系、皎然之俦得厕宾客,与之酬唱。其诗闲澹简远,人比之陶潜,称为陶、韦。如《寄全椒山中道士》云:"今朝郡斋冷,忽忆山中客,涧底拾枯松,归来煮白石。欲持一瓢酒,远寄风雨夕。落叶满空山,何处寻行迹?"《秋夜寄丘二十二员外》云:"怀君属秋夜,散步咏凉天。山空松子落,幽人应未眠!"又《滁州西涧》云:"独怜幽草涧边生,上有黄鹂深树鸣。春潮带雨晚来急,野渡无人舟自横。"俱为隽妙之作。他也和陶潜一样,少壮雄豪,还加以无赖。晚年有《逢杨开府》一诗云:"少事武皇帝,无赖恃恩私。身作里中横,家藏亡命儿。朝持樗蒲局,暮窃东邻姬。司隶不敢捕,立在白玉墀。骊山风雪夜,长杨羽猎时。一字都不识,饮酒肆顽痴。武皇升仙去,憔悴被人欺。读书事已晚,把笔学题诗。两府始收敛,南宫谬见推。非才果不容,出守抚煢嫠。忽逢杨开府,论旧涕俱垂。坐客何由识?惟有故人知。"这可算是他一生的缩写。少壮时代只是一个无赖的宿卫武士。中年以后才因受侮辱而发愤读书,因不得志而自甘淡泊;这样,他就成了陶潜一派的人格和作风了。

柳柳州(七七三——八一九),名宗元,字子厚,河东人。初登进士第,应举博学宏辞科,授校书郎,调蓝田尉。贞元十九年(八〇三)为监察御史里行,王叔文、韦执谊新贵用事,引为朋党,擢礼部员外郎。俄而叔文失败,贬永州司马。宗元少精警绝伦,所作文章雄深雅健,踔厉风发,为当时流辈所推服。既贬窜荒僻之地,因自放于山水间。抑郁感愤,皆发于文章,仿《离骚》数十篇,读者为之悲恻。元和十年移柳州刺史,十四年卒。就他的散文而言,韩、柳并称,将于下文详述。就诗歌而言,韦、柳并称,因为他们同是学陶的。我以为柳诗的一部分在风格上固然受了陶诗不少的影响,在思想上则受佛教的影响更大。他和辟佛的儒者韩愈做朋友,但他却是信佛的。他说:"吾自幼好佛,求其道积三十年。"(《送巽上人序》)因此我要说他是以永州、柳州清幽奇丽的山水,佛家渺绵玄妙的理趣,陶诗冲淡自然的风格,镕铸而成一家的诗。如《雨后晓行独至愚溪北池》云:"宿云散洲渚,晓日明村坞。高树临清池,风惊夜来雨。予心适无事,偶此成宾主。"《中夜起望西园值月上》云:"觉闻繁露坠,开户临西园。寒月上东岭,泠泠疏竹根。石泉远逾响,山鸟时一喧。倚楹遂至旦,寂寂将何言!"又《渔翁》云:"渔翁夜傍西岩宿,晓汲清湘燃楚竹。烟销日出不见人,欸乃一声山水绿。回看天际下中流,岩上无心云相逐。"这种诗写出自然的神秘,物我浑融的妙境,不是深识禅机理趣的人能够做得成吗?不过我们要知道柳是一个好事喜功的青年,一旦被谴为投荒的逐臣,心中的烈火虽骤遭闭熄,而残灰剩烬,犹有余温。所以柳诗看似极平淡极怡悦之作,而深愁至愤不难于言外得之。所以他自己也说:"嘻笑之怒甚乎裂眦,长歌之哀过乎痛哭,庸讵知吾之浩浩非戚戚之尤者乎?"(《对贺者》)热烈与冷静,愁苦与怡悦,怨尤与忏悔,愤慨与恬淡,种种极矛盾的情绪,错综起伏于他的心中,这真是他心身上最大的痛苦。懂得这层道理,才可以读他的永州山水记,同时还可以读他的《囚山赋》;读了他的怡悦风物,平静心情的诗以外,同时更可以了解他的情绪亢奋,感物舒愤的诗。如《与浩初上人同看山寄京华亲故》云:"海畔尖山似剑铓,秋来处处割愁肠。若为化得身千亿,散作峰头望故乡!"《别舍弟宗一》云:"零落残红倍黯然,双垂别泪越江边。一身去国六千里,万死投荒十二年。桂岭瘴来云似墨,洞庭春尽水如天。欲知此后相思梦,长在荆门郢树烟。"又《登柳州城楼寄漳汀封连四州》云:"城上高楼接大荒,海天愁思正茫茫。惊风乱飐芙蓉水,密雨斜侵薜荔墙。岭树重遮千里目,江流曲似九回肠。共来百越文身地,犹自音书滞一乡。"他这种诗把孤愤的郁结,愁肠的回荡,很热烈地表现出来,至今我们读了还可想见当时一位忧谗畏讥者的腐心陨涕。人生的苦闷白昼无可排遣,心灵自求安慰,晚上不得不做满足愿望的梦。被谴投荒的柳宗元尽管外貌恬淡,但他忧愤郁结的潜意识,却时时冲决意识的藩篱而不能自己的宣泄于诗篇。所以他虽然在心波平静了的时候,可以做优游闲淡的诗,如陶潜、王维一流人一样,还可以与不爱官、不争能、而嗜闲安之浮图游;但他究竟不曾打算做什么高人隐士,乃是被谴责的政治上的失败者;而且他所居的地方不是什么山水名胜的栗里、辋川,乃是当时所谓荒烟瘴雨、蛮花犵草的永州、柳州。于是他不得不"时时举首,长吟哀歌,舒泄幽郁!"(《上李中丞启》)这样能够捕捉自己情感的真影,作为自己的生命的表白,柳诗的不朽在此,何必他求? 我以为这一时期的作家,仅柳一人可以和韩白骖驾同驱而无愧色,正和前一时期的王维和李、杜可以分庭抗礼一样哩。

韩愈(七六八——八二四),字退之,昌黎人,三岁而孤,养于从父兄。愈自以孤子,幼即刻苦为学。贞元八年(七九二)擢进士第,初为监察御史,上疏极论时事,贬为阳山令。累迁至刑部郎中,谏迎佛骨,贬为潮州刺史,移袁州。穆宗即位,召拜国子祭酒,官终吏部侍郎,谥曰文。愈以倡散文复古,享不朽之名,将于下文详述。就诗而说,他开奇涩奥衍一派,影响和他同时及后来无数的诗家,他是一个诗坛怪杰。

韩愈虽和白居易同时,似乎不曾成为诗友,或许因为彼此的作风不同就不成为气类罢。韩愈对于诗的见解,略见《荐士》一诗:

周诗三百篇,雅丽理训诰。曾经圣人手,议论安敢到?五言出汉时,苏李首更号。东都渐弥漫,派别百川导。建安能者七,卓荦变风操。逶迤抵晋宋,气象日凋耗。中间数鲍谢,比近最清奥。齐梁及陈隋,众作等蝉噪。搜春摘花卉,沿袭伤剽盗。国朝盛文章,子昂始高蹈。勃兴得李杜,万类困陵暴。后来相继生,亦各臻闳奥。有穷者孟

> 郊,受材实雄骜。冥观洞古今,象外逐幽好。横空盘硬语,妥帖力排奡。敷柔肆纡余,奋猛卷海潦。……

韩于同时诗人中和孟郊最为契合,想因作风相近之故罢。韩拿"横空盘硬语,妥帖力排奡"去说孟诗,后人却拿这两句话来评韩诗了。韩的《醉留东野》云:

> 昔年因读李白杜甫诗,长恨二人不相从。吾与东野生并世,如何复蹑二子踪?东野不得官,白首夸龙钟。韩子稍奸黠,自惭青蒿倚长松。低头拜东野,愿得终始如駏蛩。东野不回头,有如寸莛撞巨钟。吾愿身为云,东野变为龙,四方上下逐东野,虽有离别无由逢。

可见当日韩、孟的交情之深,他们还以李、杜自比。孟郊(七五一——八一四),字东野,湖州武康人,一说洛阳人。年五十始登进士第。他有《登科后》一诗:

> 昔日龌龊不足嗟,今朝放荡思无涯。春风得意马蹄疾,一日看尽长安花。

可见寒士登第、贫儿暴富的神气。过了四年,他才得为溧阳尉。郑余庆为京都留守,署他为水陆转运判官。后郑为兴元尹、奏他为参谋,未至而卒,张籍私谥曰贞曜先生。论者谓郊诗有理致,然思苦奇涩。他自己也说:"夜学晓未休,若吟神鬼愁。如何不自闲,心与身为仇?"(《夜感自遣》)可以想见他的苦吟工夫。他说:"食荠肠亦苦,强歌声无欢,出门即有碍,谁谓天地宽?"(《赠别崔纯亮》)又说:"万事有何味?一生虚自囚。"(《冬日》)可以想见这位苦吟诗人心之深处的悲哀。人生的苦乐悲欢不同,由于社会的贫富不均,当然他也知道,所以他的《夷门雪赠主人》一诗云:

> 夷门贫士空吟雪,夷门豪士皆饮酒。酒声欢闲入雪销,雪声激切悲枯朽。悲欢不同归去来,万里春风动江柳。

这种贫富不均的现象是怎样来的?他也有一种解释。《自叹》一诗云:

> 愁与发相形,一愁白数茎。有发能几多,禁愁日日生?古若不置兵,天下无战争。古若不置名,道路无欹倾。太行耸巍峨,是天产不平。黄河奔浊浪,是天生不清。四蹄日日多,双轮日日成,二物不在天,安能免营营?

他似乎在诅咒社会制度的不平,而欲废绝一切权威、名位、财富。这只是诗人的一种愤慨,还不是革命者的呐喊,不过比较儒者韩愈的见解就算得高明多了。

从来的批评家每每拿孟郊、贾岛并论,如苏轼说:"郊寒岛瘦",元好问说:"郊岛两诗囚"。原来郊、岛同是出身贫苦阶级的智识分子,两人是朋友,作风又相近;不过贾岛(七八八——八四三)后死。相传韩愈有这样的一首诗:

> 孟郊死葬北邙山,日月风云顿觉闲。天恐文章浑断绝,再生贾岛在人间。

贾岛也是和孟郊一样的苦吟诗人。王定保《摭言》载:

> 岛初赴名场,于驴上吟"鸟宿池中树,僧敲月下门",遇权京尹韩吏部,呵喝而不觉。泊拥至马前,则曰:"欲作敲字,又欲作推字,神游诗府,致冲大官。"愈曰:"作敲字佳矣。"

贾岛作诗为了斟酌一字一句往往至于精神迷惘,真可以说是"诗迷"!相传他在三年之中才吟成了这样的两句诗:

  独行潭底影,数息树边身。

他自己非常得意,因再题一绝,自述甘苦:

  二句三年得,一吟双泪流。知音如不赏,归卧故山秋。

他看他的作品比生命还觉重要,所以不惜拼命苦吟,这是何等严肃的创作态度?孟郊会写贫,为着无钱而诅咒;他却会写病,为着有病而呻吟。我们读了《贾长江集》,就知道他一病经年,一卧累月,幸亏他的老师韩愈屡屡馈送衣服食物给他。他常自比于"病鹤",所作《病蝉》、《病鹘吟》也是借物自况的。他说:"不缘毛羽遭零落,焉肯雄心向尔低?"可见虽是病鹘也不同凡鸟了。他是范阳人,初为和尚,名无本。韩愈有《送无本师归范阳》一诗,说是"无本于为文,身大不及胆。吾尝示之难,勇往无不敢。"又说:"狂词肆滂葩,低昂见舒惨。奸穷怪变得,往往造平淡。"他既从韩愈学为文,因而返俗名岛,字浪仙,一作阆仙。累举进士不中第,文宗时坐谤贬授长江主簿、终于普州司仓参军。一生坎坷,正和孟郊一样。

  还有刘叉也是韩门弟子,少时任侠,因酒杀人亡命,后逢赦出来,折节读书,能为歌诗,往依韩愈。又因与宾客争论使气,持愈金数斤而去,声言:"此谀墓中人得耳,不若与刘君为寿!"他不乐意和士大夫周旋,还是回到他的流氓生活。他有两句诗道:"酒肠宽似海,诗胆大如天。"又《答孟东野》云:"酸寒孟夫子,苦爱老叉诗,生涩有百篇,谓是琼瑶辞。……"《冰柱》、《雪车》二诗最有名,实则生涩怪僻,读不上口,难怪卢仝、孟郊、樊宗师那些刁钻古怪的作家都很恭维他,引为气类了。

  卢仝,范阳人,寄居洛阳,自号玉川子。因宿王涯第,死于"甘露之变"

（八三五）。韩愈为河南令时，颇相敬重。韩有《寄卢仝诗》，说及卢诗"怪辞惊众谤不已"，这是指《与马异结交诗》一首而说的。卢诗云：

> 天地日月如等闲，卢仝四十无往还。唯有一片心脾骨，巉岩崒肆兀郁律。刀剑为峰崿，平地放着高如昆仑山。天不容，地不受，日月不敢偷照耀。神农画八卦，凿破天心胸。女娲本是伏羲妇，恐天怒，捣练五色石，引日月之针五星之缕把天补。补了三日不肯归婿家，走向日中放老鸦。月里栽桂养虾蟆，天公发怒化龙蛇。此龙此蛇得死病，神农合药救死命。天怪神农党龙蛇，罚神农为牛头，令载元气车。不知药中有毒药，药杀元气天不觉。尔来天地不神圣，日月之光无正定。不知元气元不死，忽闻空中唤马异。马异若不是祥瑞，空中敢道不容易？昨日仝不仝，异自异，是谓大仝而小异。今日仝自仝，异不异，是谓仝不往兮异不至，直当中兮动天地。白玉璞里斫出相思心，黄金矿里铸出相思泪。忽闻空中崩崖倒谷声，绝胜明珠千万斛，买得西施南威一双婢。此婢娇饶恼杀人，凝脂为肤翡翠裙，唯解画眉朱点唇。自从获得君，敲金搩玉凌浮云，却返顾一双婢子何足云？平生结交若少人，忆君眼前如见君。青云欲开白日没，天眼不见此奇骨。此骨纵横奇又奇，千岁万岁枯松枝，半折半残压山谷，盘根瘿节成蛟螭。忽雷霹雳卒风暴雨撼不动，欲动不动千变万化总是鳞皴皮，此奇怪物不可欺！卢仝见马异文章，酌得马异胸中事。风姿骨本恰如此，是不是？寄一字。

卢仝还有一首《月蚀诗》，长一千七八百字，怪话更多，更塞涩难读。韩愈的《月蚀诗》似就卢原作删改而成，只存六百字，洗练的工夫加多，怪僻的味道减少，可以考见两人作风上稍有异同及其互为影响。卢仝有《苦雪寄退之》一诗，稍觉平易，而风趣不减，似乎是有意学韩愈了。

再有张籍、王建、姚合，也都可以目为韩派，虽然他们同时和元白交游,文学上也许互有影响。韩的《醉赠张秘书》云:"东野动惊俗,天葩吐奇芬。张籍学古淡,轩鹤避雄群。"又云:"今我及数子,固无莸与薰。险语破鬼胆,高词媲皇《坟》。"张籍《祭退之》一诗叙述他们两人的关系更详细:

> 籍在江湖间,独以道自将。学诗为众体,久乃溢箧囊。略无相知人,黯如雾中行。北游偶逢公,盛语相称明。名因天下闻,传者入歌声。公领试士司,首荐到上京。一来遂登科,不见苦贡场。观我性朴直,乃言及平生。由兹类朋党,骨肉无以当。坐令其子拜,常呼幼时名。追招不隔日,继践公之堂。出则连辔驰,寝则对榻床。搜穷古今书,事事相酌量。有花必同寻,有月必同望。为文先见草,酿熟偕共觞。新果及异鲜,无不相待尝。到今三十年,曾不少异更。公文为时师,我亦有微声。而后之学者,或号为韩张。

韩、张在文学上的因缘如此,所以有人说张籍也是韩门弟子。张籍(七六五?——八三〇?),字文昌,苏州吴人,一说和州乌江人。做过太祝、水部郎中、国子司业等官。他的诗长于乐府,颇多论及妇女问题,劳动问题。《野老歌》云:

> 老农家贫在山住,耕种山田三四亩。苗疏税多不得食,输入官仓化为土。岁暮锄犁傍空室,呼儿登山收橡实。西江贾客珠百斛,船中养犬长食肉。

他这首诗把当日农民所受的两重剥削——建立在地主阶级的统治者的剥削,商业资本阶级的剥削——很扼要的写出来了。又《筑城曲》云:

> 筑城去!千人万人齐把杵。重重土坚试用锥,军吏执鞭催作迟。

> 来时一年深碛里,尽着短衣渴无水。力尽不得抛杵声,杵声未尽人皆死。家家养男当门户,今日作君城下土。

这首诗大胆地攻击力役制度,替无数的筑城工人呼吁。白居易很恭维张籍这种论及社会问题的乐府,以为"未尝著空文"(《读张籍古乐府》),意在引为同调罢。张籍《赠王建》云:

> 白君去后交游少,东野亡来箧笥贫。赖有白头王建在,眼前犹见咏诗人。

原来王建也长于这种乐府,正和病眼诗人张籍齐名。如《田家行》也是攻击租税制度的剥削,《水夫谣》也是攻击力役制度的苛暴。王建,字仲初,颍川人,做过秘书丞、侍御史、陕州司马等官。有《宫词》百首,颇为人传诵。他的《寄上韩愈侍郎》云:"咏伤松桂青山瘦,取尽珠玑碧海愁。叙述异篇经总核,鞭驱险句最先投。碑文合遗贞魂谢,史笔应令诿骨羞。"他于韩的作品敬服如此。姚合《赠王建司马》云:"文高轻古意,官冷似前资。"《赠张籍太祝》云:"古风无手敌,新语是人知。飞动终由格,功夫过却奇。"张、王的乐府虽用古题,却想用新语写新意,在这一点上颇和白居易相近。姚合不作乐府,作诗却是有意求新的。他和贾岛交谊极厚,两人都工五律,风格也极相似。不过他是宰相姚崇的曾孙,由武功主簿做到秘书少监,不像贾岛那样一生穷困,所以穷愁也不及贾岛那样深。诗家称他为姚武功,其诗派称为武功体。论者以为刻意苦吟,冥搜物象,务求古人体貌所未到。南宋四灵诗派奉以为宗,姚撰《极玄集》,录王维至戴叔伦二十一人之诗百首,可算是他们这派的经典。到了末流,写景于琐屑,寄情于偏僻,就很为论者所诟病了!

此外,还有李贺也当叙述于此。李贺(七九一——八一七),字长吉,洛阳昌谷人,唐宗室郑王后,仕为奉礼太常,二十七岁就死了。相传他七岁时候就以长短歌有名京师,韩愈、皇甫湜听了不相信,跑到他家去看,他还是一个总角荷衣的小孩,因面试一篇,他就做成《高轩过》一诗,两人大惊,这位小诗人的名声因而更大。据说相国元稹少时以明经擢第,也会作诗,一日去见这位小诗人李贺,贺看了来客的名片,便叫仆人出去回答:"明经擢第何事来见李贺?"元稹惭愤而去。后来李贺应举进士,元稹诸人就说李贺的父亲名晋肃,贺当避讳不举进士,韩愈因作《讳辨》替贺辩护,贺还是不肯应举的。贺有两句诗道:"病骨伤幽素"(《伤心行》),"庞眉又苦吟"(《巴童答》),可以想见这位青年诗人的风度。据旧史所载,贺每旦日出,骑弱马,从小奚奴,背古锦囊,得句即书投囊中,暮归足成之。母郑使婢探囊,见所书多,即怒言:"是儿要呕出心乃已耳!"可见李贺的呕心苦吟,是先吟成了零缣碎锦似的佳句,然后缀缉成篇的,难怪完美的佳篇不多了!论者以为李贺诗句所用典实,每多点化其意,藻饰其文,宛转关生,不名一格。如"羲和敲日玻璃声"(《秦王饮酒》),因羲和驭日而生敲日,又因敲日而生玻璃声,非真有敲日事。如"秋坟鬼唱鲍家诗"(《秋来》),因鲍照有《蒿里吟》而生鬼唱,又因鬼唱而生秋坟,非真有唱诗事。正所谓"诗必有谜",不免晦涩。可是我们不能不惊异他这种诗的奇怪而纤美。较卢仝、刘叉的诗奇怪而粗陋大有区别。他的诗于秾丽之中每带阴暗的色彩,又善写鬼,所以有人称他是"鬼才"。他的乐府数十篇,教坊伶官,诸王妓女都拿去入乐,可证足以投合当时习于宴安、快要没落的统治阶级酣乐而又不免感伤的情调,同时要知道作者自己,正是一个走到没落地步的王孙。至于他死了以后,有笔砚之旧的表兄从李藩的手中骗取他的诗稿投入粪坑,这是因为他平生看人不起,虽属亲友也有仇视他的了。

以上略论韩愈以及和他关系最深的一群作家,他们的造诣虽因个性的差异而有深浅巧拙的不同,但有一种共同的倾向,便是走到生硬险怪的一条路上。因为从魏晋南北朝以来诗歌的发展到了李、杜及其同时诗人的努力,已经把古近诗体、南北作风冶为一炉,锻炼极其纯熟,末流成为平庸化,大历十子正是一个好例。到了韩愈这派刁钻古怪的诗人不肯再走纯熟的平庸的那条旧路，就不得不另辟生硬的险怪的一条新路，这也是一种自然的趋势。这派诗人论到他们自己的作品也就已经说出硬语、新语、险语、高词、狂词、怪辞、苦吟、生涩一类的话头，都在上面引用过，可见他们似乎是自觉的要开辟一条新路了。杜甫曾经说过"话不惊人死不休"的话，或许给与这派"诗胆大如天""险语破鬼胆"的诗人以若何的暗示也未可知。

无疑的韩愈要算是这派诗人的代表作家了，因为他的成就独大，当时又受这派诗人推崇。他喜用僻字险句，喜压窄韵，所以有人说他"以丑为美"。他好平铺直叙，不带情感的描写，或大发议论，所以有人说他"以文为诗"。不过他也有好些诗意充满的作品，今举一例于此：

山　石

山石荦确行径微,黄昏到寺蝙蝠飞。升堂坐阶新雨足,芭蕉叶大支子肥。僧言古壁佛画好,以火来照所见稀。铺床拂席置羹饭,疏粝亦足饱我饥。夜深静卧百虫绝,清月出岭光入扉。天明独去无道路,出入高下穷烟霏。山红涧碧纷烂漫,时见松枥皆十围。当流赤足踏涧石,水声激激风吹衣。人生如此自可乐,岂必局束为人鞿？嗟哉吾党二三子,安得至老不更归？

韩愈的诗七古最好，五古次之，不工近体。扬雄作赋以艰深文浅陋，韩愈作诗也多犯这种毛病。我想韩愈屡屡称誉扬雄，可见他受扬雄的影响不小。和他同时的大作家白居易就以浅陋还浅陋，不像他那样矫揉造作了。

白居易（七七二——八四六），字乐天，自号醉吟先生，太原人，一说下邽人。贞元十四年（七九八）擢进士第，补秘书郎。元和间由翰林学士、左拾遗，拜太子左赞善大夫，直言敢谏。有素恶居易者谓居易浮华无行，其母因看花堕井而死，居易作《赏花》及《新井》诗，甚伤名教，遂被贬为江州司马，量移忠州刺史。召还京师，升主客郎中，知制诰。长庆初（八二一），转中书舍人,复外任历苏杭二州刺史。文宗即位(八二七),拜秘书监,迁刑部侍郎,封晋阳县男,食邑三百户。俄除太子宾客,分司东都,拜河南尹。开成初(八三六),起为同州刺史,不拜;改太子少傅,进封冯翊县开国侯。会昌中以刑部郎中致仕。晚年与香山僧如满结香火社,白衣鸠杖,往来香山,自称香山居士。他的诗用意多在"箴时之病,补政之缺",所以他最能欣赏杜甫描写社会的作品;就作风而论,他开平易浅俗一派,正和韩愈那派诗人异趣而对立。他初和元稹齐名,人家称为元、白。后和刘禹锡齐名,人家称为刘、白。

元稹(七七九——八三一),字微之,河南人,后魏昭成皇帝十世孙。八岁丧父,家贫,母郑亲为授书。九岁能属文,二十八岁应制举"才只兼茂、明于体用"科第一,除右拾遗,历监察御史。稹性锋锐,见事风生,既居谏垣,不欲碌碌自滞,事无不言,大为执政所忌。后被贬为江陵府士曹参军,徙通州司马。友人白居易亦于此时被贬为江州司马,虽两地悬隔,两人往来赠答之诗甚多,自三十五十韵有至百韵者,朝野传诵,竞相仿效,号为元和体。穆宗即位(八二一),拜祠部郎中、知制诰,召入翰林为中书舍人、承旨学士,进工部侍郎、同平章事。未几,因与裴度不能相容,同时罢相。出为同州刺史,转越州刺史。文宗时(八二九),入为尚书左丞、检校户部尚书、兼鄂州刺史、武昌军节度使,死于武昌。元和长庆间的诗人算他名位最显。

元稹有《叙诗寄乐天书》,白居易有《与元九书》,都是自述文学的生活和对于文学的主张。白居易的主张更为鲜明。他"痛诗道崩坏,忽忽愤发,或食辍哺,夜辍寝,不量才力,欲扶起之"。他说:"感人心者莫先乎情,莫始乎言,莫切乎声,莫深乎义。诗者根情、苗言、华声、实义。"替他换句话说,凡诗必须具备情感、语言、声韵、思想四个要素。因此他最反对梁陈之际嘲风雪,弄花草,羌无意识的作品。他说:"自登朝来,年齿渐长,阅事渐多。每与人言,多询时务;每读书史,多求理(治)道。始知文章合为时而著,歌诗合为事而作。"又他的《新乐府自序》里也说:"其辞直而径,欲见之者易喻也。其言直而切,欲闻之者深戒也。其事核而实,使采之者传信也。其体顺而肆,可以播于乐章歌曲也。总而言之,为君为臣为民为物为事而作,不为文而作也。"他的这种文学主张,拿现在的术语而说,他反对为艺术的艺术,他是人生的艺术一派。他分自己的诗为讽谕诗、闲适诗、感伤诗、杂律诗四类。自谓志在兼济,行在独善,故以为讽谕诗闲适诗可传,其余都可删略。他的《秦中吟》、《新乐府》都属讽谕诗一类,拿现代的眼光去看,其中不无迂腐之论。我最爱他为当时劳动阶级而作的几首新乐府。

杜陵叟　　伤农夫之困也

　　杜陵叟,杜陵居,岁种薄田一顷余。三月无雨旱风起,麦苗不秀多黄死。九月降霜秋早寒,禾穗未熟皆青干。长吏明知不申破,急敛暴征求考课。典桑卖地纳官租,明年衣食将何如?剥我身上帛,夺我口中粟,虐人害物即豺狼,何必钩爪锯牙食人肉?不知何人奏皇帝,帝以恻隐知人弊。白麻纸上书德音,京畿尽放今年税。昨日里胥方到门,手持尺牒榜乡村。十家租税九家毕,虚受吾君蠲免恩。

缭绫　　念女工之劳也

　　缭绫缭绫何所似?不似罗绡与纨绮。应似天台山上月明前,四十五尺瀑布泉。中有文章又奇绝,地铺白烟花簇雪。织者何人衣者谁?越溪寒女汉宫姬。去年中使宣口敕,天上取样人间织。织为云外秋雁行,染作江南春水色。广裁衫袖长制裙,金斗熨波刀翦纹。异彩奇文相隐映,转侧看花花不定。昭阳舞人恩正深,春衣一对直千金。汗沾粉污不再著,曳土蹋泥无惜心。缭绫织成费功绩,莫比寻常缯与帛。丝细缲多女手疼,札札千声不盈尺。昭阳殿里歌舞人,若见织时应也惜!

卖炭翁　　苦宫市也

　　卖炭人,伐薪烧炭南山中。满面尘灰烟火色,两鬓苍苍十指黑。卖炭得钱何所营?身上衣裳口中食。可怜身上衣正单,心忧炭贱愿天寒。夜来城外一尺雪,晓驾炭车辗冰辙。牛困人饥日已高,市南门外泥中歇。两骑翩翩来是谁?黄衣使者白衫儿。手把文书口称敕,回车叱牛牵向北。一车炭重千余斤,宫使驱将惜不得。半匹红纱一丈绫,系向牛头充炭直。

他这种诗十分同情于当时的劳动阶级,痛骂贵族官僚——统治阶级的掠夺、苛暴。和他同时的张籍、王建也有这种倾向,已在上文说及了。他还有很多讽刺当局的诗,所以很为当局所忌。他这种诗大半在被贬江州司马及其前后所作,晚年归隐,就真变为独善其身的个人主义的闲适诗人了。

达哉乐天行

达哉达哉白乐天,分司东都十三年。七旬才满寇已挂,半禄未及车先悬。或伴游客春行乐,或随山僧夜坐禅。二年忘却问家事,门庭多草厨少烟。庖童朝告盐米尽,侍婢暮诉衣裳穿。妻孥不悦甥侄闷,而我醉卧方陶然。起来与尔画生计,薄产处置有后先。先卖南坊十亩园,次卖东郭五顷田。然后兼卖所居宅,仿佛获缗二三千。半与尔充衣食费,半与吾供酒肉钱。吾今已年七十一,眼昏鬓白头风眩。但恐此钱用不尽,即先朝露归夜泉。未归且住亦不恶,饥餐乐饮安稳眠。死生无可无不可,达哉达哉白乐天!

白居易还有《长恨歌》、《琵琶行》两诗,都是他中年的力作,似乎属于他说的感伤诗一类,后来的戏曲家有取为题材的。

元稹把自己的诗分为古讽、乐讽、古体、新题乐府、律讽、律诗、悼亡、艳诗八类,其中古讽、乐讽、律讽三类就是白居易的所谓讽谕诗。他自述看不惯当时政治的腐败,社会的黑暗,至于"心体悸震,若不可活",想从诗歌中发泄出来,可是他在这一方面的作品并不成功。他说:"每公私感愤,道义激扬,朋友切磨,古今成败,日月迁逝,光景惨舒,山川胜势,风云景色,当花对酒,乐罢哀余,通滞屈伸,悲欢合散,至于疾恙穷身,悼怀惜逝,凡所对遇异于常者,则欲赋诗。"原来他是一个敏感的诗人,情感所触,都成诗料,初不必限于社会一方面。他的《连昌宫词》最有名,我看不过以多为贵,倒不如他的《故行宫》寥寥二十字,却令人感喟无穷。诗云:

寥落故行宫,宫花寂寞红。白头宫女在,闲坐说玄宗。

元、白的诗不避白话,白诗且有老妪都解的传说。当时他们所作既多,流传也最广。白居易说:"自长安抵江西三四千里,凡乡校佛寺逆旅行舟之中往往有题仆诗者,士庶僧徒孀妇处女之口每每有咏仆诗者。"元稹也说他们两人的诗:"二十年间,禁省观寺邮候墙壁之上无不书,王公妾妇牛童马走之口无不道。至于缮写模勒,衒卖于市井,或持以交酒茗者,处处皆是。"(《白氏长庆集序》)他们的诗为大众所歌唱,他们可以说是那个时代大众的诗人了。

元稹死后,又有刘禹锡和白居易齐名。禹锡(七七二——八四二),字梦得,彭城人。贞元九年(七九三)擢进士第,登博学宏词科。淮南节度使杜佑表管书记,入为监察御史。王叔文用事,引为同党。转屯田员外郎、判度支盐铁案。宪宗立(八〇六),叔文失败,禹锡坐贬连州刺史,未至,贬朗州司马。其地接近夜郎,诸夷风俗陋甚,家喜巫鬼,每祠歌《竹枝》,鼓吹裴回,其声伧伫。禹锡乃倚其声作《竹枝辞》十余篇,于是武陵夷俚悉歌之。居十年召还,复出刺播州,改连州,徙夔和二州。入为主客郎中,又出分司东都。宰相裴度荐为礼部郎中、集贤直学士。及度罢相,又出刺苏州,卒于检校礼部尚书。禹锡素工诗,晚年尤精,与白居易唱和颇多。白居易尝叙其诗云:"彭城刘梦得,诗豪者也! 其锋森然,少敢当者。"又云:"其诗在处,应有神物护持。"据《全唐诗话》说,禹锡与元微之、韦楚客同会白乐天舍,论南朝兴废,各赋《金陵怀古》诗。禹锡满引一杯,饮完而诗成。诗云：

> 王濬楼船下益州，金陵王气黯然收。千寻铁锁沉江底，一片降幡出石头。人世几回伤往事，山形依旧枕寒流。今逢四海为家日，故垒萧萧芦荻秋。

白公览诗云："四人探骊龙，子先获珠，所余鳞爪何用邪！"于是罢唱。禹锡还有《石头城》一诗云：

> 山围故国周遭在，潮打空城寂寞回。淮水东边旧时月，夜深还过女墙来。

又《乌衣巷》一诗云：

> 朱雀桥边野草花，乌衣巷口夕阳斜。旧时王谢堂前燕，飞入寻常百姓家。

二诗均在《金陵五题》内。禹锡自序说："友人白乐天掉头苦吟，叹赏良久。且曰，《石头诗》云'潮打空城寂寞回'，吾知后之诗人不复措辞矣！"刘、白文学上的契合如此。相传禹锡说过"为诗用僻字，须有来处"的话，他重阳作诗想押一糕字，思索《六经》无糕字，竟不敢下笔。这个传说大概不可靠。因为刘禹锡是一个富有革命精神的诗人，他不仅和元、白一样肯使用平常的白话，敢作讽刺执政的诗，他更能仿效民歌的声调体格创作许多新体诗哩！

还有李绅和元、白是诗友，也可以说是创作新乐府的同志，不过他的乐府不传了。《全唐诗》录他的诗四卷，其中《悯农》二首最佳。

春种一粒粟，秋收万颗子。四海无闲田，农夫犹饿死！
锄禾日当午，汗滴禾下土。谁秀盘中餐，粒粒皆辛苦！

这种小诗却能很扼要地写出农民的痛苦。可是这位诗人做了宰相以后，就忘了被掠夺被压迫而贫寒而冻饿的农民阶级！"锄禾日当午"一首或云为聂夷中诗。夷中字坦之，河东人，咸通十二年（八七一）登第，官华阴尉。《全唐诗》录他的诗一卷，今选录几首：

伤 田 家
二月卖新丝，五月粜新谷。医得眼前疮，剜却心头肉。我愿君王心，化作光明烛。不照绮罗筵，只照逃亡屋！

公 子 行
种花满西园，花发青楼道。花下一禾生，去之为恶草！

田 家
父耕原上田，子劚山下荒。六月禾未秀，官家已修仓。

这种诗很能替当日被压迫被掠夺的农民阶级而呼吁而诅咒，他是这个时代的一个农民诗人，他本来是由贫苦的农家子出身哩！

以上叙述韩、白及其同时诗人完了。一派作诗如作文，一派作诗如说话。一派侧重字句形式，一派侧重思想内容。一派求其难，故为硬语险句；一派求其易，不避白话俗调。二者虽似背道而驰，却同是古近诗体达到烂熟而且平庸化了以后所生的一种反动。

五　晚　唐　诗　人

晚唐虽到了唐代文学衰落的时期，却依然有不少的诗人撑持这一代诗坛最后的场面，所以从宋朝一直到满清就有许多人偏爱晚唐人的诗。如杜庭珠《叩弹集序》所说："诗莫备于有唐三百年，自初唐之浑融，变而为中唐之清逸，至晚唐则光芒四射，不可端倪。如入鲛人之室，谒天孙之宫，文采机杼，变化错陈。密丽若温、李，奥峭若皮陆，爽秀条鬯若韩、薛、罗、韦。……实殿三唐之逸响。"这就可证清初诗人嗜好晚唐诗的风气之一斑。在晚唐这些诗人之中，只有杜牧温李勉强可称大家。

杜牧（八〇三——八五二），字牧之，京兆万年人，大历史家杜佑之孙。太和二年（八二八）擢进士第，官至中书舍人。他作《平卢节度巡官李戡墓志》，述李戡的话："尝痛自元和以来有元、白诗者，纤艳不逞，非庄士雅人，多为其所破坏。流于民间，疏于屏壁。子父女母，交口教授，淫言媟语，冬寒夏热，入人肌骨，不可除去。吾无位，不得用法以治之。……"好像他也同意这种论调。可是他自己的诗有时纤艳甚于元、白，不过有时情致豪迈，风骨劲拔，又是元白所不及的。时人称他小杜，以别于杜甫。曾国藩撰集《十八家诗钞》，其中杜牧的诗仅钞七律，不钞七绝，可说"买椟还珠"。杜牧的七绝又多又好，可与李白、王昌龄鼎足而三。今选数首为例：

泊　秦　淮

烟笼寒水月笼沙，夜泊秦淮近酒家。商女不知亡国恨，隔江犹唱《后庭花》。

赤　　壁

折戟沉沙铁未销，自将磨洗认前朝。东风不与周郎便，铜雀春深锁二乔。

寄扬州韩绰判官

青山隐隐水迢迢，秋尽江南草未凋。二十四桥明月夜，玉人何处教吹箫？

江南春绝句

千里莺啼绿映红，水村山郭酒旗风。南朝四百八十寺，多少楼台烟雨中。

山　行

远上寒山石径斜，白云生处有人家。停车坐爱枫林晚，霜叶红于二月花。

遣　怀

落魄江南载酒行，楚腰纤细掌中轻。十年一觉扬州梦，赢得青楼薄倖名。

《十八家诗钞》于李商隐的诗也是钞的七律。杜牧的七律已经隶事太多，流于晦涩了，李商隐的七律更不好懂。我想这种作品真是"检阅书册，左右鳞次"，像"獭祭鱼"一样得来的。例如《锦瑟》一首：

锦瑟无端五十弦，一弦一柱思华年。庄生晓梦迷蝴蝶，望帝春心托杜鹃。沧海月明珠有泪，蓝田日暖玉生烟。此情可待成追忆，只是当时已惘然！

这首诗究竟说的什么？锦瑟就是锦瑟，还是令狐楚妾？悼亡？忧国？还是叹惜年华？从明末释道源作注以来其说不一。王士禛《论诗绝句》之一云：

獭祭曾惊博奥殚，一篇《锦瑟》解人难。千秋毛郑功臣在，尚有"弥天释道安"。

其实道源的《李义山诗注》，引证虽博，穿凿太多。作者故为晦涩，也难怪后人解诗好像猜谜。再举比较好懂一点的两首为例：

七月二十九日崇让宅宴作

露如微霰下前池，月过回塘万竹悲。浮世本来多聚散，红蕖何事亦离披！悠扬归梦惟灯见,濩落生涯独酒知。岂到白头长只尔,嵩阳松雪有心期。

（清人程梦星注为悼亡之作,未知是否。）

无　题

相见时难别亦难,东风无力百花残。春蚕到死丝方尽,蜡炬成灰泪始干。晓镜但愁云鬓改,夜吟应觉月光寒。蓬山此去无多路,青鸟殷勤为探看。

（程云：此诗似邂逅有力者望其援引入朝而作。非是。）

李商隐（一八三——八五八）,字义山、怀州河内人,开成二年（八三七）进士,官至东川节度判官、检校工部郎中,与温庭筠（？——八八○）齐名。庭筠多绮罗脂粉之词,商隐多感时伤事之作。庭筠本名岐,字飞卿,太原人,宰相彦博裔孙。他是一个风流放荡的大少爷,能逐弦吹之音为侧艳之词。公卿家无赖子弟如裴诚、令狐缟之流,都和他来往,嫖赌闹酒,无所不为。有一次,他又喝醉了,犯了夜禁,遇着警官一样的虞候,给他一顿恶打,脸也打破了,牙齿也打掉了。他每入试,押官韵作赋,凡八叉手而赋成,时人号为温八叉,可是他屡举进士不及第,仅做过方城尉、隋县尉。他的诗很有少爷小姐气。如《春晓曲》云：

家临长信往来道,乳燕双双拂烟草。油壁车轻金犊肥,流苏帐晓春鸡早。笼中娇鸟暖犹睡,帘外落花闲不扫。衰桃一树近前池,似惜红颜镜中老。

宋人胡仔《苕溪渔隐丛话》里说他殊有富贵佳致,真是不错的。佳句如"蝶翎胡粉重,鸦背夕阳多","鸡声茅店月,人迹板桥霜",也颇为人传诵。

还有韩偓,于温、李为后进,也以艳体诗有名。偓字致尧,小字冬郎,李商隐集中有"韩冬郎即席得句有老成之风"的话。昭宗时,偓和诗人吴融同官翰林学士。后来朱全忠篡唐,他就入闽依王审知去了。他有《香奁集》二卷,后人仿作,称香奁体。或云《香奁集》是和凝的诗,因显贵以后避人议论,乃嫁名韩偓。

司空图(八三七——九〇八)和韩偓同时,也是反对朱全忠的,因朱全忠篡唐,就不食而死。图字表圣,河内人,僖宗时,做过中书舍人。他在文学史上的不朽,与其说是创作,不如说是批评。他是唐代惟一的批评家。他的批评除了文集里所收与人论诗的书札以外,另有《诗品》一卷,深通诗理。凡分二十四品——雄浑、冲淡、纤秾、沉着、高古、典雅、洗炼、劲健、绮丽、自然、含蓄、豪放、精神、缜密、疏野、清奇、委曲、实境、悲慨、形容、超诣、飘逸、旷达、流动——都用四言韵语十二句描写出来,各标妙境,不主一格。到了清明,王士禛独取"采采流水,蓬蓬远春","不著一字,尽得风流"数语,以为诗家之极则,因为这正说出了神韵派的妙境。至于摹仿《诗品》而作的批评的韵文,有袁枚的《续诗品》,许奉恩的《文品》,马荣祖的《文颂》,魏谦升的《赋品》,郭麟的《词品》等等,这就可见《诗品》最有影响于清朝的作家和批评家了。

我们要知道诗的发展到了晚唐真是各体各派都已经有过,司空图用他敏锐的眼光洞见无数前人的甘苦得失,所以就能成功《诗品》那样广博的见解。还有皮日休、陆龟蒙一流诗人因他怪僻的个性要和前人立异,好像走路一样,不肯走前人走过的旧路,所以就拣偏僻窄狭的小路来走,实则这样的小路也是许多前人偶然走得顽顽的。这里所谓小路,就是皮、陆爱做的"杂体诗"。凡汉魏六朝以来的杂体诗如联句、离合、反覆、回文、风人、次韵、叠韵、双声、四声、短韵、强韵、县名、药名、人名、杂言、六言、问答、咏物(如《渔具》、《茶具》、《樵人十咏》、《酒中十咏》之类,等等,他们差不多无体不作,表示他们的"多能"。皮日休有《杂体诗序》一文,叙述杂体诗的起源,和他们作杂体诗的所以。他们以为诗体的演进,"由古而律,由律而杂,诗之道尽乎此"。所以他们就拣杂体诗——最后的这条路而走。他们以为"近代作杂体,唯《刘宾客集》中有回文、离合、双声、叠韵。如联句莫若孟东野与韩文公之多,他集罕见,足知为之之难"。他们窃慕韩孟之为人,想要因难见巧,以奇见长,他们就成了杂体诗——游戏诗的作者。

这一时期的诗人还有不少,最使我们注意的是:出了许多苦吟诗人,而且,这些诗人大半是受了贾岛的影响。当贾岛从长江主簿迁普州司仓参军的时候,有一位于他为后进的缺唇诗人方干,作诗寄他说:

乱山重复叠,何处访先生?岂料多才者,空垂不第名。闲曹犹得醉,薄俸亦胜耕。莫问吟诗苦,年年芳草平。

原来方干也是一位不得志的苦吟诗人。他有一次去见钱塘太守姚合,姚合见他面貌不扬,不肯理他;等待看了他的诗卷,才"骇目双容",留他打住数日,陪他登山临水,尽宾主之欢。姚合自己既然刻意苦吟,那位"只将五字句,用破一生心"的李频又做了他老先生的爱婿,无怪乎他能赏识方干了。方干死后十多年,宰臣张文蔚奏名儒不第者五人,请赐一官以慰其魂,方干便是其中一个。方干曾有一首诗道:

所得非众语,众人那得知?才吟五字句,又白几根髭。月阁歌眠夜,霜轩正坐时。沉思心更苦,恐作满头丝。

读这首诗可以想见方干的苦吟生活,无怪乎他能了解贾岛之为人,对于贾岛有无限同情的寄与。贾岛死了,僧可止有诗哭他说:

燕生松雪地,蜀死葬山根。诗癖降今古,官卑误子孙。塚栏塞月色,人哭苦吟魂。暮雨滴碑字,年年添藓痕。

这于贾岛已经有相当的敬意。可是不及后来唐诸王孙李洞模仿贾岛做

诗,至于替贾岛铸一座铜像,供奉如神,常常念着"贾岛佛"。并且为贾岛墓立碑祭奠,有诗以记其事:

  一第人皆得,先生岂不销?位卑终蜀士,诗绝占唐朝。旅葬新坟小,魂归故国遥。我来因莫酒,立石用为标。

我想李洞是已经破落了的贵族阶级,又苦于不得一第——应试时有诗句道:"公道此时如不得,昭陵痛哭一生休!"——所以对于那位一生潦倒的苦吟诗人贾岛才这样同情,这样崇拜。
  还有和贾岛同时,又同为当时直到五代一般诗人乐为称道的一位苦吟诗人——刘得仁。他的母亲是一位公主,弟弟老婆也是一位公主,兄弟都做大官。可知他是出身特权阶级,和贾岛出身知识阶级者不同。贾岛死了,他有诗悼惜道:

  白日只知哭,黄泉免恨无!

后来他自己死了,僧栖白有诗哭他道!

  为爱诗名吟至死,风魂雪魄去难招。直须桂子落坟上,生得一枝魂始消。

这首诗很痛惜他生前不得一第。原来他不肯凭借已有的阶级或阀阅的优越地位,想由科第起家。不幸他出入试场三十年,竟无成就,直弄到"家似布衣贫"而死,所以最能引起一般诗人的同情。《全唐诗》录刘得仁诗二卷。他的诗几乎首首是写他的苦吟生活。《池上宿》一诗云:

  事事不求奢,长吟省叹嗟。无才堪世弃,有句向谁夸?老树呈秋色,空池浸月华。凉风白露夕,此境属诗家。

这首诗写他秋夜吟诗的情景颇不坏。我看他是惯于夜里吟诗的,尤其是在秋夜,每每吟诗至于通宵达旦,这在他的诗,常常说到的。例如:

> 省学为诗日,宵吟每达晨。——《寄无可上人》
> 永夜无他虑,长吟毕二更。——《秋夜寄友人》
> 吟苦晓灯暗,露零秋草疏。——《云门寺》
> 偶与山僧宿,吟诗坐到明。——《中秋宿邓逸人居》
> 照吟清夕月,送药紫霞人。——《上姚谏议》
> 吟身坐露石,眠鸟握风枝。——《冬日喜同志宿》
> 到晓改诗句,四邻嫌苦吟。——《夏日即事》
> 病多三径塞,吟苦四邻惊。——《病中晨起即事》
> 吟兴忘饥冻,生涯任有无。——《多携酒访崔正字》

他因夜里高声吟诗之故,至于惊醒四邻,而为邻人所嫌厌,也不顾及,可以想见他苦吟的兴趣。大约因为他脱离了贵显的家庭而孤身独居之故罢,他的吟伴就只有一只白鹤了。他说:

> 恨无人此住,静有鹤相窥。——《冬日骆家亭子》

这一只白鹤死了,他更不胜其寂寥惆怅之感,这在他的先后《忆鹤》二诗里可以见到的:

> 白丝翎羽丹砂顶,晓度秋烟出翠微。来向孤松枝上立,见人吟苦却高飞。
> 自尔归仙后,经秋又过春。白云寻不得,紫府去无因。此地空明

月,何山伴羽人? 终期华表上,重见令威身!

这真是一件有趣的事。他死了以后,有一个比他后进的名"鹤"的诗人——杜荀鹤,有一首诗哭他:

贾岛还如此,生前不见春。岂能诗苦者,便是命羁人? 家事因吟失,时情碍国亲。多应衔恨骨,千古不为尘!

相信佛家"尼陀那"说的人,或许会要说刘得仁和"鹤"有什么缘,生前和名"鹤"的鸟有缘,死后又和名"鹤"的人有缘。

说到杜荀鹤,他也是一个苦吟诗人。他于屡次下第之后,最后才以第一人及第。这时唐室快要亡了,兵戈遍地,他的诗颇多乱离之感。他有《酬张员外见寄》一诗道:

分应天与吟诗老,如此兵戈不废诗。生在世间人不识,死于泉下鬼应知。啼花蜀鸟春同苦,叫雪巴猿昼共饥。今日逢君惜分手,一枝何校一年迟。

他在别一首诗里尚有"九土如今尽用兵,短戈长戟困书生,思量在世头堪白,画度归山计未成"的话,那是伤心人的苦语。可知乱世给与这位诗人以若何的深感。他虽有过一时官到翰林学士,知制诰,但因侮慢同僚之故,几乎被杀。总之,他的一生长在坎坷不幸里,所以只好寄情于诗,说是"乍可百年无称意,难教一日不吟诗。"又说"吾道在五字,吾身宁陆沈!"他把他的诗歌看得比生命还重要,正和贾岛相似。还有《自述》一诗说:

四海欲行遍,不知终遇谁。用心常合道,出语或伤时。拟作闲人老,惭为识者嗤。如今已无计,只得苦于诗。

他所以要躲在苦吟里讨生活,原来只是无办法的办法!而且《苦吟》一诗说得好:

> 世间何事好,最好莫过诗。一句我自得,四方人已知。生应无辍日,死是不吟时。始拟归山去,林泉道在兹。

做好一句诗便可名闻四海,这真是世间最好的事。隐居终南山里,为当时成名捷径,躲在苦吟生活里,也是当时成名捷径,难怪我们这位诗人要说"始拟归山去,林泉道在兹"了!上面两首诗说他自己所以苦吟之故,下面再举他两首诗叙述苦吟时的情形及其结果:

> 吟尽三更未著题,竹风松雨共凄凄。此时若有人来听,如觉巴猿不解啼。

这首诗写秋夜苦吟的情境,凄清已极!

> 多惭到处有诗名,转觉吟诗性癖成。渡水却嫌船着岸,过山翻恨马贪程。如雠雪月年年景,似梦笙歌处处闻。未合白头今已白,自知非为别愁生。

这首诗写苦吟的入神,至于"渡水却嫌船着岸,过山翻恨马贪程",真是所谓"神游诗府"了!疲精费神至于如此,难怪"未合白头今已白",不觉容颜易老呢!

正和杜荀鹤同时的苦吟诗人不少,周朴便是我要先为说到的一个。《全唐诗话》卷六记周朴道:

> 朴,唐末诗人,寓于闽中僧寺,假丈室以居。不饮酒茹荤,块然独

处。诸僧晨粥卯食，朴亦携巾盂厕诸僧下，毕饭而退，率以为常。郡中豪贵设供，率施僧钱，朴即巡行拱手，各丐一钱，有以三数钱与者，朴止受其一耳。得千钱，以备茶药之费，将尽复然，僧徒亦未尝厌也。

朴性喜吟诗，尤尚苦涩。每遇景物，搜奇抉思，日盱忘返。苟得一联一句，则欣然自快。尝野逢一负薪者，忽持之，且厉声曰："我得之矣！"樵夫瞿然惊骇，掣臂弃薪而走。遇巡卒，疑樵者为偷儿，执而讯之。朴徐往告卒曰："适见负薪，因得句耳！"卒乃释之。其句云："子孙何处闲为客，松柏被人伐作薪。"

闽有一士人，以朴僻于诗句，欲戏之。一日，跨驴于路，遇朴在旁。士人乃欹帽掩头，吟朴诗云："禹力不到处，河声流向东。"朴闻之，忽遽随其后，士但促驴而去，略不回首。行数里，追及，朴告之曰："仆诗河声流向西，何得言流向东？"士人颔之而已。闽中传以为笑。……

黄巢至福州，求得朴。问曰："能从我乎？"答曰："我尚不仕天子，安能从贼？"巢怒，杀之。

这一段文字记周朴的苦吟生活很好，我就不再说什么了。

其次，我要说到曹松、裴说、贯休、崔涂、卢延让那一群诗人。

曹松学贾岛为诗，久困名场，到天复初年，（西元九○一）杜德祥主试，才放他和王希羽、刘象、柯崇、郑希颜五人及第。因五人年皆七十余，时号"五老榜"。曹松有言怀诗云：

> 冥心坐似痴，寝食亦如遗。为觅出人句，只求当路知。岂能穷到老？未信达无时。此道须天付，三光幸不私。

他说："为觅出人句，只求当路知。"可知他忘寝废食，苦吟如痴的目的何在；结果，七十岁也得登第了。又裴说有《寄曹松》一诗云：

莫怪苦吟迟,诗成鬓亦丝;鬓丝犹可染,诗病却难医。山暝云横处,星沈月侧时。冥搜不可得,一句至公知。

"冥搜不可得,一句至公知,"这是一般苦吟者所希望的目的。这首诗似乎也是说曹松的苦吟。不过裴说自己也是过着这样的苦吟生活。他有句云:"苦吟僧入定,得句将成功。"又句云:"是事精皆易,唯诗会却难。"可以知道他的诗风是怎样的倾向了!唐代故事,举子先把自己的作品投于公卿,叫作"行卷"。裴说的行卷只有十九首。到了来年秋试,他的行卷还是这十九首,有人讥笑他。他说:"只这十九首由苦吟来的诗还没有人识货,用得着别的行卷吗?"可知他是很自负的。他有诗赠僧贯休云:"总无方是法,难得始为诗"因为贯休也是和他一样以苦吟为工的诗人。贯休的《苦吟》一诗云:

河薄星疏雪月孤,松枝清气入肌肤。因知好句胜金玉,心极神劳特地无。

可以想象在一个晴雪的月夜,松树之下有位清癯的和尚在那里心极神劳地苦吟。

崔涂大概和方干有些关涉罢。他有《读方干诗因怀别业》一诗,诗中说是"把君诗一吟,万里见君心。"又有《过长江贾岛主簿旧厅》一诗云:

雕琢文章字字精,我经此处倍伤情。身从谪宦方沾禄,才被埋更有声。过县已无曾识吏,到厅空见旧题名。长江一曲年年水,应为先生万古清。

他于贾岛的苦吟生活也是极其同情的。他有《苦吟》一诗道:

> 朝吟复暮吟,只此望知音。举世轻孤立,何人念苦心？他乡无旧识,落日羡归禽。况住寒江上,渔家似故林。

他所以朝夕苦吟原来是望知音,希望有人知道他的苦心。结果,他比方干幸运,总算生前得登一第了。

卢延让于唐室亡后,依蜀王建,授水部员外郎,累迁给事中,给刑部员外郎。他的一生不算怎么不幸,可是他是一个苦吟诗人。他的《苦吟》一诗道：

> 莫话诗中事,诗中难更无。吟安一个字,撚断数茎须。险觅天应闷,狂搜海亦枯。不同文赋易,为著者之乎。

所谓"苦吟"原来是吟诗肯下苦工夫,这首诗说的明白极了。这么说来,皮日休所赞美的那位"雕金篆玉,牢奇笼怪,百锻为字,千炼成句"的刘言史,也就是一位吟苦诗人。还有刘昭禹论诗道：

> 五言如四十个贤人,著一字如屠沽不得。觅句者若掘得玉合子,有底必有盖,精心求之,必获其宝。

又他咏《风雪》,有句道：

> 句向夜深得,心从天外归。

可知他也是一位苦吟诗人。再,郑綮有题《老僧》的诗道：

> 日照西山雪,老僧门未开。冻瓶黏柱础,宿火陷炉灰。童子病归去,鹿麋寒入来。

他自己常说这首诗属对可以衡秤。有人问他道:"相国近有新诗否?"他说:"诗思在灞桥风雪中,驴子背上,此何以得之?"这位做了相国的滑稽诗人"歇后郑五",他曾那样苦心精思地属对觅句,无疑的他也是一位苦吟诗人,而且在无数苦吟诗人之中,只有他是最幸运的了。

除了上面所说一群苦吟诗人之外,这一时期的诗人虽然还有不少,即如可以称为农民诗人的于濆;自谓"诗无僧字格还卑"诗中多用僧字的郑谷;以及咏史的胡曾、周昙、孙元晏;咏物的徐夤,咏古迹的汪遵;好作怨老嗟卑之作的曹邺,作游仙诗的曹唐;并及薛能、许浑、陈陶、李群玉等;不过都不重要,都无足深论。至于所谓江东三罗——罗隐、罗虬、罗邺,只有罗隐可以用来代表晚唐最后的一个诗人。

罗隐(八三三——九〇九),字昭谏,余杭人,他是一个生在大乱时代滑稽玩世的作者。他有许多可笑的故事至今流传民间。他用民间的俗言谚语作诗,如"今朝有酒今朝醉,明日愁来明日愁","时来天地皆同力,运去英雄不自由","只知事逐眼前去,不觉老从头上来",都可为例。他是一个讽刺诗人,他的诗每每利用俗言谚语添加讽刺的风趣。庄生以天下为沉浊,不可与庄语;荀子以为乱世之文匿而采,讽刺文学是每每发生于乱世的。罗隐有两首诗,我一记起来就要发笑。一首题为《谒文宣王庙》:

> 晚来乘兴谒先师,松柏凄凄人不知。九仞萧墙堆瓦砾,三间茅殿走狐狸。雨淋状似悲麟泣,露滴还同叹凤悲。傥使小儒名稍立,岂教吾道受栖迟!

接着一首是《代文宣王答》,就更可笑了。

> 三教之中儒最尊,止戈为武武尊文。吾今尚自披蓑笠,你等何须读《典坟》!释氏宝楼侵碧汉,道家宫殿拂青云,若教颜闵英灵在,终不羞他李老君!

原来唐代的思想界是释、儒、道三分天下的局面，但看孔庙独自荒芜冷落的景象，可知儒家已经失了统于一尊的权威。唐代诗坛上四个伟大的代表作家，杜甫韩愈虽受儒家的熏染极深，李白却带有极浓厚的道家色彩。从自号"腐儒"的杜甫的眼光看来，李白简直是一个"飞扬跋扈"的异端的作家。白居易虽还不至于像王维那样诵经奉佛，显然露出异端的面目，但他的讽谕诗里那种人道主义的精神，闲适诗里那种达观主义的思想，却不能不说是出于佛家，从他晚年的行径看来就是一个铁证。在这样一个思想上比较自由的时代，可惜没有产生几个伟大的哲学家，幸而有几个伟大的文学家算弥补了这个缺憾。或许有人以为韩愈是一个肩道统的人物，不能不承认他是儒家一派的大哲学家，实则他谈"道"、论"性"、说"师"、讲"学"，都平庸迂腐得很，不如把他纳在文学史里作为一个大诗人、大散文家，还有他的不朽的位置。以下讲古文运动的时候还要谈到他的。

六　古文运动（附论唐人小说）

提起古文运动，就令人回溯以前略为说过的北周苏绰、隋朝李谔那流人物，他们想借君主的提倡和政治的势力来做文学上的复古运动，结果，公牍文字上各有过一个时期摹仿古文，排斥华艳，算是给了当时徐庾体的骈俪文一种打击。同时姚察撰著《梁书》，其子思廉继续完成，也用古文体，但于当时的文学上似乎没有什么影响。所以初唐四杰之文不脱六朝之习，只有王勃算是一个奇才，给骈俪文开了一点顽笑。如《感兴奉送王少府序》一文：

八十有遇，共太公晚宦未迟；七岁神童，与颜回早死何益？仆一代丈夫，四海男子。衫襟缓带，拟贮鸣琴；衣袖阔裁，用安书卷。贫穷无有种，富贵不选人。高树易来风，幽松难见日。羽翼未备，独居草泽之间。翅翮若齐,即在云霄之上。鸟众多而无辨凤,马杂群而不分龙。荆山看刖足之夫,湘水闻《离骚》之客。人贫材富,罔窥卿相之门。貌弱骨刚,岂入王侯之宅?王少府北辞伊阙,南登涒山,过我贫居,饮我清酒。一谈经史,亚比孔先生;再读词章,何如曹子建?山岳藏其迹,川泽隐其形。一旦睹风云,千年想光景。孔夫子何须频删其诗书,焉知来者不如今?郑康成何须浪注其经史,岂觉今之不如古?王少府乃可长后生,学同人也。各为四韵,共写别怀。

他虽不废骈俪,但拿徐庾体来比,总会有人觉他的造句选辞都很鄙俗可笑。就是他的杰作《秋日登洪府滕王阁饯别序》,奇警之外,也极流畅,古文家韩愈也不能不叹服。总之,雕刻的纤巧的骈俪文到了这个时代,已经不能束缚杰出的天才了,王勃就是首先不甘束缚的一个人。所以杨炯的《王勃集序》说:

尝以龙朔初载,文场变体;争构纤微,竞为雕刻。糅之金玉龙凤,乱之朱紫青黄。影带以徇其功,假对以称其美。骨气都尽,刚健不闻。思革其弊,用光志业。

不过王勃虽有志改革,还是想在骈俪文范围以内改革,四杰之文都是如此。同时他们比徐庾,更加讲究声律,严格的律体的四六文出来了!

到了陈子昂,他才很鲜明地打出"复古"的旗帜,在诗的一方面前文已经说过;所作表序仍用骈俪文,只有论事书疏之类,疏朴近古。但是论到古文运动,就不能不算他做了先驱。所以韩愈的诗说:"国朝盛文章,子昂始高蹈。"卢藏用的《陈子昂文集序》说的更明白,他不满于东汉、魏晋的文章,更不满于南北朝的文章。他以为至于徐、庾,斯文将丧,上官仪继踵而生,风雅之道扫地而尽。他竟以为道丧五百岁而得陈子昂,"卓立千古,横制颓波,天下翕然,质文一变"。"文起八代之衰"这句话本来是苏轼恭维韩愈的,依卢藏用说,就该首先恭维陈子昂了!

稍后一点,有所谓"燕许大手笔",这是当时典型的馆阁体,也可说是解放的骈体文,由骈到散的中间体。这个时候骈文的不朽之作当推大历史学家刘知几的《史通》一书,燕许大手笔仅足供一时公牍之用而已。李白在文学上的复古运动仅及于诗,已经说过。杜甫偶作散文,生涩不可读。只有元结于诗于文都主复古,他撰《箧中集》,恭维沈千运诸人那种古淡的作风,可见其诗的主张。他不作骈俪绮靡之文,可见他是自觉地有意要做古朴的散文。同时还有李华、萧颖士、贾至、独孤及,以及苏源明、李翰之流,也都算是初期古文运动的重要人物。所以梁肃的《李翰前集序》说:

> 唐有天下几二百载,而文章三变:初则广汉陈子昂以风雅革浮侈,次则燕国公张公说以宏茂广波澜。天宝以还,则李员外、萧功曹、贾常侍、独孤常州比肩而作,故其道益炽。若乃辞源辩博,驰骛古今之际,高步天地之间,则有左补阙李君。……

梁肃说的"其道益炽",替他换句话说,古文运动更盛了。其实,就这几个人现存的作品而论,或者没有脱尽骈文的旧习,或者还是半生熟的散文,正是所谓"风气初开,明而未融"。据说韩愈学文于独孤及,不知确否。这几个人自命不凡的努力于"文章中兴",有意的要作文学改革事业(参看独孤及《李华中集序》),给了韩愈以相当的影响,那是无疑的了。

还有陆贽、权德舆虽和韩、柳同时,却都是作的不甚严格的骈文。权德舆长于碑铭书序,都是应酬当世之作。陆贽于德宗时为翰林学士,从幸奉天,应付李希烈、朱泚诸镇之乱。所作诏书,斟酌时势,入情入理,据说当时武夫悍卒读了也很感动;所作奏议,指陈时政得失利病,也都深切著明。从四杰、燕、许以来在骈俪文范围以内的改革,可算告了成功,因为陆宣公的奏议,证明了骈俪文勉强可以做到应用二字。可是古文运动却于此时已经成熟,古文大家韩、柳出来了!

从陈子昂以至李华独孤及诸人的文学运动,他们自己或当时的人都只叫作"复古",叫作"文章中兴",到了韩、柳诸人,才真可以叫作"古文运动"。因为韩愈就是第一个把自己所作的散文称为"古文"的,他又是第一个有鲜明的主张,有坚决的态度,用全副的精神来作古文的。他的《与冯宿论文书》说:

> 仆为文久,每自测,意中以为好,则人必以为恶矣。小称意,人亦小怪之;大称意,即人必大怪之也。时时应事作俗下文字,下笔令人惭,及示人,则人以为好矣。小惭者亦蒙谓之小好,大惭者即必以为大好矣,不知"古文"直何用于今世也!然以竢知者知耳!

可见他的古文在当时很招人家非笑骇怪。又《答李翊书》说:

> 愈之所为,不自知其至犹未也? 虽然,学之二十余年矣。始者非三代两汉之书不敢观,非圣人之志不敢存。处若忘,行若遗,俨乎其若思,茫乎其若迷。当其取于心而注于手也,惟陈言之务去,戛戛乎其难哉! 其观于人,不知其非笑之为非笑也。如是者亦有年,犹不改,然后识古书之正伪,与虽正而不至焉者,昭昭然白黑分矣。而务去之,乃徐有得也。当其取于心而注于手也,汩汩然来矣。其观于人也,笑之则以为喜,誉之则以为忧,以其犹有人之说者存也。如是者亦有年,然后浩乎其沛然矣。吾又惧其杂也,迎而距之,平心而察之,其皆醇也,然后肆焉。虽然,不可以不养也,行之乎仁义之途,游之乎《诗》、《书》之源,无迷其途,无绝其源,终吾身而已矣。

这就可见他自己对于古文所用的工夫。同时我们要知道他是一个正统派的儒者,他是圣人之徒,所以他一面提倡古文,一面提倡圣人之道。好像文与道不可分开,文不能离道独立而存在。柳宗元所谓"文者以明道",李汉所谓"文者贯道之器",也正是他这个意思。千年以来的古文家都以卫道的圣人之徒自命,不能不说是受了他们的影响。

韩愈虽自谓世无仲尼,不当在弟子之列,可是他自己又好为人师。李翱、张籍、皇甫湜、李汉之流,都是韩门弟子。同时古文家还有欧阳詹、李观,都不幸短命死了!樊宗师也死的早。刘禹锡、白居易也都能作古文,不过为诗名所掩。梁肃、吕温之文,仅可以比得上李翱、皇甫湜。只有柳宗元卓然作家,和韩愈齐名。他在永州所作山水游记,描写精澈,意味深永,超过了北魏郦道元的《水经注》,又是后人所难及的。他的《答韦中立书》说:

> 始吾幼且少,为文章以辞为工。及长,乃知文者以明道,是固不苟为炳炳琅琅,务采色、衔声音而为能也。……吾每为文章,未尝敢以轻心掉之,惧其剽而不留也;未尝敢以怠心易之,惧其弛而不严也;未尝敢以昏气出之,惧其昧没而杂也;未尝敢以矜气作之,惧其偃蹇而骄也。抑之欲其奥,扬之欲其明,疏之欲其通,廉之欲其节,激而发之欲其清,固而存之欲其重,此吾所以羽翼夫道也。本之《书》以求其质,本之《诗》以求其恒,本之《礼》以其宜,本之《春秋》以求其断,本之《易》以求其动,此吾所以取道之原也。参之穀梁氏以厉其气,参之荀、孟以畅其支,参之庄、老以肆其端,参之《国语》以博其趣,参之《离骚》以致其幽,参之太史以著其洁,此吾所以旁推交通而以为之文也。

柳虽好佛至三十年,可是论到古文却和韩愈的见解差不多。所谓文者以明道,原来这个道就是《五经》之道,圣人之道!总之,古之文,古之道,古之人,这是韩柳及其同时古文家所提倡的三古主义!

韩愈真是一个文坛怪杰!因他的诗文好奇,想要"以奇矫俗",一时成为风气。韩派诗歌的一方面已说过了,末流至于皮陆,专走杂体诗一路,结果,此路不通,所谓唐诗也就真到他们而亡了!韩派古文也因好奇之故,至于不可句读,叫作"难文"。韩愈作《樊宗师墓志》,以"文从字顺"称樊文,实则樊文最奇涩难读。今仅存《绛守居园池记》、《越王楼诗序》两文,前一篇止七百七十字,注家已有六人,唐王晟、刘忱所注已佚,尚有元赵仁举、吴师道、许谦、清孙之騄四家,各说不同,终无定论,可知其难读到什么程度了!皇甫湜也以异常出众为奇怪,一传"为文真诀"于来无择,再传而为孙樵,更以"趋怪走奇"自命。难怪苏轼要说"学韩愈而不至者为皇甫湜,学湜而不至者为孙樵"了!只有李德裕、杜牧几个人还没有走到奇怪的难文一路;杜文尤纵横奥衍,多切经世之务,《罪言》一篇最有名。他如沈亚之、皮日休都务为险崛,与孙樵相上下。刘蜕则更险于孙樵,较易于樊宗师。韩派古文末流走入难文一路,结果、又是此路不通。古文运动到了孙樵、刘蜕之流也就完了!所以李商隐、段成式初为古文,也属难文一派,后来就和温庭筠一道复兴骈俪文,号为"三十六体",这不能不说是古文运动末流——难文一派所引起的一种反动。

以上叙述唐代文学——诗歌和散文两方面已完,现在附带地说一说唐人小说。

小说的发达虽较早于戏曲,却迟于诗歌散文。诗歌散文的进程到了百花怒发,绚烂已极的时代,从来不甚为人注意,因而没有什么可以惹人注意的小说,也就渐渐有人注意,而且有了惹人注意的成绩了。唐人小说便在这样的时代发达起来。宋刘攽说:"小说至唐,鸟花猿子,纷纷荡漾。"洪迈也说:"唐人小说,不可不熟。小小事情,凄婉欲绝,洵有神遇而不自知者,与诗律可称一代之奇。"又赵彦卫《云麓漫钞》说:"唐世举人先藉当世显人以姓名达诸主司,然后投献所业、逾数日又投,谓之温卷。如《幽怪录》、《传奇》等皆是。盖此等文备众体,可见史才诗笔议论。至进士则多以诗为贽,今有唐诗数百种行于世者是已。"唐人小说的成绩和他所以发达的原因,宋朝人说的大致不错。不过我以为当时诗歌散文的发达也足以促进小说的发达。先就诗歌而说,从前的乐府里面有好些故事诗。唐代诗人元白好为新乐府,也有长篇故事诗。白诗如《长恨歌》,元诗如《会真诗》,都是顶有小说味的故事诗。当时陈鸿看见了《长恨歌》,就作《长恨歌传》。元稹似乎因为作了《会真诗》意犹未尽,又作《莺莺传》。沈亚之作了《冯燕传》,后来司空图又作《冯燕歌》。这样说来,当时诗歌与小说二者在发展的进程中,彼此确乎有些联系。次就散文而说,唐代散文最盛的时期在所谓中唐、晚唐之间,即八世纪末叶到九世纪中叶。唐代小说家十之八九生于此时,可见新的小说之繁兴正在新的散文成熟的时候。可惜这些小说家的生卒年代十之八九无从确考,只能略为假定。现在从这些小说家中拣取几个最有名的,略依他们年代的先后及其重要作品制为简表如下:

唐代小说家及其作品简表

作者姓名	生卒年代	作品	备考
王 度	五八五?——六二五?	古镜记	王为隋唐间人,此为唐人小说第一篇。
张 鷟	六六〇?——七四〇?	游仙窟	以俪语为传奇,中多俗谚,在古小说中最为别致。当时流入日本,国内近来始有传本。
陈玄祐	七四〇?——七九〇?	离魂记	元郑德辉有《倩女离魂》杂剧。
沈既济	七五〇?——八〇〇?	枕中记	明汤显祖作《邯郸记》传奇。
白行简	七七五?——八二六	李娃传	元石君宝作《李亚仙花酒曲江池》杂剧,明薛近兖有《绣襦记》传奇。
元 稹	七七九——八三一	莺莺传	元稹自作《会真诗》三十韵,同时杨巨源有《崔娘诗》,李绅有《莺莺传》。宋赵德麟谱《商调蝶恋花》十阕。金董解元作《弦索西厢》。元王实甫作《西厢记》,关汉卿续之。明李日华作《南西厢记》,陆天池亦作《南西厢记》,周公鲁作《翻西厢记》。清查继佐又作《续西厢杂剧》。

续　表

作者姓名	生卒年代	作品	备　考
陈　鸿	七七〇？——八三〇？	长恨歌传	宋乐史有《杨太真外传》，清洪昉思有《长生殿》传奇，元白朴有《梧桐雨》杂剧。
蒋　防	七八〇？——八三〇？	霍小玉传	汤显祖有《紫钗记》传奇。
李公佐	七六〇？——八四〇？	南柯太守传 谢小娥传	汤显祖有《南柯记》传奇。谢小娥事，明凌濛初作《拍案惊奇平话》（十九），清王夫之作《龙舟会》杂剧。
沈亚之	七八〇——八四〇？	湘中怨解、秦梦记、异梦录、冯燕传等	司空图有《冯燕歌》、宋曾布演为《水调七遍》。
许尧佐	（贞元间人）	柳氏传	记诗人韩翊与柳氏恋爱事。明梅鼎祚有《玉合记》。
李朝威	（贞元间人）	柳毅传	元尚仲贤有《柳毅传书》杂剧，翻案而为张生煮海。李好古亦有《张生煮海》。明黄说仲有《龙箫记》。清李渔有《蜃中楼》传奇。
牛　肃	（贞元元和间人）	纪闻吴保安 牛应贞	吴保安事，宋祁《新唐书》采入《忠义传》。
牛僧孺	七八〇——八四八	玄怪录	当时李复言有《续玄怪录》。牛之外孙张读有《宣室志》十卷，亦纪仙鬼灵怪。
薛用弱	（长庆太和间人）	集异记王　维 王之涣	王维事，明王衡、清黄兆森皆有《郁轮袍》杂剧。王之涣事，明郑之奇有《旗亭记》传奇，清张龙文有《旗亭宴》杂剧，卢见曾有《旗亭记》传奇。

续　表

作者姓名	生卒年代	作品	备　考
薛　调	（咸通间人）	无双传	明陆采作《明珠记》传奇。
裴　铏	（咸通乾符间人）	传奇昆仑奴聂隐娘裴航等	其书盛行于宋，宋人因概称唐人小说为传奇。昆仑奴事，明梁伯龙有《红绡》杂剧，梅禹金有《昆仑奴》杂剧。聂隐娘事，清尤侗有《黑白卫》杂剧。裴航事，明龙米陵有《蓝桥记》，明末扬之炯合崔护事作《玉杵记》。
皇甫枚	（咸通天祐间人）	三水小牍飞烟传	《飞烟传》一作《非烟传》。
杜光庭	（唐末前蜀人）	虬髯客传	明凌初成有《虬髯翁》曲本，又张太和张凤翼皆有《红拂记》。

上面表内从沈既济到薛用弱这一群小说家的生平大概都和韩、柳相上下，可知小说发展最盛的时期正和古文运动最盛的时期相当。韩、柳用古文来宣传什么圣人之道，这些小说家却用古文来写圣人所不说的"怪力乱神"之类的东西，煞是相映成趣。韩、柳集子里也有好些类似小说的传记杂文，不过他们老是板着儒者的面孔向人说教，如韩的《圬者王承福传》、《毛颖传》，柳的《梓人传》、《郭橐驼传》，都是这类东西。我想当时小说家古文家无形之中是互有影响的。彼此间也或互为师友，比如元稹、白行简是朋友，韩愈、元稹也是朋友，据说沈亚之还出于韩氏门下。懂得此中消息，就更容易领会短篇散文的小说何以会勃兴于这一时期。还有要知道的，三十多年前，从敦煌石室发见唐五代人写本书库，其中有些类似小说的俗文，虽大都残缺不完，可知那时民间已经别有通俗的小说流行了。词继诗体烂熟之后萌芽于唐，同时白话小

说也胚胎于唐。由五代到两宋,词的发展已经绚烂成熟了,白话小说还在极幼稚的成长中,这是我们要在下面继续来讲的。

(北新书局,一九三三年)

中国文学史讲话中卷目次

第五讲　诗人与词人 ·················· 787
　一　由诗到词发展的径路 ············ 787
　二　五代词人 ······················ 802
　三　北宋诗人与词人 ················ 815
　四　南宋诗人与词人 ················ 838
　五　古文运动之复兴 ················ 857
　六　宋人平话 ······················ 862

第六讲　杂剧 ·························· 867
　一　诸宫调大曲官本杂剧院本之类 ···· 867
　二　蒙古民族与杂剧 ················ 872
　三　金元之际杂剧家 ················ 879
　四　元明之际杂剧家 ················ 893
　五　散曲及其他 ···················· 903

第五讲　诗人与词人

一　由诗到词发展的径路

词是怎样起源的？由诗到词发展的径路如何？诗和词的关系究竟怎样？这在我们讲到词的历史的时候必得触及的问题，而且是从来有许多纷歧的解答，迄无定论的问题。

我认为词是可歌的诗，因此首先略为考察诗和乐的关系，同时也可看出诗和词的关系，然后词的起源也容易寻找了。

由《三百篇》而《楚辞》、而汉魏六朝乐府、而唐人律绝，大都是入乐或可以入乐的诗。其间由楚辞而演化的汉赋虽不可歌，却仍可以诵，所以当时的人有"不歌而诵谓之赋"的话，我看诵也还是诵出声调节奏来（参看《汉书·王褒传》）。由乐府而演化的五言诗，如汉魏之际三祖、七子所作，则大都可歌，为魏晋乐所奏，正所谓"文或不工，而韵入歌唱"。到了齐梁之际，文人言志之作较晋、宋时候更多，而且受了佛教咏经歌赞的影响，更加讲究声韵。当时关于诗的声律运动已经勃兴，而音乐一方还在清商时期，没有若何显著的变化和这种运用新的声律的诗相适应，诗多不可歌。所以当时钟嵘诗品里说："今既不备管弦，亦何取于声韵？"不过稍后一点，徐陵撰录汉、魏以至当时的艳歌成为《玉台新咏》，看他《自序》里所说许多关于诗歌与音乐的话,好像他还是以当时可歌与否为标准而选集下来的。直到李唐建立了一个一统的大帝国,音乐方面承受了北朝吸收胡乐的影响,又采取了民间的俗乐,扩大了隋之九部乐而为十部乐——《燕乐伎》、《清乐伎》、《西凉伎》、《天竺伎》、《高丽伎》、《龟兹伎》、《安国伎》、《疏勒伎》、《高昌伎》、《康国伎》——凡大宴会则设十部乐以夸示华夷,正反映着这个大帝国胡越一家的权威的意识。不过这个时候新声繁兴,古曲沦缺,太常徒设虚官,音乐上的实权都握在教坊乐人手里。所以《旧唐书·音乐志》说:"自长安以后(七〇〇——),朝廷不重古曲,工伎转缺。能合于管弦者唯《明君》、《杨伴》、《骁壶》、《春歌》、《秋歌》、《白雪》、《堂堂》、《春江花月夜》等八曲。"又说:"自开元已来(七一三——),歌者杂用胡夷里巷之曲。"开元时人崔令钦的《教坊记》所载三百二十多曲可以考见当时所用胡乐俗乐的曲目。《乐府诗集》卷七十九到八十二所录《近代曲辞》则可以考见唐人曲辞的一斑。其中乐曲长的分许多部分,如"歌""入破""排遍""彻"之类,各部都以绝句组成,《水调歌》、《凉州歌》、《伊州歌》、《陆州歌》等曲便是。乐曲短的大都是律绝一首,中唐以后才渐有长短句的词。可见当初乐曲或是有曲无辞,伶官乐人谱取时人的诗入乐,后来就渐渐有依曲作辞的了。

　　从唐代诗人的传记逸话及其现存的作品可以确然考定为当时入乐的诗辞还是不少。现在略依时代的先后顺序地说下去,直到词的成立时期为止,这样,或者可以解答我们在上面打头就提出的问题。

　　唐朝开国时候所用的燕乐如《英雄乐》、《景云》、《河清歌》等那种显然夸示权威意味的曲辞已经无从考见了。李百药有《火凤词》五律二首,《破阵乐》七绝六律各一首,想是当时仅存的乐章罢。此外,就止武后时候有几种入乐的诗辞存在。武后自作《商调曲·如意娘》:

　　　　看朱成碧思纷纷,憔悴支离为忆君。不信比来长下泪,开箱验取石榴裙。

这是一首七言绝句。武后既杀太子弘,立章怀太子贤。不久,贤又恐被祸,因命乐工歌着他自己所作的《黄瓜台辞》:

种瓜黄台下,瓜熟子离离。一摘使瓜好,再摘使瓜稀。三摘犹自可,摘绝抱蔓归。

这却是一首五言古体。武后表侄杨廷玉做嘉兴令,贪猥无厌,御史某推奏断死,敕死,令作《回波词》:

回波尔时廷玉,打獠取钱未足。阿姑婆见作天子,傍人不得伥触。

这一个倚势作恶的贪官就以一首谐谑的词免罪了。孟棨《本事诗》记中宗宴侍臣,酒酣,命各作《回波乐》。大家都说谄佞的话,及自求荣位。轮到谏议大夫李景伯,他就歌道:

回波尔时酒卮,微臣职在箴规。侍宴既过三爵,喧哗窃恐非仪!

沈佺期以罪流放岭表,得赦归朝,但牙绯未复,因亦歌道:

回波尔时佺期,流向岭外生归。身名已蒙齿录,袍笏未复牙绯。

同时御史大夫裴谈之妻悍妒,中宗也渐怕韦后,优人因而唱道:

回波尔时栲栳,怕妇也是大好。外边只有裴谈,内里无过李老。

这种《回波乐》原是欢宴时候酬谑取笑的乐曲,词用六言四句,或称六言绝句。这是我们如今可以考见的最初的唐人依曲填词。又《唐诗纪事》载中宗时候,张仁亶自朔方入朝,宴于桃花园,李峤等各赋绝句。明日,宴承庆殿上,令宫中善讴者唱之,词既婉媚,歌仍妙绝,乐府号为《桃花行》。李峤的这首诗尚存:

  岁去无言忽憔悴,时来含笑吐氛氲。不能拥路迷仙客,故欲开蹊待圣君。

李峤还有一首《汾阴行》虽不是这样的绝句体,却也被伶工谱取入乐的。这首诗颇长,结束一段还好:

  ……山川满目泪沾衣,富贵荣华能几时?不见只今汾水上,唯有年年秋雁飞!

据《明皇传信记》说,玄宗将幸蜀,登花萼楼,使楼前善水调者登楼而歌,其辞为宰相李峤的《汾阴行》。唱到"山川满目……",玄宗不禁凄然泪下,不待歌者唱完,他就走了。

  玄宗(李隆基)本来是一个音乐的天才,听政之暇,亲自教太常乐工子弟三百人的丝竹各乐,号为皇帝弟子,又称梨园弟子。尤其是他改作了从印度而来的西凉乐《婆罗门曲》为《霓裳羽衣曲》最有名。他自己作的曲辞很多,今仅存有《好时光》一词:

  宝髻偏宜宫样,莲脸嫩体红香。眉黛不须张敞画,天教入鬓长。 莫倚倾国貌,嫁取个有情郎。彼此当年少,莫负好时光。

这已经是长短句的词了,但不知可靠否?按当时张说所作《破阵乐》(六言八句二首)、《舞马词》(六言四句六首)、《舞马千秋万岁乐府词》(七律三首)、《苏摩遮》(泼胡寒戏所歌七绝五首),崔液所作《踏歌词》(五言六句二首),都不出律绝的形式。还有杨贵妃所作《阿那曲》"罗袖动香香不已"一首,李白奉诏而作的《清平调》"云想衣裳花想容"等三首也都是七绝。《全唐诗》收李白词十四首,除《清平调》外,不仅《桂殿秋》二首、《连理枝》二首、《清平乐》五首显然不可靠,便是《菩萨蛮》一首:

平林漠漠烟如织,寒山一带伤心碧,暝色入高楼,有人楼上愁。　玉阶空伫立,宿鸟归飞急。何处是归程?长亭更短亭!

和《忆秦娥》一首:

箫声咽,秦娥梦断秦楼月。年年柳色,霸陵伤别!　乐游原上清秋节,咸阳古道音尘绝。西风残照,汉家陵阙!

有许多人认为可靠的也都成疑问。可是从来论词的人都推李白为第一个大词人,称为"百代词曲之祖"。自然,推举这样一个伟大的诗人做开山祖师,一般词曲家都有面子。

再考玄宗时候,王维的诗多被伶官谱取入乐,供奉诸王贵主。如他的《送元二使安西》一诗:

渭城朝雨浥轻尘,客舍青青杨柳春。劝君更尽一杯酒,西出阳关无故人!

这首七绝被谱入乐后,称为《渭城曲》,又称《阳关曲》。一时流行,所以刘禹锡的《与歌者》诗云:"旧人唯有何戡在,更与殷勤唱《渭城》。"又白居易的《对酒诗》云:"相逢且莫推辞醉,听唱阳关第四声。"据说当安禄山之乱,伶官李龟年流落江汉,曾于湘中采访使筵上唱云:

> 红豆生南国,春来发几枝?愿君多采撷,此物最相思!

又唱云:

> 秋风明月共相思,荡子从戎十载余。征人去日殷勤嘱,归雁来时数附书!

两诗都是王维所制,而梨园谱入歌曲。又据薛用弱《集异记》所载高适、王昌龄、王之涣三人旗亭饮酒,窃听伶官妓女唱诗的故事。所唱王昌龄的"寒雨连江夜入吴"、"奉帚平明金殿开"二诗,王之涣的"黄河远上白云间"一诗,也都是七绝。只有高适的诗似是五绝:

> 开箧泪沾臆,见君前日书。夜台今寂寞,犹是子云居!

这是截取高适的《哭单父梁九少府》一诗起头四句来唱的。

以上所说,可证初唐以至盛唐——玄宗时候,继乐府古曲而起的可歌的诗大都是整齐的五言、六言、七言,尤以绝句为最多;长短句绝少,就是有,也不甚可靠。

稍后一点,元结做通州刺史,曾仿湘江船歌作《欸乃曲》,令舟子歌唱:

> 湘江二月春水平,满月和风宜夜行。唱桡欲过平阳戍,守吏相呼问姓名。
>
> 千里枫林烟雨深,无朝无暮有猿吟。倚桡静听曲中意,好似云山《韶濩》音。(五首录二)

同时顾况有《竹枝词》:

> 帝子苍梧不复归,洞庭叶下荆云飞。巴人夜唱《竹枝》后,肠断晓猿声渐稀。

这也都是绝句。刘长卿的《谪仙怨曲》,则为六言律诗。只有张志和的《渔父词》:

> 西塞山前白鹭飞,桃花流水鳜鱼肥。青箬笠,绿蓑衣,斜风细雨不须归。

这就像长短句的词了。其兄松龄怕他这位"烟波钓叟"从此放浪不返,替他筑屋越州东郭,和他的词,招他回来:

> 乐是风波钓是闲,草堂松桧已胜攀。太湖水,洞庭山,狂风浪起且须还。

这好像都是依调而填的词,或许竟是摹仿民间的渔歌。还有韩翃于乱离中题寄他的爱姬柳氏的《章台柳》一首:

> 章台柳,章台柳,昔日青青今在否?纵使长条似旧垂,亦应攀折他人手。

柳氏答他一首:

> 杨柳枝,芳菲节,所恨年年离别。一叶随风忽报秋,纵使君来岂堪折!

现在我们不妨以为这是长短句的词,实则他们当时一唱一和,也好像是依调填词。这个时候,长短句的词渐渐出来了。比如《三台》、《调笑》就始见于《韦江州集》。《三台》还是六言绝句,和张说的《舞马词》相同。另有《上皇三台突厥三台》,一为五绝,一为七绝,都还不算创体。只有《调啸》,一名《调笑令》,或名《宫中调笑》,一名《转应曲》,一名《三台令》,就是长短句的词:

> 胡马,胡马!远放燕支山下。跑沙跑雪独嘶,东望西望路迷。迷路,迷路!边草无穷,日暮!(二首之一)

同时王建、戴叔伦作的《调笑令》,调子正和"性晓音律"的韦应物所作相同,当然都是依调而填的词。而且这个时候,作者自己明白说是依调而填的词也有了。例如刘禹锡的《春去也》词:

> 春去也,共惜艳阳年。犹有桃花流水上,无辞竹叶醉尊前。惟待见青天。(二首之一)

他自己标题:"和乐天春词,依《忆江南》曲拍为句。"原来白居易曾有《忆江南》词:

> 江南好,风景旧曾谙。日出江花红胜火,春来江水绿如蓝。能不忆江南?(三首之一)

刘、白集中都有许多首《竹枝》、《杨柳枝》、《浪淘沙》等词,大约都是彼此唱和之作。不过这些词都是七言绝句,并非创体。最使我们注意的,他们宦游南方,摹仿长江流域的民间歌曲作词,民间又取他们的新词来歌唱。

> 春江月出大堤平,堤上女郎连袂行。唱尽新词看不见,红霞映树

鹧鸪鸣。

　　新词宛转递相传,振袖倾鬟风露前。月落乌啼云雨散,游童陌上拾花钿。

　　日暮江头闻《竹枝》,南人行乐北人悲。自从雪里唱新曲,直到三春花尽时。

（刘禹锡《踏歌词》）

不仅刘禹锡在建平摹仿巴渝俗歌"作《竹枝》九篇,俾善歌者扬之",元稹的诗也曾被民间歌入《竹枝》。

　　江畔谁人唱《竹枝》。前声断咽后声迟。怪来调苦缘词苦,多是通州司马诗。

（白居易《竹枝》四首之一）

刘、白所作《杨柳枝》虽说是由旧曲《折杨柳》新翻的曲子,好像也是为着民间歌唱而作的。

　　《六么》、《水调》家家唱,《白雪》、《梅花》处处吹。古歌旧曲君休听,听取新翻《杨柳枝》。

（白居易《杨柳枝》八首之一）

　　塞北《梅花》羌笛吹,淮南《桂树》小山词。请君莫奏前朝曲,听唱新翻《杨柳枝》。

（刘禹锡《杨柳枝》九首之一）

同时他们自己也能歌唱自己所作的新词。如白居易《忆梦得》诗说:"几时红烛下,闻唱《竹枝》歌。"自注:"梦得能唱《竹枝》,听者愁绝。"相传为白居易所作长短句的词还有《如梦令》、《长相思》,都不见于他的《长庆集》。"若集内无,而假名流传者,皆谬为耳。"他自己已经声明过了的。《如梦令》二首宋杨湜《古今词话》以为后唐庄宗作。《长相思》二首:

  汴水流,泗水流,流到瓜洲古渡头,吴山点点愁。 思悠悠,恨悠悠,恨到归时方始休,月明人倚楼。
  深画眉,浅画眉,蝉鬓鬅䰅云满衣,阳台行雨回。 巫山高,巫山低,暮雨潇潇郎不归,空房独守时。

这词疑为当时名妓吴二娘所作。白居易《寄殷协律诗》说:"吴娘《暮雨潇潇曲》,自别江南更不闻。"自注:"江南吴二娘曲词云,暮雨潇潇郎不归。"这就是一个好证。至于刘禹锡的《清湘词》,一名《潇湘神》,也有人疑为伪作,我看这两首词:

  湘水流,湘水流,九疑云物至今愁。若问二妃何处所,零陵芳草露中秋。
  斑竹枝,斑竹枝,泪痕点点寄相思。楚客欲听瑶瑟怨,潇湘深夜月明时。

当是刘禹锡摹仿潇湘一带民间迎神的曲子而作。有他自己作的《浪淘沙》可证:

  流水淘沙不暂停,前波未灭后波生。令人忽忆潇湘渚,回唱迎神三两声。

白居易的《夜招晦叔诗》说:"为君更奏《神湘曲》,夜就侬来能不能?"又有《夜闻筝中弹潇湘送神曲感旧》诗。可见刘、白当日对于潇湘神曲的欣赏。刘禹锡当有作《潇湘神》那两首词的可能。而且《潇湘神》的体式正和《章台柳》相同,但用仄韵。刘禹锡的诗以词命题的很多,都是整齐的五七言。便是后人认作词的《抛球乐》、《纥那曲》也是整齐的五言律绝。大约他的诗也和元白的诗一样,在当时是可歌的。

这一时期元、白、刘禹锡诸人的诗大都为知音者协律作歌。元稹《赠白乐天》诗说:"休遣玲珑唱我诗,我诗多是别君辞。"自注:"乐人高玲珑能歌,歌予数十诗。"又《见人咏韩舍人新律诗戏赠》云:"轻新便妓唱,凝妙入僧禅。"宣宗《吊白居易》诗说:"童子解吟《长恨曲》,胡儿能唱《琵琶篇》。"白居易《戏赠诸妓诗》云:"席上争飞使君酒,歌中能唱舍人诗。"又《闻歌妓唱前郡守严郎中诗》云:"已留旧政布中和,又付新诗与艳歌。"因为他们这班风流自赏的诗人,当贬谪失意的时候,不免有些感伤和颓废的气氛,欢喜和妓女乐人接触,又能赏鉴当地的民间歌曲,所以多有作诗即唱,依曲作词的机会。他如《唐书》称李贺有乐府数十篇,云韶诸工合之管弦。又称李益诗名与贺相埒,每一篇成,乐工争以赂求取之,被之声歌,供奉天子。又称武士衡工五言诗,好事者传之,往往被于管弦。这也可以看出当时以诗入乐的风气。总之,长短句的词到了这个时候已经渐渐起来了,尤其是韦应物、刘禹锡、白居易三个人做了这种新文学的创始者。不过当时诗词的界限未分,同样可歌,诗词结集,混在一起。

以上所说,可证长短句的词实起于中唐时候。

自从刘、白开了词人的一条新路,长短句的词越见发展起来。郑符、段成式、张希复三人所作《闲中好》:

闲中好,尽日松为侣。此趣人不知,轻风度僧语。——郑
闲中好,尘务不萦心。坐对当窗木,看移三面阴。——段
闲中好,幽磬度声迟。卷上论题笔,画中僧姓支。——张

这还像是偶然唱和之作。只有皇甫松——韩愈弟子皇甫湜之子——作词稍多。近人王国维从《花间》、《尊前》二集及《全唐诗》辑得松词二十二

首,收入《唐五代二十一家词辑》,因松自称檀栾子,就称为《檀栾子词》。最令人注意的是《竹枝》、《采莲子》两词:

木棉花尽竹枝荔枝垂女儿,千花万花竹枝待郎归女儿。
斜江风起竹枝动横波女儿,劈开莲子竹枝苦心多女儿。

——竹枝,六首录二。

菡萏香连十顷陂举棹,小姑贪戏采莲迟年少,晚来弄水船头湿举棹,更脱红裙裹鸭儿年少。

——采莲子,二首录一。

于整齐的七言句中或句尾附有二字旁注,大概就是所谓"和声"罢,但不知怎样歌法。其《忆江南》二阕:

兰烬落,屏上暗红蕉。闲梦江南梅熟日,夜船吹笛雨潇潇,人语驿边桥。

楼上寝,残月下帘旌。梦见秣陵惆怅事,桃花柳絮满江城,双髻坐吹笙。

王国维以为情味深长,在乐天、梦得上。我看皇甫松的成就不大,可称为刘、白以后第一个大词人的当然是那位"能逐弦吹之音为侧艳之词"的温庭筠。《花间集》录他的词六十六首,王国维补辑为《金荃词》,共七十首。他是最初一个自觉地努力依调作词的,就现存的词计所用过不同的调有《南歌子》、《荷叶杯》、《忆江南》、《杨柳枝》、《蕃女怨》、《遐方怨》、《诉衷情》、《定西番》、《思帝乡》、《酒泉子》、《玉蝴蝶》、《女冠子》、《归国遥》、《菩萨蛮》、《清平乐》、《更漏子》、《河传》、《木兰花》、《河渎神》等十九种。我在前篇论他的诗有少爷小姐气,他的词更是如此。须知词在最初是成于诗人之手,而歌于教坊伶官倡家妓女之口的,充分地表现公子佳人的姿态,适应贵族官僚以及智识分子过着优裕生活的艺术上的需要。温词《菩萨蛮》在当时最有名,因为宰相令狐绹假为己作,进献宣宗,他把这件事泄漏了出来,很被当局忌刻,以至终身潦倒。今存《菩萨蛮》十六首,录两首于此:

  玉楼明月长相忆,柳丝袅娜春无力。门外草萋萋,送君闻马嘶。 画罗金翡翠,香烛销成泪。花落子规啼,绿窗残梦迷。
  南园满地堆轻絮,愁闻一霎清明雨。雨后却斜阳,杏花零落香。 无言匀睡脸,枕上屏山掩。时节欲黄昏,无聊独倚门。

《苕溪渔隐丛话》里说他的词"工于造语,极为绮靡。"我很欢喜他的《更漏子》一词:

  玉炉香,红蜡泪,偏照画堂秋思。眉翠薄,鬓云残,夜长衾枕寒。 梧桐树,三更雨,不道离情正苦。一叶叶,一声声,空阶滴到明。

《忆江南》两首也是词家传诵的名作:

  千万恨,恨极在天涯。山月不知心里事,水风空落眼前花,摇曳碧云斜。
  梳洗罢,独倚望江楼。过尽千帆皆不是,斜晖脉脉水悠悠,肠断白蘋洲。

清朝《御选历代诗余》里说是唐自大中(按大中系宣宗年号,八四七——一八五九)后,诗衰而倚声作,至庭筠始有专集,名《握兰》、《金荃》。王国维以为宋时飞卿词止有一卷,《握兰》、《金荃》当是诗文集,非词集。其实晚唐时候,诗词的界限还是未分。比如《草堂诗余》所录温词《木兰花》原是《春晓曲》一诗,同时司空图仅有的《酒泉子》一词也在诗集里。韩偓的词《尊前集》仅录《浣溪沙》二首,但《香奁集》中还有不少可认为长短句的词。故王国维辑为《香奁词》,共得十三首,而且他也是承认唐人诗词尚未分界的。

以上所说,可证长短句的词实成立于晚唐时候。

关于词的发展情形,我们虽不必很机械地坚持由四言而五七言而长短句的形式论,却也不愿苟同于诗词绝缘论,以为诗和词绝不相蒙,像今人郑振铎氏《中国文学史》中世卷第三篇里所说。因为自初唐乐府古曲沦缺而后,继之而起的可歌的诗是先有整齐的五七言律绝,后来才有长短句的词,这是谁也不能否认的事实。要考察由诗到词的发展,是不能不考察诗歌与音乐之关系的。因此我很重视隔唐代不远的宋人所见的词的起源之说。北宋沈括《梦溪笔谈》云:

> 诗之外又有和声,则所谓曲也。古乐府皆有声有词,连属书之,如曰"贺贺贺""何何何"之类,皆和声也。今筝弦之中,缠声亦其遗法也。唐人乃以词填入曲中,不复用和声。

这可称为"词起于填实和声说"。清康熙时候,编辑《全唐诗》的人于词的部分加以小注道:

> 唐人乐府元用律绝等诗,杂和声歌之。其并和声作实字,长短其句以就曲拍者为填词。开元、天宝肇其端,元和、太和衍其流。大中、咸通以后,迄于南唐、二蜀,尤家工户习,以尽其变。凡有五音二十八调,各有分属,今皆失传。

这好像是就沈括所说而加以补充的,这是关于词的起源最有势力的一说。

南宋朱熹《朱子语类·论诗》云：

> 古乐府只是诗，中间却添许多泛声。后来的人怕失了那泛声，逐一声添个实字，遂成长短句，今曲子便是。

这可称为"词起于添实泛声说"。何谓"泛声"？我想就是宋末沈义父在《乐府指迷》里说的"教师唱家有衬字"。沈氏还说：

> 古曲谱多有异同，至一腔有两三字多少者，或句法长短不等。盖被教师改换，亦有嘌唱一家多添了字。

这当然可用作词有泛声的一种解释。还有比朱熹稍前一点，胡仔的《苕溪渔隐丛话》里也说：

> 唐初歌舞多是五七言诗，后渐变为长短句。今止存《瑞鹧鸪》、《小秦王》二阕。《瑞鹧鸪》是七言八句诗，犹依字易歌。《小秦王》是七言绝句，必须杂以虚声乃可歌耳。

我看所谓"虚声"和泛声虽字面不同，而意义则一，都是说为着顺应乐句的音数拍子，歌者自己添上些无甚意义的字，以补歌辞的不足。至于所谓"和声"，它的正确的意义倘若真是歌时群相随和之声，那就和泛声显然不同。除了上文所举皇甫松的《竹枝》、《采莲子》两首可以作为歌辞附有和声的例以外，把和声填着实字变为本辞的例在唐人作品中不可得见。只有五代张泌的《柳枝》一首：

> 腻粉琼妆透碧纱，雪休夸。金凤搔头堕鬓斜，发交加。倚着云屏新睡觉，思梦笑。红腮隐出枕函花，有些些。

同时顾敻也有这样一首《柳枝》,这就像是由七绝而填实和声的歌词。但如《全唐诗》的编者所谓和声,意思含混,大概包括了泛声而说的。我想将和声或泛声填着实字加入本辞,于是就由整齐的五言六言七言的诗而形成了长短句的词,并非完全出于沈括、胡仔、朱熹、沈义父一班人无根据的臆说。因为不仅他们生在宋代,去唐未远,传闻比较可靠;而且词在当时正是一种盛行的活文学,他们当然经验或考察过词的歌唱的实际。我们须知唐代可歌的诗虽是整齐的五言六言七言律绝,乐曲却是可以因着旋律的进行而伸缩变化的。我们虽不确信《北词广正谱》所载王维的《渭城曲》——《阳关三叠》——于本辞外添加了那么多的字,那就是唐人绝句原来的一种歌法,却不难推想当初乐人谱诗入乐而填实和声或泛声是可有的事,而且是很不方便的事。所以后来一般懂得音乐的诗人如韦应物、王建、刘禹锡、白居易之流,为了顺应乐曲的伸缩变化,就开始试作长短句的词。温庭筠比较韦、王、刘、白为后进,承受了先进者宝贵的经验,顺应社会环境的需要,加以个人的天才、兴趣和努力,依曲而作的词更多,所以他就成了词的初期一个大作家;而且给了继起的作家以莫大的影响,所谓"花间派"的词人要出来了。这是我们往下要继续来说的。

二 五 代 词 人

这里所谓"花间派"是指《花间集》一群人词而说的。《花间集》为五代蜀人赵崇祚所编,共有诗客曲子词五百首,分为十卷。除了晚唐温助教庭筠、皇甫先辈松、中原和学士凝、荆南孙少监光宪、南唐(?)张舍人泌五人以外,余如韦相庄、薛侍郎昭蕴、牛给事峤、毛司徒文锡、牛学士希济、欧阳舍人炯、顾太尉敻、魏太尉承班、鹿太保虔扆、阎处士选、尹参卿鹗、毛秘书熙震、李秀才珣十三人当时都在蜀。未知蜀中词人独多呢,还是赵崇祚的见闻限于蜀中一隅。当时蜀中自为风气,和骚乱的中原隔绝,加以前蜀主王建、王衍,后蜀主孟昶,都算爱士能文,这也是蜀中词人独多的原因之一罢。至于南唐、偏安江左,堪称乐国。史称士之避乱失职者,群以南唐为归。南唐君主自以为出自大唐苗裔,中原文物之所寄,其于提倡文学,培植士类,又有政治作用存乎其间,所以南唐亦为人文所萃。当时著名词人有冯延巳、张泌、成彦雄等,著名诗人有韩熙载、李建勋、徐铉、徐锴,以及伍乔、李中之流。

《花间集》不录君主之作。后唐庄宗李存勖、前蜀主王衍、后蜀主孟昶、南唐中主李璟、后主李煜,也都能做词。尤以李煜的遭遇最不幸,作词较多,成就最为伟大。实则所谓"花间派"的词人,这几个君主也该列入,他们的词也都是在这一时代的氛围里产生出来的。

五代这一个时代自梁太祖朱全忠代唐,直到宋太祖赵匡胤代周(九〇七——九六〇),虽不过五六十年,但上承中唐以来军阀——藩镇之乱,以及黄巢的利用农民暴动,下至宋之削平荆南、后蜀、南汉、吴越、北汉诸国,可说是二百年间一个长期的大骚乱,而且在五代的五六十年间,除了割据的诸国不计,号为正统的五代,兴亡倏忽,祸变无常。梁、唐、晋三代国祚较长,也各不过十几年,汉周二代国祚各仅几年。这一时代达到了大骚乱的顶点。战争的频繁,政治的腐败,社会的紊乱,民生的凋敝,都不待说了。中国历史上如果有一时期可称为"黑暗时代"的话,我想就是五代。

词在这一时代何以特别流行呢?

就文学形式的发展进程而说,诗到晚唐,真是如皮陆一流诗人所说,由古体而律体,由律体而杂体,诗道已经被人走到了尽头,长短句的词应运而兴,自是一种自然的趋势。而且词的起来是和音乐有密切关系的,这在上面已经说过了。就社会环境而说,词在这一时代特别流行,并不是偶然的。但看欧阳炯的《花间集叙》就可知道:

镂玉雕琼,拟化工而迥巧;裁花翦叶,夺春艳以争鲜。是以唱《云谣》则金母词清,挹霞醴则穆王心醉。名高《白雪》,声声而自合鸾歌；响遏行云，字字而偏谐凤律。"杨柳大堤"之句，乐府相传。"芙蓉曲渚"之篇，豪家自制。莫不争高门下，三千玳瑁之簪；竞富樽前，数十珊瑚之树。则有绮筵公子，绣幌佳人，递叶叶之花笺，文抽丽锦；举纤纤之玉指，拍案香檀；不无清绝之辞，用助娇娆之态。自南朝之宫体，扇"北里"之倡风，何止言之不文，所谓秀而不实。有唐已隆，率土之滨；家家之香径春风，宁寻越艳？处处之红楼夜月，自锁嫦娥。在明皇朝则有李太白之应制《清平乐调》四首。近代温飞卿复有《金荃集》。迩来作者，无愧前人。今卫尉少卿，字弘基，以拾翠洲边，自得羽毛之异；织绡泉底，独殊机杼之功。广会众宾，时延佳论。因集近来诗客曲子词五百首，分为十卷。以炯粗预知音，辱请命题，仍为叙引。昔郢人有歌《阳春》者号为绝唱，乃命之为《花间集》。庶使西园英哲，用资羽盖之欢；南国婵娟，休唱莲舟之引。

广政三年夏四月，大蜀欧阳炯叙。

这篇文章出自当时词人之手，很有文献上的价值。细玩文意，可知词和南朝乐府宫体诗是同性质的东西，各适应着当时统治阶级贵族官僚以及智识分子的要求。他们在社会上凭借了自己优越的地位，特殊的权利，世间上一切可能的幸福都得享受。醇酒、妇人、歌唱，三者谐和酣美的享乐，正是他们支配生活的阶级所要求的。词，这东西恰出于他们那一阶级之手，有"花间派"的作者可证；恰以他们那种醇酒妇人歌唱的生活为其内容，而歌奏于宫廷北里，绮筵绣幌，满足他们那一阶级生活上的要求，有《花间集》的作品可证。他们这样贪图瞬间的享乐，带着极浓厚的感伤或颓废的气氛，这是他们那一阶级生在五代那样兴亡倏忽、祸变无常的状态里而无可如何的。陆游《花间集跋》云："斯时天下岌岌，士大夫乃流宕如此，或者出于无聊。"他说出于无聊，那是不算怎么错的。

《花间集》的作者，温庭筠、皇甫松为晚唐人，已在上文论过，这里只能论到几个比较重要的，首先要论到的就是韦庄。

韦庄(八五五?——九二〇?),字端己,杜陵人。少孤,家贫力学。唐僖宗中和三年(八八三)他到长安应举,恰遇着黄巢煽惑农民暴动。他作一首一千六百六十六字的七言长诗《秦妇吟》,传诵很广,时人称他"《秦妇吟》秀才"。《北梦琐言》谓:"'内库烧为锦绣灰,天街踏尽公卿骨',后公卿垂讶,庄乃讳之。他日撰《家戒》内,不许垂《秦妇吟》幛子,以此止谤,亦无及也。"今传韦庄《浣花集》不载此诗。三十年前敦煌石室遗书发现,中有自署"天复五年乙丑岁十二月十五日敦煌郡金光明寺学仕张龟写"的《秦妇吟》,才又流传于世。《朝野佥载》说:"韦庄者,数米而炊,称薪而爨之士也。庖人捧馔至,虽短肉一片,亦必知之。有一子,八岁而夭,其妻殓以常服,庄剥去,易以敝席。及葬,则并去敝席,携归家中。"大约是记他流离困窘时的生活。据《唐才子传》说:"黄巢乱后,韦庄益窘。……于流离漂泛,寓目缘情。……或离群轸虑,或及袂兴悲,四愁九怨之文,一咏一觞之作,俱能感动人也。"多谢黄巢之乱,成就了他这一诗人。韦庄在晚唐有诗名,入蜀以后词名始著。他一个人恰恰代表了诗词代谢之际两方面的作者。五代有许多重要的词人,重要的诗人却没有几个。只有诗僧贯休、齐己,可以比肩和韦应物为友的皎然。还有女诗人后蜀主孟昶之花蕊夫人徐氏(一作费氏)和号为女校书的薛涛,也可以比得上稍前一点的鱼玄机。所以我们论诗到五代,不能不推韦庄为一个大诗人。《秦妇吟》就是他的不朽之作,今引一段于此:

　　蓬头面垢眉犹赤,几转横波看不得。衣裳颠倒言语异,面上夸功雕作字。柏台多半是狐精,兰省诸郎皆鼠魅。还将短发戴华簪,不脱朝衣缠绣被。翻持象笏作三公,倒佩金鱼为两史。朝闻奏对入朝堂,暮见喧呼来酒市。

我们在这里可以想见在黄巢领导之下的农民阶级,他们一旦建立了新政权,仅仅知道摹仿旧统治阶级的一些老花样,不免闹出大笑话。这是那时没有阶级觉悟又没有政治目标的农民革命应有的现象。再引一段于此：

> 明朝又过新安东，路上乞浆逢一翁。苍苍面带苔藓色，隐隐身藏蓬荻中。问翁本是何乡曲？底事寒天霜露宿？老翁暂起欲陈词，却坐支颐仰天哭。乡园本贯东畿县，岁岁耕桑临近甸。岁种良田二百廛，年输户税三十万。小姑惯织褐绉袍，中妇能炊红黍饭。千间仓兮万斯箱，黄巢过后犹残半。自从洛下屯师旅，日夜巡兵入村坞。匣中秋水拔青蛇，旗上高风吹白虎。入门下马若旋风，罄室倾囊如卷土，家财既尽骨肉离，今日垂垂一身苦。一身苦兮何足嗟！山中更有千万家。朝饥山上寻蓬子，夜宿霜中卧荻花。

诗中这位老翁原来是一个大地主，也叫他尝尝乞丐生活的味道，不能不感谢那些官军。可见当时官军骚扰民间比"草贼"更甚。据史书所载，当时官军与草贼都为了饥饿很公平地互做人肉买卖，"以肥瘦计直"，谁说只有黄巢就是杀人放火的强盗呢？总之，《秦妇吟》借一个从长安逃难出来的阔人家姨太太，说出她身经乱离的见闻感触，讪笑官军甚于痛诋草贼，是极沉痛深刻之作。它是中国七言诗里第一长篇，它为唐诗放了最后的光辉。韦庄于光化三年（九〇〇）赴蜀，为王建书记。王建称帝，他做到宰相。他的词散见于《花间》、《尊前》诸集，王国维辑为《浣花词》一卷，共得五十四首。语浅而情深，不似温词故为纤丽。

菩　萨　蛮

人人尽说江南好，游人只合江南老。春水碧于天，画船听雨眠。　　垆边人似月，皓腕凝双雪。未老莫还乡，还乡须断肠。

天　仙　子

深夜归来当酩酊，扶入流苏犹未醒。醺醺酒气麝兰和。惊睡觉，笑呵呵。长道"人生能几何!"

女 冠 子

四月十七,正是去年今日。别君时,忍泪佯低面,含羞半敛眉。　　不知魂已断,空有梦相随。除却天边月,没人知。

思 帝 乡

春日游,杏花吹满头。陌上谁家年少,足风流。　　妾拟将身嫁与,一生休。纵被无情弃,不能羞。

相传韦庄有美姬,善词翰,王建托以教内人,强夺而去。韦庄为作《谒金门》一词:

空相忆,无计得传消息。天上嫦娥人不识,寄书何处觅?　　新睡觉来无力,不忍把君书迹。满院落花春寂寂,断肠芳草碧。

美姬得词,不食而死。当日蜀中小朝廷君臣沉湎声色的生活可以想见。不仅前蜀如此,后蜀亦如此。《宋史》说欧阳炯"性坦率,无检操,雅善长笛。太祖常召于偏殿,令奏数曲。御史中丞刘温叟闻之,叩殿门求见,谏曰:'禁署之职,典司诰命,不可作伶人之事。'王曰:'朕尝闻孟昶君臣溺于声色,迥至宰司,尚习此技,故为我所擒!'"

我们既以韦庄代表前蜀词人,现在再以欧阳炯来代表后蜀词人。

欧阳炯(八九六——九七一),《宋史》炯作迥,益州华阳人。初事王衍,为中书舍人;继事孟知祥及昶,做到宰相;后随昶降宋。他在当时是一个负盛名的作家,赵崇祚编《花间集》,要借重他题名作序。他的词散见《花间》、《尊前》诸集,王国维辑为《欧阳平章词》,凡三十一首。他说:"愁苦之音易好,欢愉之语难工。"实则他也只会写公子佳人相思的愁苦:

赤枣子

莲脸薄,柳眉长,等闲无事莫思量。每一见时明月夜,损人情思断人肠。

木兰花

儿家夫婿心容易,身又不来书不寄。闲庭独立鸟关关,争忍抛奴深院里! 闷向绿纱窗下睡,睡又不成愁又至。今年却忆去年春,同在木兰花下醉。

更漏子

玉栏干,金凳井,月照碧梧桐影。独自个,立多时,露华浓湿衣。 一向凝情望,待得不成模样。虽叵耐,又寻思:怎生嗔得伊?

此外,两蜀词人虽多,作品好像出于一手,所写不外公子佳人的旧愁新欢,离情别绪。我在这里只选录牛峤的《江城子》一首:

鵁鶄飞起郡城东,碧江空,半滩风。越王宫殿,蘋叶藕花中。帘卷水楼鱼浪起,千片雪,雨濛濛。

峤侄希济的《生查子》一首:

春山烟欲收,天澹星稀小。残月脸边明,别泪临清晓。 语已多,情未了,回首又重道。记得绿罗裙,处处怜芳草。

魏承班的《满宫花》一首:

寒夜长,更漏永,愁见透帘月影。王孙何处不归来?应在倡楼酩酊。 金鸭无香罗帐冷,羞共双鸳交颈。梦中几度见儿夫,不忍骂伊薄倖。

顾敻的《诉衷情》一首：

> 永夜抛人何处去？绝来音。香阁掩，眉敛，月将沉。争忍不相寻？怨孤衾。换我心为你心，始知相忆深！

现在要说到中原方面的和凝同荆南的孙光宪。其次，说到南唐的几个词人。

和凝（八九八——九五五），字成绩，郓州须昌人，年十九登进士第。梁义成军节度使贺环辟为从事。后唐时知制诰、知贡举。后晋时拜中书侍郎平章事。汉兴、拜太子太保。周初迁太子太傅。他也是和冯道一样的"长乐老"。冯道能够讽诵《兔园策》，他却长于短歌艳曲。冯道倡刻《九经》印卖，他就自刻集子百卷，分赠于人。他有艳词一编，名《香奁集》，今无传本。王国维从《花间集》诸书辑为《红叶稿》一卷，凡二十九首。兹录两首，以见"曲子相公"艳词之一斑：

> 曲槛，春晚。碧流纹细，绿杨丝软。露花鲜，杏枝繁。莺啭野芜平似剪。　　直是人间到天上，堪游赏，醉眼凝屏障。对池塘，惜韶光，断肠，为花须尽狂！（《河传》）

> 竹里风生月上门。理秦筝，对云屏，轻拨朱弦，恐乱马嘶声。含恨含娇独自语：今夜约，太迟生！（《江城子》）

孙光宪（？——九六八），字孟文，别号葆光子，陵州贵平人。高季兴据荆南，署为从事。历事三世，官至御史中丞。后劝高继冲归宋，又仕宋为董州刺史。光宪好藏书，著书甚多，今惟《北梦琐言》二十卷行世。王国维从《花间集》、《全唐诗》辑为《孙中丞词》一卷，凡八十四首。比较同时诸作

家,只有他和冯延巳的词存得最多。今录两首:

  蓼岸风多橘柚香,江边一望楚天长,片帆烟际闪孤光。 目送征鸿飞杳杳,思随流水去茫茫,兰红波碧忆潇湘。(《浣溪沙》)

  留不得,留得也应无益。白纻春衫如雪色,扬州初去日。 轻别离,甘抛掷,江上满帆风疾。却羡彩鸳三十六,孤鸾还一只。(《谒金门》)

冯延巳(?——九六〇?),一名延嗣,字正中,广陵人,一说新安人。南唐建国,他由翰林学士做到宰相。他的词有《阳春集》,宋初陈世修补辑散佚,误收一些别人的词。陈世修《阳春集序》说:"金陵盛时,内外无事。朋僚亲旧或当燕集,多运藻思,为乐府新词,俾歌者倚丝竹而歌之。"相传冯延巳尝作《谒金门》:

  风乍起,吹皱一池春水。闲引鸳鸯芳径里,手挼红杏蕊。 斗鸭阑干独倚,碧玉搔头斜坠。终日望君君不至,举头闻鹊喜。

元宗李璟戏问延巳道:"吹皱一池春水,干卿底事?"延巳对道:"安得如陛下'细雨梦回鸡塞远,小楼吹彻玉笙寒'特高妙也!"原来李璟也会作词,延巳恭维他的这两句出于他的《摊破浣溪沙》一词:

  菡萏香销翠叶残,西风愁起碧波间。还与容光共憔悴,不堪看! 细雨梦回鸡塞远,小楼吹彻玉笙寒。簌簌泪珠多少恨,倚栏干。

《南唐书》说乐部王感化善讴歌,元宗作《浣溪沙》二阕,手写赐感化,这里仅引一阕。可知南唐君臣沉湎声色的生活正和蜀中一样。冯延巳便是在这样的社会环境里产生的词人之一。

张泌(？——九八〇？)，泌一作佖，字子澄，淮南人，官至中书舍人、改内史舍人，随李后主归宋。或疑《花间集》中的张泌未必是南唐张泌。王国维从《花间集》、《全唐诗》辑为《张舍人词》一卷，凡二十八首。相传张泌初与邻女浣衣相善，作《江城子》一阕：

浣花溪上见卿卿，眼波秋水明，黛眉轻，高绾绿云，低簇小蜻蜓。好是问他来得么？含笑道："莫多情！"

后经年不复相见，夜必梦之。女别字，泌寄以诗云：

别梦依依到谢家，小廊回合曲阑斜。多情只有春庭月，犹为离人照落花。

浣衣为之陨涕。——这也只是公子佳人的风流韵事。可惜浣衣不能飞到张舍人的怀里，一诉衷情，如同冯相国延巳的《长命女》：

春日宴，绿酒一杯歌一遍，再拜陈三愿：一愿郎君千岁；二愿妾身长健；三愿如同梁上燕，岁岁长相见！

这里要说到南唐后主李煜了。提起君主能词，我就想到唐朝最后一个皇帝——昭宗李晔。他的词今存四首，《菩萨蛮》云：

登楼遥望秦宫殿，茫茫只见双飞燕。渭水一条流，千山与万丘。　远烟笼碧树，陌上行人去。安得有英雄，迎归大内中！

这真是"亡国之音哀以思"！结果，朱全忠把他杀了，唐朝也就完了。其

次,我们就会想到后唐庄宗李存勖。他的词也只存下四首。《歌头》一首咏四时行乐,长到一百三十六字:

> 赏芳春,暖风飘箔。莺啼绿树,轻烟笼晚阁。杏桃红,开繁萼,灵和殿,禁柳千行斜,金丝络。夏云多,奇峰如削。纨扇动微凉,轻绡薄。梅雨霁,火云烁。临水槛,永日逃烦暑,泛觥酌。　露华浓,冷高梧,凋万叶。一霎晚风,蝉声新雨歇。暗惜此光阴如流行,东篱菊残时,叹萧索。繁阴积,岁时暮。景难留,不觉朱颜失却。好容光,旦旦须呼宾友,西园长宵宴,《云谣》歌皓齿,且行乐。

这是五代词中第一长调,已开宋人慢词先路。前蜀词人李珣先世为波斯人,李存勖则为君临中原的西突厥人。存勖灭梁称帝,在位四年,纵情歌舞,亲近伶人,卒为伶人所杀。伶人把他的尸首杂着乐器烧了,可说替他举行了艺术的葬礼! 被他俘虏的蜀主王衍,也是和他一样酣歌恒舞的君主。衍词仅存两首。衍曾有宫词道:"月华如水浸宫殿,有酒不醉真痴人。"《北梦琐言》载蜀主裹小巾,其尖如锥。宫妓多衣道服,簪莲花冠,施脂夹粉,号为"醉妆"。自制《醉妆词》云:

> 者边走,那边走,只是寻花柳。那边走,者边走,莫厌金杯酒。

后蜀主孟昶曾笑"王衍浮薄,而好轻艳之词",实则他也是这样沉湎声色的君主。今仅存《木兰花》词一首,是他同花蕊夫人夏夜避暑摩诃池上之作:

> 冰肌玉骨清无汗,水殿风来暗香满。绣帘一点月窥人,欹枕钗横云鬓乱。　起来琼户启无声,时见疏星渡河汉。屈指西风几时来,只恐流年暗中换。

苏轼极称赏起头两句,尝隐括此词作洞仙歌。总之,我们要记住五代时候的统治阶级君主臣僚,大都是过的醇酒妇人歌唱的生活,酣恣享乐的生活,这样才可以去论南唐后主李煜的词。

李煜(九三七——九七八),字重光,李璟的第六子。二十五岁时嗣位为南唐主,在位十五年。宋将曹彬攻金陵,煜降于宋(九七五),被封为违命侯。相传煜在宋,有写给金陵旧宫人的信道:"此中日夕,只以眼泪洗面。"又作《虞美人》一首:

春花秋月何时了?往事知多少?小楼昨夜又东风,故国不堪回首月明中! 雕阑玉砌应犹在,只是朱颜改。问君能有几多愁?恰似一江春水向东流!

宋太宗知道了,很忌刻他。相传他是被太宗赐一种毒药——牵机药——害死的。《南唐二主词》有王国维辑本,及刘继曾笺注本。李璟的词不过几首,李煜的词存四十多首。煜词可分两期,第一期的词是在"量珠聘妓,纫彩维艘"的生活里所作。

菩 萨 蛮
花明月暗笼轻雾,今宵好向郎边去。刬袜步香阶,手提金缕鞋。 画堂南畔见,一向偎人颤。奴为出来难,教郎恣意怜。

浣 溪 沙
红日已高三丈透。金炉次第添香兽。红锦地衣随步皱。 佳人舞点金钗溜。酒恶时拈花蕊嗅。别殿遥闻箫鼓奏。

玉 楼 春
晚妆初了明肌雪,春殿嫔娥鱼贯列。笙箫吹断水云间,重按《霓裳》歌遍彻。 临春谁更飘香屑?醉拍阑干情味切。归时休放烛光红,待踏马蹄清夜月。

我们从这种词可见江南小朝廷里那位帝王是怎样的风流豪侈。在他自己回顾当时的生活,也说:"岂知荏苄乎性,忘长夜之靡靡;宴安其毒,累大德于滔滔。"(《却登高文》)可是悔之已晚,不久就亡国了。他第二期的词是从"无一欢之可作,有万绪以缠悲",直到"以眼泪洗面"的生活里所作。

乌 夜 啼

林花谢了春红。太匆匆,无奈朝来寒雨晚来风。　　胭脂泪,相留醉,几时重?自是人生长恨水长东。

破 阵 子

四十年来家国,三千里地山河。凤阁龙楼连宵汉,玉树琼枝作烟萝,几曾识干戈!　　一旦归为臣虏,沈腰潘鬓消磨。最是仓皇辞庙日,教坊犹奏别离歌,垂泪对宫娥。

望 江 南

多少恨,昨夜梦魂中,还似旧时游上苑,车如流水马如龙,花月正春风。

多少泪,断脸复横颐。心事莫将和泪说,凤笙休向泪时吹,肠断更无疑。

浪 淘 沙 令

帘外雨潺潺,春意阑珊。罗衾不耐五更寒!梦里不知身是客,一饷贪欢。　　独自莫凭栏,无限关山,别时容易见时难。流水落花春去也,天上人间!

他这种词已经不是享乐的歌唱,而是悲哀的声诉。词本是统治阶级君主臣僚寻开心的曲子,到了亡国以后的李后主,他的词成了发愤告哀的一种新体诗。从此以后,词这东西虽还可以歌唱,可是不必专为歌唱而作了。由"歌者的词"蜕变到"诗人的词",应该从他数起。他是五代最后死的一个词人(或云张泌之死更在其后),他发见了词的一个新境界。

三　北宋诗人与词人

我们已经说过，五代只有许多词人，没有几个值得怎样称述的诗人。可是到了两宋，三百年间（九六〇——一二八〇），不仅出了许多伟大的词人，同时还出了许多伟大的诗人。而且这些大诗人没有不兼为词人的，他们以词为一种新的诗体，自成一种"诗人的词"。比如大诗人苏轼就是以诗为词的。所以他的朋友陈师道说：

> 退之以文为诗，子瞻以诗为词。如教坊雷大使之舞，虽极天下之工，要非本色。（按雷大使为雷中庆，宣和中尚以善舞隶教坊，见蔡絛《铁围山丛谈》。）

晁补之也说：

> 东坡居士词，人谓多不谐音律。然横放杰出，自是曲子内缚不住者。

晁补之又评黄庭坚的词说：

> 鲁直间作小词，固高妙，然不是当行家语；自是着腔子唱好诗。

后来女词人李清照说：

> 晏元献、欧阳永叔、苏子瞻学际天人，作为小歌词，直如酌蠡水于大海，然皆句读不葺之诗尔！又往往不协音律。

可见当时有许多大诗人都是以诗为词,而且这些词不必可歌。虽然有人说,两宋词家每作一词,先按月择律,次按腔择谱,再次按律定韵,最后按谱填词。我想当日应制词人如周邦彦、晁端礼、万俟雅言、康与之一流,自然如此。其他词人和几个大诗人作词,恐怕未必都这样顾到音律罢。苏轼的词有一部分如《贺新郎》、《哨遍》、《江城子》、《采桑子》之类,从他的题序里可以知道他是为着歌唱而作,其他就未必都可歌。陆游说:

> 世言东坡不能歌,故所作乐府词多不协。晁以道谓绍圣初,与东坡别于汴上,东坡酒酣,自歌《古阳关》。则公非不能歌,但豪放不喜裁翦以就声律耳!试取东坡诸词歌之,曲终觉天风海雨逼人。

其实,苏轼或者只认词为诗之一体,尽管豪放,不协音律,那也是无妨的。

两宋大诗人如欧阳修、王安石、苏轼、黄庭坚、陆游、范成大、杨万里、刘克庄,同时兼为词人,虽然词是他们的余事。大词人如张先、柳永、周邦彦、李清照、辛弃疾、姜夔,却不一定都能作诗。只有张先、姜夔略有诗名,然而张先的诗集二十卷失传;姜夔《白石诗集》仅只两卷,《白石歌曲》却有六卷之多。辛弃疾于词虽知苏轼、陆游齐名,却不工诗。曾见叶德辉先生所藏清嘉庆间辛启泰辑刻《永乐大典》本《辛忠敏集》,其中有诗一卷,备体而已,不能追踪苏陆。总之,这几个大词人虽有诗流传,也只算诗是他们的余事。其他一般词人兼能作诗的自然还有,但都不算什么大作家,这里无暇提到他们了。

还有两宋道学家也大都是诗人,兼为词人的却极少。只见晚清江标《灵鹣阁汇刻名家词》收有朱熹《晦庵词》,又吴昌绶《双照楼汇刻词》收有魏了翁《鹤山长短句》。又《绝妙好词》选有真德秀的词几首。真德秀、魏了翁固然大有道气,但在《宋史》里他们都只列入儒林,还不是《道学传》中的人物。朱熹算是纯正的道学家了,他却了解孔圣人删《诗》不废淫奔之诗。似乎他是认为偶用管弦冶荡之音填词,只要守着孔圣人"思无邪"

的诗教,那也是无妨的。不过朱熹究竟是圣人之徒,遇有机会卫道,他总是挺身出来卫道的。据罗大经《鹤林玉露》说,那位慷慨上书、请诛秦桧的胡铨,流放吉阳军十年,孝宗才把他召回。他饮于湘潭胡氏园,有侍妓黎倩侑酒。他高兴极了,有诗道:"君恩许归此一醉,旁有梨颊生微涡。"后来朱熹看见了他这两句诗,很为他这点白璧微瑕惋惜,也题诗一首道:

十年浮海一身轻,归见梨涡却有情。世上无如人欲险,几人到此误平生!

又据周密《齐东野语》和洪迈《夷坚志》说,朱熹提举浙东,听了陈亮的话,奏参台州守唐与政(仲友)与营奴严蕊相狎,捕蕊下狱。两月之间,蕊虽备受棰楚,而一语不及唐。后来岳霖提点刑狱,颇哀怜严蕊,命她作词自陈,她就应声口占一词道:

不是爱风尘,似被前缘误。花落花开自有时,总赖东风主。去也终须去,住也如何住?若得山花插满头,莫问奴归处!(《卜算子》)

岳霖因判她从良。其实,这一桩公案,说来很好笑。陈亮虽和朱熹一样讲学,他自己却不废狭邪之游,而且他的《龙川词》又有很多纤丽的。他和唐与政都跟严蕊相狎,因而有隙,所以他就假朱熹之手报复。朱熹为他所卖,还不自知。我为什么要不惮烦地提到这桩公案呢?一则我们要知道那个时候的所谓官妓或营妓,不仅有好的歌喉,还有能够自己动手填词的,严蕊便是这样的一个。《齐东野语》、《夷坚志》、《古今词话》以至《词苑丛谈》,所载宋时妓女能够作词的还很多。二则我们要知道南宋虽是道气弥漫的时代。也是敌氛披猖的时代,贵族、官僚,乃至颇有道气的学者如陈亮其人,都不免挟妓酣歌。南渡之初,几于国破家亡,宗室赵彦端还和京口角妓萧秀、萧莹、欧懿、刘雅、欧倩、文秀、王婉、杨兰、吴玉九人相狎，作《鹧鸪天》十阕，歌以侑觞。又陈正晦《遁斋闲览》载词人毛开为郡，因陈牒妇人立雨中，而作《清平调》，词颇媟亵。岳飞算是有志规复中原，报仇雪耻的大将了，据李弥逊《筠溪乐府》有《鹏举座上歌姬唱夏云峰》一首，可知"精忠报国"如岳飞，当戎马倥偬之际，有时还不免酣沉声伎。辛弃疾、范成大不离声伎，那是不足怪的。叶绍翁《四朝闻见录》载韩侂胄喜陆游附己，至出所爱四夫人号满头花者索词，游有"飞上锦裀红绉"之句。韩侂胄本是一位颠顸的大官僚，纵情声色，固不足怪；爱国诗人陆游却也替他作这样的词，真是习俗移人，贤者不免了。还相传有这样一段趣话：道学家陆象山的弟子谢希孟，也是一个词人。少年豪放，酣沉声色，和一个妓女陆氏相好。象山知道了，不免责备他，他也不顾。又有一日，他为陆氏建造一座鸳鸯楼，象山再去责问他，他很干脆的答道："非特造楼，且为作记。"象山本来欢喜他的文章，不觉问他："楼记云何？"他就口占起笔道："自逊、抗、机、云之死，天地英灵之气不钟于男子，而钟于妇人。"这显然是在调侃他的陆先生不及一个姓陆的妓女了。陆先生听了，也只好相对默然。可见在道学极盛的时候，受了道学洗礼的人还不免有时破戒，其余的人酣沉声色又算做什么一回事呢！

若是回头说到北宋，那时道学初起，道气还不曾弥漫，许多文人远承南朝李唐五代士大夫风流放浪的结习，狎妓酣歌，更不算怎样得罪名教。大官僚如晏殊、寇准、韩琦、宋祁，乃至谥为文正的范仲淹，号为理学名儒的司马光，都有艳词绮语流传。此外，不仅柳三变一生常过着倚红偎翠、浅斟低唱的生活。其余词人自然常和妓女们厮混一起，他们的词多为歌妓舞姬侍儿家僮而作。他如刘敞本不甚措意于词，有时也不免自托风雅。当他知永兴时，惑于官妓，得惊眩疾。张耒也不甚措意于词，当他官许州时，却为了营妓刘淑奴而作《少年游》：

含羞倚醉不成欢，纤手掩香罗。偎花映烛，偷传深意，酒思入横波。看朱成碧心迷乱,脉脉敛双蛾。相见时稀隔别多,又春尽,可奈何?

不待说,他的朋友秦观更多淫媟的词,最为歌妓舞姬所爱。相传秦观死于藤州,丧还长沙,有妓殉情自缢。至于黄庭坚于小妓杨姝、衡阳妓陈湘,周邦彦于名妓李师师、岳楚云,也都有风流佳话。尤其是苏轼在杭州,似乎是受了白居易的影响,狎妓酣歌,豪放已极。我们只须举出他和名妓秀兰的一段韵事就得。他的贺新郎一词序云:

余倅杭日,府僚湖中高会,群妓毕集。惟秀兰不来,营将督之再三,乃来。仆问其故。答曰:"沐浴倦卧,忽有叩门声急,起询之,乃营将催督也。整妆趋命,不觉稍迟。"时府僚有属意于兰者,见其不来,恚恨不已,云必有私事;秀兰含泪力辨,而仆亦从旁冷语,阴为之解,府僚终不释然也。适榴花开盛,秀兰以一枝藉手献座中,府僚愈怒,责其不恭。秀兰进退无据,但低首垂泪而已。仆乃作一曲,名《贺新郎》,令秀兰歌以侑觞,声容妙绝。府僚大悦,剧饮而罢。

这样,你就不难想象苏轼在杭州是一个怎样风流自赏的小官僚。而且他的词有许多自己注明是为歌妓侍儿小鬟家僮而作。还有和他同时的一位道学家程颐,有一次听到人家读晏几道的词,"梦魂惯得无拘检,又踏杨花过谢桥"。连忙呼道,"鬼语鬼语!"可见受了戒的人也怕邪魔外道魅惑的。难怪那位隐逸的高士陈烈老先生遇着绮筵艳曲,竟至跳墙而逃了!在这样的社会环境里,自非道气十足如程颐、陈烈之流,难免不为习俗所移,就是那位"蓄道德、能文章"的欧阳修,亦复如此。赵令畤《侯鲭录》载欧阳修居汝阴时有挟妓事,并载其诗。令畤和修同时,又是朋友,当然不会说谎。何况《六一词》、《醉翁琴趣外篇》许多曲子是在"好妓好歌喉"的生活里产生出来的呢!

总之，我以为词在两宋所以发展，有两个重大的意义。一则因为同时道学的逐渐发展，不仅思想界大受影响，文学上也沾染了不少的道气。有道学的诗人，有道学的古文家，邵雍、朱熹可为代表。只有词毕竟是翦红刻翠、滴粉搓酥的东西，本来就只有富贵气，勉强可以有一点蔬笋气，却不许你有头巾气——或说道气、腐气。所以尽管有道学家偶然填词，也不能不稍入情语，而不能成立一种道学的词。正因为词的本质如此，所以它就能够在被道气侵袭的文坛里保存最后的一角，作为文学上避难的桃源，也就在无形之中替被压抑了的"人欲"留了一条出路。因而就发生了严守"诗教"的诗人兼为"语涉淫亵"的词人，满口"天理流行"的道学家不废"人欲横流"的词体，现出这种似乎不可解的矛盾。再从它的社会根据来说，词在两宋适应统治阶级生活上的要求，而表现了他们的姿态，正继续着五代而没有两样。不过五代是一个大乱的时代，两宋是一个苟安的时代。尤其是在北宋盛时，除掉北方契丹民族建立的辽国占据了燕云十六州（今属北平、山西的北境）以外，中国本部还算保持了一种统一的局面。直到女真民族强大起来，建立了金国，并吞了辽国，宋朝君臣还是抱着苟安的态度，过着歌舞升平、酣恣享乐的生活。这在《宣和遗事》以及蔡絛《铁围山丛谈》等书可以看得到的。南渡以后，虽然那位皇帝词人——徽宗赵佶——早已被金人掳去，重演了南唐李后主一样的悲剧，可是当时君臣宴安的生活依然如故。高宗洞达音律，尝自制曲，命小臣赋词，俾内人歌以侑觞。康与之就以会做诌谀粉饰的应制歌词而得到高宗的宠眷。孝宗也和高宗一样，《齐东野语》载孝宗内宴，酒酣，内人以帕子从曾觌乞词。曾觌、吴琚、张抡、王千秋一流词人都以会做应制酬贺的歌词有名于当时。南渡以来号为三大奸相的秦桧、韩侂胄、贾似道，他们的门下都搜罗了一些贡谀献媚的词人。例如朱希真依附秦桧，陆游依附韩侂胄，吴文英依附贾似道，贤者如此，其他可知了。醇酒、妇人、歌唱之外，再加诌谀，这是两宋词坛的风气所以异于五代的地方。在粉饰太平的苟安的社会，统治阶级的生活上要求享乐，也要求诌谀。何况粉饰太平，歌功颂德，更足以掩饰他们自己的罪恶,和他们不能抵御外侮的耻辱呢!

在当时的社会环境里产生的词如此。诗呢?代表"人欲"的词和代表"天理"的道学同时发展的关系如此。诗和道学的关系呢?自然,被"诗教"支配了的诗和道学最为接近。有许多诗人的作品就免不了发空论,谈哲理。所以前人评论宋诗,总要加它一个"腐"字。说到这里,我要举出宋末诗人乐雷发的一首《乌乌歌》:

莫读书,莫读书!惠施五车今何如?请君为我焚却《离骚赋》,我亦为君劈碎《太极图》。朅来相就饮斗酒,听我仰天呼乌乌!深衣大带说唐虞,不如长缨系"单于"。吮毫搦管赋《子虚》,不如快鞭跃的卢。君不见前年贼兵破巴渝,今年贼兵屠成都?风尘顽洞分豺虎塞涂,杀人如麻兮流血成湖。眉山书院嘶哨马,浣花草堂巢妖狐。何人答中行?何人缚可汗?何人丸泥封函谷?何人三箭定天山?大冠若箕兮高剑拄颐,朝谈回轲兮夕讲濂伊。绶若若兮印累累,九州博大兮君今何之?有金须碎作仆姑,有铁须铸作蒺藜。我当赠君以湛卢青萍之剑,君当报我以太乙白鹄之旗。好杀贼奴取金印,何事区区章句为?死诸葛兮能走生仲达,非孔子兮孰却莱夷!噫!歌乌乌兮使我心不怡。莫读书,莫读书!

这位诗人眼见蒙古兵骎骎南下,社会里死气沉沉。他不仅骂倒道学家和诗人都属无用的废物,他简直深恶痛绝一切文人,要高唱"莫读书。莫读书"了!不久,宋朝也就亡了!

论到纯粹的道学家,那是属于思想史的范围,我们不要理会。现在,我要从头来略略评述两宋三百年间许多重要的诗人和词人。

宋初文学沿袭晚唐五代的风气,讲究纤俪,有所谓西昆体。杨亿、刘筠、钱惟演算是这一派代表的作家。杨亿编有《西昆酬唱集》,录亿及刘筠、钱惟演、张咏、丁谓等十七人之诗,凡近体二百五十首。杨亿不喜杜诗,至目杜甫为"村夫子"。他们竭力摹仿晚唐李商隐的诗。据刘攽《中山诗话》说:"祥符、天禧中,杨大年、钱文僖、晏元献、刘子仪以文章立朝,为诗皆宗尚李义山,号西昆体。后进多窃义山语句。赐宴,优人有为义山者,衣服败敝,告人曰:'我为诸馆职挦扯至此。'闻者欢笑。"可见当时诗坛上的风气之一斑。石介因作《怪说》痛诋杨亿。他说:"杨亿穷妍极态,缀风月,弄花草;淫巧侈丽,浮华纂组;刻镂圣人之经,破碎圣人之言,离析圣人之意,蠹伤圣人之道。……其为怪大矣!"真宗就下诏书,禁"文体浮艳"。这都是西昆体盛行后引出来的反响。当时王禹偁想变诗体,而才力不够。只有梅尧臣"去浮靡之习于西昆体极弊之际,存古淡之道于诸大家未起之先。"要算他是开拓宋代诗境的第一人。

梅尧臣(一〇〇二——一〇六〇),字圣俞,宣州宣城人。初为河南主簿,钱惟演留守西京,引为忘年交,互相酬倡。欧阳修与为诗友,自以为不及。尧臣更加精思苦学,由是知名于时。他论诗说:"凡诗意新语工,得前人所未道者,斯为善矣。必能状难写之景如在目前,含不尽之意见于言外,然后为至也。"先与苏舜钦齐名,人称苏、梅,后与欧阳修齐名,人称欧、梅。他的官位却不大,仅仅做到尚书都官员外郎,人称梅都官。也许因为他一生不甚得志罢,他的诗颇有同情于当时的贫苦阶级。如《陶者》一首:

陶尽门前土,屋上无片瓦。十指不沾泥,鳞鳞居大厦。

这首诗颇为手工业者抱不平。再如《岸贫》、《村豪》两首:

无能事耕获,亦不有鸡豚。烧蚌煞槎沫,织蓑依树根。野芦编作室,青蔓与为门。稚子将荷叶,还充犊鼻裈。(《岸贫》)

日击收田鼓,时称大有年。烂倾新酿酒,包载下江船。女髻银钗满,童袍毳毡鲜。里胥休借问,不信有官权。(《村豪》)

他把贫农和地主的生活,贫富苦乐的悬殊,两两对照写来,似乎不是没有意思的。欧阳修《六一诗话》说:"圣俞、子美齐名于一时,而二家诗体特异。子美笔力豪隽,以超迈横绝为奇;圣俞覃思精微,以深远闲淡为意;各极其长,虽善论者不能优劣。"实则苏诗并没有什么奇处,不过我们要知道苏、梅同是当时诗坛上开风气的人就是了。

和苏、梅同时的诗人不少。林逋是一个隐逸诗人,隐居西湖孤山,终身不娶,留下了梅妻鹤子的嘉话。咏梅两句"疏影横斜水清浅,暗香浮动月黄昏",传为绝唱。还有值得稍为详说的,就是那位道学诗人邵雍了。

邵雍(一○一○——一○七七),字尧夫,河南共城人。少年时候颇有志功名,刻苦求学,严寒不炉,酷暑不扇,夜不就席。壮年曾游历四方而归,精研所谓"物理性命之学"。晚年居洛,蓬荜环堵,不庇风雨。司马光、富弼、吕公著一般人都和他往来,很敬重他,替他买园宅,他就命名为安乐窝,自号安乐先生。死后得赐谥康节。他的《伊川击壤集自序》道:"所作不限声律,不沿爱恶,不立固必,不希名誉,如鉴之应形,如钟之应声。"论者以为:"自班固作《咏史诗》始兆论宗,东方朔作《诫子诗》始涉理路。沿及北宋,鄙唐人之不知道,于是以论理为本,以修词为末,诗格于是乎大变,而以邵子《击壤集》为尤著。"现在我把他的诗举出几首为例。如《生男吟》一首:

> 我今行年四十五,生男方始为人父。鞠育教诲诚在我,寿夭贤愚系于汝。我若寿命七十岁,眼前见汝二十五。我欲愿汝成大贤,未知天意肯从否?

这种诗自然缺乏诗趣。但如《安乐窝》和《南园赏花》两首:

> 半记不记梦觉后,似愁无愁情倦时。拥衾侧卧未欲起,帘外落花撩乱飞。

(《安乐窝》)

　　　　花前把酒花前醉,醉把花枝仍自歌。花见白头人莫笑,白头人见好花多。

　　　　　　　　　　　　　　　　　　　(《南园赏花》)

这种诗有理趣也有诗趣,并不失为好诗。和他同时的司马光、程颢、张载以及后来的朱熹都可算是他这一派的诗人。

　　上面说过的几个诗人要算钱惟演、梅尧臣、林逋、司马光兼能填词,而留下来的词却不多。所以论到宋朝最初的一个大词人不能不推晏殊,他可以比得上南唐的冯延巳。

　　晏殊(九九一——一〇五五),字同叔,抚州临川人。七岁能属文,真宗时以神童召试,赐同进士出身。仁宗庆历中,拜集贤殿学士、同平章事、兼枢密使。《宋史》(三百十一)称他"平居好贤,当世知名之士如范仲淹、孔道辅皆出其门。及为相,益务进贤材,而仲淹与韩琦富弼皆进用。"卒谥元献。叶梦得《避暑录话》说:"晏元献公虽早富贵,而奉养极约。惟喜宾客,未尝一日不燕饮,……亦必以歌乐相佐。……稍阑,即罢遣歌乐,曰:'汝曹呈艺已遍,吾当呈艺。'乃具笔札,相与赋诗,率以为常。"可知晏殊的诗词是在怎样的生活里产生出来的。有《浣溪沙》一阕最佳:

　　　　一曲新词酒一杯,去年天气旧亭台。夕阳西下几时回?　　无可奈何花落去,似曾相识燕归来。小园香径独徘徊!

总之,我们不要忘记他是所谓太平宰相,他的《珠玉词》正反映着他的闲雅富丽的生活。他的幼子几道,有《小山词》一卷。自跋云:"始时沈十二廉叔、陈十君宠,家有莲鸿、蘋云,品清讴娱客。每得一解,即以草授诸儿,吾三人持酒听之,为一笑乐。已而君宠疾废卧家,廉叔下世,昔之狂篇醉句遂与两家歌儿酒使俱流转于人间。"可以想见这位公子哥儿醇酒妇人歌唱的生活，不愧为他老太爷的肖子了。

以下依次叙述欧、王、苏、黄四大家，并及他们相先后的几个重要词人或诗人。

欧阳修（一〇〇七——一〇七二）字永叔，号醉翁，晚号六一居士，庐陵人。初举进士甲科，历任右正言、知制诰，出知滁州扬州颍州，还为翰林学士、参知政事，以太子少师致仕。卒谥文忠。他是一个多方面的大作家。苏轼说他"论大道似韩愈，论事似陆贽，记事似司马迁，诗赋似李白"。他又是一个考古学家，著有《集古录》。《宋史》（三百十九）称他"为文，天才自然，丰约中度。……天下翕然师尊之。奖引后进，如恐不及。赏识之下，率为闻人。曾巩、王安石、苏洵。洵子轼、辙，布衣屏处，未为人知。修即游其声誉，谓必显于世"。他真可以说是宋朝"文学之父"！他是熟读韩愈遗稿的，诗文都学韩。他却自许《庐山高》、《明妃曲》等诗不让李、杜。我很爱读他的七绝。

画　眉　鸟

百啭千声随意彩，山花红紫树高低。始知锁向金笼听，不及林中自在啼。

丰乐亭游春

红树青山日欲斜，长郊草色绿无涯。游人不管春将老，来往亭前踏落花。

据他的《六一诗话》说："国朝浮图以诗名于世者九人，故时有集号《九僧诗》，今不复传矣。……当时有进士许洞者，善为词章，俊逸之士也。因会诸诗僧分题，出一纸，约曰：'不得犯此一字。'其字乃山水风云竹石花草雪霜星月禽鸟之类，于是诸僧皆阁笔。"我想倘若遵守许洞的诗约，六一居士也该搁笔了罢。《六一词》有汲古阁本，《醉翁琴趣外篇》有近人吴氏双照楼影宋本，后一种艳词更多。今举几首为例：

今日北池游,漾漾轻舟。波光潋滟柳条柔。如此春来春又去,白了人头。　　好妓好歌喉,不醉难休。劝君满满酌金瓯。纵使花时常病酒,也是风流。(《浪淘沙》)

罗衫满袖,尽是忆伊泪。残妆粉,余香被。手把金樽酒,未饮先如醉。但向道,厌厌成病皆因你。　　离思迢迢远,一似长江水。去不断,来无际。红笺着意写,不尽相思意。为个甚?相思只在心儿里。(《千秋岁》)

庭院深深深几许?杨柳堆烟,帘幕无重数。玉勒雕鞍游冶处,楼高不见章台路。　　雨横风狂三月暮。门掩黄昏,无计留春住。泪眼问花花不语,乱红飞过秋千去。(《蝶恋花》)

曾慥《乐府雅词序》说:"欧公一代儒宗,风流自命。词章窈眇,世所矜式。乃小人或作艳曲,谬为公词。"又蔡絛《西清诗话》说:"欧阳修之浅近者,谓是刘煇伪作。"《名臣录》也说:"修知贡举,为下第举子刘煇等所忌,以《醉蓬莱》、《望江南》诬之。"其实,欧阳修就有这种艳词,正如陶潜有《闲情赋》一样,未必就是玉瑕珠颣。而且他曾两次被人用家庭暧昧事参劾,一疑他盗甥女张氏,一疑他与长子妇吴氏有私,事之有无固不必说;但当时道学的气焰还不曾抬头,他就做做艳词,自然是可有的事。他和晏殊的词都还继续着五代花间一派。直到张先柳永,才算为宋词开了新纪元。

柳永初名三变,字耆卿,崇安人。他和欧阳修同时,生卒年都不可考,但知他于仁宗景祐元年(一〇三四)登进士第。官至屯田员外郎,世称柳屯田。有《乐章集》。叶梦得《避暑录话》说:"柳永为举子时,多游狭邪,善为歌词。教坊乐工每得新腔,必求永为词,始行于世。余仕丹徒,尝见一西夏官归朝云,'凡有井水饮处,即能歌柳词。'言其传之广也。"张端义《贵耳集》也说:"项平斋言诗当学杜诗,词当学柳词。杜诗柳词皆无表德,只是实说。"可知柳词当日流传之广,除了音乐的关系之外,还是因为浅近通俗之故。但真能享乐柳词的人,当然只有豢养教坊乐工或官妓侍儿的特殊阶级,因此我们不能说他的调就是什么平民文学。这正如现今黎锦晖氏所作《毛毛雨》一类歌曲,不仅国内小学校都在唱它,我们住在上海,可以看见从黄包车夫以至大学教授都能唱《毛毛雨》,却不好说这就是普罗文学或大众文学罢。可是我们要注意,五代词只是小令,到宋才有慢词。柳永正是慢词的第一个成功者,他替宋词开了新纪元。所以吴曾《能改斋漫录》说:"词自南唐以来,但有小令。其慢词起自仁宗朝。中原息兵,汴京繁庶,歌台舞榭,竞睹新声。耆卿失意无聊,流连坊曲,遂尽收俚俗语言,编入词中,以便伎人传唱,一时动听,散布四方。其后东坡少游山谷辈相继有作,慢词遂盛。"吴曾和柳永的年代相隔不远,所说当有根据。慢词比较小令更能达出曲折繁复的情感思想,可说词体到柳永时代有了一个大进步。柳词《雨霖铃》一首最有名:

  寒蝉凄切,对长亭晚,骤雨初歇。都门怅饮无绪,方留恋处,兰舟催发。执手相看泪眼,竟无语凝咽。念去去,千里烟波,暮霭沉沉楚天阔。 多情自古伤离别,更那堪冷落清秋节!今宵酒醒何处?杨柳岸,晓风残月。此去经年,应是良辰好景虚设。便纵有千种风情,更与何人说?

柳永一生不甚得意,沉迷于醇酒妇人歌唱的生活里。他虽说过"忍把浮名,换了浅斟低唱?"作了许多纤丽的词,却亦时时流露感伤的调子。最后死于襄阳,无以为葬,幸赖许多歌妓葬他于枣阳花山。每遇清明时节,还有人拿着酒肴饮于他的墓侧,举行"吊柳会"哩!

  张先(九九〇———〇七八),字子野,乌程人,官至都官郎中。有文集一百卷,今仅存《安陆词》,一本题《张子野词》。他和柳永齐名,都能作慢词。小令《天仙子》一首是他的名作:

  水调数声持酒听,午醉醒来愁未醒。送春春去几时回?临晚镜,伤流景,往事悠悠空记省。　　沙上并禽池上暝,云破月来花弄影。重重帘幕密遮灯,风不定,人初静,明日落红应满径。

宋祁称他做"云破月来花弄影郎中"。又人家叫他张三中——因他的词句有"心中事,眼中泪,意中人"。他自己却自命张三影,以"云破月来花弄影"、"娇柔懒起,帘幕卷花影"、"柳径无人,堕飞絮无影"三影字句自豪。实则他最会使用影字,不止这三句。

柳、张虽然都可以说是开拓宋代词坛的重要词人,却于诗没有什么成就,尤其是柳,似乎不能作诗。说到兼工诗词的大作家,欧阳修而外,就不能不推王安石和苏、黄。

王安石(一〇二一——一〇八六),字介甫,号半山,抚州临川人。少时好读书,过目不忘。作文动笔如飞,而又精妙。他是一个大政治家,慨然有矫世变俗之志。初擢进士上第,历度支判官,即上万言书于仁宗,主张变法。神宗即位,很信任他,拜参知政事,用为宰相,行青苗、水利、均输、保甲、免役、市易、保马、方田诸新法。但因守旧党的阻挠,新法失败,罢为镇南军节度使。后再入相,封荆国公,他在政治上自信力极强,文学上亦戛戛独造,充分地表现他的个性,我看他的诗生硬奇峭,实为江西诗派的先驱。严羽《沧浪诗话》说:"公绝句最高,其得意处高出苏、黄、陈之上。"杨万里就说读半山绝句可当朝餐了。今举数首为例:

　　茅檐长扫静无苔,花木成畦手自栽。一水护田将绿绕,两山排闼送青来。

(《书湖阴先生壁》)

　　竹里编茅倚石根,竹茎疏处见前村。闲眠尽日无人到,自有春风为扫门。

(《竹里》)

　　落帆江口月黄昏,小店无灯欲闭门。侧出岸沙枫半死,系船应有去年痕。

(《江宁夹口》)

涧水无声绕竹流,竹西花草弄春柔。茅檐相对坐终日,一鸟不鸣山更幽。

(《钟山即事》)

他笑李白的诗不离酒与妇人。他有《拟寒山拾得诗》。他作诗颇喜发议论,谈佛理,还欢喜集句。我们读《临川先生歌曲》,也完全可以看出他这几种癖性来。他也是"以诗为词"的。好词如《生查子》一首:

雨打江南树,一夜花开无数。绿叶渐成荫,下有游人归路。与君相逢处,不道春将暮。把酒祝东风,且莫恁匆匆去。

又如《谒金门》一首:

春又老,南陌酒香梅小。遍地落花浑不扫,梦回情意悄。　红笺寄与烦恼,细写相思多少。醉后几行书字小,泪痕都揾了。

这种词都可以说得上"婉约"二字。再如《桂枝香》一首,据《古今词话》说:"金陵怀古,诸公寄词于《桂枝香》,凡三十余首,独介甫最为绝唱。东坡见之,不觉叹息曰:'此老乃野狐精也!'"词云:

登临送目,正故国晚秋,天气初肃。千里澄江似练,翠峰如簇。归帆去棹残阳里,背西风酒旗斜矗。彩舟云淡,星河鹭起,画图难足。　念往昔繁华竞逐。叹门外楼头,悲恨相续。千古凭高,对此漫嗟荣辱。六朝旧事随流水,但寒烟芳草凝绿。至今商女,时时犹歌,《后庭》遗曲。

这种词也可以说得上"豪放"二字,东坡就更会做这种"野狐精"的词了。算他做了苏、辛词的先驱。

苏轼(一〇三六——一一〇一),字子瞻,眉州眉山人。他和父洵、弟辙都享文坛盛名,世称"三苏"。初试礼部,主司欧阳修看了他的文章,对梅尧臣说:"吾当避此人出一头地。"召直史馆。因反对王安石行新法,出为杭州通判。后因诗语讪谤下狱,贬为黄州团练副使。时与田父野老相从溪山间。筑室东坡,自号东坡居士。又曾贬为琼州别驾,累官翰林学士,提举玉局观等职。卒谥文忠。他是一个天才绝高的人,性格豪放,文章风格也是豪放的。自谓"作文如行云流水,初无定质;但常行于所当行,止于所不可不止。虽嬉笑怒骂之辞,皆可书而诵之"。他的诗每以技巧见长,典故记得多,韵脚安得好,和韵次韵之作最多。我只爱读他那些似乎随手拈来的绝句。

少年时尝过一村院见壁上有诗云夜凉疑有雨院静似无僧不知何人诗也宿黄州禅智寺寺僧皆不在夜半雨作偶记此诗故作一绝

佛灯渐暗饥鼠出,山雨忽来修竹鸣。知是何人旧诗句,已应知我此时情。

题 西 林 壁

横看成岭侧成峰,远近高低各不同。不识庐山真面目,只缘身在此山中。

惠崇春江晚景

竹外桃花三两枝,春江水暖鸭先知。蒌蒿满地芦芽短,正是河豚欲上时。

饮湖上初晴后雨

水光潋滟晴方好,山色空濛雨亦奇。欲把西湖比西子,淡妆浓抹总相宜。

吏 隐 亭

纵横忧患满人间,颇怪先生日日闲。昨夜清风眠北牖,朝来爽气在西山。

撷 菜 并 序

吾借王参军地,种菜不及半亩,而吾与过子终年饱菜。夜半饮醉,无以解酒,辄撷菜煮之。味含土膏,气饱风露,虽梁肉不能及也。人生须底物而更贪耶?

秋来霜露满东园,芦菔生儿芥有孙。我与何曾同一饱,不知何苦食鸡豚!

最能表现他那种横放杰出的天才,究竟还是句子长短比较自由,旋律进行比较变化的词。所以他要以词当时,结果词比诗好。

念奴娇　　赤壁怀古

大江东去,浪淘尽千古风流人物。故垒西边,人道是三国周郎赤壁。乱石崩云,惊涛裂岸,卷起千堆雪。江山如画,一时多少豪杰!　遥想公瑾当年,小乔初嫁了,雄姿英发。羽扇纶巾,谈笑间,强虏灰飞烟灭。故国神游,多情应笑我早生华发。人间如梦!一尊还酹江月。

水 调 歌 头

丙辰中秋,欢饮达旦,大醉,作此篇,兼怀子由。

明月几时有?把酒问青天。不知天上宫阙,今夕是何年。我欲乘风归去,惟恐琼楼玉宇,高处不胜寒。起舞弄清影,何似在人间?　转朱阁,低绮户,照无眠。不应有恨,何事长向别时圆?人有悲欢离合,月有阴晴圆缺,此事古难全。但愿人长久,千里共婵娟!

定 风 波

三月七日,沙湖道中遇雨。雨具先去,同行皆狼狈,余独不觉。已而遂晴。故作此。

莫听穿林打叶声,何妨吟啸且先行?竹杖芒鞋轻胜马,谁怕?一蓑烟雨任平生。　料峭春风吹酒醒,微冷。山头斜照却相迎。回首向来萧瑟处,归去,也无风雨也无晴。

临 江 仙

雪堂夜饮,醉归临皋作。

夜饮东坡醒复醉,归来仿佛三更。家童鼻息已雷鸣,敲门都不应,倚杖听江声。　长恨此身非我有,何时忘却营营?夜阑风静縠纹平,小舟从此逝,江海寄余生。

论者以为"词自晚唐五代以来,以清切婉丽为宗;至柳永而一变,如诗家之有白居易;至苏轼而一变,如诗家之有韩愈;遂开南宋辛弃疾等一派。寻源溯流,不能不谓之别格,然谓之不工则不可"。这些话大致还对。总之,我们研究苏轼的词有两点要注意:一、他是以诗为词的。晚唐五代乃至宋初二百年间的词几乎完全无题,他的词却于调名——或称词牌——之外,往往另标题目,无异乎诗题。以前的词里、描写的主要人物大都是特殊阶级化身的公子佳人,或者仅仅是被玩弄侮辱的女性;描写的实际生活不外乎特殊阶级享乐的醇酒妇人歌唱。他的词却"无意不可入,无事不可言"。从此词的意境更扩大了,词的内容更丰富了。二、在他以前,花间一派的词,大家崇尚"婉约",都以公子佳人式的儿女姿态出现,作者的个性表现不甚明显。他的词却每以诗豪酒客名士狂生的姿态出现,充分地表现他自己的个性,开了"豪放"一派。从此有许多词人要以自己的姿态呈现读者之前,表现自己的个性风格了。而且词只是他们的一种新体诗,不一定为著歌唱而作了。

和苏轼同时,而得他的提携,或受到他的影响,有所谓苏门四学士——黄庭坚、张耒、晁补之、秦观。或更加入陈师道、李廌，称为苏门六君子。此外，他的中表兄弟文同以诗有名，程垓以词有名；词人如贺铸、毛滂、李之仪、张舜民，也都和他同时，较为后进；在文学上或许都要受到他的一点影响也未可知。

在上面所说诸作家中，要算秦观、贺铸词名最著，黄庭坚、陈师道诗名最著。秦观有《淮海居士长短句》，一题《淮海词》。《满庭芳》一首最佳：

山抹微云，天粘衰草，画角声断谯门。暂停征棹，聊共引离尊。多少蓬莱旧事，空回首烟霭纷纷。斜阳外，寒鸦数点，流水绕孤村。　　消魂当此际，香囊暗解，罗带轻分，谩赢得青楼薄倖名存。此去何时见也？襟袖上空染啼痕。伤情处，高城望断，灯火已黄昏。

晁补之说："近来作者皆不及少游。如'斜阳外，寒鸦数点，流水绕孤村'，虽不识字人亦知是天生好言语。"又据蔡絛《铁围山丛谈》所记："观婿范温尝预贵人家会。贵人有侍儿，喜歌秦少游长短句，坐间略不顾温，酒酣欢洽，始问'此郎何人？'温遽起叉手对曰：'某乃山抹微云女婿也。'闻者绝倒。"可见秦观的词很为当时所重。贺铸有《东山词》，一题《贺方回词》。《青玉案》一首最佳：

凌波不过横塘路，但目送芳尘去。锦瑟年华谁与度？月桥花院，琐窗朱户，只有春知处。　　碧云冉冉蘅皋暮，彩笔空题断肠句。试问闲愁都几许？一川烟草，满城风絮，梅子黄时雨。

黄庭坚最称赏他这首词，赠诗道："解道江南肠断句，只今惟有贺方回。"当时他因这首词而享大名，大家称他贺梅子。又据陆游《老学庵笔记》说："贺方回状貌奇丑，俗谓之贺鬼头。喜校书，朱黄未尝去手。诗文皆高，不独工长短句也。"陈师道受业于曾巩之门，作诗学黄庭坚。自以为于词不减秦七、黄九。《渔家傲》一词有句云："拟作新词酬帝力,轻落笔,黄秦去后无强敌。"实则他的《后山词》里没有几首好的。只有赠晁补之舞鬟《减字木兰花》一首较佳:

娉娉袅袅,芍药枝头红玉小。舞袖迟迟,心到郎边客已知。当筵举酒,劝我尊前松柏寿。莫莫休休,白发簪花我自羞。

原来他是一个所谓安贫乐道的寒士,不能勉强说富贵话,那是自然的。他的诗风骨磊落,却正表现了他的个性。至于黄庭坚,诗和苏轼齐名,词和秦观齐名,算是一个大作家,就值得稍为详细来说了。

黄庭坚(一○四五——一一○五),字鲁直,洪州分宁人。初举进士,历官校书郎、著作佐郎、起居舍人。因忤章惇、蔡卞,贬涪州别驾,黔州安置,移戎州。起知太平州,又因与赵挺之有隙,羁管宜州。初游灊皖山谷寺石牛洞,乐其林泉之胜,因自号山谷道人。又过涪州,号涪翁。《宋史》(四百四十四)称:"庭坚于文章尤长于诗。蜀江西君子以庭坚配轼,故称苏黄。"苏、黄都以七律见长,我更爱读黄的七律,那些仅有拗句没有僻典的七律。

赠惠洪

吾年六十子方半,槁项顶螺忘岁年。韵胜不减秦少觌,气爽绝类徐师川。不肯低头拾卿相,又能落笔生云烟。脱却衲衫著蓑笠,来佐涪翁刺钓船。

郭明父作西斋于颍尾请予赋诗

食贫自以官为业,闻说西斋意凛然。万卷藏书宜子弟,十年种木长风烟。未尝终日不思颍,想见先生多好贤。安得雍容一樽酒,女郎台下水如天!

答龙门潘秀才见寄

男儿四十未全老,便入林泉真自豪。明月清风非俗物,轻裘肥马谢儿曹。山中是处有黄菊,洛下谁家无白醪! 想得秋来常日醉,伊川清浅石楼高。

登 快 阁

痴儿了却公家事,快阁东西倚晚晴。落木千山天远大,澄江一道月分明。朱弦已为佳人绝,青眼聊因美酒横。万里归船弄长笛,此心吾与白鸥盟。

黄庭坚的词今存《山谷词》,一题《山谷琴趣外篇》。陈师道《后山诗话》说:"今代词手惟秦七、黄九,他人不能及。"庭坚的词有雅有俗。雅词正如晁补之所说:"著腔子唱好诗。"俗词就有法秀道人警告他说:"以笔墨劝淫,于我法(佛法)中当下犁舌之狱。"究竟俗到什么地步?淫到什么地步?今举两三首为例:

世间好事,恰恁厮当对。乍夜永,凉天气。雨稀帘外滴,香篆盘中字。长入梦,如今见也分明是。 欢极娇无力,玉软花欹坠。钗冒袖,云堆臂。灯斜明媚梦,汗浃菖腾醉。奴奴睡,奴奴睡也奴奴睡。(《千秋岁》)

对景还销瘦,被个人把人调戏,我也心儿有。忆我又唤我,见我嗔我,天甚教人怎生受! 看承幸厮勾,又是樽前眉峰皱。是人惊怪,冤我忒捆就,拼了又舍了,一定是这回休了,及至相逢又依旧。(《归田乐引》)

秋水遥岑,妆淡情深。尽道教心坚穿石,更说甚官不容针。霎时间雨散云归,无处追寻! 小楼朱阁,沉沉一笑千金。你共人女边著子,争知我门里挑心。最难忘,小院回廊,月影花阴。(《两同心》)

黄庭坚这类词虽然未必"裒诨不可名状",可是有好些俗语俗字难懂,这几首还是比较好懂的。他作诗欢喜用拗句僻典,作词却不嫌鄙俗。他教人作诗要读经学道,自己作词却不免笔墨劝淫之讥。他也和欧阳修一样,似乎在两种文学形式里表现了两重人格。只是他的诗给后来诗人的影响最大。南渡之初,吕本中(居仁)自以为得黄陈的衣钵,作《江西宗派图》,列黄庭坚、陈师道而下,谢逸、谢薖、韩驹、李彭、晁冲之等凡二十五人,号为江西诗派。元方回《瀛奎律髓》称杜甫为一祖,黄庭坚、陈师道、陈与义为三宗,江西诗派更确定了。不过我以为与其说黄庭坚诗学杜甫,毋宁说他学韩愈。他的父亲(黄庶)就是作诗学韩愈的。他自己也不讳言学韩,虽然同时他还说到学杜。我已经说过了韩愈的诗生硬僻涩,是由八代直到盛唐、五七言诗都已达到烂熟而起的一种反动。宋朝诗人除了可以利用词体作为一种新的诗体而外,要做诗、总跳不过唐人范围。要避免唐人烂熟的一条旧路,只好拣生硬的一条路来走。这虽然也是韩愈一派人走过的一条路,究竟没有几个算得走上了路的既成作家,无异乎还是一条新路。黄庭坚正是把握了这个趋势而爬上了成功之路的第一个新作家。陈师道跟着黄庭坚走,也算爬上了成功之路。从此要走这生硬一条路的诗人,数典忘祖,只得就近推黄陈做初祖。恰好黄陈生地都在江西,就号为江西诗派了。

以上略述北宋的诗人和词人差不多完了,只剩下最后的一个大词人周邦彦。

周邦彦(一〇五七——一一二一),字美成,号清真居士,钱塘人。他在太学时,献《汴都赋》万余言。神宗召他赴政事堂,自太学诸生一命为太学正。哲宗时,除秘书省正字。徽宗时,颁《大晟乐》,用他为秘书监,进徽猷阁待制,提举大晟府。《宋史》称他"好音乐,能自度曲。制乐府长短句,词韵清蔚,博于世"。有《片玉词》。他的词不仅多写儿女之情,还欢喜咏物写景。好处可说精致细腻,坏处不免晦涩艰深。

蝶恋花　早行

月皎惊乌栖不定,更漏将残,辘轳牵金井。唤起两眸清炯炯,泪花落枕红绵冷。　　执手霜风吹鬓影,去意徘徊,别语愁难听。楼上阑干横斗柄,露寒人远鸡相应。

兰陵王　柳

柳阴直,烟里丝丝弄碧。隋堤上,曾见几番,拂水飘绵送行色。言临望故国,谁识京华倦客?长亭路,年去岁来,应折柔条过千尺。　　闲寻旧踪迹,又酒趁哀弦,灯照离席,梨花榆火催寒食。愁一箭风快,半篙波暖,回头迢递便数驿,望人在天北。凄恻,恨堆积。渐别浦萦回,津堠岑寂,斜阳冉冉春无极。念月榭携手,露桥闻笛,沉思前事似梦里,泪暗滴。

南宋陈郁《藏一话腴》里说他"以乐府独步。贵人、学士、市侩、妓女、皆知其可爱"。不错,他这样的词无论从文学上说或从音乐上说,真只有当时贵族、官僚、智识分子、商业资产阶级,以及供他们玩弄而豢养的妓女,有了优裕的生活,有了相当的教养,才有福气欣赏!因此,他可代表一大部分的词人,难怪有人推崇他"集大成"了。他的词不仅"颇偷古句"而已,还很欢喜堆砌典故,已开姜夔、吴文英一派的先路。

周邦彦死了不过几年,北宋就完了。徽宗、钦宗父子都被金人掳去(一一二七)。现在就引徽宗赵佶在俘虏生活里所作的一首词,权且作一个小结束:

燕山亭　北行见杏花

裁翦冰绡,轻叠数重,淡着燕脂匀注。新样靓妆,艳溢香融,羞杀蕊珠宫女。易得凋零,更多少无情风雨。愁苦;闲院落,凄凉几番春暮。　　凭寄离恨重重,这双燕何曾会人言语。天遥地远,万水千山,知他故宫何处!怎不思量?除梦里有时曾去。无据,和梦也新来不做!

四　南宋诗人与词人

　　北宋诗人或词人直到南渡而生存的,真是"过江名士多如鲫"! 著名的有朱敦儒、李清照、陈与义、叶梦得、周紫芝、张孝祥、李纲、胡铨、向镐、王灼、史浩等等,以及被称为南渡三词人的汪藻、李邴、楼钥。可是我在这里只能以朱敦儒、李清照来代表这一过渡时期的词人。辛弃疾生于南渡之初,我们也就把他和朱、李说在一道,并称为南渡三词人。

　　朱敦儒(一〇八〇?——一一七五?),字希真,洛阳人,有《樵歌》三卷。《宋史》说他"志行高洁,虽为布衣,而有朝野之望"。大概因为他凭借自己是谏官的儿子,有相当的门阀,受了良好的教养,所以得和一般名流阔人通声气。他少壮时候的生活是很豪华的、愉快的。南渡以后,他流离转徙海角(广东)江南之间,于忧患中还时时回味当年的情景。这是从他的许多词里可以见到的:

　　　　采　桑　子
　　一番海角凄凉梦,却到长安。翠帐犀帘,依旧屏斜十二山。玉人为我调琴瑟,鬓黛低鬟。云散香残,风雨蛮溪半夜寒。
　　　　朝　中　措
　　当年弹铗五陵间,行处万人看。雪猎星飞羽箭,春游花簇雕鞍。　　飘零到此,天涯倦客,海上苍颜。多谢江南苏小,尊前怪我青衫。
　　　　一　落　索
　　惯被好花留住,蝶飞莺语。少年场上醉乡中,容易放春归去。　　今日江南春暮,朱颜何处? 莫将愁绪比飞花,花有数,愁无数。

他这类词每每把两个时候的生活对照写来,真是不胜今昔盛衰之感!有凄婉处,也有悲壮处。然而恰当这个时候,高宗忘了父兄之仇,秦桧又坚持不抵抗主义,不惜丧权辱国,恬然无耻,向敌人卑屈求和。君主官僚还是与北宋时代一样,粉饰太平,酣歌恒舞。朱敦儒似乎不满意这种情形,时时在他的词中流露:

鹧鸪天

唱得梨园绝代声,前朝唯数李夫人。自从惊破霓裳后,楚奏吴歌扇里新! 秦嶂雁,越溪砧,西风北客两飘零。尊前却听当时曲,侧帽停杯泪满巾!

极目江湖水浸云,不堪回首洛阳春。天津帐饮凌云客,花市行歌绝代人。 穿绣陌,蹋香尘,满城沉醉管弦声。如今远客休惆怅,饱向皇都见太平!

可是他自己偏不肯自安于一个布衣,两度出来做官,两度失意而去。从此他晚年的隐居生活倒很优游自在,要以活神仙自居了。这也是从他的许多词里可以看出的:

感皇恩

一个小园儿,两三亩地,花竹随宜旋装缀。槿篱茅舍,便有山家风味。等闲池上饮,林间醉。 都为自家心中无事,风景争来趁游戏,称心如意,剩活人间几岁。洞天谁道在尘寰外?

念奴娇

老来可喜,是历遍人间,谙知物外。看透虚空,将恨海愁山一齐接碎。免被花迷,不为酒困,到处惺惺地。饱来觅睡,睡起逢场作戏。 休说古往今来!乃翁心里没许多般事。也不修仙不佞佛,不学栖栖孔子。懒共贤争,从教他笑,如此只如此。杂剧打了,戏衫脱与呆底。

《花庵词选》说他"天资旷逸,有神仙风致。"实则他的这种旷逸,这种神仙风致,不是与生俱来的天资,是他自己说的"历遍人间,谙知物外,看透虚空"而来的!他有和李易安《鹊桥仙金鱼池莲》一词。但李清照似乎死在他前,不像他有"庆一百省岁"的高寿。

李清照(一〇八一——一一四五?),号易安居士,济南人。她的父亲是礼部郎提点京东刑狱李格非,母亲是状元王拱辰的女儿。她既生长官僚的家庭,享受优裕的生活,良好的教养;嫁的丈夫——赵明诚,又是吏部侍郎赵挺之的儿子,由太学生而做到郡守的一位嗜好金石校勘的学者。可知她青春时代的生活是很美满的、愉快的。不过她将近四十岁的时候,因为金兵大举侵宋,夫妇相随避难南方。不久,她丈夫病死,古器书物也已陆续散去,她奔走于台州、温州、越州、杭州之间,她的晚景凄凉就可以想见了。

她不仅是宋代一个最伟大的女词人,她在整部的中国文学史上也该占一个相当的地位。在她生前,已经有人在摹仿她的词,如侯寘的《孏窟词》里,《眼儿媚》题下就明明注出"效易安体"。她死了以后,在她的故乡出了一位大词人——辛弃疾,他也有"效李易安体"的词。这都可以证明她在南宋词坛上的影响。我在这一讲开端曾略略引过她的论词,她于北宋欧阳、晏、苏三大家都表示不满,其他更不必说,可以想见她的识力和自负。她有文集七卷,词六卷,都已失传。如今流传的《漱玉词》只能算是残余。朱熹说:"本朝妇人能文者,惟魏夫人及李易安二人而已。"魏夫人为丞相曾布妻,存词更少,没有什么值得注意之处。实则在宋朝只有相传为朱熹侄女(?)的海宁女子朱淑真才可以和李清照比肩,有人把《断肠词》和《漱玉词》合刊一起,并不是没有用意的。不过朱淑真似乎出生于贫苦阶级的家庭,所以才嫁给一个市井小民为妻。她自号幽栖居士。但她实不甘于幽栖,结果因"匹偶非伦,弗遂素志",而愁苦断肠了!这是常常流露于她的词里的。

谒金门

春已半,触目此情无限!十二栏干闲倚遍,愁来天不管。　　好是风和日暖,输与莺莺燕燕。满院落花帘不卷,断肠芳草远。

减字木兰花

独行独坐,独倡独酬还独卧。伫立伤神,无奈轻寒摸着人。此情谁见?泪洗残妆无一半。愁病相仍,剔尽寒灯梦不成!

李清照似乎因为生活比较优裕的缘故,虽然在流离颠沛中,尽管愁苦而不酸楚,仍觉高贵而不寒伧,这在我们读她的《金石录后序》和许多词都可以感觉得到的。

声声慢

寻寻,觅觅,冷冷,清清,凄凄,惨惨,戚戚。乍暖还寒时候,最难将息。三杯两盏淡酒,怎敌他晚来风急?雁过也,正伤心,却是旧时相识。　　满地黄花堆积,憔悴损,而今有谁堪摘?守着窗儿,独自怎生得黑?梧桐更兼细雨,到黄昏点点滴滴。这次第,怎一个愁字了得!

御街行

藤床纸帐朝眠起,说不尽,无佳思。沉香烟断玉炉寒,伴我情怀如水。笛声三弄,梅心惊破、多少春情意!　　小风疏雨潇潇地,又催下、千行泪。吹箫人去玉楼空,肠断与谁同倚?一枝折得,人间天上、没个人堪寄!

她的好词真可以说得上"抗轶周、柳"。胡仔《渔隐丛话》称她"再适张汝舟,未几反目,有启事上綦处厚云:'猥以桑榆之晚景,配兹驵侩之下材。'

传者无不笑之。"启事具载赵彦卫《云麓漫钞》中,李心传《建炎以来系年要录》载她与后夫构讼事尤详。但经清儒俞正燮和李慈铭的考证,她是以老寡妇了其残年的。大约真是因为她的才名太大,自视太高,才有人诬她再嫁罢。

辛弃疾(一一四〇——一二〇七),字幼安,号稼轩,济南历城人。当时山东久已在金人统治之下,他却立志归宋。恰好金主亮死,中原豪杰并起,他就帮助那位"忠义军马"的领袖耿京,做了书记。他有一个认识的和尚义端也聚众到千多人,由他说劝隶属耿京。不料一夜这和尚偷印逃去,投奔金寨。耿京大怒,要杀弃疾。他说:"请你给我三天期限,捉不到义端,再杀我不迟。"他追着了义端,义端说:"我看你的相,你是一条青兕。你会杀人的,请你饶了我!"他把义端的头斩了拿回来,耿京大佩服他的勇敢。他劝耿京归宋,耿京派他奉表南来。事毕,他刚好回到海州,听说耿京已被部下张安国杀了降金。他就约好统制王世隆和忠义人马全福等,直奔金营。张安国正和金将畅饮,他竟把安国擒回来,金将追他不及。这个时候,他正二十三岁。我们要注意!这一位伟大的词人,他少年时代原是一位英勇壮烈的人物。他归宋后,先后做过湖南、江西、福建、浙江的安抚使。韩侂胄倡议伐金,他也是赞成的一人。结果,伐金失败了,韩侂胄被杀;他已死了。有《稼轩长短句》十二卷,别本题《稼轩词》四卷。当时岳珂《桯史》记:"弃疾自诵《贺新凉》、《永遇乐》二词,使座客指摘其失。珂谓《贺新凉》首尾二腔语句相似,《永遇乐》词用事太多。弃疾乃自改其语,日数十易,累月犹未竟,其刻意如此。"刘克庄批评他和陆游两人的词,"一扫纤艳,不事斧凿,高则高矣,但时时掉书袋,要是一癖"。后来的论者就以为"其词慷慨纵横,有不可一世之概,于倚声家为变调。而异军特起,能于翦红刻翠之外,屹然别立一宗,迄今不废"。这些评论究竟对否,很可供我们读《稼轩词》的参考。稼轩有《破阵子》一词,自注"为陈同甫赋壮词以寄之"。词云:

醉里挑灯看剑,梦回吹角连营。八百里分麾下炙,五十弦翻塞外声:沙场秋点兵。　　马作"的卢"飞快,弓如霹雳弦惊。了却君王天下事,赢得生前身后名——可怜白发生!

当时满眼腐儒,都是妍皮痴骨。只有陈亮才是他的忠实同志,他们同样做着规复中原的民族英雄的梦。陈亮《龙川词》有"和辛幼安见怀韵"《贺新郎》三词,词中也说:"树犹如此堪重别? 只使君从来与我,话头多合。行矣置之无足问,谁换妍皮痴骨?""卧百尺高楼斗绝。天下适安耕且老,看买犁卖剑平家铁。壮士泪,肺肝裂!"他们同样壮志莫伸,同样有无限的感慨。陈亮曾说:"研穷义理之精微,辨析古今之同异,原心于秒忽,析礼于分寸,以积累为工,以涵养为正,晬面盎背,则于诸儒诚有愧焉。至于堂堂之陈,正正之旗;风雨云雷,交发而并至;龙蛇虎豹,变现而出没;推倒一世之智勇,开拓万古之心胸,自谓差有一日之长。"这是何等的对朱熹、吕祖谦等一般道学家不满! 又是何等的自负! 我以为读他的文章和《稼轩词》,都可以令腐儒开拓万古之心胸。今录《稼轩词》几首:

楚天千里清秋,水随天去秋无际。遥岑远目,献愁供恨,玉簪螺髻。落日楼头,断鸿声里,江南游子,把吴钩看了,阑干拍遍,无人会,登临意。　　休说鲈鱼堪脍,尽西风,季鹰归未? 求田问舍,怕应羞见刘郎才气。可惜流年,忧愁风雨,树犹如此! 倩何人唤取红巾翠袖,揾英雄泪?(《水龙吟·登建康赏心亭》)

千峰云起,骤雨一霎儿价;更远树斜阳,风景怎生图画? 青旗卖酒,山那畔别有人家。只消山水光中,无事过者一夏!　　午醉醒时,松窗竹户,万千潇洒。野鸟飞来,又是一般闲暇。却怪白鸥觑着人,欲下未下。旧盟都在,新来莫是别有说话?(《丑奴儿近·博山道中效李易安体》)

茅檐低小,溪上青青草,醉里吴音相媚好,白发谁家翁媪?

> 大儿锄豆溪东,中儿正织鸡笼。最喜小儿无赖,溪头看剥莲蓬。(《清平乐·博山道中即事》)
>
> 醉里且贪欢笑,要愁那得工夫？近来始觉古人书,信着全无是处。　　昨夜松边醉倒,问松"我醉何如？"只疑松动要来扶,以手推松曰"去"！(《西江月·遣兴》)
>
> 万事云烟忽过,百年蒲柳先衰。而今何事最相宜？宜醉,宜游,宜睡。　　早趁催科了纳,更量出入收支。乃翁依旧管些儿,管竹,管山,管水。(《西江月·示儿曹以家事付之》)

长调豪放,短调诙谐,这是《稼轩词》最精彩处。苏、辛并称,实则《稼轩词》更觉淋漓酣恣,奔放自由。和稼轩同时的词人刘过《龙洲词》,有许多"效稼轩体"。他说:"古岂无人？可以似若稼轩者谁？"陆游《放翁词》,也有像《稼轩词》一样豪放的,所以辛、陆并称。

陆游和尤袤、杨万里、范成大在当时都以诗著名,称为"尤、杨、范、陆"。但尤袤《梁溪集》五十卷失传,幸赖清尤侗辑成《梁溪遗稿》一卷。我以为刘克庄虽出生稍后,但他的诗词都可算是大家。因此我们就称"陆、范、杨、刘"为南宋四大家罢。

陆游(一一二五——一二一〇),字务观,山阴人。年十二,能诗文,以荫补官。孝宗时,特赐进士出身。王炎宣抚川陕,用他为干办公事,他屡陈进取中原之策。范成大帅蜀,用他做参议官,以文字相交,不拘礼法。有人讥他颓放,他就自号放翁。后官至宝章阁待制,致仕。他也是辛弃疾、陈亮一流人物,有志恢复中原。所作诗词多慷慨悲壮,晚年虽然渐渐走到闲适飘逸的境界,可是壮心未已,时时从作品里流露出来。直到快要死去了,还有一首《示儿》诗道:

> 死去元知万事空,但悲不见九州同。王师北定中原日,家祭无忘告乃翁！

死也不忘雪国耻,他真不愧为"爱国诗人"!他的诗集叫作《剑南诗稿》,因他在四川时候,很爱剑南山水。他有《剑门道中遇微雨》一诗道:

衣上征尘杂酒痕,远游无处不消魂。此身合是诗人未?细雨骑驴入剑门。

可知剑阁一带的自然风景给与这位伟大的诗人以若何的灵感。七绝以外,我最爱读他的七律。

闲　　游

大冠长剑已焉哉!短褐秃巾归去来!吾世业儒书有种,一生任运仕无媒。麦经小雨家家下,菊著新霜处处开。自笑闲游心未歇,青鞋踏碎白云堆。

度浮桥至南台

客中多病废登临,闻说南台试一寻。九轨徐行怒涛上,千艘横系大江心。寺楼钟鼓催昏晓,墟落云烟自古今。白发未除豪气在,醉吹横笛坐长榕。

书　　愤

早岁那知世事艰!中原北望气如山。楼船夜雪瓜洲渡,铁马秋风大散关。塞上长城空自许,镜中衰鬓已先斑。《出师》一表真名世,千载谁堪伯仲间?

他的《钗头凤》一词:

红酥手,黄縢酒,满城春色宫墙柳。东风恶,欢情薄。一怀愁绪,几年离索。错,错,错!　　春如旧,人空瘦,泪痕红浥鲛绡透。桃花落,闲池阁。山盟虽在,锦书难托。莫,莫,莫!

据说他为了他的母亲出了他的妻,妻改嫁后,重会于沈家园,他题这首词于壁。再录他的《诉衷情》一词,略见这位爱国志士的暮年悲愤:

> 当年万里觅封侯,匹马戍梁州。关河梦断何处?尘暗旧貂裘。　胡未灭,鬓先秋。泪空流。此生谁料,心在天山,身老沧洲?

刘克庄论陆放翁的词道:"其激昂感慨者稼轩不能过,飘逸高妙者与陈简斋(与义)、朱希真(敦儒)相颉颃,流丽绵密者欲出晏叔原、贺方回之上。而世歌之者绝少。"其实,放翁也和苏辛一样,是以诗为词的,可歌不可歌,没有什么大关系。

范成大(一一二五——一一九三),字致能,吴郡人。从擢进士第官至参知政事,加大学士。他既然做了"望重百僚,名满四海"的"大参相公",更抬高了他的文学地位。他的《石湖词》刚刚传播出去,就有一个羡慕"获登龙门"的陈三聘遍和他的词,至今《和石湖词》还存。虽然他的《石湖词》在当时很有名,其实除了可以略略考见他"少年豪纵"、"老恐花枝觉"个人享乐的生活以外,没有什么值得注意。倒是他的诗能够自成一家。他欢喜用平易自然的文字歌咏田园山水。他还有摹仿民歌的《竹枝山歌》,描写新年风俗的《腊月村田乐府》,都可供民俗学者参考。更因他有《四时田园杂兴》六十首而确定了他的田园诗人的地位。他有别墅叫作石湖,是皇帝替他题上的,他就自号石湖居士。他的朋友杨万里说:"石湖山水之胜,东南绝境。"原来他还是大地主。我读他的田园诗,很觉他能代表封建地主阶级的诗人对于田园美自然美的欣赏、礼赞、憧憬、感伤。不过从他最小一部分诗里还可以看出他有时关心那些困苦颠连而呻吟于黑暗之底的农民。《宋史》(三百八十六)说他"帅金陵,会岁旱,奏移军储米二十万振饥民,减租米五万"。他的《公退书怀》一首诗也说:

> 昨者腾章奏发仓,今兹飞檄议驱蝗。四无告者仅一饱,七不堪中

仍百忙。瞰日自能临俯仰,浮云宁解制行藏！求田问舍亦何有,岁晚倦游思故乡！

总之,他对于贫农,失业的农民——小贩乞丐,都有一些同情寄与。

催 租 行

输租得钞官吏催,跟跄里正敲门来。手持文书杂嗔喜:"我亦来营醉归耳！"床头空囊大如拳,扑破正有三百钱。"不堪与君成一醉,聊复偿君草鞋费！"

后 催 租 行

老父田荒秋雨里,旧时高岸今秋水。佣耕犹自抱长饥,的知无力输租米。自从乡官新上来,黄纸放尽白纸催。卖衣得钱都纳却,病骨虽寒聊免缚。去年衣尽到家口,大女临岐两分首。今年次女已行媒,亦复驱将换升斗。室中更有第三女,明年不怕催租苦。

墙外卖药者九年无一日不过吟唱之声甚适雪中呼问之家有十口一日不出即饥寒矣

十口啼号责望深,宁容安稳坐毡针。长鸣大咤欺风雪,不是甘心是苦心。

雪中闻墙外鬻鱼菜者求售之声甚苦有感三绝(录二)

箩驱出敢偷闲？雪胫冰须惯忍寒。岂是不能扃户坐？忍寒犹可忍饥难！

啼号升斗抵千金,冻雀饥鸦共一音。劳汝以生令至此,悠悠大块一何心！

咏河市歌者

岂是从容唱《渭城》？个中当有不平鸣。可怜日晏忍饥面,强作春深求友声！

生命小如蚊子,他也爱惜。他诅咒蝙蝠吃蚊子。被人家薰走的蚊子,他看它是和人类同运命的小虫。

次韵温伯苦蚊

白鸟营营夜苦饥,不堪薰燎出窗扉。小虫与我同忧患,口腹驱来敢倦飞!

这样看来,这位田园诗人有时候颇有一点人道主义者的精神了。

杨万里(一一二四——一二〇六),字廷秀、吉州吉水人。从擢进士第官至宝文阁待制,致仕。他终身服膺张浚"正心诚意之学",书室命名诚斋,自号诚斋叟。《宋史》列他《儒林传》。《诚斋乐府》仅及《诚斋诗集》千分之二,是有蔬笋气的儒者的词,似乎不是为着歌妓侍儿而作。他的词不算当行出色,只有诗能够自成一家,人称诚斋体。他是一个顶有诙谐风趣的人。诗用接近语言的文字写出来,故作"打油腔",更能现出这种风趣。

书 莫 读

书莫读!诗莫吟!读书两眼枯见骨,吟诗个字呕出心。人言读书乐,人言吟诗好;口吻长作秋虫声,只令君瘦令君老。君瘦君老且勿论,旁人听之亦烦恼。何如闭目坐斋房,下帘扫地自焚香!听风听雨都有味,健来即行倦即睡。

插 秧 歌

田夫抛秧田妇接,小儿拔秧大儿插。笠是兜鍪蓑是甲,雨从头上湿到胛。唤渠朝餐歇半霎,低头折腰只不答。秧根未牢莳未匝,照管鹅儿与雏鸭。

瓦 店 雨

诗人长怨没诗材,天遣斜风细雨来。领了诗材还又怨,问天"风雨几时开?"

戏　笔

野菊荒苔各铸钱,金黄铜绿两争妍。天公支与穷诗客,只买清愁不买田!

总之,他遇事寻开心,很有意味的又很轻妙的开一点儿顽笑。这在唐人诗里是不多见的。他却偏从这方面发展个性,自成一种幽默的风格。他很颓放,他爱好自然风景。他有《自赞》一诗道:

清风索我吟,明月劝我饮。醉倒落花前,天地即衾枕。

倘若我们称他为"自然主义的白话诗人",那不是很确切的吗?

陆游、范、杨都是南宋前半的大作家,刘克庄可算南宋后半的大作家。陆游、范、杨都是江西诗人曾几的弟子,他们都和江西诗派有些渊源。与他们同时而比较后进的有所谓"永嘉四灵",因为有四个诗人——徐照(灵晖)、徐玑(灵渊)、翁卷(灵舒)、赵师秀(灵秀),他们都是永嘉人,恰好都用一个"灵"字为别号。他们不满意当时"连篇累牍,污漫而无禁"的诗体,他们要学"昔人以浮声切响,单字只句计工拙"。实则他们诗学晚唐,句锻字炼,尖新刻画,而意境很狭,仅工近体,尤其是五律,——五律颈腹二联的对仗。如徐照《冬日书事》诗:"梅迟思闰月,枫远误春花。"徐玑《春日游张提举园池》诗:"长日多飞絮,游人爱绿阴。"翁卷《春日》诗:"一阶春草碧,几片落花轻。"赵师秀《冷泉夜坐》诗:"楼钟晴听响,池水夜观深。"这些句子都可做例。无怪乎刘克庄投赠翁卷的诗要说"有时千载事,只在一联中"了!他们的造诣,至多只可以比得上晚唐的贾岛、姚合,不算第一流的大作家。四灵派似乎是江西派引起的反响,四灵派本身又引起批评家的不满。严羽《沧浪诗话》论诗以盛唐为宗,以妙悟为极则,似乎是因四灵派而发的。

与四灵派同时的,还有所谓江湖诗派,这是因为有一个"书肆诗人"陈起编刻了《江湖集》而得名的。周密《齐东野语》载:"宝庆间(一二二五)李知孝为言官,与曾极景建有隙,每欲寻衅以报之。极适有《春》诗云:'九十日春晴日少,一千年事乱时多',刊之《江湖集》中。因复改刘子翚《汴京纪事》一联云:'秋雨梧桐皇子宅,春风杨柳相公桥',以为指巴陵及史丞相。及刘潜夫《黄巢战场》诗曰:'未必朱三能跋扈,只缘郑五欠经纶',遂皆指为谤讪。同时被累者,如敖陶孙、周文璞、赵师秀及刊诗陈起皆不免焉。"方回《瀛奎律髓》说:"宝庆初,史弥远废立之际,钱塘书肆陈起宗之能诗,凡江湖诗人俱与之善,刊《江湖集》以售,刘潜夫《南岳稿》亦与焉。宗之赋诗,有云'秋雨梧桐皇子府,春风杨柳相公桥',本改刘屏山句也,或嫁'秋雨'、'春风'句为敖器之所作,言者并潜夫《梅诗》论列,(按潜夫《落梅》诗,有'东风谬掌花权柄,却忌孤高不主张'之句,言官以为讪谤。)劈《江湖集》版,二人皆坐罪,而宗之坐流配。于是诏禁士大夫作诗。绍定癸巳(一二三三),弥远死,诗禁乃解。"两说略有不同。原来江湖派诗人有好做讽刺诗的,得罪了当局,引起"诗禁",这倒是值得文学史上一提。《瀛奎律髓》说:"今江湖学诗者,喜许浑诗'水声东去市朝变,山势北来宫殿高'、'湘潭云尽暮山出,巴蜀雪消春水来',以为丁卯句法。"可知江湖、四灵两派都是诗学晚唐。不过江湖派大都不甚注意字句锻炼,好用时事做题材;而且有人借诗去干谒钻营,敲竹杠,如宋谦夫投谒贾似道,得楮币二十万缗,用造华屋之类。江湖派诗人著名的有刘克庄、刘过、戴复古、叶绍翁、姜夔、方岳、乐雷发诸人。只有刘克庄兼有江湖、四灵两派之长,算是这个时期诗坛的重镇。

刘克庄(一一八七——一二六九),字潜夫,号后村,莆田人。他是世家子,因"郊"的恩典补官,知建阳县。理宗时,特赐同进士出身。历官中书舍人、兵部侍郎、工部尚书,以焕章阁学士致仕。他一生作诗很多,数量在陆游、杨万里之间。

八十吟(十首录一)

诚翁仅有四千首,惟放翁几满万篇。老子胸中有残锦,问天乞与放翁年。

他极佩服陆、杨。

题放翁像

三百篇寂寂久,九千首句句新。譬宗门中初祖,自过江后一人。

题诚斋像

欧阳公屋畔人,吕东莱派外诗。海外咸推独步,江西横出一枝。

他到老不忘赶上陆、杨的地位。

病起(十首录一)

"变《风》"而下世无诗,初学西昆壮耻为。老去仅名小家数,向来曾识大宗师。百年不觉皤双鬓,一字谁能断数髭?诚斋放翁几日死,着鞭万一诗肩随。

他的诗有两个特点:一是好作六言绝句,一是好用本朝故事。从来诗人隶事,以为愈古愈僻愈妙。他偏好用当时一般人都熟悉的近事。例如:"每嘲介甫行新法,常恨欧公不读书。""迂叟相邀入真率,乖崖安肯慕轻肥。""康节《易》传于隐者,濂溪学得自高僧。""野人只识羹芹美,相国安知食笋甘!"(自注:富郑公事。)这类句子都可做例。他曾有诗句道:"忧时元是诗人职,莫怪吟中感慨多。"这似乎也是他好用近事入诗的一个理由罢。但他已捱受"词病质俚,意伤浅露",或是"油腔滑调,江湖末流"的讥评了。他于词却是最自负的。他曾自题长短句说:"压尽晚唐人以下,托诸《小石调》之中。"他很佩服辛、陆。他虽说辛、陆的词好"掉书袋"是

一癖,他自己也正有这个毛病。现在我们来读他的《贺新郎》一词:

贺　新　郎

和王实之。实之有忧边之语,走笔答之。

国脉微如缕!问长缨何时入手,缚将戎主?未必人间无好汉,谁与宽些尺度?试看取当年韩五,岂有毂城公付与?也不干曾遇骊山母。谈笑起,两河路。　少时棋枰曾联句;叹而今登楼揽镜,事机频误。闻说北风吹面急,边上冲梯屡舞。君莫道"投鞭"虚语;自古一贤能制难,有金汤便可无张许。快投笔;莫题柱!

《后村长短》句里这种词真算得辛、陆一派,而与姜夔一派是两样的。虽然,姜、辛彼此唱和,姜词最小一部分,也像受了辛词一点儿影响。

姜夔(一一五〇?——一二三五?),字尧章,号白石道人,又号石帚,鄱阳人。他的父亲(姜噩)是由一个进士出知汉阳县。他自幼享受了文艺的教育,很能作诗,还精通音乐。他虽是一个布衣,却曾进《大乐议》于朝廷,又进自制《圣宋铙歌鼓吹曲》十四首,诏付太常收掌。他还很与一些名公贵人接近。比如那位"大参相公"范成大,曾把自己享乐的歌妓小红赠给他,报酬他在石湖咏梅制了《暗香》、《疏影》两曲。他很得意的冒着雪夜回去,赋诗道:

自作新词韵最娇,小红低唱我吹箫。曲终过尽松陵路,回首烟波十四桥。

可以想见他的生活享受是不止于一个寻常布衣的人。他的《暗香》、《疏影》二曲:

旧时月色。算几番照我,梅边吹笛。唤起玉人,不管清寒与攀摘。何逊而今渐老,都忘却春风词笔。但怪得竹外疏花,香冷入瑶席!　　江国、正寂寂。叹寄与路遥,夜雪初积。翠尊易泣,红萼无言耿相忆。长记曾携手处,千树压西湖寒碧。又片片吹尽也,几时见得!(《暗香·仙吕宫》)

苔枝缀玉,有翠禽小小,枝上同宿。客里相逢,篱角黄昏,无言自倚修竹。昭君不惯胡沙远,但暗忆江南江北。想珮环月夜归来,化作此花幽独。　　犹记深宫旧事,那人正睡里,飞近蛾绿。莫似春风,不管盈盈,早与安排金屋。还教一片随波去,又却怨玉龙哀曲。等恁时重觅幽香,已入小窗横幅。(《疏影》)

张炎称许他"前无古人,后无来者,自立新意,真为绝唱。"实则没有新意;仅仅字面好看,音调好听,而意思沾滞含糊的搬了几个古典。但《白石道人歌曲》里也有较好的词。

长 亭 怨 慢

予颇喜自制曲。初率意为长短句,然后协以律,故前后阕多不同。桓大司马云:"昔年种柳,依依汉南。今看摇落,凄怆江潭。树犹如此,人何以堪!"此语予深爱之。

渐吹尽枝头香絮,是处人家,绿深门户。远浦萦回,暮帆零乱向何许?阅人多矣,谁得似长亭树?树若有情时,不会得青青如此!　　日暮,望高城不见,只见乱山无数。韦郎去也,怎忘得玉环分付?第一是早早归来,怕红萼无人为主。算空有并刀,难剪离愁千缕。

淡 黄 柳

客居合肥南城赤兰桥之西,巷陌凄凉,与江左异。唯柳色夹道,依依可怜,因度此曲,以纾客怀。

空城晓角,吹入垂杨陌。马上单衣寒恻恻。看尽鹅黄嫩绿,都是江南旧相识。　　正岑寂,明朝又寒食;强携酒小桥宅。怕梨花落尽成秋色。燕燕飞来,问春何在,唯有池塘自碧。

朱彝尊论词最推崇姜夔,以为姜夔很能影响同时或后进的许多词人,如张辑、卢祖皋、史达祖、吴文英、蒋捷、王沂孙、张炎、周密、陈允平,"皆具夔之一体"。余如高观国、黄昇等,我们也可以把他们列入姜派。在姜派许多词人中,只有吴文英、张炎最有名,又最有影响于后来的作家。

吴文英(?——一二六〇?),字君特,号梦窗,本姓翁,四明人。他的词在当时已享大名。宰相贾似道也要借重他的词,所以他有"寿秋壑"的词不少。还有尹焕《梦窗稿序》说:"求词于吾宋,前有清真,后有梦窗,此非焕之言,天下之公言也。"在好用咏物的题材和好用古典套语这两点上,他是与周邦彦、姜夔都相近的。不过周、姜的词颇有诗趣,他的词但觉堆砌好看而已。张炎说:"吴梦窗词如七宝楼台,炫人眼目,拆碎下来,不成片段。"这真是一个绝妙的比喻! 总之,梦窗的词"用事下语太晦处,人不易知"。只有《唐多令》算是最好懂的一首:

何处合成愁? 离人心上秋。纵芭蕉不雨也飕飕。都道晚凉天气好,有明月,怕登楼。　　年事梦中休,花空烟水流。燕辞归客尚淹留。垂柳不萦裙带住,漫长是、系行舟。

张炎也很称许他这一首词"最为疏快,不质实。"

张炎(一二四八——一三二〇?),字叔夏,号玉田生,晚号乐笑翁,居临安。他是南渡名将循王张俊的六世孙。曾祖名镃、祖父名濡、父名枢,都有文名。《齐东野语》载:"张约斋(镃)能诗,一时名士大夫莫不交游。其园地声妓服玩之丽甲天下。尝于南湖园作驾霄亭于四古松间,以巨铁絙悬之半空而羁之松身。当风月清夜,与客梯登之,飘摇云表,真有挟飞仙遡紫清之意。王简卿侍郎尝赴其牡丹会,云众宾既集,坐一虚堂,寂无所有。俄问左右云:'香已发未?'答云:'已发。'命卷帘,则异香自内出,郁然满坐。群妓以酒肴丝竹次第而至。别有名姬十辈,皆衣白,凡首饰衣领皆牡丹,首带照殿红。一妓执板奏歌侑觞,歌罢乐作,乃退。复垂帘,谈论自如。良久香起,卷帘如前。别十姬易服与花而出。大抵簪白花则衣紫,紫花则衣鹅黄,黄花则衣红。如是十杯,衣与花皆十易。所讴者,皆前辈牡丹名词。酒竟,歌者乐者无虑百数十人,列行送客。烛光香雾,歌吹杂作,客皆恍然如仙游也。"可见张炎的曾祖是一个怎样豪富奢侈而又风流的人物。直到他的父亲还是蓄有歌妓,每每自作一词,就用歌喉试唱,稍有不协,随即改正。总之,我们不要忘记他的"先世高、曾、祖、父,皆钟鸣鼎食"。他是一个世家公子。可是他到了三十岁的时候,宋朝亡了,统治中原的换了蒙古人。不久,他自己也破产了。戴表元的《送张叔夏西游序》,说他"饮酣气张,取平生所自为乐府词自歌之,噫呜宛抑,流丽清畅。不惟高情旷度不可袭企,而一时听之,亦能令人忘去穷达得丧所在。……嗟乎!士固复有家世才华如叔夏,而穷甚于此者乎?"可以想见张炎在国破家亡之后一种悲歌慷慨的气氛。然而他的词并不能充分表现他的这种气氛。他曾因咏"春水"咏"孤雁"的词得名,实则这两首词都不好,我以为他的《高阳台》、《西湖春感》一词最佳:

  接叶巢莺,平波卷絮,断桥斜日归船。能几番游,看花又是明年!东风且伴蔷薇住,到蔷薇春已堪怜。更凄然,万绿西泠一抹荒烟! 当年燕子知何处?但苔深韦曲,草暗斜川!见说新愁,如今也到鸥边。无心再续笙歌梦,掩重门浅醉闲眠,莫开帘!怕见飞花,怕听啼鹃!

这真是要叫呜呼派的历史家不胜兴亡盛衰之感!——两宋词人以太平宰相晏殊创始,以落魄公子张炎结局。而且宋朝到了末年,词也到了末运,正像唐朝到了末年,诗也到了末运一样。皮、陆一派的杂体诗游戏诗出来了,唐诗的生气完了!姜、吴一派的咏物词古典词出来了,宋词的生气也完了!

据康熙《钦定四朝诗》,宋诗部分凡七十八卷,作者八百八十二人。《宋诗纪事》搜罗两宋诗人至三千八百多家,又《宋诗纪事补遗》补录三千多人。除去重复冒滥,当在二千人以上,作者之多并不减于唐代。至于词人就比较少得多了。据毛晋《六十名家词》、王鹏运《四印斋所刻词》、江标《灵鹣阁宋元名家词》、朱祖谋《彊村丛书》、吴昌绶《双照楼影刊宋元本词》、赵万里《校辑宋金元人词》诸书,所载两宋词人,除去重复,不过二百六十家。再就《词林纪事》所录两宋词人存有零章断句的,连以上合计,也不过三百家。我想除了一向以为词非文学正宗,作者视为余事,作品随便散失以外;原来词是合乐的曲子,许多不懂音律的人不肯轻易动手。词是特殊阶级享乐的艺术,没有醇酒妇人歌唱的实际生活或接近这种生活,就玩不来,要玩也不会当行出色。词属艳歌情曲,极纯正的君子道学家大都不肯做,要做也不是词的本色。这是两宋的词所以少于诗,词人所以少于诗人的重要原因罢。

再,论到关于诗词的批评家,词话也少于诗话。词话不过三数家,诗话无虑数十百家。自欧阳修有《六一诗话》,作者纷起,实则能够自成一家之言,而给后来诗人以若何影响的,只有严羽《沧浪诗话》。他如阮阅《诗话总龟》、蔡正孙《诗林广记》、胡仔《苕溪渔隐丛话》、魏庆之《诗人玉屑》、采撷既多,精华不少,尤其是胡、魏两家之书,可算宋人诗话大观。至于词话,王灼有《碧鸡漫志》,详述曲调源流,大体精博,研究词曲变迁的人不可不读。沈义父有《乐府指迷》,论词以周邦彦为宗,特重音律。他生于姜夔、吴文英时代,他和吴文英相唱酬。他以为:"说桃须用红雨、刘郎等字,说柳须用章台、灞岸等字,说书须用银钩等字,说泪须用玉箸等字,说发须用绿云等字,说簟须用湘竹等字,不可直说破。"这就算替周、姜一派的古典词咏物词建设了一种理论。张炎也有《乐府指迷》,一题《词源》,我们虽然把他列入周、姜一派词人之内,实则他的"清空"、"意趣"等说,可以救正周、姜一派末流之失。

以上把两宋几个重要的批评家略略说到了。总之,就韵文说,两宋创作家的成绩固然可以赶得上唐朝,批评家的成绩宋人更好。就散文说,古文运动到了北宋欧、苏、曾、王诸大家,就算盛极一时了。

五 古文运动之复兴

说起古文运动,我们总该不会忘记那位"文起八代之衰"的韩愈和柳宗元。也不会忘记韩愈为文既好奇好古,他的朋友弟子李观、李翱、樊宗师、皇甫湜、李汉、沈亚之,降而至于孙樵、刘蜕一流人的文章就更僻涩难读,号为"难文"。因此,引起了反动,骈俪之文复活,有温庭筠、李商隐一派的"今体"或称"三十六体",流行一时。直到五代,骈俪之文更盛。大史学家刘昫修《唐书》,不废骈俪。他于唐代文人很推崇苏、张、陆贽,却不称许韩、柳的古文。大官僚冯道为文常常挟着徐、庾体的《兔园策》,当时文坛风气本是这样的。仅有一个马胤孙学韩愈为文章,却没有什么成绩表见。五代时候,古文运动算是中绝了。

北宋开国,五代文人归宋的,只有南唐降臣徐铉(九一六——九九一)最有名。他是晚唐五代以来最后又最重要的一个骈文作家。这个时候,古文复兴运动已经开始了。柳开就是倡导这个运动的第一人,他的朋友高锡、梁周翰、范杲,也是参加这个运动的重要人物,当时有"高梁柳范"之称。

柳开(九四五——一○○一),字仲涂,大名人。初慕韩愈、柳宗元为文,自名肖愈,一名肩愈,字绍元。既而更改名字,以"开圣道之涂"自命,可知他也是和韩愈一样的圣人之徒了。《铁围山丛谈》记他在陕右做刺史,喜欢生吃人肝,被郑文宝所劾,幸赖徐铉救了他。不料这位圣人之徒的古文家竟会吃人!他在《应责》一文里说:"古文者非在辞涩言苦,令人难读诵之;在于古其理,高其意,随言长短,应变作制,同古人之行事,是谓古文也。"其实,他的文章恰是词涩言苦,令人难读。他还脱不了中唐晚唐之间"难文"习气。他的朋友范杲作文,也是"深僻难晓",不过如今不传了。

　　柳开古文一传为张景、高弁,再传而为石延年、刘潜,但是他们不能把这个古文运动扩大起来。同时晚唐温、李一派的骈文大有死灰复燃之势。我们已经说过宋初摹仿李商隐号为西昆体的诗了。西昆体的代表诗人杨亿(九八三——一〇二〇),还是一个骈文大家。算他替所谓"宋四六"做了奠基的工作,得和气焰逼人的古文在文坛上分占一角位置。有一个和他同时的穆修(九七九?——一〇三二),却是很重要的古文家。穆修《答乔适书》说:"今世士子习尚浅近,非章句声偶之文辞不置耳目。其间独敢以古文语者,则与语怪者同也,众又排诟之,罪毁之,不目以为迂,则指以为惑,谓之背时远名,阔于富贵。"可以想见那时从事古文运动要遇到怎样的困难。穆修古文传于尹洙(一〇〇一——一〇四六),再传而为欧阳修。邵伯温《闻见录》称:"钱惟演守西都,起双桂楼,建临园驿,命欧阳修及尹洙作记。修文千余言,洙止五百字,修服其简古。"又称:"修早工偶骊之文,及官河南,始得洙,乃出韩退之之文学之。"可见欧阳修作古文,实在受尹洙的影响不小!我还以为那时有两个颇有道气的学者——孙复(九九二——一〇五七)、石介(一〇〇五——一〇四五),他们都于古文运动尽了相当的力。苏辙作欧阳修的墓碑,载欧阳修的话:"于文得尹师鲁、孙明复,而意犹不足。"欧阳修又曾作石介的墓志,很推许石介。石介《徂徕集》中就很推许柳开,并作《怪说》排斥杨亿,现在引一段和古文运动有关的。他说:"昔杨翰林欲以文章为宗于天下,忧天下未尽信己之道,于是盲天下人目,聋天下人耳。使天下人目盲不见有周公、孔子、孟轲、扬雄、文中子、吏部(韩愈)之道,使天下人耳聋不闻有周公、孔子、孟轲、扬雄、文中子、吏部之道。俟周公、孔子、孟轲、扬雄、文中子、吏部之道灭,乃发其盲,开其聋,使天下唯见己之道,唯闻己之道,莫知其他。今天下有杨亿之道四十年矣。今欲反盲天下人目,聋天下人耳,使天下人目盲不见有杨亿之道,使天下人耳聋不闻有杨亿之道。俟杨亿道灭,乃发其盲,开其聋,使目唯见周公、孔子、孟轲、扬雄、文中子、吏部之道,耳唯闻周公、孔子、孟轲、扬雄、文中子、吏部之道。"石介究竟是一个道学家,论文必先讲道。恰好韩愈《原道》一文说过尧、舜、禹、汤、文、武、周公、孔、孟相传的一个"道统",他就把这个道统归给韩愈。他替古文家争得了道统,就向骈文家进攻,杨亿就是他当前一个顶大的目标。杨亿一派的骈文被打倒了,他又替古文家争得了"文统",只有古文才是文学正宗。从此古文家道学家论到文和道的关系,虽然纠缠不清;可是我们要知道石介在他那个时候的古文运动上演了一个怎样重要的剧目。

文统——广义的解释就是道统——这一说,从韩愈到石介,算已成立了。苏洵(一○○九——一○六六)《上欧阳内翰第二书》说:"自孔子没百有余年而孟子生。孟子之后数十年而至荀卿子。荀卿子后乃稍阔远,二百余年而扬雄称于世。扬雄之死不得其继,千有余年而后属之韩愈氏。韩愈氏没三百年矣,不知天下之将谁与也!"又说:"洵一穷布衣,于四子者之文章不敢冀其万一。"老苏言外之意,不难推测他是把孟、荀、扬、韩四子的文统推给欧阳修。还有苏轼《上梅直讲书》说:"今天下有欧阳公者,其为人如古孟轲、扬雄之徒。"苏辙《欧阳文忠公神道碑》也说:"自汉以来,更魏晋,历南北,文弊极矣,惟韩退之一变复古。自退之以来,五代相承,天下不知所以为文。及公之文行于天下,乃复无愧于古。自孔子至今千数百年,文章废而复兴,惟得二人焉。"可见三苏都把欧阳修上配韩愈,继承文统。其实,欧阳修自己论文也常有"难得其人"之叹,隐然以文统自任。李廌《师友谈记》说:"东坡尝言,文章之任,亦在名世之士相与主盟,则其道不坠。方今太平之盛,文士辈出,要使一时之文有所宗主,昔欧阳文忠常以是任付于某,故不敢不勉。异时文章盟主,责在诸君,亦如文忠之付授也。"可见欧阳修既把文统传给苏轼,放此人出一头地;苏轼又想把文统传给苏门几个文人。陆游《老学庵笔记》说:"建炎以来,尚苏氏文章,学者翕然从之,而蜀士尤盛。有语曰:苏文熟,吃羊肉;苏文生,吃菜羹。"因为三苏文章长于议论,所以南宋士子大家揣摩,以备程试之用。就是苏门几个文人的文章也为当世所重,有《苏门六君子文粹》七十卷流行一时,相传这书是陈亮撰集的。

欧、苏而外,曾、王是大家。曾巩(一〇一九——一〇八四),字子固,南丰人,官至中书舍人。《宋史》(三百十九)称他"为文章,上下驰骋,愈出而愈工。本原《六经》,斟酌于司马迁韩愈。……少与王安石游,安石声誉未振,巩导之于欧阳修。及安石得志,遂与之异"。他的与《王介甫第三书》论到古文。他说:"……是道也过千载以来至于吾徒,其智始能及之,欲相与守之。然今天下同志者,不过三数人尔!"可见曾、王互相推许,以继承文统自任,正不让于欧苏。不过王安石是大政治家,道气比较欧、曾最少,也不同于三苏好为空文。他论文章不离政治,主张适用。这在他的《上人书》里也可以见到。他说:"尝谓文者,礼教治政云尔。"再说:"所谓文者,务为有补于世而已矣。"又说:"所谓辞者,犹器之有刻镂绘画也。诚使巧且华,不必适用;诚使适用,不必巧且华。要之,以适用为本,以刻镂绘画为之容而已。"和他同时的司马光,在《答孔文仲司户书》里也说:"古之所谓文者,乃所谓礼乐之文,升降进退之容,弦歌雅颂之声,非今之所谓文也。今之所谓文者,古之辞也。孔子曰:'辞达而已矣。'明其足以通意斯止矣,无事于华藻弘辩也。"他们在政治上的主张大不相容,论文却是近于一致。当时还有一个政治家李觏(一〇〇九——一〇五九),比较他们早死。李觏《上李舍人书》也说:"贤人之业莫先乎文。文者,岂徒笔札章句而已,诚治物之器焉。"李觏、王安石论政主张功利,论文主张适用,而且以为文不离"政",这和欧、曾论文侧重"道",三苏论文侧重"文",可谓三说鼎立了。

不过我们要知道欧阳修是韩、柳以后第一个古文大师,他领导了这一时代的古文运动,三苏、曾、王都是在他领导之下成功的古文家。至于司马光(一〇一九——一〇六八)、宋庠(九九六——一〇六六)、宋祁(九九八——一〇六一)、刘敞(一〇一九——一〇六八)、刘攽(一〇二二——一〇八八),虽与欧阳修同时,可是他们都是深通史学或经学的学者,不必争什么道统文统。大刘还曾讥笑过欧九不读书。二宋最长馆阁之作,正像盛唐燕、许大手笔。小宋撰《新唐书》，雕琢劖削，艰深奇险，可称"难史"，但事繁文省，却是长处。这部书和欧阳修的《新五代史》、司马光的《资治通鉴》同为历史名著，而又具有文学价值。《通鉴》虽偏于政治一方面，只算帝王宰相教科书，但他贯串《十七史》，已具通史的规模，确是中国史学上一大巨制，仅就文学而论，也是后来许多文人诵习的书。从此以后，史书有文学价值而投给文坛以若何影响的，还不曾有过。所以我们研究古文学的人，对于宋以后的史书可以不必多费工夫理它了。

司马、二宋、二刘诸家的文章固然不屑摹仿孟轲、韩愈，竞争文统；还有李觏就大胆宣言他和那时摹仿孟、韩的古文家不同。他在《答黄著作书》里说："今之学者，谁不为文？大抵摹勒孟子，劫掠昌黎。若为文之道，止此而已，则但诵古文数十篇，拆南补北，染旧作新，尽可为名士矣；何工拙之辨哉？觏之施为，异于是矣！"读古文几十篇就成名士，他这话骂得何等刻毒！这算是给了柳开以至欧阳修一般从事古文运动的人一个深刻的教训。同时我们不要忘记李觏是那时一个有眼光有抱负的思想家政治家。

还有陈亮（一一四三——一一九五）、叶适（一一五〇——一二二三）都算南宋有眼光有抱负的思想家政治家，可以上配北宋的李觏、王安石。他们都自负有经济才，作为文章，藻思英发，才气超迈。尤其是陈亮敢谈国事，议论风生。他曾有一次被诬"不轨"下狱，打得体无完肤，幸赖孝宗皇帝还不算是压迫言论、残杀文人的独夫民贼，说是"秀才醉后妄言，何罪之有？"赦免了他。要做文学家不是难事，做文章有气魄，做人更有气魄，中国文学史上却不多见这种人！朱熹正和陈、叶同时，也会做古文，不减北宋欧、曾，但道气更足。此外，南宋时代就没有什么值得称述的古文家了。

我已说过唐代的古文运动和那时小说的发展二者相互的关系。北宋的古文运动虽达到了极盛的地步，但像唐人那样传奇体的小说却只寥寥几篇——如乐史《绿珠传》、《杨太真外传》，秦醇《谭意哥》、《赵飞燕外传》，以及无名氏《梅妃传》、《李师师外传》。还有《唐人说荟》题为韩偓撰的《海山记》、《开河记》、《迷楼记》，也许是北宋人所作。至于宋人平话体的小说，已用白话，就和古文家全无关系了。

六　宋人平话

如今我们所可得见的宋人平话已经不多了。通行本有商务印书馆铅印标点《新编五代史平话》、《大唐三藏取经诗话》、《大宋宣和遗事》、《宋本通俗小说》四种。又有古今小品书籍印行会影印明嘉靖洪楩所刻《清平山堂话本》一种，其中有好几种是可认为宋人平话的。据宋孟元老《东京梦华录》、灌园耐得翁《都城纪胜》、吴自牧《梦粱录》、周密《武林旧事》四书所载"说话人"各有专家，所分家数略有异同。今作略表如下：

两宋"说话人"家数表

北宋	东京梦华录	小说	说三分 说五代史		说诨话	合生
南宋	都城纪胜	小说 银字儿 说公案 说铁骑儿	说史	说经 说参请		合生
南宋	梦粱录	小说 （一名银字儿）	讲史书	谈经 说参请 说诨经		合生
南宋	武林旧事	小说	演史	说经 诨经	说诨经	

表内所列各家，尤以"小说""讲史"两家最为重要，元明以来的白话小说都是继续这两家发展起来的，不过讲史也通称小说了。

倘若我们再要寻根溯源，那末，在宋人之前，小说讲史是早已萌芽了的。如李商隐《骄儿诗》有句云:"或谑张飞胡,或笑邓艾吃。"似乎那个时候就有"说三分"的了。又段成式《酉阳杂俎》里说:"予太和末,因弟生日观杂戏,有市人小说,呼扁鹊作褊鹊,字上声。"似乎两宋所谓"说话人"在唐朝就早已有了。最可注意的是唐王建《观蛮妓》一诗:

> 欲说昭君敛翠娥,清声委曲怨于歌。谁家年少春风里,抛与金钱唱好多。

这首诗说有一个蛮族女子以说唱昭君故事为生活。又《全唐诗》有一个世次爵里都无甚可考的诗人吉师老,他有看《蜀女转昭君变》一诗:

> 妖姬未著石榴裙,自道家连锦水濆。檀口解知千载事,清词堪叹九秋文。翠眉颦处楚边月,画卷开时塞外云。说尽绮罗当日恨,昭君传意向文君。

这首诗说他看见一个蜀中女子说唱昭君故事。所谓"昭君变",我想是和三十年前甘肃敦煌石室所发见的唐朝五代人写本——《大目犍连冥间救母变文》、《舜子至孝变文》一样的文体,散文杂著韵文,有说有唱的一种文体。所谓"转",当然是六朝以来和尚吟诵佛经而称为"转读"的意思。近见刘复《敦煌掇琐》内有拟题为《昭君出塞》的一种,原题不知叫作甚么。这是韵散夹杂的一种文体,颇多残缺讹误。今引其中描写昭君的死一段于此:

> 从昨夜已来,明妃渐困。应为异物,多不成人。单于重祭山川,再求日月。百计求方,千般求术。……怜(憐)至三更,大命方尽。单于脱却天子之服,还着庶人之裳。披发临丧,魁渠并至。骁(晓)夜不离丧侧,部落岂敢东西。日夜哀吟,无由蹔掇(辍),恸悲切调。乃哭

明妃处，若为陈说——

昭军（君）昨夜子时亡，	突厥今朝发使忙。
三边走马传胡命，	万里非（飞）书奏汉王。
单于是日亲临哭，	莫舍须臾守看丧。
解剑脱除天子服，	披头还着庶人裳。
…………	…………
寒风入帐声犹苦，	晓日临行哭未殃（央）。
昔日同眠夜即短，	如今独寝觉天长。
何期远远离京兆，	不忆（意）冥冥卧朔方。
早知死若埋沙里，	悔不教君还帝乡！

这完全是一种"变文"的体裁，我想这就是所谓《昭君变》罢。这种历史或传说性质的变文的发生，当然是摹仿演唱佛经的一种文体而来的。北平京师图书馆藏有《佛本行集经俗文》、《八相成道经俗文》、《维摩诘所说经俗文》。又《敦煌零拾》中有《佛曲》三种，其中《文殊问疾》一种，想是《维摩诘所说经俗文》之一部分。又伦敦英国博物院、巴黎国立图书馆都收得有《维摩诘所说经俗文》残卷，胡适之的《海外读书杂记》里称为《维摩诘经唱文》。他说："这些残本的唱文便是用通俗的韵文夹着散文的叙述，把《维摩诘》的故事逐段演唱出来。……依原文一百字演成三四千字的比例，全部唱文至少须有二三百万字！这要算是世界上最伟大的记事诗（Epic）了！"我想这种正经规矩地依次演说一种佛书的俗文或唱文，就是宋人的所谓"说经"。至于像《大目犍连冥间救母变文》那样抽说佛书里面某一件有趣的故事，加以枝叶敷衍，就是宋人的所谓"说诨经"，如今的所谓"宝卷"。可惜宋人关于说经说诨经一类的话本，如今找不着了。还有我们从《敦煌掇琐》、《敦煌零拾》、《沙州文录》所见唐朝五代的俗文学，白话散文的小说或讲史，如《唐太宗入冥记》、《秋胡小说》，以及关于伍子胥的故事，我们要承认它是宋人小说讲史的或一先代，那更是当然的了。

再,宋人所谓"合生",也起于唐朝而且来自外夷。《新唐书·武平一传》,"平一上书谏曰:伏见胡乐施于声律,本备四夷之数。比来日益流宕,异曲新声,哀思淫溺,始自王公,稍及闾巷。妖伎胡人,街童市子,于御座之前,或言妃主情貌,或列王公名质,咏歌踏舞,名曰合生。……"原来在唐中宗时候,合生是很盛行的。合生的咏歌踏舞,已近戏曲,《武林旧事》不把它列入说话家数,想是这个原因了。

总之,依我们的考察,宋人所谓"说话",在唐朝早已有了萌芽,到北宋才大盛。明郎瑛《七修类稿》里说:"小说起于宋仁宗,盖时太平盛久,国家闲暇,日欲进一奇怪之事以娱之。故小说得胜头回之后,即云话说赵宋某年。"又说:"闾阎淘真之起,亦曰:'太祖太宗真宗帝,四祖仁宗有道君。'国初瞿存斋过汴诗有'陌头盲女无愁恨,能拨琵琶说赵家'。皆指宋也。"高承《事物纪原》云:"仁宗朝,市人有能谈三国事者,或采其说加缘饰,作影人。"倘若这些话可靠,那就北宋仁宗时候,民众艺术如小说弹词影戏之类都已纷纷起来了。尤以小说一科最盛,已经能够引起皇帝的注意。一向埋没在民间的说话人,居然有机会去到宫廷里面奏技,可见当时不仅晏殊、柳永那类酣沉酒色、歌舞太平的曲子能够大出风头了。从仁宗到徽宗是北宋所谓太平极盛的时代,也就是北宋文化烂熟的时代。一方有许多词人的曲子反映那时统治阶级的享乐生活,一方从《东京梦华录》所记汴京流行的各种伎艺,还可以考见那时汴京一般民众的享乐生活。《东京梦华录》的著者还说:"仆从先人宦游南北,崇宁癸未(徽宗崇宁二年)到京师。……太平日久,人物繁阜。垂髫之童但习鼓舞,斑白之老不识干戈。"不难想见那时汴京的太平景象。南宋以后,孝宗时已与金国议和。苟安一时,元气稍复,又号"小元祐"。我在论南宋词人时,已经说过当时君臣的歌舞太平了。据《武旧林事》诸书所载,当时临安的太平景象并不减于汴京。但看《武林旧事》"诸色伎艺人"、"社会"诸条,已知当时民众艺术何等发达。如杂剧则有绯绿社,小说则有雄辩社,还有"书会",他们居然有了职业组合似的团体了。

如今传为宋人平话的《京本通俗小说》、《宣和遗事》,就内容事实说,固然出于南宋说话人之手;《五代史平话》、《三藏取经诗话》也像出于南宋人。《京本通俗小说》为平话小说之祖。《五代史平话》或者就是那时"说五代史"的底本,属于讲史一类,为历史演义之祖。《三藏取经诗话》在当时应该属于"烟粉灵怪传奇"的小说,而不属于说经,这是神魔小说之祖;而且全编分为第一到第十七等节目,已经略具后来章回小说的雏形。这几种小说,就它夹杂许多词而说,或称为"词话";就它夹杂许多诗而说,或称为"诗话"。在白话散文中夹杂一些诗词,无论这种诗词在说话人嘴里或唱或念,好像都是承袭唐朝五代变文或俗文那种体式而来的。至于有说有唱而以唱为中心的诸宫调,上承变文的遗形,下开戏曲的新体,这是我们下文要继续来说的了。

第六讲　杂　　剧

一　诸宫调大曲官本杂剧院本之类

现在,我们要讲到杂剧,须先讲一讲诸宫调、大曲、官本杂剧、院本之类。

所谓诸宫调,这是有说有唱而以唱为主,连续着许多不同宫调的套数而夹有散文,依次说唱一件故事的一种文体。据《碧鸡漫志》说:"熙、丰、元祐间,……泽州孔三传首创诸宫调古传,士大夫皆能诵之。"原来这位首创诸宫调的孔三传恰和大词人苏轼同时。又《梦粱录》说:"说唱诸宫调,昨汴京有孔三传,编成传奇灵怪,入曲说唱。今杭城有女流熊保保及后辈女童皆效此说唱,亦精于上鼓板,无二也。"他如《东京梦华录》、《都城纪胜》、《武林旧事》三书,都曾记及孔三传或说唱诸宫调的人,不过都极简略。但我们却借此知道诸宫调起源于北宋,流行于南宋。《东京梦华录》所说孔三传《耍秀才》诸宫调,原来没有流传下来。《武林旧事》所载"官本杂剧段数"中有《诸宫调霸王》、《诸宫调卦铺儿》二本,我们也无从得见。只有元王伯成《天宝遗事诸宫调》,幸赖明郭勋所编《雍熙乐府》选存五十多套。还有《刘知远诸宫调》不知何人所作,现在残存四十二叶,藏于俄京研究院亚洲博物馆。一九〇七到一九〇八年,俄人柯智洛夫探险队考察蒙古、青海,发掘张掖黑水故城,得西夏所遗古书甚多。残本《刘知远诸宫调》就是黑水故城所掘古书之一,有人断定这是宋版,未知确否?赵萆云藏有这个残本的影片,郑振铎藏有向觉明手钞本。国内学者得见此书的极少。如今我们容易见到的诸宫调就只有董解元的《西厢记》了。

董解元的生平不可考。元锺嗣成《录鬼簿》列他于"前辈已死名公有乐府行世者"之首,下面注明"金章宗(一一九〇年即位)时人,以其创始,故列诸首"。明初宁献王朱权《太和正音谱》也说他"仕于金,始制北曲"。《董西厢》是常常被人把它和王实甫《西厢记杂剧》相混而认为杂剧的。按《董西厢》卷首《太平赚》词云:

俺平生情性好疏狂,疏狂的情性难拘束。一回家想么诗魔多,爱选多情曲。比前贤乐府不中听,在诸宫调里却著数。

董解元已经明明白白说出他的这部《西厢记》是诸宫调了。今录其中说到崔夫人、莺莺、法聪送别张生的一段为例:

生与莺难别。夫人劝曰:"送君千里,终有一别。"

(仙吕调恋香衾)冉冉征尘动行陌,杯盘取次安排。三口儿连法聪外更无别客:鱼水似夫妻正美满,被功名等闲离拆。然终须相见,奈时下难捱。君瑞啼痕污了衫袖,莺莺粉泪盈腮。一个止不定长吁,一个顿不开眉黛。君瑞道:"闺房里保重!"莺莺道:"途路上宁耐!"两边的心绪,一样的愁怀。

(尾)仆人催促,怕晚了天色,柳堤儿上把瘦马儿连忙解。夫人好毒害,道:"孩儿每回,取个坐车儿来。"

生辞夫人及聪。皆曰:"好行!"夫人登车。生与莺别。

(大石调蓦山溪)离筵已散,再留恋应无计。烦恼的是莺莺,受苦的是清河君瑞。头西下控着马,东向驭坐车儿。辞了法聪,别了夫人,把樽俎收拾起。临上马还把征鞍倚,低语使红娘,更告一盏,以为别礼。莺莺君瑞彼此不胜愁:厮觑着,总无言,未饮心先醉。

(尾)满酌离杯长出口儿气,比及道得个"我儿将息"。一盏酒里,白冷冷的滴彀半盏来泪。

夫人道:"教郎上路,日色晚矣!"莺啼哭。又赋诗一首赠郎。诗曰:

弃置今何道,当时且自亲。还将旧来意,怜取眼前人。

(黄钟宫出队子)最苦是离别,彼此心头难弃舍。莺莺哭得似痴呆,脸上啼痕多是血。有千种恩情何处说?夫人道:"天晚教郎疾去。"怎奈红娘心似铁。把莺莺扶上七香车,君瑞攀鞍空自撷,道得个"冤家宁耐些!"

(尾)马儿登程,坐车儿归舍。马儿往西行,坐车儿往东拽。两口儿一步儿离得远如一步也!

(仙吕调点绛唇缠令)美满生离,据鞍兀兀离肠痛。旧欢新宠,变作高唐梦。　　回首孤城,依约青山拥。西风送,戍楼寒重,初品《梅花弄》。

(瑞莲儿)衰草凄凄一径通,丹枫索索满林红。平生纵迹无定著,如断蓬。听塞鸿,哑哑的飞过暮云重。

(风吹荷叶)忆得枕鸳衾凤,今宵管半壁儿没用。触目凄凉千万种:见滴流流的红叶,渐零零的微雨,飒剌剌的西风。

(尾)驴鞭半褭,吟肩双耸,休问吟愁轻重!向个马儿上驼也驼不动!

离浦西行三十里,日色晚矣,野景堪画。

(仙吕调赏花时)落日平林噪晚鸦,风袖翩翩催瘦马,一径入天涯。荒凉古岸,衰草带霜滑。　　瞥见个孤林端入画,篱落萧疏带浅沙,一个老大伯捕鱼虾。横桥流水,茅舍映荻花。

(尾)驼腰的柳树上有鱼槎。一竿风旆茅檐上挂。澹烟潇洒,横锁着两三家。

以上十二曲,换了五个不同的宫调。每一宫调都有尾声,自成一套,一套或数套之间夹有叙述的散文,全书体例都是如此,可知诸宫调是怎样构成的一种文体了。正和首创诸宫调的孔三传同时,赵令畤《侯鲭录》载有《商调蝶恋花词》十二阕,也是歌咏着元稹《会真记》(一题《莺莺传》)张崔恋爱的故事,也是曲调和散文合组而成的体裁。其中散文部分即用《会真记》原文,略加删改。不过这种"鼓子词"用同样的一个曲调,反覆歌咏,不免单调乏味,自然不能和组合许许多多不同宫调的套数而极繁复变化的诸宫调相比,尽管都是用的同一故事来做题材。就散文韵文相杂的体式而说,从六朝人翻译佛经介绍了印度那种散韵相杂的文体,唐朝五代有演说佛书故事或民间传说的变文,两宋就有所谓"词话"或"诗话"的话本,又同时发生了鼓子词、诸宫调,这是一个重要的演变。就词曲的发展而说,由晚唐五代词的小令到北宋词的慢近,同时有联合同调若干歌篇以歌咏一个故事的大曲,直到诸宫调的成立,这是一个重要的演变。董解元的《西厢记诸宫调》正是承受这种种演变而创造而成功的一部巨制。至于这部书又叫作《西厢捣弹词》,或叫作《弦索西厢》,这是因为说唱这部书的时候,口里说唱着词句,手里还弹着三弦或是琵琶的缘故。到了王实甫,改作《西厢记杂剧》,将全书情节分为五本,每本分为四出。他自己刚刚作好了四本,不知为什么搁起笔来,关汉卿续作第五本。这就已由坐而说唱的叙事体的捣弹词一变而为登场扮演的代言体的杂剧了。近人吴瞿安以为"元剧的来历,远祖是宋时大曲,近祖就是董词"。可以说是不错的。

所谓大曲,其实是一曲多遍,诸部合奏的一种舞曲。宋大曲出于唐大曲,而唐大曲又以《凉州》、《伊州》诸曲最先出,都是从边地传来的胡乐。《宋史·乐志》云:"宋初置教坊,所奏凡十八调,四十六曲。"宋陈旸《乐书》云:"优伶常舞大曲,惟一工独进,但以手袖为容,蹋足为节。其妙串者,虽风骞鸟旋,不逾其速矣。然大曲前缓叠不舞,至入破则羯鼓襄鼓大鼓与丝竹合作,句拍益急。舞者入场,投节制容,故有催拍歇拍,恣制俯仰,变态百出。"这似乎是说奏大曲时先用一人独舞,后来再有舞者登场,他的语意不甚明了。我以为宋时舞曲,如曲破、传踏(一云转踏,亦云缠达)、队舞之类都可称为大曲。所以史浩《鄮峰真隐漫录》所载《采莲舞》、《柘枝舞》、《花舞》、《剑舞》、《渔父舞》等诸曲也都称做大曲,并不算错。倘若说他错了,难道他生在大曲流行的时代,又是一个对于词曲有研究的人,还不知道大曲是什么?这种歌舞相兼的大曲,先由"参军"或称"竹竿子"一人登场"勾念",说些吉祥恭维的话,叫作"致语",然后用他手里拿的"竹竿拂子"指挥各伶工演奏。宋人文集中有所谓"乐府致语",就是为参军而作的。那时朝廷遇着春秋圣节等盛大的宴会,都要用大曲杂剧。陈旸《乐书》云:"宴时,皇帝四举爵,乐工道词以述德美,词毕再拜,乃合奏大曲。五举爵,琵琶工升殿,独奏大曲,曲上,引小儿舞伎,间以杂剧。"原来大曲于诸部合奏之外,还有琵琶独奏,而且大曲之后,又有杂剧。当时朝廷所用大曲的曲本如今不传。只有曾慥《乐府雅词》所录董颖《道宫薄媚》十遍,王明清《玉照新志》所录曾布《水调歌头》七遍,史浩《鄮峰真隐大曲采莲》八遍,还算略具大曲的体段。可是这些曲子都是文人倚声之作,不是从"九重传出"的曲本。《梦粱录》说:"向者汴京教坊大使孟角球曾做杂剧本子,葛守诚撰四十大曲。"如今不仅四十大曲不传,杂剧本子也不可得见。《宋史乐志》说:"真宗不喜郑声,而或为杂剧词,未尝宣布于外。"两宋朝廷所用大曲杂剧的本子无一流传,想来都是当时未尝宣布于外的缘故罢。

　　大曲杂剧原是两事,二者合而为一,当在以大曲谱故事流行了以后。《武林旧事》载宋官本杂剧段数二百八十四本,其中用大曲的有一百三本,占全数三分之一而强,这当然是杂剧大曲合而为一以后的结果。从此歌唱、表演、说白三者具备的宋杂剧才算成立了。至于称为官本杂剧,可见这是演奏于宫廷,而为贵族服务的艺术。元陶宗仪《辍耕录》云:"金有杂剧、院本、诸宫调。院本、杂剧，其实一也。国朝院本杂剧始厘而二之。"同书载院本名目六百九十种，王国维《宋元戏曲史》考定为金人所作。他说："院本者，《太和正音谱》云，'行院之本也。'初不知行院为何语。后读元刊《张千替杀妻杂剧》，云'你是良人良人宅眷，不是小末小末行院。'则行院者，大抵金元人谓倡伎所居，其所演唱之本即谓之院本云尔。"可见金院本杂剧流行于民间，和宋官本杂剧出自宫廷的不同，无怪乎院本用大曲的极少，比较最多采用说唱杂戏、竞技游戏一类的民间艺术了。

总之，宋金杂剧院本虽然没有遗文可考，但就《武林旧事》和《辍耕录》两书所载曲目，可以看出其中有滑稽戏，有歌舞戏，有竞技游戏等杂耍，这不能不说是有汉魏六朝以至隋唐倡优教坊、散乐百戏的残留。戏中所用之曲调，则或来自大曲法曲，或来自词与诸宫调，这也都是很显然的。论到纯正的戏剧，有一定的体段，用一定的曲调，当然要从元人杂剧开始了。不过元剧用的曲调，据元周德清《中原音韵》所载：黄钟宫二十四章，正宫二十五章，大石调二十一章，小石调五章，仙吕四十二章，中吕三十二章，南吕二十一章，双调一百章，越调三十五章，商调十六章，商角调六章，般涉调八章，共三百三十五章。依据王国维的考定，其中有三分之一出于旧曲，又以唐宋词最多，诸宫调次之，大曲最少，只有十多章。再就元剧所用题材而论，据《录鬼簿》、《太和正音谱》两书载有元剧目录五百多种，其中和宋官本杂剧金院本以及诸宫调大曲等旧剧曲名目相同的有三十多种，元剧和前代戏曲的渊源可以想见。它从前代剧曲"取精用宏"，另成一种新的形式，加以新的内容，就较前代剧曲大大地进步，我国纯正的戏剧才算从此成立了。

二　蒙古民族与杂剧

现在，我们更进而考察当时的政治状况、社会背景。

元朝自成吉思汗以蒙古最强悍的一部落崛起塞外沙漠之地,并吞诸部落,统一内外蒙古,金和西夏都被他侵略。他还一度进攻俄罗斯,破其联军,最后他灭了西夏才死。太宗又灭了金。由定宗、宪宗到世祖忽必烈,改国号为元,随后又灭了宋,完全统一了中国。七传到顺帝,天下大乱,群雄并起,最后他被明太祖赶出塞外而死,元朝也就完了。

元朝统治中国虽然不过百年之久,但它最初占领的疆域并不以中国为限。从成吉思汗以至太宗宪宗的时候,已经占有如今的内外蒙古,天山南北路,中国的西北部,阿富汗、波斯的北部,俄罗斯的南部,建立了钦察汗、察合台汗、伊儿汗、窝阔台汗四大藩国。直到世祖忽必烈才把整个的中国占领下来。蒙古诸部落原来都是文化落后的游牧民族,一时凭借他们骑射的武力征服了邻近的中国、印度、大食、欧洲诸民族,同时就吸收了这些民族不同的文化,尤其是中国文化。这是值得我们注意的。郑思肖《心史·大义略序》痛骂蒙古游牧民族文化之低,摹仿中国风俗习惯之谬。至说"忽必烈篡江南后,一应渐习,僭行大宋制度,犹禽兽而加衣裳,终非其本心"。我们可以从这位大宋遗民的笔下看出蒙古民族改用中国的风俗习惯而同化于中国。

又因为在当时这一个庞大的帝国统治之下,疆域既极辽阔,民族又异常复杂,因之对于各民族的待遇,也分出好几个等级来。一为蒙古人,据柯劭忞《新元史·氏族表》,蒙古民族黑塔塔儿两派二十八族,非蒙古而归于蒙古者白塔塔儿十五族,野塔塔儿四族。二为色目人(西域、欧洲各藩属人),《新元史·氏族表》列二十三族。三为汉人,契丹、女真、渤海、高丽等族,及曾在辽、金统治之下的中国北方人。四为"南人",曾在南宋统治之下的中国南方人。各机关的长官都用蒙古人,其次为色目人,汉人南人只能做佐贰。所以《元史·百官志序》说:"世祖即位,……酌古今之宜,定内外之官,其总政务者曰中书省,秉兵柄者曰枢密院,司黜陟者曰御史台。体统既立,其次在内者则有寺、有监、有卫、有府,在外者则有行省、有行台、有宣慰司、有廉访司,其牧民者则曰路、曰府、曰州、曰县。官有常职,位有常员。其长则蒙古人为之,而汉人南人贰焉。"这样说来,中国民族最受压迫,绝少出头。更具体地说,蒙古民族统治中国,百年之间,汉人做三公的仅一刘秉忠,做中书令的仅一杨惟中,都属开国元勋。做右丞相的仅一史天泽,也属开国元勋。做左丞相的仅一贺惟一,初做御史大夫,因"故事、台端非国姓不授",改用蒙古姓名太平(此外为了做官改用蒙古姓名的还多),后来才做到宰相。甚至枢密院属僚也不肯用汉人。他如各道廉坊司官必用蒙古人,或色目世臣子孙,汉人绝少进用。各路达噜噶齐(一译达鲁花赤蒙古语长官之义)及诸王封邑所用达噜噶齐,从来不用汉人,汉人只能做佐贰,那就真如《元史·百官志》所说了。总之,中国民族不但不能和所谓"国姓"的蒙古民族平等,在被征服的诸民族里还算是最被歧视最被压迫的。

当时诸民族的信仰各有不同,宗教也很复杂。蒙古人所迷信的是游牧社会的多神教。起初对于其他宗教莫不蹂躏摧毁。后来才一律加以保护,设宣政院崇福司分管释教僧徒以及其他宗教,并免僧、道和也里可温(天主教或译景教)、答失蛮(回教)等教租税。据《元史译文证补》,当时有木速儿蛮、答失蛮(木速儿蛮之一派)、也里可温、斡脱(犹太教)和尚、"先生"(道教)等教。最初太祖成吉思汗很信道教,优待长春真人丘处机,称为"丘神仙",颁下圣旨,蠲免处机应有院舍及道士租税。那圣旨道:

> 成吉思皇帝圣旨,道与诸处官员每。丘神仙应有底修行院舍等,系逐日念诵经文告天底人每,与皇帝祝寿万万岁者。所据大小差发赋税,都休教著者。据丘神仙底应系出家门人等,随处院舍都教免了差发赋税者。其外诈推出家,影占差发底人每,告到官司治罪。断案主者,奉到如此,不得违错。须至给照用者。右付神仙门下收执。
>
> 照使所据神仙应系出家门人,精严住持院子底人等,并免差发税赋。准此。癸未羊儿年(按为西元一二二三)三月日。

同年九月又下圣旨,使丘神仙"教管天下应有底出家善人"。于是道教徒有了权势,异常专横,竟至毁孔子庙,毁佛像,占佛寺四百八十一所。直到宪宗即位,才命人分掌释、道二教。随后又以西域僧那摩为国师,总天下释教,二教就起了争端,辩论、排挤不已。结果,道教徒失败。宪宗就颁下圣旨,禁毁佛像及伪造经文,同时并禁毁老子塑像。世祖忽必烈继位,更虔诚信佛,封西番高僧八思巴为大宝法王,奉为"帝师",喇嘛教成了国教。从此佩戴"金字圆符"的西番僧独受优待,仗势专横,其他宗教莫能相比了。

近人冯承钧编《元代白话碑》一书,收得关于当日释道争辩,及保护释道的圣旨碑文三十多篇。原来元代上自皇帝圣旨,下至官吏公牍,采用白话,成为风气,但看《元典章》一书就可知道。其中有好些俗话方言,今人很不容易了解。《元典章》成书于英宗时候,蒙古人统治全中国将近五十年了。英宗为铁失所杀,泰定帝即位,登极诏(《元史》二十九)也还是白话的。

泰定帝登极诏

薛禅皇帝可怜见嫡孙裕宗皇帝长子,我仁慈甘麻剌爷爷根底封授晋王,统领成吉思皇帝四个大斡耳朵及军马达达国土都付来。依着薛禅皇帝圣旨,小心谨慎,但凡军马人民的,不拣甚么勾当里,遵守正道行来的上头,数年之间,百姓得安业。在后完泽笃皇帝教我继承位次,大斡耳朵里委付了来,已委付了的大营盘看守着。扶立了两个哥哥曲律皇帝,普颜笃皇帝,侄硕德八剌皇帝。我累朝皇帝根底不谋异心,不图位次,依本分与国家出气力行来。诸王哥哥兄弟每,众百姓每,也都理会的也者。今我的侄皇帝生天了也,么道,迤南诸王大臣军士的,诸王驸马臣僚达达百姓每,众人商量着:大位次不宜久虚,惟我是薛禅皇帝嫡派,裕宗皇帝长孙,大位次里合坐地的体例有,其余争立的哥哥兄弟也无有。这般晏驾其间,比及整治以来,人心难测,宜安抚百姓,使天下人心得宁,早就这里即位,提说上头。从着众人的心,九月初四日于成吉思皇帝的大斡耳朵里大位次里坐了也。交众百姓每心安的上头,赦书行有。

这种白话的诏书圣旨还很显然地含有许多蒙古译语。从《元朝秘史》的译文也可见得当时华语要受蒙古语的影响。因为当日蒙古民族统治中国并不曾放弃他们固有的蒙古语,倒还新制蒙古字,颁行天下,译写一切文字。朝廷所用文牍都用蒙古字为正文,而以各被征服国的文字为副文。《元史·释老传》(二百二)载着世祖忽必烈至元六年(一二六九)颁行八思巴所制蒙古字的诏书道:

朕惟字以书言,言以纪事,此古今之通制。我国家肇基朔方,俗尚简古,未皇制作。凡施用文字,因用汉楷及辉和尔字,以达本朝之言。考诸辽、金,及遐方诸国,例各有字。今文治寖兴,而字书有阙,于制为未备。故特命国师帕克斯巴创为蒙古新字,译写一切文字,期于顺言达事而已。今后凡有玺书颁降者,并用蒙古新字,仍各以其国字副之。

可证蒙古新字颁行以后,他们向来遵用的汉楷及辉和尔字都要减少一点势力。按赵翼《二十二史札记·元诸帝多不习汉文》一条,考出当日诸臣进呈文字大都译成所谓"国书"。大概当时皇帝以及蒙古人色目人的长官虽懂汉语,未必都学汉文。往来文牍,大半是蒙古语汉语对译。这就是那种夹杂方言俗话的汉语公牍一时流行的缘故了。同时北方的汉语中也就掺进了一些蒙古语。

我们的话要说回来了,方言俗话的杂剧恰在这样的一个时代里发生成长的。而且从现存的这种杂剧里:还可考出若干词语系由蒙古语而来的,如"曳剌"、"哈喇"之类都是。

我想：外来民族的统治阶级，只通浅俗的汉语，不重典雅的汉文，煌煌圣旨也是白话的；而且为了生活优裕而贪图艺术的享乐，为了政治作用要通晓中国的民情风俗；这是自然的，有意无意地给与了杂剧的发展上以不少的助力。同时一般文人，为了自己民族的被歧视被压迫，找不到相当的出路，不终老于布衣，即沉沦于佐贰。于是创作杂剧，抒写不平之悲愤；观赏杂剧，消遣无聊之岁月；一代杂剧家的出身，大都不外乎布衣佐贰两途，这是最教我们研究杂剧发展的人加以深切注意的。谢枋得《送方伯载归三山序》说："滑稽之雄，以儒为戏者曰：我大元制典，人有十等，一官，二吏，先之者贵之也；七匠，八娼，九儒，十丐，后之者贱之也。吾人品岂在娼之下，丐之上者乎？"郑思肖《大义略序》说："鞑法：一官，二吏，三僧，四道，五医，六工，七猎，八民，九儒，十丐，各有所统辖。"可以想见当时文人的地位极低。所以明胡侍《真珠船》也说："元曲如《中原音韵》、《阳春白雪》、《太平乐府》、《天机余锦》等集，《范张鸡黍》、《王粲登楼》、《三气张飞》、《赵礼让肥》、《单刀会》、《敬德不伏老》、《苏子瞻贬黄州》等传奇，率音调悠扬，气魄雄壮，后有作者，鲜与为京。盖当时台省元臣，郡邑正官，及雄要之职，中州人多不得为之。每沉抑下僚，志不得伸。如关汉卿及太医院尹，马致远江浙行省务官，宫大用钓台书院山长，郑德辉杭州路吏，张小山首领官。其他屈在簿书，老于布素者，尚多有之。于是以其有用之才，而一寓之乎声歌之末，以抒其拂郁感慨之怀，所谓不得其平而鸣者也！"他这些话是很对的。至今我们翻读元曲，还可以想见当时文人不平之气。如马致远的《荐福碑》第一折：

（鹊踏枝）我如今带儒冠，著儒服，知他我那命里有公侯也，伯子男乎？我左右来，无一个去处，天也则索阁落里，韫匵藏诸！

（寄生草）想前贤语，总是虚。可不道书中车马多如簇，可不道书中自有千钟粟，可不道书中有女颜如玉，则见他白衣便得一个状元郎，那里是绿袍儿赚了书生处！

（幺篇）这壁拦住贤路，那壁又挡住仕途。如今这越聪明越受聪明苦，越痴呆越享了痴呆福，越胡突越有了胡突富。则这有银的陶令不休官，无钱的子张学干禄。

宫大用的《范张鸡黍》第一折：

（天下乐）你道是文章好立身，我道今人都为名利引。怪不着赤紧的翰林院那伙老子每，钱上紧。他歪吟的几句诗，胡诌下一道文，都是些要人钱，谄佞臣。

（那吒令）国子监里助教的，尚书是他故人；秘书监里著作的，参政是他丈人；翰林院应举的，是左丞相的舍人。则《春秋》不知怎的发，《周礼》不知如何论，制诰诰是怎的行文。

（寄生草）将凤凰池拦了前路，麒麟阁顶杀后门。便有那汉相如献赋难求进，贾长沙痛哭谁偢问，董仲舒对策无公论。便有那公孙弘撞不开昭文馆内虎牢关，司马迁打不破编修院里长蛇阵。

（幺篇）口边厢娇腥也犹未落，顶门上胎发也尚自存。生下来便落在那爷羹娘饭长生运，正行着兄先弟后财帛运，又多著夫荣妻贵催官运。你大拼着十年家富小儿娇，也少不的一朝马死黄金尽！

这都可以说是借古慨今，有为而发的曲子。试想浅化的蒙古民族凭借着统治阶级的地位，作福作威，腐败黑暗已极；一般有才干有学问的汉人却没有相当的出路，这是何等不平的事！不过当日的杂剧家还不能说是有若何醒觉的民族意识、社会思想，所有作品里对于统治阶级的攻击，社会黑暗的暴露，人生惨痛的叫号，都是从很朦胧的意识里发泄出来，这是我们读元曲的时候可以感觉得到的。明臧晋叔《元曲选序》说："或谓元取士有填词科，若今括帖然，取给风檐寸晷之下，故一时名士虽马致远、乔梦符辈，至第四折，往往强弩之末矣。或又谓主司所定题目，止曲名及韵耳；

其宾白则演剧时伶人自为之，故多鄙俚蹈袭之语。"又说："元以曲取士，设十有二科。而关汉卿辈争挟长技自见，至躬践排场，面傅粉墨，以为我家生活，偶倡优而不辞者，或西晋'竹林'诸贤托杯酒自放之意。"他以为元代杂剧家或者有所寄托，我们固然可以承认；至于他说元以曲取士，至今没有人能够证实这一说。而且元灭金后，仅太宗九年行了一次科举，从此废而不行，到七十八年之久。《太和正音谱》列杂剧十二科：一曰神仙道化，二曰隐居乐道（又曰林泉丘壑），三曰披袍秉笏（即君臣杂剧），四曰忠臣烈士，五曰孝义廉节，六曰叱奸骂谗，七曰逐臣孤子，八曰铍刀赶棒（即脱膊杂剧），九曰风花雪月，十曰悲欢离合，十一曰烟花粉黛（即花旦杂剧），十二曰神头鬼面（即神佛杂剧）。我疑臧晋叔误把这十二科认为科举之科，所以他疑"元取士有填词科"了！

三　金元之际杂剧家

钟嗣成《录鬼簿》把元剧作者生卒的先后分做三个时期：第一期，前辈名公才人有所编传奇行于世者；第二期，方今已亡名公才人余相知者，及已死才人不相知者；第三期，方今才人相知者，及方今才人闻名而不相知者。钟氏此书成于至顺元年（一三三〇），可知他说的第三期已到至顺元年以后。王国维《宋元戏曲史》采取了他这一说，因分元剧为蒙古时代、一统时代、至正时代三期。我以为元朝国祚虽不满百年，杂剧的发展却将近两百年，而以元朝一统时代为最盛时期。为了叙述便利起见，我们只分下列两期：

第一，金元之际，包括了元代初兴到最盛的一个时代，也就是包括了杂剧初兴到最盛的一个时代。这一时代约从元太宗定都和林，进取中原，直到英宗即位为止（约一二三〇——一三二〇）。此后元代就渐渐衰微下去了。董解元既为金章宗时人，他的卒年当在元太宗灭金（一二三四）以前。此时杂剧家如王实甫、关汉卿、白朴、马致远之流都已出世了。从此七八十年间是杂剧最盛的时代,第一流的作家都生在此时。

第二,元明之际。不待说,这是元末明初的一个时代(约一三二〇——一四二〇)。杂剧的盛时已经过去,衰微的时代到来,传奇快要取而代之了。"《荆》、《刘》、《拜》、《杀》"、《琵琶》五大传奇都作于这一时代,只有《荆钗记》是最后出世的。

金元之际,很有几个伟大的杂剧家,向来的论者都推崇关、马、郑、白。《太和正音谱》虽不满意关汉卿的作品,称他为"可上可下之才",却是说他"初为杂剧之始"。实则汉卿同时,杂剧家业已辈出。我还以为王实甫动手作剧,或在汉卿之前。

王实甫(一二〇〇?——一二八〇?)身世不可考,《录鬼簿》称他为大都人。他的《四丞相高会丽春堂》一剧,叙金右丞相乐善在赐宴之日,和监军李圭比赛射柳,他赢了金主赐来的锦袍玉带;次日和李圭打双陆,他又赢了李圭的八宝珠衣;李圭不服输,扭打起来。押宴官徒单克宁奏劾乐善,他就被贬济南。后因所谓盗贼蜂起,他奉诏平贼,贼闻风就降了。金主在他的住宅《丽春堂》赐宴,并令李圭向他谢罪。剧末是下面这样收场的,可以想见那时统治阶级宴会歌舞的盛况:

(沽美酒)舞蹁跹,翠袖长;击鼉鼓,奏笙簧。黄髻云鬟宫样妆,金钗列数行。欢声动,一座丽春堂。

(太平令)歌金缕,清音嘹亮;品莺箫,余韵悠扬。大筵会,公卿宰相。早先声,把烟尘扫荡。从今后四方八荒,万邦齐仰贺当今皇上!

王国维因据这段曲文而断定王实甫和关汉卿一样,也是由金入元的。按剧中人物,徒单克宁实有其人,金章宗时,拜太师,封淄王。可知此剧最早作于金章宗时,最迟在元灭金以前。至使王实甫享不朽之名的,是他的《崔莺莺待月西厢记》。他作了四本,关汉卿续作第五本。把它分开,是各自独立的五本；把它合拢，就是五本连结的一部大剧本。元剧通常是一本四折，或者加以楔子。只有《西厢记》五本，吴昌龄《西游记》六本，算是最特别的。汲古阁《六十种曲》本《西厢记》分为二十出，失了原来面目。暖红室刻本《西厢十则》里的一部，是依原本分为五本的。第四本写崔莺莺送别张生，真是艳绝凄绝：

（端正好）碧云天，黄花地，西风紧，北雁南飞。晓来谁染霜林醉，总是离人泪！

（滚绣球）恨相见得迟，怨归去得疾。柳丝长，玉骢难系。恨不得倩疏林，挂住斜晖。马儿迍迍行，车儿快快随，却告了相思回避，破题儿又早别离。听得一声去也，松了金钏。遥望见十里长亭，减了玉肌，此恨谁知！

（叨叨令）见安排着车儿马儿，不由人熬熬煎煎的气。有甚心情，花儿靥儿，打扮的娇娇滴滴媚！准备着被儿枕儿，则索昏昏沉沉的睡。从今后，衫儿袖儿，都揾做重重叠叠的泪。兀的不闷杀人也么哥！兀的不闷杀人也么哥！今已后，书儿信儿索与我恓恓惶惶的寄。

……

（快活三）将来的酒共食，尝着似土和泥。假若便是土和泥，也有些土气息，泥滋味。

（朝天子）暖溶溶玉醅，白泠泠似水，多半是相思泪。眼面前茶饭，怕不待要吃。恨塞满愁肠胃。蜗角虚名，蝇头微利，拆鸳鸯在两下里。一个在这壁，一个在那壁，一递一声长吁气。

（四边静）霎时间，杯盘狼藉。车儿投东，马儿向西。两意徘徊，落日山横翠。知他今宵宿在那里，有梦也难寻觅。

……

（五煞）到京师，服水土；趁程途，节饮食。顺时自保揣身体，荒村雨露宜眠早，野店风霜要起迟。鞍马秋风里，最难调护，最要扶持。

(四煞)这忧愁诉与谁？相思只自知。老天不管人憔悴。泪添九曲黄河溢，恨压三峰华岳低。到晚来定把西楼倚，见了些夕阳古道，衰柳长堤。

　　(三煞)笑吟吟一处来，哭啼啼独自归，归家若到罗帏里，昨日个绣衾香暖留春住，今夜个翠被生寒有梦知。留恋你，别无意，见据鞍上马，阁不住泪眼愁眉。

　　(二煞)你休忧文齐福不齐，我则怕你停妻再娶妻。你休要一春鱼雁无消息，我这里青鸾有信频须寄。你休要金榜无名誓不归。此一节，君须记：若见了异乡花草，再休似此处栖迟！

　　(一煞)青山隔送行，疏林不做美，淡烟暮霭相遮蔽。夕阳古道无人语，禾黍秋风听马嘶。我为甚懒上车儿内？来时甚急，去后何迟！

　　(收尾)四围山色中，一鞭残照里。遍人间烦恼填胸臆，量这些大小车儿如何载得起！

　　在中国文学里，描写少年男女的热情，不，描写才子佳人式的恋爱，没有一种戏曲可以得到《西厢记》那么多的读者，只有比这后出的一部《红楼梦》小说，算是有了同样的遭遇。相传王实甫写到"碧云天，黄叶地，西风紧，北雁南飞。晓来谁染霜林醉，总是离人泪！"一段，精神来不及，就倒地死了。这当然是崇拜他的人造出来的鬼话。他似乎是写到《草桥惊梦》而止。关汉卿续写第五本《张君瑞庆团圆》，一定要把张生和莺莺于经过许多磨难之后，团圆结局，未免蛇足，难怪金圣叹要骂作一无足取了。

　　关汉卿(一二〇五？——一二八五?)号已斋叟，大都人，金解元，做太医院尹。杨朝英《朝野新声》及《阳春白雪》，录汉卿小令套曲许多首。其中《一枝花》一首系题咏杭州景物的，有"大元朝，新附国；亡宋家，旧华夷"的话。可知他于宋亡后，到过杭州。杨维桢《元宫词》云："开国遗音乐府传，《白翎》(《白翎雀》教坊大曲名)飞上十三弦。大金优谏关卿在，《伊尹扶汤》进剧编。"可知他的杂剧很能迎合金元统治阶级的心理。他是金元之际最伟大的杂剧家。他作的剧在六十种以上,今存十四种:《元曲选》存《玉镜台》、《谢天香》、《救风尘》、《蝴蝶梦》、《鲁斋郎》、《金线池》、《窦娥冤》、《望江亭》八种;《元刊古今杂剧三十种》存《西蜀梦》、《拜月亭》、《单刀会》、《调风月》四种;《顾曲斋所刊曲》十六种中存《绯衣梦》一种。又《西厢记》第五本。他还著有《鬼董》一书,他又是写鬼圣手。《窦娥冤》写一个女子衔冤被杀,冤魂显灵,阴惨已极。这个女子名叫端云,因为她的父亲窦秀才无力偿还那个放高利贷的寡妇蔡婆婆的本利银子各二十两,她七岁上就做了蔡婆婆的儿媳妇,改名叫窦娥。她十七岁结婚,不幸丈夫死去,已是三年了。这一天,他婆婆去赛庐医家讨债,几乎被这赖债的医生用绳子勒死野外。恰巧遇着张老、张驴儿父子把她救活。这两父子留养蔡家,竟逼婆媳两个招他们做接脚丈夫。蔡婆婆被逼要允许了,窦娥却坚执不肯。婆婆生了病,想羊猪儿汤吃。张驴儿想毒死婆婆,以便强占寡媳,从赛庐医讨得毒药,偷下在窦娥做的汤里。婆婆喝汤不下,给张老吃了,中毒而死。张驴儿把窦娥告到官里。那楚州太守桃杌只知道"告状来的要金银",竟用严刑拷打她。她只急得叫天:

(感皇恩)呀!是谁人唱叫扬疾,不由我不魄散魂飞。恰消停,才苏醒,又昏迷。捱千般打拷,万种凌逼。一杖下,一道血,一层皮。

(采茶歌)打的我肉都飞,血淋漓,腹中冤枉有谁知?则我这小妇人毒药来从何处也。天那!怎么的覆盆不照太阳晖?

她被逼招了"药死公公"的斩罪。这一天,要押付市曹行刑了。她含冤莫白,还只是急得叫天:

(正宫端正好)没来由,犯王法;不提防,遭刑宪。叫声屈,动地惊天。顷刻间,游魂先赴森罗殿。怎不将天地也生埋怨?

(滚绣球)有日月,朝暮悬,有鬼神,掌着生死权。天地也只合把清浊分辨,可怎生糊突了盗跖颜渊?为善的,受贫穷,更命短;造恶的,享富贵,又寿延;天地也做得个怕硬欺软,却元来也这般顺水推船。地也你不分好歹何为地?天也你错勘贤愚枉做天!哎!只落得两泪涟涟!

她临刑时发下三桩誓愿:一是血洒八尺旗上白练,二是雪飞六月遮尸,三是楚州亢旱三年。她想这是会有灵验的:

(耍孩儿)不是我窦娥罚下这等无头愿,委实的冤情不浅!若没些儿灵圣与世人传,也不见得湛湛青天。我不要半星热血红尘洒,都只在八尺旗枪素练悬。等他四下里皆瞧见,这就是咱苌弘化碧,望帝啼鹃!

(二煞)你道是暑气暄,不是那下雪天。岂不闻飞霜六月因邹衍?若果有一腔怨气喷如火,定要感的六出冰花滚似绵,免着我尸骸现。要什么素车白马,断送出古陌荒阡。

(一煞)你道是天公不可期,人心不可怜。谁知皇天也肯从人愿。做甚么三年不见甘霖降,也只为东海曾经孝妇冤。如今轮到你山阳县,这都是官吏每无心正法,使百姓有口难言。

(煞尾)浮云为我阴,悲风为我旋。三桩儿誓愿明题编。那其间,才把你个屈死的冤魂,这窦娥显。

果然,怨气冲天,感天动地,三桩誓愿都验了。恰巧窦秀才及第后,做两淮提刑肃政廉访使,来到楚州"审囚刷卷",体察"滥官污吏"。一夜,正看文卷,几次把已决犯人窦娥药死公公文卷压在卷宗底下,都被窦娥冤魂弄灯,把那文卷翻在上头。她又托梦诉冤,他才知道死者是自己的女儿,案情因而大白。张驴儿、赛卢医、太守桃杌各依轻重治罪。这是全剧的梗概。靠怨鬼诉冤,靠青天伸冤,这样幻想制裁贪官污吏,在现代的人看来,自然要失笑的。不过曲文又激越,又凄楚,充满了悲剧的气氛。这剧和纪君祥的《赵氏孤儿》一剧可说是元曲中的两大悲剧。

马致远,字东篱,大都人,江浙行省务官。《太和正音谱》列他为元剧第一人。他作杂剧十四本,今存七本:《青衫泪》,《岳阳楼》、《陈抟高卧》、《汉宫秋》、《荐福碑》、《任风子》,均见《元曲选》。《孟浩然踏雪寻梅》见《元人杂剧选》。他又和李时中及教坊刘耍和的女婿花李郎、红字李二合作《黄粱梦》一本,也见《元曲选》。可见他和教坊优人娼夫作曲的要好,他作的曲不难随时上演,供奉宫廷。但他似乎不愿偷生在当时外来民族统治之下,一时又找不着出路,因而作品中都流露着悲观厌世,神仙隐逸的思想。《汉宫秋》一剧或是应着当时宫廷的需要而作,然而写一个君主被迫于异族,虽所心爱的美人也保不住,不能不拱手让人,在一个秋夜凄楚的孤雁鸣声里,惊破了他烦苦的相思的幽梦,这不能不算是一种悲剧。这位君主便是汉元帝,美人便是明妃王昭君。王昭君和番的故事,在宋元以前不仅常为乐府诗歌的题材,还常展转流传于说书人的口,这在上一讲我论唐代变文《昭君变》就已涉及到了。《汉宫秋》第三折叙汉元帝率文武百官到灞桥饯送明妃。写元帝当临别之顷,情绪极其凄紧:

(梅花酒)呀,俺向着这回野悲凉:一草已添黄,色早迎霜,犬褪得毛苍,人搦起缨枪,马负着行装,车运着糇粮,打猎起围场。他他他,伤心辞汉主,我我我,携手上河梁。他部从,入穷荒;我銮舆,返咸阳。返咸阳,过宫墙;过宫墙,绕回廊;绕回廊,近椒房;近椒房,月昏黄;月昏黄,夜生凉;夜生凉,泣寒螀;泣寒螀,绿纱窗;绿纱窗,不思量!

(收江南)呀,不思量,除是铁心肠。铁心肠,也愁泪滴千行。美人图,今夜挂昭阳。我那里供养,便是我高烧银烛照红妆。

这种曲文真是所谓"写情则沁人心脾,写景则在人耳目,述事则如出其口"。臧晋叔的《元曲选》把《汉宫秋》列为第一篇,想是有意的推荐它。王国维也推马致远的《汉宫秋》,白仁甫的《梧桐雨》,郑德辉的《倩女离魂》为元剧三大杰作。他以为马曲雄劲,白曲悲壮,郑曲幽艳,可谓千古绝唱。

白朴(一二二六——一二九五?),字仁甫,一字太素,号兰谷、陕州人,后为真定人。父名华,字寓斋,在金做枢密院判官,《金史》有传。仁甫七岁,逢金壬辰(一二三二)之难。明年春,京城变,幸赖元遗山以通家世谊救着他这父亲远离了而又仓皇失母的幼儿。结果,金亡了,元遗山、白寓斋做了遗老,后来他也就不做元朝的官。他徙居金陵,从诸遗老放情山水间,以诗酒自遣。著有《天籁集》;杂剧十七种,今存二种。《梧桐雨》、《墙头马上》均见《元曲选》。《梧桐雨》写的是唐宋以来许多诗人小说家都爱描写的唐明皇和杨贵妃的故事。自杨贵妃得宠,安禄山造反,以至明皇奔蜀,马嵬葬妃,后来明皇由蜀回来,退居西宫养老,触景生情,思念妃子不已,都已说到。全剧顶点在第四折。一夜,明皇正对着供养的贵妃真容,越看越添伤感,不觉一阵昏迷上来,便已睡去,见着妃子在长生殿排宴,他去赴席,醒来时,却只见雨打梧桐,好生凄楚!

(叨叨令)一会价紧呵,似玉盘中万颗珍珠落。一会价响呵,似玳筵前几簇笙歌闹。一会价清呵,似翠岩头一派寒泉瀑。一会价猛呵,似绣旗下数面征鼙操。兀的不恼杀人也么哥!兀的不恼杀人也么哥!则被他诸般儿雨声相聒噪!

(倘秀才)这雨一阵阵打梧桐叶凋,一点点滴人心碎了,枉着金井银床紧围绕,只好把泼枝叶做柴烧锯倒!
……

(三煞)润濛濛,杨柳雨,凄凄院宇侵帘幕。细丝丝,梅子雨,妆点江干满楼阁。杏花雨,红湿阑干;梨花雨,玉容寂寞。荷花雨,翠盖翩翩;豆花雨,绿叶萧条;都不似你惊魂破梦,助恨添愁。彻夜连宵。莫不是水仙弄娇,蘸杨柳,洒风飘?

……

（黄钟煞）顺西风,低把纱窗哨;送寒气,频将绣户敲;莫不是天故将人愁闷搅?度铃声,响栈道,似花奴羯鼓调,如伯牙《水仙操》。洗黄花,润篱落;渍苍苔,倒墙角。渲湖山,漱石窍;浸枯荷,溢池沼。沾残蝶,粉渐消;洒流萤,焰不著。绿窗前,促织叫;声相近,雁影高。催邻砧,处处捣;助新凉,分外早。斟量来,这一宵;雨和人,紧厮熬。伴铜壶,点点敲。雨更多,泪不少。雨湿寒梢,泪染龙袍,不肯相饶,共隔着一树梧桐,直滴到晓!

这一悲剧便如此结局。不落于勉强的以团圆为结束的俗套,在这一点上,《梧桐雨》是较胜于《窦娥冤汉宫秋》的。

郑光祖,字德辉,平阳襄陵人,以儒补杭州路吏。他的生平当较王、关、马、白为后,故《录鬼簿》列他在第二期。他和郑廷玉,可称二郑。但他享大名,和关、马、白并称为四大家。《录鬼簿》说:"公之所作,名香天下,声振闺阁。伶伦辈称郑老先生,皆知其为德辉也。惜其所作,贪于俳谐,未免多于斧凿,此又别论焉。"可证他的剧本在当时流行很广。他作剧十九种,今存四种。《㑇梅香》、《王粲登楼》、《倩女离魂》,均见《元曲选》。《周公辅成王摄政》见《元刊古今杂剧》。《倩女离魂》的本事,当系采用唐陈玄祐《离魂记》而加以修改。张倩娘改为张倩女,王宙改为王文举。倩娘的离魂本同王宙赴蜀,这里就改为倩女的离魂追随文举上京应举。五年之后,倩娘的离魂思家,夫妇归到衡州,和在家的倩娘病躯合而为一,改为三年之后,文举已由状元及第除衡州府判,倩女的离魂随夫上任,衣锦还乡,和在家的倩女病躯合而为一。倩娘的离魂生两子,改为倩女的离魂不曾生子。为倩娘婚约障碍的本是她的父亲张镒,改为倩女婚约障碍的是她的寡母张夫人。张夫人命向日只许他们以兄妹相称的倩女、文举重排婚宴,这一本恋爱的喜剧就以团圆结局。说有灵魂离躯壳而存在,在现代有科学新智识的人听来,不免要失笑。但在人生的意志不得实现,愿望不得满足,说是另有灵魂存在,继续弥补这一缺憾,未始不是一件快事。《倩女离魂》一剧就在投合世人这种可怜的心理,加以曲文的幽艳,而成为名作了。此剧楔子,叙张夫人只许倩女和文举以兄妹之礼相见,写倩女那时火一般的情热:

(仙吕赏花时)他是个矫帽轻衫小小郎,我是个绣帔香车楚楚娘,恰才貌正相当。俺娘向阳台路上,高筑起一堵云雨墙。

(么篇)可待要隔断巫山窈窕娘,怨女鳏男各自伤,不争你左使着一片黑心肠。你不拘箝,我可倒不想;你把我越间阻,越思量!

"你不拘箝,我可倒不想;你把我越间阻,越思量!"这话也很够一般严男女之防的正人君子去思量了。《㑇梅香》也是一本恋爱的喜剧,和《西厢记》的关目大略相似。叙白敏中和裴小蛮的恋爱,裴夫人从中阻碍,幸赖乖觉的婢女樊素传递消息而得团圆。

以上说过金元之际的杂剧作者,王、关、马、白、郑五大家。还有武汉臣、纪君祥、高文秀、郑廷玉、张国宾、吴昌龄、尚仲贤、宫天挺、乔吉、杨梓十人,也都是值得一述的名家。

武汉臣,济南府人,生平无可考。所作杂剧十三种,今存《老生儿》、《生金阁》、《玉壶春》三种,均见《元曲选》。《老生儿》是一本关于遗产问题的剧。却说刘从善年老无子,有女名引张,赘婿张郎。有侄名引孙,父母已故,依从善过活。从善妻李氏,恶侄而爱婿,引孙因被逐去。从善的妾小梅怀孕,张郎怕她生一男孩,继承父产,想要加害。引张就把小梅匿居姑母家,诡称小梅私逃。从善失妾,心知有异,深愤财多足以害家,把家财大大施舍一次,余财都交张郎。恰逢清明节,从善夫妇上坟,只见引孙虽是贫穷,也不忘祭扫自家祖墓,女儿女婿却不见来。从善因而乘机进言,使妻子李氏省悟女婿为外姓,侄儿为亲枝,于是把付给女婿所管的财产都交侄儿引孙掌管。从善生辰，女婿女儿来拜，也不理会他们。谁知道女儿引张会把小梅和她的三岁小儿都带来了呢？从善喜出望外，因把家财分为三份，付给子、女、侄儿。这一剧的关目是很曲折而紧凑的；曲白相生，描写各人心理情态，都很精细入微；在元剧中，自是第一流的作品。

纪君祥，一作天祥，大都人，事迹无可考。作剧六种，今存《赵氏孤儿》一种。此剧叙晋灵公时，武臣屠岸贾和文臣赵盾有隙，一再加害他不得，最后进言灵公，杀了赵家三百口。赵朔的妻是晋公主，生有一个遗腹子，屠岸贾命军士把守宫门，想搜索这个婴孩来杀。赵朔门客程婴从宫里救出这婴孩来，公主自缢而死，把门的下将军韩厥放出程婴等以后，也自刎而死。岸贾下令国中，一月以上、半岁以下的婴孩都要送来杀掉。事急了，程婴和退职山居的公孙杵臼商议，把他自己的儿子换了赵氏孤儿，并且自己去出首，说杵臼藏此孤儿。岸贾把此孤儿连杵臼都杀了。因此他很信任程婴，养婴子程勃为己子，又名屠成，自己教以兵法，使婴教以诗书。二十年后，屠成已经成人了。一日，程婴对着一张岸贾残杀赵氏以及韩厥、杵臼的画图哭泣。屠成看见，问个明白，才知自己原是赵氏孤儿。于是奏明晋君，把岸贾杀了。这一本杀人复仇的悲剧，是写得极其惊心动魄的，也算是元剧中不可多得的杰作；而且一本五折，又有楔子，破了元剧一本四折的通例，这是最可注意的。据《录鬼簿》说，张时起《赛花月秋千记》有六折，这也是元剧结构上的一个变例，可惜如今不传了。

高文秀，东平人，府学生，早卒。作曲三十四种，三分之一为"水浒"剧，描写黑旋风的八种，今存《双献功》一种。此外还存《须贾辞范睢》、《好酒赵元遇上皇》二种。后一种见《元刊古今杂剧》，余见《元曲选》。《黑旋风双献功》叙孙荣白衙内事，《水浒传》不载。却说郓城孔目孙荣和妻郭念儿要往泰安州神庙去还香愿，因此到梁山泊旧友宋江处借一人防护，宋江差李逵同行。他们落在一个店里，念儿留店，孙荣李逵先往神庙，为念儿觅一宿处。不料念儿已先和奸夫白衙内约好，逃走去了。孙荣告官，官即白衙内，倒把孙荣下在死牢里。李逵伪为孙荣义弟，入狱中送饭，暗放蒙汗药于食物中,给狱卒吃了,倒地不醒,李逵把一牢的人都放了。李逵又假扮一个祗候人,进了白衙内家中,杀了衙内和念儿两颗人头,上山献功。这一李逵并不卤莽,却是有胆有识又很细心的人,和《水浒传》里李逵的性格恰好相反。康进之有《黑旋风负荆》、《黑旋风老收心》两剧,今存前一种,见《元曲选》。这位李逵就正是《水浒传》里莽撞的《李逵》了。进之,棣州人,一说姓唐。还有杨显之写有《黑旋风乔断案》一剧,今已不存。存有《临江驿》、《酷寒亭》二剧,见《元曲选》。《录鬼簿》说:"显之,大都人,与汉卿莫逆交。凡有珠玉,与公较之。"又,李文蔚有《同乐院燕青博鱼》一剧,见《元曲选》,也是"水浒"剧。这都可证"水浒"故事在当时已经是很流行的了。文蔚,真定人,江州路瑞昌县尹。所作杂剧十二种,仅存这一种。

郑廷玉,彰德人,生平不可考。所作杂剧二十四种。今存《楚昭王》、《后庭花》、《忍字记》、《看钱奴》、《崔府君》五种,均见《元曲选》。《忍字记》叙弥勒佛化身的布袋和尚,以忍字度看财奴刘均佐弃财出家,终于成佛,原来均佐是灵山会上第十三尊罗汉,因动凡心被罚下凡的。《看钱奴》叙打墙人贾仁一日打墙,发现周荣祖的祖父奉记的藏金,突然大富。但他悭吝异常,一钱如命。无意中收买落第而流落之周荣祖的儿子长寿为子。二十年后,贾仁死,长寿得产。因贾仁门客陈德甫引荣祖长寿父子相见,周家的藏金仍归周家。荣祖初因父亲毁去佛院,修盖住宅,得病而死,他也受着恶报,以至流落;后因有祖父敬佛,修盖佛院在前,仍得福报。《崔府君》叙张善友二子,一个会积财,一个只会浪用,原来一个是来投生还债的,一个是来投生讨债的。后因友人崔子玉的点破,他才恍然大悟。郑廷玉这三剧,可以代表从来一般可怜的小百姓,对于贫富不均,苦乐悬殊的社会现象之一种解释。他们是不懂得这种现象是由于经济组织、社会制度而决定的,所以只好归结于善恶因果,劝人舍财修善,积善致富了!

张国宾,一作国宝,大都人,即喜时营教坊勾管,正是所谓娼夫。赵孟頫说:"娼夫之词,名曰'绿巾词'。其词虽有切者,亦不可以乐府称也。"

《太和正音》谱以为"娼夫不入群英。"在学士大夫、王公贵人看来,这班被侮辱被践踏的娼夫,自然不算是一个人,做的文章也不好算是文章的。娼夫作家有赵明镜、张国宾、红字李二、花李郎等,张国宾可为代表。《元曲选》录他的杂剧三种。《合汗衫》叙张孝友救了雪堆儿里冻倒饿倒的陈虎,认作兄弟;陈虎倒骗张孝友偕同怀孕十八月不生的妻子李玉娥到徐州东岳庙掷个玉杯珓儿,并带许多本钱去做买卖;中途他把张孝友撺在黄河里,强占了李玉娥为妻。十八年后,李玉娥从张家怀孕而生的儿子业已长成,中了武状元,为张家报了前仇,李玉娥得和翁姑丈夫团圆。《罗李郎》也是一本报仇团圆的剧。《薛仁贵荣归故里》则是为穷苦朋友吐气的喜剧,我们要知道张国宾又叫张酷贫呀!

吴昌龄,西京人,事迹未详。作剧十一种,今存《张天师断风花雪月》、《花间四友东坡梦》二种见《元曲选》。又《唐三藏西天取经》一种,有日本内阁文库藏本,全剧六本二十四折,各有题目正名,都是可以独立的。《风花雪月》叙张天师为洛阳太守陈全忠园中有花月之妖,立坛究治,勾摄梅、菊、荷、桃、凤、花、雪、月诸仙勘问。才知道迷住全忠侄儿世英的,乃是桂花仙子。《东坡梦》叙苏东坡想以歌妓白牡丹魔障佛印和尚还俗。佛印借着神通使花间四友夭桃、嫩柳、翠竹、红梅和东坡在梦中相会,明日佛印又升座说法,终于说服了东坡,度脱了白牡丹。东坡不觉爽然,才悟"色即是空,空即是色"。在元剧中,吴昌龄要算是第一个会做神头鬼面、仙佛杂剧的大作家。

尚仲贤,真定人,江浙行省务官。作剧十一种,今存《柳毅传书》、《单鞭夺槊》、《气英布》三种,均见《元曲选》。又《元刊古今杂剧》有《尉迟恭三夺槊》一种,内容完全和《单鞭夺槊》不同,依故事发生的先后看来,想是一剧的前后两本。仲贤写这类铍刀赶棒的英雄剧,是很成功的。《柳毅传书》的本事,出于唐人李朝威的《柳毅传》,后来《蜃中楼记》也是演述柳毅和龙女的故事。

宫天挺,字大用,大名开州人,做过学官。作剧六种,今存《范张鸡黍》

一种，见《元曲选》。《元刊古今杂剧》有《严子陵垂钓七里滩》，当是大用所作，因《录鬼簿》载他有《严子陵钓鱼台》一剧，他又恰曾做过《钓台书院》山长，而且曲文雄快遒劲，正和《范张鸡黍》相同。

乔吉（一二七〇？——一三四五），一名吉甫，字梦符、一作孟符，号笙鹤翁，又号惺惺道人，太原人。《辍耕录》说："乔孟符吉，博学多能，以乐府称。尝云作乐府亦有法，曰凤头、猪肚、豹尾六字是也。大概起要美丽，中要浩荡，结要响亮，尤贵在首尾贯串，意思清新。"作剧十一种，今存三种：《两世姻缘》、《扬州梦》、《金钱记》，均见《元曲选》。《两世姻缘》叙韦皋与妓女李玉箫事，《扬州梦》叙杜牧与少女张好好事，《金钱记》叙韩飞卿与少女柳眉儿事，都是才子佳人式的恋爱喜剧。

杨梓，海盐人。至元三十年（一二九三），元师征爪哇，梓以招谕爪哇等处宣慰司官，随福建行省平章政事伊克穆苏，率五百余人船十艘先往，大军继进，爪哇降。后为安抚总使，官至嘉仪大夫、杭州路总管，致仕，卒谥康惠。在元代杂剧家中，要算杨梓的官位最高，他是最显达的了。杨梓所作杂剧三种：《霍光鬼谏》见《元刊古今杂剧》，《豫让吞炭》见《元明杂剧》二十七种，《敬德不伏老》见明刊本《金貂记》的卷首。元姚桐寿《乐郊私语》说："海盐州少年多善乐府，其传多出于澉川杨氏。当康惠公存时，节侠风流，善音律，与武林阿里海涯之子云石交善。云石翩翩公子，无论所制乐府散套，骏逸为当行之冠，即歌声高引，上彻云汉，而康惠独得其传。"又康惠二子国材、少中和鲜于去矜友善，去矜尽以乐府作法相授，故杨氏家乐，有海盐腔之名。而且海盐腔还曾流行了多少时候。

除了上文已经附见的几个不甚重要的作家不再提到他们以外，还有王仲文、石子章、戴善甫、石君宝、张寿卿、李寿卿、狄君厚、孙仲章、岳伯川、王伯成、李好古、李行道、李直夫、孔文卿、孟汉卿、金仁杰、范康、曾瑞诸人，各有一二剧存在。总括一句：金元之际的杂剧作家，如今还有作品存在的，都已提到了。

至于没有作品流传下来，而在当时颇为重要的作家，我们在这里要提到沈和和甫、鲍天祐吉甫两人。沈和甫初创南北合腔，作《潇湘八景》、《欢喜冤家》等曲，极为工巧。后居江州卒，江西称为"蛮子关汉卿"。钟嗣成吊和甫的《凌波曲》云："五言尝写和陶诗，一曲能传冠柳词。半生书法欺颜字。占风流，独我师；是梨园南北分司。"可以想见沈和甫的生平。鲍吉甫作剧八种，《史鱼尸谏卫灵公》一剧最有名。明周定王《元宫词》云："《尸谏灵公》演传奇，一朝传到九重知。奉宣赍与中书省，诸路都教唱此词。"可知这一本忠臣烈士的剧在当时是怎样的得到统治阶级的赏鉴与提倡。

金元之剧的杂剧作家，初期只有北方人。又北方人之中，大都之外，以平阳为多。《元史·太宗纪》，太宗二十七年（一二五五）耶律楚材请立编修所于燕京，经籍所于平阳，编修经史。世祖至元二年（一二六四），才移平阳经籍所于京师。可证金元之际的初期，除大都外，平阳也是人文荟萃的地方，无怪乎杂剧家多生于此了。到了后期，即钟嗣成到王国维所说元剧的第二期，就有了许多南方人，而以杭州人为最多，如金仁杰、范康、沈和、鲍天祐等，都是杭州人。他如宫天挺、郑光祖、乔吉、曾瑞虽是北方人，却也久居杭州。这个时期，杂剧的中心地已由北方大都移到南方杭州了。杂剧的高潮快要过去，杨梓、沈和已创新声，南戏快要起来。到了元明之际，杂剧就到了落潮的时期了。

四　元明之际杂剧家

元明之际七八十年间，杂剧家不多，也没有几个算得大作家。现在，仅就有作品存在的作家来说，不过秦简夫、萧德祥、朱凯、王晔、罗贯中、王子一、谷子敬、贾仲名、杨文奎、朱有燉十人。还有《元曲选》著录李致远、杨景贤两人的剧本，不知他们生于何时，只好列在这一期。其他许多无名氏的剧本，也只好附在这一起来说了。

秦简夫,字里事迹未详。《录鬼簿》说他"见在都下擅名,近几回杭"。可知他是至顺时人。作剧五种,今存《东堂老劝破家子弟》及《宜秋山赵礼让肥》二种,均见《元曲选》。《东堂老》叙富商赵国器,因子扬州奴不肖,忧虑成疾,临殁托孤于老友李茂卿,暗寄课银五百锭为救子之用。十年之间,扬州奴因亲信淫朋恶党,迷恋花酒,不听茂卿的教戒。结果,流为乞丐,他才觉悟,知道勤俭,做负贩过日。于是茂卿把他父亲所寄托的财产都还给了他。这也是一本关于遗产问题的戏剧。《赵礼让肥》叙赵孝赵礼住在宜秋山。一日赵礼上山,遇着强盗马武要杀害他,他哥哥赵孝和他争死。结果,感动了马武,改邪归正,后来做了汉光武的功臣。我想所谓"盗匪"的一个问题,不是这样可以解决的。

萧德祥,字复斋,杭州人,以医为业。作剧五本,今存《杨氏女杀狗劝夫》一种,见《元曲选》。却说孙荣和友人柳隆卿、胡子转非常要好,而虐待他的弟弟孙虫儿。他的老婆杨氏想要使他悔悟,便杀一条狗,穿上人衣,躺在后门。孙荣醉里回家,不觉大吃一惊,去找柳、胡来帮同掩埋,柳、胡怕祸不肯。杨氏劝他去找被他逐去而住于破窑的弟弟,弟弟欣然来了,很告奋勇的背了这一尸首埋着。兄弟二人从此和好。但柳、胡以为孙荣果真杀人,敲诈他不得,就把他告官。他们兄弟争着认罪,杨氏才把这一件事的原委当官陈说出来。验尸时,果然是一条狗。这一剧写兄弟之爱和朋友之爱的亲疏厚薄,最为奇警、深刻。《杀狗记》传奇系从此剧而出。

朱凯,字士凯,里居事迹未详。作剧二种,今存《昊天塔孟良盗骨》一种,见《元曲选》。关于"杨家将"——杨令公、杨五郎、杨六郎的剧,要算这剧和无名氏的《谢金吾》最早。

王晔,字日华,号南斋,杭州人。《录鬼簿》说他"能词章乐府。临风对月之际,所制工巧。有与朱士凯《题双渐小青问答》,人多称赏"。此曲现存《乐府群玉》中。又尝作《优戏录》,杨维桢替他作序道:"太史公为滑稽者作传,取其谈言微中,则感世道者实深矣。钱唐王晔集历代之优辞,有关于世道者,自楚国优孟而下,至金人玳瑁头,凡若干条。太史公之旨,其有慨于中者乎？"王晔作杂剧三种，今存《桃花女破法嫁周公》一种，见《元曲选》。此剧叙桃花女和周公斗法，最后周公失败，不再谈阴阳卜算。剧中说到桃花女嫁为周公儿媳，禳解从她出门登车以及成婚时的许多凶神恶煞。关于结婚的这些迷信有至今还在民间流传的。

李致远和杨景贤的姓名都不见于《录鬼簿》。李有《都孔目风雨还牢末》一本叙李逵故事的水浒剧。杨有《马丹阳度脱刘行首》一本属于神仙道化的剧。

罗贯中是一个伟大的小说家，所作杂剧今存《宋太祖龙虎风云会》一种，见《元明杂剧》。

王子一有《刘晨阮肇误入桃源》一种，谷子敬有《吕洞宾三度城南柳》一种，贾仲名有《铁拐李度金童玉女》、《荆楚臣重对玉梳记》、《萧淑兰情寄菩萨蛮》三种，杨文奎有《翠红乡儿女两团圆》一种，均见《元曲选》。《太和正音谱》所载明初十六家，今仅王、谷、贾、杨四人稍有杂剧存在，又苏复之存《金印记》传奇一种，其他十一家作品均佚，姓名也不必提了。

在上面提到的诸作者，作品甚少，又甚平平。这一时期最后最伟大的作家当推朱有燉。

朱有燉（？——一四三九），号诚斋，周定王橚子，橚死袭位，是为周宪王。他的杂剧散曲都很有名。生平作剧甚多，今人吴梅（瞿安）《奢摩他室曲丛二集》辑录二十三种，再合《杂剧十段锦》、《盛明杂剧》等书计算，去掉重复，不下三十种。金元以来，杂剧家作剧最多的，关汉卿第一，高文秀次之，朱有燉也在三十种以上。但就存剧最多的而论，朱有燉要算第一了。李梦阳《汴中元宵绝句》云："中山孺子倚新妆，赵女燕姬总擅场。齐唱宪王新乐府，金梁桥外月如霜。"有燉死后，他的剧曲还为统治阶级贵族官僚所赏玩，得以流行一时的盛况，可以想见。他是新兴的贵族，却爱玩这种随着旧统治阶级没落而没落的艺术，算他给与了杂剧最后的光荣。

以上说过了许多有名的作家及其作品，以下附带的说一说无名氏的作品：

两百年来，元人杂剧欧洲翻译过去的不少。日人青木正儿《中国近世戏曲史》附录《曲学书目举要》，仅根据 H. Cordier "Bibliotheca Sinica" 录出元剧的欧译本，有纪君祥《赵氏孤儿》，武汉臣《老生儿》，马致远《汉宫秋》，郑光祖《倩梅香》，关汉卿《窦娥冤》，张国宾《合汗衫》，李行道《灰兰记》，王实甫《西厢记》，郑廷玉《看钱奴》，以及无名氏《货郎旦》、《连环计》、《来生债》三种。其实，无名氏的好剧不止这三种。现在且把这三种杂剧的梗概略述如下：

　　《连环计》为有名的"三国"剧之一。叙王允与蔡邕设美人连环计，先将貂蝉许给吕布，后又送给董卓，激怒吕布，杀了董卓。关目凑巧，很能吸引观众。至今京戏班还常搬演这一个故事。

　　《货郎旦》是一本写父子重逢的悲喜剧。全剧顶点在第四折。却说一个承袭了义父千户官职的少年，为着催趱窝脱银两，来到河南府一个馆驿安歇。他吩咐驿子去找几个耍笑的乐人来伏侍。驿子找了一男一女说唱货郎儿的进来。这女的就是货郎旦。她说："我本是穷乡寡妇，没甚的艳色娇姿。又不会卖风流，弄粉调脂；又不会按宫商，品竹弹丝。无过是赶几处沸腾腾热闹场市，摇几下桑琅琅蛇皮鼓儿，唱几句韵悠悠信口腔儿。一诗一词，都是些人间新近希奇事。纽捏来无诠次，倒也会动的人心谐的耳，都一般喜笑孜孜。"这样说唱的货郎儿不就是如今的所谓弹词么？关于变文、陶真、鼓儿词等，我在上文说到话本和诸宫调时，已经提及过的，那都只可说是弹词的远祖，货郎儿就是弹词的近祖了，这是我们研究文学史的人不要忽略过去的。现在，我不怕麻烦，把这一剧中货郎旦在一个少年千户面前说唱的货郎儿录下来，作为最早的弹词的一例；同时还可以看到元剧的宾白是怎样的一种白话。

　　　　（小末唤科云）兀那两个。你来说唱与我听者。（副旦做排场敲醒睡科诗云）烈火西烧魏帝时，周郎战斗苦相持。交兵不用挥长剑，一扫英雄百万师。这话单题着诸葛亮长江举火烧曹军八十三万，片

甲不回。我如今的说唱,是单题着河南府一桩奇事。(唱)

(转调货郎儿)也不唱韩元帅偷营劫寨,也不唱汉司马陈言献策,也不唱巫娥云雨楚阳台。也不唱梁山伯,也不唱祝英台。(小末云)你可唱甚么那?(副旦唱)只唱那娶小妇的长安李秀才。

(云)怎见的好长安?(诗云)水秀山明景色幽,地灵人杰出公侯。华夷图上分明看,绝胜寰中四百州。(小末云)这也好,你慢慢的唱来。(副旦唱)

(二转)我只见密臻臻的朱楼高厦,碧耸耸青檐细瓦。四季里长开不断花,铜驼陌纷纷斗奢华。那王孙士女乘车马。一望绣帘高挂,都则是公侯宰相家。

(云)话说长安有一秀才,姓李、名英、字彦和,嫡亲的三口儿家属,浑家刘氏,孩儿春郎,奶母张三姑。那李彦和共一娼妓叫做张玉娥作伴情热,次后娶结成亲。(叹介云)嗨!他怎知才子有心联翡翠,佳人无意结婚姻?(小末云)是唱的好,你慢慢的唱咱。(副旦唱)

(三转)那李秀才不离了花街柳陌,占场儿贪杯好色。看上那柳眉星眼杏花腮,对面儿相挑泛,背地里暗差排,抛着他浑家不睬。只教那媒人往来,闲家擘划,诸般绰开,花红布摆,早将一个泼贱的烟花娶过来。

(云)那婆娘娶到家时,未经三五日,唱叫九千场。(小末云)他娶了这小妇,怎生和他唱叫?你慢慢的唱者,我试听咱。

(四转)那婆娘舌刺刺挑茶斡刺,百枝枝花儿叶子,望空里揣与他个罪名儿,寻这等闲公事。他正是节外生枝,调三斡四。只教你大浑家,吐不的,咽不的,这一个心头刺。减了神思,瘦了容姿。病恹恹,睡损了裙儿裎。难扶策,怎动止?忽的呵!冷了四肢,将一个贤惠的浑家生气死。

(云)三寸气在千般用,一旦无常万事休。当日无常埋葬了毕,果然道、福无双至日,祸有并来时。只见这正堂上火起,刮刮咂咂,烧的好怕人也！怎见的好大火？

（小末云）他将大浑家气死了，这正堂上的火从何而起？这火可也还救的么？兀那妇人，你慢慢的唱来，我试听咱。（副旦唱）

（五转）火逼的好人家，人离物散，更那堪更深夜阑！是谁将火焰山移向到长安？烧地户，燎天关，单则把凌烟阁留他世上看。恰便似九转飞芒，老君炼丹。恰便似介子推在绵山。恰便似子房烧了连云栈。恰便似赤壁下曹兵涂炭。恰便似布牛阵举火田单。恰便似火龙鏖战锦斑斓。将那房檐扯，脊梁扳。急救呵！可又早连累了官房五六间。

（云）早是焚烧了家缘家计，都也罢了。怎当的连累官房，可不要去抵罪？正在怆惶之际，那妇人言道："咱与你他府他县，隐姓埋名，逃难去来！"四口儿出的城门，望着东南上慌忙而走。早是意急心慌情冗冗，又值天昏地暗雨涟涟。（小末云）火烧了房廊屋舍，家缘家计都烧的无有了，这四口儿可往那里去？你再细细的说唱者，我多有赏钱与你。（副旦唱）

（六转）我只见黑黯黯天涯云布，更那堪湿淋淋倾盆骤雨？早是那窄窄狭狭沟沟堑堑路崎岖，知奔向何方所？犹喜的消消洒洒断断续续，出出律律忽忽噜噜阴云开处，我只见霍霍闪闪电光星炷。怎禁那萧萧瑟瑟风，点点滴滴雨？送的来高高下下凹凹凸凸一搭模糊，早做了扑扑簌簌湿湿渌渌疏林人物。倒与他妆就了一幅昏昏惨惨潇湘水墨图。

（云）须臾之间，云开雨住。只见那晴光万里云西去，洛河一派水东流。行至洛河岸侧，又无摆渡船只。四口儿愁做一团，苦做一块。果然道、天无绝人之路，只见那东北上摇下一只船来。岂知这船不是收命的船，倒是纳命的船？原来正是奸夫与那淫妇相约，一壁附耳低言：你若算了我的男儿，我便跟随你去。（小末云）那四口儿来到洛河岸边，既是有了渡船，这命就该活了。怎么又是淫妇奸夫预先约

下,要算计这个人来?(副旦唱)

(七转)河岸上和谁讲话?向前去亲身问他。只说道奸夫是船家,猛将咱家长喉咙掐,磕搭地揪住头发。我是个婆娘,怎生救拔?也是他合亡化,扑蔡的命掩黄泉下。将李春郎的父亲只向那翻滚滚波心水渰杀。

(云)李彦和河内身亡,张三姑争忍不过,比时向前,对贼汉扯住丝绦。连叫道:"地方有杀人贼!杀人贼!"倒被那奸夫把咱勒死,不想岸上闪过一队人马来。为头的官人怎么打扮?(小末云)那奸夫把李彦和推在河里,那三姑和那小的可怎么了也?(副旦唱)

(八转)据一表仪容非俗,打扮的诸余里俏簇。绣云胸,背雁衔芦。他系一条兔鹘兔鹘。海斜皮偏宜衬连珠,都是那无瑕的荆山玉。整身躯也么哥,缯髭须也么哥,打着鬓胡。走犬飞鹰,驾着鸦鹘,恰围场过去过去。折跑盘旋,骤着龙驹,端的个疾似流星度。那行胡也么哥,恰浑如也么哥,恰浑如和番的《昭君出塞图》。

(云)比时小孩儿高叫道:"救人咱!"那官人是个行军千户。他下马询问所以,我三姑诉说前事。那官人说:"既然他父母亡化了,留下这小的,不如卖与我做个义子,恩养的长立成人,与他父母报恨雪冤。他随身有文房四宝,我便写与他年月日时。"(小末云)那官人救活了你的性命,你怎么就将孩儿卖与那官人去了?你可慢慢的说者。(副旦唱)

(九转)便写与生时年纪,不曾道差了半米。未落笔,花笺上,泪珠垂。长吁气呵,软了毛锥。凄惶泪滴满了端溪。(小末云)他去了多少时也?(副旦唱)十三年不知个信息。(小末云)那时这小的几岁了?(副旦唱)相别时恰才七岁。(小末云)如今该多少年纪也?(副旦唱)他如今刚二十。(小末云)你可晓的他在那里?(副旦唱)恰便似大海内沉石。(小末云)你记的在那里与他分别来?(副旦唱)俺在那洛河岸上两分离,知他在江南也塞北?(小末云)你那小的有甚么记认处?(副旦唱)俺孩儿,福相貌,双耳过肩坠。(小末云)再有甚么记认?(副旦云)有,有,有。(唱)胸前一点珠砂记。(小末云)他祖居在何处?(副旦唱)他祖居在长安解库省衙西。(小末云)他小名唤做甚么?(副旦唱)那孩儿小名唤做春郎身姓李。

货郎旦刚刚唱到这里,少年千户叫她不要再唱了。原来这位少年千户就是李春郎,唱货郎儿的一男一女就是他的父亲李彦和及奶母张三姑。恰巧两个欺侵窝脱银的一男一女,也在这时拿到了,女的正是把他母亲气死的张玉娥,男的正是推他父亲堕水,还想勒死他和奶母的魏邦彦。李春郎就亲自把这奸夫淫妇斩了,并杀羊造酒,庆贺父子团圆。

《来生债》演唐襄阳庞蕴弃财成佛事。却说李孝先借庞居士两个银子经商,本利该还四个银子,不幸折本,无钱偿还。一日,他往县衙门首经过,见衙门里面绷扒吊拷的十多人,都是因为欠少那财主的钱物才受这种苦刑,不觉惊忧成病。庞居士探知病由,因念:平日济人之急,本为做善事来,谁想倒做了冤业?当面把孝先的借券烧了,并赠给他两个银子。庞居士回到家来,就将那远年近岁借与人钱的文书烧掉。烟焰冲天,惊动了上界增福神,化做秀士,托名曾信实,下凡探问居士。两个畅论钱的用处,居士以为金钱万恶,约以后会而别。晚上,居士到宅前院后烧香,眼见磨博士罗和打锣驱牛之苦,叫他停止劳动,并给他一个银子谋生。磨博士得银,终夜不能安睡,仍把银子还来。居士又曾因晚上烧香到后槽门首,听见驴、马、牛都作人声。驴云:"马哥,你当初为甚么来?"马云:"我当初少庞居士十五两银子,无的还他,我死之后变做马填还他。驴哥,你可为甚么来?"驴云:"我当初少庞居士的十两银子,无钱还他,死后变做个驴儿与他拽磨。牛哥,你可为甚么来?"牛云:"你不知道,我在生之时,借了庞居士银十两,本利该二十两,不曾还他,我如今变一只牛来填还他。"庞居士听了,不觉失惊道:"嗨!兀的不唬杀我也!我当初本做善事来,谁想弄巧成拙,兀的不都放做来生债也!"于是他叫婆婆凤毛灵兆母子们都来,告诉了他听得牛马畜生的话。他把家私总历文书都烧了。家中奴仆每人与他一纸从良文书,遣发回家。牛羊驴骡马匹都送鹿门山放生。一切金银宝贝玉器玩好,都沉于东海。全家入鹿门山,斫竹子编笊篱为生。最后,全家证果成佛。这一剧包含高利贷、雇工待遇、牲畜待遇、金钱废止、奴隶解放、劳动神圣等问题,中心思想乃在对于财产私有制度的攻击。但作者找不到正当解决的途径,而归结于佛家因果轮回之说,希望剥削阶级放下屠刀,这种幻想的佛家社会主义,在现代有正确思想的人看来,自然是可笑的。而且剧中以为被地主债主剥削而无力担受的贫苦阶级,死了还要变牛变马来填偿,这更是不可恕的鬼话。

总之,在现存三十多种无名氏的杂剧中,《来生债》《货郎旦》还不失为有情节有趣味的好剧。其他如《朱太守风雪渔樵记》、《冻苏秦衣锦还乡》、《庞涓夜走马陵道》、《两军师隔江斗智》等历史故事剧,又如《萨真人夜断碧桃花》、《小张屠焚儿救母》、《二郎神醉射锁魔镜》等神头鬼面剧,以及《鲠直张千替杀妻》、《包待制陈州粜米》、《玎玎珰珰盆儿鬼》、《神奴儿大闹开封府》、《包龙图智赚合同文字》等所谓"龙图公案"剧,也都算是很有戏剧味的东西。说到这里,有最足使我们注意的:即在元剧中常被用为主人公的,一个是为人伸冤的清官包待制,一个是专打抱不平的壮士黑旋风李逵。我想假如不是当时外来民族的统治阶级——蒙古、色目人的贵族官僚,暴戾恣睢,腐败黑暗已极,民间愤无可泄,冤无可伸,包拯和李逵未必会成为聊以快意的箭垛式的清官和好汉。不约而同的出现于许多杂剧家的作品里罢。

从现存的元人杂剧计算,无名氏的杂剧占全数四分之一而强,有姓名的作者又都是不得志的小官僚智识分子以及医生倡夫之流。时代瞧不起他们,他们也就瞧不起时代。他们只用全副精神从事杂剧,叫出人间的苦辛,叫出自己的苦辛,元人杂剧就成为一代绝作了。李开先《张小山乐府序》说"洪武初年,亲王之国,必以词曲千七百本赐之"。《录鬼簿》既载元人杂剧四百五十八本,《太和正音谱》也载五百三十五本,又无名氏一百一十本,倡夫十一本。元明之际,元人杂剧传本之多可以想见。可是因为戏曲一向被人鄙视,如今流传的元人杂剧就不多了;我把它汇计于下:

《元曲选》(一题《元人百种曲》）　明万历间长兴臧晋叔刻,今有商务印书馆影印本。其中有明初王、谷、贾、杨四家杂剧六种,实得元人杂剧九十四种。

《元刊古今杂剧三十种》　旧藏黄丕烈士礼居,今归上虞罗氏　日本京都文科大学既假此编影印,上海近又有缩印本。其中十六种为海内孤本。除了关汉卿、高文秀、宫天挺、杨梓、郑光祖五人所作剧名已见上文外,有石君宝或戴善甫《风月紫云庭》、王伯成《李太白贬夜郎》,狄君厚《火烧介子推》,孔文卿或金仁杰《东窗事犯》,金仁杰《萧何追韩信》,无名氏《诸葛亮博望烧屯》、《张千替杀妻》、《小张屠焚儿救母》。其余十四种都入《元曲选》,但尚仲贤《尉迟恭三夺槊》和《元曲选》里所收的内容全异。

《元明杂剧》　江南图书馆藏本,近有影印本。共收杂剧二十七种,其中八种为明人作品,实得元曲十九种。《忠义士豫让吞炭》、《龙济山野猿听经》、《苏子瞻醉写赤壁赋》三种为海内孤本。罗贯中《龙虎风云会》、无名氏《汉钟离度蓝采和》二种和《新续古名家杂剧》相重。

《新续古名家杂剧》　明陈与郊刻《古名家杂剧》、《新续古名家杂剧》。前一书至今未见传本,后一书有武陵余嘉锡所藏残本,现归国立北平图书馆。原书收剧二十种,尚存八种。《二郎神醉射锁魔镜》一种为海内孤本。

《元人杂剧选》　明息机子刻,有万历戊戌自序,国立北平图书馆藏有残本。原书收剧三十种,尚存二十五种,除明人三种外,实存元曲二十二种。其中马致远《孟浩然踏雪寻梅》、无名氏《张公艺九世同居》、《赵匡义智娶符金锭》三种为海内孤本。

此外,涵芬楼藏有《顾曲斋所刊曲》十六种,其中关汉卿《钱大尹智勘绯衣梦》一种为海内孤本。日本内阁文库藏有吴昌龄《西游记》一种六本。富春堂本《金貂记》附杨梓《敬德不伏老》一种。又《西厢记》通行本一种五本。综合以上列举各书所存元人杂剧,去掉重复,共一百二十四种,一百三十三本。至于称为"古今无名氏"及明初王、谷、贾、杨、朱有燉的作品都不在内,这个总数算是现存元剧的总数了。

五 散曲及其他

关于元曲的杂剧部分,我们讲了不少,现在来谈一谈散曲部分。

就散曲而论,关、马、白、郑也都有作品存在。近人任讷辑为《元四家散曲》,见《元人散曲三种》。马存小令一百四首,套数十七套,算最多。其次,关存小令四十一首,套数十一套。白曲略少于关。郑曲最少,小令套数各仅二三而已。关曲以《不伏老·南吕一枝花》一套为最好,其《黄钟煞》一调云:

我是个蒸不烂煮不熟捶不匾炒不爆响珰珰一粒铜豌豆,谁教您子弟每钻入他锄不断斫不下解不开顿不脱慢腾腾千层锦套头。我玩的是梁园月,饮的是东京酒;赏的是洛阳花,攀的是章台柳。我也会吟诗,会篆籀,会弹丝,会品竹。我也会唱鹧鸪,舞垂手;会打围,会蹴鞠;会围棋,会双陆。你便是落了我牙,歪了我口;瘸了我腿,折了我手;天与我这般儿歹症候,尚兀自不肯休!只除是阎王亲令唤,神鬼自来勾;三魂归地府,七魄丧冥幽;那其间才不向这烟花儿路上走。

这真是那时候"普天下郎君领袖,盖世界浪子班头"的口吻!痛快淋漓,尽情极致,当得住"豪辣灏烂"的评语。又小令《四块玉》云:

旧酒没,新醅泼。老瓦盆边笑呵呵。共山僧野叟闲吟和。他出一对鸡,我出一个鹅,闲快活。

南亩耕,东山卧。世态人情经历多。闲将往事思量过。贤的是他,愚的是我,争甚么?

题名《闲适》,曲真闲适。马致远的《秋思·天净沙》一首,传为绝唱:

枯藤老树昏鸦,小桥流水人家。古道西风瘦马,夕阳西下,断肠人在天涯。

其实,马致远的散曲好的很多,有闲适的:

清江引 《野兴》八首之一

樵夫觉来山月低,钓叟来寻觅。你把柴斧抛,我把鱼船弃,寻取个稳便处闲坐地。

四块玉 《恬退》四首之一

酒旋沽,鱼新买,满眼云山画图开。清风明月还讨债。本是个懒散人,又无甚经济才,归去来。

有感愤的:

拨不断 十首之一

叹寒儒,慢读书,读书须索题桥柱。题柱虽乘驷马车,乘车谁买《长门赋》?且看了长安回去!

金字经 三首之一

夜来西风里,九天鹏鹗飞。困煞中原一布衣。悲!故人知未知?登楼意,恨无上天梯!

有香艳的:

寿阳曲　二十三首录二

　　相思病,怎地医? 只除是有情人调理。相偎相抱诊脉息,不服药自然圆备。

　　心窝儿兴,奶膀儿情,低低的声哐相应。舌尖抵着牙缝冷,半合儿使的成病。

在元人散曲中,关汉卿、马致远都是作手。我就把他们和张可久、乔吉甫、贯云石、徐再思称为元人散曲六家罢。

　　张可久,字小山(一说字伯远,又一说字仲远),庆元人。曾做过路吏,转首领官。生年颇难考定,但知他与卢疏斋(挚)、贯酸斋倡和最多。有题子昂学士小景《人月圆》一首,又称马致远为先辈,大约出生于元初,行辈较关、马为后。小山为元代散曲专家,作品丰富。近见任讷《散曲丛刊》第五种《小山乐府》六卷,系据元钞本《张小山北曲联乐府》改编而成。小山散曲,清丽豪放兼而有之。清丽蕴藉之作不脱词味,豪放本色之作乃见曲趣。不过他究竟是偏于清丽一派的,和马致远偏于豪放者不同。今录几首于下:

红绣鞋　湖上

　　无是无非心事,不寒不暖花时,妆点西湖似西施。控青丝玉面马,歌《金缕粉团儿》,信人生行乐耳!

清江引　春思

　　黄莺乱啼门外柳,细雨清明后。能消几日春? 又是相思瘦。梨花小窗人病酒。

朝天子　春思

　　见他,问咱:怎忘了当初话? 东风残梦小窗纱,月冷秋千架。自把琵琶,灯前弹罢。春深不到家;五花,骏马,何处垂杨下?

山坡羊　酒友

刘伶不戒,灵均休怪,沿村沽酒寻常债。看梅开,过桥来,青旗正在疏篱外。醉和古人安在哉?窄,不够筛。哎!我再买。

醉太平　感怀

人皆嫌命窘,谁不见钱亲?水晶环入面糊盆,才沾拈便滚。文章糊了盛钱囤,门庭改做迷魂阵,清廉贬入睡馄饨,葫芦倒提稳。

乔吉——张可久和乔吉被称为散曲中的李、杜,乔吉却是兼作杂剧的。《散曲丛刊》第四种有《梦符散曲》三卷,内分《惺惺道人乐府》一卷、《文湖州集词》一卷、《摭遗》一卷。李开先评梦符散曲,以为"蕴藉包含,风流调笑。种种出奇而不失之怪,多多益善而不失之繁,句句用俗而不失其文"。实则所谓蕴藉在掉文,所谓出奇在用俗。今录几首于下:

山坡羊　寓兴

鹏抟九万,腰缠十万,扬州鹤背骑来惯。事间关,景阑珊,黄金不富英雄汉。一片世情天地间:白,也是眼,青,也是眼。

水仙子　赠江云

白蘋吹练洗闲愁,粉絮成衣怯素秋。高情不管青山瘦,伴浔阳一派流,寄相思日暮东洲。有意能收放,无心尽去留。梨花梦湘水悠悠。

前调　咏雪

冷无香柳絮扑将来,冻成片梨花拂不开。大灰泥漫了三千界,银棱了东大海。探梅的心喋难捱。面瓮儿里袁安舍,盐罐儿里党尉宅,粉缸儿里舞榭歌台。

贯云石(一二八六——一三二四),畏吾人,阿里海涯孙。父名贯只哥,遂以贯为氏,自名小云石海涯,又号酸斋。曾为英宗潜邸说书秀才,仁宗时拜翰林侍读学士。后来隐居江南,易服卖药。曾以诗换渔人芦花被,自号芦花道人。他和撰集《阳春白雪》、《太平乐府》两种散曲总集的杨澹斋(朝英)交游,曾说:"我酸则子当澹。"同时又有徐再思(一说名饴),字德可,嘉兴(一说扬州)人,好食甘饴,故名甜斋。贯、徐同工散曲,世称"酸甜乐府"。《散曲丛刊》第六种辑有《酸甜乐府》,共两卷。今各举两首于下:

红绣鞋 酸斋

挨着靠着云窗同坐,偎着抱着月枕双歌。听着数着愁着怕着早四更过。四更过、情未足,情未足、夜加梭。天那! 更闰一更儿妨甚么?

塞鸿秋 代人作 酸斋

战西风几点宾鸿至,感起我南朝千古伤心事。展花笺欲写几句知心事。空教我停霜毫半晌无才思。往常得兴时,一扫无瑕玼。今日个病恹恹刚写下两个相思字。

蟾宫曲 春情 甜斋

平生不会相思,才会相思,便害相思。身似浮云,心如飞絮,气若游丝。空一缕余香在此,盼千金游子何之! 证候来时,正是何时? 灯半昏时,月半明时。

清江引 相思 甜斋

相思有如少债的,每日相催逼。常挑着一担愁,准不了三分利,这本钱见他时才算得。

以上所录六家散曲,都是小令。我以为元人套曲当推睢景臣的《高祖还乡·般涉调哨遍》一套为一代压卷之作:

般涉调哨遍　高祖还乡

　　社长排门告示,但有的差使无推故。这差使不寻俗,一壁厢纳草也根,一边又要差夫索应付。又言是"车驾",都说是銮舆,今日还乡故。王乡老执定瓦台盘,赵忙郎抱着酒胡卢,新刷来的头巾,恰绷来的绸衫,畅好是妆么大户!

　　(耍孩儿)瞎王留引定夥乔男女,胡蹢躜吹笛擂鼓。见一彪人马到庄门,匹头里几面旗舒:一面旗白胡阑套住迎霜兔;一面旗红曲连打着毕月乌;一面旗鸡学舞;一面旗狗生双翅,一面旗蛇缠胡卢。

　　(五煞)红漆了叉,银铮了斧,甜瓜苦瓜黄金镀。胡晃晃马镫枪尖上排,白雪雪鹅毛扇上铺。这几个乔人物,拿着些不曾见的器仗,穿着些大作怪衣服。

　　(四煞)辕条上都是马,套顶上不见驴。黄罗伞柄天生曲,车前八个天曹判,车后若干递送夫。更几个多娇女,一般穿着,一样妆梳。

　　(三煞)那大汉下的车,众人施礼数。那大汉觑得人如无物。众乡老屈脚舒腰拜,那大汉却伸着手扶。猛可里抬头觑,觑多时,认得熟,气破我胸脯!

　　(二煞)你须姓刘,你妻须姓吕,把你两家儿根脚从头数。你本身做亭长,耽几盏酒;你丈人教村学,读几卷书。曾在俺庄东住,也曾与我喂牛切草,拽坝扶锄。

　　(一煞)春采了桑,冬借了俺粟。零支了米麦无量数。换田契强称了麻三秤,还酒债偷量了豆几斛。有甚胡突处,明标着册历,现放着文书。

　　(尾)少我的钱,差发内旋拨还;欠我的粟,税粮中私准除。只道刘三,谁把你揪捽住?白甚么改了姓,更了名,唤做汉高祖!

　　这真是一套妙文!写乡下人眼中口中的车驾仪仗,虽然觉得有些怪模怪样的,却不见得怎样尊严。谁知今日暴贵的皇帝就是前日无赖的邻居呢?

真叫人"气破胸脯"！这套曲子大可以入《幽默文选》。这种风趣是从来诗词里所没有的，只有不避鄙俗的曲子里才有。

任讷《散曲概论》载元人散曲作家共二百二十七人，除了许多杂剧家兼作散曲以外，诗人古文家如元好问、虞集、姚燧、萨都剌也都能作散曲，这一时代散曲之盛可以想见。白朴、虞集、姚燧、萨都剌于散曲之外又能作词。词到这一时代虽然已经落潮，词人还是不少。赵孟頫、王恽、仇远、张翥、卢挚、倪瓒固能作词，有道学气的刘因吴澄许衡也曾作词，至今元词存在者总在六十家以上。可是我们要知道词和散曲同为长短句，同入乐府，没有什么划然的界限。所以元人词中每杂曲调，即如朱祖谋《彊村丛书》、赵万里《校辑宋金元人词》，所收元词都是如此。不过发生的时代有前后，前一时代通称为词，后一时代通称为曲罢了。

在这散曲杂剧盛行的时代，诗和散文都不发达。元好问、姚燧、吴澄、虞集称为金元四大古文家。虞集《道园学古录在朝稿》里《供醮文》占一卷，又有《两尹先生庆九十寿诗序》、《宣城贡先生庆八十诗序》等文，明代文人就有以善作青词而得皇帝宠眷的，明清两代就有以善作寿序而称为古文大家的了。还有戴表元也可算是元初古文大家。《元史》称"至元大德间，东南以文章大家名重一时者，唯表元而已。"又，撰集《元文类》的苏天爵也颇有文名。说到诗人：虞集、杨载、范梈、揭傒斯，四家齐名。揭傒斯尝笑虞集"学士诗成每自夸"。杨载也说"虞伯生不能作诗"。虞集却自称其诗如"汉庭老吏"，而称"揭曼硕诗如三日新妇"，并称"范德机诗如唐临晋帖，终未逼真"。他们互相标榜，也互相轻笑。此外，有以歌行著名的吴莱（渊颖），有以乐府著名的杨维桢（铁崖）。王士禛《论诗绝句》道："铁崖乐府气淋漓，渊颖歌行格尽奇。耳食纷纷说开宝，几人眼见宋元诗？"其实，在这一时代最伟大的诗人，我们不能不首推元好问。

元好问（一一九〇——一二五七），字裕之，号遗山，太原秀容人。官至行尚书省左司员外郎，金亡不仕，事迹见《金史·文艺传》。好问雄才硕学，金元之际，巍然为一大作家。他说："文章，天下之难事，其法度杂见于百家之书,学者不遍考之,则无以知古人之渊源。山谷云,欲作《楚辞》,须熟读《楚辞》,观古人用意曲折处,然后下笔。"(《锦机引》)他的散文学韩,以名公贵人的墓志为多,颇为《金史》、《元史》采录。诗近东坡,以七律为佳,雄壮之外,更多苍凉之感。今录数首于此:

眼　　中

眼中时事益纷然,拥被寒窗夜不眠。骨肉他乡各异县,衣冠今日是何年?枯槐聚蚁无多地,秋水鸣蛙自一天。何处青山隔尘土?一庵吾欲送华颠。

醉　　后

蚤岁披书手不停,中年所得是忘形。天公不禁人间酒,崔瑗虚留《座右铭》。身后山邱几春草,醉来日月两秋萤。柴门苦雨青苔满,一解狂歌且自听。

答 吴 天 益

兵中曾共保嵩邱,忽漫相逢在此州。鹅鸭何尝厌喧聒,燕鸿无计得迟留。白头亲旧常千里,黄叶关河又一秋。三径他时望羊仲,却应松菊未销忧。

我想曾国藩《十八家诗钞》于唐宋以后,仅钞元遗山一家,难道明清两代没有一个大诗人?但他以为元遗山可以追踪唐宋李、杜、苏、黄诸作者,却是定论了。总之,我们要知道元好问是金元之际杂剧达到最盛的时期一个大诗人,杨维桢是元明之际杂剧快要没落的时期一个大诗人,而元好问尤为明清以来诗人所称道。不过诗、古文还是要衰歇一时了,继续杂剧时代的是传奇时代。

(北新书局一九三三年版)

中国文学史讲话下册目次

第七讲 传奇与章回小说 …………………………………… 912
 一 南戏传奇之起源及其发展 …………………………… 912
 二 元明之际传奇家 ……………………………………… 923
 三 盛明传奇家 …………………………………………… 934
 四 明清之际传奇家 ……………………………………… 951
 五 章回小说 ……………………………………………… 965
 六 诗古文之不振 ………………………………………… 984

第八讲 从旧文学到新文学 ………………………………… 1025
 一 所谓中国文艺复兴 …………………………………… 1025
 二 第三次古文运动 ……………………………………… 1031
 三 诗人之竞讲宗派 ……………………………………… 1054
 四 词曲余响 ……………………………………………… 1097
 五 小说之继续发展 ……………………………………… 1113
 六 文学革命之前夜 ……………………………………… 1126

第七讲　传奇与章回小说

一　南戏传奇之起源及其发展

元明之际，北曲杂剧虽然快要没落了，南戏传奇已有取而代之之势。所谓南戏，王国维以为当出于南宋之戏文，南戏一词疑是南宋戏文的省略。吴梅则相信徐渭之说，以为南词之兴，当在宋光宗朝。原来论到南戏的起源，明代的戏曲学者就已经感觉困难的。明嘉靖间，徐渭编《南词叙录》，著录宋元旧篇南戏名目六十五种。他以为宋人所作《王魁》、《赵贞女》当是南戏之滥觞，号曰永嘉杂剧，又曰"鹘伶声嗽"，这好像是根据叶子奇、祝允明二人之说而来的。明初叶子奇《草木子》说："俳优戏文始于《王魁》，永嘉人作之。"祝允明《猥谈》说："南戏出于宣和之后，南渡之际，谓之温州杂剧。予见旧牒，其时有赵闳夫榜禁，颇述名目，如《赵贞女》、《蔡二郎》等，亦不甚多。"又《张协状元》第一出作者自述的词中道："《状元张协传》，前回曾演，汝辈搬成。这番书会，要夺魁名。占断东瓯盛事，诸宫调唱出来因。……"东瓯正指温州。大约南戏很流行于南渡之际，而以温州为发源地，如《王魁》、《赵贞女》之类都出于温州永嘉人之手，所以又叫温州杂剧，或永嘉杂剧。我以为南北曲都和诸宫调大有关系，而南曲更为密切，所以《张协状元》的作者有"诸宫调唱出来因"的话。至于徐渭

《南词叙录》论南曲,他以为"其曲则宋人词,而益以里巷歌谣,不叶宫调,故士夫罕有留意者"。可知南曲的起头原是士大夫不留意的民间俗戏,和那时的官本杂剧偏于为统治阶级服务者大不相同。

至于《草木子》说:"元朝南戏盛行,及当乱,北院本特盛,南戏遂绝。"大约他生在南戏复兴的初期,眼见北曲的势力还不小,南戏未足以君临于当时的剧坛,所以不免发出和事实相反的谬论。其实,南戏中绝,正在元朝盛时;南戏复兴,乃在元朝末叶。当蒙古民族崛起北方,进而统治中国,同时北曲杂剧也随着统治者的势力而侵入南方来,盛行于江浙之间。而且到了后来,杂剧家大都为南方人,杂剧的中心地已经不是北方的大都,而是南方的杭州了。这个时候,北曲已渐渐衰微下去,南戏乃渐渐复兴起来。元黄雪蓑《青楼集》说:"龙楼景、丹墀秀皆金门高之女,俱有姿色,专工南戏。"可见当时南戏流行于娼门。周德清《中原音韵》论到作词起例,说:"……逐一字调平上去入,必须极力念之,悉如今之搬演南宋戏文,唱念声腔。"可见当时搬演南戏是大家常见的事。还有钟嗣成《录鬼簿》著录当时几个兼工南戏的曲家,都是杭州人,这也是很可注意的。于范居中,说是"有乐府及南北腔行于世";于沈和,说是"以南北合腔自和甫始";于萧德祥,说是"凡古文俱隐括为南曲,街市盛行,又有南曲戏文等"。周德清、钟嗣成都是元朝末叶人,从他们的笔谈里可以探出当时南戏复兴的消息,在南方人的北曲作家中有兼工南戏的,而且似乎因为对于北曲的厌倦,有企图南北合腔的了。

本来最初南北曲是同时并起,同出于一源的,都是从唐宋词、大曲、唱赚、诸宫调等古曲蜕变而来。不过南曲保存古曲的分子更多,试就沈璟《南九宫谱》计算,南曲五百四十三章中,出于古曲者三分之一。再就《中原音韵》及大约和它同时成书的《十三调南曲音节谱》两书所见的曲牌和词型比较起来,曲牌相同的很多,只有句格多半不同,这就可以考见南北曲虽然同出于一源,到后来各自转变,或采取些本地的歌曲,或添加些新制的歌曲,遂分化而为南北曲,不难于想象了。况且南北曲所用的乐器,据说自元朝以来便不同。北曲以弦索琵琶为主,南曲以管箫鼓板为主。乐器性质不同,是要影响于曲情的。加以南人之俊秀柔媚和北人之朴讷刚健,正如南北的自然风景一偏于优美一偏于壮美一样,他们所表现的乐声是各有其地方的气质,好像无以自外的,于是南北曲的曲调曲情也大异其趣了。所以王世贞《艺苑卮言》说:"大抵北主劲切雄丽,南主清峭柔远。……北字多而调促,促处见筋;南字少而调缓,缓处见眼。北则辞情多而声情少,南则辞情少而声情多。北力在弦,南力在板。北宜和歌,南宜独奏。北气易粗,南气易弱。此吾论曲三昧语。"王氏这说出自昆曲鼻祖魏良辅的《曲律》。关于南北曲音乐上的分别,魏良辅算是阐发无遗了。日人青木正儿近著《中国近世戏曲史》,第十四章《南北曲之比较》,也可以说是择焉而精,语焉而详的罢。

  倘若我们更就南北曲戏文的体制结构来考察,那么,南曲复兴,继北曲而起,后来居上,着实进步了不少。第一,杂剧一本四折,绝少例外,可以说是一种单纯谨严的短剧。王实甫的《西厢记》,吴昌龄的《西游记》,算是很长的创格了,但前者应作四本来看,后者应作六本来看,虽然各本前后连续,每本还是可以独立的,不出一本四折的通例。这种联本的杂剧,当然可以说是杂剧与传奇之间一种过渡的体裁。倘若有人竟把《西厢记》认作二十四出的传奇,那也还是错误的。传奇则不限出数,二三十出固然不少,四五十出也不算多。这是一种繁复浩大的长剧,用得着复杂错综的题材,用得着曲折详尽的描写。第二,杂剧每折限一宫调,并且不许换韵;又限一人(正末或正旦)始终独唱。传奇则每出无一定的宫调,韵脚可以变换;一人独唱固然可以,另来一人接唱也可以,两人至数人同唱或中途合唱也可以,每人都可以有唱有白,曲调的配置和唱白的配置都很自由变化。以上二者都是南曲比较北曲大为进步的地方。不过北曲规律谨严,篇幅狭小,剧情易见警策;而且每剧不必勉强以团圆收场,常有激昂雄壮的悲剧,这却是北曲的长处,南曲所不及的地方。所以当传奇发达的时代,杂剧还是被人作为短剧而流行不绝的,虽然已经不必都能上演了。

论到传奇发达的时代,最简便的说,当然就是明朝。在这三百年间,传奇发达的盛况,除了从现存传奇的数量去推测以外,留下来的文献虽然不大多,却大半给清儒焦循的《剧说》搜罗去了。我们从这些仅存的文献里,不但可以看出传奇在当时是怎样的盛行,并且同时可以考察传奇是在怎样的社会背景里发达起来的。

明姚福《青溪暇笔》说:"元末永嘉高明避世鄞之栎社,以词曲自娱。见刘后村有'死后是非谁管得,满村都听蔡中郎'之句,因编《琵琶记》,用雪伯喈之耻。国朝遣使征辟不就。既卒,有以其记进者,上览毕,曰:'《五经》、《四书》在民间,如五谷不可缺;此记如珍羞美味,富贵家其可无耶!'……"又田艺蘅《留青日札》,黄溥言《闲中今古录》所记略同。多谢他们留下这一点文献,我们才知道传奇的起来,实为适应当时的富贵家——君主诸王士大夫以及大地主大腹贾享乐生活上的需要,而于民间贫苦的农民手工业者绝少接触的机缘。《琵琶记》就是常常出演于大明新朝宫廷的传奇,而为那些贵族官僚服务的。不仅第一位皇帝朱元璋大为赞赏《琵琶记》,宁献王朱权还曾自作《荆钗记》,又成祖朱棣时敕撰《永乐大典》,收录传奇戏文至三十三种之多。这都可证当时他们统治阶级对于传奇的喜爱与提倡。原来前代统治阶级不甚留意的出自民间的南戏,从此一变而为他们生活上不可缺的一种艺术了。他们利用农民暴动,从蒙古民族之手夺回了政权,削平了割据的群雄,镇住了农村的骚乱。他们为了夸耀权威,歌舞升平,北曲南戏当然都是他们生活上所需要的,不过"北曲不谐南耳",南人久已厌倦了。

我们要知道嗜好戏曲,竟是那时士大夫间的一种风气。虽是理学纯儒,也不免见猎心喜。王守仁(一四七二——一五二八)南曲《仙吕入双调归隐》云:

(仙吕入双调步步娇)宦海茫茫,京尘渺渺,碌碌何时了?风掀浪又高,覆辙翻舟,是非颠倒。算来平步上青霄,不如早泛江东桴。

(沉醉东风)乱纷纷鸦鸣鹊噪,恶狠狠豺狼当道,费竭民膏。怎忍见人哀号,举疾首蹙额相告!簪笏满朝,干戈载道,等闲间把山河动摇。

(忒忒令)平白地生出祸苗,逆天理那循公道。因此上把功名,委弃如蒿草。本待要竭忠尽孝,只恐怕狡兔死,走狗烹,做了韩信的下梢。

这还是含有教训意味的曲子。我想这是在他平了宸濠之乱以后所作,很有持盈保泰,居安思危的思想。和他同时而年辈较大的琼山丘濬(一四二〇———四九五),也是一位理学名臣,更见嗜好戏曲,曾作《五伦全备》、《投笔记》、《举鼎记》、《罗囊记》等传奇四种,当时有人责备他:"理学大儒,不宜留心戏曲。"他听了很不高兴,视为仇人(见《剧说》卷三)。相传这位丘老先生,有一次到一佛寺,看见四壁都是画的《西厢》故事,不觉诧异,便问一老和尚道:"空门那得有此?"老和尚道:"老僧于此悟禅。"啊呀!这个时候不仅理学家要借戏曲传道,老和尚还要从《西厢》悟禅,这真是大笑话。原来《西厢》在当时是最流行的戏曲。《剧说》(卷六)云:

> 相传明弘治末,泉州府学教授某,南海人,颇立崖岸。一日,设宴明伦堂,搬演《西厢杂剧》。翌日,有无名子书一联于学门云:
> 斯文不幸,明伦堂上除来南海先生;
> 学校无光,教授馆中搬出《西厢杂剧》。
> 某出见之,赧然,故态顿去。

这一位理学先生不提防明伦堂搬演《西厢》露出了他的狐狸尾巴。《剧说》(卷六)又云:

唐荆川半醉作文，先高唱《西厢》惠明不念《法华经》一出，手舞足蹈，纵笔伸纸，文乃成。见《操觚十六观》。

这一位"文以载道"的古文家也要先唱完《西厢》一出才能下笔。可知仅仅《西厢》一剧，就风魔了当时许多人。还有许多风流自赏的诗人对于戏曲更多兴趣。《剧说》(卷六)《明诗综注》云：

李于田纵横声伎，放诞不羁。女伶登场，至杂伶人中持板按拍，主人知而延之上座，恬然不为怪。又胡白叔幼而颖异，以狐旦登场，四座叫绝。

这两位诗人，或杂女伶中持板按拍，或以狐旦登场，真是兴致不浅。当时极端的复古派诗人有所谓"七子"，其中康海(一四七五——一五四〇)王九思两人最相得，也都最爱弄弄戏曲。《艺苑卮言》说：

王敬夫将填词，以厚赀募国工，杜门学按琵琶三弦，习诸伎艺而后出之。康德涵于歌弹尤妙，敬夫曲成，德涵为奏之，即老乐师无不击节叹赏。

他们为了作曲填词，竟至预先学好歌弹伎艺。《剧说》(卷三)云：

(康)对山尝与妓女同跨一蹇驴，令从人赍琵琶自随，游行道中，傲然不屑。敬夫、德涵同里同官，以(刘)瑾党放逐沂东鄠杜之间，相与过从谈宴，征歌度曲，以相娱乐。

同书又云：

对山性孝友,亲族待而举火者不可胜数。因救李空同而与刘瑾酬酢,遂罹清议。被放后,肆意词曲。有《沉醉东风》曰:

装几车儿羊毛笔管,载几车儿各样花笺。凤阳墨三两房,天来大三台砚。孔门弟子三千,一夜离情写半年,添砚水尽都是离情泪点。

原来他们失意后,才更留心戏曲,过着颓废的生活。他们自己作的还是杂剧,到了列名"后七子"的王世贞(一五二六——一五九○)就有意作传奇,相传《鸣凤记》就是他和他的门人共同制作的。《剧说》(卷六)云:

《弇州史料》中《杨忠愍公传略》与传奇不合。相传《鸣凤》传奇弇州门人作,惟《法场》一折是弇州自填。词初成时,命优人演之,邀县令同观,令变色起谢,欲亟去。弇州徐出邸抄示之曰:嵩父子已败矣。乃终宴。

《鸣凤记》的本事以杨继盛弹劾严嵩为"鸣凤朝阳",这是一部采用时事,攻击当局的传奇,难怪胆小的县令怕因此得祸。却说明初开国,朝廷忌讳很多,屡兴文字之狱。一般文人吟诗作文,动辄得咎,自己还不知道。比如诗中用了"殊域",他就说你骂他是"歹朱",文中用了"大德曰生","万邦作则",他就以为你骂他是由"僧"和"贼"出身。总之,你在朱元璋那位皇帝面前是很难下笔的,你要准备小罪被贬,大刑被杀,虽如刘伯温、高青邱那样的开国元勋,也都不能幸免;你要下笔,只要戏曲搬演古事,或是无中生有,不关时政,比较安稳。可是稍后一点,到了康海、王九思以及王世贞一般复古派文人,他们拿戏曲作为失意时候泄愤寓意的东西,就开始攻击当局,指摘时政了。《剧说》(卷三)云:

《四友斋丛说》谓"渼陂《杜甫游春》杂剧,虽金元人犹当北面,何况近代?"按文人之意往往托之填词。王九思《杜甫游春》指李西涯、杨石斋、贾南坞三相,康对山之《中山狼》则指李空同,李中麓之《宝剑记》则指分宜父子,王辰玉之《哭倒长安街》则指建言诸公。相传汤若士之《紫箫》亦指当时秉国首揆,才成其半,即为人所议,因改为《紫钗》。

可证当时士大夫从政讲学,党同伐异的风气,竟影响到了戏曲。而且前后七子倡导"文必秦汉,诗必盛唐",那种伪古典的偏见,也有影响到戏曲,邵文明、郑若庸、梁辰鱼、梅鼎祚一派骈曲俪白的传奇先后出来了。好在这一艺术的真正赏鉴家是贵族官僚,典雅富丽之曲文正是他们凭借优越的教养,所能感受而且欢喜的。

在当时君主诸王的宫廷邸宅里,常有教坊优伶献技,正如以前的朝代一样,那是不待说了。大官僚的府第里,也每每豢养着称为"家僮""家优"的伶工一部。《剧说》(卷一)云:

> 嘉、隆间松江何元朗蓄家僮习唱,一时优伶俱避舍。然所唱俱北词,尚得蒜酪遗风。何又教女鬟数人,俱善北曲,为南教坊顿仁所赏。顿随武宗入京,尽传北方遗音,独步东南;暮年流落,无复知其技者。

何元朗不过以岁贡授翰林院孔目,其弟良傅也不过以一进士历官礼部郎中,都不算大官僚,就能豢养家僮演唱戏曲了,这不能不多谢他们先人大地主的余荫。至于和他们同时的严嵩,以及后来的阮大铖,他们都蓄家伶,就算是大官僚家中豢养优伶的好例子了。《剧说》(卷六)云:

> 海盐有优者金凤,少以色幸于严东楼,昼非金不食,夜非金不寝也。严败,金亦衰老,食贫里中。比有所谓《鸣凤记》,金又涂粉墨,扮东楼矣。阮大铖自为剧,命家伶演之。大铖死,优儿散于他室。李优者,但有客命演阮所为剧,辄辞不能,复语其同辈勿复演。询其故,

曰:"阿翁姓字不触起,尚免不得人说;每一演及其剧,笑骂百端,使人懊恼竟日,不如辞以不能为善也。"

又清宋荦《西陂类稿》云:

> 侯朝宗与贵池吴应箕、宜兴陈贞慧善。阮大铖者,故魏阉义儿,屏居金陵,谋复用。诸名士共为檄,檄大铖罪,应箕、贞慧实主之。大铖愧且恚,然度无可如何。诇知朝宗与二人者,相厚善也,私念得结交侯生,因侯生以结交于二人,事当已。乃属其客阴交欢朝宗,朝宗觉之,谢客不与通。而大铖家故有伶一部,以声伎擅名,能歌所演剧号《燕子笺》者。会诸名士以试事集金陵,朝宗置酒高会,趣征阮伶。大铖心窃喜,立遣伶往,而使他奴诇之。方度曲,四座互称善,奴走告,大铖心益喜。已而抗声论天下事,箕踞叫呶,语稍及大铖,遂戟手詈骂不绝口。大铖闻之,乃大怒,而恨三人者尤刺骨。

又《流寇长编》云:

> 周延儒被召,阮大铖以家优来演自所作《赐恩环》传奇,跪泣求昭雪。延儒以逆案难翻,而问"君意中人为谁?"大铖以马士英对,遂由戍籍荐起为凤阳总督。

可知阮大铖家的优伶比严嵩家的更有名;他自己作了传奇,即付家里的优伶上演,自家欣赏之外,兼作官场应酬结纳之用。因为这一时代公侯缙绅之家,每蓄优伶,所以许多新制的传奇,都是朝由作家脱稿,夕付伶人上演的,不仅阮大铖一人作的传奇如此。《剧说》(卷五)云:

> 叶宪祖……生平至处在填词。……古澹本色,街谈巷语亦化神

奇,得元人之髓。如《鸾鎞》借贾岛以发二十年公车之苦,固有明第一手。吴石渠、袁令昭词家名手,石渠院本求公诋诃然后敢出,令昭则檞园弟子也。花晨月夕,征歌按拍,一词脱稿,即令优人习之,刻日呈伎,使人犹见唐宋士大夫之风流。檞园,公填词别号也。

《剧说》(卷三)又云:

> 袁箨庵作《瑞玉》传奇,描写逆珰魏忠贤私人巡抚毛一鹭及织局太监李实构陷周忠介公事甚悉。甫脱稿,即授优伶唱演。是日诸公毕集,而袁尚未至。优人请曰:"李实登场尚少一引子。"于是诸公各拟一调。俄而袁至,告以优人所请。袁笑曰:"几忘之。"即索笔书《卜算子》云:"局势趋东厂,人面翻新样。织造频添一段忙,待织造迷天网!"语不多而句句双关巧妙,诸公推服,遂各毁其所作。一鹭闻之,持厚币倩人求袁改易,袁易一鹭曰春锄。

可见叶檞园、袁箨庵的传奇,就是一面脱稿,一面付伶人排演的。至于以戏曲为官场集会应酬之用,也不始于阮大铖。《剧说》(卷六)云:

> 《徐文长集》载:李衮善歌,名动京师。崔昭入朝,密载而至。乃广延宾客以为盛会。衮喉转一声,众大惊曰:"李八郎也!"盛会之名,实本于此。

这一时代官场演戏娱客的所谓"盛会",似乎始于明初崔昭。明顾起元《客座赘语》云:

> 万历以前,公侯与缙绅及富家,凡有燕会小集,多用散乐,或三四人或多人唱大套北曲。若大席则用教坊打院本,乃北曲大四套者(按

即杂剧),中间错以撮垫圈,观音舞,或百丈旗,或跳坠子,后乃变而尽用南唱。歌者止用一小拍板,或以扇子代之,间有用鼓板者。今则吴人益以洞箫及月琴,益为凄惨,听者殆欲堕泪。大会则用南戏,其始止二腔,较海盐更为清柔而婉折也。

我们从这段记载里,不仅可以想见这一时代的贵族、官僚、大地主、大腹贾,凡有宴会小集就用清唱散乐,若是大席大会就搬演戏文;还可以看出南北曲的一盛一衰,互为消长。明蒋一葵《尧山堂外纪》云:

楊遒翁寿日,嘉定沈练塘(按即著《千金记》的沈采)作《还带记》以侑觞。曲中有"昔掌天曹,今为地主"等语,遒翁喜,圈此八字。

当时文人不仅欢喜为阔人做寿诗寿文,还居然有特制的寿曲!至于演戏来祝贺新贵的官僚上任,那更是常有的事了。《剧说》(卷六)云:

周忠介蓼洲先生初释褐,选杭州司理,杭人在都者置酒相贺,演岳武穆事。至奸相东窗设计,先生不胜愤怒,将优人捶打而退。举坐惊骇,疑有开罪。明日,托先生友人问故。先生曰:"昨偶不平打秦桧耳!"

同书又云:

张南垣精于垒石,而善滑稽。吴梅村起用,士绅饯之,演《烂柯山》传奇,至张石匠,伶人以南垣在座,改为李石匠。梅村以扇确几曰:"有窍!"哄堂一笑。及演至买臣妻认夫,唱"切莫提起朱字!"南垣亦以扇确几曰:"无窍!"满堂为之愕眙,而梅村失色。事见《黄梨洲文集》。

业生于明清之际的前半，传奇还在隆盛的时期，所以当他出仕新一般士绅演传奇来饯送他。王士禛《古夫于亭杂录》云：

> 掖县张大司寇北海忻夫人陈，大学士文安公端母也。张与胡中丞为姻家，胡故有优伶一部，一日，两夫人宴会，张谓胡曰："闻尊府梨园最佳。"胡古朴不晓文艺，辄应曰："如何称梨园？不过老枣树几株耳！"同人因号胡氏班为"老枣树班"。

可见清初大官僚的家里还有豢养优伶的，一般士大夫不改前朝嗜好戏曲的风气。不过传奇的时代快要过去了。

关于传奇的发展及其背景，我们在上文已经讲得不少了。现在，我们要把四百年间许多重要的传奇家，因着叙述的便利，分做三个时期，从头细说。

第一期为元明之际，约从元英宗到明惠帝（约一三二〇——一四二〇），这是传奇初兴时期，或称南戏复兴时期，同时就是杂剧快要没落的时期。

第二期为盛明时期，约明成祖到明光宗（约一四二〇——一六二〇），这是明朝最盛时期，传奇也已经达到了最盛时期。

第三期为明清之际，约从明熹宗到清圣祖（约一六二〇——一七二〇），这是政治势力新旧交替的时期，戏曲上也快到新旧交替的时期，所谓雅部的传奇快要没落下去，所谓花部的皮簧快要勃兴起来了。

二　元明之际传奇家

先说元明之际传奇家。

元明之际，传奇如何发展起来？当时留下来的文献不多，我们已经提到过的,就是《乐郊私语》记杨梓始创海盐调;《录鬼簿》记范居中有南北腔,沈和始创南北调合腔,萧德祥有南曲戏文,可是他们都没有南戏传奇流传下来。北平图书馆藏有《永乐大典》重钞本戏文三种:古杭书会编撰《小孙屠》、九山书会编《张协状元》、古杭才人新编《宦门子弟错立身》,都不标作者姓名。其中《小孙屠》一种,是南北调合腔的,萧德祥恰有同一题名之作,不知即是萧所作否。又《张协状元》中说张协由四川赴京应考,李婆叫他代买胡州(湖州?)镜子,可知他是到南宋京都赴试的。此戏或为南宋人所作。演本朝故事的戏。至于《艺苑卮言》(附录)说到南北曲的变迁,略谓"大江以北,渐染胡语,时时采入,沈约四声,遂阙其一。……王应稍复变新体,号为南曲;高拭则诚遂掩前后"。王应不知何许人,所作南曲未见。王世贞博识多闻,此说当有根据。那末,南曲的始倡者为王应,继起而大成者就是高则诚了。明人论到传奇杰作,每称"《荆》、《刘》、《拜》、《杀》"。又称"《蔡》、《荆》、《刘》、《杀》"。《蔡》指《琵琶记》。现在我们就把"《拜》、《蔡》、《杀》、《荆》、《刘》"称为元明之际五大传奇。依着这样的顺序说下去,就是施惠《拜月亭》、高则诚《琵琶记》、徐畈《杀狗记》、朱权《荆钗记》、无名氏《刘智远白兔记》。

施惠(一云姓沈),字君美(一作均美),杭州人。居吴山城隍庙前,以坐贾为业。巨目美髯,好谈笑。诗酒之暇,唯以填词和曲为事。有《古今砌话》编成一集,其好事也如此。与《录鬼簿》著者钟嗣成同时,常相往来。所作《幽闺记》,一题《拜月亭》,本关汉卿《闺怨佳人拜月亭》而作。明太祖尝微行,为一阉猪者题春联云:"双手劈开生死路,一刀斩断是非根。"似袭用《幽闺记》第五出说白中语,但下句原文为"一身跳出是非关"。大约当时此剧已很流行了,作者已经死了。此剧情节的大致是这样的:元军侵金,金主命兵部尚书王镇巡边。后金主因抵不住元军而迁都,大家逃难。王尚书夫人及女瑞兰逃到中途,母女相失了;恰巧蒋世隆和妹瑞莲也中途相失了,世隆急呼"瑞莲!瑞莲!"瑞兰以为母亲相呼,应声而往,原来却是误会,便假作夫妇同路。同时瑞兰的母亲恰遇着瑞莲,认为母女,也结伴而行。世隆、瑞兰就在旅舍成婚了,世隆在此生病。王尚书公毕,经过此处,父女再得相见,但他不承认他女儿的婚事,迫令瑞兰同归,留下卧病的世隆而去。王尚书回到官驿,又见着他的夫人及蒋瑞莲。世隆养病旅舍,更思念着他的妻子。幸而遇到前因反对迁都,被金主听信谗言杀了的金庭大臣陀满海牙的儿子兴福。兴福当避祸时,曾跳入蒋氏园中,赖世隆救护,而且结为兄弟的。此时元军已退,金主大赦,又举行贡举,世隆、兴福同往应试,各中了文武状元。王尚书奉旨招两状元为女婿,兴福瑞莲欣然从命。世隆、瑞兰则因各有意中人,不允。直到世隆赴王尚书的宴会,兄妹重逢,说明一切,才知道他所思念的妻瑞兰正是王尚书所要嫁给他的女儿。全剧便在两对新人婚礼中结局。从来的论者以为剧中《拜月》一出,袭用关汉卿原文,是全剧最佳处。我以为《走雨》一出写王尚书夫人和女瑞兰在凄风苦雨中逃走的情景也很好。因为较短,全录于此:

老旦上　(破阵子)况是君臣分散,那看母子临危。

旦上　严父东行何日返?天子南迁甚日回?(合)家邦无所依。

老旦　(望江南)身狼狈,慌急便奔驰。贴肉金珠揣得甚?随身衣服着些儿,子母紧相随。

旦　离帝辇,前路去投谁?风雨催人辞故国,乡关回首暮云迷,何日是归期?

老旦　孩儿,管不得你鞋弓袜小,只得趱行几步!

旦　母亲,怎么是好?

老旦　(渔家傲)天不念去国愁人助惨凄,淋淋的雨若盆倾,风如箭急。

旦　侍妾从人皆星散,各逃生计。(合)身居处华屋高堂,但寻常珠绕翠围,那曾经地覆天翻受苦时!

老旦　孩儿,天雨淋漓,人迹稀走,两条路不知往那一条去?

（剔银灯）迢迢路不知是那里？前途去安身何处？

旦　一点点雨间着一行行凄惶泪，一阵阵风对着一声声愁和气。（合）云低，天色傍晚，子母命存亡兀自尚未知。

旦　（摊破地锦花）绣鞋儿，分不得帮和底，一步步提。百忙里褪了跟儿。

老旦　冒雨荡风，带水拖泥。（合）步难移，全没些气和力。

老旦　（麻婆子）路途路途行不惯，心惊胆颤摧。

旦　地冷地冷行不上，人慌语乱催。

老旦　年高力弱怎支持？（倒科，旦扶科）

旦　泥滑跌倒在冻田地，款款扶将起。（合）心急步行迟。

旦　最苦家尊去远。

老旦　怎当军马临城？（合）正是福无双至，果然祸不单行！

此等曲白都是很本色的。他如《旅婚》、《请医》诸出，描摹市井江湖口吻，更以鄙俗见妙。我想作者要不是"以坐贾为业"，深入社会的人，决然写不出来。戏剧文学的发展到了南曲，也像诗体有古律，文体有骈散一样，显然分为本色文辞两派。施惠《拜月》可算是本色派之祖，高明《琵琶》就算是文辞派之祖罢。

高明（一作高拭），字则诚，温州瑞安人。以《春秋》中顺帝至正五年（一三四五）第，授处州录事，辟丞相掾。方国珍起兵，省臣以则诚温人知海滨事，择以自从。与幕府论事不合。国珍就抚，欲留置幕下，即日辞去。寓居鄞之栎社，以词曲自娱，作《琵琶记》。此剧本事，异说纷纭。一说出于演唱蔡伯喈故事的古曲，如《辍耕录》院本名目中有蔡伯喈一本，《南词叙录》宋代戏文有《赵贞女蔡二郎》。再陆游有诗云："斜阳古道柳家庄，负鼓盲翁正作场，死后是非谁管得，满村听说蔡中郎。"一说出于唐人小说，《艺苑卮言》引《说郛》中唐人小说云："牛相国僧孺之子繁，与同人蔡生邂逅文字交，寻同举进士，才蔡生，欲以女弟适之。蔡已有妻赵矣，力辞不得。后牛氏与赵处,能卑顺自将。蔡仕至节度副使。"一说指宋人蔡卞弃妻而娶王荆公女事。托名牛相,言荆公之性如牛。此说见梁绍壬《两般秋雨盦随笔》。一说出于当时实事。田艺蘅《留青日札》云:"……有王四者,以学闻,则诚与之友善,劝之仕;登第后,即弃其妻而赘于太师不花家;则诚悔之,因作此记以讽谏。名之曰琵琶者,取其上四王字为王四云耳。元人呼牛为不花,故谓之牛太师。而伯喈曾依附董卓,乃以之托名也。高皇帝微时尝奇此剧,及登极,……于是捕王四,置之极刑。"我想或许当时真有王四一事,作者不便直言,因借古曲故事为之,亦未可知。此剧略叙蔡邕辞别父母妻子,到京应试,即中状元,牛丞相奉旨招他为赘婿。不料他的故乡陈留遭着饥荒,他家穷困已极。他的妻子赵五娘至于吃糠,让食给他父母。然而他的母亲和父亲先后因忧闷穷饿而死。当父死之日,幸赖他的妻子剪发买棺,用麻裙包土筑坟,得以了事。于是赵五娘假装道姑,背了琵琶,沿途唱着道情,乞食寻夫。她经过了许多艰苦,才得机会先见牛氏,留居牛丞相府;后以翁姑画像悬在壁上,题诗一首:"向日受饥荒,双亲俱死亡。如今题诗句,报与薄情郎。"蔡邕见而感动,牛氏引五娘相见,团圆结局。《吃糠》一出是全剧最警策处,下面录出它的前半节一读:

旦 (山坡羊)乱荒荒不丰稔的年岁,远迢迢不回来的夫婿。急煎煎不耐烦的二亲,软怯怯不济事的孤身己。苦衣典尽寸丝不挂体,几番拼死了奴身己,争奈没主公婆教谁看取!思之,虚飘飘命怎期?难捱,实丕丕灾共危!

(前腔)滴溜溜难穷尽的珠泪,乱纷纷难宽解的愁绪。骨崖崖难扶持的病身,战兢兢难捱过的时和岁。这糠,我待不吃你呵,教奴怎忍饥?我待吃你呵,教奴怎生吃?思量起来不如奴先死,图得个不知亲死时!思之,虚飘飘命怎期?难捱,实丕丕灾共危!

奴家早上安排些饭与公婆吃,岂不欲买些鲑菜,争奈无钱可买。不想婆婆抵死埋怨,只道奴家背地自吃了甚么东西。不知奴家吃的

是米膜糠粃,又不敢教他知道。便使他埋怨杀我,我也不敢分说。苦吓!这糠粃怎的吃得下!(吃吐介)

(孝顺歌)呕得我肝肠痛,珠泪垂,喉咙尚兀自牢嗄住。糠那!你遭砻被舂杵,筛你簸扬你。吃尽控持,好似奴家身狼狈,千辛万苦皆经历。苦人吃着苦味,两苦相逢,可知道欲吞不去!

(外净潜上探觑介)

(前腔)糠和米本是相依倚,被簸扬作两处飞。一贱与一贵,好似奴家与夫婿,终无见期!丈夫你便是米呵,米在他方没寻处。奴家恰便是糠呵,怎的把糠来救得人饥馁。好似儿夫出去,怎的教奴供膳得公婆甘旨!

(外净潜下介)

(前腔)思量我生无益,死又值甚的?不如忍饥死了为怨鬼!只一件,公婆老年纪,靠奴家相依倚,只得苟活片时。片时苟活虽容易,到底日久也难相聚。漫把糠来相比:这糠呵尚兀自有人吃,奴家的骨头知他埋在何处!

(外净上)

净　媳妇,你在这里吃甚么?

旦　奴家不曾吃甚么。

净　(搜夺介)

旦　婆婆,你吃不得。

外　咳!这是甚么东西?

旦　(前腔)这是谷中膜,米上皮。

外　呀!这便是糠,要他何用?

旦　将来饦饠可疗饥。

净　咦,这糠只好将去喂猪狗,如何把来自吃?

旦　尝闻古贤书,狗彘食人食,也强如草根树皮。

外 净	恁的苦涩东西，怕不噎坏了你！
旦	吃雪吞毡，苏卿犹健；餐松食柏，到做得神仙侣。这糠呵，纵然吃些何虑！
净	阿公，你休听他说谎，糠秕如何吃得？
旦	爹妈休疑，奴须是你孩儿的糟糠妻室。
外 净	（看哭介）媳妇，我元来错埋冤了你，兀的不痛杀我也！

（闷倒旦叫哭介）

相传高则诚作剧时居楼上，每夜点绛烛两枝。填到《吃糠》一出"糠和米本是相依倚，被簸扬作两处飞，……"两枝烛花合而为一。好事者以为文字之祥，因名其楼为瑞光。这当然是无稽之谈，不过他这一出总可算是神来之笔。又相传他填词所用的几案，打拍子处，凹痕深到一寸；一说脚踏拍子，踏穿了楼板。这也像不可靠，可是我们要知道作者确是呕过几许心血来的。

徐畛，字仲由，淳安人。洪武初，征秀才，至藩省，辞归。尝自称许云："吾诗文未足品藻，唯传奇词曲不多让古人。"采用萧德祥《杀狗劝夫》杂剧的本事（见前一讲）而作《杀狗记》传奇。《曲海总目提要》题为徐时敏作，因时敏所作《五福记·自叙》，有"今岁改《孙郎埋犬传》，笔研精良"的话。《六十种曲》本题龙子犹订定。吴梅氏以为徐畛所作小令俊雅，《杀狗记》鄙陋庸劣，直无一语足取，疑非徐畛所作。此剧第十出《王婆逐客》，写孙荣被店主逐出，系新加关目，杂剧所无的。《山坡羊》一曲道：

乱荒荒婆婆前去，急煎煎留他不住。冷清清独立在此，懒怯怯暗自垂双泪。婆婆开门！我叫你何曾应半句儿，又不是梨花带雨把门深闭。教我举目无亲倚靠谁！思之，思之泪暗垂。难捱！虚飘飘命怎期？

这和《琵琶记·吃糠》一出《山坡羊》字句有相同处，不知道是谁钞谁的。但就文辞而论，《吃糠》中的《山坡羊》一曲要好多了。我想《杀狗记》也和《白兔记》一样，同是出于无名氏之手，民间流传的东西，较《拜月》更为本色，尤和《琵琶》不同，和《荆钗》也不同。

朱权（？——一四四八），明太祖第十七子，洪武二十四年封宁王。燕王夺位后，改封南昌，几乎以巫蛊毁谤事得罪。从此韬光养晦，造精庐一区，鼓琴读书其间，与一班文人相往来。晚年学道，自号臞仙，又号丹邱先生，谥号宁献王。他精通音律，著有《太和正音谱》，又曾作杂剧十二种。《荆钗记》旧本题丹邱先生撰，清高弈《传奇品》以为元柯丹邱作，黄文旸《曲海品》亦从此说，王国维《曲录》始定作者为宁献王。但据《南词叙录》，著录《王十朋荆钗记》两本，一为宋元间无名氏旧篇，一为明初李景云撰。想徐渭时古本犹存，所说当有根本。那末，明初《荆钗记》原有两本，作者也不能无疑了。《六十种曲》本《荆钗记》不题作者姓名，记中故事是这样的：王十朋父死家贫，与钱流行的女儿玉莲定婚，他的母亲仅能拿出荆钗做聘礼。同时孙汝权也托流行妹张姑妈做媒，想娶玉莲，拿出金钗一对，压钗银四十两做聘礼。玉莲继母要逼她嫁汝权，她不肯，竟和十朋结了婚。十朋上京应试，得状元及第，榜眼为王士弘。万俟丞相招十朋为赘婿，他不肯。此时十朋、士弘皆选佥判，十朋往饶州，士弘往潮阳。万俟怒十朋，把他和士弘互调。孙汝权恰在京师，从送信的人窃得十朋家信，私自改了，说是已经入赘相府，叫玉莲改嫁。玉莲的继母又听张姑妈计，逼她嫁给孙汝权。她投江自杀，恰有钱安抚的船经过，被救，收养为女，同往福建上任。后来十朋听到玉莲自杀，十分悲痛。同时钱安抚派人到饶州打听王佥判的消息，探得王佥判全家死亡，玉莲也以为十朋真死了，替他服丧。最后，十朋升任吉安知府，钱安抚要把玉莲嫁给他，他不知即是玉莲，不肯。经过许多波折，十朋、玉莲又得团圆。《瓯江逸志》、《剧说》等书说是王十朋为御史，弹劾丞相史浩，实由孙汝权怂恿，史浩门客造作此剧以诬王孙，实则玉莲非王妻，而为王女。又一说，钱玉莲为妓女，王十朋读书温州江心寺,与玉莲有染,约于荣达后迎娶。十朋登第,三年不还乡,玉莲被逼嫁人,遂自沉桑门之江口。两说未知谁是,不过宋时没有这样形式的传奇。总之,此剧本事当系从民间传说而来的。现在录出《晤婿》一出,以见曲文之一斑。这是写的十朋到吉安后,差李成回到温州,迎接钱家老员外老安人,他们前往吉安,途中情景:

外上　(小蓬莱)策马登程去也,西风牢落艰辛。淡烟荒草,夕阳古渡,流水孤村。

净上　满目堪图堪画,那野景萧萧,冷浸黄昏。

末上　樵歌牧唱,牛眠草径,犬吠柴门。

外　(临江仙)绿暗汀洲三月景,锦江风静帆收。垂杨低映木兰舟。半篙春水滑,一段夕阳愁。

末　灞水桥东回首处,美人亲卷帘钩。落花几阵入红楼。行云归处,水流鸦噪枝头。

老员外,今日日丽风和,花明景曙,加鞭趱行几步!

外　(八声甘州)春深离故家。叹衰年倦体,奔走天涯。一鞭行色,遥指剩水残霞。墙头嫩柳篱畔花。见古树枯藤栖暮鸦。嗟呀!遍长途触目桑麻。

净　(前腔)呀呀!幽禽聚远沙。对仿佛禾黍,宛似蒹葭。江山如画,无限野草闲花。旗亭小桥景最佳:见竹锁溪边三两家。渔槎,弄新腔一笛堪夸。

外　(解三酲)为当初被人谎诈,把家书暗地套写。致吾儿一命丧在黄泉下。受多少苦波查!今日幸得佳婿来迎也,又愁着逆旅淹流人事赊。(合)空嗟呀!自叹命薄,难苦怨他。

末　步徐徐水边林下,路迢迢野田禾稼,景萧萧疏林暮霭斜阳挂。闻鼓吹闹鸣蛙。一径古道西风鞭瘦马。漫回首盼想家山泪似麻。(合前)

> 高山迢递日初斜　绿柳依稀路更赊
> 目断前村烟未暝　不知今夜宿谁家

《白兔记》不知何人所作，大约出于元人之手，至迟也是和《拜月亭》同时的作品，曲白都极自然，和《杀狗记》相同。此剧叙刘智远和他的妻子李三娘离合悲欢的故事。说到刘智远，《五代史平话》、《刘智远诸宫调》早就说过的，可见宋元间关于刘智远的故事很流行了。却说刘智远自幼丧父，随母改嫁，把继父家业，尽皆花费，被继父逐出，寄居马鸣王庙。有李文奎，祭神庙中，智远偷吃福鸡，被庙祝侮辱。文奎见智远相貌不凡，便收养回家。一日，文奎见智远昼卧，有火光透出丈许，又有蛇穿七窍，料他后来必定大贵，就把女儿三娘嫁给了他，不料惹的儿子洪一不甚高兴。后来，文奎死了，洪一逼智远休妻，幸而三娘把休书毁了。洪一又假作分给家财，叫智远出守瓜园，想借铁面瓜精吃杀他。不料他反而战胜了瓜精，瓜精钻入地中，被他掘得石匣里的头盔金甲，宝剑兵书。于是他与妻子相别，到并州节度使岳勋麾下投军。智远既去，洪一夫妇更凌辱三娘，叫她日间挑水，夜里挨磨。不久，她在磨房里生了一个儿子，因系她自己咬断脐带，就叫此儿为咬脐郎。她怕兄嫂暗害此儿，便托火公窦老抱给智远。恰好智远已经娶了岳家小姐，便把此儿收养。智远屡立军功，做到九州安抚使。咬脐郎十六岁了，一日出外打猎，追射一只白兔，直到沙陀村，见三娘于井边，三娘诉苦，说出了她丈夫儿子的名姓。咬脐郎回家，告诉了父亲。智远便把三娘接回同住，又把三娘的兄嫂捉来。智远命取香油五十斤，麻布一百丈，把他妻的嫂做了照天蜡烛。全剧在如此残酷的场面结局。《挨磨》（《磨房产子》）是最流行的一出，录在这里，以见此剧的曲白是怎样朴质而通俗的：

　　旦上　（于飞乐）无计解开眉上锁，恶冤家要躲怎生躲？怨我爹娘，招灾惹祸！

梁上挂木鱼,吃打无休歇。哑子吃黄连,有口对谁说? 自从丈夫去后,哥嫂逼奴改嫁,不从,罚我在日间挑水,夜间挨磨。一不怨哥嫂,二不怨爹娘,三不怨丈夫。只是我十月满足,行走尚且艰难,如何挨得磨?

(五更转)恨命乖,遭折挫,爹娘知苦么? 哥哥嫂嫂你好横心做。赶出刘郎,罚奴挨磨,叫天不应地不闻,如何过? (合)奴家那曾那曾识挨磨挑水,辛勤只为刘大。

(前腔)向磨房,愁眉锁,受劳碌,也是没奈何。爹娘在日把奴如花朵。死了双亲,被哥嫂凌辱。爹娘死,我孤单,如何过? (合前)

(前腔)挨几肩,头晕转,腹胁遍疼腿又酸,神思困倦。挨不转,欲待缢死在房中,恐怕耽阁智远。寻思起,泪满腮,如何过? (合前)

(前腔)腹内疼,欲分娩,有谁人来看管? 阴空保祐保祐奴分娩。但愿无虞,早得夫妻相见。思量起,我孤单,如何过? (合前)

奴家神思困倦,不免就在磨房打睡片时。

丑上　好人不肯做,只要嫁刘大。刘大不回来,情愿去挨磨。

(叫介)姑娘那里? 叫他不应,打他一顿。磨到不挨睡得好!

旦　磨子重,挨不动。

丑　这样磨子叫重!

旦　嫂嫂,奴家腹中一阵阵疼痛,挨不动了。

(丑浑介)

旦　嫂嫂,请歇息!

丑　歇息,歇息! 庄上人要面吃,如何迟误了? 准准打八十。南无阿弥陀佛弥陀佛!

旦　嫂嫂,你也是妇人家,不晓得妇人家疼痛。谯楼上几更时分。

(锁南枝)星月朗,傍四更,窗前犬吠鸡又鸣。哥嫂太无情,罚奴磨麦到天明。想刘郎去也,可不辜负年少人。磨房中冷清清,风儿吹得冷冰冰。

（前腔）叫天不应地不闻,腹中遍身疼怎忍！料想分娩在今宵,没个人来问。望祖宗阴显应。保母子两身轻。

天那！好苦！（生儿介）嫂嫂,借脚盆来使一使。

丑　散了,不曾箍得。

旦　把身上衣服展干了罢！嫂嫂,剪刀借来使一使。

丑　小厮偷去换糖吃了。

旦　我那儿！做娘的瓦片不曾准备得,就把口来咬断脐腹。有命活了,无命死了。

正是青龙共白虎同行　吉凶事全然未保（下）

以上讲述《拜》、《蔡》、《杀》、《荆》、《刘》五大传奇已毕,并曾附带的先提到了《永乐大典》戏文三种。此外,元明之际传奇留存下来的,有苏复之《金印记》,见《六十种曲》本,叙苏秦佩六国丞相金印,衣锦还乡事。颇能描出世态炎凉,曲白亦颇本色。元无名氏已有《冻苏秦衣锦还乡》杂剧,可知《金印记》本事的来源了。又有无名氏《赵氏孤儿记》,当然也是由元人纪君祥《赵氏孤儿》杂剧翻为南戏,有明万历间富春堂刊本,已成稀见之书。再有《牧羊记》,或系《南词叙录》著录宋元旧篇中之《苏武牧羊记》,《缀白裘》、《醉怡情》共收八出,全本未见。《望乡》、《看羊》两出都很悲壮。听说郑振铎氏藏有钞本百种传奇,其中有《孤儿记》、《望乡记》,又有《南九宫谱》屡引的元人所作《节孝记》,一名《黄孝子传奇》。现存元明之际的传奇,大约止有此数了。

三　盛明传奇家

现在来讲盛明传奇。

盛明杂剧流传下来的虽然不少，可是这一时期之内，北剧的末运终于不能挽回，南戏毕竟取而代之了。这从当时文人所遗留的文献可以看出来的。沈德符《顾曲杂言》说："自吴人重南曲，皆祖昆山魏良辅，而北词几废，今惟金陵尚存此调。"又说："近日沈吏部所订《南九宫谱》盛行，而《北九宫谱》反无人阅，亦无人知矣。"原来自魏良辅倡为昆曲，沈璟订《南九宫谱》，一时南曲盛行，北曲几乎废绝。沈德符又说："今南腔北曲，瓦缶乱鸣。此名'北南'，非北曲也。只如时所争尚者《望蒲东》一套，其引子、望字北音作旺，叶字北音作夜，急字北音作纪，叠字北音作爹，今之学者颇能谈之。但一启口，便成南腔。正如鹦鹉效人言，非不近似，而禽吭终不脱尽，奈何强名曰北！"可见当时虽然还有所谓北曲，也是"南腔北曲"，成了变种的北曲了。王骥德《曲律》说："唐之绝句，唐之曲也，而其法宋人不传。宋之词，宋之曲也，而其法元人不传。以至金、元人之北词也，而其法今复不能悉传，是何故哉？国家经一番变迁，则兵燹流离，性命之不保，遑习此太平娱乐事哉！今日之南曲，他日其法之传否，又不知作何底止，为慨且惧。"这似乎是说，词曲是太平娱乐的事，南北曲的消长是和社会治乱朝代兴亡有关的，大体还说得不错。吕天成《曲品序》说："予舞象时即嗜曲，弱冠好填词。每入市见传奇，必挟之归，笥渐满。初欲建一'曲藏'，上自前辈才人之结撰，下至腐儒教习之攒簇，悉搜共贮，作江海大观。既而谓多不胜收，彼攒簇者收之污吾箧，稍稍散失矣。"当时传奇作品之多可以想见。沈德符、王骥德、吕天成都是万历间人。用南曲组成的传奇，从嘉靖、隆庆，到万历（一五二二——一六二〇），约百年间，已经达到了全盛时期的顶点。这一百年间是盛明时期的后半，在它前半从永乐末年直到成化、弘治（约一四二〇——一五二〇）一百年间，杂剧虽然还算保有元曲的余势，可是已经抵不住南戏新起的势力了。现在我只把邵文明一人来代表这一时期前半的传奇作家，梁辰鱼、汤显祖、沈璟三人来代表这一时期后半的传奇作家。其他比较重要一点的作家也要附带的讲到，此外就只好让专门的戏曲史去详细叙述了。

邵文明生平事迹不详。《南词叙录》云："《香囊记》乃宜兴老生员邵文明作。"明焦周《说楛》云："邵宏治，荆溪人。作《香囊》传奇，至'落日下平川'不能续，其弟应声曰：'何不云"归人争渡喧"乎？'时邵方与弟争田，因大喜，割畀之，今名渡喧田。"或说邵官给事中，称邵给谏。《香囊》关目有蹈袭《拜月》、《琵琶》处。略叙南宋张九成、九思同登甲，九成因对策指摘丞相秦桧失政而得罪，令参岳飞军幕，从事伐金。后又被遣使金，不肯屈服，羁留漠北十年。王伦舍生代友，给他符节，他才南归。事与《宋史》九成本传不合。何以名为《香囊记》？因九成从军，佩着母亲给他的紫香囊。一日，九成家有乞丐来，拿一紫香囊出卖觅食，九成的妻子看见了，疑系九成之物。乞丐因说自己曾为兵士，香囊从战场拾来。并诈云九成已死。九成的母亲因而愁烦成病。九思疑此消息不实，不远千里寻兄。九成的妻室邵贞娘则守节多年。既而金兵南下，陷汴京，宋都南迁，人民避难。邵贞娘偕阿姑共逃，中途遇贼，姑媳相失，香囊又遗失了。九思恰和母亲驿馆重逢，于是母子相携逃难。贞娘因遇周老姥相救，暂留周家。恰有赵运使的儿子拾得香囊，知系贞娘之物，想强迫娶得贞娘。贞娘控告于新任观察使，不料观察使就是九成。夫妇相会，并使人探得母弟所在，一家团圆收场。这剧一题《五伦全备香囊记》，《曲海总目提要》误以为丘濬所作。不过《香囊记》开场《沁园春》词中说道："……有伯奇孝行，左儒死友，爱兄王览，骂贼睢阳。孟母贤慈，共姜节义，万古名垂有耿光。因续取《五伦》新传，标记紫香囊。"可知《香囊记》原是续丘濬《五伦全备》而作的，也不免有些腐儒气味。王氏《曲律》说："曲之始，止本色一家，观元剧及《琵琶》、《拜月》二记可见。自《香囊记》以儒门手脚为之，遂滥觞而有文词家一体。近郑若庸《玉玦记》作，而益工修辞，质几尽掩。夫曲以模写物情，体贴人理，所由委曲婉转，以代说词，一涉藻缋，便蔽本来。然文人学士积习未忘，不胜其靡。"王骥德以为自《香囊记》始开传奇家文词一派，其实最早的《琵琶记》就已经很注重文词的了，但说白不尚骈句。《张协状元》一剧，说白也有用骈俪的地方。例如：

末白　小客肩担五十秤,背负五十斤。通得诸路乡谈,辨得川广行货。冲烟披雾,不辞千里之迢遥;带雨冒风,何惜此身之跋涉。……

这决不像引车卖浆者流的口吻,可见永乐以前的戏文就有偶然用骈俪的了。到了邵文明作《香囊记》,才算有意掉文,就说他是文词派的开山祖师也没有什么不可。今录《香囊记·问卜》一出里卖卦先生的说白一段为例:

净上　老夫姓踢名禿,历数星书广读。穷透后天先天,分出大畜小畜。也有因蒙重离,也有交泰休复。也曾长安发卦,也曾向成都卖卜。先生那数邵雍,同辈尽欺郭璞,只凭四象三爻,便说休咎祸福。夺得隗子蓍龟,括破郑人蕉鹿。舌能翻高就低,语皆骈四俪六。近来岁歉时荒,课钱专讨米粟。遇穷汉只要三升,见财主便索一斛。这般趁得钱米,家里并无积蓄。年年食缺衣单,日日儿啼女哭。辛勤六十余年,枉自奔波碌碌,你看,我家好异样门墙!
内　岂不有广厦千万间?
净　那里?只见两堵颓墙破屋。
内　这的是破屋数间而已矣。

现在再录《途叙》一出的曲文为例:

(鹊桥仙)花飞江路,鸟啼红苑,过眼流光指撚。思亲回首望家乡,又隔断青山不见。

(前腔)山程历尽,水程经遍,骥足康庄未展。方今天子网英豪,抱玉向明庭投献。

(朝元歌)花边柳边,燕外晴丝卷。山前水前,马上东风软。自叹行踪,有如蓬转。盼望乡山留恋。雁素鱼笺,离愁满怀谁与传。日短北堂萱,空劳魂梦牵。(合)洛阳遥远,几时上九重金殿,九重金殿?

(前腔)十载青灯黄卷,萤窗苦勉旃。雪案费精研。指望荣亲,姓扬名显。试向文场鏖战,礼乐三千,英雄五百争后先。快着祖生鞭,行胆尺五天。(合前)

(前腔)携取琴书笔砚,行装只半肩。客计甚萧然。水宿风餐,怎生消遣? 天晚长途人倦,芳草芊绵,王孙岂不思故园? 看落日下平川,归人争渡喧。(合前)

(前腔)滚滚红尘拂面,东风花满烟。春事正暄妍。对此韶华,且宜游衍。谁道 人离乡贱? 宝剑青毡,行囊尽余沽酒钱。何处卸行疃? 向长安都市眠!(合前)

你看他雁素鱼笺、青灯黄卷、萤窗雪案、宝剑青毡,好像摇笔即来,堆砌了多少诗里用的套话! 难怪徐复祚的《曲论》要讥他以诗语作曲,处处烟花风柳,丽语藻句,刺眼夺魄,然愈藻丽,离本色愈远了。又《南词叙录》云:"以时文为南曲,元末国初未有也。其弊起于《香囊记》。《香囊》乃宜兴老生员邵文明作。习《诗经》,专学杜诗,遂以二书语句,勾入曲中,宾白亦是文语。又好用故事作对子,最为害事。夫曲本于感发人心,歌之使奴童妇女皆喻,乃为得体。经子之谈,以之为诗且不可,况此等乎? 直以才情欠少,未免辏补成篇。吾意与其文而晦,曷若俗而鄙之易晓也!"依徐渭的这一说,《香囊记》是以时文为南曲的。时文是什么? 就是当时科举用的八股文。八股文萌芽于宋,到明而长成,到清而烂熟。焦循说过明朝文学只有八股,它和汉赋、唐诗、宋词、元曲,都是代表一个时代的文学。现在周作人先生还提议大学国文系应该大讲其八股,定为必修科,这当然是一种玩笑的话。不过我们要知道八股文是一种骈文化的散文,在这种文学盛行的时代,影响到戏曲,而有骈文化的曲白,自然是可能的事。何况《香囊记》出世的时候,在传统的文坛上正是复古派的气焰笼罩一切,李梦阳、何景明、徐祯卿、边贡、康海、王九思、王廷相,号为七子,握着文坛的权威,或许他们也要给同时戏曲的作者一些影响。

约和《香囊记》同时的作品:有姚茂良《精忠记》叙岳飞事,沈采《千金记》叙韩信事,沈受先《三元记》叙宋冯京连中三元事,都见《六十种曲》。又有王济《连环记》叙董卓、吕布、貂蝉事,只见《缀白裘》收有散出,闻郑振铎氏藏有钞本。丘濬《投笔记》叙班超投笔从戎事,闻涵芬楼有藏本,又郑振铎氏藏有丘濬《举鼎记》钞本。《香囊记》而后,到了梁辰鱼及其同时诸家,不仅文词上更求工丽,而且腔调上更求谐美,所谓昆腔开始盛行起来了。

梁辰鱼(一五一五?——一五八五?),字伯龙,昆山人。以例贡为太学生。身长八尺,虬须虎颧。性好游侠,足迹遍吴、楚间,尝抱览尽天下名胜之志。他的同乡王伯稠赠诗道:"斗酒清夜歌,白头拥吴姬。家无儋石储,出外年少随。"可以想见他的风度。所作戏曲三种,"二红"(《红线女》、《红绡》)均杂剧,使他享盛名的是《浣纱记》传奇。《顾曲杂言》说:"《浣纱》初出时,梁游青浦。屠纬正为令,以上客礼之,即命优人演其新剧为寿。每遇佳句,辄浮大白酬之,梁亦豪饮自快。演至出猎,有所谓'摆开摆开'者,屠厉声'此恶语,当受罚!'盖已预储泞水,以酒海灌三大盂。梁气索,强饮之,大吐委顿,次日不别而去。屠每言及,必大笑以为得意事。"这位以李白自命而作《彩毫记》的屠隆竟眼热《浣纱记》的成功,故意给作者开一点小顽笑。潘景升《白下逢梁伯龙感旧》诗云:"一别长干已十年,填词赢得万人传。歌梁旧燕双栖处,不是乌衣亦可怜。"又王世贞诗句云:"吴闾白面冶游儿,争唱梁郎雪艳词。"《浣纱记》在那时风行的盛况可以想见,说它流传海外的话,或许也是真的。此剧以范蠡与西施为主人公。略叙越国上大夫范蠡已与浣纱女西施有婚姻之约,将于两三月内迎娶,不料吴王夫差及其相国伍员、太宰伯嚭,共率大兵来侵,越国不能抵敌,越王句践屈服求和。后来句践范蠡君臣两个为了报仇雪耻之故,谋以美女迷惑吴王;范蠡不惜割爱,就将西施送给吴王去了。最后越王句践果然一举灭吴,范蠡得和西施再见。范蠡自愿功成身退,辞别越王,携着西施,一同泛舟湖上,飘然而去。全剧如此结局,颇觉余音袅袅。何况明朝自开国以来,待遇功臣最为惨酷,当时此剧自更耐人玩味,引起共鸣。末出《泛湖》写范蠡西施湖上闲叙的情景,曲文颇佳:

　　生　(北新水令)问扁舟何处恰才归,叹飘流常在万重波里。当日个浪翻千丈急,今日个风息一帆迟。烟景迷离,望不断太湖水。

　　旦　(南步步娇)忆昔持纱溪边洗,正遇春初霁。芳心不自持。谁料多才忽然相值,住立不多时,急忙里便许成佳配。

　　生　(北雁儿落)谢娘行能谐子女姻,羞杀我未有儿夫气。乱蓁蓁邦家多苦辛,急攘攘军旅常留滞。

　　旦　(南沉醉东风)为君家寥寥旦夕,为君家淹淹憔悴。奈彻夜患心疼,奈彻夜患心痛,日高未起。空留下数行珠泪。山深地僻,花飞鸟啼,伤心过处双双蹙着翠眉。

　　生　(北得胜令)呀!非是我冷淡了相识,非是我奚落了新知,只为那国主亲遭辱只为那夫人尽被羁。奔驰!千里价难相会。栖迟!三年犹未回。

　　旦　(南忒忒令)你流落他乡未回,我寂寞深山无倚。莺儿燕子,眼望亲成对。谁知道命飘蓬!谁知道命飘蓬!君恰归,妾又行,做浮花浪蕊。

　　生　(沽北美酒)为邦家轻别离,为邦家轻别离!为国主撇夫妻,割爱分恩送与谁?负娘行心痛悲。望姑苏泪沾臆,望姑苏泪沾臆!

　　旦　(南好姐姐)路歧,城郭半非,去故国云山千里。残香破玉,颜厚有恧怩。藏深计,迷花恋酒拼沉醉,断送苏台只废基。

　　生　(北川拨棹)古和今此会稽,旧和新一范蠡。谁知道戈挽斜晖,龙起春雷,风卷潮回,地转天随,霎时间驱戎破敌。因此上喜卿卿北归矣。

旦　（南园林好）谢君王将前姻再提,谢伊家把初心不移,谢一缕溪纱相系,谐匹配作良媒,谐匹配作良媒。

生　（北太平令）早离了尘凡浊世,空回首骇弩危机。伴浮鸥溪头沙嘴,学冥鸿寻双逐对。我呵! 从今后车儿马儿,好一回辞伊谢伊。呀! 趁风帆海天无际。

潘景升《听曲诗》说:"《白苎》尚能调魏曲,红牙原是按梁词。"魏指梁的同乡魏良辅。他特别具有艺术的头脑,敏妙的喉舌。他是南曲腔调的改良者,他被称为昆腔的鼻祖。《南词叙录》说:"今昆山以笛管笙琵按节而唱南曲者,字虽不应,颇相谐和,殊为可听,亦吴俗敏妙之事。或者非之,以为妄作。请问《点绛唇》、《新水令》是何圣人著作?"大约昆腔初起,有人非难,所以徐渭起而替它辩护。徐渭又说:"今唱家称弋阳腔,则出于江西,两京、湖南、闽、广用之。称余姚腔者,出于会稽,常、润、池、太、扬、徐用之。称海盐腔者,嘉、湖、温、台用之。惟昆山腔止行于吴中,流丽悠远,出乎三腔之上,听之最足荡人,妓女尤妙。此如宋之嘌唱,即旧声而加以泛艳者也。隋唐正雅乐,诏取吴人充弟子习之,则知吴之善讴,其来旧矣。"当日南曲各种腔调发展之地方的分布情形大略如此。昆腔后出,虽止流行吴中,可是比较其他三腔就更加美妙,真是后来居上了。胡应麟《笔谈》说:"魏良辅别号尚泉,居太仓南关,能谐声律,若张小泉、季敬坡、戴梅川之类,争师事之。梁伯龙起而效之,考证元剧,自翻新调,作《江东》、《白苎》、《浣纱》诸曲,又与郑思笠精研音理,唐小虞、郑梅泉五七辈杂转之,金石铿然。谱传藩邸戚畹,金紫熠爚之家,取声必宗伯龙氏,谓之昆腔。张进士新,勿善也,乃取良辅校本,出青于蓝,偕赵瞻云、雷敷民与其叔小泉翁,踏月邮亭,往来唱和,号'南马头曲'。其实禀律于梁,而自以其意稍为韵节,昆腔之用,不能易也。"又《剧说》二引《蜗亭杂订》云:"梁伯龙风流自赏,……为一时词家所宗。清歌艳引,传播贵戚间。白金、文绮、异香、名马、奇技淫巧之赠,络绎于道。歌儿舞女不见伯龙,自以为不祥也。其教人度曲，设大案西向坐，序列左右，递传叠和。……"参照这两说看来，昆腔虽由魏良辅创始，实赖梁辰鱼而光大，相传梁的《浣纱记》就是专为魏良辅的歌喉而作；其他传奇家的曲本，弋阳子弟可以改调歌唱，唯《浣纱》不能，因为《浣纱》的风行一时，昆腔也就风行一时。而且因为京师方面贵族阶级的提倡，以及一般歌儿舞女的摹仿，魏曲梁词就风行到了北方，渐及全国。在嘉靖、万历之间，不过几十年的光景，昆腔就完全压倒了北曲，南曲的海盐、余姚、弋阳三腔也渐渐被醇化，被淘汰了。

约和《浣纱记》同时的名作：王世贞《鸣凤记》、李日华《南西厢》而外，陆采有《明珠记》叙唐人小说《刘无双传》事；《怀香记》叙晋贾充女怀香私通韩寿事，又有《南西厢》，郑若庸有《玉玦记》叙王商和妓女李娟奴事，薛近兖有《绣襦记》叙唐人小说《李娃传》事。张凤翼有《红拂记》叙唐人小说《虬髯客传》事；《灌园记》叙《史记·田敬仲世家》齐世子法章与莒太史嫚女儿事。屠隆有《彩毫记》叙李白事；《昙花记》叙虚构之唐木清泰事、《修文记》自叙夫妇子女修仙事。汪道昆（一作孙仁孺，一作徐复祚）有《东郭记》叙《孟子》中有一妻一妾之齐人而参以陈仲子事。以上所举各家传奇除陆采《南西厢》（暖红室重刻本）；屠隆《修文记》（近有传真社影印本）两种外，都见《六十种曲》。又闻郑振铎氏藏有张凤翼《虎符记》、陆采《易鞋记》钞本。王、陆、郑、张、屠隆诸家都属骈曲俪白的文词派（一称骈绮派），尤其是郑若庸的《玉玦》，被人讥为"类书"，或讥为"书柜子"。这一时候的诗文戏曲互为影响，大半不能跳出假古董的圈子。清李调元《雨村曲话》说："自梁伯龙出，始为工丽滥觞。盖其生嘉、隆间，正七子雄长之会，词尚华靡，弇州于此道不深，徒以维桑之谊盛为吹嘘，不知非当行也。故吴音一派竟为剿袭靡词，如绣阁罗帏、铜壶银箭、紫燕黄莺、浪蝶狂蜂之类，启口即是，千篇一律。甚至使僻事，绘隐语，不惟曲家本色语全无，即人间一种真情话亦不可得。"这是当时一般作家的风气，不仅梁辰鱼一人如此。徐渭所说"直以才情缺少，未免裱补成篇"，那是不错的。才情丰富的汤显祖要出来了。

汤显祖(一五五〇——一六一七),字若士,又字义仍,江西临川人。初由进士除南京太常博士,迁礼部主事,因抗疏论劾宰相申时行,贬为广东徐闻典史,稍迁浙江遂昌知县,后竟夺官家居。显祖为人志意激昂,风骨遒劲。所居玉茗堂,文史狼藉,鸡埘豕圈,杂沓庭户。萧闲咏歌,俯仰自得。胸中块垒,发为词曲。有人劝他讲学,他说:"诸公所讲者性,仆所言者情。"论文以宋濂为宗,斥李梦阳、王世贞为伪体。又尝告人:"以举业之耗,道学之牵,不得一意横绝流畅于文赋律吕之事。"好像深自叹惜。可见他于当时气焰最盛的假道学家、伪古典派,以及士子必习的八股文,都抱着不满或反抗的态度。他酷嗜元人杂剧,收藏不下千本,多为世所稀有,每本佳处一一能够口诵出来。朱彝尊《静志居诗话》说:"义仍填词,妙绝一时,语虽斩新,源亦出于关、马、郑、白。"原来这位伟大的天才也是由苦功得来的。他作的传奇有《还魂记》(一题《牡丹亭》)、《紫钗记》、《邯郸记》、《南柯记》,合刊为《玉茗堂四梦》。又有《紫箫记》一种,为《紫钗记》原稿,取材于唐蒋防的《霍小玉传》,写诗人李益与霍小玉的恋爱。相传显祖要作酒、色、财、气四剧,色剧《紫箫》,暗刺当时宰相,属稿未成,流言四起,因将草稿刊布,表示与时人无关。《邯郸记》取材于唐沈既济的《枕中记》,写卢生于邯郸旅舍,遇着吕洞宾,借他一枕,做着富贵荣华的梦。卢生醒来,主人炊黄粱饭还没有熟。《南柯记》取材于唐李公佐的《南柯太守传》,写淳于棼梦入蚁国为驸马,做南柯太守。《四梦》中以《还魂记》为最有名,主人公为柳梦梅与杜丽娘,写他们生死恋爱的悲喜剧。柳梦梅原名春卿,因一日梦见园中梅树下有一个妙龄美人向他招呼,就改名梦梅。杜丽娘为南安太守杜宝之女,在一个春日,游览花园,见百花烂漫,众鸟喈喈,不觉触动怀春之情。倦极而睡,梦见一个书生手弄柳枝,来到牡丹亭畔,芍药栏前,以巧言相诱幽会。既而梦破人亡,一切俱幻。丽娘伤春之情更不自禁,明日再独往花园,追寻梦迹,见一株梅树,因念死后愿葬此树之下,不觉泣下。从此日夜沉思,容颜消瘦。写真题诗,以寄所怀,有"他年得傍蟾宫客,不在梅边在柳边"之句。临终时候,她遗嘱须葬后园梅树之下，并以自画像藏庭中太湖石底。恰巧此时杜宝升为安抚使，转任扬州而去。后来柳梦梅以应试路过南安，病倒风雪中，幸赖杜太守家留守的老秀才陈最良瞥见扶救，养病于奉祀丽娘的梅花观中。一日，柳生病愈，出后园游玩，偶于筑山的石间，见一小匣藏有美人写真，携归供奉。后来丽娘鬼魂出现，和他相聚，誓为夫妇。他开了丽娘的棺，丽娘复生，两人同居一起，拟向扬州进发，得到家庭准予缔婚的许可。梦梅因先赴京应试。遇着兵乱，金国大兵南下，利用土寇李全扰乱江淮，杜安抚适当防御之任。待乱平后，梦梅已中状元，带了丽娘和她父母相见。全剧便结局于这种意外的遭遇里。作者自己题词说："传杜太守事者，仿佛晋武都守李仲文、广州守冯孝将儿女事（见《法苑珠林》），予稍为更而演之。杜太守收拷柳生，亦如汉睢阳王收拷谈生也（见《列异传》）。"他虽是受了六朝间女子再生传说的暗示，却也可见他的创作能力之伟大。相传显祖作此剧，思索极苦。一日，家人找他不着，原来他正睡在庭中薪柴上，遮袖痛哭。问他何故，他说："填词到'赏春香还是旧罗裙'一句哩！"今选《惊梦》一出曲文为例：

　　旦　（绕地游）梦回莺啭，乱煞年光遍，人立小庭深院。

　　贴　注尽沉烟，抛残绣线，恁今春关情似去年。

　　旦　（步步娇）袅晴丝吹来闲庭院，摇漾春如线。停半晌，整花钿，没揣菱花，偷人半面，迤逗的彩云遍。步香闺，怎便把全身现。

　　（醉扶归）你道翠生生出落的裙衫儿茜，艳晶晶花簪八宝填，可知我常一生儿爱好是天然。恰三春好处无人见，不堤防沉鱼落雁鸟惊喧，则怕的羞花闭月花愁颤。

　　（皂罗袍）原来姹紫嫣红开遍，似这般都付与断井颓垣！良辰美景奈何天，赏心乐事谁家院！（合）朝飞暮卷，云霞翠轩，雨丝风片，烟波画船，锦屏人忒看的这韶光贱。

　　（好姐姐）遍青山，啼红了杜鹃，荼蘼外烟丝醉软。牡丹虽好，他春归怎占的先。(合)闲凝盼,生生燕语明如翦,呖呖莺歌溜的圆。

(隔尾)观之不足由他缱,便赏遍了十二亭台也惘然。到不如兴尽回家闲过遣。

(山坡羊)没乱里春情难遣,蓦地里怀人幽怨。则为俺生小婵娟,拣名门一例一例里神仙眷。甚良缘?把青春抛的远!俺的睡情谁见,则索因循腼腆。想幽梦谁边!和春光暗流转,迁延,这衷怀那处言!淹煎,泼残生除问天。(睡介梦生介)

生 (山桃红)则为你如花美眷,似水流年,是答儿闲寻遍,在幽闺自怜。转过这芍药栏前,紧靠着湖山石边。和你把领扣松,衣带宽,袖梢儿,揾着牙儿苦也,则待你忍耐温存一晌眠。是那处曾相见,相看俨然,早难道这好处相逢无一言!(生强抱旦下末花神上)

末 (鲍老催)单则是混阳蒸变,看他似虫儿般蠢动把风情搧。一般儿娇凝翠绽魂儿颤。这是景上缘,想内成,因中见。淫邪展污了花台殿。他梦酣春透了怎留连,拈花闪碎的红如片。(生旦携手上)

生旦 (山桃红)这一霎天留人便,草藉花眠。

生 则把云鬟点,红松翠偏,见了你紧相偎,慢厮连,恨不得肉儿般团成片也,逗的个日下胭脂雨上鲜。

旦 (绵搭絮)雨香云片,才到梦儿边。无奈高堂,唤醒纱窗睡不便。泼新鲜,冷汗黏煎,闪的俺心悠步嚲,意软鬟偏。不争多费尽神情,坐起谁忺?则待去眠。

(尾声)困春心,游赏倦,也不索香熏绣被眠。天呵,有心情那梦儿还去不远!

春望逍遥出画堂　　间梅遮柳不胜芳
可知刘阮逢人处　　回首东风一断肠

据说此剧初成,即在玉茗堂试演,没有人赏识他的好处。所以作者的《七夕答友人》诗说：

> 玉茗堂开春翠屏，新词传唱《牡丹亭》。伤心拍遍无人会，自掐檀痕教小伶。

待到娄江王相国锡爵叫家乐搬演，才加赞赏。且说："吾老年人，近颇为此曲惆怅。"从此《牡丹亭》流行于世。当日娄江又有一女子俞二娘酷嗜其词，断肠而死。所以作者有《哭娄江女子》一诗道：

> 画烛摇金阁，真珠泣绣窗。如何伤此曲，偏只在娄江？

相传杭州女伶商小玲以色艺称，于《还魂记》尤为擅场。她因失恋而郁郁成疾，每演杜丽娘《寻梦》、《闹殇》诸出，好像亲历其境，缠绵凄婉，满面泪痕，卒因演《寻梦》一出唱到伤心的句子气绝而死。还有内江一女子，以才色自矜，读了《还魂记》，便想嫁于汤显祖，汤辞以年老。一日，汤正宴客西湖，这女子寻去看望他，果然是一老翁，不觉失望，投水而死。又有扬州女史金凤钿，寄书于汤，"愿为才子妇"。竟因答书迟来，单恋而死，遗嘱须以《还魂记》一部殉葬。后来汤因感激知己，为她营葬，并庐墓月余而去。再，西湖女子冯小青有读《牡丹亭》的一诗道：

> 冷雨幽窗不可听，挑灯闲看《牡丹亭》。人间亦有痴于我，岂独伤心是小青。

可见此剧一经流传，就风魔了不少的痴情女子。向来为礼教所压抑的男女之欲，谁都正苦无法宣泄。一旦有人以为深情所至，梦而可以满足愿望，死而可以还魂复生，用戏曲的形式具体地客观地表现出来，足使一般痴情的读者看客，尤其是怨女，平日受着压抑作用，郁积纠结在自己内生活的深处那精神的伤害,悲痛苦闷的感情,到了这绝对自由的创造生活的瞬间,即艺术欣赏的瞬间,便被解放而出于意识的表面,而生出悲剧的快感来。倘若我们相信希腊古代哲学家亚里士多德《诗学》上所说悲剧的净化作用,以及近代欧洲精神分析学者所说宣泄潜意识里精神伤害的医治疯狂法,《还魂记》所以在刚出的时候,能够轰动一时,能够风魔一般少年男女,自然是有些理由可说。何况才子佳人原是当时社会里支配阶级理想的男女,《还魂记》写才子佳人的恋爱,生死梦幻,任意安排,弥补了人间不可能的缺憾,正是享尽了人间可能的幸福的支配阶级所幻想所追求的。所以《还魂记》一出,家传户诵,几使《西厢》减价。虽然有人讥评不合曲谱,用韵任意,却不成为盛名之累,而且作者自己也有辩解。他的《答孙俟居书》中说:"弟在此自谓知曲意,谓笔懒韵落,时时有之,正不妨拗折天下人嗓子。"又《答凌初成书》中说:"不佞《牡丹亭记》大受吕玉绳改窜,云便吴歌。不佞哑然笑曰:昔有人嫌摩诘之冬景芭蕉,割蕉加梅,冬则冬矣,然非王摩诘冬景也!"他还作小诗一首,有"纵饶割就诗人景,却愧王维旧雪图"之句。他不仅反对同时传奇家的评论和改本,他还劝告伶人须演他的原本。他的《与宜伶罗章二书》说:

> 章二等安否?近来生理何如?《牡丹亭记》要依我原本,其吕家改的,切不可从。虽是增减一二字,以便俗唱,却与我原作的意趣大不同了。往人家搬演,俱宜守分,莫因人家爱我的戏,便过求他酒食钱物。如今世事总难认真,而况戏乎?

你看这位伟大的作者,怎样尊重自己的意趣,驰骋自己的才情,不肯迁就死板的宫谱曲律。词家有苏东坡,曲家有汤若士,都算是别开生面的人。和若士同时而且齐名的有沈璟,不过沈璟严守曲律,正和若士轻视曲律相反,形成两派对立,影响于同时及后来的曲家实大。

沈璟(一五五五?——一六一五?),字伯瑛,号宁庵,世称词隐先生,吴江人，万历二年（一五七四）以弱冠中进士，万历十六年（一五八八）官至光禄寺丞，次年乞归，家居几三十年始卒。所作传奇十七种，今存五六种，《侠义记》有《六十种曲》本，《博笑记》近有《传真社》影印本，《桃符记》、《双鱼记》闻郑振铎氏藏有钞本。又《十孝记》见明刊《群音类选》，仅存曲文，不附说白。《博笑》、《十孝》同于一本之中演述十则不相关联之故事，此种体例始自沈采《四节记》，名为南曲，实与杂剧相类，真可说是"南杂剧"了。《侠义记》叙《水浒传》武松的事迹，慷慨壮烈处，很能表现草野英雄的气氛。《缀白裘》选入此剧《打虎》、《戏叔》、《别兄》、《挑帘》、《做衣》、《捉奸》、《服毒》七出。作者不仅深通音律，做到字字可歌；还能一洗繁缛，几乎句句本色。今选《叱邪》（《戏叔》）一出里潘金莲和武松所唱的两曲为例：

（缕缕金）痴男子，假妆乔，我馋涎垂一尺怎生熬。今日来家后，用心引调，恁从他铁汉也魂消，须落我圈套，须落我圈套。
（扑灯蛾）嗳，怪伊忒丧心，怪伊忒丧心，羞惭总不怕。有眼睁开看，把武松特地详察也，我是含牙戴发；况先人清白传家，怎生教败伦伤化！我非夸，自从打虎手儿滑。

相传沈璟和汤显祖论曲不合。沈璟曾说："宁律协而词不工，读之不成句，而讴之始协。"他还曾替汤氏改易《还魂记》字句。汤氏听到了，大不高兴，寄书给吕玉绳道："彼恶知曲意哉？余意所至，不妨拗折天下人嗓子！"原来吕玉绳也是改易《还魂记》字句的，这无异乎兼向吕氏提出抗议。我以为专从戏曲一方面而论，要字字协律才唱得出，要句句本色才听得懂，沈璟的曲律说较长；但就文学一方面而论，词句工丽，才情丰富，是当时士大夫所需要的，汤显祖的曲意说较长。结果，这种戏曲究竟是替有相当教养的特殊阶级服务的艺术，曲意说得了胜利，汤氏的作品全部流行，而且最享盛名，沈氏的作品虽有三十余种，当日比较流行的就不过《义侠》、

《桃符》、《红蕖》等三数种。只因戏曲重在登场演唱,不重案头诵读,沈氏的曲律说还保有相当的势力,为许多知音识曲的人所遵守。他所著的《南九宫十三调曲谱》,一般曲家莫不奉为金科玉律。当时吕天成在《曲品》里极其恭维他,说是"沈光禄金张世裔,王谢家风。生长三吴歌舞之乡,沉酣胜国管弦之籍。妙解音律,花月总堪主持;雅好词章,僧妓时招佐酒。……嗟曲流之泛滥,表音韵以立防。痛词法之蓁芜,订全谱以辟路。……此道赖以中兴,吾党甘为北面"。徐复祚《曲论》说到作曲唱曲,也说沈氏《曲谱》"皎然为词林之指南车,我辈循之以为式,庶不失坠"。可以推想沈璟的曲律说在当时曲坛上曾有怎样的影响。据《曲律》等书说,沈璟退隐以后,放情词曲,精心考索,尤能歌唱。与同里顾大典并畜声伎,为香山洛社之游。每有来客,谈及声律,娓娓剖析,终日不倦。可见他在曲学上的成功,也是经过长期的努力,并非偶然的;尤其是要感谢他的阶级的优越,生活的丰裕,有留心艺术的闲暇。

汤、沈同时的著名曲家,顾大典、王骥德、吕天成、叶宪祖都属沈璟一派,或称为吴江派。顾、王是沈的朋友,吕、叶则为所谓"词隐高足"。吕著《曲品》二卷,用骈俪文体,批评元末以至当时的曲家及其作品,很多夸饰的话,见闻却极广博。王作《曲律》四卷,详论曲法,理解很觉精审。其中杂论一卷,评论古今戏曲,往往说到作家事迹,这可说是关于戏曲史上的一种重要文献。《曲品》、《曲律》都是论曲名著,今有《曲苑》本,他们的传奇却一本也不传了。顾大曲有《青衫记》,演述白居易《琵琶行》的故事。叶宪祖有《鸾鎞记》,叙杜羔、温庭筠、贾岛三人科名婚恋之事,就以杜羔和赵文姝定婚的聘礼鸾鎞命名。黄宗羲替他撰墓志铭,说他的《鸾鎞记》借贾岛以发二十余年公车之苦,原来他也是和贾岛一样屡困科场的人。

他如梅鼎祚有《玉合记》,取材于唐许尧佐《柳氏传》,叙诗人韩翃和豪士李王孙的歌姬柳氏恋爱,就以韩翃寄柳氏的赠品玉合命名。《玉合记》不脱骈绮派的故套,作者却和汤显祖是旧交。又汪廷讷也是汤显祖的朋友,作《狮吼记》,叙陈慥(季常)怕老婆事。苏东坡和陈慥是朋友,为他作《方山子传》，又有诗嘲笑他："龙邱居士亦可怜,谈空说有夜不眠,忽闻河东狮子吼,拄杖落手心茫然。"据说河东狮子就是指的陈慥老婆柳氏。《狮吼记》为滑稽剧杰构,《跪池》《三怕》等出至今还流行戏场,足使看客捧腹大笑,可是不免有侮辱妇女之嫌。作者还有《种玉记》,叙汉霍仲孺恋两女子而生两儿(即霍去病、霍光),父子三人都得显达事。近来又发见他的《三祝记》和《天书记》钞本,为郑振铎氏所藏。

此外,徐复祚有《红梨记》,叙宋赵伯畴和官妓谢素秋恋爱事。元张寿卿已有《红梨花》杂剧,他更谱为南曲,中记南渡遗事,汴京残破情形,不胜兴亡盛衰之感。关目很觉紧密,描写也很本色。《古学汇刊》收有他的《曲论》一卷,他于骈俪藻饰的《玉合记》大加排诋。又郑振铎氏所藏钞本《百种传奇》中有他的《宵光剑》一种。许自昌有《水浒记》,叙宋江和阎婆惜的故事,曲白多用骈俪,从江湖人物的口吻掉出四六体的文章,自然不免好笑。又有《橘浦记》,取材唐李朝威《柳毅传》,叙柳毅和龙女的故事,日本宫内省图书寮有藏本。陈与郊(广野)有《灵宝刀》,也是叙的《水浒》英雄,主人翁为林冲,郑振铎氏藏有明林于阁刊本,题任诞先作(见《中国文学研究》下卷郑氏影印之杂剧传奇预告)。据《剧说》四引明末卓人月《残唐再创杂剧小引》,与郊曾作《樱桃梦》《灵宝刀》《麒麟罽》《鹦鹉洲》四种传奇。但据《曲海总目提要》就都题作高漫卿作,四剧总名《诊痴符》。并在《麒麟罽》条,举出此剧结尾之句："韩王小传原奇妙,奈谱曲梨园草草,因此上任诞轩中信口嘲。"大约高漫卿系与郊的假名,任诞轩系与郊的斋名,轩变为先,就被误为人名罢。

上文所举诸家传奇,自顾大典《青衫记》而下,除已指出版本或收藏者以外,其余都见《六十种曲》。在《六十种曲》中还有十多种是万历间人的作品,其在后来戏场流行,脍炙人口之作:有高濂《玉簪记》叙宋潘必正和女道士陈妙常的恋爱故事,王玉峰《焚香记》叙宋王魁负妓女殷桂英事,沈鲸《双珠记》叙王揖和妻郭氏离合的悲剧。外有徐叔回《八义记》叙赵氏孤儿事,汪铵《春芜记》叙宋玉风流事,孙柚《琴心记》叙司马相如和卓文君的恋爱故事，朱鼎《玉镜记》叙晋温峤事，陈汝元《金莲记》叙苏东坡宦游浮沉及其闺中风流事，谢谠《四喜记》叙宋郊、宋祁兄弟显达事，张午山《双烈记》叙韩世忠娶妓女梁红玉为妻而得内助立功事，杨珽《龙膏记》叙张无颇和元湘英风情事，周螺冠《锦笺记》叙梅玉和柳淑娘风情事，以及无名氏《金雀记》叙潘岳风流事，《寻亲记》叙宋周瑞隆寻父事。至于已被遗佚，或者虽有传本而未被发见，还有散出存在各种选本总集的，究竟不知若干，可以想见嘉靖以至万历百年间传奇发达的盛况，尤其是万历间达到了传奇最盛时期的顶点。过此以往，便是明清之际，传奇的高潮就渐渐降落下去了。

四　明清之际传奇家

虽说明清之际，传奇的盛时快要过去，然而在此百年之间（约一六二〇——一七二〇），却也产生了许多有名的作者。如冯梦龙、范文若、袁于令、沈自晋之流，属于沈璟一派，可称吴江派。如阮大铖、吴炳、李玉、吴伟业之流，近于汤显祖一派，可称玉茗堂一派。至于孔尚任生于阮大铖死后三年，洪昇也约生于吴炳死年的左右，他们都是出生于顺治年间的人，可算是传奇殿军的两员大将。因此，我要把他们两人和明季阮、吴两人合论，并称为明清之际四大传奇作家，想来没有什么不可罢。

阮大铖（？——一六四六），字集之，号圆海，一号石巢，又号百子山樵，安徽怀宁人。万历四十四年进士。官至光禄卿，因党附魏忠贤，名挂逆案，失职久废。流寇逼皖，大铖避居南京，颇招纳游侠，为谈兵说剑，觊以边才召。时复社名士黄宗羲等，方聚讲南京，恶大铖甚，作《留都防乱揭》以逐之。大铖惧，乃闭门谢客，阴结马士英。士英既迎立福王，遂荐大铖知兵。大铖官至兵部尚书，兼右副都御史，巡阅江防。初、举朝以逆案攻大铖，大铖憾甚。及见北都从逆诸臣有附会清流者，因倡言曰："彼攻逆案,吾作顺案与之对。"以李自成伪国号曰顺也。大铖因疏纠从逆光时亨等,时亨名附东林,故重劾之。时有狂僧大悲,出语不类,被捕。大铖欲假以诛东林及素所不合者,因造十八罗汉、五十三参之目,书史可法、钱谦益等姓名,纳大悲袖中,海内人望,无不备列。将穷治其事,朝士皆自危。而士英不欲兴大狱,乃当大悲妖言律斩而止。清兵破南京,擒福王,大铖亦乞降,从清兵攻仙霞关,僵仆石上死,仍被戮尸。《明史》以大铖入《奸臣传》,称他机敏猾贼,有才藻。就传奇论,他实是当时的一个大作者。所作今存《燕子笺》、《春灯谜》、《牟尼合》、《双金榜》,有近人董康氏重刻《石巢四种》本。尚有《忠孝环》、《桃花笑》、《井中盟》、《赐恩环》等种不见。他的剧本,舞台效果极佳,因为他有家优一部,经他导演,笔笔勾勒,苦心尽出,玩其义味,寻其指归。凡剧中关目、筋节、串架、斗笋、插科、打诨、意色、眼目、装束、道具等等,无不尽情刻画,件件出色。张岱目见心赏,《陶庵梦忆》里说得很详。《燕子笺》最有名,福王弘光时,曾以吴绫作朱丝阑,命王铎楷书此曲,为内廷供奉之具。曲中略叙霍都梁偕友人鲜于佶进京应试,寓妓女华行云家,替她画像,连自己也画了,款题"茂陵霍都梁写赠云娘妆次",拿给缪酒鬼装裱。同时礼部尚书郦安道之女飞云,也拿吴道子《观音图》去裱。不料店中裱婆弄错,两画互换取去了。飞云见画中女子面貌极像自己,男的却是个翩翩少年,又惊又喜,因题词笺上,恰被燕子衔去,为霍都梁所得。鲜于佶贿通科场内编号誊卷的都吏,替他改号割卷,换得都梁的卷子,并把暗通关节的罪名,恐吓都梁逃了。恰遇安禄山造反。郦飞云偕母逃难,中途相失。飞云遇着父执贾仲南将军,认她为义女。郦夫人遇着华行云,也认行云为义女。此时霍都梁改姓名为卞无忌,入贾将军幕,出奇计,灭了禄山,贾将军把养女飞云嫁给他,两人惊为奇遇。不久,郦尚书发觉鲜于佶为假状元,真状元还给霍都梁,又把养女行云也嫁了都梁,团圆结局。今录《闺忆》一出,系叙郦夫人认行云为女以后,仍忆念她的亲生女儿飞云,行云却忆念霍郎。

（十二时）（老旦）不与雁同归，我孩儿知他怎的？（小旦）月户砧声，露阶虫语，件件无非撺人愁具，怎又与愁人相对！（小旦拜介）（摊破浣溪纱）（老旦）白发星星镜里生，那堪添上别离情？夜来几阵梧桐雨，不堪听！（小旦）菱花尘积不分明，待画眉儿又不成。谁与轻罗挥小扇？扑流萤。（老旦）我从经乱后，老病转添，赖得你相聚一头，朝夕侍奉。只是飞云女儿，自分散后，四处访寻，再无踪迹。（哭介）你看秋气渐深，窗风飒飒，好不凄楚！他此时不知流落何方，教我如何放心得下？（小旦）母亲，前日贼兵扰攘，也没多时就安静了。听得说，领兵节度禁谕甚严，散失子女，亲身察问。姐姐此身定有下落，母亲且请宽心。

　　（山坡羊）（老旦）澹惨惨芙蓉霜悴，冷萧萧芭蕉风碎。聒剌剌疏櫺纸鸣，一阵阵天外归鸿至。忆娇痴，当年正授衣。这物在人亡，叠向空箱里。那禁月上梧桐，又砧声敲起？凄其！扫不净香闺落燕泥。伤悲！挽不断雕窗挂网丝。（小旦背言介）愁人莫向愁人说，说起愁来愁杀人。我母亲只知道他的心事，怎么知道奴家也不是个没心事的人！

　　（前腔）（小旦）乱轰轰茄声如沸，虚飘飘杨花无蒂。迫忙忙萍水相逢，亲切切兰玉相依倚。最惨凄！霜寒乌夜啼。红焰双花，怎照着孤衾睡。怕蓻炉香，也懒描眉翠。这腰围，黄花瘦一枝。皈依，把昙花礼六时。

　　（老旦下介）（小旦吊场介）母亲进去安歇了。只是前日途中，慌慌乱乱的，这轴大士像收在包袱里，不知怎样，不免取出展挂展挂。（取画挂介）且喜不曾损伤。（对画伤感拜介）（跪介）

　　（五团花）展光音惨凄，泪珠儿甘露垂，那焚香说誓人何处？知他如今怎的？相逢在几时？这一炷香保佑他无灾疾！（起介）霍郎的文字也在包裹里，还要与他再检点明白才是。（检介）且喜文稿与场中文字俱不曾遗失。（哭介）看这些手迹与文辞，不觞人不肝肠碎。天色晚了，不免收入进房中去罢。（作抱画文字介）正是楼上残灯伴晓霜，独眠人起合欢床。相思一夜情多少，地角天涯未是长。（下介）

　　　　露冷莲房泣粉红　　五陵无地起秋风
　　　　欲知别后相思处　　多在梧桐夜雨中

使大铖享曲坛盛名之作,尚有《春灯谜》,又名《十错认》,通本事事皆错,凡有十件,以见世间错认之事甚多,意在讽劝东林党人莫相排击。不料大铖起官兵部,言官还要攻讦他,说是,"恐《燕子笺》、《春灯谜》非掌上之兵符,袖中之《黄石》。"大铖就终于做了《明史·奸臣传》里的人物了!

吴炳在明季曲坛上恰与阮大铖齐名。但吴炳被认为死节的忠臣,清乾隆时赠谥忠节。

吴炳(?——一六四八),字石渠,号粲花主人,江苏宜兴人,万历四十七年进士,永历时,官至东阁大学士,武冈陷,走城步,既至,城已为清兵所据,被执送衡州,不食,自尽于湘山寺。所作《粲花别墅五种》,即《绿牡丹》、《画中人》、《疗妒羹》、《西园记》、《情邮记》,有近人吴梅氏《奢摩他室曲丛》本,五种皆寓才子佳人之意,事迹多系假托,或其自喻,亦未可定。《西园记·冥拒》一折,写一个非才子的鬼魂,想遇着和他生前订过婚的女魂结为夫妇,可是这位佳人,做鬼也拒绝他的要求。作者借着这位男主人公的口吻,写出他对于非才子之纨绔子弟,酒囊饭袋之白丁,大加讪笑。今录两曲于此:

(混江龙)威权使尽,单靠着一个铁浇铜铸老家尊,镇日价敲残博局,吸破金樽。妖姬贾媚,狎客趋恩。那晓得丝从蚕吐,也不识粒自田耘。撇下了冤家子曰,告别过仇姓诗云。想我犀黄玉白,要做尽一朝官;算我柏翠松青,也行不了千年运。谁想滕王风逆,荐福雷迎。未等到尸虫出户,罗雀张门。使惯了我荣我贵,看不惯人笑人颦。好排场后恭前倨,没下落头富梢贫。到如今,止剩得一双空手,三尺孤坟,臭皮囊再不到花花世界,假锭缎只好骗渺渺幽魂。还愁的蚁虫蛀体,一凭他狐兔侵窀。葬不完今今古古北邙山,解不出醒醒梦梦南柯郡。为甚的奔波劳碌,角逐价纷纭?

(寄生草)阳世虽夸字,阴司不考文。则我那酒囊还胜却诗囊润,饭肠更赛过文肠敏。便草包也不比得书包闷。娘子,你看天下人能有几个识字的,止不过套成剽窃野狐禅,那里有家藏真正《兰亭》本。

原来明代仕宦，以出身科举的为贵，富贵家子弟胸无点墨，也去应试，就干贿买试题以及割卷改号种种的把戏，颇有才名的如唐寅，也曾因贿买试题（或称买通关节）案下狱，《燕子笺》里的鲜于佶，《西园记》里的王伯宁，当时这种人物正多呢。《粲花五种》，《西园记》颇佳，《情邮记》最有名，吴梅至推许为明代各传奇之冠。此记略叙刘乾初应同学青州守萧一阳之招，由姑苏北上，抵黄河东岸驿，题壁而去，诗云："年少飘零只一身，风波愁杀渡头人。青衫稳称骑羸马，白面难教扑暗尘。但说荆山尚有泪，自生空谷孰为春。萧萧旅馆河流上，忽忆青州太守贫。"恰好扬州通判王仁，因受枢密院阿乃颜买妾之苛逼，即以女儿慧娘的侍女紫箫认为己女充选。阿乃颜大喜，擢任王仁为长芦转运使。王仁携眷属赴任，慧娘见刘乾初题壁诗，援笔和云："闺中弱质病中身，也向天涯作旅人。暗绿柳条全系恨，淡黄衫子半蒙尘。"刚和一半，为母催促上道而去。不料紫箫上京，后至此驿，见慧娘诗，知为闺秀语，替她补和云："真娘墓上空题句，燕子楼中几度春。十斛珍珠等闲看，不如荆布本来贫。"刘乾初抵青州，萧一阳已转任卢龙观察使，不遇而归。见壁上和诗，疑是贫女被卖作妾者所题。后知系枢密新妾，尾随入京，而无由得见，遂往卢龙依萧一阳。紫箫入枢密府，遭悍妒之大妇遣出。萧一阳以千金购紫箫归，赠转乾初。及枢密遣使相索，不得，因此萧被枢密诬奏免官。后乾初应试及第，上书劾枢密，枢密遂败。王仁以献女得官，即着刘乾初勘问，于是乾初上疏直陈，为王仁辨雪，慧娘亦于归乾初。全剧于此结局，剧情极为曲折。就曲论曲，可谓能够达难达之意，言难言之情。兹录《补和》一折，以见其曲白之一斑：

（小旦上）

（引子风入松慢）银河泻水锁孤城，如带回萦。我愁肠九曲，便是河身影。还则笑河流急泻无情，古驿何年水啮，行人一夜心惊。

乡梦难成怕晓钟，枕函敲破恨重重。垂头戢翼凭羁绁，不信人情肯放笼。我紫箫自离家之后，即便解维，不能毂消停几日，再通个信儿。后因河决改从陆路。咳！舟中虽则愁闷,也还是南方光景。如今家乡愈远,风物迥殊。连日趱路,甚是疲倦。此间是黄河驿,波涛之声,彻夜不绝于耳,你看驿亭寂静,好净楚人也。

（过曲忒忒令）乱蛛丝床头暗萦,破纸条隙间虚钉,通没修整,冷落非人境。（行介）我这里暗疑猜,猛回头,忙那步那壁厢怕不是鬼影。

前面是甚么人？

（嘉庆子）原来是曚眬日上阴掩映,把树叶玲珑散一庭。转过栏边曲径,分紫蔓,绊青藤,踏短磴,上孤亭。

亭子壁上谁人题的诗,待我看来。（念生诗介）

（尹令）看他一般般恨他薄命,一星星诉他孤冷,可是一声声教奴侧听。君去几时,刚留这一首诗词作证明。

他自题姑苏刘乾初。

（品令）他是天生少年,初学风魔病。挥毫搦管,特地卖聪明。闲庭悄回,想出他回旋影。怯怯低吟,怕有个人儿应。下边早有和韵,敢是我孤魂逐响,寻声先和成,

（念旦诗介）原来和诗的也是个女子。

（豆叶黄）这锦心绣口,也出娉婷。我则道世上只我多情。看他的诗呵,应笑我心儿还硬,他道闺中娇质,病里远行,只三四句不堪人听,只三四句不堪人听。怎不全和,想搁笔沉思,百感俱生！

（玉交枝）不全题咏,看诗余又不署名。你看女人家簪花媚格温柔性,终不似那书生扫千军,笔阵纵横。（看惊介）呀,这诗是小姐写的,蓦然瞠眼心暗惊,好似旧时闺阁多娇倩。（泪介）早教人珠泪顿倾,早教人珠泪顿倾。

呀！差了。小姐正随老爷夫人在任,怎么到这驿中来？（想介）敢则怕老爷升了？我在家时,并不曾有这信息。就是我行后升迁,那有行程反在我前面的？

（月上海棠）枉系情,羞花长伴桑榆景。算金炉画省,那到邮亭？小姐,你只恨载离愁画舫偏轻,又谁知趱道路,把飞旌重整？小姐,你便想我,念我,梦我呵！只好心相领。水陆歧途,怕梦魂难定！

（又看介）这诗不是小姐所作,为何口端墨迹相像得紧？只怕还是他做的。

（六么梧叶）（六么令）新诗隽冷，谁人得似，一往深情？便则这刘郎壁上有同声，可须我，续貂成？我想那刘郎和韵的女子和奴家呵！（梧叶儿）一样飘零，合结天涯社盟。

待我补和了后四句。（题介）真娘墓上空题句，燕子楼中几度春。十斛珍珠等闲看，不如荆布本来贫！（掷笔泪介）

作者以刘生遇王慧娘、贾紫箫事，由于邮舍题诗，故名情邮。自序一文，就邮字论情，颇有妙解，如云："莫险于海，而海可航，则海可邮也。莫峻于山，而山可梯，则山可邮也。"又云："色以目邮，声以耳邮，臭以鼻邮，言以口邮，手以书邮，足以走邮，人身皆邮也，而无一不本于情。有情则伊人万里，可凭梦寐以符招；往哲千秋，亦借诗书而檄致。非然者，有心不灵，有胆不苦，有肠不转，即一身之耳目手足不为之用。"这是他的唯情哲学。一代歌唱才子佳人的传奇，得有此剧结局，自然值得夸耀；何况作者还是所谓死节的忠臣，更值得传统的曲家引为光荣呢！

阮、吴既殁，又有两大传奇作者出世，是为孔尚任及洪昇。

孔尚任（一六四八——一七一五？），字季重，号东塘，又号岸塘，自称云亭山人，世居山东曲阜，孔子六十四代孙。康熙二十三年（一六八四），帝巡游曲阜，礼孔子庙。尚任以监生充讲官，进讲《大学》、《周易》，以及文庙之车服礼器，特授国子博士。旋佐工部侍郎孙在丰治河，于淮安扬州间，得与江南名士文酒酬酢。还朝后，任户部主事、员外郎等官。三十八年，以事辞官，归里终老。所作有《桃花扇》、《小忽雷》。《桃花扇》和洪昇的《长生殿》，同为清初戏曲之双璧，世称"南洪北孔"。《桃花扇》一剧，细心搜罗明末的史实，而以侯方域、李香君为主角。略叙侯方域得与名妓李香君相见，由于阮大铖想结好于他，并想结交吴应箕、陈贞慧诸公子，因托杨文骢代致梳栊之资。不料诸公子鄙薄阮大铖，两方仇恨愈甚。福王即位南都，大铖乘机握权，捕吴、陈诸公子下狱，方域走脱。抚臣田仰想买香君为妾，香君拒绝他，至于倒地撞头，血溅一把扇上。杨文骢把这血迹点缀,成为桃花,香君把这扇子寄给方域,此时清兵日渐南下,明室内讧不已,国事益不堪问。清兵既取江南,方域、香君俱避难于栖霞山,做了僧尼,不落团圆的俗套,而以渔樵闲话结局,出名《余韵》,真是余韵悠然。兹录其中《哀江南》北曲一套,这是以樵夫终老的苏昆生,原是曾教香君以《牡丹亭曲》的曲师,对着以渔翁终老的弹词家柳敬亭唱的:

(哀江南)(北新水令)山松野草带花桃,猛抬头秣陵重到。残军留废垒,瘦马卧空壕。村郭萧条,城对着夕阳道。

(驻马听)野火频烧,护墓长楸多半焦。山羊群跑,守陵阿监几时逃?鸽翎蝠粪满堂抛,枯枝败叶当阶罩。谁祭扫?牧儿打碎龙牌帽。

(沉醉东风)横白玉八根柱倒,堕红泥半堵墙高。碎琉璃瓦片多,烂翡翠窗櫺少。舞丹墀燕雀常朝,直入宫门一路蒿,住几个乞儿饿莩。

(折桂令)问秦淮旧日窗寮,破纸迎风,坏槛当潮,目断魂消,当年粉黛,何处笙箫?罢灯船端阳不闹,收酒旗重九无聊。白鸟飘飘,绿水滔滔。嫩黄花有些蝶飞,新红叶无个人瞧。

(沽美酒)你记得跨青溪半里桥,旧红板皮一条,秋水长天人过少,冷清清的落照,剩一树柳弯腰。

(太平令)行到那旧院门何用轻敲,也不怕小犬哮哮。无非是枯井颓巢,不过些砖苔砌草,手种的花条,柳梢,尽意儿采樵。呀!这黑灰,谁家厨灶?

(离亭宴带歇犯煞)俺曾见金陵玉殿莺啼晓,秦淮水榭花开早,谁知道容易冰消!眼看他起朱楼,眼看他宴宾客,眼看他楼塌了!这青苔碧瓦堆,俺曾睡风流觉。将五十年兴亡看饱;那乌衣巷不姓王,莫愁湖鬼夜哭,凤凰台栖枭鸟。残山梦最真,旧境丢难掉,不信这舆图换稿!诌一套《哀江南》,放悲声唱到老。

曲中不胜盛衰兴亡之感。作者虽不算明代遗民，此曲却已一泻遗民的慨叹。相传清圣祖最喜此曲，内廷宴集，非此不奏。每奏到《设朝选优》诸折，圣祖辄皱眉顿足而叹："弘光弘光，虽欲不亡，其可得乎？"往往为之罢酒。自洪昇《长生殿》进御后，《桃花扇》在宫廷就少见演奏了。

洪昇（一六五〇？——一七〇四），字昉思，号稗畦，浙江钱塘人，以国子监生留北京，得游于诗人王士禛、施闰章之门，兼工戏曲。其妻为相国黄机之孙女，颇通音乐。故时人赠诗云："丈夫工顾曲，霓裳按图新。大妇如冰弦，小妇调朱唇。"其风趣可想。所著传奇杂剧多至十种以上，今仅存《长生殿》一种。此剧亦如《桃花扇》，凡经十余年，三易其稿，乃成。相传康熙二十六七年间，北京梨园子弟以内聚班为第一，《长生殿》初成，即由他们上演，皇帝大喜，赏银二十两，后来诸亲王及各部大臣，凡有宴集，必演此剧，也都赏银二十两。这班优人因愿为作者演戏上寿。昉思遍邀京师交游名流，独不及赵星瞻，星瞻怂恿给谏王某入奏，谓是日系国忌（皇太后忌辰），设宴张乐，为大不敬。得旨下刑部狱，凡士大夫及诸生除名者几五十人，诗人赵执信（秋谷）、查慎行（原名嗣琏）都在内（见《柳南随笔》）。一说当时有黄六鸿者，新任给事中入京，以土物及诗稿遍赠诸名士。执信覆书云："土物拜登，大集璧谢。"黄因恨之刻骨，未几，即借国丧演剧事致执信罢职，洪昇亦编管山西。时人有诗云："秋谷才华迥绝俦，少年科第尽风流。可怜一曲《长生殿》，断送功名到白头。"（《两般秋雨庵随笔》）又朱彝尊《赠洪稗畦》诗云："海内诗篇洪玉父，禁中乐府柳屯田。梧桐夜雨声凄绝，薏苡明珠谤偶然。"此案发生于康熙二十八年（一六八九），作者从此被废，一生不遇，康熙四十三年出游，路过吴兴浔溪，船中大醉，失足落水而死。《长生殿》写唐明皇与杨贵妃的生死情爱，虽取材于白居易《长恨歌》、陈鸿《长恨歌传》、乐史《太真外传》等书，删去所谓"秽语"，而加以作者的想象，便觉结构紧密，情致生动。剧中本事人皆熟悉，此地不必赘述了。今录第一出《传概·满江红》一词于此：

今古情场,问谁个真心到底?但果有精诚不散,终成连理。万里何愁南共北,两心那论生和死。笑人间儿女怅缘悭,无情耳。感金石,回天地,昭白日,垂青史,看臣忠子孝,总由情至。先圣不曾删《郑》、《卫》,吾侪取义翻宫徵。借《太真外传》谱新词,情而已。

可以想见作者依此剧的主旨。他写杨太真不过一享乐的痴情的贵妃而已,并非所谓淫后妖姬,然而乐极哀来,垂戒来世,意即寓焉,不失为太平歌唱的"合作"。可知此剧能得当时统治阶级的鉴赏,并不是事出无因的,从元明以来,经过三四百年间发展演变的传奇,就算以此剧争得最后之光荣了。他如李玉所作称为《一》、《人》、《永》、《占》的《一捧雪》、《人兽关》、《永团圆》、《占花魁》四种,万树所作称为《拥双艳三种》的《风流棒》、《念八翻》、《空青石》,以及稍后一点,蒋士铨所作《藏园九种》,虽颇有名,却已成为强弩之末了。至于乾隆初年,高宗命张照诸臣为乐部特制的《月令承应》、《法宫雅奏》、《九九大庆》、《劝善金科》、《升平宝筏》、《鼎峙春秋》、《忠义璇图》,称为《内廷七种》,已无文学价值,而且从此以后,传奇称为"雅部",渐成古董,新起来的戏曲有京腔、秦腔、弋阳腔、梆子腔、二簧调等,称为"花部",又称"乱弹",曲辞浅俗,出自优人,文人虽然还是欣赏这种戏曲的演奏,却不肯动手创作了,戏曲与文学打成两橛了。

以上讲明、清之际的传奇已完。恰当这种戏曲创作的时代快要过去,出了一个很重要的批评家,是为李渔。

李渔(一六一一——一六八五),字笠翁,浙江兰溪人,少年游于四方,晚年卜居西湖,自号湖上笠翁。所著《一家言》、《闲情偶寄》卷一、卷二,为评论戏曲之文,分为词曲演习二部。词曲部第一结构,计分戒讽刺、立主脑、脱窠臼、密针线、减头绪、戒荒唐、审虚实七款。第二词采,计分贵显浅、重机趣、戒浮泛、忌填塞四款。第三音律,计分恪守词韵、凛遵曲谱、鱼模当分、廉监宜避、拗句难好、合韵易重、慎用上声、少填入韵、别解务头九款。第四宾白,计分声务铿锵、语求肖似、词别繁简、字分南北、文贵精洁、意取尖新、少用方言、时防漏孔八款。第五科诨,计分戒淫亵、忌俗恶、重关系、贵自然四款。第六格局,计分家门、冲场、出脚色、小收煞、大收煞五款。演习部第一选剧,计分别古今剂冷热二款。第二调变,计分缩长为短,变旧成新二款。第三授曲,计分解明曲意、调熟字音、字忌模糊、曲严分合、锣鼓忌杂、吹合宜低。第四教白,计分高低抑扬、缓急顿挫二款。第五脱套,计分衣冠恶习、声音恶习、语言恶习、科诨恶习四款。在这书以前几部论曲的书,我们已经略略论过了的,但都不出零想杂感,不成体系。真能成为一家之言的,不能不从笠翁这书数起。因为笠翁生于元、明以来无数杂剧传奇作家之后,能从前人经验的遗产,取精用宏,又能根据自己亲历的经验,以行证知,所以理论透彻,大中肯綮。虽然,以近代戏曲原理绳之,还不免芜杂、浅薄、缺漏等等毛病,却也不能苛责于早生三百多年的古人的,何况中国古代的戏剧和欧美近代的戏曲还是两样呢。笠翁的曲论很有几点值得介绍的。他论结构道:

填词首重音律,而予独先结构者,以音律有书可考。……至于结构二字,则在引商刻羽之先,拈韵抽毫之始,如造物之赋形,当其精血初凝,胞胎未就,先为制定全形,使点血而具五官百骸之势。倘先无成局,而由顶及踵,逐段滋生,则人之一身当有无数断续之痕,而血气为之中阻矣。

一本戏中有无数人名,究竟俱属陪宾,原其初心止为一人而设。即此一人之身,自始至终,离合悲欢,中具无限情由,无穷关目,究竟俱属衍文,原其初心又止为一事而设,此一人一事即作传奇之主脑也。

头绪繁多,传奇之大病也。《荆》、《刘》、《拜》、《杀》之得传于后,止为一线到底,并无旁见侧出之情,三尺童子观演此剧,皆能了了于心,便便于口,以其始终无二事,贯串只一人也。

他论格局,其实可与结构并为一谈。所云收煞,意若今言"顶点",论大收煞须有"团圆"之趣,均佳。

  上半部之末出,暂摄情形,略收锣鼓,名为小收煞,宜紧忌宽,宜热忌冷,宜作郑五歇后,令人揣摩下文,不知此事如何结果。
  如做把戏者,暗藏一物于盆盎衣袖之中,做定而令人射覆,此正做定之际,众人射覆之时也。戏法无真假,戏文无工拙,只是使人想不到猜不着,便是好戏法好戏文。骨肉团聚,不过欢笑一场,以此收锣罢鼓,有何趣味?水穷山尽之处,偏宜突起波澜,或先惊而后喜,或始疑而终信,或喜极信极而又致惊疑,务使一折之中,七情俱备,始为到底不懈之笔,愈远愈大之才,所谓有团圆之趣者也。

他论词采道:

  诗文之词采贵典雅而贱粗鄙,宜蕴藉而忌分明。词曲不然,话则本之街谈巷议,事则取其直说明言。凡读传奇而有令人费解,或初阅不见其佳,深思而后得其意之所在者,便非绝妙好词,不问而知为今曲,非元曲也。
  传奇不比文章,文章做与读书人看,故不怪其深。戏文做与读书人与不读书人同看,又与不读书之妇人小儿同看,故贵浅不贵深。

不过他以为显浅之中,亦宜依脚色身分而有粗俗隽雅之别。所以他说:

  极粗极俗之语未尝不入填词,但宜从脚色起见。如在花面口中则惟恐不粗不俗,一涉生旦之曲便宜斟酌其词。无论生为衣冠仕宦,旦为小姐夫人,出言吐词,当有隽雅从容之度。即使生为仆从,旦作梅香。亦须择言而发，不与净丑同声，以生旦有生旦之体，净丑有净丑之腔故也。

他论宾白道：

> 宾白一道当与曲文等视。有最得意之曲文，即当有最得意之宾白。但使笔酣墨饱，其势自能相生。常有因得一句好白而引起无限曲情，又有因填一首好词而产生无穷话柄者。

他以为曲白相生，不可偏重；又以为说白须体贴脚色个性。所以他说：

> 言者，心之声也，欲代此一人立言，先以代此一人立心。若非梦往神游，何谓设身处地？无论立心端正者，我当设身处地，代生端正之想；即遇立心邪辟者，我亦当舍经从权，暂为邪辟之思。务使心曲隐微，随口唾出，说一人，肖一人，勿使雷同，弗使浮泛。若《水浒传》之叙事，吴道子之写生，斯称此道中之绝技。

他还以为宾白要试其声音，既须好说，又须好听。并且要考其关目，身代梨园，神魂四绕，这就说到宾白须与动作相应了。所以他说：

> 传奇中宾白之繁实自予始，海内知我者与罪我者半。知我者曰，从来宾白作说话观，随口出之即是。笠翁宾白当文章做，字字俱费推敲。从来宾白只要纸上分明，不顾口中顺逆。常有观刻本极其透彻，奏之场上便觉糊涂者，岂一人之耳目有聪明聋聩之分乎？因作者只顾挥毫，并未设身处地，既以口代优人，复以耳当听者，心口相维，询其好说不好说，中听不中听，此其所以判然之故也。笠翁手则握笔，口却登场，全以身代梨园，复以神魂四绕，考其关目，试其声音。好则

直书,否则搁笔,此其所以观听咸宜也。

他论科诨道:

> 插科打诨,填词之末技也。然欲雅俗同欢,智愚共赏,则当全在此处留神。文字佳,情节佳,而科诨不佳,非特俗人怕看,即雅人韵士亦有瞌睡之时。作传奇者,全要善驱睡魔,睡魔一至,则后乎此者虽有钧天之乐,霓裳羽衣之舞,皆付之不见不闻,如对泥人作揖,土佛谈经矣。……科诨乃看戏之人参汤也,养精益神,使人不倦,全在于此,可作小道观乎?
>
> 科诨虽不可少,然非有意为之。……妙在水到渠成,天机自露,我本无心说笑话,谁知笑话逼人来,斯为科诨之妙境耳。

他以为科诨"于嬉笑诙谐之处包含绝大文章",算他最能理解科诨的妙用。他在演习部论到剧本、导演、化装等问题,纯是经验之谈,也很重要。他说:"后来作者当锡予一字,命曰词奴,以其为千古词人尝效纪纲奔走之劳也。"可以想见他于此书之自负。所作传奇,今存《笠翁十种曲》:《奈何天》、《比目鱼》、《蜃中楼》、《怜香伴》、《风筝误》、《慎鸾交》、《凰求凤》、《巧团圆》、《玉搔头》、《意中缘》,不外风情剧与滑稽剧。都能实践他的曲论,情节翻新,趣味浓郁,科白排场极工。吴梅说他间有市井谑浪之习,实则传奇到了明清之际,太雅驯了,便是生长于宫廷邸第而富有教养的贵族官僚也未必懂得,笠翁论曲作曲,力主显浅自然,正是当时那种典雅板滞,令人费解的剧曲引起的反动。何况李笠翁生平清苦,流浪江湖,还是比较接近平民的曲家呢?不过传奇的盛时究竟过去,他虽提倡改革,也不足以挽回这种颓运。他的戏曲只能算作由传奇推移到皮黄这一过渡时期的过渡纪念。而且自元明以来的戏剧文学也要从此作一结束了。

五　章回小说

在这传奇时代,杂剧和散曲,也产生了不少的作家,近人任讷《散曲概论·作家篇》著录明代作有散曲者,共三百三十人。又校辑明人散曲专集五种:康海《沜东乐府》三卷,王磐《西楼先生乐府》一卷,沈仕《唾窗绒》一卷,冯惟敏《海浮山堂词稿》四卷,施绍莘《花影集》四卷,都收入《散曲丛刊》。此外,杨慎、康海、李开先、王九思诸人也有散曲。传奇家如梁辰鱼、张凤翼、沈璟、沈自晋、王骥德、冯梦龙等也是兼作散曲的,不过他们这类作品不甚流传罢了。当时的散曲往往是作者为着征歌选妓而作的,康海、王九思、李开先就是这样。《列朝诗集》叙康海道:"德涵既罢免,以山水声伎自娱。……停骖命酒,歌其所制感慨之词,飘飘然辄欲仙去。居恒徵歌选妓,穷日落月。"又叙李开先道:"伯华弱冠登朝,奉使银夏,访康德涵、王敬夫(九思)于武功、鄠、杜之间,赋诗度曲,引满称寿,二公恨相见晚也。罢归,置田产,蓄声伎,征歌度曲,为新声小令,拊弹放歌,自谓马东篱、张小山无以过也。……尝谓古来才士不得乘时柄用,非以乐府系其心,往往发狂病死,今借此以坐消岁月,暗老豪杰耳。"原来康海、王九思都因党附刘瑾,瑾败落职。他们是同乡,所以常在一道赋诗度曲,借以泄其不平之气。李开先受了他们的影响,罢官以后,也自蓄声伎,拊弹放歌起来,可以想见其颓废感伤的气氛。《万历扬州府志》叙述王磐的生平道:"王磐……有隽才,好读书。洒落不凡,恶诸生之拘挛,弃之,纵情山水诗画间。尤善音律,度曲清丽。每风月佳胜,则丝竹觞咏,彻夜忘倦。"施绍莘自跋《春游述怀》一套道:"予雅好声乐,每闻琵琶筝弦声,便为魂销神舞。故迩来多作北宫,时教慧童,度以弦索。更以箫管叶予南词。院本诸曲一切休却,间有名曲,略谱其一二条。每遇佳时艳节,锦阵花营,美人韵事,则配以靡词。若奇山异水,高衲羽流,感怀吊古,则副以激调。随境写声,随事命曲,管弦竹肉,称宜间作。更以烟霞花月,酒茗诗棋衬贴其间。"我们可以想象王磐、施绍莘一流人的散曲是在怎样的生活环境里产生的。这便是当时名士风流之一种。这类的散曲虽为歌唱而作,杂剧就不一定是为演奏而作了。说到杂剧,元明之际杂剧家,我们已经讲过。明沈泰《盛明杂剧》收入的作家不少,还有清邹式金《杂剧新编》、无名氏《元明杂剧》,及吴梅《奢摩他室曲丛》等书也收入了一些。当日那些传奇作家大都兼作杂剧,如梁辰鱼、李开先、汪道昆、沈璟、顾大典、叶宪祖、王骥德、梅鼎祚、徐复祚、汪廷讷、陈与郊等都是。此外,杂剧作家有王九思、康海、杨慎、徐渭、冯惟敏、凌濛初、沈自徵、孟称舜、卓人月、王衡、许潮等。我们已经知道元明之际的杂剧虽然还可以上演,可是杂剧的盛时已经过去,自此以后,作者尽管很多,上演者却少,乃至此等作品仅供案头清玩罢了。因此,这些作者也不必严守杂剧的传统的规律。例如王九思的《中山狼》仅用一折就完了;徐渭的《四声猿》虽是四折,却分叙《狂鼓史渔阳三弄》、《玉禅师翠乡一梦》、《雌木兰替父从军》、《女状元辞凰得凤》四个故事,还是一折一剧,而且他在每折中所用曲调的排列法也不像元人有一定规律了。还有叶宪祖的《团花凤》是以南北合套写成的,王骥德的《离魂》、《救友》、《双鬟》、《招魂》,就全用南曲了。他在《曲律》上说道:"余昔谱《男后》剧,曲用北调,而白不纯用北体,为南人设也。已为《离魂》,并用南调。郁蓝生谓自尔作祖,当一变剧体。既遂有相继以南调作剧者。后为穆考功作《救友》。又于燕中作《双鬟》及《招魂》二剧,悉用南体,知北剧之不复行于今日也。"可知当时杂剧不复流行,虽有创作,却不妨自我作古,于是就有许多杂剧的变体产生了。总之,无论这种杂剧也好,散曲也好,在文艺史上都不能和同一时代的传奇占着同样重要的位置,只有章回小说,才可以和传奇相提并论。

说到小说,唐人传奇,宋人平话,我们已经讲过。至于元人小说,继续前一时代平话的发展。以前短篇的平话颇为流行,较长的平话只存《五代史平话》、《大唐三藏取经诗话》一两种,到了元代就多见长篇的了,倒不见有短篇的流传下来。以前说书人有许多家数,到了元代似乎止见讲史书的一家了。现今存在的元人小说有元至治《新刊全相平话》五种十五卷,并建安虞氏刊,上图下文,刻工为"樵川吴俊甫黄叔安"。至治为元英宗年号(一三二一——一三二三),恰当元代中叶。书题"新刊",似乎还有旧刊的什么小说存在。这五种平话部分上中下三卷:(一)《武王伐纣书》。(二)《乐毅图齐七国春秋后集》。(三)《秦并六国平话》,别题《秦始皇传》。(四)《前汉书续集》,别题《吕后斩韩信》。(五)《三国志平话》。我们但就"后集""续集"的书名看来,可以想见当时一定还有前集正集,不过如今没有传本了。《三国志平话》一种有商务印书馆影印本,和《古佚小说丛刊》本,我们容易见到。其他四种仅有孤本为日本内阁文库所藏。大约元代百年间,文人只肯用心力于杂剧散曲,诗人古文家已不多,至小说家就真是绝无仅有。而且就现存的这种小说看来,还怕不是出于有文学素养的文人之手,所以粗率拙劣,没有什么文学价值。可是从元明之际直到明清之际这一期间,小说的发展差不多要和传奇的发展平行起来了。

以前的白话小说,无论唐代变文,宋人平话,大都出于市井里巷的说书人或所谓书会先生之手,当时那些自命博雅的文人都不曾理会到这些。在这传奇时代发展起来的白话小说,却有好些是出于文人之手,或者经过有名作家的纂辑评点。先就短篇的平话而论,冯梦龙、凌濛初实为两个最重要的作家。

冯梦龙(?——一六四五),字犹龙,一字子犹,或作耳犹,别号墨憨斋主人,一号茂苑野史,又假名龙子犹,江苏吴县人,崇祯时官寿宁县知县,未几罢归。清顺治二年,南京破,福王降,梦龙殉节而死。梦龙为戏曲家,尝作《双雄记》、《万事足》两种,题名龙子犹。又尝删改古今传奇,称为"墨憨斋定本"。但他在文艺史上占有地位,不在戏曲,而在小说。他是当时古今通俗小说最大的收藏家,他又是这类小说的传布者。他纂辑了《古今小说》、《喻世明言》、《警世通言》、《醒世恒言》。他还评定《石点头》十四卷，一卷一故事；又作《石点头叙》，托名龙子犹。许多宋人、明人的短篇平话，都靠他保存，其中或许还有元人的作品，也许还有他自己写作的在内。姑苏笑花主人《今古奇观序》说："墨憨斋增补《平妖》，穷工极变，不失本末，其技以《水浒》、《三国》之间。至所纂《喻世》、《警世》、《醒世》三言，极摹人情事态之歧，备写悲欢离合之致。可谓钦异拔新，洞心骇目，而曲终奏雅，归于厚俗。"或疑冯氏所纂《古今小说》、《喻世明言》，原是一书两名。今所传《喻世明言》二十四卷，题作"重刻增补古今小说"，疑出书贾之手，原书应为四十卷。所以在翻刻本《醒世恒言》上，有艺林衍庆堂的广告说："本坊重价购求古今通俗演义一百二十种，初刻为《喻世明言》，一刻为《警世通言》，海内均奉为邺架玩珍矣。兹三刻为《醒世恒言》，种种典实，事事奇观。总取木铎醒世之意，并前刻共成完璧云。"《古今小说》四十卷有明天许斋刊本，《喻世明言》二十四卷有明衍庆堂刊本，都为日本内阁文库所藏。《警世通言》四十卷有日本蓬左文库藏明金陵兼善堂本，又有大连满铁图书馆藏明衍庆堂本，还有北平图书馆孔德图书馆藏三桂堂王振华覆明本。《醒世恒言》四十卷有明叶敬池刊本，为日本内阁文库所藏；又有明叶敬溪刻本，为大连满铁图书馆所藏。如今《三言》的传本绝少，不过《今古奇观》里面有好些篇数选自《三言》。《今古奇观》四十卷，题姑苏抱瓮老人辑，旧题墨憨斋手定，可见编辑者与冯氏同时，除选《三言》外，还选有凌濛初的初二刻《拍案惊奇》，这是明清以来最流行的平话总集。

凌濛初和冯梦龙同时，字玄房，号初成，别号即空观主人，浙江乌程人，官上海县丞。他也是一位戏曲家，作有《虬髯翁》、《颠倒姻缘》、《宋公明闹元宵》等杂剧。他的小说有《拍案惊奇》四十卷，明尚友堂原刊本不见，北平图书馆藏有消闲居覆本，残存三十三卷，又通行大字本三十六卷。《二刻拍案惊奇》三十九卷，附《宋公明闹元宵杂剧》一卷，日本内阁文库藏有明尚友堂原刊本。凌氏《两拍》十之八九似系他自著，出自旧本者不多。睡乡居士在《拍案惊奇序》里说："即空观主人者，其人奇，其文奇，其遇亦奇,固在其抑塞磊落之才,出绪余以为传奇,又降而为演义,此《拍案惊奇》之所以刻也。"又凌氏自己的二刻《拍案惊奇小引》里说:"偶戏取古今所闻一二奇局可纪者,演而成说,聊舒胸中磊块,非曰行之可远,姑以游戏为快意耳。同侪过从者,索阅一篇竟,必拍案曰,奇哉所闻乎!为书贾所侦,固以梓传请,遂为钞撮成篇,得四十种。支言俚说,不足供酱瓿,而翼飞胫走,较撚髭呕血,笔冢砚穿者,售不售反霄壤隔也。嗟乎,文讵有定价乎!贾人一试之而效,谋再试之,余笑谓一之已甚。顾逸事新语,可佐谭资者,乃先是所罗而未及付之于墨,其为柏梁余材,武昌剩竹,颇亦不少,意不能恝,聊复缀为四十则。其间说鬼说神,亦真亦诞,然意存劝戒,不为风教罪人,后先一指也。"我们读了这个,凌氏编著《两拍》的动机及其旨趣,以及出版以后受到怎样的遭遇,都不难想见了。

以上讲过冯、凌两大平话家。同时冯氏还是一个很重要的演义家,或称章回小说家,因为冯氏曾改订余邵鱼《列国志传》为《新列国志》,凡百零八回,北平图书馆藏有清初覆明本。又曾改订罗贯中《平妖传》为《新平妖传》,凡四十回,日本内阁文库藏有明金阊嘉会堂陈氏刊本。他还作有《古今列女传演义》六卷,孔德图书馆藏有清初刊本,或云此书系伪托。总之,在这传奇时代,出了不少演义体的章回小说,这种小说大都经过当时有名的文人编订或评点。不然,这种小说的无名作者也得托名那些所谓风流才子,他的作品才好流行。因之,这些作者究竟是真名抑是伪托,颇费考证。如《僧尼孽海》题唐寅编,《云合奇踪》一名《英烈传》题徐渭文长甫编。又《唐传演义》一名《隋唐演义》八卷,题徐文长先生评。《隋唐两朝志传》简称《隋唐志传》十二卷百二十二回,题西蜀杨慎批评。《春秋列国志传》十二卷,题陈眉公先生评点。《七十二朝四书人物演义》四十卷,题李卓吾先生秘本。称为李卓吾批评的小说最多。有《水浒传》、《三国志演义》、《西游记》,及《空空幻》十六回、《龙图公案》十卷、《绣榻野史》二卷等书。

李卓吾(一五二七——一六〇二),名贽,一作载贽,别字笃吾,号温陵居士,又号百泉人、百泉居士,更号宏父,泉州晋江人。嘉靖间领乡荐。历仕共城校官,礼部司务,姚安知府。初与黄安耿子庸友善。罢官后,寄居黄安。他说:"我老矣,得一二胜友,终日晤言,以遣余日。何必故乡也!"不久,他又移居麻城龙潭湖上,读书讲学。一日,头痒,他便剃发为僧。他说法娓娓不倦,女人也来听法。或说:"女人见短,不堪学道。"他说:"谓人有男女则可,谓见有男女岂可乎?谓见有长短则可,谓男子之见尽长,女人之见尽短,可乎?且彼为法来者,男子不如也。"原来卓吾丰骨孤峻,聪明盖代,快谈雄辩,骇俗惊人。论学宗旨,出入儒佛之间。痛恨腐儒伪君子,往往诋毁孔丘。他在答耿天台的书信里说:

> 承教,深中狂愚之病,然此乃孔氏之言也,非我也。夫天生一人自有一人之用,不待取给于孔子而后足也。若必待取足于孔子,则千古以前无孔子,终不得为人乎?故为愿学孔子之说者,乃孟子之所以止于孟子,仆方痛憾其非夫,而公谓我愿之欤!目孔子未尝教人之学孔子也,使孔子而教人以学孔子,何以颜渊问仁,而曰为仁由己而不由人也哉?何以曰古之学者为己,又曰君子求诸己也哉?

他又在他的《藏书纪传总目前论略》里说:

> 人之是非初无定质,人之是非人也亦无定论,无定质,则此是彼非,并育而不相害。无定论,则是此非彼,亦并行而不相悖。前三代,无论矣。后三代,汉唐宋是也,中间千百余年而独无是非者,岂其人无是非哉?咸以孔子之是非为是非,故未尝有是非耳。

他既不肯学孔子,又反对以孔子之是非为是非,自然要遭当日那些八股文人讲学腐儒的痛恨。他是当时思想界一颗光焰万丈的彗星,王充以来,一人而已。他在《与焦弱侯书》里说:

> 今若索豪杰之士于乡人皆好之中,是犹钓鱼于井,胡可得也?豪杰之士决非乡人之所好,而乡人之中亦决不生豪杰。是故井蛙不可语以海,夏虫不可说以冰,莺鸠不可与谈天理,曲士不可与喻至道也。

焦竑是这一时代第一个读书极博的学者,瞧不起人,独推崇李卓吾。他说:

> 卓吾高迈肃洁,如泰、华崇严,不可昵近。听其言,泠泠然,尘土俱尽。众人之疑不胜贤豪者之信,疑者之恍惚不胜信者之坚决,虽未必是圣人,可肩一狂字,坐圣人第二席。

卓吾所著书,一焚于万历三十年,为张问达所奏请,再焚于天启五年,为御史王雅量所奏请。只有称为他所批评的许多小说幸免于这种暴力。他因被张问达目为"妖人",奏劾下狱,自割而死。我们不要忘记他是一个反孔子反传统思想的怪杰,他才不受传统文学的束缚,肯用心力去批评小说,就是人家批评小说要托名于他,也不是无故而然的。周亮工《因树书屋书影》说有"叶文通名昼,无锡人。多读书,有才情,留心二氏学,故为诡异之行。……当温陵《焚》、《藏书》盛行时,坊间种种借温陵之名以行者,如《四书第一评》、《第二评》、《水浒传》、《琵琶》、《拜月》诸评,皆出文通手"。大约称为李卓吾批评的小说,有出自卓吾自己的,也有叶文通伪托的。

李卓吾死后,袁宏道为他作《李温陵传》,很恭维他。《全汉志传》、《两汉演义传》都有袁宏道序。钟伯敬编订批评的小说也不少,或许要受到前辈李卓吾一点影响罢。《盘古志传》二卷十四则,《有夏志传》四卷十九则,都题景陵钟惺伯敬父编辑,篇首都有钟惺序,日本内阁文库藏有明刊本。又《有商志传》四卷十二则,有清嘉庆间稽古堂《夏商合传》本,也题钟惺伯敬父编辑,也还和前两书一样题冯梦龙犹龙父鉴定。明周游撰

《开辟衍绎通俗志传》六卷八十回,有清重刊本,封面也题钟伯敬先生评。其他传为钟伯敬批评的小说,还有《两汉演义》、《三国志演义》、《封神演义》、《水浒传》等书。我们要知道钟伯敬是当时一个反复古派的重要分子,他动手批评复古派所看不起的小说,或许是真有其事的。

上面讲过了许多编订评点演义小说的有名的文人。下面要讲到在这传奇时代产生的几种极其重要的章回小说及其作者,换言之,就是要讲到《水浒传》、《三国演义》、《西游记》、《金瓶梅》及其作者。

《水浒传》的作者相传为施耐庵。

施耐庵是一个传疑的人物。明郎瑛《七修类稿》称《水浒》为《宋江》,既说乃杭人罗本贯中所编,又说是钱塘施耐庵的本。高儒《百川书志》载《忠义水浒传》一百卷,也说是钱塘施耐庵的本,罗贯中编次。还有李卓吾《忠义水浒传序》就说《水浒》为施、罗二公发愤之作。只有王圻《续文献通考》把《水浒传》列入经籍,仅题罗贯著。如今所见明本《水浒》,有不题撰著人的,有题施耐庵编辑的,有题施耐庵集撰,罗贯中纂修的。究竟《水浒》一书是施耐庵所著呢?还是罗贯中所著呢?或者是两人合著呢?明朝人已经弄不明白。周亮工《因树屋书影》里说:"《水浒》相传为洪武初越人罗贯中作,又传为元人施耐庵作。……近日金圣叹自七十回之后,断为罗贯中所续,极口诋罗,复伪为施序于前,此书遂为施有矣。"可见说施耐庵作《水浒》,直到明清之际金圣叹才确定,而且他还断定《水浒》七十回之后为罗贯中所续。近人吴梅在他著的《顾曲麈谈》中,说是"《幽闺》为施君美作,君美名惠,即作《水浒传》之耐庵居士"。他认定施耐庵兼为戏曲家,不知何所根据。到了胡适之作《水浒传考证》,又说施耐庵大概是乌有先生亡是公一流的人,是一个假设的名字。这真叫我们迷惑了。是一年前罢,看到《新闻报》、《快活林》载有胡瑞亭的《施耐庵世籍考》,又好像施耐庵确有其人。今把他的全文录在这里:

吾人读《水浒传》,无不赏其文字之妙,然作者施耐庵为何许人,初不知其详。据史籍所载,谓施为元之钱塘人。今秋瑞亭因奉公调查户口,迤逦长途,按户编籍,至东台属之白驹镇,有施家桥者,见其宗祠中所供十五世祖讳耐庵,心窃疑焉。询其族裔,乃悉即著《水浒》之施耐庵。更索观族谱,得《耐庵小史》暨残零墓之志,爰节录其崖略,以投《快活林》,供爱读《水浒传》者之考证焉。

《耐庵小史》 《耐庵小史》为淮安袁吉人编。略谓耐庵生于元,与张士成部下元亨相友善。士成缮具甲兵,将窥窃元室,以下元亨为先锋。耳耐庵名,征聘不至,士成乃枉驾造其门,家人不与见,士成入内,至耳室,见耐庵正命笔为文,所著为《江湖豪客传》,即《水浒传》也。士成笑曰:"先生不欲显达当时,而弄文以自遣,不亦虚糜岁月乎?"耐庵闻而投笔,顿首对曰:"不佞他无所长,惟恃柔翰为知己。将军豪气横溢,使海内望风瞻拜,不弃驽骀,枉驾辱临,不佞诚死罪矣。然志士立功,英贤报主,不佞何敢固辞。奈家庭多变,母老妻弱,子女婚嫁,债务未偿,一旦舍去,则母失所依。将军仁义,如雨泽遍施,当必加以怜悯,而使愚孝有后,则衔结有日矣。"言已,伏地不起。士成不悦,拂袖竟去。是时《江湖豪客传》正四十五回矣。

《耐庵墓志》 《耐庵墓志》附施氏谱末,为淮安王道生作,行文平庸,略述生平梗概而已。节录如下。公讳子安,字耐庵,元末赐进士出身,官钱塘二载,以不合当道权贵,弃官归里,闭门著述,追溯旧闻。郁郁不得志,赍恨以终。公之事略,余虽不得详,可以缕述。公之面目,余不得亲见,仅想望其颜色。盖公死之年,七十有五,而余尚垂髫。及长,得识其门人罗贯中于闽,同寓逆旅。夜间炖烛畅谈,先生轶事有可歌可泣者,不禁相与慨然。先生之著作有《志余》、《三国志演义》、《隋唐志传》、《三遂平妖传》、《江湖豪客传》,每成一稿,必与门人校对以正亥鱼,其所得力于弟子罗贯中者尤多。呜呼!英雄生乱世,或可为用武之秋;志士生乱世,则虽有清河之识,亦不得不赍志以终,此其所为千古幽人逸士聚一室而痛哭流涕者也。先生家淮安,与余墙一间,惜余生太晚,未亲教益,每引为恨事。去岁,其后人述元先生移柩南去,与余流连四日,问其家世,讳不肯道;问其志,则又唏嘘叹惋,问其祖,与罗贯中所述略同。呜呼!国家多事,志士不能展所负;以鹰犬奴隶待之,将遁世鸣高;何况元乱大作,小人当道之时;先生之身世可谓不幸矣。而先生虽遭逢困顿,不肯卑躬屈节,启口以求一荐达,先生之立志可谓纯洁矣。

  施氏世籍 据施氏后人云,家本淮安籍,自耐庵公因避张士成,曾隐去至东京,寻归,无疾终。至十七世祖述元公,迁于现里。并谓述元公出身武士,张士成亦征聘之,效命麾下,后以故亡去。按此点尚有可疑,如小传中所述,耐庵与张士成部下卞元亨为友,何以其孙述元亦为士成效命?殆士成征聘时,耐庵年已耄耋。而子孙已在壮年欤?又施氏族谱云,述元公随士成用命,奉令招募,因见士成骄矜,不久必败,乃逸去,至淮东属,娶陈氏成室家。无何,士成果败,述元公重返故墟,迁其祖墓而葬焉。更出所积,购置田亩,后人名其地为大营,距白驹镇可七里,因述元公曾欲在此地招募也。径由小溪,架桥达通衢,即名其地为施家桥焉。

  倘若如今果有东台施氏的族谱可考而且可靠,那就自明清以来关于施耐庵的疑案可以解决了。第一、我们知道施耐庵名子安,元朝末年淮安人,曾官钱塘,不得志而去。他曾亲见张士诚的起兵,士诚失败时,他已死了,年七十五。他的生卒,约在西元一二九〇——一三六五年之间。第二、施耐庵的著述不止《水浒》,还有《志余》、《三国志演义》、《隋唐志传》、《三遂平妖传》等书。罗贯中确为耐庵门人,曾替耐庵做过著述帮手。

  《水浒传》的作者既已认定是施耐庵了,我们要知道这部书是五百年来最流行的小说之一。有过许多删订评点的人,以罗贯中、李卓吾、钟伯敬、金圣叹为最著;有过许多不同的版本,三百年来以金圣叹删订的七十一回本为最通行,今有亚东图书馆新式标点本。最近十年之间又发现了五六种不同的古本《水浒》，明刻百回本《忠义水浒传》有北平锡拉胡同一号李宅排印本，明刻百二十回本《忠义水浒全书》有商务印书馆《国学基本丛书》本。七十一回本为最后删定之书，以卢俊义的一梦结局，耐人寻味，又字句略有修改，并删去一些不必要的骈语诗词。这种骈语，有人说就是致语。所谓致语，本是教场乐工于歌舞开场时的颂辞。皇帝大宴，乃至私家盛宴，凡用歌舞的都有致语，又称乐语。我想平话里的致语诗词也是说书人当场歌诵的东西，在宋、金时代许是如此。明清以来，章回小说完全变成一种读物，不像平话要由说书人说唱了，可是作者还有因袭着平话式的致语诗词。百二十回本《水浒》里那种描写或赞叹的骈语显然是由致语演化而来，夹有诗词，也是平话的老套。今选景阳冈武松打虎一段中描写武松形貌的骈语为例：

身躯凛凛，相貌堂堂。一双眼，光射寒星；两弯眉，浑如刷漆。胸脯横阔，有万夫难敌之威风；语话轩昂，吐千丈凌云之志气。心雄胆大，似撼天狮子下云端；骨健筋强，如摇地貔貅临座上。如同天上降魔王，真是人间太岁神。

再选两首诗，一首是咏吴用设计劫取"生辰纲"的：

取非其有官皆盗，损彼盈余盗是公。
计就只须安稳待，笑他宝担去匆匆。

这首诗简直说强盗还比贪官污吏好。一首是在这一段故事里，挑酒汉子白胜唱的山歌：

赤日炎炎似火烧，野田禾稻半枯焦。
农夫心内如汤煮，公子王孙把扇摇。

这首诗大有阶级不平之感,而寄与农民阶级以无限的同情。这首诗在七十一回本里也有。再选一首诗仅止百二十回本有的。这是在黑旋风沂岭杀四虎一段里,真李逵烧吃了假李逵的腿,两个小虎又在舐吃李逵母亲的腿,作者来了一首所谓"正是"的诗:

> 假黑旋风真捣鬼,生时欺心死烧腿。
> 谁知娘腿亦遭伤,饿人饿虎皆为嘴。

他说:"饿人饿虎皆为嘴。"他不仅同情饿肚皮的强盗,也同情于饿肚皮的老虎。因为有嘴要吃,那是天公地道的事,谁说不该呢?

我们仅从上面所举几首小诗里即可窥见《水浒》作者的见解之一斑。从前有人说《水浒》是诲盗的书。现在周作人先生却说这部书不但不诲盗,而且还能减少社会上很多的危险。他以为每一个被侮辱者和被损害者都想复仇,但等他看过《水浒》之后,便感到痛快,仿佛气已出过,仿佛我们所气愤的人已被梁山泊的英雄打死,因而自己的气愤也就跟着消灭了(见《中国新文学的源流》)。这话颇含有些真理。胡适之先生说是这部七十回的《水浒传》处处褒强盗,处处贬官府,乃是四百年来老百姓与文人发挥一肚皮宿怨的地方(见《水浒传考证》)。这话也不算错。我以为《水浒》处处同情强盗,同情贫苦阶级,痛恨贪官污吏,痛恨土豪劣绅。不过也止有同情而已,也止有痛恨而已,再进一步,我们是不必苛求于五百年前古人的。

《三国演义》的作者相传为罗贯中。

罗贯中也是一个传疑的人物,姓名籍贯都弄不明白。旧说罗氏名本,字贯中。但有说他名贯,又有说他字贯志的。一说他为东原人,但有说他为武林人,或说庐陵人的。倘若《耐庵墓志》可靠,那就他真是耐庵门人,生于元朝末叶,到明太祖洪武时还在;他真是《龙虎风云会》杂剧的作者;而且《三国演义》是耐庵所作,他仅编校而已。不过我想《耐庵墓志》至少关于《三国演义》这一点不甚可靠。如今所传《三国演义》最古的本子为明嘉靖壬午(一五二二)所刊,既题后学罗本贯中编次,又有蒋大器序文说是东原罗贯中所作。明万历刊秣陵陈氏尺蠖斋评释本《东西晋演义序》说道:"一代肇兴,必有一代之史,而有信史,有野史。好事者聚而演之,以通俗谕人,名曰演义,盖自罗贯中《水浒传》、《三国志》始也。罗氏生不逢时,才郁而不得展,始作《水浒传》以抒其不平之鸣。其间描写人情世态,宦况闺思,种种度越人表。迨其子孙,三世皆哑,人以为口业之报。"又冯梦龙《新列国志》有可观道人序说:"自罗贯中氏《三国志》一书以国史演为通俗演义百余回,为世所尚。嗣是效颦日众,因而有《夏书》、《商书》、《列国》、《两汉》、《唐书》、《残唐》、《南北宋》诸刻,其浩瀚几与正史分签并架,然悉出村学究杜撰。"凡见于明朝人的记载,无不承认《三国演义》是罗贯中的书,而且有人相信罗氏子孙曾受口业之报,甚至许多历史演义都假托罗氏所作。《三国演义》根据正史,兼采小说,故事有实有虚,行文半深半浅。加以三国相争,势均力敌,人才众多,关系复杂,勇将斗力,军师斗智,各有所长,也容易见长;写成小说,自然不少精彩,能够引人入胜,何况作者的剪裁叙述,都很不差,所以《三国演义》也是五百年来最流行的小说之一。今引祢正平裸衣骂贼的一段为例:

曹操使人召祢衡至。礼毕,操不命坐。祢衡仰天叹曰:"天地虽阔,何无一人也!"操曰:"吾手下有数十人皆当世英雄,何谓无人?"衡曰:"愿闻。"操曰:"荀彧、荀攸、郭嘉、程昱机深智远,虽萧何、陈平不及也。张辽、许褚、李典、乐进勇不可当,岑彭、马武不及也。吕虔、满宠为从事,于禁、徐晃为先锋。夏侯惇天下奇才,曹子孝世间福将。安得无人?"

衡笑曰:"公言差矣。此等人物,吾尽识之。荀彧可使吊丧问疾,荀攸可使看坟守墓。程昱可使关门闭户,郭嘉可使白词念赋。张辽可使击鼓鸣金,许褚可使牧牛放马。乐进可使取状读诏,李典可使传书送檄。吕虔可使磨刀铸剑,满宠可使饮酒食糟。于禁可使负版筑墙,徐晃可使屠猪杀狗。夏侯惇称为完体将军,曹子孝呼为要钱太守。其余皆是衣架饭囊,酒桶肉袋耳!"

操怒曰:"汝有何能?"衡曰:"天文地理无一不通,三教九流无所不晓。上可以致君为尧、舜,下可以配德于孔、颜,岂与俗子共论乎?"

时止有张辽在侧,掣剑欲斩之。操曰:"吾正少一鼓吏,早晚朝贺宴享,可令祢衡充此职。"衡不推辞,应声而去。辽曰:"此人出言不逊,何不杀之?"操曰:"此人素有虚名,远近所闻。今日杀之,天下必谓我不能容物。彼自以为能,故令为鼓吏以辱之。"

来日,操于省厅上大宴宾客,令鼓吏挝鼓。旧吏云:"挝鼓必换新衣。"衡穿旧衣而入,遂击鼓为"渔阳三挝",音节殊妙,渊渊有金石声。坐客听之,莫不慷慨流涕。左右喝曰:"何不更衣!"衡当面脱下旧破衣服,裸体而立,浑身尽露。坐客皆掩面。衡乃徐徐着裤,颜色不变。

操叱曰:"庙堂之上何太无礼!"衡曰:"欺君罔上,乃是无礼!吾露父母之形以显清白之体耳。"操曰:"汝为清白,谁为污浊?"衡曰:"汝不识贤愚,是眼浊也;不读诗书,是口浊也;不纳忠言,是耳浊也;不容诸侯,是腹浊也;常怀篡逆,是心浊也。吾乃天下名士,用为鼓吏,是犹阳货轻仲尼,臧仓毁孟子耳。欲成王霸之业,而如此轻人耶?"

时孔融在坐,恐操杀衡,乃从容进曰:"祢衡罪同胥靡,不足发明王之梦。"操指衡曰:"令汝往荆州为使,如刘表来降,便用汝作公卿。"衡不肯往。操教备马三匹,令二人扶挟而行;却教手下文武整酒于东门外送之。荀彧曰:"如祢衡来,不可起身。"

衡至,下马入见,众皆端坐,衡放声大哭。荀彧问曰:"何为而哭?"衡曰:"行于尸柩之中,如何不哭?"众皆曰:"吾等是死尸,汝乃无头狂鬼耳。"衡曰:"吾乃汉朝之臣,不作曹瞒之党,安得无头?"众欲杀之。苟彧止之曰:"量鼠雀之辈,何足污刀!"衡曰:"吾乃鼠雀,尚有人性,汝等只可谓之蜾虫!"众恨而散。

衡至荆州,见刘表毕,虽颂德,实讥讽。表不喜,令去见黄祖。或问表曰:"祢衡戏谑主公,何不杀之?"表曰:"祢衡数辱曹操,操不杀者,恐失人望。故令作使于我,欲借我手杀之,使我受害贤之名也。吾今遣去见黄祖,使曹操知我有识。"众皆称善。刘表遂赦之。

人报黄祖斩了祢衡,表问其故。对曰:"黄祖与祢衡共饮皆醉。祖问衡曰:'君在许都有何人物?'衡曰:'大儿孔文举,小儿杨德祖,除此二人,别无人物。'祖曰:'似我何如?'衡曰:'汝似庙中之神,虽受祭祀,恨无灵验。'祖大怒曰:'汝以我为土木偶人耶!'遂斩之。衡至死骂不绝口。"刘表闻衡死,亦嗟呀不已,令葬于鹦鹉洲边。

却说曹操知祢衡受害,笑曰:"腐儒舌剑,反自杀矣!"

《三国演义》即以这类机智的故事,吸引了无数的读者。这是一部通俗的权谋术数的教科书,影响了无数的读者。人人自命为诸葛,其流毒至今未已;我们被认为阿斗的,可就遭殃了!

《西游记》的作者为吴承恩。

吴承恩(一五〇〇?——一五八二),字汝忠,号射阳山人,淮安人,嘉靖中授长兴县丞,与邑绅——名列后七子的徐中行友善,有诗唱和。焦循《剧说》引阮葵生《茶余客话》云:"吴射阳性敏多慧,为诗文下笔立成,复善谐谑。所著杂记几种,名震一时。今不知杂记为何书,惟《淮贤文目》载先生撰《西游通俗演义》。是书明季始大行,里巷细人皆乐道之。……然此特射阳游戏之笔,聊资村翁童子之笑谑,必求得修炼秘诀,亦凿矣。"说也奇怪,南宋话本《大唐三藏取经诗话》虽不知何人所作,在元代的杂剧里有《西游记》六本乃系吴昌龄作,这部《西游记》小说的作者又是一位姓吴的。在《水浒传》之前,已有宋元以来关于"水浒"的传说杂剧;在《三国演义》之前,已有宋元之间关于"三国"的平话杂剧;《西游记》也是这样。在小说中，这三部书同样能够得到最多数的读者，原来三部书里的故事都是久已在民间流传，引起过大众的兴趣。吴承恩既是一位"善谐谑"的幽默家，所以《西游记》也充满了诙谐的趣味。而且他是一个不得志的佐杂小官，所以极力描写封为弼马温、未入流品的猴王大闹天宫，借以寓意泄愤。猴王把天宫闹翻了，玉帝差人到西天，把如来佛请来。如来佛到了，责问猴王，猴王指摘玉帝道：

> 他虽年劫修长，也不应久住在此。常言道："交椅轮流坐，明年是我尊！"只教他搬出去，将天宫让与我，便罢了。若还不让，定要搅乱，不得清平。

不过作者也仅能写着这样态度的一只猴王，聊泄自己一肚皮不平之气而已。然而这已经是只知道"天王圣明，臣罪当诛"的腐儒所不敢涉想的。《水浒传》描写许多个性不同的好汉都很有力，《西游记》则描写孙行者的刁顽，猪八戒的呆气，也很有趣。在神魔小说中，这是一部最成功之作，不仅《后西游记》、《续西游记》、《西游补》赶不上，《四游记》（其中《西游记》一种题齐云杨志和编，似出吴本后）赶不上，连《封神传》、《三宝太监西洋记》也都赶不上。

《金瓶梅》的作者相传为王世贞。

王世贞虽是嘉靖间有名的文人，却不一定就是沈德符《野获编》所说的《金瓶梅》作者嘉靖间大名士。但因沈氏这么一说，就有人认定这部书是王世贞作的了。还有人说王世贞的父亲（名忬）总督蓟辽，被严嵩父子拿御边无术的大题目陷害而死。世贞知道严世蕃喜看小说，又有舐指翻书的习惯，因作这部书，敷药纸角上，想借此毒害他。又有人说被毒死的是唐顺之。北平古佚小说刊行会本《金瓶梅词话》有欣欣子序说道："窃谓兰陵笑笑生作《金瓶梅传》，寄意于时俗，盖有谓也。"兰陵本战国楚邑，今属山东峄县。又东晋时候，侨置兰陵县于今江苏武进。倘若笑笑生为山东人，《金瓶梅》的作者就不是王世贞了。《金瓶梅》是被目为专写淫秽的禁书，其实可以说这是描写中国社会黑暗面的一部写实小说。主人公西门庆交通官府，鱼肉小民，无恶不作，无钱不要，恰好是封建社会里豪绅阶级的典型人物。西门庆死了，应伯爵等央水秀才做祭文。这水秀才平时知道应伯爵这起人与西门庆乃小人之朋，于是暗含讥刺，作就一篇祭文道：

  维重和元年，岁戊戌，二月戊子朔，越三日庚寅，侍教生应伯爵、谢希大、花子由、祝实念、孙天花、常峙节、白赉光谨以清酌庶馐之仪，致祭于故锦衣西门大官人之灵曰：维灵生前梗直，秉性坚刚，软的不怕，硬的不降。常济人以点水，恒助人以精光。囊箧颇厚，气概轩昂。逢乐而举，遇阴伏降。锦绣队中居住，芬芳国里收藏。有八角而不用挠屈，逢蚕虱而奇痒难当。受恩小子，常在胯下随帮。也曾在章台而宿柳，也曾在谢馆而猖狂。正宜撑头活脑，久战熬场，胡为罹一症不起之殃？现今你便长着脚儿先去了，丢下了小子辈，如斑鸠跌脚，倚靠何方？难上他烟花之寨，难靠他八字红墙。再不得同席而偎软玉。再不得并马而傍温香。撒的人垂头落脚，闲的人牢温郎当。今特奠兹白酒，晋献寸筋。灵其不昧。来格来尝。尚飨。

这可算是一篇妙文；作者对于这辈横行无忌的豪绅子弟，往往加以笔伐。至今《金瓶梅》的社会不曾陈死，《金瓶梅》的人物还在活跃，旧式的口诛笔伐的手段是没有用了，换了新式的又有什么用呢？不彻底铲除封建余孽豪绅阶级的势力，中国的社会不会光明，中国的民族不会得救！

  上面所说的《水浒传》、《三国演义》、《西游记》、《金瓶梅》四部章回小说，李渔称为"四大奇书"。金圣叹最爱读《水浒》、《三国》，就把这两部书列在他所称的"才子书"以内。戏曲有了一个很长的创作时代，才出了一个重要的批评家李渔。同样，章回小说有了一个很长的创作时代，才出了一个很重要的批评家金圣叹。

金圣叹(？——一六六一)，初名采，一名人瑞，吴县诸生；明亡后，更名喟。少有才名，俯视一切。好饮酒，出言无忌。他因顺治庚子哭庙案被杀。案情是这样的：吴县知县任某，非刑预征课税，生员薛尔张等因民忿，鸣钟击鼓，入文庙哭泣，诸生不期而至者百余人。适世祖章皇帝哀诏至苏，设幕府堂，抚按率官绅哭临，诸生因进揭帖，群众喧哗，声言扛打任知县，朱巡抚大骇，当场拿得十一人，后来被判死刑者十八人。罪名是"倪用宾等于遗诏方到，鸣钟击鼓，纠党干人，倡乱讦告，不分首从斩决，妻子财产入官"。金圣叹在狱中与妻书札说："杀头至痛也，籍殁至惨也，而圣叹以无意得之，不亦异乎！"可以想见他遭受冤屈时的愤慨。毛祥麟《对山书屋墨余录》上说他"尝谓世有才子书六，盖《离骚》、《庄子》、《史记》、杜诗，及施氏《水浒传》、王实甫《西厢记》也。遍加评语，连篇累牍，纵胸臆书之，谓为金批，盛行吴下"。圣叹自己在《第六才子书读法》里说："仆昔因儿子及甥侄辈要他做得好文字，曾将《左传》、《国策》、《庄》、《骚》、《公》、《穀》、《史》、《汉》、韩、柳、三苏等书杂撰一百余篇，依张侗初先生《必读古文》旧名，只加才子二字，名曰《才子必读书》，盖致望读者之必为才子也。久欲刻布请正，苦困丧乱，家贫无赀，至今未就，今既呈得《西厢记》。便亦不复念之矣。"何谓才子书？金批才子书的《水浒》、《西厢》在当时怎样流行？我们都已知道了。他的《水浒传序》说：

> 天下之文章无有出《水浒》右者，天下之格物君子无有出施耐庵先生右者。学者诚能澄怀格物，发皇文章，岂不一代文物之林？然但能善读《水浒》，而其为人已绰绰有余也。《水浒》所叙，叙一百八人，人有其性情，人有其气质，人有其形状，人有其声口。夫以一手而画数面，则将有兄弟之形；一口而吹数声，斯不免再映也。施耐庵以一心所运，而一百八人各自入妙者，无他，十年格物而一朝物格，斯以一笔而写百千万人固不以为难也。

你看金圣叹何等赞美施耐庵描写人物个性的手腕！他以为《水浒》文章的神理，正如《论语》的一节两节，浏然以清，湛然以明，轩然以轻，濯然以新；《水浒》之文和《庄子》、《史记》有同样的谨严；他要教他十岁的儿子读《水浒》了。他说：

> 嗟乎！人生十岁，耳目渐吐，如日在东，光明发挥。如此书，吾即欲禁汝不见，亦岂可得？今知不可相禁，而反出其旧所批释，脱然授之于手也，夫固以为《水浒》之文精严，读之即得读一切书之法也。汝真能善得此法，而明年经义既毕，便以之遍读天下之书，其易果如破竹也者，夫而后叹施耐庵《水浒传》真为文章之总持。……

金圣叹以为《水浒》之文谨严，读之即得读一切书之法。他竟把《水浒》当做一部小学生必读的教科书，我们不能不佩服他这种大胆的见解。不过，他这种见解也许是受了李卓吾、钟伯敬、袁宏道一流人的影响。至于他所著《唐才子诗》，一首律诗，无论义理，必划然中分为前解后解，当时已有"腰斩唐诗"之讥。而且他于《西厢》、《水浒》的批评、改窜、删节，也颇有武断迂谬之处。鲁迅先生在《谈金圣叹》一文里说得好：

> 他（金圣叹）抬起小说传奇来和《左传》、杜诗并列，实不过拾了袁宏道的唾余。而且经他一批，原作的诚实之处，往往化为笑谈；布局行文，也都硬拖到八股的作法上。这余荫就使有一批人堕入了对于《红楼梦》之类总在寻求伏线，挑剔破绽的泥塘。
>
> 自称得到古本，乱改《西厢》的案子且不说罢，单是截去《水浒》的后小半，梦想有一个嵇叔夜来杀尽宋江们，也就昏庸得可以。虽说因为痛恨流寇的缘故，但究竟是近于官绅的，他到底想不到小百姓的对于流寇，只痛恨着一半，不在于"寇"，而在于"流"。……

我以为金圣叹因参加反抗贪官污吏的合法运动——哭庙一案而被杀，恰证明了即以暴动的方式反抗恶政府的所谓"流寇"也未可厚非。不过金圣叹抬高了小说戏曲的文学价值，反抗文学上的传统主义，算他和李渔同是明清之际文坛上的两大怪物。而且金圣叹究竟是因反抗贪官污吏而死，更能引起人家的同情。

以上讲传奇时代的小说完了，下面要讲到同一时代的诗古文。

六　诗古文之不振

我们已经知道明代文学最占优胜的是传奇，在这传奇时代继续前一时代而发展的杂剧散曲也还在文坛上保有相当的余势，新起来的章回小说在民间极其流行，也引起了文人学士的注意。这样说来，这一时代的文学既然只有戏曲小说占了优势，难怪传统的文学——诗和古文，还像前一时代一样，依然不振。何况当时政府用八股文取士，也足以影响到古文和诗的发展呢！黄宗羲在《明文案序》里说：

> 以一章一体论之，则有明未尝无韩、柳、欧、苏、遗山、牧庵、道园之文，若成就以名一家，则如韩、柳、欧、苏、遗山、牧庵、道园之家，有明固未尝有其一人也。议者以震川为明文第一，似矣；试除去其叙事之合作，时文境界时或阑入，求之韩、欧集中，无是也。此无他，二三百年人士之精神专注于场屋之业，割其余以为古文，其不能尽如前代之盛者，无足怪也。

这是说八股文发达起来，是古文发展上的一大障碍。再有袁枚《随园诗话》里也说：

> 程鱼门云:"时文之学有害于古文,词曲之学有害于诗。"余谓时文之学不宜过深,深则兼有害于诗。前明一代能时文又能诗者有几人哉?金正希、陈大士与江西五家可称时文之圣,其于诗一字无传。陈卧子、黄陶庵不过时文之豪,其诗便有可观。荀子曰:"艺之精者,不两能也。"

这也是说八股文有害于古文和诗的。又有焦循在《易余籥录》里说:

> 有明二百七十年,镂心刻骨于八股。如胡思泉、归熙甫、金正希、章大力数十家,洵可继楚骚、汉赋、唐诗、宋词、元曲以立一门户。而李(梦阳)、何(景明)、王(世贞)、李(攀龙)之流,乃沾沾于诗,自命复古,殊可不必者矣。夫一代有一代之所胜,舍其所胜,以就其所不胜,皆寄人篱下者耳。余尝欲自楚骚以下,至明八股撰为一集。汉则专取其赋,魏晋六朝至隋则专录其五言诗,唐则专录其律诗,宋专录其词,元专录其曲,明专录其八股,一代还其一代之所胜,然而未暇也。

这位焦老先生简直说八股文既然占了优胜的地位,勉强作诗,那是很可不必的事了。

这样说来,一代文人都在八股文上用功夫,行有余力,才学诗和古文,这当然可以列为明代诗和古文所以衰颓的一个原因。至焦氏所说,明代文学只有八股最好。这可不是笑话,因为清代文人所作八股并不是没有好的,但是八股文在明代已经有了许多登峰造极的作家了。现在我们讲到明代文字,虽然不必说是只有八股文最好,可是要探讨诗和古文的发展,对于八股文的发展也得略为探讨一番。

八股文的起源及其发展是怎样的呢?《明史·选举志》有很扼要的记载,《志》中说:

> 科目者沿唐宋之旧，而稍变其试士之法，专取《四子书》及《易》、《书》、《诗》、《春秋》、《礼记》五经命题试士，盖太祖与刘基所定。其文略仿宋经义，然代古人语气为之，体用排偶，谓之八股，通谓之制义。

原来八股文是略仿宋代经义的，它的来源也很古了。限用《四书》、《五经》命题，也是始于宋时。《宋史·哲宗本纪》，元祐二年，诏举人程试，主司毋得于《庄》、《老》、《列子》书命题。至于八股文作者的立场，须用"代古人语气"，就是所谓"代圣贤立言"，这也是起源于宋人的。梁章钜《制艺丛话》，就是"杨诚斋有《国家将兴必有祯祥》文，点题后，用'以为'二字起，又《至于治国家》二句文，点题后，用'谓'字起，似代古人语气，实始于此"。这话是不错的。不过杨氏《国家将兴》二句文只有四股，《至于治国家》二句文只有六股，宋代还没有必须八股的定制，还不曾完成其为"制义"罢。《明史·选举志》又说：

> 诸生应试之文，通谓之举业。《四书》义一道，二百字以上；《五经》义一道，三百字以上，取书旨明晰而已，不尚华采也。其后标新领异，益漓厥初。万历十五年，礼部言唐文初尚靡丽，而士趋浮薄；宋文初尚钩棘，而人习险谲。国初举业有用《六经》语者，其后引《左传》、《国语》矣，又引《史记》、《汉书》矣；《史记》穷而用六子，六子穷而用百家，甚至佛经道藏摘而用之，流弊安穷？弘治、正德、嘉靖初年，中式文字纯正典雅，宜选其尤者，刊布学宫，俾知趋向。因取中式文字一百十余篇奏请刊布，以为准则。时方崇尚新奇，厌薄先民矩矱，以士子所好为趋，不遵上指也。启祯之间，文体益变，以出入经史百氏为高，而恣轶者益多矣。虽数申诡异险僻之禁，势重难返，卒不能从。论者以明举业文字，比唐人之诗，国初比初唐，成、弘、正、嘉比盛唐，隆、万比中唐，启、祯比晚唐云。

这里说到八股文一篇字数有一定的限制,这也始于宋时。宋高宗十四年,翰林学士洪迈有"各遵体格,以反浑淳"的奏言,不准士子试卷的字数贪多。元代试士,试卷字数也有规定,详载《元史·选举志》。还有八股文的内容也有一定的限制。宋高宗曾下诏禁止学校分治黄、老、庄、列之书,又申禁程文全用本朝人文集,或歌颂及佛书全句者,皆不考。元代考试经义,于《大学》、《论语》、《孟子》、《中庸》内设问,限用朱氏章句集注。可知明代八股文释经立论,限用朱子集注《四书》,还是仿效前代的成法。朱子集注《四书》以外,引用《六经》还可以,倘若引用《史记》、《汉书》,六子百家,乃至佛经道藏,就被认为流弊无穷。可知八股文是何等一种闭塞学者耳目心思的东西了!

总之,所谓八股文,除了上面已经讲过的几种限制以外,关于形式方面还有种种的限制,一时说它不完。所以刘熙载的《艺概》里有"未作破题,文章由我;既作破题,我由文章"的话。不过我们要知道一篇八股文的构成,必是首先作破题,其次承题,其次起讲,接下才是八股。八股一称八比,分为起比、首比、中比、后比。在这八股之中,每两股自成一段,一平一侧,两两相对。只要对仗工整,声调和谐,纵令无甚意思,也可算是佳作。末了再是一段作为结尾,或者单称为结。例如黄子澄于洪武十八年作的《天下有道则礼乐征伐自天子出》一文,这可算是初期八股文中典型之作,现在把它分段写出,以见当时八股文是具有怎样形式的一种东西。

天下有道则礼乐征伐自天子出　　　　黄　湜

治道隆于一世,政柄统于一人。

夫政之所在,治之所在也。礼乐征伐,皆统于天子,非天下有道之世而何哉?

昔圣人通论天下之势,首举其盛为言。若曰:天下大政,固非一端;天子至尊,实无二上。是故民安物阜,群黎乐四海之无虞;天开日明,万国仰一人之有庆。主圣而明,臣贤而良,朝廷有穆皇之美也;治隆于上,俗美于下,海宇皆熙皞之休也;非天有道之时乎?
　　当斯时也——
　　语离明,则一人所独居也;
　　语乾纲,则一人所独断也。
　　若礼若乐,国之大柄,则以天子将之,而掌于宗伯;
　　若征若伐,国之大权,则以天子主之,而掌于司马。
　　一制度,一声容,议之者天子,不闻以诸侯而变之也;
　　一生杀,一予夺,制之者天子,不闻以大夫而擅之也。
　　皇灵丕振,而尧封之内,咸懔圣主之威严;
　　天纲独握,而禹甸之中,皆仰一王之制度。
　　信乎非天下有道之世,孰能若此哉!

　　这篇八股文有二百九十字,当然遵守了当时"四书义一道,二百字以上"的定制。若是作在清朝,便不合格。因为顺治初年规定四百五十字成篇,康熙时候改为五百五十,后又改为六百。字数在三百字以下不合格,反之在七八百字以上也不合格。再如破题的煞脚,在清朝照例要用一个助字,单是硬邦邦的两句也不成。清朝虽然还是用八股文取士,可是对于八股文的限制,较之明代就更多更严,其文体有乌龟格、蛇行格、燕尾格等名称,有犯上犯下之禁,有截搭题之制,有用而字之字乎字者字做试题的。这样,作出一篇文章,费了许多时间,却毫无价值,浪费精力,闭塞聪明,那就不待说了。

　　明代八股文作家最著名的,前有王鏊、唐顺之,后有归有光、胡友信(思泉),尤其是王鏊,他简直是一代八股之圣,虽乡塾小儿才能诵读八股,就无不知有王守溪。在这八股文四大作家中,唐顺之、归有光又是最著名的古文家,他们的古文,除去一些记叙文,其他都不免"时文境界间或阑入",正如黄宗羲所说。其实明代学为古文的人,宋濂、刘基以下,都曾先学过八股,不仅唐顺之、归有光才是如此。还有万历时候,东乡艾南英与同郡章世纯（大力）、罗万藻、陈际泰，因当时八股腐烂，他们以兴起斯文为己任，合刻四人所作行世，世称章、罗、陈、艾。其中艾南英也是一个反王（世贞）、李（攀龙）一派的古文家。不过他在古文上的成就也和王鏊差不多。这样说来，有明一代，八股文家不必兼工古文，古文家几乎没有不兼工八股文的。清朝第一个古文家方苞说：

> 明人制义，体凡屡变。自洪、永至化、治，百余年中，皆恪遵传注，体会语气，谨守绳墨，尺寸不逾。至正、嘉作者，始能以古文为时文，融液经史，使题之义蕴，隐显曲畅，为明文之极盛。隆、万间，兼讲机法，务为灵变，虽巧密有加，而气体荼然矣。至启祯诸家，则穷思毕精，务为奇特，包络载籍，刻雕物情，凡胸中所欲言者，皆借题以发之。就其善者可兴可观，光气自不可泯。凡此数种，各有所长，亦各有所蔽。故化治以前，有简要亲切，而又有精采者。亦有直写传疏，寥寥数语，及对以改换字面，而意义无别者。正、嘉而后，有气息醇古，实有发挥者。亦有规模虽具，精义无存，及剽袭先儒语录，肤廓平衍者。隆、万为明文之衰，有气质端重，间架浑成者。亦有专事凌驾，轻剽促隘，虽有机趣，而按之无实理真气者。至启、祯名家之杰出者，其思力所造，涂径所开，或为前辈所不能到。其余杂家，则佪弃规矩以为新奇，剽剥经子以为古奥，雕琢字句以为工雅，书卷虽富，词理虽丰，而圣经贤传本意转为所蔽蚀矣。

方氏对于明代八股文的分期，似乎根据《明史·选举志》，如上文所引。他是一个纯正的古文家，爱古文而薄八股文，所以颇推崇明代正、嘉间能以古文为时文的作者。以古文为时文则可，以时文为古文则不可，古文家都持这样的见解，不仅方苞一人，即如上文我就已经引过黄宗羲评归有光古文的话了。而且明代古文家选辑古文，圈点批抹，也染了八股文人的习气，或许因为要提供一般八股文人阅读，不得不如此。例如唐顺之的《文编》,选辑由周迄宋之文,分体排纂。他所说的古文之法,毋宁说是八股之法。论者却以为标举脉络,批导窾会,使后人得以窥见开阖顺逆经纬错综之妙。还有茅坤的《唐宋八大家文钞》,选辑韩、柳、欧阳、王、曾、三苏之文,亦为举业而设。所以圈点批抹,把古文看作八股文,八股文的窠臼就变成了古文的窠臼。以上所说种种,都可以看出八股与古文的关系;古文无害于八股,八股却是有害于古文的发展,也可以明白了。

这一时代古文发展的进程是怎样的呢? 自然,古文和诗一样,起头还是继续前一时代。所以《明史·文苑传序》说:

  明初文学之士,承元季虞、柳、黄、吴之后,师友讲贯,学有本原,宋濂、王袆、方孝孺以文雄,高、杨、张、徐、刘基、袁凯以诗著。其他胜代遗逸,风流标映,不可指数,盖蔚然称盛已。

明朝开国之初,如胡翰、戴良、王袆、苏伯衡之流,固然是前一时代末期的古文家吴莱、柳贯、黄溍诸人亲炙的弟子,或是他们提携奖掖的后辈;便是被称为当时天下文章第一的宋濂,也是先从吴莱学,后游柳贯、黄溍之门。刘基(一三一一——一三七五)尝对太祖说:"今天下文章,宋濂第一,其次即臣基,又次即张孟兼。"张孟兼虽有才名,却没有什么若何值得注意的成就。刘基算有成就了,气昌而思奇,策士之文。他欢喜说自己的话,不肯依傍古人。他不像王袆有意揣摩古人作品,多代拟古人之作。可是刘基不是一个纯正的儒者,论文的人往往只推崇宋濂,不免压落了他。

宋濂(一三一〇——一三八一),字景濂,浦江人。元至正中,荐授翰林编修,以亲老辞不行,入龙门山著书逾十年。太祖取婺州,召见,命为五经师。明年,命授太子经。濂长刘基一岁,两人皆起东南,负重名。基雄迈有奇气,濂自命儒者。基佐军中谋议,濂以文学侍帝左右,备顾问。洪武二年,诏修《元史》,命充总裁官。先后教太子诸王十年,太子称为"师父"。太祖尝廷誉之曰:"朕闻太上为圣人,其次为贤,其次为君子。宋景濂事朕十九年，未尝有一言之伪，诮一人之短，始终无二，非止君子，抑可谓贤矣。"历仕侍讲学士、知制诰、同修国史、兼赞善大夫、中顺大夫等官。洪武十年致仕。十三年，长孙慎坐胡惟庸党，帝欲置濂死，皇后太子力救，乃安置茂州，明年卒于夔，年七十二。濂状貌丰伟，美须髯，视近而明，一黍上能作数字。自少至老，未尝一日去书卷。于学无所不通。为文醇深演迤，与古作者并。一时朝廷高文典册，以及显贵碑志，大半出于其手。士大夫造门乞文者，后先相踵。高丽、安南、日本至出兼金购文集。四方学者悉称为"太史公"，而不呼其姓氏。正德中，追谥文宪。

宋濂之文，论者以为"雍容浑穆，如天闲良骥，鱼鱼雅雅，自中节度"。这是台阁派的文章应该有的风格。所以我们可以说他是明朝古文家的先驱，又可以说他是台阁派的先驱。宋濂弟子方孝孺（一三五七——一四〇二）也是一个纯正的儒者。生当盛时，又颇得势，立志不小，意气甚高，故作为文章，很觉纵横豪放。他的政治主张，在于驾轶汉唐，锐复三代，乃与惠帝讲求六官，改制定礼。结果，这种复古的政治运动失败。燕王赶走了惠帝，叫他草登极诏书，他抵死不从，便诛十族也不怕，他真是一个顽固的书生！明初书生遭祸的原不止一方孝孺，仅就上面所举的几个古文家而论，只有胡翰名位不显，算得善终。戴良因忤旨自杀，张孟兼因侮宠僧吴印弃市，苏伯衡坐表笺误而下吏死，王祎死事云南。便是开国有功兼有盛名的刘基，相传被忌毒死，宋濂被贬窜忧愤而死。朱明一代文人遭厄，从开国时候就是如此的了！

我们已经知道前一时代末期的古文家吴莱、柳贯、黄溍大有影响于这一时代初期的古文家了，还有杨维桢那种假古董似的文章也还是流风未歇。纯正的古文家宋濂称杨氏之文，"如睹商敦周彝，云雷成文，而寒芒横逸"。虽说恭维，似乎含有不满的意思。便是杨维桢的弟子贝琼也不满意他的老师，所以他于论文要说："立言不在崭绝刻削，而平衍为可观；不在荒唐险怪，而丰腴为可乐。"看他这种论调，简直可以说他是铁崖叛徒。同时又有一位道气颇足的王彝，作《文妖》一篇，是专攻击杨维桢的。他说：

天下所谓妖者,狐而已矣。俄而为女妇,而世之男子惑焉。则见其黛绿朱白,柔曼倾衍之容,无乎不至。虽然,以为人也则非人,以为妇女也则非妇女,而有室家之道焉。此狐之所以为妖也!文者道之所在,曷为而妖哉?浙之西言文者,必曰杨先生。予观其文以淫词谲语,裂仁义,反名实,浊乱先圣之道。顾乃柔曼倾衍,黛绿朱白,奄然以自媚,宜乎世之为男子者之惑之也!予故曰会稽杨维桢之文,狐也,文妖也。噫,狐之妖至于杀人之身,而文之妖,往往后生小子群趋而竞习焉,其足为斯文祸,非浅小也!文而可妖哉?妖固非文也!世盖有男子而弗惑者,何忧焉!

这简直是一道声讨铁崖一派文章的檄文。宋初有杨亿,明初有杨维桢,都被当时颇有道气的学者攻击。杨氏二妖,总算不幸。石介攻倒了杨亿一派骈俪之文,欧阳修、曾巩一派纯正的古文出来了。王彝攻倒了杨维桢一派假古董的光怪陆离之文,杨士奇(一三六五——一四四四)、李东阳(一四四七——一五一六)诸人台阁派(一称馆阁派)的平衍丰腴之文出来了。

据《明史》说:"自明兴以来,宰臣以文章领袖缙绅者,杨士奇后,李东阳一人而已。"不错,他们都是当时典型的台阁派作家。杨士奇、杨荣、杨溥并称三杨,士奇文章特优,制诰碑版多出其手。这类文章完全是馆阁应用之作,好处在所谓雍容雅正,坏处在不免肤廓冗长。但具富贵福泽之气,没有若何文学价值。李东阳的文章也是如此,但记叙小文,偶有可读的。

食　　戒　　　　　　　　李东阳

　　予病脾时,沈都宪时旸尝对食,退语人曰,是非不能食,乃多食之故耳。后鸿胪凌主簿远为予言,少不能食,有一叟问曰,汝欲食乎?吾教汝食。翼日,可空腹以来。比至,设饭肉各一器,将进食,遽以手止焉,曰,未可也。取其饭以箸画之为四分,乃使食。食下一口,辄欲就肉,又止焉,曰,未可也。如是者三。尽一分,使食肉一脔,如是者四,而器尽。复问曰,汝尚能食乎?曰,能。曰,不可。子姑去,凡食必准此为法。及归,不阅月而食进。往谢,且问之。叟曰,脾性恶腻,汝未食而先以腻物困之,安能使之运而化乎?予闻之,重有感焉。越十余年,病再作,皆用此法而痊。因录以自警。

李东阳既曲学阿世,依附宦官刘瑾,他的文章也正如其人,没有气魄的。于是台阁雍容之作,到他集大成,也就到他走末运了。因为这一派的文章,肤廓平庸,啴缓冗沓,千篇一律,陈陈相因,是已经发展到了尽头的。以"复古"为号召的李梦阳、何景明一派出来了,同时王守仁、罗玘一派理学家之古文也出来了。

李梦阳恰和李东阳同时,而年辈稍后,出其门下,他却不肯依附那个专横的宦官刘瑾,几乎遭祸,算他是有气魄的。他于诗文,倡言复古,要使天下人毋读唐以后书,持论甚高。固然大古文家韩愈早就说过"非三代、两汉之书不敢观"的话,而且他提倡散文,也叫做复古。可是李梦阳一派人的所谓复古,不仅和当时的台阁体异向,同时又反韩愈以来的所谓古文,而主张"文必秦汉"。《明史·文苑·李梦阳传》,称:"梦阳才思雄鸷,卓然以复古自命。弘治时,宰相李东阳主文柄,天下翕然宗之,梦阳独讥其萎弱。倡言文必秦汉,诗必盛唐,非是者弗道。"其实,梦阳之文,故作聱牙,以艰深文其浅易,要是一病。何景明和他齐名,杂记小文,偶有清隽可喜之作。

躄　盗　　　　　　　　　　何景明

躄盗者,一足躄,善穿窬。尝夜从二盗入巨姓家,登屋上,翻瓦,使二盗以绳下之。搜资入之柜,命二盗系上。已复下其柜,入资上之,约如是者三,及其数,躄盗自度曰:"柜上,彼无置我去乎?"遂自入坐柜中,二盗系上之,果私语曰:"赀重矣,我二人分之则有余,彼出则必多取,是厉我也。不如置而去也。"遂持柜行大野中。一人曰:"壁盗称善偷,乃为我所卖。"一人曰:"此时将见主人翁矣!"相与大笑欢喜,不知壁盗乃在柜中。顷二盗倦坐道上。壁盗度将曙,又闻远舍有人语笑,出柜大声曰:"盗劫我!"二盗遑讶遁去,壁盗顾乃得全赀归。

王守仁(一四七二——一五二八)和李梦阳同年生,早一年死。茅坤推崇他为唐宋八家以后第一人。他作徐祯卿的墓志,说李梦阳、何景明数子"弊精于无益,巧辞以希俗",可见他于李、何的复古运动是不满意的。他觉得这一派"不自做文,而求似人",不免可笑。因为他自己作文不肯依傍古人,不屑有意模仿古人之文。他是一位理学大儒,他在中国哲学史上应该占一席很重要的位置,学者称他为阳明先生,又称他这一学派为阳明派,一称姚江派。他是余姚人,字伯安,弘治进士。正德时,巡抚南赣,又尝平定"宸濠之乱"。他以文人而居然能够用兵,算他一雪腐儒之耻。论到文学,倒是他的余事。当时又有罗玘,也是一位理学派的古文家。陈洪谟的《罗圭峰文集序》里说:"闻其为文,必呕心积虑,至扃户牖,或踞木石,隐度逾旬日,或逾岁时,神生境具,而后命笔。稍涉于萎陋诎诞之微,虽数易稿不惮。"可以想见罗玘对于古文是用过苦功的。再艾南英《罗文肃集序》云:"南城圭峰罗文肃公,当邪说(指何李一派)始兴之时,矫俗自立,力追古大家体裁,当时以为直逼柳州。天下后进,读公文集,始知刻厉为文,不袭陈言,不厌薄韩、柳,以为可师者,皆公之力也。"可知王阳明、罗圭峰都是不满意当时号称复古的秦汉派古文家,他们做了反复古的唐宋派古文家之先驱。同时还有孙绪,在他的《沙溪集·无用闲谈》中说:"文章与时高下,人之才力亦各不同,今人不能为秦汉、战国,犹秦汉、战国不能为《六经》也。世之文士,尺寸步骤,影响摹拟,晦涩险深,破碎难读。……"可见他也是反秦汉派的,不过他仅官至太仆寺卿,名位太小,不曾投给当日文坛以若何的影响罢了。

这个时候，绍述李、何，文主秦汉的，有王世贞、李攀龙，时人并称李、何、王、李。《明史·文苑·李攀龙传》，说攀龙"持论，谓文自西京，诗自天宝而下，俱无足观，于本朝独推李梦阳。诸子翕然和之，非是则诋为'宋学'。攀龙才思劲鸷，名最高，独心重世贞。……文则聱牙戟口，读者至不能终篇，好之者推为一代宗匠，亦多受世抉摘云"。又《王世贞传》，说世贞"持论，文必西汉，诗必盛唐，大历以后书勿读。而藻饰太甚，晚年攻者渐起，世贞顾渐造平淡。病亟时，刘凤往视，见其手《苏子瞻集》讽玩不置也"。可见王、李在文学上的主张，和二人间的关系。李攀龙之杂文，有意诘屈其词，涂饰其字；王世贞之杂文，比较平实、灵动一点。

徽宗三马图　　　　　　　　王世贞

里人顾君出宣和帝三马图示予。或以行笔稍露蹊径，疑为临本。顾其饮龁腾嘶之态，溢出缣素间，纵尔，亦是隆准公的裔耳，似非邯郸子舆也。当宣、政间，青羌、赤狄，千里之贡日至，天厩万匹，往往吾师；而秘府所藏曹韩神品，不下数百千轴，宜其妙也。度至五国城，尽观东胡駒騄駃騠，穷姿极变，要必有进于是者，而浮沉沙漠中，不可得矣！为之一慨。

在何、李、王、李四大家中，以王世贞在当时文坛上的影响为更大。因为他天才最高，又博览典籍，确非余子所及。艾南英《天佣子集》里说道："后生小子不必读书，不必作文，但架上有前后《四部稿》，每遇应酬，顷刻裁割，便可成篇，骤读之无不浓丽鲜华，绚烂夺目，细案之一腐套耳。"原来当时后进文人大家剽窃王世贞的文章，于是这种文章竟至成了腐套。从此复古派被人家厌弃，他们在文坛上的地位也就动摇了。

这个时候，反对复古派而继承唐宋古文家之文统的，先有王慎中，后有唐顺之、归有光。至于焦竑，也以古文有名，究竟他是一个博极群书的学者，他是不必和王、李或王、唐之流争文统的。

王慎中(一四九九——一五四九)，字道思，晋江人。四岁能诵诗，十八举嘉靖五年进士，授户部主事，寻改礼部祭司。历仕考功员外郎、验封郎中、山东提学佥事、江西参议、河南参政等官。他起初学为文章，恰当何、李气焰盛时，他也属于复古派。后来他领悟了欧、曾作文之法，就把旧作烧掉，专学欧、曾，尤得力于曾巩，一变而为复古派叛徒。唐顺之和他是朋友，起初不服他这种主张，后来和他同志，也变成了复古派的叛徒。因此，他们两人齐名，当时称为王、唐，又称晋江、毗陵。晋江之文，演迤详赡，卓然成家。李攀龙、王世贞后起，很排斥他，却排斥不下。李攀龙原来是他提学山东时所赏拔的人，可以说是他的叛徒了。

唐顺之(一五〇七——一五六〇)，字应德，武进人。生有异禀，稍长洽贯群籍。年三十二举嘉靖八年会试第一，改庶吉士。历仕兵部主事、翰林编修、吏部主事、春坊右司谏、职方员外郎，进郎中。当时倭寇蹂躏江南，寻命往南畿浙江视师，与胡宗宪协谋讨贼。顺之以御贼上策，当截之海外。纵使登陆，则内地咸受祸。乃躬泛海，自江阴抵蛟门大洋一昼夜，夜行六七百里，从者咸惊呕，顺之意气自如。倭泊崇明三沙，督舟师邀之海外，斩馘一百二十，沉其舟十三。擢太仆少卿，加右通政，进右佥都御史，巡抚凤阳卒。顺之为古文，汪洋纡折，有古大家风。论者以为"顺之学问渊博，留心经济，自天文地理乐律兵法，以至句股壬奇之术，无不精研，深欲以功名见于世。虽晚年再出，当御倭之任，不能大有所树立，其究也仍以文章传。然考索既深，议论具有根柢，终非井田封建之游谈。其文章法度具见《文编》一书，所录上自秦汉以来，而大抵从唐宋门庭沿溯以入。故于秦汉之文不似李梦阳之割剥字句，描摹面貌；于唐宋之文亦不似茅坤之比拟间架，掉弄虚机。在有明中叶，屹然为一大宗"。

茅坤(一五一二——一六〇一)，字顺甫，归安人。嘉靖十七年进士，历知青阳、丹徒二县，累迁至大名兵备副使。好为古文，最心折唐顺之。顺之喜唐宋诸大家文，所著《文编》，唐宋人自韩、柳、欧、三苏、曾、王八家外无所取，故坤选辑《八大家文钞》。其书盛行海内，虽乡里小生无不知有茅鹿门者,鹿门,坤别号也。一说唐宋八大家之称,始于明初朱右。朱右尝采录韩、柳、欧阳、曾、王、三苏之作,为《八先生文集》,然此书不传。论者以为"自李梦阳《空同集》出,以字句摹秦汉,而秦汉为窠臼;自茅坤《白华楼稿》出,以机调摹唐宋,而唐宋又为窠臼"。茅坤在古文上的影响可以想见。其实当时唐宋派的古文家,除了王、唐勉强可以够格以外,可以推为一代大作家的就只有归有光了。

归有光(一五〇六——一五七一),字熙甫,昆山人。九岁能属文,弱冠尽通五经、三史诸书。嘉靖十九年(一五九三)举乡试第二,八上春官不第。移居嘉定安亭江上,读书讲学,学徒常数百人,称为震川先生。四十四年,始成进士,授长兴知县。调顺德通判,专辖马政。隆庆四年,大学士高拱、赵贞吉引为南京太仆寺丞,修《世宗实录》,明年,卒于官。有光好读《史记》,相传他尝用五色笔圈点《史记》,标明起结转折处。所作散文,颇得《史记》曲折回荡之妙。其《花史馆记》云:

花 史 馆 记

子问,居长洲之甫里,余女弟婿也。余时过之,泛舟吴淞江,游白莲寺,憩安隐堂,想天随先生(唐陆龟蒙)之高风,相与慨然太息,而子问必挟《史记》以行。余少好是书,以为自班孟坚已不能尽知之矣,独子问以余言为然。间岁不见,见必问《史记》,语不及他也。会其堂毁,新作精舍,名曰花史馆,盖植四时花木于庭,而度《史记》于室,日讽诵其中,谓人生如是足矣,当无营于世也。夫四时之花木,在于天地运转,古今代谢之中,其渐积岂有异哉!人于天地间,独患其不能在事之外,而不知止耳。静而处其外,视天地间万事,如庭中之花,开谢于吾前而已矣。自黄帝迄于太初,上下二千余年,吾静而观之,岂不犹四时之花也哉!吾与子问所共者,百年而已,百年之内,视二千余年不啻一瞬,而以其身为己有,营营而不知止,又安能观世如史,观史如花也哉!余与子问言及此,抑亦进于史矣,遂书之以为记。

这篇小文可以考见归有光对于《史记》具有深嗜笃好,他的妹婿好读《史记》,正是受了他的影响。在《震川文集》中,以记叙小品为最佳。他会描写家常琐屑而有情致。他叙述家人骨肉以及朋友间事,每每用极平淡的文字,含有极浓厚的情感。真是如王世贞《归太仆赞序》中所说:"不自雕饰,而自有风味超然。"再录其《寒花葬志》一篇:

寒 花 葬 志

婢,魏孺人媵也。嘉靖丁酉五月四日死,葬虚邱。事我而不卒,命也!夫婢初媵时,年十岁,垂双鬟,曳深绿布裳。一日,天寒,爇火煮荸荠熟,婢削之盈瓯,予入自外,取食之,婢持去,不与,魏孺人笑之。孺人每令婢倚几旁饭,即饭,目眶冉冉动,孺人又指予以为笑。回思是时,奄忽便已十年。吁!可悲也已。

这篇小文,对于一个人所贱视的婢女,他却寄与了不少的同情,可以想见归有光的为人性情温厚;而他的文字长于抒情,这是有来由的了。

说也奇怪,唐宋两代的古文最盛,金元时代,文化落后的游牧民族统治中国,连中国的文化也陷于停滞衰落的状态中,文人倒霉,古文便奄奄没有生气了,元好问、姚燧、吴澄、虞集虽号为大家,成就却是有限。柳贯、黄溍、吴莱取法南宋陈亮之文,还算古文中的别派,也谈不到有若何值得注意的成就了。唐宋派的古文既然衰微,于是取而代之的是假古董似的秦汉派,要算元明之际杨维桢做了先驱。因为刘基、宋濂之后,没有相当的替人;又因为台阁派肤廓平庸之文久而生厌,号为复古的秦汉派何、李、王、李四大家先后出来了。直到反复古的唐宋派归有光出来,才算他克服了伪古典的秦汉派,继承了唐宋古文家的文统。他曾诋王世贞、李攀龙为妄庸巨子,见《项思尧文集序》,其中说道:"今世之所谓文者,难言矣!未始为古人之学,而苟得一二妄庸人为之巨子,争附和之以诋排前人。韩文公云:'李杜文章在,光焰万丈长。不知群儿愚,那用故谤伤。蚍蜉撼大树,可笑不自量。'文章至于宋元诸名家,其力足以追数千载之上而与之颉颃,而世直以蚍蜉撼之,可悲也。毋乃一二妄庸人为之巨子以倡导之欤?"归有光独抱唐宋诸家遗集,与二三弟子讲习于荒江老屋之间,毅然排击王、李,可算他是当时唐宋派古文家的健将。王世贞原是和他争论不合的,可是他死了,王世贞做的《归太仆遗像赞》道:

> 风行水上,涣为文章,风定波息,与水相忘。
> 千载惟公,继韩欧阳。余岂异趣?久而自伤!

这简直是秦汉派一位大将的投降书,投给已死的唐宋派一位大将了。何况据说这位秦汉派的大将临死的时候,他的手里还拿着一部《苏子瞻集》在读呢!

不过这个时候,秦汉派还有相当的势力,直到公安派三袁,竟陵派钟、谭出来,才真可以说是"王李之风渐息"。

袁宏道(一五六八——一六一〇),字中郎,公安人,与兄宗道、弟中道,并有才名,人称三袁。宗道(一五五九——一六〇〇),字伯修,号石浦,万历十四年会试第一,授庶吉士,授编修,卒官右庶子。中道字小修,官至南京吏部郎中。宏道举万历二十年进士,归家下帷读书,诗文主妙悟。历仕吴县知县、顺天教授、国子助教、礼部主事、稽勋郎中等官。先是王、李之学盛行,袁氏兄弟独心非之。宗道在馆中与同馆黄辉力排其说。于唐好白乐天,于宋好苏轼,因名其斋曰白苏。至宏道,益矫以清新轻俊,学者多舍王、李而从之,目为公安体。然戏谑嘲笑,间杂俚语,空疏者便之。据《明史》说,公安派的主张及其特点如此,太抽象了,现在我们来看看三袁的文学论罢。袁伯修《论文上》说:

> 口舌代心者也,文章又代口舌者也,展转隔碍,虽写得畅显,已恐不如口舌矣,况能如心之所存乎?故孔子论文曰,辞达而已矣。达不

达,文不文之辨也。唐虞三代之文,无不达者。今人读古书不即通晓,辄谓古文奇奥,今人下笔不宜平易。夫时有古今,语言亦有古今,今人所诧谓奇字奥句,安知非古之街谈巷语耶?

或曰,信如子言,古不必学耶? 余曰,古文贵达,学达即所谓学古也,学其意不必泥其字句也。今之圆领方袍,所以学古人之缀叶蔽皮也;今之五味煎熬,所以学古人之茹毛饮血也。何也? 古人之意,期于饱口腹,蔽形体;今人之意,亦期于饱口腹,蔽形体,未尝异也。彼摘古字句入己著作者,是无异缀皮叶于衣袂之中,投毛血于肴核之内也。大抵古人之文,专期于达,而今人之文专期于不达,以不达学达,是可谓学古者乎?

袁中郎《雪涛图集序》里也说:

夫古有古之时,今有今之时,袭古人语言之迹,而冒以为古,是处严冬而袭夏之葛者也。

又他的《小修诗叙》里说:

诗文至近代而卑极矣,文则必欲准于秦汉,诗则必欲准于盛唐,剿袭模拟,影响步趋。见人有一语不相肖者,则共指以为野狐外道。曾不知文准秦汉矣,秦汉人曷尝字字学《六经》欤? 诗准盛唐矣,盛唐人曷尝字字学汉魏欤? 秦汉而学《六经》,岂复有秦汉之文? 盛唐而学汉魏,岂复有盛唐之诗? 唯夫代有升降,而法不相沿,各极其变,各穷其趣,所以可贵,原不可以优劣论也。

这是公安派的文学进化论,他们的根本理论在此,也就是他们所以异于复古派的地方。再节录袁伯修的《论文下》于此:

> 爇香者沉则沉烟，檀则檀气。何也？其性异也。奏乐者钟不藉鼓响，鼓不假钟音。何也、其器殊也。文章亦然，有一派学问，则酿出一种意见；有一种意见，则创出一般言语；无意见则虚浮，虚浮则雷同矣。故大喜者必绝倒，大哀者必号痛，大怒者必叫吼动地，发上指冠。惟戏场中人，心中本无可喜事而欲强笑，亦无可哀事而欲强哭，其势不得不假借模拟耳。今之文士，浮浮泛泛，原不曾的然做一项学问，叩其胸中，亦茫然不曾具一丝意见，徒见古人有立言不朽之说，又见前辈有能诗能文之名，亦欲搦管伸纸，入此行市，连篇累牍，图人称扬。夫以茫昧之胸，而妄意鸿巨之裁，自非行乞左、马之侧，慕缘残溺，盗窃遗矢，安能写满卷帙乎？试将诸公一编，抹去古语陈句，几不免于曳白矣，其可愧如此。而又号于人曰，引古词，传今事，谓之属文，然则二典三谟非天下之至文乎？而其所引果何代之词乎？……然其病源则不在模拟，而在无识。若使胸中的有所见，苞塞于中，将墨不暇研，笔不暇挥，兔起鹘落，犹恐或逸，况有闲力暇晷，引用古人词句耶？故学者诚能从学生理，从理生文，虽驱之使模，不可得矣。

这是公安派的作家修养论，也就是他们的文章孕育论。"有一派学问，则酿出一种意见，有一种意见，则创出一般言语"，"从学生理，从理生文"，这些话都极精到，袁中郎说：

> 信腕信口，皆成律度。(《雪涛阁集序》)
> 独抒性灵，不拘格套。(《小修诗序》)

又袁小修《中郎先生全集序》里说：

> 嗟呼！自宋、元以来，诗文芜烂，鄙俚杂沓，本朝诸君子出而矫

之，文准秦汉，诗则盛唐，人始知有古法。及其后也，剽窃雷同，如赝鼎伪觚，徒取形似，无关神骨。先生出而振之，甫乃以意役法，不以法役意，一洗应酬格套之习，而诗文之精光始出。如名贲为寒氛所勒，索然枯槁，而果日一照，竟皆鲜敷。如流泉壅闭，日归腐败，而一旦疏瀹，波澜掀舞，淋漓秀润。至于今天下之慧人才士始知心灵无涯，搜之愈出，相与各呈其奇而互穷其变，然后人人有一段真面目溢露于楮墨之间。即方圆黑白相反，纯疵错出，而皆各有所长以垂之不朽，则先生之功，于斯为大矣。

这是公安派的创作方法论。他们下笔是不守古法的，不拘格套的。他们主张"信腕信口"，"独抒性灵"，"有一段真面目溢露于楮墨之间"。至于说是"心灵无涯，搜之愈出"。他们已经体会到性灵无涯，文章创作亦无涯了。他们是文章解放论者，和当日的文章纪律论者，无论秦汉派、唐宋派，都是不相容的。不过他们也仅仅止于建立了性灵派的一种理论，他们的作品并不能和他们自己的理论相适合。就算袁中郎的小品散文较好，究竟他的成就还是有限。他所作关于山水的记叙小品，可以算是他的独抒性灵之作了。张岱说："古人记山水手，太上郦道元，其次柳子厚，近时则袁中郎。"张氏还以为郦文遒劲苍老，柳文深远冶淡，袁文灵动俊快。他似乎不曾见到徐宏祖的《霞客游记》，所以他于近人中仅止称许袁中郎。现举袁文两则于次：

孤　山

　　孤山处士，妻梅子鹤，是世间第一种便宜人。我辈只为有了妻子，便惹许多闲事，撇之不得，傍之可厌，如衣败絮行荆棘中，步步牵挂。近日雷峰下有虞僧孺，亦无妻室，殆是孤山后身。所著《溪上落花》诗，虽不知于和靖如何，然一夜得百五十首，可谓迅捷之至。至于食淡参禅，则又加孤山一等矣，何代无奇人哉！

吴 山

余最怕入城,吴山在城内,以是不得遍观,仅匆匆一过紫阳宫耳。紫阳宫石,玲珑窈窕,变态横出,湖石不足方比,梅花道人一幅活水墨也。奈何辱郡郭之内,使山林僻懒之人,亲近不得,可叹哉!

这种"戏谑嘲笑,间杂俚语"的文章,别有风趣,正是公安派的特色。不待说,公安派是复古派引起来的反响。在公安派之前,徐渭所作诗文,不问古人法度为何物,论者以为"公安一派之先鞭"。还有和王慎中、唐顺之同在嘉靖八才子之列的李开先,归田以后,所作《闲居集》,其自序谓年四十,罢归田里,既无用世之心,又无名后之志,作不必工,信口直写。这也可以说是"公安一派之先鞭"罢。至于竟陵派,正和公安派同时,而稍后起来。他们不甚注意于散文,所以在散文方面的成就也有限。然而钟惺、谭元春常常是和三袁相提并论的。

钟惺(一五七二——一六二四),字伯敬,竟陵人,万历三十八年进士,官至福建提学佥事。与同里谭元春友善,元春字友夏,名辈后于钟惺。因为他们两人共同选辑了《唐诗归》、《古诗归》两书,所以钟谭齐名并称。他们文学上的主张,在"务求古人精神所在",学古不学古,倒以为不必争持的。所以钟惺的《隐秀轩集自序》里说:

予少于诗文,本无所窥,成一帙,辄刻之,不禁人序,亦时自作序。大要取古人近似者,时亦肖之,为人所称许,辄自以为诗文而已矣。侧闻近时君子,有教人反古者,又有笑人泥古者,皆不求诸己,而皆舍所学以从之。庚戌以后,乃始平气精心,虚怀独往,外不敢用先入之言,而内自废其中拒之私,务求古人精神所在,虽不能得古人之一二,然举其所得之一二以示人,其为人耳目所不经见,及经见而略不屑意者,十固已八九矣。间取己作以覆古人,向所信以为古人确然在是者,觉去古反滋远;有所创获晚出,使人愕然以为悖于古者,古人尝先有之；始悟近时所反之古，及笑人所泥之古，皆与古人原不相蒙，而古人精神别自有在也。

所谓"古人精神"究竟是什么？钟氏没有明确告人。但看他的《诗归序》，说是"第求古人真诗所在，真诗者精神所为也"。可见他着重在一个"真"字。这和袁中郎所说，"真人所作，故多真声，不效颦于汉魏，不学步于盛唐，任性而发"。大致是相仿佛的。又谭元春的《诗归序》里也说：

夫真有性灵之言，常浮出纸上，决不与众言伍。而自出眼光之人，专其力，一其思，以达于古人，觉古人亦有炯炯双眸从纸上还瞩人，想亦非苟然而已。

他说的"真有性灵之言"，当是钟惺所说"精神所在"罢。我们借此知道竟陵派和公安派可以通称性灵派。性灵可以说就是自我，作品可以说是自我之表现，也就可以说是性灵之表现。这种表现在一"真"字，在求自我的"真"，不怕露出真面目来。公安、竟陵两派都主张一个"真"字，这是他们的共通之点。不过他们也有不同的地方，据《明史·文苑传》说，自袁宏道矫王、李之弊，倡以清真，钟惺复矫其弊，变而为幽深孤峭。原来公安派的好处在清新轻俊，坏处在浅薄空疏；竟陵派想以幽深孤峭救浅薄空疏，却又不免于怪僻苦涩。到了明末清初，张岱、李渔诸人的作品出来，算是融合了公安、竟陵两派的长处。李渔是明清之际一个顶重要的戏曲批评家，已在前面说过，他的《一家言》中，散文部分不少独抒性灵之作，仅就上文所引论曲之文，已可见其一斑，这里不多评述了。现在略论张岱。

张岱（一五九七———一五八九）的一生怎样？我们说来，怕不如他自己写的有趣。先看他的《自为墓志铭》罢：

蜀人张岱，陶庵其别号也。少为纨绔子弟，极爱繁华，好精舍，好美婢,好娈童,好鲜衣,好美食,好骏马,好华灯,好烟火,好梨园,好鼓吹,好古董,好花鸟,兼以茶淫橘虐,书蠹诗魔,劳苦半生,皆成梦幻。年至五十,国破家亡,避迹山居,所存者破床碎几,折鼎病琴,与残书数帙,缺砚一方而已。布衣蔬食,常至断炊,回首三十年前,真如隔世。常自评之,有七不可解:向以韦布而上拟公侯,今以世家而下同乞丐,如此则贫贱紊矣,不可解一。产不及中人而欲齐驱金谷,世颇多捷径而独株守於陵,如此则贫富舛矣,不可解二。以书生而践戎马之场,以将军而翻文章之府,如此则文武错矣,不可解三。上陪玉皇大帝而不谄,下陪卑田院乞丐而不骄,如此则尊卑溷矣,不可解四。弱则唾面而肯自甘,强则单骑而能赴卤,如此则宽猛背矣,不可解五。夺利争名甘居人后;观场游戏肯让人先,如此则缓急谬矣,不可解六。博弈摴蒲,则不知胜负,啜茶尝水则能辨渑淄,如此则智愚杂矣,不可解七。有此七不可解,自且不解,安望人解?故称之以富贵人可,称之以贫贱人亦可;称之以智慧人可,称之以愚蠢人亦可;称之以强项人可,称之以柔弱人亦可;称之以卞急人可,称之以懒散人亦可。学书不成,学剑不成,学节义不成,学文章不成,学仙学佛学农学圃俱不成。任世人呼之为败子,为废物,为顽民,为钝秀才,为瞌睡汉,为死老魅也已矣。初字宗子,人呼之为石公,即字石公。好著书,其所成者有《石匮书》、《张氏家谱》、《义烈传》、《琅嬛文集》、《明易》、《大易用》、《史阙》、《四书遇》、《梦忆》、《说铃》、《昌谷解》、《快园道古》、《傒囊十集》、《西湖梦寻》、《一卷冰雪文》行世。生于万历丁酉八月二十五日卯时,鲁国相大涤翁之树子也。母曰陶宜人。幼多痰疾,养于外大母马太夫人者十年。外太祖云谷公官两广,藏生牛黄丸盈数麓,自余囡地以至十有六岁,食尽之而厥疾始瘳。六岁时,大父雨若翁携余之武林,遇眉公先生,跨一角鹿,为钱唐县游客。对大父曰,闻文孙善属对,吾面试之。指屏上李白骑鲸图曰,太白骑鲸,采石江边捞夜月。余应曰,眉公跨鹿,钱唐县里打秋风。眉公大笑跃起曰,那得灵隽若此！吾小友也。欲进以千秋之业,岂料余之一事无成也哉?甲申以后,悠悠忽忽,既不能聊生,又不能觅死,白发婆娑,犹视息人世,恐一旦溘先朝露,与草木同腐,因思古人如王无功、陶靖节、徐文长,皆自作墓铭,余亦效颦为之。甫构思,觉人与文俱不能佳,辍笔者再。虽然,第言吾之癖错则亦可传也已。去年营生圹于项王里之鸡头山,友人李研斋题其圹曰,呜呼！有明著述鸿儒陶庵张长公之圹。伯鸾高士冢近要离,余故有取于项里也。明年,年跻七十有五,死与葬,其日月尚不知也,故不书。铭曰:

  穷石崇,斗金谷;盲卞和,献荆玉;老廉颇,战涿鹿;赝龙门,开史局;馋东坡,饿孤竹,五羖大夫,焉肯自鬻？空学陶潜,枉希梅福。必也寻三数野人,方晓我之衷曲。

这里再录他的《题像》一则,这也可以窥见其为人:

  功名耶落空,富贵耶做梦。忠臣耶怕痛,锄头耶怕重。著书三十年耶而仅堪覆瓮。之人耶有用没用？

在张岱的《琅嬛文集》、《陶庵梦忆》、《西湖梦寻》里,我们可以找出很好的小品文,他是自公安派竟陵派以来一个成功的性灵派作家。他称袁中郎的山水记灵动俊快,可以上配郦、柳,其实,这毋宁说他自己的山水记还来得恰切些。我们至今翻读他的《岱志》、《海志》,觉得他的笔调是很灵动俊快的。倘若说笔调就是性灵,那末,张宗子的文章算是颇能够发抒性灵的了。

  以上略述朱明一代古文的变迁已完,下面就要讲到这一时代的诗了。
  我们已经知道这一时代八股文有碍于古文的发展了。同样,八股文是有碍于诗的发展的,也已经连带的说及了。这一时代诗的发展进程又是怎样的呢？自然,也还是继续着前一时代。前一时代末期的大诗人杨

维桢已经说过,其实,他到这一时代初期还是健存。相传明太祖召见杨维桢,令赋《钟山》诗,维桢援笔题道:

> 钟山千仞楚天西,玉柱曾经御笔题。云护金陵龙虎壮,月明珠树凤凰楼。气吞江海三山小,势压乾坤五岳低。愿效华封陈敬祝,万年圣寿与天齐。

太祖读了大喜,说道:"此诗值一千贯。今日事忙,权且赐你五百贯罢。"这样说来,《明史·文苑传》把他放在第一个,这也不算怎么错的。明初诗人以高、杨、张、徐、刘基、袁凯为最著,其中袁凯、杨基都受过老诗人杨维桢的奖进提携。相传袁凯尝在杨维桢座,有客出所赋《白燕》诗,凯见之微笑,别作一篇:

> 故国飘零事已非,旧时王谢见应稀。月明汉水初无影,雪满梁园尚未归。柳絮池塘香入梦,梨花庭院冷侵衣。赵家姊妹多相忌,莫向昭阳殿里飞。

杨维桢读罢大惊,遍示座客,时人呼为袁白燕。其实,这种诗除了声调响,字面美,绝像铁崖体,还有什么好处?倒是他那首好像随便写来的小诗——《京师得家书》,我以为最佳,确是天籁自然之作:

> 江水三千里,家书十五行,行行无别语,只道早还乡。

袁凯,字景文,松江华亭人。洪武三年荐授御史,后惧得罪,佯狂告免归。久之,以寿终。凯性诙谐,自号海叟。背戴乌巾,倒骑黑牛,游行九峰间,好事者至绘为图。

杨基被称为小杨或小铁,是和老杨或老铁并称的。据《明史·文苑传》说:"初,会稽杨维桢客吴中,以诗自豪。杨基于座上赋《铁笛歌》,维桢惊喜,与俱东,语从游者曰,吾在吴又得一铁矣,若曹从之学,优于老铁学也。"《铁笛歌》云:

> 铁崖道人吹铁笛,宫徵含嚼太古音。一声吹破混沌窍,一声吹破天地心。一声吹开虎豹闼,彤庭跪献丹扆箴。问君何以得此曲?妙谐律吕,可以召阳而呼阴。都将《春秋》一百四十二年笔削,手谱成透天之窍,价重双南金。掉头玉署不肯入,上入弁峰绝顶俯瞰东溟深。王纲正统著高论,唾彼传癖兼书淫。时人不识我不厌,会有使者征球琳。具区下浸三万六千顷之白银浪,洞庭上立七十二朵之青瑶岑。莫邪老铁作龙吼,丹山凤舞江蛟吟。勖哉宗彦吾所钦,赤泉之盟犹可寻。更吹一声振我清白祖,大鸣盛世,载赓阜财解愠《南风》琴。
>
> 铁崖注:《春秋》一本名《透天关》。

这首诗的好处,当然又是绝像铁崖体了。杨基,字孟载,其先蜀人,居于吴,用荐起官,历仕至山西副使,进按察史。被谗夺官,罚作苦工,卒于工所。

高启、杨基、张羽、徐贲是被称为"明初四杰",上配唐初四杰——王、杨、卢、骆的。

高启(一三三六——一三七四),字季迪,长洲人。初,张士诚据吴,启依外家居吴淞江之青邱。洪武初,召修《元史》,授翰林院国史编修,复命教授诸王。擢户部右侍郎,以年少辞,放还。知府魏观改修府治,启为作上梁文。观坐有逆谋被杀,启亦腰斩于市。《大全集》诗善于拟古,拟汉魏似汉魏,拟六朝似六朝,拟唐似唐,拟宋似宋,惜未能镕铸变化,自成一家。但因天才高逸,于摹拟古调之中,自有精神意象存乎其间。不仅为明初一大诗人,实据有明一代诗人之上。今录其诗两首:

悲　歌

征涂险巇，人乏马饥。富老不如贫少，美游不如恶归。浮云随风，零落四野。仰天悲歌，泣数行下。

登金陵雨花台望大江

大江来往万山中，山势尽与江流东。钟山如龙独西上，欲破巨浪乘长风。江山相雄不相让，形胜争夸天下壮。秦皇空此瘗黄金，佳气葱葱至今王。我怀郁塞何由开？酒酣走上城南台。坐觉苍茫万古意，远自荒烟落日之中来。石头城下涛声怒，武骑千群谁敢渡？黄旗入洛竟何祥，铁锁横江未为固。前三国，后六朝，草生宫阙何萧萧！英雄来时务割据，几度战血流寒潮。我今幸逢圣人起南国，祸乱初平事休息。从今四海永为家，不用长江限南北。

张羽，字来仪，后以字行，更字附凤，本浔阳人，从父宦江浙，因兵阻不得归，与友徐贲约，同隐吴兴。有诗道：

吴兴好山水，子我盍迁居？绕郭群峰列，回波一镜如。
蚕余即宜稼，樵罢亦堪渔。结屋云林下，残年共读书。

洪武四年，征至京师，应对不称旨，放还。再征，授太常司丞。寻以事贬窜岭南，未半道，召还，自知不免，投龙江死。他的诗会写羁旅穷愁，感伤气分极重。今录其五律两首：

山阴晓发寄暨阳旧友

水涨官河远，西风去棹轻。四山犹暝色，万木尽秋声。
村近闻鸡犬，天寒忆弟兄。故园归未得，漂泊若为情。

秋夜旅怀

命与时相厄，劳生空瘦形。苦吟诗有债，久病药无灵。

夜雨和愁落,乡山入梦青。归心逐孤雁,飞过浙江亭。

徐贲,字幼文,其先蜀人,徙常州,再徙平江。工诗,善画山水。洪武七年被荐至京。九年春,奉使晋冀,有所廉访,暨还,检其行箧,惟纪行诗数首,太祖悦。官至河南左布政使。大军征洮岷,过境,坐犒劳不时,下狱瘐死。他的诗没有什么特色,不过法度谨严,字句熨帖而已。今录其诗一首,这就算是他的调新味永之作了:

柳短短送陈舜道
柳短短,春江满。兰渚雪融香,东风酿春暖。山长水更遥,浩荡木兰桡。兰桡向何处?送君南昌去。离愁落日烟中树!

刘基是一个古文家,上面已经说到,但他较宋濂更有诗名,他是明初著名的诗人之一。沈德潜《明诗别裁》把他放在第一,推为一代之冠。这是不算怎么错的。

刘基(一三一一——一三七五),字伯温,青田人。元至顺间举进士,屡官不得意,归隐故乡,著《郁离子》以见志。后依明太祖,以佐命有功,封诚意伯。终为太祖所忌,遣使护归,为胡惟庸毒死。他的诗,古体喜仿李白,而有奇气。初期作品,志在功名,故多豪语。晚期作品,历遍艰辛,英雄之梦已醒,故多见道之言。今录其诗两首:

薤 露 歌
人生无百岁,百岁复如何?古来英雄士,各已归山阿。

即　　事
春半余寒似莫秋,掩门高坐日悠悠。树头独立知风鹊,屋角双鸣唤雨鸠。芳意自随流水逝,华年不为老人留。浮花冶叶休相笑,自古英雄总一沤。

以上略述明初诗人刘、袁、高、杨、张、徐六家已完。据《明史》说,初,高启家北郭,与王行比邻,徐贲、张羽、高逊志、唐肃、宋克、余尧臣、吕敏、陈则,皆卜居相近,号"北郭十友",又称"十才子"。高启、徐、张,上文已说,王行固然诗人,还是一个奇士,自负知兵,因蓝玉案被杀。其余数人,仅号才子而已。

又有张昱、张简,也是明初诗人而值得提及的。张昱,字光弼,庐陵人。元末行枢密院判官,留居西湖寿安坊,贫至无以葺庐。尝于酒间为瞿佑诵所作《过歌风台》诗云:

> 世间快意宁有此?亭长归来作天子。沛宫不乐还何为?诸母父兄知旧事。酒酣起舞和儿歌,眼中尽是汉山河。韩彭受诛黥布戮,且喜壮士今无多。纵酒极欢留十日,感慨伤怀涕沾臆。万乘旌旗不自尊,魂魄犹为故乡惜。从来乐极自生悲,泗水东流不再回。万岁千秋谁不念?古之帝王安在哉?莓苔石刻今如许,几度秋风灞陵雨。汉家社稷四百年,荒台犹是开基处。

他一面诵诗,一面以界尺击案,渊渊作金石声。笑谓我死埋骨湖上,题曰诗人张员外墓足矣。可以想见其风度之一斑。洪武初,被征至京,太祖悯其老,曰,可闲矣。放归。他因自号为可闲老人。张简,字仲简,吴人。洪武初,召修《元史》。相传饶介之分守吴中,自号醉樵,延诸文士作歌。仲简诗擅场,居首座;高季迪次之,杨孟载又次之。可说压倒高杨矣。仲简《醉樵歌》云:

> 东吴市中逢醉樵,铁冠鼓侧发飘萧。两肩砣砣何所负?青松一枝悬酒瓢。自言华盖峰头住,足迹踏遍人间路。学剑学书总不成,惟有饮酒得真趣。管乐本是王霸才,松乔自有烟霞具。手持昆冈白玉斧,曾向月里斫桂树。月里仙人不我嗔,特令下饮"洞庭春"。兴来一

吸海水尽,却把珊瑚樵作薪。醒时邂逅逢王质,石上看棋黄鹄立。斧柯烂尽不成仙,不如一醉三千日。如今老去名空在,处处题诗偿诗债。淋漓醉墨落人间,夜夜风雷起光怪。

又据胡应麟《诗薮》说,当明之初,吴中诗派昉于高启,越中诗派昉于刘基,闽中诗派昉于林鸿,岭南诗派昉于孙蕡,右江诗派昉于刘崧。那末,林鸿、孙蕡、刘崧也是明初诗人而值得提及的了。刘崧诗多清和婉约之音,亦为台阁体之先导。孙蕡诗以歌行擅场,能为长篇大作。林鸿诗专学唐音。他和郑定、王褒、唐泰、高棅、王恭、陈亮、王偁、周元、黄元,称为"闽中十才子"。李东阳《麓堂诗话》说:"林子羽《鸣盛集》专学唐,袁凯《在野集》专学杜,盖能极力摹拟,不但字句效法,并其题目亦效之,开卷骤视,宛若旧本。然细味之,求其流出肺腑,卓尔自立者,指不能一再屈也。"林鸿论诗,以为开元、天宝间,声律大备,学者当以是为楷式。他反对诗学汉魏六朝,推而言之,他反对学古。他有《饮酒》一诗道:

儒生好奇古,出口谈唐虞。倘生羲皇前,所谈竟何如?古人既已死,古道存遗书。一语不能践。万卷徒空虚。我愿但饮酒,不复知其余。君看醉乡人,乃在天地初。

恰巧这个时候,有一个年少的儒生,他论政虽然想复唐虞三代之盛,以为愈古愈妙;论诗则以为更较晚近一点的宋诗为佳,正和林鸿之说相反。他是谁?方孝孺。他有《谈诗》一绝道:

前宋文章配两周,盛时诗律亦无俦。今人未识昆仑派,却笑黄河是浊流。

可见明初诗人学唐排宋,渐成风气,气坏了这位正学先生,然而有明一代,主张学诗学宋的人曾不多见,主张诗学盛唐的最有势力。而且林鸿之后,主张诗必盛唐的,同时主张文必秦汉,他们号为复古,复古派快要出来了。

所谓复古派,就文一方面说,因为他们文主秦汉,可以称为秦汉派;就诗一方面说,因为他们诗主盛唐,也可以称为盛唐派。复古派以前后七子为最著,在前后七子中又以何李王李四大家为最著。在这四大家未起之前,李东阳也不能不算是一个大家,虽然他的诗实在缺乏诗味。

李东阳(一四四七——一五一六),字宾之,茶陵人。四岁能作径尺书。天顺八年,年十八,成进士。官至吏部尚书,赠太师,谥文正。所著《麓堂诗话》谓:"秀才作诗不脱俗,谓之头巾气;和尚作诗不脱俗,谓之馊馅气;咏闺阁过于华艳,谓之脂粉气。能脱此三气,则不俗矣。至于朝廷典则之诗,谓之台阁气;隐逸恬澹之诗,谓之山林气。此二气者必有其一,却不可少。"《怀麓堂集》诗,正是已脱三气,而台阁气很重,还偶然想沾一点山林气的。他是台阁派大家,《明史》说他"工古文,阁中疏草多属之,疏出,天下传诵"。又说:"为文典雅流丽,朝廷大著作,多出其手。工篆隶书,碑版篇翰,流播四裔。"他却不宜作诗,虽然也有人称他为一个大诗人。今录其诗两首,这是比较最有诗味之作:

九 日 渡 江

秋风江口听鸣榔,远客归心正渺茫。万古乾坤此江水,百年风日几重阳。烟中树色浮瓜步,城上山形绕建康。直过真州更东下,夜深灯火宿维扬。

黄 莺

柳花如雪满春城,始听东风第一声。梦里江南旧时路,隔溪烟雨未分明。

后来王世贞说:"长沙(李东阳)之于何、李,犹陈涉之启汉高。"原来在复古派眼中就不甚看起这位台阁派大家了。

以下略述复古派何、李、王、李四大家及其同时诗人。

何景明(一四八三——一五二一),字仲默,信阳人。八岁能诗古文,弘治十一年举于乡,年方十五。十五年,第进士。官至陕西提学副使。他的律体诗学杜,七言古体起初也是学杜,后来他觉得唐初四杰的七言,调子流转,音节可歌,就改学四杰体格。又以为"子美之诗,博涉世故,而出于夫妇者常少;致兼《雅》、《颂》,而《风》人之义或缺"。这也是他改学四杰的一个原因。其实,"义关君臣朋友,辞必托诸夫妇",汉魏作者或许如此,《国风》里面涉及男女的诗,就未必寓有关于君臣朋友的大道理。他所说的风人之义,不过拾了汉代腐儒的唾余。《明月篇》最有名,今录于此:

长安月,离离出海峤。遥见层城隐半轮,渐看阿阁衔初照。潋滟黄金波,团圞白玉盘。青天流影披红蕊,白露含辉泛紫兰。紫兰红蕊西风起,九衢夹道秋如水。锦幌高褰香雾浓,琐闱斜映轻霞举。雾沉霞落天宇开,万户千门月明里。月明皎皎陌东西,柏寝苕峣望不迷。侯家台榭光先满,戚里笙歌影乍低。濯濯芙蓉生玉沼,娟娟杨柳覆金堤。凤凰楼上吹箫女,蟋蟀堂前织锦妻。别有深宫闭深院,年年岁岁愁相见。金屋萤流长信阶,绮栊燕入昭阳殿。赵女通宵倚御床,班姬此夕悲团扇。秋来明月照金微,榆黄沙白路逶迤。征夫塞上行怜影,少妇窗前想画眉。上林鸿雁书中恨,北地关山笛里悲。书中笛里空相忆,几见盈亏泪沾臆。红闺貌减落春华,玉门肠断逢秋色。春华秋色递相流,东家怨女上妆楼。流苏帐转初安镜,翡翠帘开自上钩。河边织女期七夕,天上嫦娥奈九秋。七夕风涛还可渡,九秋霜露迥生愁。九秋七夕须臾易,盛年一去真堪惜。可怜扬彩入罗帏,可怜流素凝瑶席。未作当垆卖酒人,难邀入座援琴客。客心对此叹蹉跎,乌鹊南飞可奈何。江头商妇移船待,湖上佳气挟瑟歌。此时凭阑垂玉箸,此时灭烛敛青蛾。玉箸青蛾苦缄怨,缄怨含情不能吐。丽色春妍桃李蹊,迟辉晚媚菖蒲浦。与君相思在二八,与君相期在三五。空持夜被贴鸳鸯,空持暖玉擎鹦鹉。青初泣掩琵琶弦,银屏忍对筝篌语。筝篌再弹月已微,穿廊入闼霭斜晖。归心日远大刀折,极目天涯破镜飞。

这篇诗辞藻堆砌很美,声调转换也好。字面虽然是说男女之情,骨子里似乎含有君臣之义,这就是所谓风人之旨罢。实在说起来,这种诗没有什么意味。后来王士祯《论诗》云:"接迹风人《明月篇》,何郎妙悟本从天。王杨卢骆当时体,莫逐刀圭误后贤。"这位神韵派的诗人也有些不以这种诗为然了。何景明起初和李梦阳是好朋友,成名以后,互相诋諆,故《大复集》中与梦阳论诗诸书反覆诘难,两不相让。梦阳偏重摹仿,景明兼重创造。据周亮工《因树屋书影》说,李梦阳有"黄河水绕汉边墙"一诗,因落句"只今谁是郭汾阳"涉用唐事,恐贻口实,便删除其稿,不入《空同集》。何景明虽然同倡诗必盛唐,不读大历以后书,却不曾像空同那样坚立门户。诗中偶涉唐事固然可以,便是偶涉宋事也不妨。《得献吉江西书》一律道:

近得浔阳江上书,遥思李白更愁予。天边魑魅窥人过,日暮鼋鼍傍客居。鼓柁襄江应未得,买田阳羡定何如。他年淮水能相访,桐柏山中共结庐。

就七律论,这自然要算"神来之笔"。诗中买田阳羡,正属唐以后事。这首诗寄给李梦阳,就未免故意向他开顽笑了。

李梦阳(一四七二——一五二九),字献吉,庆阳人。母梦日堕怀而生,故名梦阳。弘治六年举陕西乡试第一,明年成进士。官户部员外,因弹寿宁侯张鹤龄"招纳无赖,罔利贼民,势如翼虎",系锦衣狱,寻宥出。进郎中。代尚书韩文草奏劾刘瑾,语泄,坐奸党,勒致仕。既而下狱,康海力救得免。起江西提学副使。尝为宁王宸濠撰《阳春书院记》。宸濠既诛,以逆党被逮,尚书林俊力救得免。他与何景明、徐祯卿、边贡、朱应登、顾璘、陈沂、郑善夫、康海、王九思等号"十才子",又与景明、祯卿、贡、海、九思、王廷相号"七才子",皆卑视一世,而梦阳更甚。华州王维桢以为七言律自杜甫以后,善用顿挫倒插之法,惟梦阳一人,似乎太恭维他了。后来钱谦益则以为《空同集》诗,模拟剽窃,等于婴儿之学语,至谓读书种子从此断绝,又似乎太骂过分了。今录其七言律一首,这当然要算是他的好诗:

别徐子祯卿得江字

我爱南州徐孺子,明瑶美璧世无双。新从北极看南极,便自吴江下楚江。日落鹧鸪啼庙口,水清斑竹映船窗。祢衡王粲俱黄土,千载何人复此邦。

徐祯卿、边贡与何、李并称"弘正四杰"。

徐祯卿(一四七九——一五一一),字昌毂,吴县人,家不蓄一书,而无所不通。少与祝允明、唐寅、文征明齐名,号"吴中四才子"。官国子博士。其诗镕炼精警,为吴中诗人之冠。惜乎早卒,年仅二十有三。今录其诗一首,我以为这在明人五律中算是压卷之作:

在 武 昌 作

洞庭叶未下,潇湘秋欲生,高斋今夜雨,独卧武昌城。重以桑梓念,凄其江汉情。不知天外雁,何事乐长征!

边贡(一四七六——一五三二),字廷实,历城人。弘治九年进士,官至南京户部尚书。他的诗,风格飘逸,语尤清圆。善为讽刺诗,有风人遗韵。今录其《运夫谣送方文王督运》一诗为例:

运船户,来何暮!江上早风多,春涛不可渡。里河有闸外有滩,断篙折缆腰环环。夜防鼠,日防漏,粮册分明算升斗。官家但恨仓廪贫,不知淮南人食人。官家但知征戍苦,力尽谁怜运船户。运船户,尔勿哀,司农使者天边来!

这个时候的著名诗人还有杨慎、高叔嗣也值得一提。

高叔嗣(一五〇四?——一五四〇?),字子业,号苏门山人,祥符人。嘉靖二年进士,官至湖广按察使。他少时受知邑人李梦阳,却不依傍梦阳门户。王世贞说:"子业诗如空山鼓琴,沉思忽往,木叶尽脱,石气自青。"原来他的诗,很能自写性灵,善于冥想。大约他是有意学韦应物一派冲淡的诗。今录两诗为例:

病 起 偶 题

空斋晨起坐,欢游罢不适。微雨东方来,阴霭倏终夕。久卧不知春,茫然怨行役。故园芳草色,惆怅今如积。

送别德兆武选放归

燕郊秋已甚,木叶乱纷纷。失路还为客,他乡独送君。罢归时共惜,弃置古常闻。莫作空山卧,令人望白云。

当时蔡汝楠推他为"本朝第一",从他学诗,未免有点阿其所好罢。

杨慎(一四八八——一五五九),字用修,新都人,正德六年赐进士第一,授翰林修撰。以议大礼泣谏,杖谪永昌。他做官似有傻气,作诗却见聪明。他是一位奇才。他不肯生吞汉魏,活剥盛唐,所以能够做出几首创格的诗。今举一首为例:

送余学官归罗江

豆子山,打瓦鼓。阳坪关,撒白雨。白雨下,聚龙女。织得绢,二丈五。一半属罗江,一半属玄武。我诵《绵州歌》,思乡心独苦。送君归,罗江浦。

这首诗前半显然是采录绵州歌谣,末了四句,才算是他自己所作,这是剽窃摹拟的复古派所不肯做的。下面再录他一首小诗,想是他饱经忧患,看透人生之作:

三 岔 驿

三岔驿,十字路,北去南来几朝暮?朝见扬扬拥盖来,暮看寂寂回车去。今古销沉名利中,短亭流水长亭树!

这个时候,还有皇甫冲、涍、汸、濂兄弟四人,好学工诗,称"皇甫四杰"。又张凤翼、燕翼、献翼也有才名。吴人语曰,"前有四皇,后有三张",但他们的诗都不必讲述。以下要讲到王世贞、李攀龙两大家了。

李攀龙(一五一四——一五七〇),字于鳞,号沧溟,历城人。九岁父死,家贫好学。稍长,学为诗歌,日读古书,里人共目为狂生。举嘉靖二十三年进士,授刑部主事。官至河南按察使。相传他罢官家居的时候,造白云楼,楼凡三层,上层为读书吟咏之处,中层居宠妾蔡姬,下层则延宾客。四面环水,有客来访,先使投其所作诗文,诗文尚佳,就用小船引渡,否则说以"亟归读书,不烦枉驾"。一面吃宠姬手制的葱馒头,一面高谈复古,白眼看人,可以想见这位诗人傲岸自喜的风度。他的诗务以格调胜,所拟乐府或更改古作数字便为己作。五言古体也一样摹拟太过,痕迹宛然。只有七言律绝,还算雄浑高华,表现有力。各录两首为例:

赵州道中忆殿卿

忆尔襜帷出牧年,风尘谁识使君贤!政成神雀犹堪下,兴尽冥鸿遂杳然。树色远浮疏雨外,人家忽断夕阳前。重来此地逢寒食,何处看春不可怜!

郡城送友人

西来山色满城头,东望漳河入槛流。傲吏岁时频卧阁,故人风雨一登楼。乱离王粲逢多病,著作虞卿老更愁。君到长安相问讯,谁怜五月有披裘?

于郡城送明卿之江西

春枫飒飒雨凄凄,秋色遥看入楚迷。谁向孤舟怜逐客?白云相送大江西。

送刘户部督饷湖广

锦帆南入楚云重,江上遥看衡岳峰。落日苍茫秋不断,青天七十二芙蓉。

我爱读他的七言短古,并不堆砌典故辞藻,语虽浅近,而饶有诗味。也录两首于此:

和许殿卿春日梁园即事

梁园高会花开起,直至落花犹未已,春花著酒酒自美。丈夫但饮醉即休,才到花前无白头,红颜相劝若为留。春风何处不花开?何处花开不看来?看花何处好空回?

岁杪放歌

终年著书一字无,中岁学道仍狂夫。劝君高枕且自爱,劝君浊醪且自酤。何人不说宜游乐?如君弃官复不恶。何处不说有炎凉?如君杜门复不妨。纵然疏拙非时调,便是悠悠亦所长。

王世贞(一五二六——一五九〇),字元美,号凤洲,又号弇州山人,太仓人。年十九,举嘉靖二十六年进士,授刑部主事,青州兵备副使。父忬以滦河失事,为严嵩所杀,乃解官而归。后补大名兵备,历仕至刑部尚书。世贞初与李攀龙齐名,为文坛盟主。攀龙既死,独霸文坛二十年。因他天才地望,笼盖海内,一时士大夫及山人词客,衲子羽流,莫不奔走门下,片言褒赏,声价骤起。所与交游,大抵见其集中,各为标目。如李攀龙、徐中行、梁有誉、吴国伦、宗臣,号为"前五子"。如南昌余曰德、蒲圻魏裳、歙汪道昆、铜梁张佳允、新蔡张九一,号为"后五子"。如昆山俞允文、濬卢柟、濮州李先芳、孝丰吴维岳、顺德欧大任,号为"广五子"。如阳曲王道行、东明石星、从化黎民表、南昌朱多煃、常熟赵用贤,号为"续五子"。又如京山李维桢、鄞屠隆、南乐魏允中、兰溪胡应麟、而赵用贤又在其列,号为"末五子"。这班文人也都恭维世贞。胡应麟至称诗家之有世贞,犹集大成之尼父。世贞生平著述最富,《弇山堂别集》、《弇州山人四部稿》、《续稿》(所谓四部即赋部、诗部、文部、说部),数量至四百卷之多。相传他生有异禀,书卷过目,终身不忘。他读书既多,掌故极熟,在前后七子中都赶不上他。不过他的诗文摹仿秦汉盛唐,与七子门径相同。乐府古体,多不易读,艰深晦涩,光怪陆离,兼而有之。今录五律七绝五绝各一首,这是我们可以认为好诗的:

登 太 白 楼

　　昔闻李供奉,长啸独登楼。此地一垂顾,高名百代留。白云海色曙,明月天门秋,欲觅重来者,潺湲济水流。

广陵访周公瑕不遇

　　豪华自古让维扬,一水横江即异乡。二十四桥歌吹遍,不知何处觅周郎。

送妻弟魏生归里

　　阿姊扶床泣,诸甥绕膝啼。平安只两字,莫惜过江题。

　　王世贞、李攀龙、与谢榛、宗臣、梁有誉、徐中行、吴国伦,号为"七才子",是为"后七子"。王、李以外,谢榛也不失为大家。

　　谢榛(一四九五——一五七五),字茂秦,临清人。眇一目。年十六,作乐府商调,少年争歌之。已而折节读书,刻意为歌诗。入京师,脱卢柟于狱。王世贞、李攀龙辈结诗社,因谈初唐、盛唐十二家诗集,并李、杜二家,谁可师法。茂秦独以为"历观十四家所作,咸可为法。当选诸集中之最佳者,录成一帙,熟读之以会神气,歌咏之以求声调,玩味之以裒精华。得此三要,则浩乎浑沦,不必塑谪仙而画少陵也"。诸人作《五子诗》,都首推茂秦,攀龙居次。稍后,攀龙名位日大,茂秦仍一布衣,相与论文,不服;于是攀龙寄书绝交,至云:"岂其使一眇君子肆于二三之上,必不然矣!"茂秦即鄙视吴国伦,以粪土相喻,攀龙又以眇君子讥茂秦。结果,茂秦被排挤出社,削其名于七子之列。山阴徐渭闻之,愤其以轩冕压韦布,誓不入王、李二人党。后茂秦遍游诸王,并为上客,赵康王至以爱姬相赠。可见虽是所谓名布衣,亦未能忘情轩冕。茂秦原以五律有名,实则句烹字炼,减却兴会。他还欢喜点窜唐人五律,一试手段,也未免多事。今止录其七律一首,这算是他的语近情遥之作罢。

秋 日 怀 弟

生涯怜汝自樵苏,时序惊心尚道途。别后几年儿女大,望中千里弟兄孤。秋天落木愁多少,夜雨残灯梦有无。遥想故园挥涕泪,况闻寒雁下江湖。

这个时候,还有和何、李、王、李一派相反的诗人,如陈束、王慎中、唐顺之、赵时春、熊过、任瀚、李开元、吕高,号为"嘉靖八才子"。王唐是古文家,不必以诗名,其余数人的诗没有什么值得注意的所在,就不必详细来说了。

稍后,公安派、竟陵派继续起来,反对王、李一派。在散文一方面,上文已经讲过了;在诗的一方面,竟陵派诗味冷僻,颇有冥想诗人的风格,还不失为可以独创的一派,公安派的诗成就却有限得很。可是他们的批评,有足令人心服之处,如公安袁氏兄弟,以为"唐自有古诗,不必选体;中晚皆有诗,不必盛唐;欧、苏、陈、黄各有诗,不必唐人。唐诗色泽鲜妍,如旦晚脱笔砚者;今诗才脱笔砚,已是陈言;岂非流自性灵,与出自剽拟所从来异乎?"这种理论真足以攻倒复古派的谬说。可是他们的作品,有好些在当时传为笑柄。如袁中郎的《西湖》诗云:"一日湖上行,一日湖上坐,一日湖上住,一日湖上卧。"又如《偶见白发》诗云:"无端见白发,欲哭反成笑。自喜笑中意,一笑又一跳。"不过这种作品传到如今,胡适之先生看了,怕要引他们为同调,甚至要推他们是白话诗运动的先驱。或者竟如周作人先生所说,如今的新文学还是发源于他们呢。

现在,我们要说到明朝末了的诗人。这些诗人除了有的可以放在清初去说以外,我想只拿三个作家来说。近人有极力恭维阮大铖诗的,正如前人有非常恭维严嵩诗的一样,实则他们的诗没有什么了不起。本来王夫之那种怪味道的诗也应当占一个地位,不过船山先生究竟是一位学者,诗只算是他的余事,就不必说了。这里要说的作家是谁?一是程嘉燧,一是陈子龙,一是黄淳耀。

程嘉燧(一五六四——一六四三),字孟阳,与唐时升、娄坚并称"练川三老",再加上李流芳,并称"嘉定四先生"。其实,嘉燧寓居嘉定,原为休宁人。崇祯中,常熟钱谦益以侍郎罢归,筑耦耕堂,邀嘉燧读书其中。阅十年,嘉燧始返休宁而卒,年七十九。钱谦益论诗,力排何、李、王、李,独推嘉燧为一代宗主,称为松圆诗老。这是自然的,钱程号称"耦耕",两个好朋友,而且程不及钱,人人知道,倘若说程是一代诗坛宗主,在明朝二百七十年中就只有他算是第一人,无疑地这第一人还是要让给钱谦益的。今录程氏的诗一首如下:

值唐叔达同钱将军北上言别

方舟然烛夜相过,道上匆匆奈别何!我已三年怀锦里,君偏五月渡黄河。南游谁共烟花早,北上兼闻金鼓多。此别各怀无限意,莫将春泪点江波。

陈子龙(一六〇八——一六四七),字人中,更字卧子,号大樽,华亭(一作青浦)人。崇祯十年(一六三七)举进士,仕于福王,南京陷,逃去为僧。后来又受鲁王院部职衔,想结太湖兵起事,被执,乘间投水死。所著《湘真阁稿》等多散佚,今存诗十七卷。他论诗推崇前后七子,他是复古派中最后又是最有名的一个。工为长句,古体律体俱佳。我爱读他的题为《三洲歌》的一首小诗:

相送巴陵口,含泪上行舟。不知三江水,何事亦分流!

在复古派里,他的作品也不脱王李窠臼,好处在气势雄浑,坏处在韵味肤浅。

黄淳耀(一六〇五——一六四五),字蕴生,嘉定人。他虽举了崇祯十六年进士,却是深恶八股。他虽是一位名士,却自甘淡泊,不和其他名士胡闹。福王立于南京,诸进士都授官,他却不肯赴选。清兵陷南京,又破嘉定,这时文武官吏十九投降,他却要自杀以殉国难。他和他的弟弟渊耀相对自缢于僧舍。他的绝命辞道:

弘光元年七月二十四日,进士黄淳耀自裁于城西僧舍。呜呼!进不能宣力王朝,退不能洁身自隐。读书寡益,学道无成。耿耿不寐,此心而已。

他的诗雅淡自然,自写胸臆,不依傍王、李、钟、谭各派门户。今录其《野人》一篇三首:

野人叹息王师劳,秦贼楚贼如蝟毛。攻城掠野官吏死,大江以北民嗷嗷。昨闻死贼劫财赋,分与官军作贿赂。乱斫民头挂高树,黎明视贼贼已去。

野人叹息年岁恶,池中掘井井底涸。飞蝗引子来蔽天,枉自倾家事田作。朝廷加派时时有,哭诉官司但摇手。归逢吏胥狭路边,软裹快马行索钱。

野人叹息朝无人,朝中朋党如鱼鳞。十官召对九官默,匍伏苟且容一身。庙堂何人理阴阳?频年日食四海荒。吾欲上书问朝士,却恐人诃妄男子!

明朝末年,国事如此,国如何不亡!野人叹息,有什么用处呢?然而这种诗很足以代表当日爱国伤时的诗人所作。有明一代诗人得黄淳耀这样的作家殿后,总算大家都有面子了罢!

据康熙《御定四朝》诗,明诗部分一百二十八卷,作者三千四百人。朱彝尊《明诗综》则编为百卷,也收三千四百余家。可见明朝二百七十年中,诗人之多,诗量之富,并不弱于唐宋。这一时代的诗人如何、李、王、李诸家,还瞧大历以后的诗不起,甚至以为宋、元无诗。沈德潜《明诗别裁序》也说:"宋诗近腐,元诗近纤,明诗其复古也。"又说:"有明之诗,诚见其陵宋轹元,而上追前古也。"这样说来,这一时代的诗岂不是很盛的吗?何以说它不振呢?我们说不振,是因这一时代的诗没有独创的地方。倘若就这些诗人能够摹仿盛唐以至汉魏的诗而说,他们的成绩还不算坏,他们复古的结果,好像是有"陵宋轹元"之盛的。可是他们只会生吞汉魏,活剥盛唐,仅仅替当日诗坛上造了许多的假古董,少有和自己所存在的时代同呼吸共痛痒的真诗,所以我们论诗到这一时代就不免有衰颓不振之感了!

第八讲　从旧文学到新文学

一　所谓中国文艺复兴

虽然我们知道历史的进程是不断地向前开展，不是重演的，好像旧戏重排，可是"物极必反"，这句话实在含有真理。即如上文说过了诗、古文不振的一个时期，不振已极，发生反动，因此乃有现在要说的诗、古文复兴的一个时期。而且这一复兴运动是随着同时各种古学的复兴运动而起的，其实可以说是整个的古学再兴运动之一部分。因为这个运动颇和欧洲的文艺复兴相似，所以梁任公先生就称为中国的文艺复兴。

中国也有文艺复兴的一个时期么？

梁任公早年曾著《中国学术思想变迁之大势》，论到清代学术，说道：

> 此二百余年间总可命为中国之"文艺复兴时代"，特其兴也，渐而非顿耳。然固俨然若一有机体之发达，至今日而葱葱郁郁，有方春之气焉。吾于我思想界之前途，抱无穷希望也。

后来他为蒋方震的《欧洲文艺复兴史》作序，结果他的序文成了一部《中国文艺复兴运动史》，就是《清代学术概论》，另成专书，倒劳蒋先生为

《清代学术概论》作序。梁先生说道：

> 清代思潮果何物耶？简单言之，则对于宋、明理学之一大反动，而复古为其职志者也。其动机及其内容，皆与欧洲之文艺复兴绝相类，而欧洲当文艺复兴经过以后所发生之新影响，则我国今日正见端焉。
>
> 综观二百余年之学史，其影响及于全思想界者，一言蔽之，曰，"以复古为解放"。第一步，复宋之古，对于王学而得解放；第二步，复汉唐之古，对于程朱而得解放；第三步，复西汉之古，对于许郑而得解放；第四步，复先秦之古，对于一切传注而得解放；夫既已复先秦之古，则非至对于孔孟而得解放焉不止矣。然其所以能著著奏解放之效者，则科学的研究精神实启之。

梁先生夸张所谓中国的文艺复兴，说是这一运动在"以复古为解放"，所以得到解放，在于有"科学的研究精神"。可是中国的科学并没有因此发达。梁先生只好说是"不必问其研究之种类，惟当问其研究之精神"了。蒋先生的《清代学术概论序》也提出了这个问题。他说：

> 震惟由复古而得解放，由主观之演绎进而为客观之归纳，清学之精神与欧洲之文艺复兴实有同调者焉。虽然，物质之进步，迟迟至今日，虽当世士夫大倡科学而迄未有成者，何也？

原来中国的文艺复兴是和欧洲的文艺复兴大有差别。欧洲由古学的复兴达到科学的兴起，中国至今还须努力吸收欧美的科学文明。欧洲的文艺复兴有再生、新生两个意义，中国的文艺复兴，有再生而缺乏新生。仅就文学一个部门而说，这个时期也只有再生而没有新生的东西。从《三百篇》、《楚辞》、汉赋、汉魏乐府、六朝骈语、唐诗、宋词、到元明戏曲及白话小说，以前一个时代有一个时代新生的文学，独有清朝这个时代，兼有以前各个时代的各种文学，却没有独创的一种文学。这是我们要假定中国也有所谓文艺复兴，应该知道的。

梁任公讲演《清代学者整理旧学之总成绩》，分为十八类：一经学，二小学及音韵学、三校注先秦诸子及其他古籍、四辨伪书、五辑佚书、六史学、七方志学、八谱牒学、九历算学及自然科学、十地理学、十一政书、十二音乐学、十三金石学、十四佛学、十五编类书、十六刻丛书、十七笔记及文集、十八官书。他没有列文学一类，十七的一类当然可以作为文学。他如三、十五、十六这几项里面也包括有文学的东西。至于清代文人学者自著的文集，其中包含整理旧学的成绩也不少。张之洞的《輶轩语》里说道：

> 国朝文集有实用，胜于古集。方苞、全祖望、杭世骏、袁枚、彭绍升、李兆洛、包世臣、曾国藩集中多碑传志状，可考当代掌故，前哲事实。朱彝尊、卢文弨、戴震、钱大昕、孙星衍、顾广圻、阮元、钱泰吉集中多刻书序跋，可考学术流别，群籍义例。朱彝尊、钱大昕、翁方纲、孙星衍、武亿、严可均、张澍、洪颐煊集中多金石跋文，可考古刻源流，史传差异。此类甚多，可以隅反。

近人王重民氏著《清代文集篇目分类索引》，序文中说道：

> 清人治学甚勤，其集所包者广。智者采其菁华，即可以酝酿清芬。（按清人文集苟能摘其一体，即可专门名家，如钱泰吉《碑传集》，缪荃孙《续碑传集》是。）愚者审其词说，亦可以窥学术门径。非凭虚不实，专尚词采者比。此清代文集所以至今为世人重视也。

王氏说是"清代文集为古今学术之总汇"，诚然不错。倘若我们要说清代文学有特色的地方，就在这种以许、郑、贾、服之考证，作班、马、欧、曾之文章,可以称为"学者之文"的一种罢。

现在我们要问:清代学术所以发展至于极盛,这是什么缘故呢?再把范围缩小一点发问:清代承元、明之后,传统的文学所以复兴的原因,究竟是怎样的呢?据《清稗类钞·文学类·文学最盛之原因》一条说:

爱新觉罗氏自太祖肇基东土,至世祖入主中夏,传十帝,历二百六十八年。一朝文学之盛,所以轶明超元,上驾宋唐,追踪两汉者,盖有六大原因焉。

一、由于开国之初,创制满洲文字,译述汉人典籍,而满人之文化开。

二、由于信任汉人,用范文程之议,特选士于盛京,而汉人之文教行。

三、由于入关以后,一时文学大家,不特改仕新朝者多明之遗老,即世祖圣祖两朝正科所取士,及康熙丙午年博学宏词科诸人,其人以理学经学史学诗词骈散文名家者,亦率为明代所遗。

四、由于列祖列宗之稽古右文。而圣祖尤聪明天亶,著述宏富,足以丕振儒风。

五、由于诏天下设立书院,作育人才。

六、由于秘府广储书籍,并建七阁分贮,嘉惠士林。(七阁者,文渊在大内,文源在圆明园,文津在热河,文溯在奉天,文汇在扬州大观堂,文宗在镇江金山寺,文澜在杭州西湖之行宫。)

有此六大原因,是以前古所有之文学,至是而遂极其盛也。

清代文学的所以最盛,似乎不在这六大原因,至少打头的一条似是无关的。我们要知道在这一时代整个的复古运动里面,单就文学一部门而说,有了前一时代的伪复古,才引起这一时代的再来一次复古,可以说这是前一时代引起的反动。梁任公说是"大抵甲派至全盛时必有流弊,有流弊斯有反动,而乙派与之代兴"。这是不错的,不妨说他懂得了历史上必然的因果律。他还以为"每经一度之反动再兴,则其派之内容必革新焉而有以异乎前"。这也是不错的,不妨说他懂得了一点唯物论的辩证法中的扬弃作用。我们还知道清代承晚明乱离凋敝之后,休养生息至百年之久,才有康熙、乾隆间的所谓太平盛世。社会经济上既有了余裕,又凑合历史上的遗留,政治上的设施,乃至自然的环境,民族的特性,才达到了清代学术最盛的一个时期,才产生了清代学术独有的特色。梁任公是夸张清代学术最力的一人,可是他对于清代文学极不满意。他说:

前清一代学风与欧洲文艺复兴时代相类甚多,其最相异之一点,则美术文学不发达也。清之美术(画)虽不能谓甚劣于前代,然绝未尝向新方面有所发展,今不深论。其文学,以言夫诗,真可谓衰落已极。吴伟业之靡曼,王士禛之脆薄,号为开国宗匠。乾隆全盛时,所谓袁、蒋、赵三大家者,臭腐殆不可向迩。诸经师及诸古文家集中多亦有诗,则极拙劣之砌韵文耳。嘉、道间,龚自珍、王昙、舒位号称新体,则粗犷浅薄。咸、同后,竞宗宋诗,只益生硬,更无余味。其稍可观者,反在生长僻壤之黎简、郑珍辈,而中原更无闻焉。直至末叶,始有金和、黄尊宪、康有为元气淋漓,卓然称大家。以言夫词:清代固有作者驾元、明而上,若纳兰性德、郭麐、张惠言、项鸿祚、谭献、郑文焯、王鹏运、朱祖谋皆名其家,然词固所共指为小道者也。以言夫曲,孔尚任《桃花扇》,洪昇《长生殿》外,无足称者,李渔、蒋士铨之流,浅薄寡味矣。以言夫小说:《红楼梦》只立千古,余皆无足齿数。以言夫散文:经师家朴实说理,毫不带文学臭味,桐城派则以文为司空城旦矣。其初期魏禧、王源较可观,末期则魏源、曾国藩、康有为。清人颇自夸其骈文,其实极工者仅一汪中,次则龚自珍、谭嗣同。其最著名之胡天游、邵斋焘、洪亮吉辈,已堆垛柔曼无生气,余子更不足道。要而论之,清代学术在中国学术史上价值极大,清代文艺美术在中国文艺史美术史上价值极微,此吾所敢昌言也。

这算是梁先生对于满清一代文学所下的鸟瞰。虽然,这只是看一个大势,不会怎样精确,何况梁先生既站在传统主义的立场,实在对于传统文学又不甚注意。同是传统主义者,有的说清代文学极盛,有的说清代文学极衰,究竟谁说的对呢?我以为两说都对。因为前一说只看见清代文学兼有以前各代各体文学之长,复兴了古文学,所以说极盛;后一说只看见清代文学没有一代独有的体制,有仿造而无创造,有复生而无新生,所以说极衰。要是合起来说,清代文学结古文学之局,使古文学回光反照,射出了最后最大的光辉,虽说没有新的耀人的特色,却无害于那种光辉的盛大。至于梁先生说到清代文学没有特色的原因,却是可以供我们的参考。他说:

欧洲文学衍声,故古今之差变剧;中国文字衍形,故古今之差变微。文艺复兴时之欧人虽竞相与研究希腊,或迳以希腊文作诗歌及其他著述,要之欲使希腊学普及,必须将希腊语译为拉丁或当时各国通行语,否则人不能读。因此,而所谓新文体(国语新文学)者自然发生,如六朝、隋、唐译佛经,产出一种新文体,今代译西籍,亦产出一种新文体,相因之势然也。我国不然,字体变迁不剧,研究古籍,无待迻译。夫《论语》、《孟子》稍通文义之人尽能读也,其不能读《论语》、《孟子》者则并《水浒》、《红楼》亦不能读也。故治古学者无须变其文与语,既不变其文与语,故学问之实质虽变化,而传述此学问之文体语体无变化,此清代文学无特色之主要原因也。重以当时诸大师方以崇实黜华相标榜,顾炎武曰:"一自命为文人,便无足观。"所谓纯文艺之文极所轻蔑。高才之士皆集于"科学的考证"之一途,其向文艺方面讨生活者皆第二流以下人物,此所以不能张其军也。

梁任公推测清代文学无特色之主要原因，提出了语文问题。自然，中国文学的发展到了清代，文体语体的变化几乎达到了无可逾越的限度；又因为复古的趣味太浓，一般文人学者决不会采用历史很浅的白话，除了几个卓越的小说家以外；清代文学没有特色，不妨就把语文的缺憾作为一个原因。鉴于清代而谈文学改革，语文改革就被作为一个先决的问题了。

以下我们要讲清代文学，从古文（附论骈文）和诗以及词曲小说之类，挨次的讲下去罢。

二 第三次古文运动

我们已经知道元、明时代是古文衰微的时代了，衰极复盛，系从明末清初的时候开始，自然，稍前一点，归有光、唐顺之一流的古文家已经露了一个端倪。顾炎武、黄宗羲、王夫之三位学者恰恰生在明末清初，他们可以作为明朝古文的结束人物，同时又可以作为清朝古文的先驱作家。接着就是清初所谓侯方域、魏禧、汪琬三大家了。再后就是桐城三祖方苞、刘大櫆、姚鼐。而且到了姚鼐的时候，他的弟子及其私淑后进，广布天下，所谓桐城派远承唐宋八家，近承归、方两家，好像是文家正统，握得了文坛上最高的权威。末流之弊，所谓古文义法只是古文空架子，当然不满人意。于是起而和桐城派对立的有阳湖派。同时如阮元、李兆洛之流，想拿骈文对抗古文，再进而觊觎文家正统，因为阮元生在仪征，不妨杜撰称做仪征派。至于钱大昕、王鸣盛一流的学者，学者之文自成一体，不妨杜撰称做朴学派。曾国藩以书生平大乱，为满清中兴的大将，同时因他生活经验的丰富，学问修养的深厚，他又做了桐城派古文中兴的大将。他的门生故吏不少文家，有人把他的这一派称做湘乡派。晚清的古文家，无论直接间接，都受了他的影响。唐宋以后，古文大家算他一人而已。自李唐有古文运动以后，曾一度衰歇，到北宋而古文运动复兴。元、明时代古文又衰歇,到满清又有古文运动复兴,这算是第三次了。现在我们要叙述这一时代的古文运动,就从先驱者顾炎武、黄宗羲、王夫之三大家说起罢。

顾炎武(一六一三——一六八二),初名绛,字宁人,学者称为亭林先生,江苏昆山人。他少壮时好学有志,曾遍读《二十一史》,明代十三朝实录,天下图经,前辈文编说部,以至公牍邸钞之类,有关于民生利害者,分类录出,旁推互证。和同里归庄元恭为友,人称归奇顾怪。清兵下江南,他结合同志起义兵守吴江,失败后,他和归庄幸而逃脱。他母亲自从昆山城破之日起绝食二十七日而死,遗命不许他事满洲。明亡以后,流寓四方。曾五谒在南京的孝陵,六谒在河北昌平的思陵。他生于世家大户,对于故国君主不免有悲凉的留恋,同时满洲以塞外胡种入主中华,也激起了他的民族思想。他在旅行的时候,照例用两匹马换着骑,两匹骡驮带应用书籍。到一险要地方,便找些老兵退卒,问长问短。倘或和平日所闻不合,便就近到茶坊里打开书本对勘。他到晚年,才定居陕西的华阴。他说:

秦人慕经学,重处士,持清议,实他邦所少。而华阴绾毂关河之口,虽足不出户,而能见天下之人,闻天下之事,一旦有警,入山守险,不过十里之遥。若志在四方,则一出关门,亦有建瓴之势。

可见烈士暮年,壮心未已!有人荐他试"鸿博",又有人荐他修《明史》,他都誓死拒绝。他是一个提倡穷经致用的学者,不屑为文人,所著文集六卷,诗集五卷。他在《日知录》里论文各条,有的于清朝一代文人很有影响,有的也很精确。他说:

文之不可绝于天地间者,曰,明道也,纪政事也,察民隐也,乐道人之善也。若此者,有益于天下,有益于将来,多一篇,多一篇之益矣。若夫怪力乱神之事,无稽之言,剿袭之说,谀佞之文,若此者,有损于己，无益于人，多一篇，多一篇之损矣。

这是他的"文须有益于天下论"，像是对当日公安、竟陵一派的"性灵说"而发的。又说：

near近代文章之病，全在摹仿。即使逼肖古人，已非极诣，况遗其神理，而得其皮毛者乎？

这是他的"反摹仿论"，像是对当日摹仿秦汉文的伪古典派作家而发的。他看轻一般不肯学问的都自命文人，就有"文人太多论"。他既反对无益之文，又感到著书而不剽窃剿袭之难，就有"文不贵多论"。他既指出文人求古的毛病，又指出巧言及文辞欺人的无聊，主张文须批评政教风俗的得失利病，就有"直言论"。总之，他把明末文坛的种种毛病都指出来，他替清朝一代的古文家指示一条他认为纯正的大路。元、明以来，古文衰歇久了。这一次的古文复兴运动，不能不算他是一个领路的人！

黄宗羲（一六一〇——一六九五），字太冲，号梨洲，浙江余姚人。他的父亲尊素是东林名士，为魏阉所害。他少年便倜傥有奇气，常袖长锥，想报父仇。福王立于南京后，阉孽阮大铖大兴党狱，他就避难走日本。不久，他回来，图谋抵抗清兵，匡复故国。晚年自述道：

自北兵南下，悬书购余者二，名捕者一，守围城者一，以谋反告讦者三，绝气沙埠者一昼夜。其他连染逻哨所及，无岁无之，可谓濒于十死者矣。（《南雷余集·怪说》）

可以想见一个志士的苦心。明统已绝，他就著书讲学终老了。他长于史学，他是阳明派的一个学者，著述很多，关于诗古文的有《南雷文定》五集，又《明文海》四百八十二卷。记得他有作文三戒：戒仿台阁体，戒替阔人

代笔,戒做世俗应酬文字。他痛诋伪古典派,以为明朝文学是因何景明李梦阳而坏的。他在《明文案序》上说道:

> 前代古文之选,《昭明文选》、《唐文粹》、《宋文鉴》、《元文类》为最著。《文选》主于修辞,一知半解,文章家之有偏霸也。《文粹》撷菁撷华,亦《选》之鼓吹。《文鉴》主于政事,意不在文,故题有关系而文不称者,皆所不遗。《文类》则苏天爵未成之书也,碑版连牍,删削有待。若以《文案》与四选并列,文章之盛,似谓过之。夫其人不能及于前代,而其文反能过于前代者,良由不名一辙,唯视其一往深情,从而掊摭之。巨家鸿笔,以浮浅受黜,稗名短句,以幽远见收。今古之文无益,而一人之情有至有不至,凡情之至者,则其文未有不至者也。则天地间街谈巷语,邪许呻吟,无一非文,而游女田夫,波臣戍客,无一非文人也。试观三百年来集之行世藏家者,不下千家,每家少者数卷,多者至于百卷,其间岂无一情至之语?而埋没于应酬讹杂之内,堆积几案,何人发视?即视之,而陈言一律,旋复弃去。向使涤其雷同,至情孤露,不异援溺人而出之也。有某兹选,彼千家之文集庞然无物,即尽投之水火,不为过矣!

他嫌《文选》、《唐文粹》太注重辞,《宋文鉴》太注重用,《元文类》又滥收应酬之文。他选《明文案》就以情为标准,强调了情在文学上是唯一的要求,简直可以说他是唯情主义者,这是他的特识。后来曾国藩以为天地间之文不外情理两端,那就算是调和派的论调,似乎是受了他论文重情的影响。他的《明夷待访录》二十四篇是一部关于政治的哲学书,有极大胆的思想。例如他说:"为天下之大害者君而已矣!"攻击君权的自私。他主张法治,反对人治。他主张学生干政,学校做舆论的机关。和他同时的达州唐甄铸万(一六三〇——一七〇四)著有《潜书》;天门胡承诺石庄著有《绎志》;以及后来的益阳汤鹏海秋(一八〇一——一八四四)著有《浮邱子》,也都算是成一家之言。虽说他们的这些东西原以立意为宗,不以能文为本,但论清朝的古文,我们不能不说这在比较上是内容最充实的东西了。

王夫之(一六一九——一六九二),字而农,号薑斋,湖南衡阳人,晚年隐于石船山,学者称船山先生。生平最恨标榜,又不开门讲学,当时名士除刘继庄外,没有一个相识。清兵下湖南,他在衡山举义反抗,失败走桂林,一为永历帝行人司行人,最后隐居不出。当时清廷严令薙发,不从者死,他誓死抵抗,转徙苗猺山洞中,备尝艰苦。到处拾些破纸或烂账簿之类做稿纸,著述极多,除遗佚外,都收入《船山遗书》。关于古文的,有《薑斋文集》十卷,补遗二卷。又《读通鉴论》、《宋论》为科场士子常备之书,流行最广。他是一个多方面的学者,本不以文学见长。诗用僻典生字,颇多佛典道藏语,古文却平实流畅。今录他的《自题墓石》于此:

> 有明遗臣行人王夫之字而农葬于此,其左则其继配襄阳郑氏之所祔也。自为铭曰:抱刘越石之孤愤而命无从致,希张横渠之正学而力不能企,幸全归于兹丘,固衔恤以永世!

顾、黄两人在文学上的影响或较王氏为大;但论在政治上的影响,王氏"攘夷排满"的思想,实为晚清有"革命排满"思想的学人所推崇。这三大家,在古文上,上为明朝古文家结局,下为清朝古文家先导。

下面要说到清初的古文家了。

清初古文,向称侯、魏、汪三大家。我以为姜宸英要不是下狱死,也会有人称他做大家的,何况方苞于他是后进,又曾和他论过学问,他和桐城派也有一点渊源。所以我在这里就把侯、魏、汪、姜称做清初古文四大家了。

侯方域(一六一八——一六五四),字朝宗,号雪苑,河南商丘人。他的父祖都曾在明季做过官,他和桐城方以智密之、宜兴陈贞慧定生、如皋冒襄辟疆号为四公子，主持清议，斥魏阉余党，险些儿得祸。顺治八年(一六五一)中式副榜。他起初纵情声妓，已而忏悔，发愤读书。痛辟伪古典派——秦汉派，独学韩、欧古文。著有《壮悔堂文集》。他曾游南京，将刻文集，文章还有不曾脱稿的，他一晚补作就成。他和魏禧、汪琬齐名。有人说：魏禧，策士之文；汪琬，儒者之文；方域，才人之文。当时论古文，都推方域为第一。

魏禧(一六二四——一六八〇)，字冰叔，号勺庭，又号裕斋，江西宁都人。与兄祥，一名际瑞，字善伯；弟礼，字和公；并治古文，称宁都三魏。冰叔最有文名，人称魏叔子。他是明末诸生，明亡不仕，移家翠微峰。朋友多来相依，有彭士望躬庵、林时益确斋、李腾蛟咸斋、邱维屏邦士、彭任中叔、曾传灿青藜，他们和三魏敦友谊如骨肉，世称易堂九子。叔子喜读《史记》，尤好左氏及老苏的文章，长于议论，兼长叙传，霸才雄笔，一时无两。所著有《魏叔子文集》、《日录》及《左传经世》等书。他的论文，有可取处。例如他说：

吾辈生古人之后，当为古人子孙，不可为古人奴婢。盖为子孙，则有得于古人真血脉，为奴婢则依傍古人作活耳。

为文当先留心史鉴，熟识古今治乱之故，则文虽不合古法，而昌言伟论，亦足信今传后，此经世为文合一之功也。

作文须先为其有益者。关系天下后世之文，虽名立言，而德与功俱见，亦我辈贫贱中得志事也。

伯子论文，更有卓识。例如他说：

眼前景，口头语，当时事，意中事，神妙莫过于此，应付莫便于此。

作文如作瘦瓢藤杖，本色不雕一毫，水磨又极精细。止任元朴者粗恶不堪，专事工夫者矫揉无味也。

他注重真实，自然，并不看轻修饰；倘若太修饰了，会要弄得不通，或者不得体，那倒是要指出的。他说：

> 文有大佳而可谓大不通者，不知体者也。刑官榜示狱卒者有"郭井之槐，鹄亭之骨，齐车之矢，姚宫之针"。为语非不典丽，而要非狱卒所能解矣。
>
> 人以文字就质于人，称曰"正之"；忽念政者正也，改称曰"政"；又念正者必须删削，乃曰"削政"；又念斧斤所以削也，转曰"斧政"；又念善斧斤者莫如郢人，易曰"郢政"，且或单称曰"郢"；而最奇者，以为孔子笔削《春秋》，而《春秋》绝笔于获麟，遂曰"麟郢"；愈文而愈不通，令人绝倒。今俗人作古文，官名地名之属务称古号，以为新颖，而复多错谬。否则杜撰拈合，如称给事为"给谏"，状元官修撰者为"殿撰"。三孤三公，保其一也，而通曰"宫保"。牵强支离，竟不成语，著于文章之内，真所谓金瓯玉酘盛狗矢也。又如日居月诸，居诸乃语词，而称日月为居诸。刑于寡妻，友于兄弟，于亦语词，而曰"刑于"、"友于"。司马迁、诸葛亮复姓也，而曰"马迁"、"葛亮"，则古人先已不通，时俗又何足怪乎？

魏伯子指出人家用典修辞的不当，指出人家故意掉文，愈文愈不通，这些话都是对伪古典派余孽发的。他又说：

> 著佳语佳事太多，如京肆列杂物，非不炫目，正为有市井气。
>
> 大家文如故家子弟，虽破巾敝服，体气安贵。小家文如暴富伧奴，浑身盛服，反增丑态。非盛服不佳，服者卖弄矜持，反失其故吾也。

这也是痛骂掉文者的话。还有他的"独至"论，虽然是由古人"偏至"之说

而来,他更在文学上郑重提出,说的更透。他说:

> 人之为人,有一端独至者,即生平得力所在,虽曰一端,而其人之全体著矣。小疵小癖,反见大意。所谓颊上三毫,眉间一点是也。今必合众美以誉人,而独至者反为浮美所掩。人精神聚于一端,乃能独至。吾之精神亦必聚于此人之一端,乃能写其独至,太史公善识此意,故文极古今之妙。
>
> 仙人之术,何难治疾?而铁拐之像至今跛足,盖不必讳其本质也。鸟兽草木之怪,变化无端,要不离其本形以为变化(如马精面长,蜂精腰瘦之类),盖离本质即非此怪矣。古文大家各不讳其偏弊,故足自成一家。

仙人妖精之说,我们不必和魏伯子一样相信,可是他说文人须"写其独至","不讳偏弊",却含有一点可信的真理。他的文名虽不及乃弟叔子那样大,可是在论文上,不能不说他有突过乃弟之处了。

这个时候,在古文上和魏叔子、侯朝宗齐名的,还有汪琬。

汪琬(一六二四——一六九〇),字苕文,号钝翁,晚号尧峰,江苏长州人。顺治十二年(一六五五)进士,官至翰林院编修,纂修《明史》。他少年就是孤儿,却好学,锐意为古文辞。自以为学欧文极似,"从庐陵入,不从庐陵出"。实则他学归震川。他以为"明之中叶,士大夫争言古文,往往剿袭《史》、《汉》诸书,以相陵轹,纷纭倡和,遍于东南。惟震川退处荒江寂寞之滨,讲求《六艺》,欲远追游、夏之徒于千数百年之上。"他这样推崇归氏,似乎给后来桐城派的文人以不少的暗示。他常叹息文章家好名声,少实在,没有几个自重特立之士。所以他好议论文人是非,不免苛刻。当时文人间相传汪钝翁好嫚骂。他著有《尧峰文钞》五十卷。《经解》之文最多,其次序记。他有《文戒示门人》道:

昌明博大,盛世之文也。烦促破碎,衰世之文也。颠倒诡谲,乱世之文也。今幸值右文之时,而后生为文往往昧于辞义,叛于经旨,专以新奇可喜,嚣然自命作者。嗟乎！人文与天文地文一也。日月星辰,天之文也。山川草木,地之文也。假令如日夜出,两月并见,日中见斗,又令山涌川斗,桃冬花,李冬实,夫岂不震耀耳目,超于常见习闻之外？其可喜孰甚焉？而经史书之,不曰新而曰妖,不曰奇而曰变。然则今之作者,专主于新奇可喜,倘亦曾南丰所谓乱道,朱晦翁所谓文中之妖与文中之贼是也？

原来尧峰之文,正是所谓昌明博大,盛世之文。换句话说,就是儒者讴歌太平之文。

姜宸英(一六二八——一六九九),字西溟,号湛园,浙江慈溪人。康熙三十六年(一六九七)成进士,授翰林院编修。三十八年充顺天乡试副考官,因科场舞弊案系狱死。著有《湛园未定稿》六卷。他在古文上和朱彝尊齐名,王士祯说："朱竹垞之详雅,姜西溟之雄迈,皆近日古文高手。"实则湛园文并不怎样雄迈,比较同时汪琬、方苞稍觉有气势而已。还是魏禧说的对,他说："侯方域肆而不醇,汪琬醇而不肆,惟宸英在醇肆之间。"《四库全书总目》集部著录《湛园集》八卷,那是黄昆圃编刻的,如今已不易得。姜的不如汪、侯、魏有名,这也是一个原因罢。

以下要说到桐城派的古文家了：

方苞(一六六八——一七四九),字凤九,号灵皋,晚号望溪,安徽桐城人。举康熙四十五年(一七〇六)进士。戴名世《南山集》案发,苞被株连下狱,论死；幸赖李光地力救,得免。以白衣直南书房。寻充武英殿修书总裁。历官至内阁学士,礼部右侍郎。少时善为八股,壮年始努力学古文。所著有《望溪文集》十八卷,《集外文》十卷,《补遗》四卷。他代和硕果亲王作的《古文约选序例》中说道：

> 盖古文所从来远矣。《六经》、《语》、《孟》，其根源也。得其支流而义法最精者，莫如《左传》、《史记》。

可知他所讲求的古文义法究竟有什么根据。又义法的界说怎样？他说：

> 《春秋》之制义法，自太史公发之，而后之深于文者亦具焉。义即《易》之所谓言有物，法即《易》之所谓言有序也。必义以为经，而法纬之，然后为成体之文。(《书史记货殖传后》)

原来义法二字出于《史记·十二诸侯年表序》，大意说"孔子次《春秋》，约其文辞，治其烦重，以制义法"。照方氏的解释，义即"言之有物"，法即"言之有序"，思想内容和文体形式是并重的。然而他毕竟偏于文体形式一面。例如他说：

> 南宋、元、明以来，古文义法不讲久矣。吴越间遗老尤放恣，或杂小说，或沿翰林旧体，无雅洁者。古文中不可入语录中语，魏晋六朝人藻丽俳语，汉赋中板重字法，诗歌中隽语，《南北史》佻巧语。(《评沈椒园文》)

又说：

> 凡为学佛者传记，用佛氏语则不雅，子厚子瞻皆以兹自瑕。至明钱受之，则直如涕唾之令人设矣！(《答程夔州书》)

他所提出古文上的这种义法，都是关于语言文字的种种限制，要做到所谓"雅洁"。结果，文体形式似是雅洁合法了，内容常常空洞得没有意义。有法无义，算是什么义法？难怪考证学家钱大昕在给一个朋友的信札上讥笑方苞实在不曾懂得义法,以为方氏所谓义法,不过世俗选本之法,未尝博观而求其法,因此痛骂方氏"不读书"。同时另一古文家朱仕琇(梅崖)也骂方氏之文"肤浅"。自然,为了修辞雅洁的缘故,方氏文章做得简朴谨严,可算是纯正一派的古文。可是过于求雅洁,忌讳太多,弄到语汇贫乏,就不免"辞嗇"之讥。而且方氏论学以程朱为宗,一生志事,"学行继程朱之后,文章在韩欧之间",立论不免有迂腐处,所以又受"辞窳"之诮。只因方氏生在所谓太平之世,元明以来,古文衰微已久,他肯努力做古文,同乡后进学古文的也都捧他,于是他就成了桐城派的开山祖师了。

刘大櫆(一六九八——一七七九),字才甫,一字耕南,号海峰,安徽桐城人。以布衣游京师,时内阁学士同邑方苞有古文名,见大櫆文,对人大称赞,说是"我方某何足算?乡人刘生才算国士哩!"大櫆于雍正七年十年两举副贡生,官黟县教谕。大櫆虽游方苞之门,所作文章,并不拘谨,波澜壮阔,倒很有才气。如《观化》一篇,奇诡可喜,颇像《庄子》。著有《海峰文集》八卷。门弟子除了姚鼐最为知名以外,还有桐城王灼悔生(?——一八一九)、阳湖钱伯坰鲁斯(一七三八——一八一二)、歙县吴定殿麟。姚鼐光大了桐城派,和方、刘并称桐城派三祖。王灼和钱伯坰劝他们的友人阳湖恽敬、张惠言学古文,恽、张就别创了阳湖一派。这样说来,刘大櫆虽没有"过绝流辈之诣",但论他在文坛上的影响,总不能不算是一个伟大的古文家了。再,他论文的见地虽不高,却颇为后进的古文家引用,发挥。他说:

> 大约文字是日新之物,若陈陈相因,安得不目为臭腐?原本古人意义,到行文时却须重加铸造一样语言,不可便直用古人,此谓去陈言,未尝不换字,却不是换字法。

他说文字是日新之物,这是对的。他以为只用古人意义,不直用古人语言,就可以化腐朽为神奇,未免浅薄可笑了。他说:

> 行文之道，神为主，气辅之。曹子桓、苏子由论文以气为主，是矣。然气随神转，神深则气灏，神远则气逸，神伟则气高，神变则气奇，神深则气静，故神为气之主。至专以理为主，则未尽其妙。盖人不穷理读书，则出词鄙倍空疏。人无经济，则言虽累牍，不适于用。故义理书卷经济者，行文之实，若行文自别是一事。譬如大匠操斤，无土木材料，纵有成风尽垩手段，何处施设？然有土木材料而不善设施者甚多，终不可为大匠。故文人者，大匠也；神气音节者，匠人之能事也；义理书卷经济者，匠人之材料也。

这是刘氏论古文的基本理论。他把文人比做大匠，把神气音节比做匠人的技巧，把义理书卷经济比做匠人的材料，并没有什么不可。不过他说神和气的关系像前人说的一样玄虚。末了他把神气音节放在一起，我们才找得了神气的着落。他说：

> 文章最要节奏。譬之管弦繁奏中必有希声窈渺处。
>
> 神气者，文之最精处也。音节者，文之稍粗处也。字句者，文之最粗处也。然予谓论文而至于字句，则文之能事尽矣。盖音节者，神气之迹也。字句者，音节之矩也。神气不可见，于音节见之；音节无可准，以字句准之。音节高，则神气必高；音节下，则神气必下，故音节为神气之迹。一句之中或多一字或少一字，一字之中或用平声或用仄声，同一平字仄字或用阴平阳平上声去声入声，则音节迥异，故字句为音节之矩。
>
> 积字成句，积句成章，积章成篇。合而读之，音节见矣；歌而咏之，神气出矣。

他把字句音节神气三者的关系说得很明白，还怕人家不懂，所以反复再三。又说：

  凡行文多寡、短长、抑扬、高下,无一定之律,而有一定之妙,可以意会而不可以言传。学者求神气而得之于音节,求音节而得之于字句,则思过半矣。其要只在读古人文字时,便设以此身代古人说话,一吞一吐,皆由彼而不由我;烂熟后,我之神气即古人之神气;古人之音节,都在我喉吻间;合我喉吻者,便是与古人神气音节相似处,久之自然铿锵发金石声。

原来所谓神气并不怎样玄妙高深,只是文章的声调。字句或平或仄有节奏,文章的声调自然铿锵。他以为要文章的声调好,只须熟读古人的文章,读得顺口成调,习惯成自然,自己作起文章来,声调也就会好了。

  姚鼐(一七三一——一八一五),字姬传,一字梦穀,安徽桐城人。乾隆二十八年(一七六八)进士,改庶吉士,散馆,由礼部主事官至刑部郎中,乞病致仕,主讲江南紫阳钟山书院四十余年。幼从同邑刘海峰学做古文。他的伯父薑坞(姚范)问他的志向,他说:"义理考证文章阙一不可。"后来他在学术界果然成了一个三不像的乡愿;虽然他的古文之名最大。所著有《惜抱轩文集》十三卷,《后集》十卷。《古文辞类纂》是他编的古文教科书,分做论辨、序跋、奏议、书说、赠序、诏令、传状、碑志、杂记、箴铭、颂赞、辞赋、哀祭十三类。他说:

  凡文之体类十三,而所以为文者八,曰神理气味格律声色。神理气味者,文之精也;格律声色者,文之粗也;然苟舍其粗,则精者亦胡以寓焉?

这个作文八字诀,虽是把前人论文的话杂凑起来,实在说得太抽象了,令人莫名其妙。还有他的阳刚阴柔说,也是他论文的根本理论。他在《复鲁絜非书》里说:

  鼐闻天地之道,阴阳刚柔而已。文者天地之精英,而阴阳刚柔之发也。惟圣人之言统二气之会而弗偏。然《易》、《诗》、《书》、《论语》所载,亦间有可刚柔分矣,值其时其人,告语之体各有宜也。自诸子而降,其为文无弗有偏者。其得于阳与刚之美者,则其文如霆,如电,如长风之出谷,如崇山峻崖,如决大川,如奔骐骥;其光也,如杲日,如火,如金镠铁;其于人也,如凭高视远,如君而朝万众,如鼓万勇士而战之。其得于阴与柔之美者,则其文如升初日,如清风,如云,如霞,如烟,如幽林曲涧,如沦,如漾,如珠玉之辉,如鸿鹄之鸣而入寥廓;其于人也,漻乎其如叹,邈乎其如有思,暖乎其如喜,愀乎其如悲。观其文,讽其音,则为文者之性情形状举以殊焉。

  他说的"天地之道","天地之精英","圣人之言统二气之会而弗偏",都很抽象,不知道弄的什么玄虚。他把文章的美质分做阳刚之美和阴柔之美,打了许多具体而且亲切有味的譬喻,这却令人看得明白。可是只分阳刚阴柔二类,虽然简单包括,同时也觉笼统;何况阳刚阴柔的标准还很难定呢! 倘用他的话来评他的文章,他是偏于阴柔一面。好处在清淡简朴,坏处在浅薄空虚。他的代表作品,曾国藩指出了《庄子章义序》、《礼笺序》、《复张君书》、《复蒋松如书》、《与孔㧑约论禘祭书》、《赠㧑约假归序》、《赠钱献之序》、《朱竹君传》、《仪郑堂记》、《南园诗存序》、《绵庄文集序》等篇。他的高足弟子除了梅曾亮最为有名以外,有上元管同异之(一七八〇——一八三一),桐城方东树植之(一七七二——一八五一),姚莹石甫(一七八五——一八五二),刘开孟涂(一七八四——一八二四),娄县姚椿春木(一七七七——一八五三),新城陈用光硕士(一七六八——一八三五),宝山毛岳生生甫(一七九一——一八四一)。同时古文家如新城鲁仕骥絜非(一七三三——一七九四),宜兴吴德旋仲伦(一七七一——一八四〇),永福吕璜月沧(一七七八——一八三八),无锡秦瀛小岘(一七四三——一八二一),也都曾受到姚氏的影响。其他受上述诸人的传授或影响,一时列在桐城派的文人,有桐城戴钧衡存庄(一八一四——一八五五)。有山阳鲁一同通甫(一八〇四——一八六三)。有桂林龙启瑞翰臣(一八一四——一八五八),朱琦伯韩(一八〇三——一八六一),马平王拯锡振(一八一五——一八七六)。有南丰吴嘉宾子序(一八〇三——一八六四)。有新化邓显鹤湘皋(一七七七——一八五一),长沙周树槐星叔,孙鼎臣芝房(一八一九——一八五九),周寿昌荇农(一八一四——一八八四),武陵杨彝珍性农(一八〇七——?)。他们在古文上的成就都不算高。此外依草附木的还很多,不足称述。和姚氏同时或稍后的桐城派文人这么多,可以想见那时桐城派的盛况了。

虽说管同、梅曾亮、方东树、姚莹称为惜抱轩四大弟子,就中却只有梅氏在文坛上的影响独大。吴敏树《梅伯言先生诔辞》里说:

> 京师学治古文者,必趋梅先生,以求归方之所传。

又吴汝纶《孔叙仲文集序》里说:

> 郎中君(姚鼐)既殁,弟子晚出者,为上元梅伯言,当道光之季,最名能文,居京师,京师士大夫日造门问为文法。

可见梅曾亮真是肩著桐城派文统的了。

梅曾亮(一七八六——一八五六),字伯言,江苏上元人。道光三年(一八二三)进士,官至户部郎中。咸丰元年(一八五一)主讲梅花书院。少时喜骈文,后从姚鼐游,受友人管同的规劝,才改学古文。著有《柏枧山房文集》十六卷。梅氏之文,枯窘淡薄,比方苞姚鼐更甚。论文偶有合理的地方,例如他说:

> 文章之事莫大于因时。立吾言于此,虽其事之至微,物之至小,

而一时朝野之风俗好尚皆可因吾言而见之。使为文于唐贞元、元和时，读者不知为贞元、元和人，不可也；为文于宋嘉祐、元祐时，读者不知为嘉祐、元祐人，不可也。韩子曰，"惟陈言之务去"，岂独其词之不可袭哉？夫古今之理势固有大不同者矣。其为运会所移，人事所推演，而变异日新者，不可穷极也。执古之同以概其异，虽于词无所假者，其文亦已陈矣！（《答朱丹木书》）

他好像也有文学进化的观念，却未能实践。比如他是道光、咸丰时人，在他的文章里却未必可以考见那时朝野的风俗好尚；人家读了，也未必看得出他是道光、咸丰时人。

以下要插说和桐城派稍为异同的阳湖派张惠言、恽敬诸家了。

在说张、恽之前，我们要知道那时阳湖洪亮吉稚存（一七四六——一八〇九）、孙星衍渊如（一七五三——一八一八）都是有名的文人，同时又是渊博的学者。他们的文章学魏晋，字句偶多于奇，实给张、恽诸人以不少的影响，而且洪、张有师生之谊，这是我们论到阳湖派的渊源应当叙出的。

张惠言（一七六一——一八〇二），字皋闻，一作皋文，江苏武进人。嘉庆四年（一七九九），进士，官翰林院编修。少时学辞赋，模拟司马相如、扬雄的文章。壮年，受友人桐城派后进王灼、钱伯坰的影响，才学韩愈、欧阳修为文。他的《文稿自序》说：

> 余友王悔生……劝余为古文，语余以所受于其师刘海峰者，为之一二年，稍稍得规矩。

又他的《送钱鲁斯序》中说：

> ……鲁斯大喜，顾而谓余：吾尝受古文法于桐城刘海峰先生，顾未暇以为，子傥为之乎？余愧谢未能。已而余游京师，思鲁斯言，乃

尽屏置曩时所习诗赋不为,而为古文,三年,乃稍稍得之。

又他的《书刘海峰文集后》一文里说:

余学为古文,受法于挚友王明甫。明甫古文法,受之其师刘海峰。本朝为古文者十数,然推方望溪、刘海峰。余求海峰文六年,然后得而读之。

可见张氏学古文,和桐城派有怎样的渊源。所著有《茗柯文编》。张氏原是汉学家,却不菲薄宋儒;原学秦汉文,也不菲薄唐宋以来古文家。所以曾国藩在《茗柯文编》序里,要恭维他"循汉学之轨辙,而虚衷研究"。又说他"文词温润,亦无考证辨驳之风,尽取古人之长"。可惜他死的很早,有人说他"摹古之痕,尚未尽化!"

张惠言死后,阳湖派的文人恽敬算是大家。

恽敬(一七五七——一八一七),字子居,江苏阳湖人。乾隆四十八年(一七八三)举人,五二年充咸安宫官学教习。出为浙江富阳、山东平阴、江西新喻瑞金知县,改官同知。敬少时好为齐梁骈俪文体;稍长,改治古文。张惠言死,他不觉感慨道:"古文从元、明以来渐渐失传。我所以不多作古文,因为有张惠言在:今惠言已死,我就应该拼力做古文了!"所著有《大云山房文初集》、《二集》、《文稿补编》。他曾自述作古文的方法道:

字字有本,句句自造,篇篇变局,事事搜根,古人不传秘密法也。(《与来卿书》)

敬古文法尽出子长,其孟坚以下,时参笔势而已。(《与黄香石书》)

吴仲伦在《恽子居先生行状》一文里说道:

先生之治古文，得力于韩非、李斯，与苏明允相上下，近法家言。叙事似班孟坚、陈承祚，而先生自称其文自司马子长而外无北面。先生于阴阳、名、法、儒、墨、道德之书既无所不读，又兼通禅理。

有人说，清朝古文家文气之奇推魏禧，文体之正推方苞，介乎奇正之间推恽敬。自张惠言、恽敬倡为古文，创阳湖派，李兆洛申耆（一七六九——一八四一）、陆继辂祁生（一七七二——一八三四）继起，声势很足以和桐城派相抗。他们虽做古文，同时不菲薄骈文。他们不仅想做文人，同时又想兼做渊博的学者。他们的文章大体气势旁礴，词意深厚，不像桐城派诸子的文章那么薄弱。他们本来不妨别开一派。章太炎先生说是"常州儒人媢嫉最甚，古文辞之笔法受之桐城，乃欲自为一派，以相抗衡"，未免太抹杀阳湖派特有的长处了。

在桐城派、阳湖派对立的这个当儿，出了一个伟大的古文家，即湘乡曾国藩。他虽自认私淑姚鼐，说是"国藩之粗解文章，姚先生启之也"。可是有人把他及他的门下一群文人称做湘乡派。

曾国藩（一八一一——一八七二），字涤生，号伯涵，晚号求阙翁，湖南湘乡人。道光十八年（一八三八）进士，授检讨，累官礼部侍郎，丁忧归籍。洪、杨事起，在籍督办团练，率乡勇连克沿江各省，事平，封毅勇侯，为同治中兴功臣第一。以大学士任两江总督，卒谥文正。所著《求阙斋文集》四卷，《曾文正公全集》百数十卷。曾氏天资不甚高，一生好读书，虽在军营中，未尝废读。他有"貔貅十万夜观书"之句，正是纪实。他以为古文家于义理、词章、考据、经世有用之学，都须讲求，虽然是承袭刘、姚之说，只有他颇能实践。他论学调和汉、宋两派，论文调和周秦、唐宋两派。又他恰好因缘时会，建立功业，生活经验极其丰富，所以作为文章，内容充实，气魄伟大。论他在古文上的成就，他的弟子黎庶昌说是"自欧阳氏以来，一人而已"。实则自唐宋以来所谓古文家没有一个赶得他上，尽管他作品的数量不多。自然，他能够利用社会环境给他的机会，用他非常的努力，继

承了古代文学上的许多遗产,能够有点出息,并不算是奇迹。方、姚论文喜谈义法,他就提出所谓戒律。他说:

> 自唐以后,善学韩者莫如王介甫氏。而近世知言君子惟桐城方氏、姚氏所得尤多。因就数家之作而考其风旨,私立禁约,以为有必不可犯者,而后其法严而道始尊。大抵剽窃前言,句摹字拟,是为戒律之首。称人之善,依于庸德,不宜褒扬溢量,动称奇行异征,邻于小说诞妄者之所为,贬人之恶,又加慎焉。一篇之内,端绪不宜繁多。譬如万山旁薄,必有主峰;龙衮九章,但挈一领。否则首尾衡决,陈意芜杂,兹足戒也。识度曾不异人,或乃仅为僻字涩句以骇庸众,斫自然之元气,斯又才士之所同蔽,戒律之所必严。明兹数者,持守勿失,然后下笔造次皆有法度,乃可专精以理吾之气,熟读而强探,长吟而反覆,使其气若翔翥于虚无之表,其辞跌宕俊迈而不可以方物。盖论其本,则持戒律之说,词愈简而道愈进;论其末,则抗吾气以与古人之气相翕,有欲求太简而不得者。兼营乎本末,斟酌乎繁简,此自昔志士之所为毕生矻矻,而吾辈所当勉焉者也。(《复陈太守宝箴书》)

不要剽窃摹仿,不要褒贬过分,不要意思散漫,不要字句僻涩,这种戒律是顶对的。至于他所说的"气",虽似和刘大櫆所说的"神气说"一样,重在熟读长吟,即重在声调。原来他以为"读书声出金石"是一件乐事,又说"作文以声调为本"。又说"情韵不匮,声调铿锵,乃文章第一妙境。"他又教人作文"以力去陈言,戛戛独造为始事,以声调铿锵,包蕴不尽为终事"。可知他说的气原指声调响亮或悠远而已。曾氏在古文上实有独到的造诣,可是自愿居于桐城派。这可以看出当时文坛只有桐城派的气焰笼盖一切,同时也可见到曾氏治学态度的谦虚。他做的《欧阳生文集序》,列举那时许多倾向桐城的文人,只有巴陵吴敏树南屏(一八〇五——一八七三)声明不愿列在桐城一派。曾氏有书寄给南屏道:

> 吾乡富人畏为命案所污累,至糜钱五百千摘除其名。尊兄畏拙文将来援为案据,何不捐输巨资,摘除大名? 亦一法也。

这当然是说笑话。但他对于吴南屏实有相当的敬重。他在复欧阳晓岑的书信上写道:

> 南屏不愿在桐城诸君子灶下讨生活,真吾乡豪杰之士也。

又在复吴南屏的书信上写道:

> 大集古文敬读一过,视昔年仅见零篇断幅者尤为卓绝。大抵节节顿挫,不务奇辞奥句,而字字若履危石而下,落纸乃迟重绝伦。其中闲适之文,清旷自怡,萧然物外。如《说钓》、《杂说》、《程日新传》、《屠禹甸寿序》之类,若翱翔于云表,俯视而有至乐。国藩尝好读陶公及韦、白、苏、陆闲适之诗。观其博揽物态,逸趣横生,栩栩焉神愉而体轻,令人欲弃百事而从之游,而惜古文家少此恬适之一种。独柳子厚山水记破空而游,并物我而纳诸大适之域,非他家所可及,今乃于尊集数数遇之,故编中虽兼众长,而仆视此等尤高也。

原来吴南屏为文学宋之欧阳及明之归氏,长于小品。以举人一度为浏阳训导。隐居桦湖,吃租可以过活。做人恬淡,文如其人。曾氏评他的文章拈出闲适二字,正说中了他独有的风格。

作为曾氏一派的文人,还有道州何绍基子贞(一七九七——一八七三),著有《惜道味斋诗文集》十六卷;独山莫友芝子偲(一八一一——一八七一),著有《邵亭遗文》八卷;湘阴郭嵩焘筠仙(一八一九——一八七二),著有《养知书屋文集》二十八卷。他们都是曾国藩的朋友,都曾在一道论文。曾氏的门下,文人极多,古文家有桐城吴汝纶挚甫(一八四〇——一九〇三），著有《挚甫文集》；遵义黎庶昌莼斋（一八三七——一八九七），著有《拙尊园丛稿》六卷；武昌张裕钊濂卿（一八二三——一八九四），著有《濂亭文钞》；无锡薛福成叔耘著有《庸庵文集》。他们被称为曾门四大弟子。其实曾氏弟子文才较高的，应推平江李元度次青（一八二一——一八八七）。他以举人入曾氏幕府，不仅下笔千言，最长公牍，曾氏私书也有他的代笔。所作文章，不屑拘检修饰，而切合事理，颇多当时所谓经世有用之文。著有《天岳山馆文钞》六十卷，《续集》若干卷。作为曾氏弟子，而学问渊博的，有德清俞樾荫甫，章太炎说他"其文窳滥，不称其学"。实则《春在堂文集》论学之文，不仅言之有物，也算选言有序。不过有时因书袋掉的太多，不免烦琐芜杂，这是清朝一般朴学家所用的文体，所谓学者之文，自全祖望、钱大昕、王鸣盛、翁方纲以下，大都如是，汪中算是例外。至于王闿运虽曾入曾氏幕府，他却鄙薄唐宋以来古文，专学汉魏六朝，他想"文复八代之盛"。在他早岁所作《湘军志》，文章还不必算入伪古典一派。王先谦益吾（一八四二——一九一七）于曾氏为同乡后进，有《续古文辞类纂》，选辑桐城派文人作品，序文中说道：

　　曾文正以雄直之气、宏通之识、发为文章、冠绝今古。其于惜抱遗书，笃好深思，虽謦欬不亲，而涂迹并合。

原来王氏长于史学，尤精两《汉书》，他是隋唐以后的"汉圣"。所为《虚受堂文集》，于古人师班固、范晔，于近人学姚鼐、曾国藩，尤其佩服曾氏，他是曾氏一派最成功的古文家，但他在文坛上的影响不及吴汝纶。

　　在曾门四大弟子中，黎、薛两氏都曾做过出使大臣，号为洋务人才。吴汝纶曾充北京大学堂总教习，游历日本，考察教育制度，提倡新学。只有张裕钊比较守旧。这个时代的古文家，不是死读古书可以有成就的，须从活泼的时代取得活泼的真理，可惜他们都没有这般见识。吴氏比较进步一点了，所以他在文坛上的影响最大。他的《答姚慕庭书》里说：

吴刻《古文辞类纂》元版已毁,近欲集赀付印。曾文正公一生佩服惜抱先生,于其自作之文尚有趋向乖异之处,独于此书则五体投地,屡见于书札日记家书中。中国斯文未丧,必自此书;以自汉至今,名人杰作尽在其中,不惟好文者宝畜是书,虽始学之士亦当治此书。后日西学盛行,《六经》不必尽读,此书决不能废。

又《答严几道书》里说:

《古文辞类纂》一书,二千年高文略具于此,以为《六经》后之第一书。此后必应改习西学,中学浩如烟海之书行当废去,独留此书,可令周、孔遗文绵延不绝。

又在另一《答严几道书》里说:

中国书籍猥杂,多不足行远。西学行,则学人日力夺去大半,益无暇浏览向时无足轻重之书。而姚选古文则万不能废,以此为学堂必用之书,当与《六艺》并传不朽也。若中学之精美者,固亦不止此等。往时曾太傅言,《六经》外有七书,能通其一,即为成学。七者兼通,则间气所钟,不数数见也。七书者:《史记》、《汉书》、《庄子》、《韩文》、《文选》、《说文》、《通鉴》也。某于七书皆未致力,又欲妄增二书,其一姚公此书,余一则曾公《十八家诗钞》也。但此诸书,必高材秀杰之士乃能治之。若资性平钝,虽无西学,亦未能追其涂辙。独姚选古文,即西学堂中亦不能弃去不习,不习则中学绝矣!世人乃欲编造俚书以便初学,此废弃中学之渐,某所私忧而大恐者也。

答姚书作于一八九八,答严书作于一八九九,吴氏真是三十年前的新人物!他提倡西学,他提倡译书。他教严复译书要别创新文体,不必摹仿周秦古文。他提倡办学堂,他提倡留学外国。他以为此后西学盛行,《六经》不必读,中学浩如烟海之书都当废去,在三十年前的古文家有这种见解,敢说这种话,真不易得!但他却不肯丢弃古文,他以为《六经》可以不读,而姚选古文则万不能废,以此为学堂必用之书。他虽然在《答日本某君书》中也赞成言文一致,还曾为王照的简字宣传,可是又怕人家编造俚文以便初学,因此废弃了古文。他自以为得桐城派的嫡传,又传湘乡家法——古文四象。一直到老到死,深以不得桐城派替人为恨。果然,他死了,纯正的桐城派也就完了!

恰和这个时期古文运动同时而分途发展的有骈文运动,也得附带的说一说:

清初骈文家有吴绮(一六一九——一六九四)、陈维崧(一六二五——一六八二)、毛奇龄、章藻功,尤以陈维崧为最有名。此后袁枚、邵齐焘(一七一八——一七六九)、刘星炜(一七一八——一七七二)、吴锡麒(一七四六——一八一八)、孙星衍、洪亮吉、曾燠(一七六〇——一八三一)、孔广森(一七五二——一七八六),都是有名的骈文作者,吴鼒(一七五五——一八二一)合称他们为八大家,选钞他们的骈文,都为一集。其实,同时胡天游(一六九六——一七五八)、汪中(一七四四——一七九四)两家是最优秀的骈文家,竟不入选。又曾燠选有《国朝骈体正宗》,从毛奇龄以下数十人以及吴鼒之流也在其内。继八家而起的,有梅曾亮、刘开(一七八一——一八二一)、董基诚、董祐诚(一七九一——一八二三)、方履籛(一七九〇——一八三一)、傅桐、周寿昌(一八一四——一八八四)、赵铭、李慈铭(一八二九——一八九四)、王闿运,王先谦选钞他们的骈文,称为十大家,除傅、赵两家不大为人知道以外,其余八家也都是有名的骈文作者。其实,论到晚清的骈文家,皮锡瑞、缪荃孙都该占一个很重要的位置,他们讲经论史也能运用骈体。

从唐宋古文家得势以来,骈文在文坛上不见尊重,只能替正牌的御用文人,即所谓馆阁派撑门面。可是到了清代,骈文复兴运动竟和第三次古文运动同时并起,分途进行。有的以为骈散并尊,不宜歧视,如曾燠、吴鼒、孔广森诸人的主张便是。有的以为骈文才可以叫做文,说是孔子解《易》,于乾坤之言,自名曰文,此千古文章之祖。并痛斥散文不得自命曰文,且尊之曰古,俨然要和古文家争文章正统,如阮元(一七六四——一八二一)、阮福父子的主张便是。后来刘师培也同此主张,因为阮、刘同属仪征人,便有人称他们为仪征派,以和桐城派对抗。王闿运说:"复者文之正宗,单者文之别调",也含有桐城派不算正宗的意思。有的以为骈散合体,不应分家,如汪中、李兆洛、谭献诸人的主张便是。总之,这一时期的骈文家敢和古文家抗衡,敢和古文家争正统。不料后来时代大变,不但骈文站不住,古文也站不住,白话文要出来争正统了。

三 诗人之竞讲宗派

我们已经知道这一时期古文复兴运动的经过,还知道骈文也和古文分途发展,现在要论到同一时期诗派的纷起了。洪亮吉的《西溪渔隐诗序》说道:

> 诗至今日竞讲宗派。至讲宗派,而诗之真性情真学识不出。尝略论之:康熙中主坛坫者新城王尚书士禛,商丘宋尚书荦。新城源出严沧浪诗话,以神韵为宗。所选《唐贤三昧集》专主王、孟、韦、柳,而己所为诗,亦多近之,是学王、孟、韦、柳之派。商丘诗主条畅,又刻意生新,其源出于眉山苏氏。游其门者,如邵山人长蘅等,亦皆靡然从风。同时海盐查编修慎行亦有盛名,而源又出于剑南陆氏,是又学苏、陆之派。秀水朱检讨彝尊,始则描摩初唐,继则泛滥北宋,是又学初唐、北宋之派。博山赵宫赞执信复矫王、宋之弊,持论一准常熟二冯,以唐温、李为极则,是又学温、李之派。迨乾隆中叶,长洲沈尚书

德潜以诗名吴下,专以唐开元、天宝为宗。从之游者,类皆摩取声调,讲求格律,而真意渐漓,是又学开元、天宝之派。盖不及百年,诗凡数变,而皆不出于各持宗派。何则?才分独有所到,则嗜好各有所偏,欲合之无可合也。

按洪亮吉生于乾隆十一年(一七四六),死于嘉庆十四年(一八〇九)。这个时候,满清统治中国已经有了一百五六十年的光景。洪亮吉不肯论及和他同时又辈分和自己相当的诗人,所以只说"不及百年,诗分数变"。在他举出的许多诗派中,仅止王士禛所倡的神韵派,沈德潜所倡的格调派,和宋荦、查慎行一派的学宋诗,在诗坛上最有势力。当日有和神韵派格调派对抗而起的诗派,一为袁枚所倡的性灵派,一为翁方纲所倡的肌理派。肌理派虽有许多学者支持,自成一种学者的诗,正和学者的古文一样,可是究竟不及性灵派得到许多诗人的拥护。而且嘉庆、道光以后,朴学的全盛时代已过,肌理派也似乎没有人提起了。学宋诗的一派,到道光、咸丰以来最盛,成为一种宋诗运动,领导这一运动的是曾国藩。因为他是号为满清中兴的大人物,同时又为古文桐城派中兴的巨子,幕僚友生满天下,他要倡宋诗,他要学黄庭坚,当然影响不小。所以他有诗句说:"自仆宗涪翁,时流颇忻向。"后来的所谓江西诗派,所谓同光体,还是他的流风余韵。张之洞至于要痛骂他们为"江西魔派",可见宋诗运动末流的势力还是不小。难怪高心夔、李慈铭、邓辅纶、王闿运又倡复古,想重燃明代以来复古派或格调派的死灰了。我们要知道这一时期即从十七世纪中叶到十九世纪末叶二百几十年间,诗坛上的各种宗派各个大家名家,还是让我们从生在明清之际,而做了贰臣的钱、吴、龚三大家说起罢。

钱谦益(一五八二——一六六四),字受之,号牧斋,常熟人,明万历进士,官至礼部侍郎。福王时召他为礼部尚书,清兵破南京,他就迎降,得授原官,兼秘书院学士,修《明史》为副总裁。后归乡里而卒。年八十三。有《初学集》百卷,又《有学集》五十卷。《病榻消寒杂咏四十六首》是他老病

游戏之作,今录一首:

  衰残未醒若干年,穷鬼揶揄病鬼缠。典库替支赊药券,债家折算卖书钱。陆机去国三间屋,伍员躬耕一耜田。叹息古人曾似我,破窗风雨拥书眠。

可以想见这位诗人晚年的惨淡生活。因他做过明、清两朝的官,他就成为《清史·贰臣传》中的人物,自己到了晚年,也像有一点悔意了。再录一首:

  新年八十又加三,老耄于今始学憨。入眼欢娱应拾取,随身烦恼好辞担。山催柳绿先含翠,水待桃红欲放蓝。看取护花幡旋动,东风数日到江潭。

他就在这年(康熙三年)死了,这就算是他的绝笔。他和竟陵钟伯敬是同年进士,又和公安袁氏兄弟小修是朋友,或许要受到他们一点影响。他编《列朝诗集》,选录明朝诗人作品,只推崇高青邱、李西涯,对于前后七子,尤其是李空同、何大复、李沧溟、王弇州四大家,不免吹毛求疵。有人骂他"颠倒是非,混淆黑白"。其实他在当时文坛上还不失为一个有特见的人。他说:"有宋淳熙以后,以腐烂为理学,其失也陋;本朝弘正以后,以剽窃为古学,其失也倍。"倍就是背字,有反动的意思,这个字下得不错。他恭维归有光的古文,他敢公然仿效苏东坡的诗,这也算是由伪古典派的反动引出来的一种倾向了。不过伪古典派的余焰还在,他被人家攻击,不是没有理由的。他一生知己就是他的老婆。他说:"每诗文成,举以示柳夫人,当得意处,夫人辄疑眸注视,赏咏终日,其于寸心得失之际,铢两不失毫发。"可惜他不肯听柳夫人的话,做了贰臣。他的著作在乾隆时候被禁毁,说是"语涉诽谤",实则他并不像吴伟业那样满腔悲愤,爱发牢骚。就是有诽谤清朝的地方，那是在他没有做贰臣以前。例如崇祯十二年，他的《岁暮杂怀》有一首道：

> 濠泗居庸王气全，玉衣石马自千年。贼流关陕如遗迹，奴入高丽且息肩。谁使犬羊蟠汉地，忍同戎羯戴唐天！延登受策安危在，赢得菰芦坦腹眠。

这诗作于洪承畴追击李自成，清兵犯山海关刚退的时候，犬羊戎羯当然是指的清兵了。再录其中一首：

> 残年乐事总迷离，似病如魔我自知。谢客且为无事饮，过江聊作有情痴。花间歌好闻莺处，柳外妆残堕马时。寂寞纸窗书几夜，寒灯一穗雨如丝。

不幸他的残年难尽，还要多活二十余年，做了贰臣之后才死，连著作的价值也要打折扣了！

吴伟业、龚鼎孳和钱谦益同时，三人齐名，被称为"江左三大家"，正和当日屈大均翁山、梁佩兰药亭、陈恭尹元孝被称为"岭南三君"一样，不过三大家更有名，在诗坛上最有影响，这是我们应该详细来说的了。

吴伟业（一六〇九——一六七一），字骏公，晚号梅村，太仓人。崇祯辛未会试第一，廷试第二授编修，迁南京国子监司，中允谕德。明朝既亡，又出仕清朝，做秘书院侍讲，迁国子祭酒。因丁母忧归田，康熙辛亥卒，年六十三。他临死的时候有遗书自叙道：

> 吾一生遭际，万事忧危，无一刻不历艰难，无一境不尝辛苦，实为天下大苦人。吾死后，敛以僧装，葬吾于邓尉、灵岩相近，墓前立一圆石，题曰诗人吴梅村之墓。

原来他和钱谦益、龚鼎孳一样做了贰臣,可是他认为这是他一生最大的耻辱,精神上的谴责使他难堪,他就真是一个"天下大苦人"。明朝既亡,侯朝宗有书信劝他莫降清朝,保全气节。无奈富贵逼人,他也就顾不得许多了;等到后悔,怎么能够逃脱精神上的谴责呢?所以后来他过夷门,有吊侯朝宗的诗道:

河洛风尘万里昏,百年心事向夷门。气倾市侠收奇用,策动宫娥报旧恩。多见摄衣称上客,几人刎颈送王孙。死生总负侯嬴诺,欲滴椒浆泪满襟!

他这时有点悔不当初,自愧对不起侯朝宗了!又他过淮阴的时候,有一首诗道:

登高怅望八公山,琪树丹崖未可攀。莫想《阴符》遇黄石,好将鸿宝驻朱颜。浮生所欠只一死,尘世无繇识九还。我本淮王旧鸡犬,不随仙去落人间。

只因他"浮生所欠只一死",他才担负比死还难受的生之重担。他的满腔悲愤,都从诗里喷薄而出。他的诗里有他的泪痕,有他的血迹。《永和宫词》、《圆圆曲》等有关时事之作,最为有名,不愧诗史。我曾把他作为屈原、杜甫以后第一大诗人。我欢喜读他的诗,这里只录他的《悲歌赠吴季子》一首:

人生千里与万里,黯然消魂别而已!君独何为至于此?山非山兮水非水,生非生兮死非死!十三学经并学史,生在江南长纨绮。词赋翩翩众莫比,白璧青蝇见排抵。一朝束缚去,上书难自理;绝塞千山断行李!送吏泪不止,流人复何倚?彼尚愁不归,我行定已矣!八月龙沙雪花起,橐驼垂腰马没耳。白骨皑皑经战垒,黑河无船渡者几?前忧猛虎后苍兕,土穴偷生若蝼蚁。大鱼如山不见尾,张鬐为风沫为雨。日月倒行入海底,白昼相逢半人鬼。噫嘻乎悲哉!生男聪明慎勿喜,仓颉夜哭良有以,受患只从读书始!君不见,吴季子!

吴季子即吴兆骞,大有才名,只因科场舞弊案充军宁古塔,一时称为冤狱。吴梅村赠他的这首诗,固然对于他有无限同情的寄与,同时自己也借题发挥一肚皮不舒服。假如梅村自己不是历尽艰难忧患的大苦人,就不会深深地感到别人的痛苦。梅村临死的时候,有《临终诗》道:

忍死偷生廿载余,而今罪孽怎消除。受恩欠债应填补,总比鸿毛也不如。

岂有才名比照邻,发狂恶疾总伤情。丈夫遭际须身受,留取轩渠付后生。

胸中恶气久漫漫,触事难平任结蟠。魂垒怎消医怎识?惟将痛苦付泛澜!

他一肚皮恶气,到死难消,痛苦可想。又有《贺新郎》一词道:

万事催华发,论龚生天年竟夭,高名难没。吾病难将医药治,耿耿胸中热血,待洒向西风残月。剖却心肝今置地,问华佗解我肠千结。追往恨,倍凄咽。　　故人慷慨多奇节,为当年沉吟不断,草间偷活。艾灸眉头瓜喷鼻,今日须难诀绝。早患苦重来千叠,脱屣妻孥非易事,竟一钱不值何须说!人世事,几完缺?

他因这首词博得许多文人的同情。虽然他和钱谦益、龚鼎孳同是贰臣,并不因为这种封建的伦理上的缺憾,减少了他在文学上的价值,弄得一钱不值。草间偷活为的甚么？精神上的侮辱和损害,算成就了这位诗人!

龚鼎孳(一六一五——一六七三),字孝升,号芝麓,合肥人。明崇祯进士,授兵科给事中。李自成陷京师,迎降做直指使。顺治入关,又去迎降,以原官起用,历官至礼部尚书。卒谥端毅,其实不端不毅,二三其德,谥号好像讥刺他。所著《定山堂集》虽不如《初学》《有学》两集曾被禁毁,也不曾如《梅村集》的流行。近年才有他的裔孙某重印《定山堂诗集》,流传也绝少。他好次古人韵,诗材是很枯窘的,缺乏动人的感兴。他和杜于皇唱和很多,互相标榜。他有赠杜氏的诗道:

穷巷落木深,中有幽人宅。昔来双桐青,乍到鸿雁迹。及兹对杯酒,为日忽已百。岁晏多寒云,庭草委衰白。苟无达生术,晚暮复奚惜!

晨风感长征,九载一乡县。岑峣钟岭色,复此蓬门见。万响急深秋,况乃凄搞练。孤桐何阴森!江雨暗遥甸。对酒理素琴,斯会反荒宴。别多欢苦稀,寒花渐飞霰。各保金石姿,无为雪霜变。

集中《十八滩杂咏》描写岭南山水,算是他的有力之作,今录一首:

心怵天柱险,到目炫苍赤。高沙界中流,万象归一石。远若浮菱芡,近若欹屋壁。错落卧羊马,拱揖昧主客。骨立草树青,忽缀幽怪迹。并力争一缝,沧涟遽崩迫。诸舟各觅径,宛转汇中泽。境过转凄忾,艰难此何适!

杜于皇说是"岭南山水奇绝,昌黎、子瞻久于其地,俱无所发泄,转言其地苦恶,使山水蒙诟。先生往返其境,不过数月,诗乃溢至三百余首,劖刻镕铸,精渺而深华。《十八滩》诸什,乃犹永嘉之有谢,夔门之有杜,韩、苏视之缺如"。这又是显然的在标榜他了。不过他是"贰臣",杜于皇却是不肯出仕新朝的"遗民"。杜氏不作"两截人",他的《变雅堂集》,颇有慷慨悲愤之作,也较《定山堂集》里所见的要高。今举几首作例:

家　信

不釁邗江日,家书报绝粮。途穷翻可笑,事急岂能忙?老父思端绮,饥儿写数行。出门须作计,四顾野云黄!

和　兄　作

此心常不乐,暗问亦非愁。自有平生事,何关草木秋!幅巾长乞食,敝屣遍登楼。正尔埙音好,将余泪更流!

游　山　作

饮泉心未足,出谷复何之?欲问竹林路,樵人亦不知。远江双鸟去,落日一峰欹。为觉梅花近,山风故故吹。

新城书感示蒋子

客子无寒食,荒郊骇哭声。看花诗不就,如雨泪先倾。妻作他乡槥,家辞故国茔。良朋歌亦止,知我此时情!

杜于皇论诗主"兴会",和王、李的格调说,钟、谭的性灵说,都有不同。长于五律,见重一时。他和吴梅村有师生之谊,据说吴梅村曾言:"吾于此体自得杜于皇金焦诗而一变,然犹以为未逮若人也。"上面举出的《游山》一首,就是杜氏所作金焦诗之一。他于明亡以后,颠沛流离,艰难困厄,吃苦不少。他的诗正是从这种生活体验得来的,有血,有泪,可惜不多,又没有长篇大作。只因他的诗语句自然而浅显,却能透出民族沦亡的悲哀,我就把他来代表这一时代许多的遗民诗人。何况卓氏《四百家遗民诗》,盛清时代列为禁书,在销毁之列,如今绝少流传呢!杜于皇的《变雅堂集》,我只看见一种钞本。他生黄冈,名濬,号茶村(一六一一——一六八七),明末太学生。他是当日流寓南京有名的遗民之一。他和"贰臣"诗人龚鼎孳特别要好,同时却劝朋友不可做两截人。什么叫做"两截人"?文言叫做变节,如今口语叫做转变。那时满清政府既看不起变节的贰臣,同时却又希望一般遗老能够转变,所以诏举鸿博,征修《明史》,接二连三的来。不过满清政府还算高明,遗老不肯转变的就让他去,并不一定逼你转变,叫你公然无耻,同时也不会暗中残害你,采取恐怖政策。康熙戊午(一六七八)诏举鸿博,杜于皇劝友人关中孙豹人莫去应试,有信札道:

> 数日以来,人言藉藉,至谓豹人喜动颜色,脂车秣马,惟恐后时,弟虽不尽信,而有不容已于言者。然言而有作文字之意,旁引曲喻,连篇累牍,笔有余而诚不足,借题市名,蹈文士之恶习,弟亦不为也。今所效于豹人者,质实浅近,一言而已。一言谓何?曰,毋作两截人。不作两截人有道,曰忍痒。忍痒有道,曰思痛。至于思痛,而当年匪石之心,憬然在目,虽欲负此心而有所不能矣。

唉!虽是有理解的文人,不作两截人,谈何容易!我纵不要富贵,无奈富贵逼我,怎熬得住心头痒?杜老先生说忍痒的法子就是思痛,也不尽然。因为看见了物质享受,熬不住心头痒的人,压根儿不怕精神上的谴责,像钱谦益、龚鼎孳之流,就是一个好例。还有比钱、龚更下流的,就不必说了。

继钱谦益、吴伟业而起,享有诗坛大名的是王士祯、朱彝尊。

王士祯(一六三四——一七一一),字贻上,号阮亭,别号渔洋山人,山东新城人。自幼能诗,和兄士禄、士禧、士祜相唱和,他说:"士正与西樵先生为兄弟,四十年,抚我则兄,诲我则师。"可见他受长兄士禄的影响更大。顺治进士,由扬州司理累官刑部尚书卒,谥文简。他是从钱谦益、吴伟业学过诗的,而且钱氏许他为替人,为他的诗集作序道:

> 贻上以余为孤竹之老马,过而问道于余。
> 余尝与太青季木论文东阁下,劝其追溯古学,毋沿洄于今学而不

知返。太青喟然谓季木曰,虞山之言是也,顾我老不能用耳。今二子墓木已拱,声尘蔑如。余八十昏忘,值贻上代兴之日,向之镞砺知己,用古学劝勉者,今得于亲身见之,岂不有厚幸哉?书之以庆余之遭也。

文太青、王季木、钟伯敬和钱氏同于万历庚戌举进士。王士禛恰为季木的从孙,又从钱氏问道,所以钱老先生倚老卖老说出"贻上代兴"的话了。又有《古诗一首赠王贻上》道:

骐骥奋蹴踏,万马喑不骄。勿以独角麟,媲彼万牛毛。

这个时候,王士禛刚刚二十八岁,声名并不大,难怪他后来要推钱氏为"平生第一知己"了。先是使王士禛最初享到诗名的是他的《秋柳》四首:

秋来何处最销魂?残照西风白下门。他日差池春燕影,只今憔悴晚烟痕。愁生陌上《黄骢曲》,梦远江南乌夜村。莫听临风三弄笛,玉关哀怨总难论!

娟娟凉露欲为霜,万缕千条拂玉塘。浦里青荷中妇镜,江干黄竹女儿箱。空怜板渚隋堤水,不见琅琊大道王。若过洛阳风景地,含情重问永丰坊!

东风作絮糁春衣,太息萧条景物非。扶荔宫中花事尽,灵和殿里昔人稀。相逢南雁皆愁侣,好语西乌莫夜飞。往日风流问枚叔,梁园回首素心违!

桃根桃叶镇相怜,眺尽平芜欲化烟。秋色犹向人欹旎,春闺曾与致缠绵。新愁帝子悲今日,旧事公孙忆往年。记否青门珠络鼓,松枝相映夕阳边!

这四首诗作于顺治十四年秋,作者正二十四岁,客居济南。诸名士云集明湖,一日会饮水面亭,亭下杨柳千株,黄叶摇落,秋色愁人。作者怅然有感,赋诗四章,一时和者数百人。其实这首诗堆砌典故,意思朦胧,不知说些甚么。有人替他作笺,说是无一字无来历。翁覃溪批评道:"诗固匪夷所思,注者又不知从那里想到这些典故去附会他。然总与秋柳有何关系?诗以数典神韵欺人者,其弊竟若此!"这话是不错的。我想当时满清入关不久,许多名士大都抱有亡国隐痛,却又说不出来。忽然看见这几首诗,好像隐隐约约说着南京福王时事,说着他们的心事,所以他们也就借了这个题目,吞吞吐吐来发泄满肚皮哀怨,这就是《秋柳》诗所以得名,所以能够发动一时名士和作的社会根据罢。王士禛虽然讲究古诗的声调,古体诗也做得好,顶好的还算他的律绝,再举绝句几首为例:

真 州 绝 句

江干多是钓人居,柳陌菱塘一带疏。好是日斜风定后,半江红树卖鲈鱼。

江　　上

吴头楚尾路如何?烟雨深秋暗白波。晚趁寒潮渡江去,满林黄叶雁声多。

雨 中 渡 故 关

危栈飞流万仞山,戍楼遥指暮云间。西风忽送潇潇雨,满路槐花出故关。

再 过 露 筋 祠

翠羽明珰尚俨然,湖云祠树碧于烟。行人解缆月初堕,门外野风开白莲!

这都是他的好诗,不堆典故,却又合于他的神韵说。再举五绝几首做例:

青　山

微雨过青山，漠漠寒烟织。不见秣陵城，坐爱秋江色。

江　上

萧条秋雨夕，苍茫楚江晦。时见一舟行，潆潆水云外。

惠山下邹流溪过访

雨后明月来，照见山下路。人语隔溪烟，借问停舟处。

早至天宁寺

凌晨出西郭，招提过微雨。日出不逢人，满院风铃语。

他自己说是这些诗"皆一时伫兴之言，知味外之味者当自得之"。虽说自夸，也有几分是处。这种悠闲自在的诗，只有出自当时士大夫的阶层，最能领略这一阶层的生活味，才写得出。

王士禛既倡神韵缥缈之说，为诗坛大匠，他的甥婿赵执信独和他相反，以思路深刻为主。

赵执信（一六六二——一七三四），字伸符，号秋谷，山东益都人。康熙十八年（一六七九）举进士，因在国恤中宴饮，观演《长生殿》一剧，被劾归田。坎坷不平，每以使酒骂人为快，诗里也常带愤慨的情绪。到了晚年，心情才渐渐地平淡下来。今举《村舍》一首为例：

乱峰重叠水横斜，村舍依稀在若耶。垂老渐能分麦菽，全家合得住烟霞。扶衰地有君臣药，劝酒庭余姊妹花。雨玩山姿晴对月，莫辞闲澹送生涯！

他著有《饴山诗集》二十卷。他生平所最敬重的师友只有二冯，即冯班、冯廷櫆。《谈龙录》《声调谱》是他的诗学所在，可以考见他和王士禛所以对立的所在。他的《谈龙录序》说：

> 新城王阮亭司寇，余妻党舅氏也，方以诗震动天下，天下士莫不趋风，余独不执弟子之礼。闻古诗别有律调，往请问，司寇靳焉，余宛转窃得之。

这是赵执信要著《声调谱》的由来。又《谈龙录》说：

> 钱塘洪昉思昇，久于新城之门矣，与余友。一日并在司寇宅论诗。思昉嫉时俗之无章也，曰："诗如龙然，首尾爪角鳞鬣，一不具，非龙也。"司寇哂之曰："诗如神龙，见其首不见其尾，或云中露一爪一鳞而已，安得全体？是雕塑绘画者耳！"余曰："神龙者屈伸变化，固无定体。恍惚望见者，第指其一鳞一爪，而龙之首尾完好，故宛然在也。若拘于所见，以为龙具在是，雕绘者反有辞矣。"昉思乃服。此事颇传于时。司寇以告发生，而遗余语，闻者遂以洪语斥余，而仍侈司寇往说以相难。惜哉！今出余指，彼将知龙。

这是赵执信要著《谈龙录》的由来。但是王士祯一方面，还是坚持他的神韵说。据说他论诗用神韵二字，系从他康熙元年（一六六二）在扬州时候，教他儿子读书，选唐诗五七言律绝为《神韵集》起。后来他有《古诗选》、《唐诗十选》，又别有《唐贤三昧集》，这都是神韵派的诗学教科书，而《三昧集》最重要。他的《三昧集序》说：

> 严沧浪论诗云："盛唐诸人，唯在兴趣，羚羊挂角，无迹可求，透彻玲珑，不可凑泊。如空中之音，相中之色，水中之月，境中之象，言有尽而意无穷。"司空表圣云："味在酸咸之外。"康熙戊辰春抄自京师归，居于宸翰堂，日取开元、天宝诸公之篇什读之，于二家所言别有会心，录其尤隽永超诣者，自王右丞以下四十二人为《唐贤三昧集》，厘为三卷。

原来王士禛的神韵说是受了唐、宋二大批评家司空图和严羽诗说的影响才建立起来的。他在《带经堂诗话》里说是"严沧浪以禅喻诗,余深契其说,而五言尤为近之"。又说:"舍筏登岸,禅家以为悟境,诗家以为化境,诗禅一致,等无差别。"他是相信诗禅均在妙悟一说的。他还屡屡引司空图《诗品》里的话来说诗境。如"俯拾即是,不取诸邻",如"不著一字,尽得风流","采采流水,蓬蓬远春。"他以为后二语形容诗境绝妙。同时他还屡屡拿诗和画比。他说:"予尝闻荆浩之论山水,而得诗家三昧。其言曰,远人无目,远水无波,远山无皴。又王楙《野客丛书》有云,太史公如郭忠恕画,天外数峰,略有笔墨,意在笔墨之外。诗文之道,大抵皆然。"他说的神龙见首不见尾那个比喻,正和这里拿画趣比喻诗趣同意。总之,神韵缥缈,不着痕迹;笔墨不多,而玩味不尽;这就是王士禛论诗的主旨了。

这里要说到和王士禛同时而齐名的朱彝尊。

朱彝尊(一六二九——一七〇九),字锡鬯,号竹垞,浙江秀水人。康熙十八年(一六七九)开博学鸿儒科,他以布衣被举赴试,得授翰林院检讨,自修《明史》。他是一个渊博的学者,编著了《经义考》、《日下旧闻》以及《明诗综》、《词综》等书,又自著诗文词有《曝书亭集》八十卷。有人说他诗、词、古文、考据,无一不工。就诗而论,贪多爱博,斗险争奇,实在没有几多诗味。康熙皇帝称许他"研经博物",那倒是对的。他的诗不掉书袋的很少,这里选录他的晚年作品一首:

偶　成

三月春风何太狂!尘沙黯黯天茫茫。主人十日不出户,空园花落无丁香。老年逢春须爱惜,悔不走马看花忙。无事独坐宣武坊!吾家茅屋长水旁。舍南有池舍北塘,荷花草紫油菜黄,鲈鱼上钩四寸强。矮猫笋肥锦棚脱,新蚕豆熟青荚长。客何为不归故乡?好约比邻沈十二,蔷薇架底醉壶觞。

王士祯很称许他的少时所作永嘉诸诗,我把它选录在这里:

南　亭

　　薄云雨初霁,返照南亭夕。如逢秋水生,我亦西归客。

西　射　堂

　　已见客梅落,还闻谷鸟啼。愁人芳草色,绿遍射堂西。

孤　屿

　　孤屿题诗处,中川激乱流。相看风色暮,未可缆轻舟。

瞿　溪

　　鸟惊山月落,树静溪风缓。法鼓响空林,已有山僧饭。

祁六座上逢沈五

　　东阳年少沈休文,五载相思两地分。今日谢家群从在,青绫帐外更逢君!

这都算是较有诗味的好诗。我再录出他的论诗七绝两首:

近　来

　　近来文人爱标榜,不虑旁观嘲笑工。但架庐陵屋下屋,瓣香谁解就南丰!

　　近来论诗专序爵,不及归田七品官。直待书坊有陈起,《江湖》诸集庶齐刊!

他骂当时文人爱标榜,爱势利,实有所指。他和王士祯齐名,可是依傍渔洋山人的最多。只因他的官比较小,魏宪选《百家诗》,独不及他。末了再录一首:

送　穷　日　作

　　吾家五穷鬼,四世推不去。今晨缚车船,送往河堤住。水萍风中絮,散作千百身。勿使天壤间,乃有石季伦!

只因他自己比较穷苦,他愿天下没有吃冤枉的阔人,都变成和他一样的穷鬼,这止是他自己一时的牢骚而已,他并不是真正同情贫苦阶级的诗人。他有儿子名昆田,字文盎,国子监生,据说"年未五十以穷死",有《笛渔小稿》十卷,附在《曝书亭集》。"小朱"的诗,不像乃翁好掉书袋,其中颇有好诗:

题陆平仲小照
弟兄共住三间屋,家业惟存一筲书。
莫怪衣冠皆古样,只因牛马半襟裾!

秋 日 偶 成
倦鸟无心更刷翎,千茎发白一衫青。
闭门愿作村夫子,闲向儿童说《孝经》。

自 适
背市柴门静,萧然二亩余。但看贫士传,不报熟官书。留客教蒸鸭,呼儿学钓鱼。闲来无一事,高枕觅华胥。

末了,要附论竹垞老人的词,他是常常借词牌作诗,下标诗题的,那倒不少有诗味的东西。这里只举两首属于"自述"之作:

百字令　自题画像
菰芦深处,叹斯人枯槁,岂非穷士?剩有虚名身后策,小技文章而已。四十无闻,一丘欲卧,漂泊今如此。田园何在?白头乱发垂耳。　　空自南走羊城,西穷雁塞,更东浮淄水。一刺怀中磨灭尽,回首风尘燕市。草屩捞虾,短衣射虎,足了平生事。滔滔天下,不知知己谁是。

风中柳　戏题竹坨壁

有竹千竿,宁使食时无肉。也不须更移珍木,北坨也竹,南坨也竹。护吾庐,几丛寒玉。　晚来月上,对影描他横幅。赋新词,竹山竹屋。郸筒一束,笋鞿三伏,竹夫人醉乡同宿。

朱彝尊、王士祯两大家诗的异同得失,论者很多,只有当时赵执信说的中肯。他说:"王才美于朱,朱学博于王;朱贪多,王爱好。"

现在要说到王士祯所称道的南施北宋。

施闰章(一六一八——一六八三),字尚白,号愚山,安徽宣城人。顺治六年(一六四九)进士,康熙十八年(一六七九)召试鸿博,授侍讲,纂修《明史》。著有《施愚山全集》九十五卷。他曾对王士祯的门人洪昇说道:"子师言诗,如华严楼阁,弹指即现。又如仙人五城十二楼,缥缈俱在天际。余则譬作室者,瓴甓木石,一一俱就平地筑起。"这话说的很对,因为王以天才胜,诗重空灵;施以工力胜,诗重质实。他的诗工于五言,王士祯曾抄他的佳句为摘句图。王维、孟浩然以后,算他第一人。他也是自然主义的歌唱者,赞美田园,同时还能同情于农家的艰苦生活,例如《临江悯旱》、《祀蚕娘》、《牵船夫行》等诗。这里止随意录出一首:

过 湖 北 山 家

路回临石岸,树老出墙根。野水合诸涧,桃花成一村。呼鸡过篱栅,行酒尽儿孙。老矣吾将隐,前峰恰对门。

施愚山的诗,具有温厚深婉的风俗,代表南方人的气质;宋荔裳的诗,具有雄健沉郁的风格,代表北方人的气质。下面就要来说北宋了。

宋琬(一六一四——一六七三),字玉叔,号荔裳,山东莱阳人。顺治四年(一六四七)进士,官浙江宁绍台道。登州于七起事,族子某因和他有宿怨,向政府告密,说他预闻逆谋,下狱三年。后官四川按察使。著有《安

雅堂集》。他的诗学杜、韩,感时伤事,有时很有悲凉的音节。这里录出一首:

九日同姜如农王西樵程穆修诸君登慧光阁

塞鸿犹未到芜城,载酒登楼雨乍晴。山色浅深同夕照,江流日夜变秋声。上方钟磬疏林满,十里笙歌画舫明。空负黄花羞短发,寒衣三浣客心惊。

我们知道正在这个时候,王、朱两大家虽然不菲薄宋诗,究竟不曾拿学宋诗相标榜。明明白白打出宋诗的旗帜,以学宋为号召,想和王士禛在诗坛上抗衡的有宋荦。自然,我们知道这个时候嗜好宋诗的不止宋荦一人,你还可以说王士禛选《古诗钞》,已经选到宋、元人的诗,朱彝尊也是兼学北宋诗的。据纳兰性德《渌水亭杂识》里说:

自五代兵革,中原文献凋落,诗道失传,而小词大盛。宋人专意于词,实为精绝。诗其尘饭土羹,故远不及唐人。

人情好新,今日忽尚宋诗,举业欲干禄,人操其柄,不得不随人转步。诗取自适,何以随人?

纳兰性德和宋荦同时却早死。他是词人,虽赞美宋词,却菲薄宋诗。然而当日崇尚宋诗的风气已经起来了。只因前一时代的许多大诗人排斥宋诗,甚至不读盛唐以后书,难怪引起这一时代的反动,"人情好新,今日忽尚宋诗"了。何况"举业欲干禄,人操其柄,不得不随人转步",当日一班文人不得不揣摩试官的嗜好呢!又阮葵生《茶余客话》里说:

孙恺似致弥,以布衣名动京师,赐二品服,充朝鲜采诗使,士论荣之。既归,戊辰成进士,官翰林,至学士。然一生忧患,多在坎壈之中。冯定远班题其集云："蚕吐五采,双双玉童。树发宝盖,清谈梵宫。"言绝好宋诗也。

据此,可以想见在宋荦的时候,有些学宋诗的已经成了诗坛上的新贵。当时浙江石门吴之振孟举(一六四〇——一七一七)所撰《宋诗钞》,要一时风行,不是没有理由的。不过从来诗坛只论官阀,宋荦官大,所以他的名声也大,他的影响也大了。

宋荦(一六三四——一七一三),字牧仲,号漫堂,又号西陂,河南商丘人。父名权,崇祯末为顺天巡抚,李自成破京师,他就率部下降清,得保原官,官至大学士。荦以父荫于康熙间入官。累擢江苏巡抚,官至吏部尚书。著有《棉津山人诗集》,收入他的《西陂类稿》,诗二十二卷。古体主奔放,近体主生新,意在摹仿东坡。当时服膺他的诗人,至于非苏不学。兹录两诗为例。

访叶己畦不遇

别浦幽幽境愈奇,春风蓝舆尔何之?小山丛桂清阴下,想见苍茫独立时。

数月来闻汪钝翁王勤中恽正叔刘山尉相继谢世洒泪赋此

远道频传《薤露歌》,人琴此日奈愁何!宋中耆旧伤心尽,吴下风流逝水多,尘箧只怜余翰墨,荒坟欲拜阻关河。黄昏铃阁题诗处,忽见空梁夜月过!

当时有个号为"山人"的邵长蘅依附宋氏,编了一部王、宋两大家的诗钞。他想把这两个做了阔官却又自号山人的诗人齐名并称,穷山人大捧阔山人,这是当时诗坛上的一个大笑话。

和宋荦同时,同为学宋诗的大作家,还有查慎行。

查慎行(一六五〇——一七二七),字初白,浙江海宁人。少时从黄宗羲学,治经,尤深于《易》。初为秀才,游览云南、贵州以及山东、山西、河南、湖南、江西、福建各地,都有纪游的诗,所以《敬业堂集》篇什最多。官至翰林院编修。诗学苏轼、陆游,曾补注苏诗五十二卷。他教人为诗,说是"诗之厚在意不在词,诗之雄在气不在貌,诗之灵在空不在巧,诗之淡在脱不在易"。自从明朝文人喜称唐诗,模仿剽窃,唐诗便成窠臼。清初文人改而标榜宋诗,有些人的诗就得了宋诗生硬的毛病。只有查慎行的诗算是取得宋人的长处,少有宋人的短处,成为当时宋派诗人的巨子。他的诗看似容易,实出苦吟;看似严肃,颇觉幽默。他有《脾疾戏拈绝句》一首道:

思虑出苦吟,伤脾或有之。我作多游戏,脾神那得知。

喜写农村生活,同情农民痛苦,这是他诗集里独有的一种特色。这里引他一首小诗:

绝 句 一 首

淮南米价闻腾涌,每遇商船问若何?争及此间鱼最贱?食鱼人少捕鱼多!

再引一首小诗:

喜 雪

家家茅舍爨无烟,何法商量救目前?鸦鹊啄泥蝗入地,好从来岁望丰年!

怎样救济农民的饥饿?他可没有办法,只好靠天。再引较长的一首:

吴江田家行

高田去水一尺许,低田下湿流沮洳。半扉潦退尚留痕,两足泥深难觅路。土墙倾塌茅屋倒,时见牵船岸上住。家家网得太湖鱼,米少鱼多无换处。朝廷闻下宽大诏,今岁江南免田赋。野老犹供计亩租,官仓自贷输粮户。田家田家尔最苦!有铁何类铸农具?半生衣食在江湖,卖犊扬帆从此去!

最苦的农民莫靠天,莫靠人,只有卖牛买刀,走江湖,自寻生路,这位诗人的思想显然不稳了。从他的诗里可以看见清朝最盛时代的所谓太平百姓,并不怎样享受太平之福。蠲免钱粮,也只是一个大谎话。可惜他不曾用全副生命之力,成为一个农民诗人,他也只是一个供奉诗人,偶然同情农民而已。

宋、查两家之后,有研究宋诗的学者厉樊榭,而且他是并朱、查、杭(世骏)三家而被称为浙派四家的。

厉樊榭(一六九二——一七五二),字太鸿,浙江钱塘人。康熙五十九年(一七二〇)举人,乾隆元年(一七三六)应博学鸿词科,报罢。精研宋人诗词,所著有《宋诗纪事》百卷。又《樊榭山房集》二十卷。早年曾入扬州马秋玉曰璐嶰谷曰琯兄弟小玲珑山馆诗社,尽读所藏秘书,故诗多奇闻异事,冷字僻典。当时有许多人学他,以獭祭为工,号为浙派。袁枚《随园诗话》里说:

吾乡诗有浙派,好用替代字,盖始于宋人,而成于厉樊榭。宋人如水泥行郭索,云木叫钩辀,不过一蟹一鹧鸪耳。岁暮苍官能自保,日高青女尚横陈;含风鸭绿粼粼起,弄日鹅黄袅袅垂,不过松霜水柳四物而已。廋词谜语了无余味。樊榭在扬州马秋玉家,所见说部书多,好用僻典,及零碎故事,有类《庶物异名疏》、《清异录》二种。

董竹枝云,"偷将冷字骗商人",责之是也。不知先生之诗,佳处全不在是。嗣后学者遂以瓶为军持,桥为略彴,箸为挟提,棉为芮温,提灯为悬火,风箱为扇𩙪,熨斗为热升,草履为不借。其他青奴黄奶,红友绿卿,善哉吉了,白甲红了之类,数之不尽,味同嚼蜡。

所谓浙派的由来及其流弊,算由随园老人说得很明白了。便是纯正的古典派如沈德潜,也说樊榭流派有"饾饤拮挶"的毛病。不过樊榭的诗也常有清丽的句子,如《宝石山》云:"林气暖时濛似雨,湖光空处淡如僧。"《游智果寺》云:"竹阴入寺绿无暑,荷叶绕门香胜花。"《元日对雪》云:"无人可造真闲日,有雪相娱此老翁。"《山庄即事》云:"蔬圃鸟鸣秋境界,竹房人语佛家风。"《南湖秋望》云:"横塘秋水明菰叶,老屋斜阳上藓苔。"这都是有人传诵的佳句。只因他想吓盐商,骗大佥,取得他的生活供养,就非使用冷字僻典不可了。何况他原是好为考据的学者,养成了好掉书袋的习惯呢!

在王士祯的神韵说得势之后,又有重倡格调说的,这就是沈德潜。

沈德潜(一六七四——一七六九),字确士,自号归愚,江苏长洲人。乾隆四年(一七三九)成进士,改庶吉士,官至礼部右侍郎,后加礼部尚书衔,太子太傅,追赠太子太师,谥文悫。他是一个歌颂太平的诗人,做过乾隆皇帝的代笔,皇帝赐他"诗坛耆硕"的扁额。他死了以后,因徐述夔《一柱楼集》"诗词悖逆"案发,他曾替徐氏作传,以为"其品行文章皆可法",皇帝大怒,追夺他的官衔祠谥,扑其墓碑。他论诗主唐音,重格调。门下士有王鸣盛、钱大昕、王昶、曹仁虎、赵文哲、吴泰来、黄文莲,号吴中七子。所选《古诗源》、《唐诗别裁》、《国朝诗别裁》等书,风行一时。因为他的官位很大,人家都推崇他,诗人只论官阀,怎奈他何! 其实他自己的诗,《归愚诗钞》,除了歌功颂德,没有什么好处。当日以阔官而兼诗人,只有他的门下钱载的诗比较最好,便是渊博有名如纪昀,还赶不上。钱载(?——一七九三),字坤一,号箨石,浙江秀水人,乾隆十一年(一七四六)进士,改庶吉士,官至礼部左侍郎。他是一个考据家,但他的诗率真任意,信手

便成,不加研炼,刊落浮华,无空架门面语。今举七律一首为例:

到 家 作

久失东墙绿萼梅,西墙双桂一风摧。儿时我母教儿地,母若知儿望母来。三十四年何限罪,百千万念不如灰。曝檐破袄犹藏箧,明日焚香只益哀!

可以说是字字沉实,字字动荡,于古人之外,自成门面。再举一首:

村 居

村居谁为闭门高,夜雨频添水半篙。杨柳初绵亚文杏,木兰如玉照樱桃。王官谷小云同住,华子冈深犬夜嗥。短杖一枝扶便出,西轩北陌又东皋。

又《东皋先生别业诗》句云:"屋于高处非忘世,志欲终焉此读书。"总之,他的诗真气贯注,生动不板,是其特长。他虽出沈德潜门下,论诗却是两道不同的。

沈德潜的诗说,见于他的《说诗晬语》。他虽远承前代诗人的格调说,趋向固在唐诗,却不一定排斥宋诗。他知道"唐诗蕴蓄,宋诗发露",各有长处。他说:

司空表圣云,不著一字,尽得风流。采采流水,蓬蓬远春。严沧浪云,羚羊挂角,无迹可求。苏东坡云,空山无人,水流花开。王阮亭本此数语定《唐贤三昧集》。木玄虚云,浮天无岸。杜少陵云,鲸鱼碧海。韩昌黎云,巨刃摩天。惜无人本此定诗。

沈德潜这一意见,在他选《唐诗别裁》《明诗别裁》《国朝诗别裁》等书是遵用了的。一主韵味深远,一主气魄雄大,我们可以知道神韵派格调派二者间的区别了。

在这个时候的诗坛上,有于神韵格调两说都觉不满,而另倡性灵说的,是为袁枚。《随园诗话》是他的诗论所在,发挥性灵或性情之说的地方很多。他说:

> 杨诚斋曰:"从来天分低拙之人,好谈格调而不解风趣,何也?格调是空架子,有腔口易描;风趣专写性灵,非天才不办。"余深爱其言。须知有性情便有格律,格律不在性情外。《三百篇》半是劳人思妇率意言情之事,谁为之格?谁为之律?而今之谈格调者能出其范围否?况皋禹之歌不同乎《三百篇》,《国风》之格不同乎《雅》、《颂》,格岂有定哉?许浑云:"吟诗好似成仙骨,骨里无诗莫浪吟。"诗在骨不在格也。

原来他的性灵说是远承南宋大诗人杨万里的影响,近受格调派沈德潜一些人的刺激,自然,王士禛的神韵说也足以刺激他,引出他的反响的。他说:

> 七子如李崆峒(梦阳),虽无性情,尚有气魄。阮亭气魄性情,俱有短所。
>
> 阮亭主修饰,而不主性情。观其所到之处必有诗,诗中必用典,可以想见其喜怒哀乐之不真也。
>
> 从《三百篇》至今日,凡诗之传者,都是因于性灵,不关堆垛。

他还有诗论王士禛道:

> 清才未合长依傍,雅调如何可诋諆!我奉渔洋如貌执,不相菲薄

不相师!

又另有一诗道：

> 不相菲薄不相师，公道持论我最知。一代正宗才力薄，望溪文集阮亭诗。

这就是袁枚要于王士祯、沈德潜以外，另开性灵一派的简单的说明。下面就要论到袁枚的为人及其作品了。

袁枚（一七一五——一七九七），名枚，字子才，号简斋，别号随园，浙江钱塘人，少有才名。初游广西，巡抚金铉荐举鸿博，荐表说："本朝鸿博停五十七年，廪生袁枚裁二十一岁，奇才应运，卓识冠时，臣所特荐，止此一人。"鸿博报罢。乾隆四年（一七三九）成进士，改庶吉士，散馆，出知溧水、江浦、沭阳、江宁等县。三十二岁致仕，寓居南京，于小仓山下，就废圃改作随园，亭榭林泉，都成胜景。享清福五十年，著作如山，名满天下。梁绍壬《两般秋雨庵随笔》载有赵云松观察戏控袁简斋太史于巴拙堂太守一文，其中说道："园伦委宛，占来好水好山；乡觅温柔，不论是男是女。有百金之赠，辄登诗话揄扬；尝一胾之甘，必购食单仿造。占人间之艳福，游海内之名山。人尽称奇，到处总逢迎恐后；贼无空过，出门必满载而归。结交要路公卿，虎将亦称诗伯；引诱良家子女，蛾眉都拜门生。"虽说笑话，正是实情。再看他怎样自述罢：

子才子歌示庄念农

> 子才子，顾而长。梦束笔万枝，为桴浮大江，从此文思日汪洋。十二举茂才，二十试明光。廿三登乡荐，廿四贡玉堂。尔时意气凌八表，海水未许人窥量。自期必管乐，致主必尧汤。强学佉卢字，误书灵宝章。改官江南学趋跄。一部循吏传，甘苦能亲尝。至今野老泪

簌簌，颇道我比他人强。投愤大笑，善刀而藏。歌《招隐》，唱《迷阳》，此中有深意，晓人难具详。大为安排看花处，清凉山色连小仓。一住一十有一年，萧然忘故乡。不嗜音，不举觞，不览佛书，不求仙方，不知《青乌经》几卷，不知挎蒱齿几行。此外风花水竹无不好，搜罗鸡碑雀篆盈东箱。牵鄂君衣，聘邯郸倡。长剑陆离，古玉丁当。藏书三万卷，卷卷加丹黄。栽花一千枝，枝枝有色香。《六经》虽读不全信，勘断姬孔追微茫。眼光到处笔舌奋，书中鬼泣鬼舞三千场。北九边，南三湘；向禽五岳游，贾生万言书，平生耿耿罗心肠。一笑不中用，两鬓含轻霜，不如自家娱乐敲宫商。骈文追六朝，散文绝三唐。不甚喜宋人，双眸不盼两庑旁。惟有诗歌偶取将：或吹玉女箫，绵丽声悠扬；或披九霞帔，白云道士装；或提三军行古塞，碧天秋老吹《甘凉》；或拔鲸牙敲龙角，齿牙闪烁流电光。发言要教玉堂笑，摇笔能使风雷忙。出世天马来西极，入山麒麟下大荒。生如此人不传后，定知此意非穹苍。就使仲尼来东鲁，大禹出西羌，必不呼子才子为今之狂！既自歌，还自赠：不知千秋万世后与李杜韩苏谁颉颃？大书一纸向蒙庄。

这算是他的自传，不免有令人肉麻的地方。他抱着一种游戏人间的态度，放情纵欲，蔑视礼法。笔下涉及女人，大半有侮辱女性的嫌疑。又好男色，公然夸张，这显然是一种性欲变态，虽然同时士大夫也有不少犯这个毛病的，却并不像他这样过甚。还有应酬标榜之作太多，也使人见了讨厌。他的诗七律七绝最好，五七言古体好处在才气奔放，但有时或太粗浮，或太游戏。今举七律一首为例：

雨过湖州

州以湖名听已凉，况兼城郭雨中望。人家门户多临水，儿女生涯总是桑。打桨正逢红叶好，寻春自笑白头狂。明霞碧浪从容问，五十年来得未尝？

这里再举出他的七绝几首：

渔梁道上作

远山耸翠近山低，流水前溪接后溪。每到此间闲立久，采茶人散夕阳西。

山腰逼仄小车停，竹作长篱树作屏。远望自家行李过，画来都是好丹青。

初笄蛮女发鬖鬖，折得溪头花乱簪。一幅布裙红到老，不知人世有江南。

这都可以算是他的抒写性灵之作。他的诗不勉强学古，不故意用典，也不欢喜次韵，明白如话的很多，又常常带一点诙谐风趣。有人说他是学白乐天，他自己却不承认。他有《自题》一诗道：

不矜风格守唐风，不和人诗斗韵工。随意闲吟没家数，被人强派乐天翁。

当时他的诗集流行很广，尤其是《随园诗话》差不多成为一部诗学教科书，随园老人的魔力也够大了！他一生精力在诗，次则古文，再次骈文，考据时文，都非所好。书牍颇多"幽默"之作，虽是笑谑，却很耐人玩味。末了，再录他的一首小诗：

老　来

老来不肯落言诠，一日诗才一两篇。
非我觅诗诗觅我，始知天籁是天然。

这个老诗人竟在诗坛上活跃五十年,煞是有福。当日孙渊如有诗云,"惟有先生与开府,许教人吐气如虹!"又徐朗斋诗句云,"弇山制府仓山叟,海内龙门两扇开。"可以想见这位诗人和毕沅当日在诗坛上是怎样重要的人物了。不过毕沅(一七三〇——一七九七)和纪昀(一七二四——一八〇五)正像后来阮元(一七六四——一八四九)、祁寯藻(一七九三——一八六六)、张之洞(一八三七——一九〇九)一样,都因官阀而享诗名,诗却可以不论。这里要论到和袁枚齐名的赵翼、蒋士铨两家了。

赵翼(一七二七——一八一四),字云松,号瓯北,江苏阳湖人,乾隆二十六年(一七六一)殿试第三人及第,官至贵西道。他与袁枚、蒋士铨齐名,称为三大家。蒋氏称许他的诗:"兴酣落笔,百怪奔集。奇恣雄丽,不可逼视。"袁氏也说他的诗:"忽正忽奇,忽庄忽俳。稗史方言,皆可阑入。"总之,他有独到之处,自成其为瓯北体。古人作诗最多的,宋朝有陆放翁、杨诚斋;在清朝诗人中,就要首推查初白、赵瓯北的作品数量最多了。《瓯北诗集》中七律,用典如数家珍,一气贯注,而不觉其为排偶之句。五古颇发议论,有史家见识,而不觉其迂腐。七古则如长江大河,鱼龙跳跃,波澜雄壮。今举七古一篇为例:

树 海 歌

自下雷州至云南开化府,凡与交趾连界处八百里皆大箐,望之如海,爰作歌纪之。

洪荒距今几万载,人间尚有草昧在。我行远到交趾边,放眼忽惊看树海。山深谷邃无田畴,人烟断绝林木遒。禹刊益焚所不到,剩作丛箐森遐陬。托根石罅瘠且硗,十年犹难长一寸。径皆盈丈高百寻,此功岂可岁月论?始知生自盘古初,汉柏秦松犹觉嫩。支离夭矫非一形,《尔雅》笺疏无其名,肩排枝不得旁出,株株挤作长身撑。大都瘦硬干如铁,斧劈不入其声铿。苍鼻谓杰烈霜杀,老鳞虬蚭雄南甍。五层之楼七层塔,但得半截堪为楹。惜哉路险运难出,仅与社极同全生。亦有年深自枯死，白骨僵立将成精。文梓为牛枫变叟，空山白昼百怪惊。绿荫连天密无缝，那辨乔峰与深洞。但见高低千百层，并作一片碧云冻。有时风撼万叶翻，恍惚诸山爪甲动。我行万里半天下，中原尺土皆耕稼。得此奇观得未曾，榆塞邓林讵足亚！邓尉香雪黄山云，犹以海名巧相借。况兹荟翳径千里，何啻澎湃重溟泻。怒籁吼作崩涛鸣，港翠涌成碧浪驾。忽移渤澥到山巅，此事真教髡衍诧。乘篮便抵泛舟行，支筇略比刺篙射。归田他日得雄夸，说与吴侬望洋怕！

原来云南、交趾交界的地方，松柏森林，连绵几百里。其中主要树木叫做"福建柏"，此外还有桧柏、柳杉、璎珞柏、扁柏、紫杉、罗汉松、云南铁杉等树。瓯北这篇《树海歌》，描写这一带森林的景况很正确，可作为一幅天然绝妙的风景画看。

蒋士铨（一七二三——一七八四），字心余，号苕生，江西铅山人。乾隆二十二年（一七五七）进士，官编修。著有《忠雅堂集》三十一卷，各体诗俱工，然古诗胜于近体，七古又胜于五古。他是一个封建道德的拥护者，所谓名教的诗人，恰和有反叛名教嫌疑的袁枚相反。袁枚欢喜写名教中人认为不道德的色情诗，他却欢喜歌咏扶持名教的忠孝节烈的事迹。据说他把这种事迹作为长歌，莽莽苍苍，凄锵激楚，使人读之雪涕，可以想见他描写的时候是寄与了怎样动人的情绪了。他最初得名，因他的扬州宏济寺题壁两绝：

随着钟声入梵宫，凭谁一喝耳双聋。梁椽不解无言旨，孤负拈花一笑中。

山水争留文字缘，脚跟犹带九州烟。现身莫问三生事，我到人间廿四年。

袁枚游扬州,录下他的诗,到处访问,过了一年多,才知道是他。他有诗寄袁枚道:

  鸿爪春泥迹偶存,三年文字系精魂。神交岂但同倾盖,知己从来胜感恩。

他于袁枚不胜知己之感,后来竟得和袁枚、赵翼齐名。他死了,桐乡程拱至画拜袁揖赵哭蒋图,非三家诗不读。三家各有所长,袁善于抒情,赵善于说理,蒋善于叙事。蒋有诗句说:"安肯轻提南董笔,替人儿女写相思!"虽说是夫子自道,恐于惯写风情的老袁也有些不满罢。又在他作的名剧《临川梦·隐奸》一折,写陈眉公上场,有诗道:

  妆点山林大架子,附庸风雅小名家。终南捷径无心走,处士虚声尽力夸。獭祭诗书充著作,蝇营钟鼎润烟霞。翩然一只云间鹤,飞去飞来宰相衙!

据说他是借陈眉公来议袁子才,不知是否？但他把假山人伪名士的真面目揭开,这不能不算是一首很好的讽刺诗。正和袁、蒋、赵三大家同时的名诗人,老辈如郑燮、金农,晚辈如黄景仁、张问陶,在这里须得说到的。

  郑燮(一六九一——一七六四),字克柔,号板桥,兴化人。乾隆元年(一七三六)登进士第,授范县知县,改调潍县,因病乞归。他少年时极贫苦,落拓扬州,卖画度日。他后来在范县署中有寄给他弟弟的一首诗道:

  学诗不成,去而学写,学写不成,去而学画。日卖百钱,以代耕稼。实救困贫,托名风雅。免谒当途,乞求官舍。座有清风,门无车马。

这是他回忆四十岁前在扬州的生活。去官以后，仍然回到扬州，卖画终老。著有《板桥诗钞》四卷，《词钞》一卷，《道情》一卷，《家书》一卷，《题画》一卷。板桥不肯自居诗人，并说"诗格卑卑，七律尤多放翁习气"。但是他的诗系从实生活体验得来，从真性情流露出来，几于首首如此。不拘体格，略近乐天、放翁。在清朝诗人中，倘若不论官阀，实在该推他为有独创之才的第一流诗人。这里录他的诗，借此略见他的一生，并非精选。先录三首：

贫　士

贫士多窘艰，夜起披罗帏。徘徊立庭树，皎月堕晨辉。念我故人好，谋告当无违。出门气颇壮，半道神已微。相遇作冷语，吞话还来归。归来对妻子，局促无仪威。谁知相慰藉，脱簪典旧衣。入厨燃破釜，烟光凝朝晖。盘中宿果饼，分饷诸儿饥。待我富贵来，鬓发短且稀。莫以新花枝，诮此蘼芜非。

自　遣

啬彼丰兹信不移，我于困顿已无辞。束狂入世犹嫌放，学拙论文尚厌奇。看月不妨人去尽，对花只恨酒来迟。笑他缣素求书辈，又要先生烂醉时。

除　夕

琐事贫家日万端，破裘虽补不禁寒。瓶中白水供先祀，窗外梅花当早餐。结网纵勤河又沍，卖书无主岁偏阑。明年又值抡才会，愿向秋风借羽翰。

这是他登第以前的诗，他的贫苦生活可想而知。再录二首：

破　屋

廧破墙仍缺，邻鸡喔喔来。庭花开扁豆，门子卧秋苔。画鼓斜阳冷,虚廊落叶回。扫阶缘宴客,翻惹燕鸦猜。

画竹别潍县绅民

乌纱掷去不为官,囊橐萧萧两袖寒。写取一枝清瘦竹,秋风江上作渔竿。

这是他在范县做官,潍县去官时候的诗,他的清廉可以想见。再录一篇:

逃 荒 行

十日卖一儿,五日卖一妇。来日剩一身,茫茫即长路。长路迂以远,关山杂豺虎。天荒虎不饥,肝人饲岩阻。豺狼白昼出,诸村乱击鼓。嗟予皮发焦,骨断折腰膂。见人目先瞪,得食咽反吐。不堪充虎饿,虎弃亦不取。

道旁见遗婴,怜拾置担釜。卖尽自家儿,反为他人抚。路妇有同伴,怜而与之乳。咽咽怀中声,咿咿口中语。似欲呼爷娘,言笑令人楚。

他在潍县为了救荒的事,得罪长官,就丢官不做,仍回到扬州卖画过活了。他在卖画的润例上写道:

画竹多于买竹钱,纸高三尺价三千。任渠话旧论交接,只当秋风过耳边。

板桥这种玩世不恭的狂态,连讥带讽的诙谐,常常很露骨的表现在他诗里,尤其是题画的诗。他以贫士始,以贫士终。他虽想做家有百亩的小地主,却痛恨"占人产业"的土豪。他厚待佃户,最看重农民。他说:

我想天地间第一等人只有农夫,而士为四民之末。农夫上者种地百亩,其次七八十亩,其次五六十亩,皆苦其身,勤其力,耕种收获以养天下之人。使天下无农夫,举世皆饿死矣!

板桥痛恨士大夫,所以说"士为四民之末"。总之,他同情于农民,同情于贫苦的大众。他是一个富有广大的同情的诗人,他是一个人道主义者,给他的作品无论诗书画以不朽的价值,就在他从活泼的社会取得活泼的真理。和他同时而且齐名的有钱塘金农(一六八七——一七六四),也是以书画家而兼诗人,著有《金冬心先生集》十卷。佳句如:"水明于月宜同梦,树老如人又十年。""孤竹瘦如尊者相,野云白似道人衣。""佛烟聚处疑成塔,林雨吹来半杂花。""消受白莲花世界,风来四面卧当中。""故人笑比庭中树,一日秋风一日疏。"这都是被人传诵的句子。他不及板桥的地方,就在他的作品里缺乏了一些社会的价值。

黄景仁(一七四九——一七八三),字汉镛,一字仲则,自号鹿菲子,武进人。少时与同里洪亮吉齐名,人称二俊。后同受业于大兴朱筠河学士筠之门,有猿鹤之称。屡试南北秋闱,不第。后以武英殿书签例,得主簿,入资为县丞,赴部候铨,旋出都,客死解州沈运使业富署中,仅三十五岁。他初因与亮吉同在安徽学使朱筠幕校文,三月上巳为文会于采石太白楼,他做了《筠河先生偕宴太白楼醉中作歌》一篇,大享盛名,一时赴试士子竞钞这位"白袷少年"的诗,诗云:

> 红霞一片海上来,照我楼上华筵开。倾觞绿酒忽复尽,楼中谪仙安在哉?谪仙之楼楼百尺,筠河夫子文章伯,风流仿佛楼中人,千一百年来此客。是日江上同云开,天门淡扫双蛾眉。江从慈母矶边转,潮到然犀亭上回。青山对面客起舞,彼此青莲一抔土。若论七尺归蓬蒿,此楼作客山是主。若论醉月来江滨,此楼作主山作宾。长星动摇若无色,未必常作人间魂。身后苍凉尽如此,俯仰悲歌亦从尔。杯底空余今古愁,眼前忽尽东南美。高会题诗最上头,姓名未死重山

丘。请将诗卷掷江水,定不与江东向流。

后来他到北京,有《都门秋思》七律四首,陕抚毕沅读到了,说是可值千金,就先寄五百,请他西游。今录《都门秋思》于此:

楼观云开倚碧空,上阳日落半城红。新声北里回车远,爽气西山拄笏通。闷倚宫墙拈短笛,闲经坊曲避豪骢。帝京欲赋惭才思,自掩萧斋著恼公。

四年书剑滞燕京,更值秋来百感并。台上何人延郭隗?市中无处访荆卿!云浮万里伤心色,风送千秋变徵声。我自欲歌歌不得,好寻驵侩话生平!

五剧车声隐若雷,北邙惟见冢千堆。夕阳劝客登楼去,山色将秋绕郭来。寒甚更无修竹倚,愁多思买白杨栽。全家都在风声里,九月衣裳未剪裁!

侧身人海叹栖迟,浪说文章擅色丝。倦客马卿谁买赋?诸生何武漫称诗。一梳霜冷慈亲发,半甑尘凝病妇炊。好语绕枝乌鹊道,天寒休傍最高枝!

他自负有才不遇,又贫病交加,感伤已极。诗颇凄怆不平,很足以发泄他的一肚皮抑塞磊落之气,博得许多文人的同情。他著有《两当轩集》二十卷,考异二卷,附录六卷。

张问陶(一七六四——一八一四),字乐祖,号船山,四川遂宁人。十岁能诗。弱冠后壮游南北,遍览天下奇山水。乾隆庚戌(一七九一)成进士,授翰林院检讨,改御史,官至山东莱州知府。罢官后,小住扬州,年五十卒。所著《船山诗草》,如他自己所说:"笔墨供游戏,山川写性情。"他也属于性灵派。他论诗痛辟用典,次韵,训诂,考订,奇字,僻典。他主张用接近口头语的"常语",语语自然,人人可解。他自己虽不曾完全实现这

种主张,可是他总朝这个方向走去。他的这种主张,有诗为证:

论文八首(录二)

诗中无我不如删,万卷堆床亦等闲。莫学近来糊壁画,图成刚道仿荆关。

文场酸涩可怜伤,训诂艰难考订忙。别有诗人闲肺腑,空灵不属转轮王。

论诗十二绝句(录五)

胸中成见尽消除,一气如云自卷舒。写出此身真阅历,强于钉饾古人书。

跃跃诗情在眼前,聚如风雨散如烟。敢为常语谈何易,百炼功纯始自然。

想到空灵笔有神,每从游戏得天真。笑他正色谈风雅,戎服朝冠对美人。

妙语雷同自不知,前贤应恨我生迟。胜他刻意求新巧,做到无人得解时。

文章体制本天生,只让通才有性情。模宋规唐徒自苦,古人已死不须争。

这位诗人把当时诗坛上学唐学宋的争论,一笔表过不提。他只主张诗中要有我,要有真性情,真阅历。他说的"空灵",似乎和他同时前辈袁枚说的"性灵"相同。所以有人说他的诗是学随园一派的,不过他自己不承认。他有诗道:

诗成何必问渊源?放笔刚如所欲言。汉魏晋唐犹不学,谁能有意学随园?

诸君刻意祖三唐,谱系分明墨数行。愧我性灵终是我,不成李杜不张王。

有人说他的诗"奔放奇横,颇近太白"。不错,他少年时代,曾以李白自命,有些诗是着意模仿太白的。他有《醉后口占》一诗道:

锦衣玉带雪中眠,醉后诗魂欲上天。十二万年无此乐,大呼前辈李青莲。

这位诗人的狂态可以想见。叶德辉说:"有清文治之盛,莫如乾嘉两朝。诗人应运而生,色色形形,无奇不有。仓山如飞仙,苕生如剑侠,梦楼如佛,梧门如道。船山则如天女杜兰香萼绿华之流,其一种芬芳艳冶之容,非人世间毛嫱西施所能比其美丽。"原来船山在当时,不仅为西蜀诗人之冠冕,乃是倾倒一世的才子。有人说他"英姿玉貌,浊世翩翩"。甚至如秀水朱孝继筼泉,无锡马灿云题之流,都好像中了他的魔,愿和他来生作妾,当时这位诗人的魔力也就不小了。

有在神韵格调性灵三说之外,别倡肌理说的,是为翁方纲。

翁方纲(一七三三——一八一八),字正三,号覃溪,顺天大兴人。乾隆十七年(一七五二)进士,由翰林编修官内阁学士,左迁鸿胪寺卿,著有《复初斋诗集》六十六卷又文集三十五卷。他论诗倡肌理说,以为王士禛拈神韵二字固然超妙,但是有空调的流弊,所以他特拈出肌理二字,以实救虚。他的诗几乎语语征实,从诸经注疏,史传考证,以及金石碑版文字,都贯彻洋溢于诗中,自成一种学者的诗。洪亮吉《北江诗话》说是"有误传翁阁学方纲卒者,余挽诗云,最喜客谈金石例,略嫌公少性灵诗。盖金石学为其专门,诗则时时欲入考订也"。袁枚《随园诗话》载翁为明赵文毅五世孙某以玉觥银船向山左颜衡斋易文毅友许某赠文毅觥觥七古一首,后八句云:

颜公奉觥向君笑,赵叟倾心誓将报。咒觥多年逢故人,叟泣还乡告家庙。昔人赠觥事偶然,今日还觥事更传。谱出咒觥新乐府,压倒米家虹玉船。

这种诗句说是"宛转关生,颇有使笔如舌之妙",我并不反对,可是《复初斋诗集》里有几首这样好的诗呢? 和他同时还有许多学者也是诗人,如嘉定钱大昕晓徵(一七二八——一八〇四)、王鸣盛西庄(一七二二——一七九七)、余姚邵晋涵二云(一七四三——一七九六)、阳湖孙星衍渊如(一七五三——一八一八)都是。戴震曾说:"当代学者吾以晓徵为第二人。"他悍然以第一人自命。其实,戴虽深于汉学,却不工为诗文,第一人应该推钱大昕才是。钱有《潜研堂文集》五十卷,《潜研堂诗集》二十卷,诗续集八卷。王鸣盛有《西庄始存稿》三十卷,诗十四卷,文十六卷。他曾为人作序说:"所谓诗人者,非必其能吟诗也。果能胸境超脱,相对温雅,虽一字不识,真诗人矣。如其胸境龌龊,相对尘俗,虽终日咬文嚼字,连篇累牍,乃非诗人矣。"可以见他平日论诗的宗旨。邵晋涵有《南江诗文钞》十六卷。诗仅四卷,然多韵味深远之作。如《和童二树梅花诗》云:

折枝赠别晓江寒,好句长留画壁看。三载销魂梅岭雨,黄梛根苦荔支酸。

其他如《秋草》句云:"长驿露寒人独去,横塘水落雁初过。"《落叶》句云:"从遣深山征月令,是谁中夜读《离骚》!"都为人所传诵。孙星衍有《芳茂山人诗录》八卷,他与洪亮吉、黄景仁同时,被称为阳湖三诗人。他的少作,袁枚看了,叹为奇才;晚年嗜好金石考订,似乎有伤诗思。他有赠袁枚的诗云:

等身书卷著初成,绝天通地写性灵。我觉千秋难第一,避公才笔去研经!

这个时期一班学者的诗都好掉书袋,入考据,缺乏性灵,不仅孙星衍如此。刚刚起头说过的翁方纲算是这派诗人有理论的,就作为这派诗人的代表了。

以上所说,都是满清最盛时代的诗人。这里插说舒位之后,就要来说道咸间几个诗人。其次,就要说到晚清时候的诗人了。

舒位(一七六五——一八一五),字立人,小字犀禅,号铁云,顺天大兴人。乾隆五十三年(一七八八)举人,著有《瓶水斋诗集》十七卷,别集二卷。赵翼为他的诗集作跋说:"开径如凿山破,下语如铸铁成,无一意不奇,无一语不妥,无一字无来历,能于长吉、玉溪之外自成一家。"原来他的诗才气纵横,挥洒如意。古体奇恣,近体隽妙。如"池边绿树鱼窥影,帘外青天鸟破空","湖山青峭诗人垒,丝竹黄昏荡妇楼","五株杨柳羲皇上,一水桃花魏晋前",都是被人传诵的近体佳句。古体虽然有时奇思壮采,生气勃勃,也有时平铺直叙,味同散文。他曾在河东都转刘松岚席上饮女儿酒,那时松岚将出北京,他就为诗送行道:

越女作酒酒如雨,不重生男重生女。女儿家住东湖东,春槽夜滴真珠红。旧说越女天下白,玉缸忽作桃花色。不须汉水酘葡萄,略似兰陵盛琥珀。不知何处女儿家,三十三天散酒花。题诗幸免入醋瓮,娶妇有时逢鞠车。劝君更进一杯酒,此夜曲中闻折柳。先生饮水我饮醇,老女不嫁空生口。

这里再录他的《兰州水烟篇》:

兰州水烟天下无,五泉所产尤绝殊。居民业此利三倍,耕烟绝胜耕田夫。有时官禁不能止,贾舶捆载行江湖。盐官酒胡各有税,此独无吏来催租。南人食烟别其品,风味乃出淡巴菰。迩来兼得供宾客,千钱争买青铜壶。贮以清水及扶寸,有声隐隐相吸呼。不知嗜者作何味,酸咸之外云模糊。吁嗟世人溺所好,宁食无肉此不疏。青霞一口吐深夜,那知屋底炊烟孤。且勿呼龙耕瑶草,转缘南亩勤春锄。

这等诗好像袁枚评蒋士铨的诗所说,"才人胆大,老手颓唐",究竟是缺乏诗味的东西。

我们知道当时蒙古诗人法式善时帆(一七五三——一八一三)曾为舒位和江苏昭文孙原湘子潇(一七五三——一八二九)、浙江秀水王昙仲瞿(一七六〇——一八一七)作《三君咏》。王为狂士,有《烟霞万古楼集》十卷,传本尚多;孙为学者,有《天真阁集》三十二卷,传本极少。孙氏于诗,主张学问性情兼而有之,当时沈德潜一派讲格调,袁枚一派讲性情,两派互相攻击,他就以根柢济性情之论救之。当时还有江苏镇洋彭兆荪甘亭(一七六八——一八二一),著有《小谟觞馆诗文集》十六卷,诗和舒位齐名。龚自珍曾有《杂诗》云:

诗人瓶水与谟觞,郁怒清深两擅场。如此高材胜高第,头衔追赠薄三唐。

诗尾自注,说是舒诗郁怒横逸,彭诗清深渊雅。原来彭兆荪也是一生不甚得意的诗人,颇有幽忧感伤的调子,不过不像舒位、王昙那么常常表现愤慨激昂的情绪罢了。

这里依次叙述道光、咸丰间几个诗人,即龚自珍、魏源、郑珍、金和等。

龚自珍(一七九二——一八三九),字璱人,号定盦,浙江仁和人。道光九年(一八二九)进士,官至礼部尚书,所著有《定盦全集》十二卷。当是时以奇才名天下者,一为魏源,一为自珍。并称龚、魏。自珍之文,取径汉魏,独造深峻,有人骂为"古文伪体",也有人誉为"一代文字之雄"。诗亦才气奇伟,狂态逼人。后来竟有无知妄人把他的诗句集成七绝一二首,便自命天才,这当然是定盦生时所不及料的了。这里录定盦的《秋心》三首:

秋心如海复如潮,但有秋魂不可招。漠漠郁金香在臂,亭亭古玉佩当腰。气寒西北何人剑?声满东南几处箫!斗大明星烂无数,长天一月坠林梢。

忽筮一官来阙下,众中俯仰不材身。新知触眼春雨过,老辈填胸夜风沦。《天问》有灵难置对,《阴符》无效勿虚陈。晚来客籍差夸富,无数湘南剑外民。

我所思兮在何处?胸中灵气欲成云。槎通碧汉无多路,土蚀寒花又此坟。某水某山迷姓氏,一钗一佩断知闻。起看历历楼台外,窈窕秋星或是君!

魏源(一七九四——一八五六),字默深,湖南邵阳人。道光二十四年(一八四四)进士,分发江苏以知州用,权东台兴化县事。喜谈经济,务为有用之学。当鸦片战争之后,帝国主义的势力已步步侵入中国。他以为"筹夷事必知夷情,知夷情必知夷形",因撰《海国图志》一百卷。贺长龄纂辑《皇朝经世文编》,他帮助纂辑的力量不小。著有《古微堂集》。他和同乡何绍基、曾国藩都是崇尚宋诗的。何绍基(一七九九——一八七三),字子贞,道州人,著有《东洲草堂集》二十三卷,诗仅二卷。程颂万曾把湘潭张九钺和魏源、何绍基称为湖南三大家,把他们的诗钞为一集。张九钺(一七二一——一八〇三),字度西,号紫岘,乾隆间举人。年十三,登采石矶,赋长歌,人呼为太白后身,著有《陶园诗文集》。他和张问陶、黄景仁同时,都是诗学李白而有成就的作者。只因他不和东南文人通声气,诗名就不及张、黄那样大了。

郑珍(一八〇六——一八六四),字子尹,贵州遵义人,道光十七年

(一八三七)举人,以大挑二等选荔波训导,著有《巢经巢全集》二十卷。那时正当太平军之役,贵州也受了这一大乱的影响,郑珍晚年的诗很有一些伤时感事,自述遭遇之作,可以作为诗史。在他集子里附录各文中,可以窥见他的身世的悲苦,说是"遭时之乱,极生人之不堪,流离转徙,致于穷且死"。大概是不错的。这里只录他的《二茗季弟哀词》(二十首)五首:

恶命平生此尽头,岂徒断手直春喉。天心门运从何说?气涌如山泪不流!

鸡鸣呼我屋西头,永诀空余息在喉。目指三儿含哽付,一生兄弟片时休!

伤心吾道老尤非,长饿何由手足肥!致汝苦生还苦死,敛时犹是阿兄衣!

事我如兄嫂似奶,酸肠汝嫂擘胸时。最是一声听不得,万方想尽不能医。

四十三龄亦考终,固知死乐胜生穷。思量不作多时别,我已今成六九翁。

胡适之说是郑珍晚年的诗,即《巢经巢诗钞后集》,有无数悲哀的诗料,不错。这位诗人是由个人的悲哀体验到社会的悲哀的,可以从他的诗里找得一点当时的社会史料。和他同时,贵州还有一个学者也是诗人,即独山莫友芝子偲(一八一一——一八七一),可是诗名不显,他著有《邵亭遗诗》八卷。

金和(一八一八——一八八五),字亚匏,江苏上元人,著有《秋蟪吟馆诗钞》七卷。咸丰三年(一八五三),太平军破南京,他被陷在城中过活。他想结合城中一些人作官军的内应,他偷出城来,官军方面却不信任他的计画。所作纪事诗,以义愤自居,对于官军极嬉笑怒骂之致。这里录出一个短篇：

十六日至秣陵关遇赴东坝兵有感

初七日未午，我发钟山下。蜀兵千余人，向北驰怒马。传闻东坝急，兵力守恐寡。来乞将军援，故以一队假。我遂从此辞，仆仆走四野。三宿湖熟桥，两宿龙溪社。四宿方山来，尘汗搔满把。僧舍偶乘凉，有声叱震瓦。微睒似相识，长身面甚赭。稍前劝勿瞋，幸勿老拳者。婉词问何之？乃赴东坝者。九日行至此，将五十里也！

这种讽刺诗，是他特殊的风格。自题《椒雨集》说：

是卷半同日记，不足言诗。如以诗论之，则军中诸作，语宗痛快，已失古人敦厚之风，尤非近贤排调之旨。其在今日，诸公有是韬钤，斯吾辈有此翰墨，尘秽略相等，殆亦气数使然耶？

这是他说所以创作讽刺诗的由来。郑珍的诗在诉悲苦，金和的诗在发愤慨，当太平军之役，站在清廷方面的诗人，他们是可以作为代表的了。便是稍后最有名的如王闿运，似乎还不足以代表这一时代，李慈铭、高心夔之流更不必说了。

这里要说到晚清的诗人来了。把王闿运作为结束旧文学方面的代表诗人。

王闿运（一八三二——一九一六），字壬秋，号湘绮，湖南湘潭人。咸丰五年（一八五五）举人，后来钦赐翰林院检讨。入民国后，袁世凯找得他做了国史馆馆长。他做过曾国藩的幕僚，眼看太平天国的起灭，帝国主义的势力一天天向中国进攻，清廷由中兴以至失掉政权。在这五六十年间，中国经过这样的大变局，在真正具有敏感的诗人，伤时感事，应该有许多慷慨悲歌的作品。可是我们的这位诗人呢？他著有《湘绮楼文集》八卷、

《诗集》十四卷、《别集》三卷,其他著述尚多,都收入《湘绮楼全集》。他曾有诗句说:"五十年来事事新,吟成诗句定惊人。"他也知道这个时代应该出伟大的诗人,有伟大的作品了。不料他自己只在"镕经铸史"、"杂凑摹仿"上做工夫,并没有产出歌唱新时代新事物的惊人的作品。便是他的《发祁门杂诗》、《独行谣》、《圆明园词》,虽然自认快意,人家也很恭维他,其实他拿汉魏六朝的词藻语汇去写得自新时代的新感念新事物,无论写不通,写得通也是假古董。这里录他的五言一首为例:

入彭蠡望庐山作

轻舟纵巨壑,独载神风高。孤行无四邻,窅然丧尘劳。晴日光皎皎,庐山不可招。扬帆载浮云,拥楫玩波涛。昔人观九江,千里望神皋。浩荡开荆扬,潋淙听来潮。圣游岂能从?阳岛尚嶕峣。川灵翳桂旗,山客阒金膏。委怀空明际,嗷然歌且谣。

作者自诩此诗镕经铸史,点铁成金。学谢(灵运)入神,五言上乘。再录他的七言古体一首:

回马岭柏树歌

泰山兮龙氐,下宜柏兮上宜松,松是仙人家,柏作神鬼宫。秦皇昔日无仙才,欲攀松树望蓬莱。飘风骤雨不能下,独立徘徊一松下。后来封禅凡几君,时君无德况群臣!霍家都尉死山顶,汉武匆匆旋玉轮。自此群臣陪法驾,行到松前尽回马。南到十里柏阴阴,肃肃泠泠无妄心。乘舆去后此阴在,士女时来听玉琴。我昔南行桂阳道,参天翠柏如云埽。株株自谓栋梁材,千年妄向荒山老。岂知此山百万株,云间各有神明扶。八十七君屡兴废,明堂梁栋皆丘墟。从臣同来见此柏,亦言名字垂金石。当时解笑秦汉君,今日几人如李霍。龙藏鳞见几人殊,大圣栖栖非小儒。颍水牵牛渭投钓,阿衡负鼎闳怀珠。社栎十围欺匠石,卞珪三刖困泥涂。日暮长风送归客,且从松子访盈虚。

作者说是李颀在唐代诗人中实兼诸家之长而无其短。又说:"李东川《杂兴诗》(《沉沉牛渚矶》一首),歌行之极轨也。其余名篇了然易见,唯此不易知也。余生平数四拟之,唯《回马岭柏树歌》稍似。"可以想见他的自负处。他自以为"今人诗莫工于余"。同一时代的诗人他都看不起,只有武冈邓辅纶弥之(一八二八——一八九三)许为同调。邓为道光二十九年(一八四九)拔贡,著有《白香亭诗》二卷,《和陶诗》一卷。他起初是因《苹果》一律得名的。诗云:

珍树亭亭出帝畿,上林嘉实有光辉,金盘自拜承霄露,冰窖还收酷暑威。南士移来香渐减,北船乱后见应稀。逐臣最病相如渴,不及文园荐省闱。

此时邓方年少气盛,诵到南土二句,拍案道:"虽老杜复生,也未必胜此。"意气凌人,狂不可近。同座有江西梅启照方为举人,受到讥刺,默不敢说。后来邓以道员官浙江,杭州失守,梅以御史乘机劾邓落职。王、邓同学汉魏六朝,邓诗较高,而名气不及王大。他们都工古体,绝少作近体,算是纯正的复古派。在旧文学里,得到王闿运这个有高寿大名的诗人,作为一位殿军大将,不能不说是他替旧文学发出了最后的光辉了。

四　词　曲　余　响

说也奇怪,在这诗和古文都号称复兴又都没有独创的一个时代,词曲之类也是一样,没有什么新的成就是前此各时代所未有的。

现在先说词。

词在清代,也号为"振衰"。元、明以来,有曲无词,词已成了古董,虽有也没有生气。到了清代,又有许多第一流的文人学者注意到词,但是他们创作的词,可备一格而已,依然没有生气。便是被称为天才的词人如纳兰成德,成就也极有限。

清初词人约分三派:王士禛、纳兰成德多作婉约风格的小令,可称花间派。朱彝尊好使学问,填典故,可称姜、张派。同时陈维崧虽和朱彝尊齐名,但他的词好逞才气,著豪语,可称苏、辛派。

王士禛有《衍波词》;朱彝尊有《江湖载酒集》、《静志居琴趣》、《茶烟阁体物集》、《蕃锦集》,作词很多。不过他们两人,我们已经作为诗人说过,这里可以不讲。毛奇龄(一六二三——一七一六)、彭孙遹(一六三一——一七〇〇)也是属于《花间》一派。《毛翰林集》填词似在寄托,彭的《延露词》多直描色情,他们在当时的词名不大,这里也不多说。陈维崧是这个时期的一个伟大的骈文家,词是他的余兴。他作的《浙西六家词序》说:"倘仅专言浙右,诸君固是无双;如其旁及江东,作者何妨有七!"朱彝尊、李良年、李符、沈皞日及其从子岸登、龚翔麟,凡六家。除朱氏外,都很平凡,难怪陈维崧要自负了。他曾由河南到北京,和朱彝尊合刻一稿,名《朱陈村词》。他的《迦陵词》凡三十卷。《清史》他的本传说是"词至千八百首,尤凌厉光怪,变化若神,前此未有"。其实他虽才大气豪,学辛词极像,倘说"变化若神",未免过分了的。红豆词人吴绮有《艺香词》,较《迦陵词》平实。曹贞吉的《珂雪词》作风也略和《迦陵词》相近而才气不及。只有万树的《香胆词》足和《迦陵词》相抗。这里要特别提出来说的就只有纳兰成德了。

纳兰成德(一六五四——一六八五),更名性德,字容若,其先世为满洲叶赫人。曾祖姑为清太祖高皇帝后,生太宗文皇帝。父官至太傅,母觉罗氏。他出身贵族,却聪明好学。十七岁补诸生,贡入太学。十八九岁联举京兆礼部试。二十二岁殿试,名在二甲,赐进士出身,授侍卫,由三等升至一等,曾出使梭龙诸羌,因在盛夏得到七日不汗症而死,年仅三十一岁。所著有《通志堂经解》、《渌水亭杂识》、《饮水侧帽词》。词最有名,据说在当时,"传写遍于村校邮壁"。他因妻卢氏早死,悼亡的词是很凄艳动人的。如《南乡子》(《为亡妇题照》)一词:

> 泪咽更无声,止向从前悔薄情;凭着丹青重省识,盈盈,一片伤心画不成! 别语忒分明,午夜鹣鹣梦早醒;卿自早醒侬自梦,更更,泣尽风前夜雨铃!

他是个敬爱宾客的公子,门下词客有严绳孙、顾贞观等。他最和贞观要好,常常为贞观的不得志愤慨。他曾为梁汾赋《虞美人》道:

> 凭君料理花间课,莫负当初我。眼看鸡犬上天梯,黄九自招秦七共泥犁! 瘦狂那似痴肥好,判任痴肥笑。笑他多病与长贫,不及诸公衮衮向风尘!

贞观字梁汾,无锡人。有朋友吴兆骞被仇家陷害,充军宁古塔,因托纳兰营救,脱罪入关。纳兰有《金缕曲》,自注"简梁汾,时方为吴汉槎作归计":

> 情深我自拚憔悴,转丁宁香怜易爇,玉怜轻碎。美煞软红尘里客,一味醉生梦死!歌与哭任猜何意,绝塞生还吴季子,算眼前此外皆闲事,知我者梁汾耳!

顾贞观有《弹指词》,吴兆骞有《秋笳集》,严绳孙有《秋水词》,多少受了纳兰一点影响。同时又有钱芳标著《湘瑟词》,后来谭献把他和王士禛并称为"才人之词",其实并不见得是才人。我们知道在词的历史上,最初一个偶像是李后主，最后一个偶像就是纳兰成德，甚至有人说，纳兰成德就是李后主的后身，这真是鬼话。后来王国维曾以纳兰成德以后第一人自命，究竟纳兰成德怎样呢？他是大学士明珠的儿子，康熙皇帝的侍卫，有了优裕的生活，有了优越的教养，有了优美的环境，他肯利用自己的相当的天才于填词一道，得到相当的成就，本来不算什么。何况词这东西，当其盛时，描写的对象不出特殊阶级化身的公子佳人，描写的实际生活不外乎特殊阶级享乐的醇酒妇人歌唱。像纳兰成德那样风流豪侈的公子哥儿模仿这样的词，自然是可以成功的。恰好他的爱妻死了，悼亡叹逝，不觉流露于字里行间，罩上了很浓厚的感伤气氛，可以传染读者。恰好他常常陪皇帝出巡打猎，引起了他的边塞悲凉之感，也足以动人。同时他是由科举出身的贵公子，自命风雅，肯和许多名士往来；他又救了一个遭难的文人吴季子，所谓热情侠气，也成了他词里的一部分；加上他的不幸短命；这样，他就成为一代无双的词人了。

朱彝尊以后，厉鹗、汪森、王昶、郭麐、吴锡麒等，都号为浙派。所谓浙派，朱彝尊说是从曹溶开始。溶字洁躬，号秋岳，嘉兴人，崇祯进士，入清官至户部侍郎，有《静惕堂词》。彝尊为他作序说：

> 余壮日从先生南游岭表，西北至云中。酒阑灯灺，往往以小令慢词更迭唱和。有井水处，辄为银筝檀板所歌。念倚声虽小道，当其为之，必崇尔雅，斥淫哇，极其能事，亦足宣昭六义，鼓吹元音。往者明三百祀，词学失传，先生搜辑遗集，余曾表而出之。数十年来，浙西填词者家白石而户玉田，春容大雅，风气之变，实由于此。

可见浙派是以学姜、张词为号召的。在这派词人中，厉鹗的《樊榭山房词》最有名，他的词恰和他的诗一样好用替代字，谭献也讥他"饾饤窳弱，苦为玉田所累"。只有凌廷堪最佩服他，说是"琢句炼字，清空绝俗"。吴锡麒的《有正味斋词》工于咏物，自谓"慕竹垞之标韵，缅樊榭之音尘"，他是以朱厉以后一人自命的了。

陈维崧以后,张惠言、恽敬、黄景仁、李兆洛、陆继辂、董士锡、周济等,号为常州派。黄景仁是名诗人,张、恽是名古文家,已在前文说过。在常州派中,张惠言的《茗柯词》,周济的《止庵词》最有名。他们论词以言内意外,比兴寄托为主,不免晦涩、穿凿。谭献说他们是"学人之词",掉学问正是他们一种短处。

至于项鸿祚和稍后的蒋春霖,谭献把这两个人和纳兰成德并称为"词人之词",说是"二百年中分鼎三足"。鸿祚字莲生,钱塘人,却不拘于浙派,有《忆云》甲乙丙丁稿,词学梦窗,自谓:"幼有愁癖,其情艳而苦,其感于物者郁而深,不无累德之言,抑亦伤心之极致。"春霖字鹿潭,江阴人,却不拘于常州派,有《水云楼词》,颇多情深语苦之作。

从清代中兴到晚清五六十年间,谭献、俞樾、谢章铤、王鹏运、文廷式、郑文焯、况周颐等都号能词,尤以谭献、王鹏运、文廷式、郑文焯为最有名。我以为王的《半塘定稿》,文的《云起轩词》,效法苏、辛,才气不弱,又因饱经世变,感慨遥深,算是晚清较杰出的词人,其余号为梦窗派的词人就卑卑不足道了。

总之,清代词的作者不少,自晚唐五代、两宋以来的各体各派都有仿作,可是不过仿作而已,算是复古,没有创新。有人说,清代词学无论在词选词律批评整理各方面都很不错,这倒是对的。朱彝尊撰《词综》,录唐、宋、金、元人词五百余家,凡三十四卷。陶梁撰《词综补遗》,补录宋、元人词,凡十卷。王昶撰《明词综》十二卷,专录明人词。又《国朝词综》四十八卷,录清人词到嘉庆初年。王绍成的《国朝词综二编》八卷,续录清人词到道光中叶。吴衡照的《明词综补》,录明惠宗到吕福生,以补王昶原书所未备。黄燮清的《国朝词综续编》,录嘉、道、咸、同间人词五百八十六家,凡二十四卷。丁绍仪的《国朝词综补》,补王昶原书,直到晚清,更为完备,凡六十卷。有创始,有续作,自成系统,这是词选正宗。自然,康熙御选《历代诗余》,选录从唐到明,凡词一千五百四十调,九千余首,并附词人姓氏爵里及词话，全书百二十卷，这也不能不说是词选大观。他如张惠言的《词选》，谭献的《箧中词》等虽很流行，或者嗜好太偏，或者取舍不当，或者意存标榜，就不必一一提出了。其次说到词律或词谱，康熙《钦定词谱》四十卷，共录八百二十六调，二千三百零六体。万树撰《词律》二十卷，录六百六十调，一千一百八十体。徐本立的《词律拾遗》六卷，补录一百六十五调，四百九十五体。杜文澜的《词律补遗》一卷，补录五十调，和万氏《词律》合刊一书。此外研究《词律》的书，如叶申芗的《天籁轩词谱》，仅列词式。如许宝善的《自怡轩词谱》六卷，谢元淮的《碎金词谱》二十卷，并备腔板，不过拿昆曲谱词，不算道地的词谱。再说到词的批评：清代词人关于词话的书极多，不胜指数。毛奇龄的《西河词话》考证源流，刘熙载的《词概》、《曲概》涉及作法，谢章铤的《赌棋山庄词话》说到词派，凌廷堪的《词洁》，方成培的《香研居词麈》，注意律调，都是很重要的。他如徐釚的《词苑丛谈》，张宗橚的《词林纪事》，叶申芗的《本事词》，搜罗许多关于词人的重要史料，可作为评论的根据，当然是研究词学不可少的书了。最后说到关于词的整理，包括校勘辑佚汇刻几项工作。如侯文灿的《名家词》，从南唐二主到元张埜，共十家。秦恩复的《词学丛书》，计《乐府雅词》四卷，《阳春白雪》九卷，《词源》一卷，《日湖渔唱》三卷，元《草堂诗余》三卷，《菉斐轩词林韵释》一卷。江标的《灵鹣阁汇刻宋元名家词》十七卷，计十五家。王鹏运的《四印斋所刻词》，计《花间集》以下二十种，又《宋元三十一家词》，共计五代一种，北宋四家，南宋三十四家，金一家，元九家。其中《东坡乐府》二卷系元延祐云间本，《稼轩长短句》十二卷，系元大德广信本，都很珍贵。吴昌绶的《双照楼刊景宋元本词》计十七种，内宋词别集十二种，元词别集一种，唐、宋、金词总集四种。又陶湘刻续集二十三种，内宋词别集十种，金、元词别集十一种，宋、元词总集二种。这些词集都从旧椠景刊，既存真相，又很美观。朱祖谋的《彊村丛书》所收唐五代、宋、金、元词总集五种，唐词别集一家，宋词别集一百十二家，金词别集五家，元词别集五十家，共一百六十七家，一百七十二种，搜罗最富，校勘最精。此外刘毓盘辑《唐宋金元六十家词》，有北京大学排印本。王国维有《唐五代二十一家词辑》，有《观堂全书》本，都可算是辑佚工作。至于清词的汇刻，也有不少的本子，这里来不及详细举出了。

本来词讲完了就要讲到戏曲。可是我们要在这里插嘴叙述这个时期特出的几个鼓词道情的作者，即贾应宠、归庄、徐大椿、招子庸。还有蒲松龄留到讲小说的时候去说。至于郑燮已讲在诗人里，继他和徐大椿而起的道情作者，如曾斯栋、缪艮、沈逢吉等，就都不足叙述了。

贾应宠（一五九〇？——一六六五？），字凫西，号澹圃，别号木皮散客，曲阜人。明末崇祯时候，曾任固安县令，刑部主事、户部郎中等官。明亡不肯做官，家居著书。关于作者的生平，和他作的《木皮词》，传说纷纭，莫知究竟。今人刘阶平著《木皮词》一书，又作《木皮词的作者考补录》，考证极博，才有头绪可寻。《木皮词》就是鼓词，为什么叫做木皮呢？《木皮词》的内容和写作的动机又是怎样的呢？据《桃花扇》的作者孔东塘所作《木皮散客传》说：

木皮散客喜说稗官鼓词。

木皮者，鼓板也，嬉笑怒骂之具也。说于诸生塾中，说于宰官堂上，说于郎曹之署。木皮随身，逢场作戏，身有穷达，木皮一致。凡与臣言忠，与子言孝，皆以稗词证，不屑引经史。经史中帝王师相，别有评驳，与诸儒不同。闻者咋舌，以为怪物，终无能出一语折之……

居恒取《论语》为稗词，端坐市坊，击鼓板说之。其大旨谓古今圣贤莫言非利，莫行非势，而违心欺世者乡愿也。木皮之嬉笑怒骂，有愤心矣。行年八十，笑骂不倦。夫笑骂者人恒笑骂之，遂不容于乡里，自曲阜移家滋阳。

原来木皮散客生当明末清初，眼见国破家亡，满腔悲愤，都借鼓词发泄。正是"十字街坊，几下捶皮千古快；八仙桌上，一声醒木万人惊"。他还说道：

在下这一部鼓词,也不是图名,也不是图利,也不是夸自己多闻广见,要和天下那文之武之的讲学问先生们斗口。只因俺脚子好动,浪迹江湖,见了些心中不平的事情,不免点头暗叹。又因俺身闲无事,吃碗闲饭,欹在那土灶绳床,随手拉一本闲书,消遣这太平闲日。谁想俺才一揭开,便生出许多古今兴亡的感慨,云烟过眼的悲凉?

我们不难想见这个木皮客人高坐街旁说唱时候的心情和态度。他从盘古开天讲到元灭明兴,中间插了几句闲谈,然后接上明朝的故事,谈到明亡结局。那几句闲谈,却是全词的警策处,录在这里:

> 人生只要笑呵呵,
> 世事那得论平陂?
> 像俺这挑今翻古一席话,
> 不过是逢场作戏发些狂歌。
> 看他们争名夺利不肯休歇,
> 一个个像神差鬼使中了疯魔。
> 有几个没风作火生出事,
> 有几个生枝接叶添上啰唆。
> 有几个抖擞精神的能人心使碎,
> 有几个讲道学的君子步也不敢挪。
> 有几个持斋行善遭天火,
> 有几个做贼当鳖中了高科。
> 有几个老实实的好人捱打骂,
> 有几个凶兜兜的恶棍抢些牛骡。
> 总是天老爷面前不容讲理,
> 但仗着拳头大的是哥哥。

这真是算得挑今翻古的狂歌。其他号为"凫西遗著"的鼓词,还有《太史挚适齐》一章、《齐景公待孔子》五章、《子华使于齐》一章、《齐人一妻一妾》一章或作《东郭外传》,共四种。《齐人一妻一妾鼓词》,有的题"蒲留仙稿",不知道谁是。或说贾凫西是丁野鹤的隐名,贾假谐音,凫西暗射野鹤,所以《木皮词》的本子有署"丁野鹤著"的。按贾、丁原属朋友,丁氏曾因文字被祸,亡命出奔,到滋阳贾氏家。贾氏死后,遗著曾经"沛县阎古古、诸城丁野鹤,为之手订付其子"。或者是最初有署丁野鹤手订的本子,展转翻印,就弄错为丁著了罢。

归庄也和贾凫西一样是明末清初的狂士,归更有名。

归庄(一六一三——一六七三),字元恭,江苏昆山人,归有光人。晚年寄食僧舍,非素交不肯见。他与同里顾炎武最善,世称"归奇顾怪"。著有《恒轩集》、《悬弓集》等,以《万古愁曲》最有名。共用二十曲组成,凡二千多字,也和《木皮词》一样,从盘古起直叙到明朝灭亡。据全祖望《题归恒轩万古愁曲子》道:

> 沈绎堂詹事谓世祖章皇帝尝见此曲,大加称赏,命乐工每膳歌以备食。

原来这曲子是可歌的,有过宫廷乐工歌奏的遭遇。《变拍》一曲中道:

> 最可笑那弄笔头的老尼山,
> 把二百四十年的死骷髅提得他没颠没倒。
> 更可怪那爱斗口的老峄山,
> 把五帝三王的大头巾磕得人没头没脑。
> 还有骑青牛的说玄道妙,
> 跨鹏鸟的汗漫逍遥,
> 记不得许多鸦鸣蝉噪。

他从孔、孟、老、庄骂到许多著书立说的圣贤，骂个狗血喷头。又对于历史上的圣君贤相都骂一顿，只有明朝算是例外，尤其是对于明朝的灭亡，不胜悲凉慷慨，算他代表了许多"大明遗民"的悲愤狂态。

徐大椿（一六九三——一七七一），字灵胎，晚自号洄溪老人，吴江人。他是当时"海内名医"之一，所著有《难经经解》、《医学源流》等书六种。《洄溪道情》凡三十九首，这是使他在文学史上可以有个位置的一部书。道情是什么？他怎样作道情的？据他的《自序》说：

> 道情之唱，由来最古。其声则飞驭天表，游览太虚，俯视八弦，志在冲漠之上，寄傲宇宙之间，慨古感今，有乐道徜徉之情，故曰道情，其说相传如此，乃曲体之至高至妙者也。迨今久失其传，仅存时俗所唱之《耍孩儿》、《清江引》数曲，卑靡庸浊，全无超世出尘之响，其声竟不可寻矣。……究其端倪，推其本初，沿其流派，似北曲仙吕入双调之遗响。乃推广其音，令开合弛张，显微曲折，无所不畅。声境一开，愈转而愈不穷，实有移情易性之妙。但徒以工尺四上为之谱，则有声无辞，可饷知音，难以动众，且不便于传远，因拈杂题数十首，半为警世之谈，半写闲游之乐，总不离于见道者之语。

郑板桥作道情，不过偶然试试。徐洄溪作道情，好像特别努力。他说："自余广道情之体，一切诗文悉以道情代之。"又说："凡哀死祭吊之作，自《离骚》四言而外，一切诗词歌曲，无体不全，而独无道情。"所以他在这方面也做了许多首。这里录一首为例：

吊何小山先生（义门先生弟）

萧瑟秋风，木落寒江。典型云谢，非为私伤。想先生博雅胸肠，炯炯目光，把亡经僻史，疑文奇字，考究精详。不论夏鼎商彝，唐碑宋画，真与赝难逃鉴赏。普天下文人，那一个不问小山无恙？到今朝：

耆旧云亡,空了襄阳。许大一座苏州,又少个人相撑杖。想生前:也有怕他说短论长,也有怪他骂李呵张。从今后:倘有那年少猖狂,铜臭鸱张,有谁人再管这精闲账?今日里鸦叫枯杨,月照空梁,只有半部校残书摊在尘筵上。如此凄凉,任你旷达襟怀,也不禁泪洒千行。况我半世相随,一朝永诀,落落狂生,向谁人更觅知音赏?思量,只得谱一首《商调道情词》,代做《招魂榜》。望先生来格来临,呜呼尚飨!

其他《自寿》,以及赠人寿人的道情也有很好的。《劝孝歌》、《戒赌博》、《行医叹》之类,都是所谓"警世之谈",《泛舟乐》、《游山乐》、《田家乐》之类,都是所谓"闲游之乐"。前者颇多幽默的趣味,后者颇多闲适的情调。《时文叹》在当时很有名,袁枚把这个作为俳歌,录入《随园诗话》,现在录在这里:

读书中,最不齐,烂时文,烂似泥。本来原为求贤计,谁知变了欺人技。看了半部讲章,记了三十拟题,状元塞在壶包里。等到那岁考日,乡试期,房行墨卷,汪汪念到三更际。也不晓得《三通》、《四史》是何等的文章,也不晓得汉祖唐家是那样的皇帝。读得来口角离奇,眼目眯蒌,脚底下不晓得高低,大门外辨不出东西。更有两个肩头一耸一低,直头吃了几服迷魂剂。又不得稳中高魁,只落得昏沉一世。就是做得官时,把甚么施经济!得趣的是衙役长随,只有百姓们精遭晦气。劝世人:何不读几部有用经书,倘遇合有期,正好替朝廷出力。若遭逢不偶,也还为学校增辉!

时代真转得快!八股文废了,到今日经书也不甚有用,和他所讥刺的烂时文差不多。但在他的那个时候敢公然排斥烂时文,就不能不算是有卓识的文人了。他所以能成为一个道情的大作者,就因为他不肯做一个八股文人,不肯做一个死抱传统主义的文人!

上面说过的鼓词道情,介于词和戏曲之间,都可算是杂曲,下面就要说到正规的戏曲了。

我们已经知道词和散曲杂剧传奇之类都是模仿宋、元、明时代的旧体。虽说传奇在初期还是可以上演,像是活的艺术,实则只算是前一时代的余势,不久就有通俗的皮黄剧代替它起来。除了我们已经把孔尚任和洪昇作为前一时代传奇作者的后劲,还曾提及蒋士铨以外,以下的作者就都归到这里来略略一谈了。

蒋士铨还曾作为诗人说过。所作杂剧有《四弦秋》、《一片石》、《第二碑》;传奇有《雪中人》、《香祖楼》、《临川梦》、《桂林霜》、《冬青树》、《空谷香》。以《临川梦》一种为最有名,他把汤显祖置身梦境,和《临川四梦》里的人一一相见,想入非非,自是奇作。《冬青树》写文天祥、谢枋得诸人的事,淋漓悲壮。《四弦秋》谱白居易《琵琶行》故事,不以居易和旧识商人妇团圆结局,凄绝感人,较顾大典《青衫记》果然要好。又作有散曲十多首附在《忠雅堂词集》中。

在蒋士铨稍前一点的戏曲作家,有尤侗、万树、嵇永仁、徐石麟、毛奇龄、唐英诸人,以万树一人为最重要,都在这里略略补叙。

尤侗(一六一八——一七〇四),字展成,号悔庵,一号西堂,长洲人。有杂剧《读离骚》、《吊琵琶》、《桃花源》、《黑白卫》、《清平调》五种,《钧天乐传奇》一种。又有《百末词余》一卷,系散曲。西堂乐府流传禁中,大得新朝皇帝称赏,称为老名士,真才子。嵇永仁(一六三七——一六七六)字留山,号抱犊山农,无锡人,作有杂剧《续离骚》等种。满腔悲愤,发泄淋漓。徐石麟,字又陵,号坦菴,江都人,作杂剧《买花钱》、《大转轮》、《浮西施》、《拈花笑》四种。有传奇《珊瑚鞭》、《九奇缘》、《胭脂虎》三种。又有散曲《黍香集》三卷。焦循说他"填词入马东篱、乔梦符之室"。宋琬有《祭皋陶》杂剧一种,查慎行有《阴阳判》传奇一种,宋、查都是诗人,上文已经说过。毛奇龄(一六二五——一七一六)以学者而兼作戏曲,有《放偷记》、《买嫁记》传奇两种。唐英,字隽公,别号蜗寄居士,督榷九江近二十年,作有《芦花絮》、《虞兮梦》、《双钉案》、《梅龙镇》、《面缸笑》、《英雄报》、《女弹词》等十四种,总名为《古柏堂传奇》。又他的幕客老秀才江宁张坚漱石作有《梦中缘》、《梅花簪》、《怀沙记》、《玉狐坠》,称为《玉燕堂四种曲》。《怀沙记》据《史记·屈原列传》而作,文词光怪陆离,隐括全部《楚辞》,颇费匠心,但不及尤侗的《读离骚》较有剧味。

万树,字花农,别字红友,宜兴人。他在词曲上似乎和吴炳有些渊源,因为他是吴炳的外甥。可是《粲花》五种,情致有余,而豪宕不足,红友如天马行空,不可羁勒,甥舅的作风不同,有人这么说过。红友所作,有杂剧《珊瑚珠》、《舞霓裳》、《藐姑仙》、《青钱赚》、《焚书闹》、《骂东风》、《三茅宴》、《玉山宴》八种,传奇《风流棒》、《念八翻》、《空青石》,称《拥双艳三种》,还有其他多种。各剧关目很紧,穿插照应,煞费苦心。曲文亦雅畅自然,可称雅部上品。据《宜兴县志》说:

  吴大司马兴作总督两广,爱其才,延至幕,一切奏议皆出其手。暇则制曲为新声,甫脱稿,大司马即令家伶捧笙墩,按拍高歌以侑觞。

原来这位作者对于曲律既有精深的研究,作出曲来又有达官显宦给他上演,为他捧场,难怪他在当时有人称为"六十年第一手",成为传奇没落时代的一个重要作家,孔、洪以后,一人而已!

约和蒋士铨同时以及稍后的戏曲作家,这里要说到的有卢见曾、桂馥、夏纶、舒位、杨潮观,以及杨恩寿、黄宪清、周文泉、陈烺、余治诸人,其中以杨潮观、余治两人为最重要。

卢见曾,字抱孙,号雅雨山人,德州人,官两淮盐运使,作有传奇《旗亭记》、《玉尺记》两种。他和唐英都是以肥官养寒士,有名于当时的。桂馥(一七三六——一八〇五),字未谷,曲阜人,官永平知县,作有《后四声猿》杂剧四种,一《放杨枝》,二《谒府帅》,三《题园壁》,四《投溷中》,分叙白乐天、苏东坡、陆放翁、李长吉四人的故事,他可以代表这一时期的文人剧的作者。夏纶,字惺斋,号臞叟,钱塘人。他也和丘濬一样,完全是个儒者的曲家。所作传奇六种,《无瑕璧》叙明忠臣铁铉事,《杏花村》叙王孝子舍身杀父仇事,《瑞筠图》叙章贞母未婚守节事,《广寒梯》叙王生解囊仗义事,表彰忠孝节义,各得一种。《花萼吟》叙姚居仁、利仁兄弟友爱事,称《式好传奇》。《南阳乐》叙诸葛亮扶助蜀汉灭魏吞吴事,称《补恨传奇》。借戏剧来宣传礼教,没有蒋士铨那样的才情,不免味同嚼蜡。这个时候还有以名诗人而作传奇的,如厉鹗作《群仙祝寿》、《百灵效瑞》两种,是所谓歌舞升平的东西,又作散曲《北乐府小令》一卷,附在《樊榭山房集》中。如张九钺作《六如亭》一种,叙东坡、朝云事,不失以才子佳人为中心的老套。如舒位作《瓶笙斋修箫谱》,共有《卓女当垆》、《樊姬拥髻》、《酉阳修月》、《博望访星》四种,又有《人面桃花》一种。据说舒位能够吹笛鼓琴度曲,不失分寸,所作乐府院本脱稿,老伶可以按简而歌,不烦点窜。

杨潮观也和万树、舒位一样,深懂曲律,虽然他是作的杂剧,据说在当时可以上演,所以他是这个时候惟一的伟大的杂剧作者。所作《吟风阁杂剧》三十二种,以《寇莱公罢宴》、《快活山樵歌九转》、《穷阮籍痛骂财神》、《鲁仲连单鞭蹈海》、《偷桃捉住东方朔》为有名。焦循《剧说》道:

>《寇莱公罢宴》一折,淋漓慷慨,音能感人。阮大中丞巡抚浙江,偶演此剧,中丞痛哭,时亦为之罢宴。盖中丞亦幼贫,太夫人实教之,阮贵,太夫人久已下世,故触之生悲耳。

杨潮观,字宏度,号笠湖,无锡人,乾隆举人。虽说他做过邛州知州,究竟是个愤世嫉俗的狂者。所作剧本,大半嬉笑怒骂,痛快淋漓。他是李渔以后第一个有天才有卓识的戏曲作家。经过了五六百年发展的杂剧得他做殿军,算是一个光荣的结局。

黄宪清,海盐人;杨恩寿,长沙人,都是学藏园的戏曲作者。黄有《倚晴楼七律曲》，即《茂陵弦》、《帝女花》、《脊令原》、《鸳鸯镜》、《凌波影》、《桃溪雪》、《居官鉴》。《茂陵弦》叙司马相如卓文君事，《帝女花》叙明崇祯帝女长公主与周驸马事，《凌波影》叙曹子建遇洛神事，都是较佳的作品。杨恩寿有《麻滩驿》、《桃花源》、《姽婳封》、《桂枝香》、《再来人》、《理灵坡》六种。陈烺，阳湖人，有《仙缘记》、《海虬记》、《蜀锦袍》、《燕子楼》、《梅喜缘》，称为《玉狮堂五种曲》。周文泉号练情子，嘉庆末年做过邵阳知县，有《补天石传奇》八种：《宴金台》叙燕太子丹灭秦事，《定中原》叙诸葛亮吞吴灭魏事，《河梁归》叙李陵灭匈奴归汉事，《琵琶语》叙王昭君得归汉宫事，《纫兰佩》叙屈原复生仕楚事，《碎金牌》叙岳飞灭金事，《纨如鼓》叙邓伯道不曾绝嗣事，《波弋香》叙苟奉倩夫妇偕老事。他把历史上人间世的几种悲剧都倒转过来，弥补古人的缺憾，自许"补天石"，实际是瞎替古人担忧。这和许多用才子佳人的肉麻故事做题材的传奇一样，在当时或许以为新奇，到今日就很觉腐臭了。传奇的没落，昆曲的绝响，不是偶然的。我在前一讲已经说话不少了。

代传奇而起的皮黄剧，虽然已经由野生的艺术得到统治阶级的赏玩，也许因为这个是所谓"花部"或"乱弹"，太不雅驯了罢，剧本都出自无名作者戏子之手，没有士大夫肯动笔到这个上面来。仅仅有一个余治，他却是想借这个卫道的，所以有人称做《劝善乐府》，倒很名实相副。

余治（一八〇九——一八七四），字翼廷，号莲村，一号晦斋，又号寄云山人，江苏无锡人。曾受业于李兆洛。乡居授徒，好行善事，有"余善人"之称。到五十岁，才因本省当道念他劝善宣讲功，由附生保举训导，加光禄寺署正衔。他曾自作楹联道：

自晋头衔，木铎老人村学究；
群夸手段，淫书劈板戏翻腔。

他的为人，颇有道气，其实只是腐气。又他的《临终诗》道：

> 半生窃抱杞人忱,底事哓哓话不休！以瞽导瞀应自笑,自怜苦海未回头。

他以为"淫书宜毁,淫戏宜禁,"曾著《教化两大敌论》。临终时候遗嘱门人道：

> 区区之心无所恋,惟此《庶几堂新戏》足以转移风俗,激发人心,为极不忘耳。二三子为我转告诸同人,倘得有大力者登高提倡,颁入梨园,则生平之愿也。

今所传《庶几堂今乐》,系光绪六年刊本,据《自序》,说是咸丰十年作,又有俞樾序。共有剧本二十八种,目录如下：

> 《后劝农》 《活佛图》 《同胞案》 《义民记》 《海烈妇记》 《岳侯训子》 《英雄谱》 《风流鉴》 《延寿箓》 《育怪图》 《屠牛报》 《老年福》 《文星现》 《扫螺记》 《前出劫图》 《后出劫图》 《公平判》 《阴阳狱》 《硃砂痣》 《同科报》 《福善图》 《海楼记》 《绿林铎》 《劫海图》 《烧香案》 《回头峰》 《义犬记》 《推磨记》

这就算是余治所谓翻腔的戏罢。但看目录,你就可以看到教训味道的浓厚,缺乏戏剧味道,那是当然的。畹香留梦室主的《淞南梦影录》里说：

> 吴中某绅士以余莲村明经所谱《劝善乐府》禀请监司颁发各梨园,每夜必登场试演。嗣以观者寥寥,旋作旋辍,近则已如广陵散矣。

《庶几堂今乐》在当时上演的情形可以想见,至今只有《硃砂痣》一剧还常见上演，其他就绝少看见了。总之，我们在文学史上说过了六七百年来许多值得提及的杂剧传奇作家，说到了代替北曲南曲而起的皮黄剧，得到余治这个皮黄剧的作者，作为叙述戏曲作家的结束，这是最适当的，好像是历史老人故意的安排。倘若你要对余治作详细的研讨，那就你得参考今人卢冀野氏的《硃砂痣的作者余治》那篇长文了。

五　小说之继续发展

我们已经知道这一时期的词曲虽然号称复古振衰，其实，只是余响。论到同时的小说，却是继续元明小说的发展而且向前进步的。关于这一时期的许多小说，有胡适之先生的考证可供参考。鲁迅先生的《中国小说史略》把清代小说分为拟晋唐小说，讽刺小说，人情小说，才学小说（原题清之以小说见才学者），狭邪小说，侠义小说，清末之谴责小说，并把清人补续前代神魔小说的作品附在前代，那是很精当的。虽说其中缺乏了讲史一类，其实，这一时期讲史小说的数量固然是多，就文艺的价值说，可以不必提及。除了无名氏的作品不说，如吕抚的《二十四史通俗演义》，褚人穫的《通俗隋唐演义》，杜纲的《南北史演义》。如江日昇的《台湾外纪》，钱彩的《说岳全传》，黄小配的《洪秀全演义》，以及吴沃尧的《两晋演义》，都很平平。只有褚、杜两家尽管受着正史的拘束，叙述较有条理。还有这一时期的话本，鲁迅先生也没有提及。不过短篇话本的发展，从宋、元到晚明，到凌濛初、冯梦龙两家的撰集，可说已经告一段落。至于艾衲居士的《豆棚闲话》，酌元亭主人的《照世杯》，西湖渔隐主人的《欢喜奇观》，杜纲的《娱目醒心编》，虽有可观，其他在这里就来不及多提了。

以下，我们来讲这一时期小说的发展，从最初的一个大小说家蒲松龄开头。

蒲松龄（一六四〇——一七一五），字留仙，一字剑臣，别号柳泉，山东淄川人。少年应童子试，因县府道三试均第一，做了有名的秀才。直到七十二岁才补岁贡生，一生不曾遭遇幸运。张元为他做的墓表说："生平佗傺失志，蔍落郁塞，俯仰时事，悲愤感慨，又有以激发其志气，故其文章颖发苕竖，恢诡魁垒，用能绝去町畦，自成一家。而蕴结未尽，则又搜抉奇怪，著为《志异》一书，虽事涉荒幻，而断制谨严，要归于警发薄俗，而扶树道教。"原来蒲松龄的从事著作，是因为有所激发而来的。据墓表和碑阴说，所著文集四卷、诗集六卷、《聊斋志异》八卷。又杂著五册：《省身语录》、《怀刑录》、《历字文》、《日用俗字》、《农桑经》。戏三出：《考词九转货郎儿》、《钟妹庆寿》、《闹馆》（三者今未见）。通俗俚曲十四种：《墙头记》、《姑妇曲》、《慈悲曲》、《翻魇殃》、《寒森曲》、《琴瑟乐》(此种未见)、《蓬莱宴》、《俊夜叉》、《穷汉词》、《丑俊巴》、《快曲》（以上三种今均未见）、《禳妒咒》、《富贵神仙曲》（后变《磨难曲》）、《增补幸云曲》。以上除了《聊斋志异》有通行本，再除几种至今未见的外，清华大学藏有诗文集钞本和杂著钞本，亚东图书馆藏有通俗俚曲钞本。此外还有一些是墓表和碑阴都不曾记载的：《问天词》、《东郭外传》、《逃学传》、《学究自嘲》、《除日祭穷神文》、《穷神答文》，以上六种见朴社印马立勋氏《聊斋白话文》。其中《问天词》一种，经路大荒氏考证，此书是蒲松龄的孙子立德所作，（见《国闻周报》十一卷三十期）又有《婚嫁全书》、《药祟书》、《家政内篇》、《家政外篇》、《小学节要》，今均未见。据路大荒氏那篇《访书记》，蒲松龄遗著钞本还有《鹤轩笔记》四册，《观象玩占》三册，《会天意》一册。《家政汇编》底稿一册，说"树畜之法"，疑系《家政外篇》。失题底稿一册，首叶第一行写"新人杂忌"，疑系《婚嫁全书》残本。又刘阶平氏搜辑《清代山东白话词曲》，搜得题著蒲留仙所作的曲段六种：《子华使于齐》、《戒赌词》、《烈女词》、《四书段》、《庄家段》、《陋巷段》。其中《子华使于齐》，有些本子题贾凫西遗著，正如上面提到过的《东郭外传》一题《齐人一妻一妾》，也有写贾凫西著的一样。究竟这两篇出于凫西或是留仙？无从知道。又有《醒世姻缘》，题西周生著，经胡适之氏考证，定为蒲松龄所作，这

更是一件惊人的发见。(见《胡适论学近著》第一集)

蒲松龄以《聊斋志异》有名,这部书是清代笔记小说的代表作。后来如袁枚的《子不语》(一名《新齐谐》),纪昀的《阅微草堂笔记》,以及俞樾的《右台仙馆笔记》,都不及《聊斋志异》的至今风行。题材多用仙狐妖鬼,好像六朝搜神述异的作品,描写很能细微曲折,又好像唐人传奇一类东西,这是《聊斋志异》的特色。有人说,作者写狐鬼,意在讪笑满洲人,狐胡谐音,也像说得过去。又作者欢喜把这部书里的故事演成通俗俚曲,如《姑妇曲》演《珊瑚》故事,《慈悲曲》演《张诚》故事,《翻魇殃》演《仇大娘》故事,《寒森曲》演《商三官》故事,《禳妒咒》演《江城》故事,《富贵神仙曲》演《张鸿渐》故事。作者还欢喜写怕老婆的故事,除了《江城》、《张诚》两篇以外,有《马介甫》、《孙生》、《大男》、《吕无病》、《锦瑟》、《邵女》等篇。他还用《江城》的故事做骨干,插进了《马介甫》、《邵女》几篇的故事,把人物换了姓名,演成一部百万字的《醒世姻缘》。同是用一个两世的恶姻缘做结构的骨干,《醒世姻缘》却比《江城》放大了三百几十倍。《江城》的故事是前生一个士人误杀了一只长生鼠,今生士人托生为高蕃,死鼠托生为樊江城。《醒世姻缘》的故事是前生晁源射死了一只仙狐,又把狐皮剥了。他还宠爱他的妾珍哥,逼他的妻计氏上吊自杀。今生晁源托生为狄希陈,死狐托生为他的妻薛素姐,计氏托生为他的妾童寄姐。作者在这部小说的起头说:

> 大怨大仇,势不能报,今世皆配为夫妻。……那夫妻之中就如脖项上瘿袋一样,去了愈要伤命,留着大是苦人。日间无处可逃,夜间更是难受。……将一把累世不磨的钝刀在你颈上锯来锯去,教你零碎难受。这等报复,岂不胜如那阎王的刀山剑树,硙捣磨挨,十八重阿鼻地狱?

又在这部小说的末了,借高僧胡无翳对狄希陈指点前因后果,说:

这是你前世里种下的深仇，今世做了你的浑家，叫你无处可逃，才好报复得茁实。如解冤释恨，除非倚仗佛法，方可忏罪消灾。

于是狄希陈念《金刚经》一万遍，冤业才得消除。原来作者自信是和尚转胎，一生迷信佛法，这是他的基本思想，在《聊斋志异》里如此，在《醒世姻缘》里如此。他把夫妇的关系，婚姻的问题，都用佛家因果报应之说来解释，在他生存的十七世纪当然算是最满意的解释，到现在二十世纪，结婚离婚比较自由，就未免觉得他说的迷信可笑了。大约作者一生看见许多悍妇的实事，如他的大嫂的长舌（见《聊斋文集·刘孺人行实》），如他的诗友王鹿瞻夫人的奇悍（同上《与王鹿瞻书》），所以他才能写出这部悍妇大观的长篇小说。诗人徐志摩说是"这书是一个时代（那时代至少有几百年）的社会写生，……我们的蒲公才是一个写实的大手笔"。这是不错的。

吴敬梓（一七〇一——一七五四），字敏轩，一字文木，安徽全椒人。幼时读书，过目即能背诵，二十岁做了秀才。性情豪爽，好酒，好妓，好施舍，几年间耗遗产到二万金。大约因不得志于场屋，后来安徽巡抚赵国麟荐他应试博学鸿词，他说有病，不肯去，并从此不应乡试。这时他才三十五岁，举业就和他无缘了。相传他"生平见才士，汲引如不及，独嫉时文士如仇，其尤工者则尤嫉之"。不能说事出无因。他的《文木山房集》编到三十九岁为止，刻集的钱系方嶟所捐，原来他"年四十而产尽"了。他描写八股文人丑态的那部《儒林外史》，大约在他四十岁后才开始，到五十岁业已成书。程晋芳《春帆集》有《怀人诗》道：

寒花无冶姿，贫士无欢颜。嗟嗟吴敏轩，短褐不得完。家世盛华缨，落魄中南迁。偶游淮海间，设帐依空园。飕飕窗纸响，槭槭庭树喧。山鬼忽调笑，野狐来说禅。心惊不得寐，归去澄江边。白门三日雨，灶冷囊无钱。逝将乞食去，亦且赁春焉。外史纪儒林，刻画何工妍。吾为斯人悲，竟以稗说传。

这首诗很重要,《儒林外史》作者当时的生活境遇和心情,算是由他扼要的写出来了。而且在当时社会里,正是八股文人气焰最高的时候,他们以为除八股文外无学问,只要学会了八股文,就容易有官做。章学诚在《答沈枫墀论学书》(见《章氏遗书》)里说道:

> 前明制义风行,学问文章远不古若。此风气之衰也。国初崇尚实学,特举词科;史馆需人,待以不次;通儒硕望,磊落相望,可谓一时盛矣。其后史事告成,馆阁无事,自雍正初年至乾隆十许年,学士又以《四书》文义相为矜尚。仆年十五六时,犹闻老生宿儒自尊所业,至目通经服古谓之杂学,诗古文辞谓之杂作,士不工四书文不得为通,又成不可药之蛊矣。

吴敬梓的《儒林外史》恰在这个时候写成。这部小说共五十五回,用一个不肯做官的高士王冕开头,一个劳动者裁缝荆元结局。只因这两个人都不是八股文人,作者极力把他们恭维。他借王冕的话批评明朝用八股文取士的制度道:

> 将来读书人既有此一条荣身之路,把那文行出处都看得轻了。

八股文人"把那文行出处都看得轻",他却把八股文人看得轻,这就是他所以写这部小说的由来罢。他肯把一个裁缝荆元放进儒林里面,以为比八股文人的见识要高,人格要雅,生活要自由愉快。这个裁缝做工有了闲暇,就弹琴写字作诗。有人劝他既要做雅人,就莫做裁缝这一行,须同学校里人相与相与。这个裁缝却岸然答道:

> 我也不是要做雅人,只为性情相近,故此时常学学。至于我们这个贱行,是祖父遗留下来的,难道读书识字做了裁缝就玷污了不成?

况且那些学校里的朋友,他们另有一番见识,怎肯和我相与?我而今每日寻得六七分银子,吃饱了饭,要弹琴,要写字,诸事都由得我。我又不贪图人的富贵,又不伺候人的颜色,天不收,地不管,倒不快活!

我们虽然不必说《儒林外史》作者有半工半读的人生理想,但他痛恨一般八股文人,宁肯同情于一个被那些文人贱视的劳动者,作为一个爱憎的对照,却是很显然的。他把八股文人以及高于八股文人的文人,种种形相,一一加以刻划,都觉栩栩如生。作者不著主观的批评,让读者自己去玩味,颇有西洋自然主义作家的手法。书中人物大概都有实在的人物做影本,比如杜少卿影射作者自己,杜慎卿影射他的从兄吴檠,庄绍光影射程绵庄,迟衡山影射樊明徵,冯纯上影射冯粹中,牛布衣影射朱草衣,都可以索隐出来。用自己熟练的文字技巧,写自己熟悉的人物故事,这也是他所以写得成功的一个原因。《胡适文存》里有《吴敬梓传》、《吴敬梓年谱》、《重印文木山房集序》,胡先生说是"我们安徽的第一个大文豪,不是方苞,不是刘大櫆,也不是姚鼐,是全椒县的吴敬梓"。虽然像是夸张,其实并不怎样过分。桐城三祖没有什么独创的成就,吴敬梓却独自成了一个"讽刺小说"的大作家。

曹霑(一七一七?——一七六三),字雪芹,别字芹圃,正白旗人,世居沈阳。他的曾祖父曹玺,祖父曹寅,伯父曹颙,父曹頫,都曾做江宁织造,曹寅还是由苏州织造转任江宁的,同时兼做了四次的两淮巡盐御史。康熙六次南巡,曹寅家里当了四次接驾的差。后来不知怎的,这个世家衰落下来,大概因为亏空公款,得罪被抄,成了北京一个崭新的破落户。曹雪芹生在这个富贵豪侈的家里,亲身经历从繁华到衰落的景况,过惯骄奢淫逸的生活,忽尝穷愁潦倒的风味,"当此蓬牖茅椽,绳床瓦灶",如何消遣?好在他家从曹玺到曹寅,成了一个大藏书家,又曾精刻二十多种书籍,曹寅会写字,又会作诗填词。他既生长在优美的环境里,受了优美的教养,他自己会作诗,也会绘画,一旦倾家荡产,受了极大的刺激,回恋过去,感伤现在，就不免做起忏悔录来。当时清宗室诗人敦诚有赠他的诗道："劝君莫弹食客铗，劝君莫叩富儿门，残杯冷炙有德色，不如著书黄叶村。"这些话已经触到了他著书的动机，可是还不如他自己说的好。他在《红楼梦》开端写道：

> 作者自云曾历过一番梦幻之后，故将真事隐去。……自己又云：今风尘碌碌，一事无成，忽念及当日所有之女子，一一细考较去，觉其行止见识皆出我之上。我堂堂须眉，诚不若彼裙钗。……当此日，欲将已往所赖天恩祖德，锦衣纨袴之时，饫甘餍肥之日，背父兄教育之恩，负师友规训之德，以致今日一技无成，半生潦倒之罪，编述一集，以告天下。

这部《红楼梦》的作者明明告诉我们，他是写的忏悔录，不过"将真事隐去"而已。《胡适文存》里有《红楼梦考证》、《跋红楼梦考证》等篇，从《红楼梦》的作者、时代、版本种种方面，考出这是作者曹雪芹"将真事隐去"的自叙传，至今已成定论。其他关于这部书的许多猜谜似的索隐、考证，胡先生一律斥为牵强附会的"红学"。再，胡先生说这部书是一部自然主义的杰作，也可以说是定评。在这部书的第一回，作者借那石头的口说道：

> 我想历来野史的朝代，无非假借汉唐的名色，莫如我石头所记，不借此套，只按自己的事体情理，反倒新鲜别致。

又说：

> 至若才子佳人等书，则又千部共出一套。且其中终不能不涉于淫滥，以致满纸潘安，子建，西子，文君……且鬟婢开口，即者也之乎，

非文即理。故逐一看去，悉皆自相矛盾，大不近情理之说。

原来《红楼梦》作者只按自己的事体情理，纤纤细细的写来，平平淡淡的写来，把那个由繁华到衰落的世家景况顺势写出，却令读者为之低回感叹，这不能不说是作者艺术手腕的高妙处，这是所谓"人情小说"的杰作。现在流行的《红楼梦》凡一百二十回，有人说，曹雪芹只作到八十回，后四十回为高鹗所补，有张问陶《船山诗草·赠高兰墅鹗同年》一诗为证。

李汝珍(一七六三？——一八三〇？)，字松石，京兆大兴人。少时因兄汝璜服官海州，得从寓居海州的歙县凌廷堪受业，论文之暇，兼及音韵，后来他著有李氏《音鉴》一书。晚年潦倒，费十多年之力，著成《镜花缘》。他不欢喜八股，所以科名不显。他是一个有多方面趣味的学者，兼通经史百家，音韵篆隶，琴棋球射，壬遁星卜，双陆马吊，酒令灯谜，以及筹算之类。《镜花缘》里面正包含了这些丛谈，或者称为"才学小说"。据胡适之《镜花缘的引论》，以为《镜花缘》是一部讨论妇女问题的书。书中最精彩的部分是女儿国一大段，作者用文学的技术，诙谐的风味，极力描写女子所受的不平等的、惨酷的、不人道的待遇。这个女儿国是作者理想中给世间女子出气伸冤的乌托邦。《红楼梦》的开篇语道：

此开卷第一回也。……但书中所记何事何人？自己又云：今风尘碌碌，一事无成，忽念及当日之女子，一一细考较去，觉其行止见识皆出我之上。我堂堂须眉，诚不若彼裙钗。……编述一集以告天下，知我之负罪固多，然闺阁中历历有人，万不可因我之不肖，自护己短，一并使其泯灭也。所以蓬牖茅椽，绳床瓦灶，并不足妨我襟怀。况那晨风夕月，阶柳庭花，更觉得润人笔墨。……上面叙著家庭琐事，闺阁闲情。……

《镜花缘》的开篇语道：

昔曹大家《女诫》云：女有四行，一曰妇德，二曰妇言，三曰妇容，四曰妇功。此四者女人之大节而不可无者也。今开卷为何以班昭《女诫》作引？盖此书所载虽闺阁琐事，儿女闲情，然如大家所谓四行者，历历有人，不惟金玉其质，并且冰雪为心。……岂可因事涉香渺，人有妍媸，一并使之泯灭？故于灯前月夕，长夏余冬，濡毫戏墨，汇为一编。……

据陈望道的《镜花缘和妇女问题》一文（《女青年》第十三卷《妇女与文艺专号》）他从这两部小说的开篇语，找出两者间的关系来。他说：

不但字面有些雷同，句调也颇相像。至于两书本旨，都是自己声明，意在表彰女子，更是如同一辙。不过《红楼梦》所表彰的是女子的聪明伶俐，即作者自己说的行止见识，而《镜花缘》所表彰的却是女子的学问才德，即作者自己说的妇德妇言妇容妇功等四德。书中泣红亭主人自言"穷探野史，尝有所见"，胡适以为"李汝珍所见的是几千年来忽略了的妇女问题"，其实，李汝珍所见的，就是女子有这四德者历历有人。

陈先生还以为写《镜花缘》者竟敢在那四德支配着社会的时候，面上戴着四德的面具，挺身出来替女子泣诉抗议，在那时候实在不能不推为天才的发见。他还替作者辩护，说是虽然有些地方头脑依然冬烘得可观，那是时代限制，不能因此怪他；至于所有问题都几乎未曾提出正确的解决方法来，更是时代限制，不能怪他了。

真是凑巧得很！倘若我们以为在这部一百回的《镜花缘》里骂道学家像乌龟，又骂酸气十足的伪君子，其中谈音韵，讲考据，这是代表乾嘉间汉学家夸张才学的一部小说，那么，在这个稍前一点，那部以"奋武揆文，天下无双正士，镕经铸史，人间第一奇书"二十字编卷，多到一百五十四回的

《野叟曝言》，就算是代表康、乾间宋学家夸张才学的小说了。又恰在约和《镜花缘》同时而稍前的时候，那部带有神魔小说性质，还杂有狎亵分子的《蟫史》二十卷，是用生硬晦涩的古文写的，可以作为代表古文家夸张才学的小说。同时一部全用四六文体，敷演明人冯梦桢《窦生传》里那件才子佳人故事的《燕山外史》八卷，就可以作为代表骈文家夸张才学的小说。

《野叟曝言》系江苏江阴夏敬渠作。书中主人公叫做文白字素臣的，既有豪杰肝胆，又有圣贤心肠，有伊吕之志，孔孟之学，孙吴之略，武穆文山之至忠至正，而且才高子建，勇迈孟贲，貌胜潘安，功压韩信；天文地理，医卜星相，三教九流，诸子百家，无所不晓，十八般武艺无一不精；连生殖器也与众不同，只有嫪毐、薛敖曹之流可比。何况他平生有一段大本领，是止崇正学，不信异端，有一副大手眼，是解人所不能解，言人所不能言。至于书中关于色情的描写，更透露了宋学家好色的变态心理。有人说，文白是拆夏字而成，那么，从患了夸大狂而幻想出来的大英雄文素臣，就是作者自己的影子了。《蟫史》是屠绅(一七四四——一八○一)作，也是江阴人，书中桑蠋生也是作者隐寓自己。《燕山外史》系陈球作，浙江秀水人，他不知骈体小说已有唐人张鷟的《游仙窟》，所以自命"自我作古"。总之，《燕山外史》、《蟫史》和《野叟曝言》都是腐儒夸张才学的小说，其在文学上的价值很低，赶不上《镜花缘》。只因这三部小说和《镜花缘》恰好都在清朝盛时学术最盛的时候写成，经学或思想上的宋学汉学之争，文坛上骈文古文之争，当时闹的很起劲，这四部小说恰好是代表这四派夸张才学的东西，可以看出当时学术界的风气，就历史上的价值说，却不妨等量齐观了。

稍后一点，有《三侠五义》一类的"侠义小说"起来。

《三侠五义》一题《忠烈侠义传》，一百二十回，成书在一八七一年以前，到一八七九年出版。十年后，经学家俞樾把这部书第一回改撰，其他部分也有他改订的地方，书名改做《七侠五义》，并加上他的一篇序文，其中说道：

阅至终篇，见其事迹新奇，笔意酣恣，描写既细入毫芒，点染又曲中筋节。正如柳麻子说武松打店，初到店内无人，蓦地一吼，店中空缸空甏皆瓮瓮有声，闲中著色，精神百倍。如此笔墨方可作平话小说，如此平话小说方算得天地间另是一种笔墨！

从此《七侠五义》风行，《三侠五义》倒很少人知道。《三侠五义》虽说有一部分是因袭了从元、明以来关于包公传说的《包公案》、《龙图公案》，可是说侠客义士的大部分却是作者创造的。作者是问竹主人石玉昆，事迹不详，大约是民间的道地的一个评话作家，并非别致的文人学者。《小五义》、《续小五义》写的很坏，都称石玉昆作，不知是否。又《彭公案》、《施公案》也和这个是同性质的东西，说不上文学，所谓侠客义士，倒还是官府的爪牙。

还有《儿女英雄传》，初名《金玉缘》，本五十三回，今残存四十回。就写的儿女方面说，固然落了才子佳人的老套；就写的英雄方面说，如邓九公、十三妹一流人物又都可以加入侠义之林，所以也不妨列在"侠义小说"一类。作者题燕北闲人，实即文康，约和石玉昆同时，而年辈稍长。他是满洲镶红旗人，姓费莫氏，据古辽马从善的序文里说：

先生为故大学士勒文襄公（名保）次孙，以贽为理藩院郎中，出为郡守，洊擢观察，丁忧旋里，特起为驻藏大臣，以疾不果行，遂卒于家。先生少席家世余荫，门第之盛，无有伦比。晚年诸子不肖，家道中落，先时遗物斥卖略尽。先生块处一室，笔墨之外无长物，故著此书以自遣。

原来文康和曹雪芹一样，也是由贵盛的八旗世家而中途破落下来的。不过曹雪芹的《红楼梦》肯写他的家世的正面，文康的《儿女英雄传》是写他的家世的反面。前者是写实的，后者是理想的。前者自己忏悔，不免有感伤的气氛,后者宁肯自欺,但求幻想的满足。

和这"侠义小说"同时起来的,有"狭邪小说"。

所谓"狭邪小说",如写士大夫玩弄小旦像姑的《品花宝鉴》,如写才子和妓女恋爱故事的《花月痕》,如写妓女生活的《青楼梦》,以及《海上花列传》都是。《品花宝鉴》系常州陈森作,《花月痕》系侯官魏秀仁作,《青楼梦》系长洲俞达作,《海上花列传》系松江韩子云作。《海上花列传》比较后出,有后来居上的地方,现在就只能拿它做同类小说的代表来讲了。

韩子云(一八五六——一八九四),名邦庆,一名奇,别号太仙,又自署大一山人。年二十,入学为秀才。所作《海上花列传》六十四回,有意要用吴语。据孙玉声《退醒庐笔记》里说:

> 辛卯(一八九一)秋,(韩子云)应试北闱,余识之于大蒋家胡同松江会馆。……出其著而未竣之小说稿相示,颜曰《花国春秋》。……惟韩谓《花国春秋》之名不甚惬意,拟改为《海上花》。而余则谓此书通体皆操吴语,恐阅者不甚了了;且吴语中有音无字者甚多,下笔时殊费研考,不如改易通俗白话为佳。乃韩言:"曹雪芹撰《石头记》皆操京语,我书安见不可以操吴语?"并指稿中有音无字之𠲎𡡅诸字,谓"虽出自臆造,然当日仓颉造字,度亦以意为之。文人游戏三昧,更何妨自我作古,得以生面别开?"

因为《红楼梦》用京语,韩子云作《海上花列传》就用吴语,想要"别开生面"。其实,苏州话有了几百年的昆曲说白和苏白弹词开路,韩子云还算不得"自我作古"。这部小说的结构,从《儒林外史》脱化出来,其中穿插藏闪之法,却是作者所自创。对于人物的个性描写,彼此无雷同,前后无矛盾,大都平淡自然。在"狭邪小说"中不能不算它是白眉了。

最后,我们要说到"谴责小说"。

所谓"谴责小说",也可以说是"暴露小说"。原来晚清时候,政治腐败已极,外交节节失败,帝国主义的侵略日逼日紧。什么变法维新,什么预备立宪,只是政府当局说说骗人而已,有志之士,愤而走排满革命的路;有识之士,愤而写暴露现实的文章。这个时候的几个小说家,就想把当日政治社会各方面种种黑暗,种种腐败,尽情的暴露出来,尤其是对于政治上的人物深恶痛绝,不免嬉笑怒骂,来个痛快淋漓。像李宝嘉(一八六七——一九〇六)的《官场现形记》、《文明小史》;吴沃尧(一八六七——一九一〇)的《二十年目睹之怪现状》、《九命奇冤》;刘鹗的《老残游记》,曾朴的《孽海花》,都是那一类性质的小说。这里就只能拿刘鹗、曾朴两人作为代表作家来说了。

  刘鹗(一八五〇?——一九〇五?),字铁云,丹徒人。少时精通数学,后又习医,经商。行为放荡,却不废读书。他是甲骨文的初期研究者,又留心治河的方法。光绪十四年(一八八八)曾助吴大澂担任郑州黄河决口的工程。又曾草《治河七说》上山东巡抚张曜。他住北京两年,上书请敷设津镇铁路,不用;又替山西巡抚和英国人订约开采山西的矿,被目为"汉奸"。后来义和团之役,北京大饥,他同占住太仓的俄人商量,用贱价把太仓的谷粜了出来。不料事后有人举发他"私售仓粟",充军到新疆,就死在那里。所作《老残游记》,以姓铁名英号老残的做主角,借他发挥作者对于身世、家国、社会、宗教的感情和哭泣。他以为"其感情愈深者,其哭泣愈痛",可以想见他写这部书的心情。他以为:"赃官自知有病,不敢公然为非;清官则自以为不要钱,何所不可?刚愎自用,小则杀人,大则误国。……历来小说皆揭赃官之恶,有揭清官之恶者,自《老残游记始》。"这是这部小说的中心思想。那个时候,北方还有义和团的遗孽,南方有革命党,他以为"北拳南革,都是阿修罗部下的妖魔鬼怪"。他反对革命,不料革命不久就在南方爆发了。书中描写景物,肯用白描,不用现成的词藻,不堆滥调套语,这是作者的一种长技。

  曾朴(一八七一——一九三四),字孟朴,常熟举人。入民国后,曾任江苏省议员,财政厅长,政务厅长。所作《孽海花》曾发表于他编的《小说林》月刊,由小说林社印单行本,时在光绪三十一年(一九〇五),原书只写到二十四回。过了二十年之后(一九二七),又续作了六回,并修改了旧作,成为定本。书中以曾一度嫁给出使英国大臣洪钧为妾的名妓傅彩云,后再为妓,改名赛金花的为主人公。作者想借她作为全书线索,尽量容纳那三十年间的历史,避去正面,专把些有趣的琐闻逸事来烘托出大事的背景。所以他说:

> 这书主干的意义,只为我看着这三十年是我中国由旧到新的一个大转关。一方面文化的推移,一方面政治的变动,可惊可喜的现象,都在这一时期飞也似的进行。我就想把这些现象合拢了他的侧影或远景,和相联系的一些细事,收摄我笔端的摄影机上,叫他自然地一幕一幕的展现,印象上不啻目击了大事的全景一般。

作者曾用刻苦自修的方法读通了法文,又很欢喜法国浪漫主义的文学,当然要受到一些影响。他是从旧小说到新小说的过渡时期的一个大作者。《孽海花》在晚清小说中被称为一部杰作,不但以结构完整,文辞清丽见长,其所表现的思想的进步,实超过了同时许多同类的小说,有同情革命的倾向。不久,辛亥革命就爆发了;又不久,文学的革命也起来了。

六　文学革命之前夜

我们在上面已经说过从十七世纪中叶到十九世纪末叶,中国文学的古文诗歌小说词曲各方面了。将近三百年间,文人大都只在仿制旧风格,整理旧成绩,没有值得可夸的新的努力,只算是替旧文学办了一个结束,同时也可以说是替新文学怀了一个胎。可是这个胎怀的期间,受胎的经过,孕妇的苦难,很值得我们一说的。据康有为在北京保国会的演说辞道:

国初时视英、法各国皆若南洋小岛,虽以纪文达校订《四库》,赵瓯北札记《二十二史》,阮文达为文学大宗,皆博极群书;而纪文达谓艾儒略《职方外纪》,南怀仁《坤舆图说》,如中土瑶台阆苑,大抵寄托之辞;赵瓯北谓俄罗斯北有准葛尔大国,以铜为城,二百方里;阮文达《畴人传》不信对足抵行。今人环游地球,座中诸公有踏遍者,吾粤贩商估客视为寻常,而乾、嘉时博学如诸公尚未之知。至道光十二年(一八三二),英人轮舟初成,横行四海,以轮船二艘犯广州,两广总督卢敏肃以三千师船二万兵御之而败。卢公曾平猺匪赵金龙者。宣宗诏谓:"卢坤昔平赵金龙曾著微劳,不料今日无用至此!"卢敏肃虽言洋轮极大,而既无影镜镫片,宣宗无从见之,无能自白也。道光二十年(一八四〇)林文忠始译洋报,为讲求外国情形之始。自败于定海、舟山,裕谦、牛鉴、刘韵珂继败。舰入长江而震天津,乃开五口。宣宗乃知洋人之强在船坚炮利,命仿制之,西人如何,实未知也。道光二十九年,咸丰六年,八年,十年,屡战屡败,输数千万,开十一口,乃至破京师,文宗狩热河,洋使入驻京师,亦可谓非常之变矣!然而士大夫以犬羊视之,深闭固拒。同治五年,斌椿遍游各国,等于游戏,无稍讲求者。曾文正与洋人共事,乃始少知其故,开制造局译书,置同文馆,方言馆,招商局。李文忠乃遣美人蒲安臣与志刚孙嘉榖出使各国,首用洋人,如古之安史那金日䃅,实为当时绝异之事。欲遣京官五品以下正途翰林六曹出身入同文馆读书,最为通达,而倭文端阻之。自是虽轺车岁出,而士大夫深恶外人,蔽拒如故。甲申之役,张南关之功,日益骄满。鄙人当时考求时局,以为俄窥东三省,日本讲求新治,骤强示威,必取朝鲜,曾上书请及时变法自强,而当时天下皆以为狂。壬辰年傅南雅《译书事略》言上海制造局译出西书,售去者仅一万三百余部。中国四万万人,而购书者乃只有此数,则天下士讲求中外之学者能有几人,可想见矣。非经甲午之役割台偿款,创巨痛深,未有肯翻然而改者。至此天下志士乃知渐渐讲求,自强学会首倡之，遂有官书局《时务报》之继起，于是海内缤纷，争言新学，自此举始也！

原来甲午戊戌间（一八九四——一八九八）的士大夫的维新运动，弄得"海内缤纷，争言新学"，那是由于甲午之役，败于日本帝国主义，割台赔款，创巨痛深，刺激起来的。自然，在甲午之役以前五六十年间帝国主义的势力已经一天天侵入，中国大势已经走向转变的途中。西洋的工业经济打进来了，中国的农业经济于相逼之下开始动摇起来；同时西洋"动"的文明要闯进来了，中国"静"的文明于相形之下也开始动摇起来。所以严复在《原强》一文里说：

> 中国知西法之当师，不自甲午有事败衄后之始也。海禁大开以还，所兴发者亦不少矣。译署一也，同文馆二也，船政三也，出洋肄业四也，轮船招商五也，制造六也，海军七也，海署八也，洋操九也，学堂十也，出使十一也，矿务十二也，电邮十三也，铁路十四也。拉杂言之，盖不止一二十事。

可是经过甲午之役的大败，中国大势就到了一个剧变的时候。从此中国成为帝国主义列强经济竞争的中心，成为所谓次殖民地。中国社会向来生活于闭关自足的农业经济之下的，现在这种生活的秩序已经被资本主义经济的侵略所破坏了。社会的经济现象既然起了这样大的变化，建筑于经济基础之上的一切社会的意识形态，如政治法律宗教哲学文学艺术等等当然要因其下层基础——经济基础的转变而决定其转变的相当的形式。康有为说的甲午之后，"海内缤纷，争言新学"，这便是因为下层基础的转变，影响及于上层构造的缘故。那么，反映社会生活的文学，随着时代的社会的生活之转变而生转变，将至转而成为显示将来的新时代新社会的一种标识，并非偶然的事了。

我们要说晚清三十年间是新文学的胎儿成熟时期,或者说是文学革命的前夜,就是这个缘故。

这里,我们要叙述新文学的先驱者四人,一个是介绍西洋学术思想的严复,一个是翻译西洋文学的林纾,他们两人用桐城派的古文来译西洋思想和文学的书,他们显然是桐城派的变种。尽管他们晚年反对新文学,但是他们早在无形中推进了新文学运动,这种功劳也不可埋没。一个是提倡所谓"新学诗"的黄遵宪,一个是创立"新文体"的梁启超。在这四个人中,只有梁先生在文坛上的影响最大,他是一个伟大的新文学的先驱者。

先从严复说起罢:

严复(一八五三——一九二一),字几道,又字又陵,一作幼陵,福建侯官人。初入沈葆桢所设之船政学堂,一八七八年派往英国入海军学校习战术炮台诸学。他擅长数学,又治伦理学生物学,兼治社会经济法律诸学。归国后,初任海军学堂教习。甲午(一八九四)召对,上万言书,不用。历海军副将同知道员诸职。宣统元年设海军部,特授协都统。寻授文科进士出身,充学部名词馆总纂,以硕学通儒征为资政院议员,又授海军一等参谋官。入民国后,为北京大学校长,历充顾问参政约法会议议员,后被列名筹安会,为六君子之一。这是他一生经历的大概。他是第一个介绍西洋思想到中国的,所译有《名学浅说》(W.S. Jevons: Primer of Logic)、《穆勒名学》(J.S. Mill: System of Logic)、《群学肄言》(H. Spencer: Study of Sociology)、《社会通诠》(E. Jenks: History of Politics)、《群己权界论》(J.S. Mill: On Liberty)、《原富》(A. Smith: The Wealth of Nations)、《法意》(C.D.S. Montesquieu: The Spirit of Law)、《天演论》(T.H. Huxley: Evolution and Ethics)等,有人辑为《严译名著丛刊》。他初译《天演论》,说是:

> 风气渐通,士知弇陋为耻,而学问之事,问涂日多。然而亦有一二巨子訑然谓彼之所精不外象数形下之末,彼之所务不外功利之间,

逞臆为谈，不咨其实。讨论国闻，审敌自镜之道，又断断乎不如是也。

这是他翻译西洋学术思想的宣言，可见他介绍西洋文化的卓识。据说他当时抱定"尊民叛君，尊古叛今"八个字的主义。这里录《天演论》的第一段：

赫胥黎独处一室之中，在英伦之南，背山而面野，槛外诸景历历如在几下。乃悬想二千年前当罗马大将凯撒大将未到时，此间有何景物。计惟有天造草昧，人工未施。其借征人境者，不过几处荒坟，散见陂阤起伏间，而灌木丛林，蒙茸山麓，未经删治如今日者，则无疑也。怒生之草，交加之藤，势如争长相雄，各据一抔壤土。夏与畏日争，冬与严霜争，四时之内，飘风怒吹。或西发西洋，或东起北海，旁午交扇，无时或息。上有鸟兽之践啄，下有蚁蠮之啮伤。憔悴孤虚，旋生旋灭，菀枯顷刻，莫可究详。是离离者亦各尽天能，以自存种族而已。数亩之内，战事炽然，强者后亡，弱者先绝，年年岁岁，偏有遗留，未知始自何年，更不知止于何代。苟人事不施于其间，则莽莽榛榛，长此互相吞并，混逐蔓延而已，而诘之者谁耶？

当时古文家吴汝纶说是他这种译文"骎骎与晚周诸子相上下"。后来他译《原富》，梁启超说是"刻意摹仿先秦文体，非多读古书之人，一翻殆难索解"。原来他用古文译书，想使那时守旧的士大夫得到一点新知识，新思想，所以不得不用古文。又，他自己在译书的序例案语里每每拿西学来比较中国古代学术思想的异同。尤其是在《法意》的案语中指出旧思想旧习惯的缺点，如泥古、守旧、不知公德、无爱国心，以及早婚、守寡、纳妾之类。同时他提出立宪的主张，给维新派一种理论的根据。这样说来，我们还得佩服他译书的苦心孤诣。又，从来的古文家说是古文无施不宜，但不宜说理，他却用古文译了许多说理的书，这是他在古文上的一种大贡献。何况从他定下翻译的三个标准：信，达，雅。从他定下许多译名，如天演、天择、名学、逻辑、乌托邦之类，至今文字中还是常用，不能不说他在学术上有不磨灭的地方。可惜他到了晚年也成了守旧一派，天演论只做了他的守旧论的护符，无论在政治上在文学上。他有书札论文学革命道：

> 北京大学陈、胡诸教员主张言文合一，在京久已闻之，彼之为此，意谓西国然也，不知西国为此，乃以语言合之文字，而彼则反是，以文字合之语言。今夫文字语言之所以优美者，有以导达奥妙精深之理想，状写奇异美丽之物态耳。……今试问欲为此者，将于文言求之乎？抑于白话求之乎？诗之善述情者无若杜子美之《北征》，能状物者，无若韩吏部之《南山》。设用白话，则高者不过《水浒》、《红楼》，下者将同戏曲中之簧皮脚本。就令以此教育，易于普及，而遗弃周鼎，宝此康瓠，正无如退化何耳。须知此事全属天演。革命时代学说万千，然而施之人间，优者自存，劣者自败，虽千陈独秀万胡适、钱玄同，岂能劫持其柄？则亦如春鸟秋虫，听其自鸣自止可耳。林琴南辈与之较论亦可笑也！

严复和林纾虽然同样反对文学革命，可是严先生只取容忍的态度，并不公然反对，要像林先生一样。

这里再说林纾：

林纾（一八五二——一九二四），字琴南，号畏庐，别号冷红生，福建闽侯人。光绪壬午（一八八二）举人，曾充京师大学堂文学教习。他生平著述甚多，散文有《畏庐文集》、《畏庐续集》、《畏庐三集》；诗有《闽中乐府》、《畏庐诗存》；小说有《金陵秋》、《官场新现形记》、《京华碧血录》、《冤海灵光》、《剑胆录》、《劫外昙花》；传奇有《天妃庙》、《合浦珠》、《蜀鹃啼》；笔记有《畏庐琐记》、《畏庐漫录》、《技击余闻》。吴汝纶死后，桐城派古文的大师当然要推他。不过他在文学上的贡献，不在他的创作，却在他的翻译西洋小说。他替古文开辟了一个新天地,他用古文介绍了西洋小说的长篇结构,幽默风趣,描写手法,这是自司马迁以来所没有的。他初译《巴黎茶花女遗事》凄婉有情致,是他最得意的译笔。他说:"吾能状物态至此,宁谓木强之人果与情为仇也耶?"从此引起了他译书的兴趣。除了小仲马的《巴黎茶花女遗事》以外,他的译本值得称许的,有狄更生的《块肉余生述》、《贼史》、《滑稽外史》、《孝女耐儿传》、《冰雪因缘》;史各德的《撒克逊劫后英雄略》,地孚的《鲁滨逊飘流记》,欧文的《拊掌录》,西万提司的《魔侠传》,史委夫特的《海外轩渠录》,哈葛德的《迦茵小传》等,约三四十种。他在二十年间一共翻译了一百五十六种,一千二三百万字,出版的有一百三十二种,散见于《小说月报》第六卷至第十卷的有十种,原稿存于商务印书馆没有付印的十四种。其中英国作家的作品最多,共有九十三种,其次法国共有二十五种,再次美国共有十九种,再次俄国共有六种,此外希腊、挪威、瑞士、比利时、西班牙、日本几国也各有一二种,还有不曾明注何国何人所著的共有五种。他不懂西文,译书全靠懂西文的人口译。他写得很快,据他自述,"耳受手追,声已笔止",每日工作四小时,可以写得六千字。他欣赏西洋文学,靠两耳做过道,很不让于人家的用眼力。他在《孝女耐儿传序》里说:

> 予尝静处一室可经月,户外家人足音颇能辨之了了,而余目固未之接也。今我同志数君子偶举西士之文示余,余虽不审西文,然日闻其口译,亦能区别其文章之流派,如辨家人之足音。其间有高厉者、清虚者、绵婉者、雄伟者、悲梗者、淫冶者,要皆归本于性情之正,彰瘅之严,此万世之公理,中外不能僭越。

而且他有时领悟原文的意味,似乎还远胜于能读原文的口译者。他在《冰雪因缘序》里说:

> 英文之高者曰司各德,法文之高者曰仲马,吾则皆译之矣。然司氏之文绵䋺,仲氏之文疏阔,读后无复余味。独迭更司先生临文如善弈之著子,闲闲一置,殆千旋万绕,一至旧著之地,则此著实先敌人,盖于未胚胎之前已伏线矣。惟其伏线之微,故虽一小物,一小事,译者亦无敢弃掷而删节之,防后来之笔旋绕到此,无复叫应。冲叔初不着意,久久闻余言始觉。于是余二人口述、神会、笔逐、绵绵延延,至于幽渺深沉之中,觉步步咸有意境可寻。呜呼!文学至此,真足以赏心而怡神矣!

他还以为迭更司、司各德诸人的小说,其妙处或高于中国左、马、班、韩的文章,或高于中国的《红楼》、《水浒》,这种议论直叫一般轻视欧美为夷狄,轻视西洋无文学的老先生咋舌!不过他终究因为不懂原文,往往有节译误译之处,很招人家的指摘。他只好在《西利亚郡主别传序》里说道:

> 急就之章,难免不无舛谬。近有海内知交投书举鄙人谬误之处见箴,心甚感之。惟鄙人不审西文,但能笔述,即有讹错,均出不知。

这是我们读林译小说应该记住的话。还有,林老先生在思想倾向上属于维新党,才肯译西洋小说。他在《不如归序》里说是"纡年已老,报国无日,故日为叫旦之鸡,冀我同胞警醒,恒于小说序抒其胸臆"。他译小说的心情可以想见。他还做过《闽中新乐府》五十首,又曾在杭州《白话日报》做过《白话道情》(一九〇〇),用浅显的诗歌,鼓吹维新党的见解。不过他的思想进程就限在这个阶段里,所以到了晚年,反对白话文,做了《论古文白话之相消长》、《论古文之不当废》两篇文章,又做《荆生》、《妖梦》两篇小说,丑诋提倡白话文的几个人;又有《致蔡元培书》,表示他反对白话文的意见,显出他的卫道者的精神。他这种精神在《腐解》一文里表现得更露骨:

> 予乞食长安,蛰伏二十年,而忍其饥寒;无孟、韩之道力,而甘为其难;名曰卫道,若蚊蚋之负泰山,固知其事之不我干也,憾我者将争起而吾弹也。然万户皆鼾,吾独嘐嘐作晨鸡焉;万夫皆屏,吾独悠悠当虎蹊焉。七十之年,去死已近,为牛则羸,胡角之砺?为马则驽,胡蹄之铁?然而哀哀父母,吾不尝为之子耶?巍巍圣言,吾不尝为之徒邪?苟能俯而听之。存此一线之伦纪于宇宙之间,吾甘断吾头而付樊於期之函,裂吾胸为安金藏之,剖其心肝。皇天后土,是临是监!

这真是一种迂腐的见解,如题目所说。他忘记了他在《橡湖仙影序里》所说的:

> 宋儒嗜两庑之冷肉,宁拘挛曲跼其身,尽日作礼容,虽心中私念美女,颜色亦不敢少动,则两庑之冷肉荡漾于前也。

从笑宋儒想吃冷猪肉到自己想吃冷猪肉,从翻译西洋小说作《新乐府》、《白话道情》到反对新文化运动——新文学运动,林老先生心情上的痛苦可想而知。虽说他晚年卫道的举动可笑,我们却不可忘记他中年时候的叛道精神,用载道的古文译夷人的小说。总之,介绍西洋文学,不能不算他是一个很勇敢的先驱者。

下面要说到诗歌革命的先驱者黄遵宪,散文革命的先驱者梁启超。

原来晚清时候在文学上有所谓"诗界革命",那是和政治上的所谓"维新运动"相应而起的。换句话说,有政治上的维新运动,同时有文学上的维新运动。其实那个时候的诗界革命,只算维新,说不上革命。而且政治上的维新失败,文学上的维新也失败。

这话说来很长,只好扼要的来说罢。

文学上的维新派是由政治上的维新派谭嗣同、夏曾佑、梁启超、黄遵宪几个人兼差。当然康有为也属于这一派,不过他最先只注意政治,政治上失败后才注意作诗,而且他较老成稳健,在诗上新到怎样,究竟有限。

谭嗣同(一八六五——一八九八)总算是维新派的第一位先锋大将了。他没有失掉湖南人的蛮气。他在政治上失败,不肯逃走,这是革命家的叛逆精神,也是宗教家的殉道精神。可惜他被杀了,他的所谓"新学"的诗,正和他的新政治的理想一样,都没有如他的素志。

夏曾佑(一八六一——一九二四)还没有跑上政治舞台,幸而不和谭嗣同同死,不幸而他在文学上的维新运动,再也不敢出头。固然像他那样的新学诗,只"掊撦新名词","新约字面,络绎笔端",同伴如梁启超,也说"无从索解",便是他要再弄下去,此路不通,可想而知。梁启超说是"当时在祖国,无一哲理政法之书可读,吾党二三子,号称得风气之先,而其思想之程度若此"。这倒是老实话。他们的维新运动,无论政治的,文学的,都归失败,虽说由于客观的环境不许,主观的力量不够,不能不说这也是一个大原因。

戊戌(一八九八)政治上的维新运动虽说失败了,因为经过庚子(一九〇〇)八国联军之役,颠顶的满清政府又想起举办几件"新政"来。总之,经过甲午(一八九四)戊戌庚子三次很惨痛的经验,政治上似乎渐露了一点新的曙光。同时在文学上,不,在诗上,能够稍稍反映出这个惨痛时代的政治社会,能够作为代表这一时代的诗,在所谓"诗界革命"上,还表现了一点点成绩,就不能不推黄遵宪的《人境庐诗草》。

黄遵宪在政治上失败以后,他就闭门读书吟诗。他在当时算是一个稍懂国际大势的新人物,他做过外交官多年,他到过日本、印度、南洋、美国等地方。他是维新党人中顶有见识顶有学问的一个,政治上既不得志,把精力完全用在诗上,所以他在诗上的成就比同时任何人都大。梁启超说是"近世诗人能镕铸新理想以入旧风俗者,当推黄公度"。这是不错的。倘若严格说起来,他还只是诗界中的维新派,不是革命派。因为他还在旧风格中兜圈子。不过他的诗料比古人稍丰富,他不仅偶然采用方言谚语,他还能够把"古人未有之物,未辟之境,耳目所历,皆笔而书之"。只可惜他的耳闻目见有限,写出来的还不算多。至于他说:"我手写我口,古岂能拘牵。即今流俗语,我若登简编。五千年后人,惊为古斑斓。"他自己并没有真正实践他的这一主张。他的《山歌》九首,虽系摹仿民间歌谣的调子,也只是偶然尝试。后来胡适之先生《尝试集》里的白话诗,似乎可以说就是实行黄遵宪"我手写我口"的主张了。倘若我们要把黄遵宪作为"诗界革命"的先驱者,他是实在有先驱者的精神和魄力的。康有为(一八五五——一九二七)论诗,说是"新世瑰奇异境生,更搜欧亚造新声",实则他的诗也只是旧体,并非新声,不算他把握住了这个瑰奇的新世界,环游过世界也是徒然。至于他说"意境几于无李杜,目中何处著元明",他不学元、明人的诗或许是真的,不学李、杜,他学不到,虽说他熟读过《杜集》。有人把他和黄遵宪齐名并论,那是因为他做过政治上的维新派首领罢了。其实,他在文学上应该列入守旧一派,他曾在《中国颠危误在法欧美而尽弃国粹说》一文中痛骂"新文体",指为"吾国文学之大厄"。虽说康、梁齐名,至少在文学上,他们师徒两个究竟是分道扬镳。

当日黄遵宪的"新派诗"有名,梁启超的"新文体"更有名。梁先生文名满天下,却没有诗名。他不欢喜作诗,却欢喜谈诗。他在他的诗里提倡爱国尚武,变法自强,民权平等,那是和黄遵宪及其他新派诗人大体相像的。他不在诗里发牢骚,作呻吟语,爱说夸张个人的话,爱说积极进取的话,却和同时任何诗人两样。他说:"今日不作诗则已,若作诗,必为诗界之哥仑布、玛赛郎然后可。犹欧洲之地力已尽,不能不求新地于阿米利加及太平洋沿岸也。欲为诗界之哥仑布、玛赛郎,不可不备三长:第一要新意境,第二要新语句,而又须以古人之风格入之,然后成其为诗。"这是他在一八九八年游檀香山的时候说的,将近四十年了,今日看来,不免是浅薄的平常话头,但在当时,却是另有一番意义。他知道要"竭力输入欧洲之精神思想,以供来者之诗料"。他知道"中国非有诗界革命,则诗运殆将绝",他知道"革命之机渐熟"。在文学革命上,不能不算他是第一个先知先觉的人。可惜他几乎把他的全副精力用在政论上,虽创了一种"新文体",却不曾创出一种新诗体。要是他肯多做诗的话,像他那样的才气纵横,笔势放恣,为自谭嗣同、夏曾佑以来的所谓"诗界革命",建立一点勋绩,比黄遵宪所建立的来得伟大,我想是可能的。

平心论之,这次的"诗界革命",不能不说是失败。可是在这一次失败的经验里给了我们几个很宝贵的教训。第一,他们原想"镕铸新理想以入旧风格",换句话说,他们想把新内容装入旧形式,结果,使我们知道形式不变,有些新的内容装不进去。要表现这一个大时代的新现象新想念,就要创出一种新的形式,虽说旧诗体在某种情形也还有它的用处。第二,他们究竟是士大夫,是智识阶级,他们的"诗界革命"是为了推进君主政治上的"维新",为了自己一个阶层呐喊的;不是为了大众服务,他们的诗和大众不相干,当然当日的大众,较有觉悟的大众,也不会拥护他们的这一运动。何况大众的觉悟,还靠诗歌及其他的文学部门,乃至整个的文化教育,共尽唤起之责呢!第三,他们想采用和大众接近的方言谚语做诗,虽然不曾实践,这一理论却是正确的。

至于这一群诗人的议论及其作品,在我编的《中国近代文学之变迁》和《最近三十年中国文学史》两部书里都有引证介绍,这里就不赘述了。

还有和这新派诗人站在相反的地位,可以作为纯正的旧派诗人看待的,有复古派的王闿运。他说他的诗只是"杂凑模仿",那倒不错。他说"五十年来事事新,吟成诗句定惊人"。但他没有吟咏当代新事的可以惊人的诗句,前面论旧派诗人时已经说过。又有所谓"同光体"的沈曾植(一八五〇——一九二二)、袁昶(一八四六——一九〇〇)等。原来同治、光绪间的一些诗人,标榜学宋诗,学黄山谷、王荆公一派的诗,成为一时风气,有人称做"宋诗运动",这一运动是开倒车,诗界革命运动却是进步的。开倒车的,作诗要模仿古时某一代某一派某一人;比较进步的,作诗就想采取近代欧洲人的精神思想做诗料,不妨自我开派;开倒车的,作诗要填难字,造拗句;比较进步的,作诗想用方言谚语,想用新名词新语句。再有才子派的樊增祥、易顺鼎(一八五八——一九二〇)等。他们的诗贪多斗巧,卖弄风流。好叠韵得多,好对仗得巧,好捧戏子,好玩女人。他们过的是享乐的颓废的生活,他们的诗就是这种生活的纪录,在旧派诗人中,只有他们最下流。总之,旧体诗经过这许多旧派诗人的写作,把所有的坏处都暴露了出来。诗界革命运动能够支持下来,似乎还得靠他们帮忙,因此黄遵宪就成了晚清唯一的大诗人了。

黄遵宪(一八四八——一九〇五),字公度,广东梅县人。初以拔贡生中式光绪二年顺天乡试举人。曾充驻日使馆参赞,新嘉坡、旧金山总领事等外交官。又曾任湖南按察使,参与戊戌湖南新政。著有《日本国志》四十卷,《日本杂事诗》两卷,他是中国最早的"日本通"。著有《人境庐诗草》十一卷。据他《自序》说,他的理想诗境:一曰复古人比兴之体,二曰以单行之神运排偶之体,三曰取《诗》、《骚》乐府之神理而不袭其貌,四曰用古文伸缩离合之法以入诗。他的诗料:其取材也,自群经三史逮于周、秦诸子之书,许、郑诸家之注。凡事多品名切于今者,皆采取而假借之。其述事也,举今日之官书会典方言俗谚,以及古人未有之物,未辟之境,耳目所历,皆笔而书之。他的诗格:自曹、鲍、陶、谢、李、杜、韩、苏讫于小家,不名一格,不专一体,要不失乎为我之诗。其实,他的话没有几多异于古人的地方,便是他特别举出的方言,俗谚,新境,新物,最有现代性的东西,他也没有充分运用。这里只录他的《山歌九首》:

　　自煮莲羹切藕丝,待郎归来慰郎饥。为贪别处双双箸,只怕心中忘却匙。

　　人人要结后生缘,侬只今生结目前。一十二时不离别,郎行郎坐总随肩。

　　买梨莫买蜂咬梨,心中有病毛人知。因为分梨更亲切,谁知亲切转伤离。

　　催人出门鸡乱啼,送人离别水东西。挽水东流想无法,从今不养五更鸡。

邻家带得书信归，书中何字侬不知。等侬亲口问渠去，问他比侬谁瘦肥。

一家女儿做亲娘，十家女儿看镜光。街头铜鼓声声打，打着心中只说郎。

嫁郎已嫁十三年，今日梳头侬自怜。记得初来同食乳，同在阿婆怀里眠。

自剪青丝打作条，亲手送郎将纸包。如果郎心止不住，看侬结发不开交。

第一香橼第二莲，第三槟榔个个圆，第四夫容五枣子，送郎都要得郎怜。

他自己说："土俗好为歌，男女赠答，颇有《子夜读曲》遗意，采其能笔于书者得数首。"可惜他不能彻底从白话民谣这条路走去，所以他在诗歌上的革命成绩有限。然而他已显示诗歌非有一番革命不可了，算他做了诗界革命的先驱。

以上说过了从谭嗣同以来的所谓"新学诗"或说"新派诗"，下面就要说到梁启超所倡导的"新文体"了。

什么叫做"新文体"？

梁启超著《清代学术概论》第二十五段，自述"新文体"的由来，那是不错的。他说：

启超既亡命日本……为《新民丛报》、《新小说》等诸杂志，畅其旨义，国人竞喜读之，清廷虽严禁，不能遏。每一册出，内地翻刻本辄十数，二十年来学子之思想颇蒙其影响。启超夙不喜桐城派古文，幼年为文，学晚汉、魏晋，颇尚矜炼。至是自解放，务为平易畅达，时杂以俚语韵语及外国语法，纵笔所至不检束，学者竞效之，号"新文体"，老辈则痛恨，诋为野狐。然其文条理明晰，笔锋常带情感，对于读者别有一种魔力焉。

梁启超(一八七三——一九二九),字卓如,号任公,别号饮冰室主人,广东新会熊子乡人。他从四岁到七岁读完《四书》、《五经》;八岁学作文,九岁能写一千字的文章。十二岁应试学院,补博士弟子员。十三岁始知有段、王训诂之学。十七岁举于乡。十九岁从康有为读书于广州城内长兴里的万木草堂。二十二岁寓北京,多与名士往来。二十三岁代表广东公车百九十人上书陈时局,同时赞助康有为联公车三千人上书请变法。强学会成立,他被推为书记。二十四岁到上海,办《时务报》。二十五岁到湖南,主讲时务学堂。二十六岁恰当戊戌变法的那一年,六君子被杀,康有为逃,他也从北京逃出,乘日本大岛兵舰东渡。创办《清议报》。三十岁创办《新民丛报》、《新小说》;他所倡导的"新文体"运动就在这个时候开始了,《饮冰室文集》风行一时。我曾说过:梁启超派的报章文字所以风行于戊戌政变后的立宪运动与革命运动对抗时期,只因当时士大夫阶级中较为进步的分子想从八股文以外延长他们在政治上学术上传统的特权,豪绅阶级中较为进步的分子就想从地方势力握得中央势力,报章文字最是合于他们通情达意,给他们服务的一种工具,所以这种文字在当时就很流行。这是由于国际帝国主义的侵入,中国封建势力开始动摇,民族意识开始醒觉时候的一种现象。《新民丛报》之后,他又创刊《国风报》。民国元年,他归国了,已有四十岁。创办《庸言报》。二年任司法总长,三年任币制局总裁。四年反对帝制,著《异哉所谓国体问题者》,刊在自己主编的《大中华》月刊。随后赴桂,参加护国之役。六年参与马厂誓师,反对张勋复辟,就任财政总长。七年重游欧洲,八年著《欧游心影录》、《饮冰室丛著》,结束了他前一期在文学上在思想上的活动。这一年"五四运动"发生,文学革命的旗子正式打出,白话文骤然得势,他也写起白话文来了。没有一年,文学革命运动中的保守论者又借重新估定旧文化的美名,倡所谓整理国故,梁先生就从此干整理国故的工作,一直到死。民国十八年一月十九日,卒于北平,年五十七岁。生平著述极多,都收在最近中华书局辑印的《饮冰室合集》里。

总计梁先生的一生,从二十四岁到四十七岁,即从办《时务报》到写《欧游心影录》,二十多年间,虽说也写了一点白话文,但是论到他在文学上的功绩,还是在"新文体"或"报章文学"一方面。自然,这种文学的发生,有它的社会背景,不是一手一足之烈单独能够成功。何况单就文体革新而论,从"鸦片之役"以后,在梁氏的文学活动以前,《经世文编》、《盛世危言》以及翻译外报的《华事夷言录要》、《西国近事汇编》一类策论式的文字,或作为策论资料的洋务文字,乃至《时务报》的前身《强学报》和《中外纪闻》,都不能不说于文体的革新上有关。即不能不说魏源、谭嗣同之流已在文体的革新上尽了相当的力。同时梁氏这种新体的散文在时代的意义上,在历史的任务上,虽有它的不朽的价值,但在文学上论到它的艺术的价值,连作者自己也没有坚强的自信。所以他在最初《饮冰室文集自序》里说:

> 吾辈之为文,岂其欲藏之名山,俟诸百世之后也?应于时势发其胸中所欲言而已。然时势逝而不留者也,转瞬之间悉为刍狗。况今日天下大局日接日急,如转巨石于危崖,变异之速,匪言可喻。今日一年之变率,视前此一世纪犹或过之。故今之为文,只能以被之报章,供一岁数月之道铎而已,过其时则以覆瓿焉可也。

后来胡先骕氏在《评胡适五十年来之中国文学》一文里说:

> 梁启超之文纯为报章文字,几不可语夫文学。其笔锋常带情感,虽为其文有魔力之原因,亦正其文根本之症结。如安诺德论英国批评之文,"目的在感动血与官感,而不在感动精神与智慧,"故喜为浮夸空疏豪宕激越之语,以炫人之耳目,以取悦于一般不学之"费列斯

顿"，其一时之风行以此，其在文学上无永久之价值亦以此。

这是从纯艺术的价值来评梁氏的报章文学。至于严复在他给人的书札里，就是梁氏"以笔端搅乱社会，无术再使吾国社会清明，"应该由他担负"革命暗杀破坏诸主张"的责任，那是就他在社会上的影响说的，严老先生的晚年不免有反动的论调。倘从进步的观点说，算从梁氏这派的报章文学推进了中国的革命运动，无论在政治上在思想上在文学上他都做了这一时代的先驱，那么，他的这种文学在当时社会的价值就可以想见了。

梁启超于散文上不曾自居革命之名，可是他参加过所谓"诗界革命"，又曾由他提出"小说界革命"的主张。当一九〇二年，他在日本横滨创刊《新小说》，宣布宗旨，说是"务以振国民精神，开国民智识，非前此诲淫诲盗诸作可比。"又倡言"小说为文学之最上乘"。他还作了一篇《论小说与群治的关系》，说：

> 今日欲改良群治必自小说界革命始，欲新民必自新小说始。……故欲新道德必新小说，欲新宗教必新小说，欲新人格必新小说，欲新风俗必新小说，欲新学艺必新小说，乃至欲新人心必新小说，欲新人格必新小说，何以故？小说有不思议之力支配人道故。

他以为小说能引导人游于理想世界，弥补现实世界的缺恨；小说能写出现实世界，使人更深切的认清现实世界，感人至深。其次，论到小说所以支配人道的四种力量：一是党，熏染的意思；二是浸，浸润的意思；三是刺，刺激的意思；四是提，脱化的意思。末了他痛论中国社会黑暗腐败的总根原在旧小说，而提出"小说界革命"的口号。他没有做完的《新中国未来记》是政治小说，同时他还译印政治小说，有序文道：

> 在昔欧洲各国变革之始，其魁儒硕学，仁人志士，往往以其身之

所经历,及胸中所怀政治之议论,一寄之于小说。于是彼中缀学之士,黉塾之暇,手之口之;下而兵丁,而市侩,而农氓,而工匠,而车夫马卒,而妇女,而童孺,靡不手之口之。往往每一书出,而全国之议论为之一变。彼美、英、德、法、奥、意、日本各国政界之日进,则政治小说为功最高焉。

原来梁先生想借"小说界革命"促进政治革命。我们可以看出文学革命的初起就和现实社会有怎样的联系了。

尽管失败,梁先生还是有创作鼓吹政治思想的戏剧的企图,他的《劫灰梦》、《新罗马》、《侠情记》三种传奇没有写完。总而言之,他参加过"诗界革命",又提倡了"小说界革命",尤其是他建立了"新文体",或称"报章文学",造成了由文言到白话的一道过桥。我们把他作为由旧文学到新文学一个继往开来的代表人物,把他作为文学革命运动的一个伟大的先驱者,该是最适宜的罢!

参考近人著作要目

赵景深　中国文学小史
郑振铎　中国文学研究(小说月报号外)
胡　适　白话文学史
　　　　中国哲学史大纲上卷
顾颉刚　古史辨
郭沫若　中国古代社会研究
李　季　胡适中国哲学史大纲批判
陆侃如　中国诗史上卷
　　　　乐府古辞考
刘师培　中古文学史
梁启超　陶渊明

傅东华　李白与杜甫
王礼锡　李长吉评传
鲁　迅　中国小说史略
汪辟疆　唐人小说

(北新书局一九三四年版)

马　援

马　　援

一　模范军人说马援

话说南宋高宗皇帝时候,外面金鞑子,常常兴兵南犯,真是耀武扬威;内面卖国贼,但知遣使议和,不惜称臣纳贡。当然,有人去问爱国将军岳飞道:"天下何时太平?"他说:"文官不爱钱,武官不怕死,天下就太平了!"这话含着无限的感慨,也含着极大的道理。因为文官不爱钱,才可以做到修明内政;武官不怕死,才可以做到抵御外侮。这样,既没有内忧,也没有外患,还不算天下太平了吗?不过做武官,要不怕死;也要不爱钱,果能做到这样,不必打高调,说对人类社会,只要对国家,对民族,能够做出一番轰轰烈烈的事业来,也就算是一个模范军人,然而这样的军人,古往今来,曾有几个呢?

如今按下岳飞不说,单表东汉时候的伏波将军马援。

二　他不肯做守财奴

却说伏波将军马援,表字文渊,扶风茂陵(如今陕西兴平县)人氏。先世赵奢,战国时候做赵国大将。赵惠王念他有功,封他为马服君,后来他的子孙就姓马。直到汉武帝时候,他的子孙有官秩做到二千石的,就由祖籍邯郸,从前赵国的都城,移家到京师靠近的茂陵成欢里。

原来伏波将军的曾祖父马通,是汉朝一个功臣,封了重合侯。只因马通的哥哥何罗和江充相交要好,江充因罪被杀,何罗怕遭波及,阴谋造反,失败而死,连带马通也被杀了。

马宾是伏波将军的祖父,在汉宣帝时候做到郎官;生子马仲,官至玄武司马,这就是伏波将军的父亲。

伏波将军兄弟四人,只有他最小。当他十二岁的时候,他的父亲就死了。他的长兄马况,次兄马余,三兄马员,都有才干。在王莽称帝时候,马况做河南太守,马余做中垒校尉,马员做增山连率,他们兄弟的官秩都是二千石。

伏波将军生在这样的一个世家,他幼年时候,却不肯安然享受世家子弟的舒服生活,他虽然师事颍川满昌学《齐诗》,却又不肯做一个章句腐儒。他有他的怀抱,他有他的大志,这位小弟弟就很使他的几个哥哥惊奇了。

这一天,这位小弟弟,忽发奇想,想到边郡垦田畜牧,走去告诉他的哥哥马况。马况道:

"汝大才,当晚成,这个时候你可不要担当大事,就听你的便罢。"

不料他的哥哥马况一病死了,他为着哥哥服丧一年,轻易不肯离开他哥哥的墓地。他很尊敬他的寡嫂,不是衣冠齐整,不肯回家去见他嫂嫂的。

过了一些时候,这位小弟弟已经长大成人了。他开始做个佐杂小官,这官职只是帮助郡守督察属县的督邮。有一次,他递解囚犯到司命府审问,这个犯人犯了大罪,他不觉动了怜悯的念头,就把这个犯人放走了,他自己只好亡命,逃到北地(如今的宁夏)。

恰好北地这个地方是一个最好经营垦田畜牧事业的地方,他的素志,边郡垦田畜牧的计划可以实行了。又恰好逢着大赦,他可以出头做事,他就居留这个地方从事耕种畜牧。原来他的祖父来过北地天水,父亲又曾做过牧帅令;这时候他的三兄马员也在做护苑使者,许多故人宾客都来依靠他,于是他就可以指挥几百家,帮助他的事业。他常对这些故人宾客说:

"大丈夫立志,不怕穷,穷当益坚;不怕老,老当益壮。"

他的垦田畜牧事业,进行都很顺利。他居然发了财,成了富翁。他有牛马羊几千头,有谷几万斛。有一天,他心里有所感触,不觉叹息,道:

"人生在世,积蓄许多财产做甚?要是不能博施济众,有益于人,那便是一个守财奴!"

于是他把所有的牲畜粮食,尽数分给亲戚朋友,只剩下了他自己身上穿着的一套羊裘皮袴!

三 瞧不起那土皇帝

王莽末年,四方兵起。卫将军王林,王莽的从弟,广招豪杰,用马援、原涉做僚属。随后又把他们两人荐于王莽,王莽用原涉为镇戎大尹,马援为新成(如今陕西汉中)大尹。

不久,王莽失败,国内大乱,马援离开新成,他的哥哥马员也离开增山(如今陕西绥德)连率的官位了。他们兄弟两个逃难到凉州,这地方又称西州（今属甘肃）。

汉光武皇帝即位，马员投奔洛阳，光武皇帝叫他回复原官，他就死在增山。马援还是留住西州，西州隗王很敬重他，拜他为绥德将军，运筹帷幄。

这个时候，群雄割据，称将军，称王，称帝，都听你的便，只看你的势力大小如何。公孙述占据了成都，自称辅汉将军不够意，自立为蜀王；做了蜀王不够意，还想做皇帝；于是自立为天子，国号成家，建元龙兴元年。色尚白，自命为白帝。原来四川这个地方，沃野千里，真是所谓天府之国；又因山川阻隔，交通不便，中央政府的权力很不容易管辖得到，所以野心家就好利用这个地方，关起门来做土皇帝。

隗嚣也是一个野心家，占据了陇西，自称西州上将军不够意，还想做皇帝，所以他的部下都称他做大王。这位隗王听得公孙述在成都自立为皇帝，就派遣马援到蜀，看看风色。

马援到了成都，他想公孙述和他原是老同乡，又是好朋友，以为见面的时候，一定是握手言欢，还像从前一样。不料那位公孙皇帝，引见他的时候，居然摆出皇帝的大架子，警卫森严，威风凛凛。交拜礼毕，就叫他到宾馆打住。并且还替他做好都布单衣，交让冠，准备正式引他陛见于朝廷。

在陛见的这一天，两旁夹侍文武百官，中间设着旧交的位次。但见公孙皇帝来时，乘坐天子用的法驾，鸾旗引导，随着旄骑。甲仗森严，好不威武！

公孙皇帝想要留住马援，打算给他封侯和大将军的官职。于是马援的那些随员，眼见富贵，也很想留居这里。马援却瞧不起那土皇帝，因对他的随员们说：

"如今天下，豪杰并起，胜负未分，公孙子阳不肯礼贤下士，共图成败；反而讲究排场，虚有其表，正像一个木偶，他配久留天下有志之士吗？"

马援辞别了公孙皇帝，和他的随员宾客，从成都回到西州。隗嚣问他成都的情形若何。他说：

"子阳妄自尊大，眼光极小，不过一只坐井观天的井底蛙！不足介意。不如注意东方，刘秀究竟是一个雄主。"

隗嚣听了马援的报告，也就轻视公孙述了。

不多几时，公孙述一面出兵汉中，一面遣使赍送大司空扶安王印绶来给隗嚣。隗嚣自以为和公孙述敌国，怎肯屈辱做他的臣子？斩了来使。并出兵抵御，破了蜀兵，从此公孙述就不敢出兵北侵了。

四　不是刺客是说客

却说光武皇帝即位的第四年，建武四年的今天，隗嚣遣派马援前往洛阳，上书光武。马援既到，光武就在宣德殿引见。光武亲自出迎，笑对马援说道：

"你往来成都洛阳，见过两个皇帝。我今见你，自觉惭愧得很。"

马援连忙谢道：

"当今之世，不但君择臣，臣也择君。我和公孙述同县，自幼相交要好。可是前次我到成都，公孙述要在他的宫殿里，警卫森严，才敢出来见我。这次我从西州远来，您怎么会知道我不是刺客奸细，便这样随随便便的引见我呢?"

光武听了,又不觉笑道:

"你不是刺客,却是说客哩!"

马援说道:

"如今天下大乱,人人称帝,个个称王。只有您豁达大度,和从前高祖一样,我才觉得皇帝也不是容易做的。"

马援留在洛阳,曾陪光武皇帝游过黎丘,转到东海。光武回朝以后,就用他为待诏使,太中大夫。

不多几时,马援辞别回去。光武皇帝就派来歙送他西归陇右。

马援回到西州,隗王非常高兴,和他同睡同起。隗王问他关于洛阳方面的谣言,以及光武皇帝为人的好坏,行政的得失。他就说道:

"这趟到洛阳,汉帝刘秀引见几十次。每每闲谈,从夜晚直到天光。汉帝有才干,又明白,有勇有谋,旁人不是他的敌手。并且胸怀坦白,毫无隐讳。阔达大度,好像高帝一样。读书很多,会写会说。政治手腕又好,古人很少能够比得上他。"

隗王听到这里,插问一句:

"你以为他比高帝何如?"

马援答道:

"那倒不及高帝。高帝为人,无可无不可。这位皇帝却留心政事,一点也不放松。——他还不欢喜喝酒。"

隗王听了,露出很不高兴的样子,说道:

"像你这样说来,他不是反要胜过高帝吗?"

过了一年,光武皇帝再遣来歙来到陇右,游说隗嚣。原来光武知道隗嚣和来歙、马援都是要好的朋友,所以三番两次叫来歙、马援奉使往来,劝说隗嚣入朝,许他高官厚爵。

恰好梁王刘永,燕王彭宠,都被光武讨灭了,这消息传到隗嚣,也有一点使他不自安。因此隗嚣就叫他的长子隗恂随着马援、来歙入朝。

隗恂朝见了光武,光武叫他做胡骑校尉,封镌羌侯。

马援这趟东来,连家属也都移居洛阳,住了好几个月,还没有什么差事,他眼见京师附近一带,地荒土肥,可以垦出耕种;而且自己的部下食客又多,也要找一点事做;于是上书光武,请求屯田上林苑,光武就准许了他。

五 军用地图米做的

话分两头,却说隗嚣听了部将王元之计,不肯降汉,阴谋自立。一面遣使联蜀,蜀帝公孙述封他为朔宁王。公孙述并发兵来助隗嚣抵御汉兵。

马援屡以书信劝说隗嚣归汉,隗嚣不听,反倒恨他,他就对光武说:

"我和隗嚣,本是朋友。前次隗嚣叫我东来,曾对我说:'本想降汉,愿足下前去探听一番。你的意思说对那吗,我就专心降汉好了。'

待我回去以后,我又赤心相告,劝他归汉。不料隗嚣别有野心,疑我恨我。现在我愿把灭隗嚣的计画告诉您,假使您能够相信我的话,我就退老田里,死也不恨。"

光武皇帝听了马援的话,找他计画军事,就立即出兵讨伐隗嚣。因使马援统率骑兵五千,往来游说于隗嚣部将高峻、任禹一班人,以及西羌各部落,晓以利害,拆散隗嚣的党羽。

建武八年,光武皇帝痛恨隗嚣不肯降服,想要御驾亲征。许多将官都说陇右是一个险阻荒远之地,无须劳动御驾,大计未决。

恰好派人去找马援,马援就在那天夜里到了,光武大喜。光武把诸将的话都告诉他,问他怎样,马援因说隗嚣的部下有土崩瓦解之势,倘若进兵,必破无疑。

马援就在光武面前,把米堆成山谷的样子,指示地理的形势,说明进兵的道路,计画攻守的策略,一一分析,明白有理。光武听了,不觉狂喜道:

"敌人在我眼中了!"

明日拂晓,勇猛进军,隗嚣的兵大败。后来隗嚣气愤而死,他的儿子隗纯降汉。这一趟马援的军事计画是成功了,然而他的军用地图却是米做的!

六 烧虏何敢再犯我

却说自从王莽末年以来,不但国内大乱,各处边境常常发生外患。就以接近隗嚣防地的西羌来说,他们也居然侵进塞内,金城属县(今属甘肃皋兰、金县等地)大半被他们占去。

来歙上奏光武,陇西残破,非马援莫能定。

建武十一年夏,光武下玺书,拜马援为陇西太守。

马援到任,乃发步兵骑兵三千人,击破先零羌(先零今属青海)于临洮(今属甘肃岷县),斩首数百级,夺获马牛羊万余头。守塞诸羌八千余人都来投降,马援就把他们分别安置于天水陇西扶风三郡。

还有羌种几万人,屯聚浩亹隘(今属甘肃碾伯县境)骚乱,抵抗。马援更和扬武将军马成带兵前去围攻他们。羌人因将妇女辎重移送允吾谷。马援乃包抄小路,出其不意偷营,羌人大惊,溃败而走,远逃唐翼谷中。马援再去追赶他们,羌人引精兵屯聚北山上。马援一面率兵向前上山,一面分遣骑兵数百人包抄山后,乘着黑夜放火,鼓噪而进,羌人大败,逃走。斩首千余级。马援因兵少不得远追,于是把所夺获敌人的粮食牲畜,运起回来。

这次马援虽然打了胜仗,自己也带了微伤,因为敌人的箭头射穿了他的腿子。光武乃下玺书慰劳他。还赐他牛羊几千头,他就尽数分给部下宾客。

这个时候,朝臣都以为金城破羌以西之地(又称湟中,今属青海),道路既远,羌寇又多,倡议放弃。马援因上书光武,说道:

"破羌以西,城多完好、牢固,可以守。土地肥沃,灌溉流通,可以耕。倘若把湟中一带让给羌人,那就是养虎遗患,为害无穷。所以这个地方,我们汉人万万不可放弃。"

光武得书,深以为然。于是下诏武威太守梁统,叫他把从金城逃难去的客民,通通送回,回去三千余口,都各回本县。

马援就在这地方设官吏、修城郭,还修筑了许多瞭望敌人的坞候。并且教人民开垦水田,耕种畜牧。一郡人民,安居乐业。

马援又遣羌人首领杨封劝导塞外诸羌,都来和亲。又武都(如今甘肃武都）氐人因反抗公孙述而来投降的，马援就替他们请求恢复侯王君长的封爵，并赐印绶，光武皇帝都准许了。

建武十三年，武都参狼羌，联合塞外诸羌作乱，擅杀官吏，仇视汉人。马援统兵四千余人，前往讨伐，到达氐道县，诸羌逃往山上。马援占了这里形势优胜的地方，不给他们水草，也不和他们挑战，羌人围困山上，痛苦的了不得。于是有几十万羌户逃出塞外，其余投降的也有一万多人。从此陇右清静，那时候甘肃、青海一带，不再受西羌的蹂躏了。生在一千九百年后的我们，还只空喊口号："开发西北！""开发西北！"可不要羞死吗？

马援为人，身长七尺五寸，须发又黑又美，眉目容貌如画。口若悬河，尤其会说古代故事，听者莫不张耳忘倦。待人宽和诚信，对部下有恩有礼。宾客故人，常常满座。僚属前来说事，每每回答道：

"这本来是你们僚属应该办好的事，何必来麻烦我呢？请你可怜老夫，让我暂时休息休息罢。倘若是豪绅欺负小百姓，或是羌人要造反，那就是我做太守的应该亲办的事了。"

有一次，邻县有报仇的，两方起了械斗，杀气腾腾，好不害怕！一时官民都说羌人反来了，百姓逃到城里来。狄道县长忙来请见，恳求关城门，发救兵。恰巧这个时候，马援正和许多宾客饮酒。听了那位狄道长大惊小怪的报告，不觉大声笑道：

"烧虏何敢再犯我！狄道长，你快回去躲在衙门里。倘若害怕得更厉害，你就躲在床下罢！"

狄道长回去，探听消息，果然羌人造反，只是谣言。原来羌人是常常反叛，屠杀汉人的，所以虽是谣言也使汉人害怕，相信。

西羌这一民族在春秋战国的时代，就常常侵害我们西北的边境，那时只有秦国首当其冲。史书上说秦穆公霸有西戎,西戎就是西羌。只有秦穆公、秦献公、秦孝公三个短时期,西羌就不敢为害。直到秦始皇,统一天下,打发蒙恬将兵略地,西逐诸戎,北退众狄,修筑长城为界,西羌各部落才不翻过长城南来。

到了汉朝,羌人稍稍入居长城以内。武帝时候因置护羌校尉,统治这些羌人。总之,当时西羌所居之地,不外三河(黄河、赐支河、湟河)之间,今属西宁以至青海一带。这里不种五谷,多禽兽,羌人以射猎游牧为生。他们对于中国,先代有个酋长叫做烧当的,最为勇敢豪健,他的子孙因此就把烧当做他们种族的称号,所以马援称他们为"烧虏"。

七　铜柱表功平交阯

却说建武十六年,交阯女子征侧和他的妹妹征贰起兵造反。

征侧是麊泠县人雒将的女儿,嫁给朱䳒人诗索为妻。这女子生得骁勇非常,不怕犯法。有一次,她犯了一点事,交阯太守苏定按法惩办她,她就恨不过,直到这时候,她就反叛起来了。

交阯这地方,在汉朝,包括了广西、广东以及安南等地。后来两广渐渐开化,和内地一样,所称交阯,就专指安南国了。据《后汉书》说,这地方所以称做交阯,是因为这里的人民,男女同在河里一道洗浴。从前周成王时代,有越裳国重译来朝,进贡白野鸡;后来楚国称霸,朝贡百越;都是说的这个交阯。

到了秦始皇,统一天下,征服许多蛮夷,从他起,才算开发岭外,设置了南海、桂林、象郡等郡。

等到汉朝起来,南海尉赵佗自立为南粤王,传国五世。武帝元年,灭了南粤,分置九郡,都归交州刺史统治。其中珠崖、儋耳两郡,就是如今的广东海南岛。

凡交阯所属，虽设郡县，可是这地方的番民，言语和内地不同，须经过翻译才懂。他们的风俗习惯，也和内地不同。直到汉光武中兴，锡光做交阯刺史，任延做九真太守，才教他们从事耕种，制鞋帽，定婚礼，立学校，讲究礼义，渐渐也和内地同化起来了。可是交阯这地方的蛮夷，还是屡降屡叛，这个时候，一个蛮女征侧，也居然反叛起来了。

征侧把交阯郡城（今安南河内省）打破了，于是九真（今安南河内以南、顺化以北之地）、日南（今安南顺化）、合浦（今属广东徐闻以至合浦一带）等处的蛮夷都响应了她，一共被她攻破六十五个城池，她就自立为王。交阯刺史以及各郡太守仅能自保，莫敢攻她。

光武帝听到了交阯叛乱的消息，非常震怒，下诏长沙、合浦、交阯等处的地方官吏，准备车马船只，开通道路，架设桥梁，储存粮食，以便行军。

建武十七年，光武乃下玺书，拜马援为伏波将军，以扶乐侯刘隆为副，统率楼船将军段志等南击交阯，海陆并进。不料大军到达了合浦，段志就病死了，于是光武下诏，叫马援接统了段志的兵。一路浩浩荡荡，缘海前进，随山开路，一千多里。

建武十八年春，大军进至浪泊（湖名，在今安南河内省红河苏沥江之间，今名西湖），恰和叛贼相遇，打了一个胜仗，斩首几千级，来投降的万余人。伏波将军下令大军跟追前进，直把征侧等赶到禁溪，又把他们打败了，他们逃散而去。明年正月，汉军大胜，擒获征侧、征贰，斩了首级，传送洛阳。

光武皇帝听到伏波将军平定交阯的捷报，非常高兴，即日封拜伏波将军马援为新息侯，食邑三千户。

马援听到了封侯的消息，也非常高兴，于是下令杀牛酾酒，慰劳军士。正当饮酒快乐的时候，马援起立，对着部下，从从容容地演说道：

"我有一个堂兄弟，名叫少游，常常觉得我慷慨有大志，一生多吃苦头，因劝我道：'人生一世，只要够吃够穿，有粗笨的小车可坐，有缓慢的小马可骑,做个把太守衙门里的佐杂小吏,在家里算得守住先人坟墓的孝子,在乡间算得一乡的好人,这样就算做人不错了。倘若再想过好一点的舒服生活,享乐享乐,结果还是自讨苦吃哩！'当我们在浪泊西里之间,叛贼未灭的时候,脚下卑湿,头上雾瘴,毒气熏蒸,死的不少。我正卧病床上,每每抬头看见天空飞翔的老鹰,也一只一只掉落水里,因念我弟少游平时劝我的话,那样的日子怎样可以享受得到？如今靠你们诸位将士的力量,讨平叛贼,独我一人封侯拜爵,真是又欢喜,又惭愧！"

那些将士们听了,都拍手欢呼：万岁！万岁！

随后,马援又统率楼船大小两千多艘,战士两万余人,追击九真贼征侧余党都羊等,从无功到居风(今安南东京州),斩获五千余人,峤南平定。马援上奏光武说是西于县有三万二千户,距离庭县边界一千多里,请分为二县,封溪、望海二县,有诏准许。

大军所到之处,马援都立郡县,修城郭,穿渠蓄水,以便农民灌溉。并条奏越律和汉律太相违背的十条件,对越人申明旧制,约束他们。从此以后,骆越人民莫不奉行马将军故事。

马将军为了确定国土的界址,就在交州日南郡象林县的南境,和西屠国分界的地方,树立两条很高的铜柱,作为界标。而且可以借这铜柱宣扬我们汉族的威权,纪念他自己平定交阯的功绩。

建武二十年秋,马将军奏凯还京,回奏光武,光武大喜,说是伏波论兵,每每和我的意思相合。赐他兵车一辆,朝见的时候,位次九卿。

说也奇怪,这位马将军最爱骑马,又会相马,马的优劣,一看就知道。他在交阯的时候,得到骆越铜鼓,就铸做铜马,作为相马的标准,回朝献给光武。他上书光武说：

"常言道：'行天莫如龙,行地莫如马。'马是行军必备之物,对于国家有顶大用处的。平时骑马不骑马,可以看出一个人的尊卑贵贱;一旦有事,有马可以便利交通;打仗要马,那就不待说了。相传古时有好马,一日可以跑千里,但经相马家伯乐一看,就会看出来。近代有西河子舆,也会相马!子舆传西河仪长孺,长孺传茂陵丁君都,君都传成纪杨子阿,子阿传给我。我得了这种相马骨法,屡试屡验,不差毫厘。依我的愚见,凡事传闻不如目见,看影子不如看原形。想要把相马的方法,借活马来说明,没有一匹马能够备具各种骨法,又不可传给后人。孝武皇帝的时候,有一个精通相马的叫做东门京,铸个铜马,作为相马的标准,献给孝武。有诏把这铜马立于鲁班门外,鲁班门改名金马门。现在我依仪氏、中帛氏、谢氏、丁氏各家相马的方法,应该用怎样的缰绳,应该有怎样的口齿,应该有怎样的嘴唇和颈毛,应该有怎样的身材,铸成铜马。马高三尺五寸,围四尺四寸。……"

光武看了铜马,下诏把这铜马放在宣德殿下,作为名马的标准。

马将军铸过铜柱,又铸过铜马,至今中国西南各省土中发见古代苗蛮的铜鼓,还相传是他铸造军用,遗留南方,苗蛮仿造的哩。

八　男儿当死在边疆

恰当马将军从交阯凯旋回京,将要到达的时候,许多名公贵人,许多亲戚故旧,都出城外等候他,迎接他。他有一个朋友,平陵人,名叫孟翼的,是一个顶有智谋的名士,也来参加这个盛大的欢迎会,也和旁人一样的恭维马将军,说些祝贺的照例的话。马将军回答道:

"我以为你会有什么指教我的话,你反倒只能同旁人一样说几句照例应酬的话么？从前那个伏波将军路博德，也是和我一样平定南越的，他开置了南海、苍梧、郁林、合浦、交阯、九真、日南、朱崖、儋耳九郡。他原来从霍去病出征塞外有功，封了符离侯，可是在他平定南越后，不过加封数百户。现在我仅有微劳，偏封大县，食邑三千户，功小赏大，这怎么能够久享呢？先生，你有什么见教的话呢？"

孟翼听了，连忙谦逊道：

"将军向我请教，不敢当！不敢当！我实在没有什么有益于将军的话可说。"

马援就自己发感慨道：

"如今匈奴、乌桓（他们住在如今热河、内蒙古一带），还在侵扰北方的边塞，我想自己请求去讨伐他们。男儿应当死在边疆，用马皮包骨，运回安葬哩！何能睡倒床上，在儿女子手中呢！"

孟翼点头回答道：

"如果真正是烈士，就应当这样做了。"

马将军回京，已经有一个多月了。恰好匈奴、乌桓进寇扶风（汉扶风郡今属陕西凤翔等处），马援因为三辅是京畿重要的地方，皇室陵墓都在这里，都要受惊扰，于是自请北伐匈奴、乌桓。光武觉得他很勇敢，就允许了他。

马将军到京，是九月凉秋天气；到了十二月，严冬之时，他又准备出屯襄国，规划出塞。光武下诏，文武百官，都来为马将军设宴送行。马援对黄门郎梁松、窦固说道：

"凡人上台做官，须要准备可以下台做小百姓。比如你们两位，想要不至掉官下台，那么，做官就须好好地做。愿两位勉纳鄙言。"

后来梁松果然几乎因着富贵，得意忘形，至于得祸。窦固也几乎因罪被杀，这都不在话下。

明年秋凉时候，马援统率骑兵三千人出高柳，巡阅雁门代郡上谷一带地方的防地要塞。乌桓的兵看见汉军，说是"伏波将军"来到，不敢交锋，就都逃去了。马援因遇不着敌人，全军而还。

九　出师未捷身先死

建武二十四年，武威将军刘尚，出征武陵五溪——即熊溪、朗溪、西溪、沅溪、辰溪（今湖南湘西各属）——蛮夷，因为深入敌境，竟至全军覆没。原来那时候所说的蛮夷，就是如今叫的苗子，他们都很勇敢善战，并不是可以轻视的。

这时马援已经是一个六十二岁的老人了，他还请求去打五溪。光武皇帝怜他年老，没有准许他，他却再自请愿，说道：

"我还能披甲上马哩！"

光武就叫他当面试一试。他就跳上马鞍，左右驰骋，表示他并不老，还可以用。光武点头笑道：

"这老头儿真是还强健呵！"

光武于是命马援督率中郎将马武、耿舒、刘匡、孙永等,统带从十二郡募来的兵士,及释放的囚犯,一共四万余人,一路浩浩荡荡,直向五溪进发。

马援就在这出兵的夜里和送行的人话别。他对友人谒者杜愔说道:

"我身受国家厚恩,转瞬就老了,如今已到风烛残年,平常总怕不为国事而死,如今可以如愿,自然甘心瞑目。可是我怕阔人子弟,或在左右,或同做事,很难得听我调度指挥,我的心里放不落的,就是讨厌他们哩!"

明年春上,大军已到武陵临乡,恰好遇着蛮贼来攻县城,马援下令迎头痛击,斩获两千多人,余贼都散,逃入竹林中去了。

先是大军要到下隽(今湖南沅陵),有两条路可走,一条从壶头山进,路程虽近,河水却要险些。一条从充县进,道路虽平,运输却要远些。请示光武,光武也犹疑莫决。直到大军到了,耿舒主张经过容易进军的充县,马援以为经过的日子要得久,而且多费粮食,不如出其不意,直冲壶头山,扼住蛮贼的咽喉。马援请示光武,光武接受了他的行军计划。

正是三月暮春的时节,天气快要入霉。马援统率大军,直向壶头山前进,不料蛮贼利用高山的优势,坚守阵地;想改走水路罢,河流太急,又多滩险,有船也不能上去。

稍后天气转热了,军中发生传染的时疫,兵士多患疫症而死。马援也遭大病,于是就在壶头山的脚下,穿凿许多的石窟,借以避暑。

蛮贼探得汉军的弱点,常常凭借险地优势,鼓噪挑战,马将军虽在病里,也拖脚起来,瞭望敌人的形势。左右将士看见主帅暮年大病,还是壮心未已,莫不感动流泪。只有那位阔人子弟耿舒,别有怀抱,毫不同情自己的主帅,反而写信给他的哥哥好畤侯耿弇道:

"前次我曾上书,以为应当先攻充县,粮食虽然难运,可是行军便利,而且军人数万,莫不勇敢争先。如今想要经过壶头山,竟至没有法子可以前进。眼见大家都要气死病死,真可痛惜!前次大军到达临乡,蛮贼无故自己来了,倘若乘夜出战,一定可以一举歼灭。不料伏波将军,好像西域商人,每到一处,就要打住,因此,我们的军队就很不利的了!目前军中发生疫症,恰如我所预料的。"

耿弇得了他弟弟的这一封信,上奏光武,光武大怒,于是立刻就差虎贲中郎将梁松兼程前进,责问马援,监视军队。不料马援恰在这个时候就因疫病死了。正是:"出师未捷身先死,长使英雄泪满襟!"

至今湖南辰州、常德一带,还有许多关于伏波将军的传说在民间流行。有人说,这一次汉军患着的疫症,就是痘疮,马援也因痘疮而死,从此痘疮传到北方。古法种痘的医生要奉伏波将军为痘神,或许不是无因的罢。

一〇　将军原不爱明珠

再说伏波将军死了之后,光武皇帝听到梁松的谗言,不觉大怒,下诏收回伏波将军新息侯的印绶。原来梁松也是阔人子弟,平日和伏波将军积有很深的嫌隙,所以这次借故来陷害他。

有一次,伏波将军从征匈奴回朝,忽然他生病了,梁松前来探问他的病况,独自一人拜倒床下,他并不起身答礼,梁松怏怏而去。他的子侄们问他道:

"梁伯孙是当今皇帝的女婿,非常贵重,公卿以下,莫不怕他。他来拜问疾病,这是一番好意,大人为什么让他一人独拜床下,并不答礼？"

他说：

"梁松的父亲是梁统，武威太守，我的老朋友。那么，我就是梁松的'父执'，他应当称我老伯了。《礼记》上说道：'见父之执，不谓之进不敢进，不谓之退不敢退，不问不敢对。'梁松虽然贵为驸马，照礼，我是可以受他来拜，不必回礼的，难道我还不懂尊卑长幼之序吗？"

还有，当伏波将军从平定交阯回来的时候，觉得他的侄儿马严、马敦欢喜讥笑人家，议论是非，又和轻狂的侠客要好，这都不是处世做人的方法，因此手书告诫道：

吾欲汝曹闻人过失，如闻父母之名，耳可得闻，口不可得而言也。好论议人长短，妄是非正法，此吾所大恶也。宁死不愿闻子孙有此行也。汝辈知吾恶之甚矣，所以复言者，施衿结缡，申父母之戒，欲使汝曹不忘之耳。龙伯高敦厚周慎，口无择言，谦约节俭，廉公有威，吾爱之重之，愿汝曹效之。杜季良豪侠好义，忧人之忧，乐人之乐，清浊无所失，父丧致客，数郡毕至，吾爱之重之，不愿汝曹效也。效伯高不得，犹为谨敕之士，所谓刻鹄不成，尚类鹜者也。效季良不得，陷为天下轻薄子，所谓画虎不成，反类狗者也。迄今季良，尚未可知，郡将下车辄切齿，州郡以为言，吾常为寒心，是以不愿子孙效也。

伏波将军在这封家信里提到的杜季良，名保，京兆人，这个时候，他正做越骑司马。果然不久，有他的仇人上书告发他，说他行为浮薄，乱群惑众，致使伏波将军万里寄书，拿他的行为告诫兄子。而梁松、窦固却又和他结交要好，轻浮狡诈，同流合污，败坏善良风俗。光武得到这一封告状的书,宣召梁松、窦固,申斥一番,并把这篇状词,和伏波将军告诫侄儿的家信,都给他们去看。梁松、窦固看了,不胜惶恐,只因叩头谢罪,至于流血,才免治罪。光武还一面下诏,拜龙伯高为零陵太守;又一面下诏,免了杜季良的官。梁松所以怀恨伏波将军,这也是一个顶大的原因。

先是伏波将军在交阯,常常吃着薏苡的子实,叫做苡米或苡仁的一种东西。据古代医书上说,这种东西味稍甜,带寒性,去风湿,辟疫气,久吃轻身补气,可以长生。交阯是一个潮湿的地方,又多瘴气,居在这里的人,吃一点苡米最相宜,所以伏波将军很欢喜吃它。因为交阯这地方的薏苡长得很茂盛,结出子来也很肥大,马援想要把这薏苡的种子带回北方,所以当着凯旋的时候,满满地装了一车到了洛阳。许多阔官贵人背地议论,以为伏波将军也和别的军官一样,吞军饷,括地皮,发了一注大财,这个车子里面一定是满装着许多金子珠宝。有的羡慕着,有的嫉妒着。只因当时皇帝忒信任他,大家都不敢作声。

好了,如今伏波将军死了,光武皇帝已经很不高兴他,夺了他的封爵印绶。于是那些平日怀疑或怀恨伏波将军的人,如扬虚侯马武、于陵侯侯昱等,大家争着上书,说是伏波将军马援前次从交阯回京,带回了一辆大车子,车子里面满满地装着极贵重的明珠,和好看的犀角,以及别的宝物。光武皇帝看了他们的奏章,愈不高兴马援,愈觉生气。

伏波将军的夫人、儿子,在这流言极多极盛的时候,没有法子出来辨明,因此非常惶恐,不敢替伏波发丧,归葬先人的墓地。又因伏波身后萧条,没有多钱,仅仅买得城西数亩之地,还没有力量买得起棺材,只好用稻草包着尸身,举行草葬而已。而且伏波在生的一班宾客故旧,没有一个敢于前去作吊会葬。只有前任云阳令朱勃,独不怕死,为伏波诉冤,诣阙上书,说道:

> 臣闻王德圣政,不忘人之功,采其一美,不求备于众。故高祖赦蒯通,而以王礼葬田横,大臣旷然,咸不自疑。夫大将在外,谗言在

内,微过辄记,大功不计,诚为国之所慎也。故章邯畏口而奔楚,燕将据聊而不下,岂其甘心末规哉? 惮巧言之伤类也。窃见故伏波将军新息侯马援,拔自西州,钦慕圣义,间关险难,触冒万死,孤立群贵之间,傍无一言之佐,驰深渊,入虎口,岂顾计哉? 宁自知当要七郡之使,徼封侯之福邪? 八年,车驾西讨隗嚣,国计狐疑,众营未集,援建宜进之策,卒破西州。及吴汉下陇,冀路断隔,唯独狄道为国坚守,士民饥困,寄命漏刻。援奉诏西使,镇慰边众,乃招集豪杰,晓诱羌戎,谋如涌泉,势如转轨,遂救倒悬之急,存几亡之城。兵全师进,因粮敌人,陇冀略平,而独守空郡。兵动有功,师进辄克。诛锄先零,缘入山谷,猛怒力战,飞矢贯胫。又出征交阯,土多瘴气,援与妻子生诀,无悔吝之心,遂斩灭征侧,克平一州。间复南讨,立陷临乡,师已有业,未竟而死,吏士虽疫,援不独存。夫战或以久而立功,或以速而致败,深入未必为得,不进未必为非。人情岂乐久屯绝地,不生归哉? 惟援得事朝廷二十二年,北出塞漠,南度江海,触冒害气,僵死军事,名灭爵绝,国土不传,海内不知其过,众庶未闻其毁,卒遇三夫之言,横被诬罔之谗。家属杜门,葬不归墓,怨隙并兴,宗亲怖栗。死者不能自列,生者莫为之讼,臣窃伤之。夫明主醲于用赏,约于用刑。高祖尝与陈平金四万斤,以间楚军,不问出入所为,岂复疑以钱谷间哉? 夫操孔父之忠,而不能自免于谗,此邹阳之所悲也。《诗》云:"取彼谗人,投畀豺虎;豺虎不食,投畀有北;有北不受,投畀有昊。"此言欲令上天而平其恶。惟陛下留思竖儒之言,无使功臣怀恨黄泉。臣闻《春秋》之义,罪以功除;圣王之祀,臣有五义。若援所谓以死勤事者也。愿下公卿,平援功罪,宜绝宜续,以厌海内之望。臣年已六十,常伏田里,窃感栾布哭彭越之义,冒陈悲愤,战栗阙庭。

朱勃为着伏波将军马援诉冤,上书以后,光武皇帝竟没有理他,他只好仍然回到乡间去了。

说到朱勃这老头儿,他原来是伏波将军的同乡。他十二岁时,就读好了《诗经》、《书经》。有一次,他去拜会伏波将军的哥哥马况。他已经披上学者穿的方领衣服,走起路来也大摇大摆,像煞有介事,好像有了不起的样子。这个时候,伏波将军的年龄虽和他差不多,可是才开始念书,看了他这种模样,很觉自愧赶不上他。马况倒很乖觉,会到了他弟弟的意思,就一面自己酌酒来喝,一面安慰他弟弟道:

"朱勃这小孩,小器速成,他的聪明就都在这里了。你,大器,当晚成,说不定他将来还要从你来学的,你可不要怕他哩!"

后来,马援果然做到了伏波将军,封了侯,朱勃还不过是一个县令。可是伏波将军虽然做了大官,对待朱勃还是和从前一样,只因人太相熟了,有时也不免看朱勃不起。好在朱勃并不见怪,倒还越觉亲密起来。直到这个时候伏波将军死了,遭受一些污蔑冤枉的谗言,能够挺身出来,替伏波将军说几句公道话的,就只有朱勃这一个老头儿了。

其后,伏波将军的夫人、儿子,和侄儿马严,全家大小,牵着草索,穿着孝服,诣阙请罪。光武皇帝还不高兴,就把梁松所上的书奏拿给他们一看,他们才知道陷害或诬蔑伏波将军的人,都是:误将薏苡当明珠!

伏波将军的家属,前后六次上书;诉冤诉苦,极其哀切,这才稍稍感动了皇帝,准许他们替伏波将军举行正式的葬礼。直到盖棺论定,当时的人才知道"将军原不爱明珠"!

这样抵抗外侮不怕死,带兵做官不爱钱的军人,古往今来,曾有几个?

生在一千七百年后的我们,眼见许多新新旧旧大大小小的军阀,对内不惜拼命,对外大家怕死,拥财巨万,横行一方,还居然大喊口号:"救国!救国!""革命!革命!"读完这篇马援的传记,我真给他们羞死了!

附　　记

马　援　传

　　见《后汉书》卷五十四。这一本小书所用的材料。大半系根据《后汉书·马援传》，变成演义体。再，《后汉书》里《光武帝纪》、《隗嚣传》、《公孙述传》，以及《南蛮西羌》、《匈奴》、《乌桓》等传，凡和马援有关的，也采取了一些。本来马援建功立业的地方，在今两广、湖南、甘肃、山西等省，这些省县的地方志也当参考一番，但因一时找不到手，只好根据正史，略加传说，就算完卷了。

马　援　生　卒

　　据《马援传》，马援死于后汉光武建武二十五年，年六十三，因此，我们可以推算他是生于西汉成帝永始三年。倘用西历推算，他是生于西历纪元前十四年，死于纪元后四十九年。今年是民国二十二年，即西历一千九百三十三年，马援已经死了一千八百八十四年了。

马援家属

在这本小书里已经说到了马援的远祖、曾祖、祖父、父亲,和他的几个兄弟了,这里不消再说,不过还有要补说的。他有儿子四人,马廖封顺阳侯,马防封颍阳侯,马光封许阳侯。幼子客卿最聪明,早死,因此,蔺夫人为了爱子心伤,不免发疯了。马廖还算宽和谨慎。马防、马光却仗着国舅老爷的势子,都很骄奢淫佚,不能遵守伏波的家教。伏波有女三人,小女即明德马皇后,在伏波死后,马严为了免祸得福,进献到宫里去的。这位皇后是一位汉朝有名的贤后,诸马子孙能够保全,不能不说是靠她的力量了。马严、马敦为伏波次兄马余的儿子。马余早死,严、敦兄弟还算能够听他叔父伏波将军的教训。

马援进铜马表

夫行天莫如龙,行地莫如马。马者甲兵之本,国之大用,安宁则以别尊卑之序,有变则以济远近之难。昔有骐骥,一日千里,伯乐见之,昭然不惑。近世有西河子舆,亦明相法。子舆传西河仪长孺,长孺传茂陵丁君都,君都传成纪杨子阿。臣援尝师事子阿,受相马骨法,考之于行事,辄有验效。臣愚以为传闻不如亲见,视景不如察形。今欲形之于生马,则骨法难备具,又不可传之于后。孝武皇帝时,善相马者东门京,铸作铜马法,献之。有诏立马于鲁班门外,则更名鲁班门曰金马门。臣谨依仪氏䩭,中帛氏口齿,谢氏唇鬐,丁氏身中,备此数家骨相以为法。

伏波将军之身后荣典

永平初年，伏波将军有一个女儿做了皇后。当时那位显宗皇帝特地把建武时代名臣列将的画像陈列云台，大约因为伏波将军是他的丈人罢，独没有画像在里面。东平王苍看了这些功臣的画像，就问显宗皇帝道："为什么不画伏波将军的像？"显宗皇帝笑了，却没有回话。到了永平十七年，伏波夫人死了，就替他们夫妇修坟墓，起祠堂。建初三年，肃宗皇帝使五官中郎将持节追策，加伏波将军以忠成侯的谥号。

中华民国二十二年九月十日，子展记。

（新生命书局一九三三年版）

林　则　徐

林 则 徐

一 鸦片烟初入中国

行过险栈出褒斜,历尽平川似到家。无限客愁今日散,马前初见米囊花。

这是晚唐诗人雍陶所作,题为《西归科谷》的一首七言绝句。下面再来一首五言的诗:

倒排双陆子,希插碧牙筹。既似牺牛乳,又如铃马兜。鼓槌并瀑箭,直是有来由。

这首诗也是一个唐朝人所作,题为《咏罂粟子》。这位诗人姓名叫做李贞白,大约他也是生在晚唐时候的罢。

原来鸦片输入中国,这是一件很古的事。据说唐朝德宗皇帝贞元年间,就有阿拉伯商人把鸦片带到中国来。还有人说,唐高宗皇帝乾封年间,西域拂菻国遣使进贡"底也伽",这叫做底也伽的一种东西就是鸦片,那就比贞元年间还早了。这两种说法,我想不是没有根据的,至少在晚唐时候,中国已有鸦片这种东西,而且中国人自己也有知道栽种的了,上面抄写的那两首诗,就是有力的证据。我们知道米囊花就是罂粟花,罂粟子也就是制鸦片的原料。不过当初鸦片输入中国,是把它当做一种从外国远来的最贵重的药品。记得唐朝人译的佛书《毗奈耶杂事》里说,佛家有病,可以吸烟,以两碗相合,底上穿孔,中着火置药,再以铁管长十二指置孔吸之,这当然就是吸鸦片了。这种吸法是不是同佛经一道从印度传到中国,我们还不知道。不过我们说,那个时候这麻醉剂的鸦片快要随着像麻醉剂一样的佛经开始毒害中国人了,这话是不算怎么错误的!

北宋大诗人苏轼有诗句说:

道人劝饮鸡苏水,童子能煎罂粟汤。

又苏辙有《种药苗》诗,也是咏罂粟。可见宋朝人已有栽种罂粟,服食罂粟汤的。大约在唐宋时代,鸦片这东西,极稀少,极贵重。直到明朝,还是这样。《大明会典》,记载各国进贡的物品,暹罗、爪哇等国,都曾进贡鸦片。据说明朝成化年间,宪宗皇帝差人收买鸦片,其价与黄金相等,可见当时鸦片是怎样的稀少,又是怎样的贵重了。

稍后一百多年,神宗皇帝万历十七年关税表中,载鸦片二斤,值价银条二个,鸦片还是这样的贵,可是从此以后,鸦片的输入就渐渐多起来了。因为自明朝中叶以后,葡萄牙人占住了澳门,握着东亚贸易的霸权,鸦片也是他们贸易的一部分。明末清初,英国在东亚贸易的势力渐渐抬头起来,他们又由印度贩运鸦片,卖到中国,只因这个时候,鸦片往往用做药品,而且大半是广东、福建沿海几省的人民才服食的,并没有很普遍地流毒到内地来;加以一年输入鸦片的数目不过几百箱,为害也不大;所以当时的政府不曾把鸦片看作毒物,鸦片是和别的货物一样,只要完纳关税,就可以公然进口的。

二　为何严禁鸦片烟

　　鸦片开始被认为一种毒物，禁止私贩和吸食，这是因为鸦片输入愈多，已经不仅当做一种治病的药物，渐渐成为一种害人的嗜好品了。雍正七年，满清政府第一次公布吸用鸦片的禁令，贩者枷杖，再犯边远充军。不过当时吸用鸦片的人只要假托治病，那就不算犯罪；私贩鸦片的人也只要强辩他所贩运的鸦片是药材，不是鸦片烟，就可以免罪。因此，发生过一桩这样的笑话：

　　雍正七年，福建巡抚刘世明奏称：漳州府知府李国治，拿得行户陈远私贩鸦片三十四斤，业经拟以军罪。及臣提案亲讯，则据陈远供称鸦片原系药材，与害人之鸦片烟并非同物。当传药商认验，佥称此系药材，为治痢必需之品，并不能害人。惟加入烟草同熬，始成鸦片烟。李国治妄以鸦片为鸦片烟，甚属乖谬，应照故入人罪例，具本题参。

　　私贩鸦片的罪犯供称"鸦片原系药材，与害人之鸦片烟并非同物"，已经可笑；不料那位审判的长官，还是封疆大吏，竟至被他瞒过，公然上奏皇帝，皇帝也弄不明白，可不是一桩大笑话吗？大约因为当时吸食鸦片的人很少，鸦片的害处没有十分显著，所以有许多人还不知道鸦片是什么东西，无怪乎闹过"鸦片与鸦片烟并非同物"的笑话了。

　　满清政府第二次禁烟，时在乾隆年间，曾将所存鸦片一千余箱烧毁。并且另定法律，严禁吸卖：

　　国内商人贩卖者枷一月，杖一百，遣边充戍卒三年。侍卫官吏犯者罢职,枷二月,杖一百,流谪三千里为奴。

这禁令也曾发生过一时期的效力。时期稍久,法令失效,而且鸦片的流毒比较以前更加深入了。

满清政府第三次禁烟,时在嘉庆年间。嘉庆初年,有旨严禁鸦片,并裁去鸦片税额,不准入口。稍后发觉偷运之弊,禁令更严。凡洋艘至粤,先由行商出具所进黄埔货船并无鸦片甘结,方准开舱验货,其行商容隐查出者加等治罪。有发见者,辄销毁之。嘉庆二十一年,曾烧鸦片三千二百箱。可是禁令越严,秘密贩卖越盛,鸦片烟一时倒多起来。于是英国奸商设船屯积鸦片,有"鸦片趸",停泊在广州湾中的伶仃岛、大屿山。广东汉奸包运鸦片的船,有装了炮械的快蟹;包买鸦片的商店,有在广州的"大窑口",分设各地的"小窑口"。到处勾结衙门吏胥差役,以及巡防哨兵。甚至买通沿海各地官衙,私立契约,每输入鸦片一箱,纳贿若干。自有鸦片输入中国以来,直到这个时候,鸦片流毒已经极其显著,差不多要禁也无从禁起,这真是中国莫大的隐忧了!

满清政府第四次禁烟,时在道光年间。道光元年,重申烟禁。但是两广总督阮元奉旨密查夷商输入鸦片的结果,却奏请"暂事羁縻,徐图禁绝"。于是夷商鸦片趸船进泊急水门、金星门等处,勾结汉奸,往来贩运,广州湾成了鸦片烟的大本营。道光七八年间,又令粤省大吏,严行禁烟。因为英国奸商买通粤省一般贪官污吏的缘故,鸦片秘密进口,还是通行无阻的,而且进口更多了。比如嘉庆二十三年英商进口鸦片额只有四千箱,道光十年竟增加到一万八千箱。于是满清政府不得不急谋断绝鸦片的来源了。道光十一年五月,又下了一道上谕,说:

> 鸦片流毒最甚,前已屡降谕旨,通饬各省督抚,各就地方情形,设立章程,严行查禁。惟鸦片多系来自外洋,聚于广东,若不杜绝来源,是不揣本而齐末。现经有人条陈各弊,是否实在情形,着李鸿宾等确

加查核,如何使烟土不能私入,洋面不能私售,各地于货船之外不得另设船只之处,悉心磋议,务将来源断绝,勿令流入内地,以除后患。

可见那个时候的政府已经下了决心要禁绝鸦片。不过内而京官,外而地方官吏,也有以为鸦片不必禁的,也有以为可以分别查禁,变通办理的,因此,禁令有名无实。到了道光十六年,鸦片输入额竟加到二万七千多箱,十八年加到二万八千多箱,鸦片输入,逐年增加。从嘉庆二十二年到道光十八年,二十多年间,鸦片输入额的增加,差不多九倍了。鸦片既然大量的输入,就可见当时鸦片的流毒更加厉害,更加普遍了。何况鸦片输入增加一分,即现银输出增加一分,对于国计民生要发生绝大的影响呢?所以道光十八年,鸿胪寺卿黄爵滋奏请禁烟一疏说:

> 为请严塞漏卮以培国本事:窃见近年银价递增,每银一两,易制钱一千六百有零,非耗银于内地,实漏银于外洋也。盖自鸦片流入中国,道光三年以前,每岁漏银数百万两。其初不过纨绔子弟习为浮靡,嗣后上自官府缙绅,下至工商优隶,以及妇僧女尼道士,随在吸食。粤省奸商勾通兵弁,用扒龙快蟹等船运银出洋,运烟入口。故自道光三年至十一年,岁漏银一千七八百万两。十一年至十四年,岁漏银二千余万两。十四年至今,渐漏至三千万两之多,福建、浙江、山东、天津各海口,合之亦数千万两。以中土有用之财,填海外无穷之壑;易此害人之物,渐成病国之忧,日复一日,年复一年,臣不知伊于胡底!各省州县地丁钱粮,征钱为多,及办奏销,以钱易银,前此多有盈余,今则无不赔贴。各省盐商卖盐俱系钱文,交课尽归银两,昔之争为利薮,今则视为畏途。若再三数年间,银价愈贵,奏销如何能办?税课如何能清?设有不测之用,又如何能支?今天下皆知漏卮在鸦片,所以塞之之法,亦纷纷讲求,而实未知其所以禁也。夫耗银之多,由于贩烟之盛。贩烟之盛,由于食烟之众。无吸食自无兴贩,无兴贩

则外夷之烟自不来矣。今欲加重罪名,必先重治吸食。臣请皇上准给一年期限戒烟,虽至大之瘾,未有不能断绝。一年以后,仍然吸食,是不奉法之乱民,置之重刑,无不平允。查旧例吸食鸦片者,罪仅枷杖,其不指出兴贩者,罪止杖一百,徒三年,然俱系活罪。断瘾之苦,甚于枷杖与徒,故不肯断绝。若罪以死论,是临刑之惨急,更苦于断瘾之苟延。臣知其情愿断瘾而死于家,必不愿受刑而死于市。况我皇上雷霆之威,赫然震怒,虽愚顽之民,沉溺既久,自足以发聋振聩。在谕旨初降之时,总以严切为要。皇上之旨严,则奉法之吏肃。奉法之吏肃,则犯法之人畏。一年之内,尚未用刑,十已戒其八九。已食者竟藉国法以保余生,未食者亦因炯戒以全身命,此皇上止辟之大权,即好生之盛德也。伏请饬谕各督抚严饬府州县清查保甲,预先晓谕居民,定于一年后取具五家互结,仍有犯者,准令举发,给予优奖。倘有容隐,一经查出,本犯照新例处死外,互结之人,照例治罪。通都大邑,往来客商,责成铺店,如有容留食烟之人,照窝藏匪类治罪。现任文武大小各官,如有逾限吸烟者,照常人加等,其子孙不准考试。官亲幕友家丁除本犯治罪外,本管官严加议处。各省满汉营兵,照保甲办理;管辖失察之人,照地方官办理。庶几军民一体,上下肃清,漏卮可塞,银价不致再昂,然后讲求理财之方,诚天下万世臣民之福也。臣为民生国计起见,谨据实以闻。谨奏。

这是当时清廷诸臣奏请严禁鸦片最有力的一篇。他已感觉外人的鸦片贸易,于民生国计大有妨碍。换现在人的话说,鸦片贸易是英帝国主义者当初对华最阴险最狠毒的一种经济侵略。黄爵滋又曾上奏说:

此烟制自英吉利夷,严禁其国人勿食,有犯者以炮击沉海中,而专以诱他国之人,使其软弱。既以此取葛留巴,又欲以此诱安南。被安南严令诛绝,始不能入境。今则蔓延中国,横被海内,槁人形骸,蛊人心志,丧人身家,实生民以来未有之大患,其祸烈于洪水猛兽。积重难返,非雷厉风行,不足以振聋发聩,请仿《周官》用重典,治以死罪!

这一奏章却是从国民健康,国民道德来说的,鸦片流毒最厉害的几点,都经他说到了。当时满清政府采纳了他的奏议,申禁三条:

(一)合十人为一保,互相警戒,其中一人犯禁,十人受罚。
(二)家藏鸦片及烟具者处死。
(三)如官吏受贿不报者,削其官职。

并向居留广东的英吉利商人严申诰戒:以后不得输入鸦片,储存商馆及船上之鸦片,均须运载回国。同时并令各省督抚厉行烟禁,各议章程具奏。不料官场腐败,遇事敷衍,各省督抚没有几个肯真正执行这种严厉的禁令。而且鸦片容易上瘾,断瘾实在为难;贩烟可以发财,奸商并不怕死。何况实行经济侵略,继续鸦片贸易,是当时英帝国主义者进攻中国预定的策略,一纸上谕,那是威吓他不退的呢!

三　林则徐禁烟硬干

这个时候,只有湖广总督林则徐真正能够实行道光皇帝关于鸦片烟的禁令。他于道光十八年五月初二日奉到筹议禁烟章程的上谕,就和湖南巡抚钱宝琛,护湖北巡抚张岳崧,会同出示,剀切禁戒,查拿开馆兴贩之人;并在武昌汉口等处设局,派委妥员,收缴烟枪烟斗及一切器具余烟。自从设局到六月底止,拿获及自首缴出的烟土烟膏,共计一万二千余两,收缴烟枪计一千二百六十四杆,武汉以外各属缴获的膏土烟具还不在内。

此时湖南方面也曾收缴烟枪二千三百多杆。这都可以想见林氏严禁鸦片,雷厉风行之一斑。他不仅对于禁烟有实行的办法,对于戒烟也有经验的良方。他在《筹议严禁鸦片章程折》中说:

十余年来,目击鸦片烟流毒无穷,心焉如捣,久经采访各种医方,配制药料,于禁戒吸烟之时,即施药以疗之,就中历试历验者,计有丸方两种,饮方两种。

他的丸方两种,一为补正丸方,一为忌酸丸方。他说:

不曰戒烟丸,而曰忌酸丸者,盖以既用烟灰吞服之后,若与味酸之物同食,则令人肠断而死,故以忌酸名方,欲服之者顾名知忌耳。

忌酸丸方

生洋参五钱　白术三钱　当归二钱　黄柏四钱　炙黄芪三钱半　川连四钱　陈皮二钱　柴胡二钱半　炙甘草三钱半　沉香二钱忌火　木香二钱忌火　天麻三钱　升麻一钱半

共为细末,入生附子七钱,米泔浸透,石臼中捣如泥。再入烟灰一两,搅匀入面糊,同药为丸,如小桐子大,丸成后共称重若干。约计平时有瘾一分者,每日所服之丸须有烟灰一厘二毫为度,必于饭前吞下,否则不验。起初一二日,或多吞些,令其微有醉意,则有烟亦不思食矣。吞定三五日后,每日减忌酸丸一丸,用补正丸二丸顶换吞下。

补正丸方

生洋参　白术　当归　黄柏　川连　炙甘草　陈皮　柴胡　沉香　天麻　升麻

各药分两,俱照前方。共为细末,用密和丸如桐子大,以之顶换忌酸丸。如初一减忌酸丸一丸,则用补正丸二丸吞下。至初二则减忌酸丸二丸,又用补正丸四丸吞下,余可类推。至忌酸丸减尽,再服补正丸十日或半月,后连补正丸亦不用服矣。如瘾重者一剂不能尽除,即多服两剂,瘾亦必断。

他的戒烟饮方两种,一为四物饮,一为瓜汁饮。他说:

忌酸补正前后丸方极灵验矣,而配合两剂,需钱数千文。彼惮于断烟者,尚有所借口,或谓一时乏此整项,或谓配合费事,有需时日。即劝人断烟者,亦未必均肯捐资,多制丸药,随人施给。虽刀圭可以救病,如畏难苟安何!故又附录两种良方,皆费钱极少,而为效甚捷者,庶穷乡僻壤之地,舆台奴隶之微,但使一念知悔,皆可立刻自医,更何畏难之有?嗟夫!人孰不欲生?若不于此求生,则死于烟与死于法,均之孽由自作耳,可不惧哉?所有简便二方,附录于后:

四 物 饮

赤沙糖一斤　生甘草一斤　川贝母八钱去心研细　鸦片灰三钱瘾重者四钱

右四物,以清水十余大碗,入铜锅煎两三时,约存三四碗,愈浓愈妙。将渣滤出,取汁贮瓷瓮内,置静室无人行处。每日早起及夜卧之前,各取汁一杯,以开水温服,瘾即可断。如瘾极重者,取已煎之汁而重煎之,十杯煎成一杯,照前再服必效。

瓜 汁 饮

南瓜正在开花时,连其叶与根藤一并取下,涤净于石臼中,合而捣之,取汁常服,不数日凤瘾尽去。甫经结瓜者,连瓜捣之亦可用。

这四种戒烟断瘾药方,系林则徐积十多年的经验,认为有特效的东西。至今所谓国药店子还有发卖林文忠公戒烟丸的,在中国药中,这当然要算特

效药中顶有名的一种了

当林则徐在湖广总督任上厉行禁烟的时候,他曾自己捐廉,配制他发明的这种戒烟断瘾药丸二千料施给一般吸烟的贫民。据说当时湖北一省,除官制断瘾药丸外,凡省城汉镇药店所配戒烟之药,无家不有,无日不售,高丽参洋参等药都曾涨价几倍。每逢林制军因公出衙,就有许多耆老妇女拦轿跪拜,称谢林大人。因为他的儿子,或是她的丈夫,久患烟瘾,如今因禁令森严,又官府施药,都把烟瘾戒断,身体渐强,不能不感谢林大人的德政了。

四　钦差大臣到广东

却说道光皇帝听到了林则徐在湖广方面禁烟的成绩极好,很觉高兴。恰好这时候,林则徐奏请重禁吃烟,以杜弊源的一折也递到了。那奏折里面说道:

> 当鸦片未盛行之时,吸食者不过害及其身,故杖徒已足蔽辜。迨流毒于天下,则为害甚巨,法当从严。若犹泄泄视之,是使数十年后,中原几无可以御敌之兵,且无可以充饷之银。兴思及此,能无股慄!

道光皇帝得奏,非常感动。就在十八年初冬,特诏林则徐来京陛见,面授方略。十一月十五日,钦奉谕旨:"著颁给钦差大臣关防,驰驿广东,查办海口事件,所有该省水师兼归节制。"林则徐在京请训陛辞之后,即于二十三日出京,经过直隶、山东、安徽,都无耽搁,行到江西,路上连遇大雪纷飞,稍有停滞,随即加紧前进,以速补迟。道光十九年正月二十五日,就行抵广东省城了。

当时两广总督邓廷桢,巡抚怡良,他们已经很能厉行鸦片禁令,迭次拿获鸦片烟犯，水陆交严，群情颇为警动。等到听得林钦差奉旨前来，查办海口事件，烟犯夷商越加害怕起来。所以有二十多只夷商货船先后开动，声称回国。就是那个在广东年久，贩烟致富，混号铁头老鼠的英夷查顿，也于十八年十二月十二日，请牌下澳，附搭港脚唉船，声称回国去了。查顿在粤已二十年，他和汉奸地痞串通一气，鸦片之到处流行，要算他是罪魁祸首。道光十六年冬间，两广总督邓廷桢奉旨禁烟，就曾下令驱逐他，但他借口清理帐目，又逗留了两年。林则徐于动身来粤之时，就曾秘密差人捷足飞信到粤，先去查访这个查顿。所以十八年十二月间，广东省城有一种传言，说是钦差大臣一到，首先拿办查顿，查顿心惊胆虚，只好赶早就跑了。

　　林钦差到粤之后，立刻探听英人商馆方面的情形，听说还是暗中贩卖鸦片如故，就会同两广总督邓廷桢，严申烟禁，并颁布新律，以一年半为限，凡吸烟罪绞，贩烟罪斩。并首先捕拿出入英人商馆的汉奸多名，斩首示威。一面分派兵哨各船，在伶仃洋一带巡查，堵截烟船通过。无论内地何项船只，驶近夷商烟船，概行追击。至东路惠州、潮州等属洋面口岸，一体巡防。海防已有把握，舆论也加帮助，林钦差就要实行他的禁烟计划了。

五　勒令呈缴鸦片烟

　　林钦差以为去年冬季开动的二十二只鸦片趸船，虽然离却向来停泊的伶仃洋等处，其实并没有回国。只因上年以来，各海口处处严防，难于发卖，而其奸谋诡计，仍思乘机发售，不但不肯丢下海洋，亦不肯带回本国。即使逐出老万山以外，不过暂避一时，而不久又来，终非了局。且内海匪船亦难保不潜赴外洋，勾结售买。必须将其趸船鸦片，销除净尽，乃为断绝祸根。他又以为趸船虽暂时停泊外洋，贩烟奸夷多在商馆。纵不立加法办,应该先以理喻。他就和总督邓廷桢、巡抚怡良会商,撰一示谕各国夷商呈缴鸦片,取具永不贩卖甘结的谕帖,即于二月初四日公同坐堂,传讯洋商,将谕帖发给,叫他们回到夷馆,带同通事,翻译解释,立限禀覆。那谕帖道:

  谕各国夷人知悉:照得夷船到广通商,获利甚厚,不论所带何货,无不全销;欲置何货,无不立办。是以从前来船,每岁不及数十只,近年来至一百数十只之多,我大皇帝一视同仁,准尔贸易,尔才沾得此利。倘一封港,尔各国何利可图? 况茶叶大黄,外夷若不得此,即无以为命,乃听尔年年贩运出洋,绝不靳惜,恩莫大焉。尔等感恩,即须畏法,利己不可害人,何得将尔国不食之鸦片烟带来内地,骗人财而害人命乎? 查尔等以此物蛊惑华民,已历数十年,所得不义之财,不可胜计,此人心所共愤,亦天理所难容! 从前天朝例禁尚宽,各口犹可偷漏;今大皇帝闻而震怒,必尽除之而后已。所有内地人民贩鸦片,开烟馆者,立即正法;吸食者亦议死罪。尔等来至天朝地方,即应与内地人民同遵法度。本大臣家居闽海,于外夷一切伎俩,早皆深悉其详,是以特蒙大皇帝颁给平定外域,屡次立功之钦差大臣关防,前来查办。若追究该夷人积年贩卖之罪,即已不可姑容,惟念究系远人,从前尚未知有此严禁,今与明申约法,不忍不教而诛。查尔等现泊伶仃等洋之趸船,存贮鸦片甚多,意欲私行售卖;独不思海口如此严拿,岂复有人敢为护送? 而各省亦皆严拿,更有何处觅与销售? 此时鸦片禁止不行,人人知为鸩毒,何苦贮在夷趸,久椗大洋? 不独徒费工赀,恐风火更不可测也。合行谕饬,谕到,该夷商等速即遵照,将趸船鸦片尽数缴官,由洋商查明,共缴若干箱,造具清册,呈官点验,收明毁化,以绝其害,不得丝毫藏匿,一面出具夷字汉字合同甘结,声明嗣后来船永远不敢夹带鸦片;如有带来,一经查出,货尽没官,人即正法字样。闻该夷平日重一信字,果如本大臣所谕,已来者尽数呈缴,未来者断绝不来,是能悔罪畏刑,尚可不追既往;本大臣即当会同督抚两院,奏恳大皇帝格外施恩,不特宽免前愆,并请酌予赏犒,以奖其悔惧之心。此后照常贸易,既不失为良夷,且正经买卖正可获利致富,岂不体面? 倘执迷不悟,犹思捏禀售私;或托名水手带来,与尔无涉;或诡称带回该国,投入海中;或乘间而赴他省觅售;或搪塞而缴十之一二;是皆有心违抗,怙恶不悛,虽以天朝柔远绥怀,亦不能任其藐玩,应即遵照新例,一体从重惩创。此次本大臣自京面承圣谕,法在必行;且既带此关防,得以便宜行事,非寻常查办他务可比。若鸦片一日未绝,本大臣一日不回,誓与此事相始终,断无中止之理。况察看内地民情,皆动公愤。倘该夷不知改悔,惟利是图,非但水陆官兵,军威壮盛,即号召民间丁壮;已足制其命而有余。而且暂则封舱,久则封港,更何难绝其交通? 我中原数万里版舆,百产丰盈,并不借资夷货,恐尔各国生计,从此休矣;尔等远出经商,岂尚不知劳逸之殊形,与众寡之异势哉? 至夷馆中惯贩鸦片之奸夷,本大臣早已备记其名,而不卖鸦片之良夷,亦不可不为剖白,有能指出奸夷,责令呈缴鸦片,并首先具结者,即是良夷,本大臣必先优加奖赏,祸福荣辱,唯其自取。今令洋商伍绍荣等到馆开导,限三日内回禀。一面取具切实甘结,听候会同督抚,示期收缴,毋得观望逶延,后悔无及! 特谕。

这个关于收缴鸦片的谕帖发出以后,各国商人都观望于英商,英商又推诿于领事义律,义律却早已逃避到澳门去了。三日限满,只有通晓汉语的洋商呧等四名,经司道及广州府等官传到公所,面加晓谕。因他们回禀的话还算恭顺,当即赏给红绸两疋,黄酒两坛,著令开导其他洋商,速缴鸦片。二月初十日,义律才由澳门回来,并不遵谕呈缴鸦片。林钦差因此查照历届英夷违抗,即行封舱成案,移咨粤海关监督豫堃,将英商停泊黄埔的货船暂行封舱,停止贸易。又夷馆雇用的买办工人每每替他们暗通消息,也叫他们一律撤退。再将前此所派暗中防备的兵役,酌量加添,凡远近要隘之区,俱令明为防守,不许夷人出入往来,仍密谕弁兵不得轻举肇衅。自经这样严密防守之后,省城夷馆与黄埔、澳门及洋面趸船,信息绝不相通;又因买办工人全体退出,夷馆食物,渐形窘乏。当时洋商惊惶万状。不到五天,即于二月十三日,英国领事义律只得禀覆,情愿呈缴鸦片。寻禀帖道:

  英吉利国领事义律具禀钦差大人,为恭敬遵谕禀覆事。转奉钧谕,大皇帝特命,示令远职,即将本英国人等经手之鸦片悉数清缴,一俟大人派妥官宪,立即呈送,如数查收也。义律一奉此谕,不得不遵,自必刻即认真,一体顺照。缘此恭惟禀请明示,现今装载鸦片之英国各船应赴何处缴出。至所载鸦片若干,缮写清单,求俟远职一经查明,当即呈阅也。谨此禀赴大人台前,查察施行。

  林钦差收了英国领事义律的这个禀帖,当即赏给牲畜等物二百数十件,并向义律查问鸦片确数,并令缮呈清单。义律随即向各洋商追问明白,过了一天,又递一个覆禀,说道:

  英吉利国领事义律敬禀钦差大人,为遵谕呈单事,昨因谨奉大人钧谕,即经远职持掌国主所赐权柄,示令本国人等,即将英吉利人所有之鸦片如数缴送远职也。现经远职查明,所呈共有二万零二百八十三箱,恭候明示查收。缘此谨禀赴大人台前,查察施行。

  林则徐得了义律这个覆禀,非常欢喜。当即谕令各船驶赴虎门,以凭收缴鸦片。他叫巡抚怡良留在省城弹压防范,他自己就和总督邓廷桢于二月二十七日自省乘船启行,二十八日同抵虎门炮台,会同水师提督关天培,督率文武委员,分船收缴,计自二月二十九日至四月初六日,合计前后收缴鸦片,共一万九千一百八十七箱,又二千一百一十九袋,较义律原禀应缴之数,多出一千多袋。林则徐随又严谕该领事义律,将新来载货夷船,随到随查,如无鸦片,即具保结请验,倘有夹带,自行首缴,免罪;如敢朦混隐瞒,查出,不许开舱,驱逐回国。当收缴鸦片的时候,约定凡缴出鸦片一箱或一袋者,赏给茶叶五斤,所需十万多斤,共一千六百四十箱,后来都由林则徐、邓廷桢几个人捐俸购办,不论英人收受与否却可以想见林邓诸人决心禁烟,忠于国事之一斑。

六　焚鸦片大快人心

当时钦差大臣林则徐收缴洋商这许多的鸦片,将怎样处置呢?

一箱计装整土四十个,每个约重三斤,每箱约重一百二十斤。箱系番木板所制,并用生牛皮封裹。这是放在趸船正舱的。放在边舱的就用口袋,因为少占地位,易于匀摆,每袋重量也是约一百二十斤。这些烟土名色,有许多种。黑的叫做"公斑土",这是上等鸦片。另有一种"小公斑",每箱袋八十个,每个用洋布包裹,制造亦较精致,这是最上等的烟土,价值极贵。此外有"白土"、"金花土"。据说在道光十七年的时候,鸦片每个值洋三十多元,到了这次严禁时期,只须十六元至十八元不等。拿当时钱价核算,每箱价值在六百元以上,合计二万余箱,约值一千三四百万元,这就不能不算是一个大数目。何况当时进口外货总值不过二千五六百万元,鸦片竟占其二分之一呢?

这样贵重而又迷人的东西,收缴了这许多,真是不容易处置!你想,每一只鸦片箱长约三尺,高和宽各约一尺五寸,大房一间才能堆至四五百箱之数,虎门滨海一带民房庙宇都容不下。林则徐只好想出一个法子,就是合并民房庙宇数所,围筑外墙,添盖高棚,勾排封贮,内派文职正佐十二员,分棚看守;外派武职十员,带领弁兵一百名,昼夜巡逻。这样严密防守,总算没有偷漏抽换的弊病,不过长此下去,不是了局。林则徐就和邓廷桢等会奏道光皇帝,请将所缴鸦片原箱解京,验明烧毁,四月十二日奉到硃批准许。林、邓诸人拟即装载起运,又于十八日接准军机处咨开,内阁奉上谕:

前据林则徐等驰奏,趸船鸦片尽数呈缴,请解京验明烧毁,当降旨允行。本日据御史邓瀛奏称,广东距京程途辽远,所缴烟土,为数较多,恐委员稽察难周,易启偷漏抽换之弊等语。林则徐等经朕委任,此次查办粤洋烟土,甚属认真,朕断不疑其稍有欺饰。且长途转运,不无借资民力。著无庸解送来京,即交林则徐邓廷桢怡良于收缴完竣后,即在该处督率文武员弁公同查覆,目击烧毁,俾沿海居民及在粤夷人共见共闻,咸知震詟。该大臣等唯当仰体朕意,核实稽查,断不准在事员弁人等稍滋弊混。钦此!

林则徐奉到这个就地销毁鸦片的上谕,就立刻准备销毁。销毁的方法,他曾熟筹屡试。因为向来用火销化,系用桐油拌过,这个法子未尝不好,不过烧过之后,总有残膏剩沥,渗入水中。积惯煎熬之人,竟能掘地取土,煎熬一遍,十分可得二三,经林氏广咨博采的结果,知道鸦片最忌的有两样东西,一为盐卤,一为石灰。凡以烟土煎膏者,投以灰、盐,即成渣沫,必不能收合成膏。只是逐箱烟土都用灰盐煮化,没有那样多的锅灶,也经不起那样长久的时间。

于是选于海滩高处,挑挖两池,轮流浸化。池底平铺石块,横置各十五丈。四旁栏桩钉板,不使有一点渗漏,前面设一涵洞,后面通一水沟,池岸周围,插立栅栏,中设棚厂数座,作为文武员弁巡查的地方。浸化的时候,先由沟道车水入池,撒盐成卤。所有箱内烟土,逐个切成四瓣,投入卤中泡浸半日。再将整块烧透石灰纷纷抛下,顷刻便如汤沸,不烧自燃。当这销化的时候,脓油上涌,渣滓下沉,臭秽熏腾,不可向迩。等到销化快要尽了,再雇人夫多名,各拿铁锄木耙,站在跳板上面,往来翻动,务使颗粒悉化。直到晚边退潮时候,开放涵洞,随浪送出大海,并用清水洗刷池底,不使它有一点一滴余剩。倘若今天第一池还没有洗刷清楚,明天就止用第二池,泡浸翻动的方法都照昨日。

总之每化一池,必清一池之底,以免套搭牵混,生出弊端。天晚了,停工了,就将池岸四围栅栏全行封锁,派令文武员弁四周巡查。广东天气,初夏早热,所用人夫,仅穿短裤,上身下腿,向来都是赤裸裸的,当他们停工放出时候,与执事工役一同搜检,不许稍有夹带。不过也有不怕死的,居然乘机偷窃些许,都被当场拿获,先后共有十多人,一律严行办罪。还有窃贼于堆积烟箱的地方,乘夜爬墙凿箱偷土,也经内外看守的员弁查获破案,交官严审重办了。

这次焚烧鸦片,计从四月二十二日起,到五月十五日止,才全部烧完。到场监视的官员,常驻的有林则徐、关天培、豫堃,轮流来的有邓廷桢、怡良,以及广州将军德克金布,左翼副都统奕湘,右翼副都统英隆,这都是大员;还有司道府县较小的官也都分班看守。每一烟箱都曾当官劈开过秤,共有一万九千一百七十九箱,二千一百一十九袋,总计斤两,除去箱袋,实共二百三十七万六千二百五十四斤。外存八箱,计大公斑、小公斑、白土、金花各二箱,作为样土,留待解京。

当那烧毁的时候,沿海民众前去观看的人山人海,却都只准在栅栏之外,不许混入厂中,以防偷漏。至于上省下澳的外国人,经过口门也都远观而不敢亵玩。并有咪唎㗎国商人喳、唎咍哎、咩咻等携带眷口,由澳门乘坐舢板,向沙角守口的水师提标游击羊英科递禀,求许入棚参观。林则徐当以前曾奉有谕旨,"准令在粤夷人共见共闻,咸知震詟",已经出示晓谕;且查该洋商喳等,素系作正经买卖,不贩鸦片,即准派员带到池旁,参观过秤、切土、撒盐、燃灰一切方法。该洋商等莫不一一点头称是,随后又到林则徐驻扎的官厂,脱帽鞠躬,表示敬意。林则徐当派翻译传话该洋商等：

> 现在天朝禁绝鸦片,新例极严,不但尔等素不贩烟之人永远不可夹带,更须传谕各国夷人,从此专作正经贸易,获利无穷,万不可冒禁营私,自投法网。

这几个洋商听了,只好恭维一番。林则徐随又叫人赏给他们一些食物,他们都欢欢喜喜称谢去了。

自经烧毁鸦片,大快人心之后,林则徐为了想要彻底断绝鸦片的来源,不得不对于贩卖鸦片前来的主要国家——英国,有所通知,这也是一篇理喻威吓两者都用的文章,其中意思略同前此收缴鸦片的谕帖,可是英王得了林钦差的照会又怎能回答呢!

七 烟禁与海防并重

林则徐既一面驱逐贩卖鸦片的夷商,堵截装载鸦片的夷船,烧毁收缴的烟土,更进一步,照会英王查照,想要借此杜绝鸦片的来源;一面对于本国人吸食鸦片,贩卖鸦片,也严加查察惩办。先是总督邓廷桢、巡抚怡良奉行鸦片禁令,截至道光十九年三月底止,计共获人犯一千六百名,烟土烟膏四十六万一千五百二十六两九钱八分,烟枪四万二千七百四十一枝,烟锅二百一十二口,还有其他烟具等件。钦差大臣林则徐来了以后,他们会商,以为无论吸烟的会怎样逃躲,贩烟的会怎样收藏,总难遮瞒乡邻耳目。因此通饬各属,逐乡选举公正绅士,议立族党正副,挨次编查保甲,使他保良攻匪,有犯即拿。计自四月初一日起,至五月十八日止,据各属文武先后报获烟案一百四十起,贩卖煎熬吸食人犯共一百九十二名,烟土一万二千七百七十三两七钱九分,烟膏二百一十二两五钱八分五厘,烟枪一千二百四十五枝,烟锅三十六口。又陆续捞获烟泥二百六十四两二钱,烟膏一十六两六钱六分,烟枪二百四十三枝,烟锅一口。又民间自行首缴烟枪者,各属收缴烟土一十六万九千三百零七两五钱五分,烟膏四千六百零五两零二分;烟枪二万六千零五十枝,烟锅三百一十六口。综计烟土烟膏共重一十八万七千一百七十九两八钱零五厘,烟枪二万七千五百三十八枝,烟锅三百五十三口。我们应该感谢这些数目字,使我们可以略略推测当时鸦片流毒广东一省的情况。仅就一枪一人计算,收缴的枪约近九万,何况收缴未必净尽,一枪不止一人吸用?大约我们要说当时广东至少有二十万吸食鸦片的人,总不算多罢。这个数目就已经吓人了!各属拿获人犯,如道路远,情节轻,就饬该管府县分别惩办。搜获枪烟等件,大都解省监视焚毁。只有雷州、琼州二府,因离省远鸾,或僻在海南,又获数不多,饬令就近解送道台,确验烧化。至于烟案栽赃人犯,舞弊冒功员弁,一经发觉,便须严办。这都可以想见林则徐做事的细密认真了。

原来林则徐这次到广东,负有办理烟禁和海防两种责任。所以他一到粤,首先考察洋面防务,接着就勒令英人缴呈鸦片。当他驻节虎门,收缴鸦片的时候,他又和提督关天培筹商海防,就在虎门海口,创设木排铁链,添造炮台,新安炮位。他还奏参南澳镇总兵沈镇邦,于闽粤两省交界洋面,莫展一筹,难胜水师专阃之任,请旨降为游击都司。署海门营参将水师提标左营游击谢国泰年力就衰,巡防渐懈,请旨勒令休致。因为当时南澳洋面到有新来烟船,任其停泊数日,(三月二十六日——四月初一日)沈谢两员既不勒令缴土,又不立即驱逐,实属因循疲玩,防范不严。林则徐为了整顿海防,就不能不惩戒这种因循不振的将官了。

为了整顿烟禁,林则徐还曾惩戒几个巡缉营员。原来当日广东的巡船,查缉鸦片,舞弊营私,久已成了公开的秘密。自道光六年两广总督李鸿宾创设巡船之后,这些巡船每月收受陋规银三万六千两,这算是贩卖鸦片进口的保险费。道光十二年,总督卢坤才裁撤巡船。到了道光十七年,总督邓廷桢再设巡船，无奈水师积习，不易骤改。副将韩肇庆就是专以包运鸦片渔利的。他和英国商船相约，每运入鸦片一万箱，即送数百箱给水师报功，甚至就用水师巡船代为装运鸦片进口。于是韩肇庆倒以截获鸦片报功，升了总兵，赏戴孔雀翎。而且水师兵丁，几乎个个腰包饱满，可见禁烟是发财的捷径，这是古已有之的了。林则徐毕竟是一个精明强干，办事认真的人，他对于当时那些巡缉营员，凡是犯有舞弊嫌疑的就撤巡，撤巡以后，访有劣迹，还要请旨革职审办。于是巡船积习，从此革除，至少也不敢公然作弊了。

八　英帝国主义发狂

这个时候，满清政府既十分信任林则徐，下了禁绝鸦片的决心，新颁夷人治罪专条，内有一条道：

> 夷人带有鸦片烟入口图卖者，为首照开设窑口例，斩立决。为从同谋者，绞立决。

林则徐也因取得政府的十分信任，放胆做去。他于烧毁鸦片之时，就曾布告各国，凡商船入口，都须具结。"有夹带鸦片者，船货没官，人即正法。"葡萄牙、美利坚诸国都愿具结通商如旧，只有英国领事义律不愿。可是义律于呈缴鸦片已毕，禀辞下澳，还递一禀。略说：

> 违禁犯卖一弊，误及正经贸易，贻累人之家业，其害甚重，亟须早除此弊于常久。如准委员来澳，会同妥议章程，其违禁犯卖之弊，可冀常远除绝。

林则徐得禀,大加批奖,即派佛山同知刘开域赴澳会议。不料义律到澳后,又于四月二十四日续递一禀,略言:

> 本国船只进埔,须候奉到国王批谕,方可明白转饬。或蒙格外施恩,令在澳门装货,感戴靡既。

林则徐当以澳门向例只准设西洋夷人额船二十五只,不纳关税,倘若英人援例,船只不进黄埔,粤海关岂不如同虚设?而且夹带鸦片,更无从查察,严驳不准。义律也就倡言不准在澳装货,便无章程可议,因而不肯具结,须待国王训示,才许货船入口。两方坚持不让,快要决裂了。

事有凑巧,促成中英两方决裂的,又发生了"林维喜事件"。

五月二十七日,英国水手于尖沙村领酒不得,借醉行凶,村中男女老幼被殴的很多,林维喜就因棍殴死了。林则徐谕令义律交出凶手,照律办理。事经两月,义律不肯交出凶手,又不接受中国官方谕函,林则徐以为英国人在中国领土以内,杀害中国人,又不归中国法庭审判,哪有这种道理?加以此时义律与各奸夷均住澳门,前以装货为词,显有占踞之意,今更种种顽抗,自应查照嘉庆十三年英国兵头嘟㗭喱等在澳门违犯禁令,谕旨实力禁绝柴米,不准买办食物成例,禁绝英夷柴米食物,撤其买办工人。林则徐即与邓廷桢于七月初八日驻扎香山县城,勒兵分布各处要口。并晓谕在澳华民及西洋各国夷人,以此举专为英夷违禁,不得不制以威,与别国均无干涉,毋庸惊扰。且查例载夷商销货后,不得在澳逗遛等语,今该夷既不进口贸易,是不销货,即不当住澳,应与奉逐各奸夷均照例不准羁留。澳内西洋夷目亦即奉谕,一同驱逐。自七月初九日至十九日,一旬之内,义律率其家眷,暨奉逐未去之奸夷哄嘟等,并散住澳内英夷共五十七家,悉行迁避出澳,寄住尖沙嘴货船,及潭仔空趸船上。洋面不得淡水,食物燃料又无从购买,恐慌情状,可以想见。自讨苦吃,又怪谁来?

直到七月二十七日午刻,大鹏营参将赖恩爵正带领师船三只,在九龙山口岸查禁接济,防护炮台,该处距尖沙嘴约二十多里。义律忽带兵船二只武装货船三只前来,假求买食物为名,突然发炮攻击。赖恩爵见其来势凶猛,亟挥令各船,及炮台弁兵,施放大炮对敌。接仗五时之久,结果击翻英人双桅船一只,又杉板船二只,其余的船就逃走了。八月初五日寅刻,守备黄琮等率领兵勇在潭仔洋面,侦见虾笱小艇,靠拢夷船一只,带同引水,认明系屡逐未去之呀啲哪趸船,知又潜卖鸦片,当即上前查拿。该趸船水手数人即先跳入小艇,飞桨逃窜。其在船之人正待开炮,经黄琮等先掷火斗火礶,船中火起,众夷始行走出。结果船烧掉了。

义律眼见开炮挑战也不利,偷贩鸦片也不能,于八月初七日回到澳门,托葡人转圜,代为递给中国官方说帖一纸,内写:

> 英吉利国领事义律敬字上澳门军民府大老爷清鉴:义律在粤有年,每奉大宪札行办事,无不认真办理,而此次岂有别心乎?盖义律所求者,惟欲承平,各相温和而已,谨此奉知。

林则徐从澳门同知蒋立昂得到义律这个说帖以后,仍给义律谕帖,责令呈缴新烟,限交凶手,并将缴清烟土之空趸,奉旨驱逐之奸夷,速饬全行回国。并勒令出具实无鸦片切结。不料义律对于交凶具结两事,不肯遵办。他仅承认悬赏二千圆缉凶。具结虽可,但结内却只说:"如有鸦片,将货物尽行没官",而于"人即正法"字样,仍不肯写。各国货船都肯遵令具结入口。不久,英船中首先具结入口的有啰喇,其次有啴啷,于九月二十八日正报入口,不料英国兵船吐嚸哗呛两艘,迫令啴啷折回,竟敢于穿鼻洋面,先开大炮。提督关天培急令水师开炮回击,吐嚸船头受伤,两船逃去。计自九月二十九日至十月初八日,英船先后六次来攻我军尖沙嘴迤北的官涌炮台,都因我军颇得地利,把英船打退去了。

林则徐当即函商粤海关监督豫堃会同出示晓谕,自十一月初一日起停止英国贸易。十一日义律遣人前赴沙角炮台乞和,比经林则徐批示:

> 现今奏明封港,不与尔国交易,皆由尔之自取,并非天朝无故绝人,尔不悔悟于前,此时恳求已晚。

十一月二十九日,林则徐接奉上谕:

> 林则徐等奏轰击夷船情形一折,览奏均悉。英吉利国夷人自议禁烟之后,反覆无常,前次胆敢先放火炮,旋经剀谕,伪作恭顺,仍勾结兵船,潜图报复,彼时虽加惩创,未即绝其贸易,已不足以示威。此次吐嘧夷船,复敢首先开放大炮,又于官涌地方占据巢穴,接仗六次,我兵连获胜仗,并将尖沙嘴夷船全数逐出外洋,该夷心怀叵测,已可概见。即使此次出具甘结,亦难保无反覆情事,若屡次抗拒,仍准通商,殊属不成事体。至区区税银何足计论?我朝抚绥外夷,恩泽极厚。该夷等不知感戴,反肆鸱张,是彼曲我直,中外咸知,自外生成,尚何足惜?着林则徐等酌量情形,即将英吉利国贸易停止,所有该国船只尽行驱逐出口,不必取具甘结。其殴毙华民凶犯,亦不值令其交出。咭唎一船,无庸查明下落。并着出示晓谕各国,列其罪状,宣布各夷,俾知英夷自绝天朝,与尔各国无与。尔各国照常恭顺,仍准通商,倘敢包庇英夷,潜带入口,一经查出,从重治罪。其沿海各隘口,并距夷船不远之各海岛,均着林则徐等相度机宜,密派员弁兵丁,严加防护,毋稍疏懈。

英国方面既反覆无常,屡屡挑衅,清廷就不得不下封港绝市的决心。这个时候,英帝国主义侵略中国的狰狞面目快要完全揭开,正式向中国宣战了。

先是五六年来,义律屡请政府训令,并请派遣军舰援助,英政府自知理屈,没有什么有力的回答。还曾谕令义律,"勿以军舰驶入广东河口,以召中国之猜忌"。后来接了林则徐烧毁鸦片的报告,还是谕令义律,"女皇陛下之政府,不能援助不德义之商人。若中国实行国法,致我国商人受损害,原系商人自孽自得,须自负责任"。而且英国名士铁儿额尔等也曾以鸦片贸易为不德义,污辱大不列颠国旗,攻击英商。直到义律挑战毒计的成功,一八四〇年四月,即道光二十年二月,英议会还为了通过协助军费案,大起辩论。众议院议员詹姆士古列霞反对政府出兵,说是:

> 我政府若重德义,数年前当与中国协力严缉奸商。纵不然,宜与奸商断绝关系。彼等以不正当贸易所受损失,政府可不顾问。乃事不出此,致中国政府不知我政府之意所在,以有今日,政府不可不负责任。

陆军大臣马哥烈起而辩论,略言:

> 政府为欲杜绝密卖,曾竭十分之力,无如东西隔绝,不能尽如人意,政府只得尽其可为力者而止。今事实已由在彼处商人与中国政府开战,若坐视不救,不但损国威,辱国体,实大不列颠民族之大耻辱。

结果,经三日之激烈辩论,以九票之多数赞助出兵。议决:

> 对于中国人之侵害行动,必须得满足与赔偿,与此目的,捕获中国船舶及货物,自属正当,如中国政府肯认赔偿,并行让步,则英政府亦不必为复仇而战争。

于是英政府即派遣乔治义律统海军,伯麦统陆军,率留驻好望角印度的海陆两军一万五千人,军舰二十六艘,大炮五百四十门,向中国广东进发,于道光二十年五月驶近澳门,英帝国主义快要发狂了!

九　鸦片战争之失败

　　这个时候，林则徐已经改任两广总督，严整海防，大治军备。从虎门到横当山一带，亘以铁链木筏。添购西洋炮二百多位，列置两岸。又备战船六十，火船二十，小舟百余。招募沿海枭徒及渔船蜑户壮丁五千，演习攻战之法。林则徐亲自到师子洋检阅水师，号令严明，声势极壮。他曾两次照会英王，其中说道：

　　　　汝海外夷人，敢于侵侮天朝，实属罪不容诛。今姑先与警告，如能悔罪输诚，尚可曲宥。否则大兵所至，汝区区三岛，立成灰烬矣！

又义律窜居尖沙嘴以后，行文索偿烟价，他的回文中也说道：

　　　　本大臣威震三江五湖，计取九州四海，兵精粮足。如尔小国不守臣节，即申奏天朝，请提神兵猛将，杀尽尔国，片甲无存。

我们要知道当时，中国朝野上下，自命天朝，看一切外国为夷狄，而且以为夷人是不敌中国的。林则徐晓谕义律，照会英王，自然也不能不取这种态度，不过林则徐毕竟是那时候一个眼光远大，通晓时务的豪杰。他到广州以来，就派有专人探究西洋情势，并翻译西书及新闻纸。所以他应付英人，虽不离威吓，还是想以理喻，并不是蛮干，也不是外强中干的瞎闹。比如当时战事将起，排外气焰日高，大理卿曾望颜奏请封关禁海，尽停外国贸易，京官疆吏附和这说的很多。林则徐的意见，以为

　　　　专断一国贸易，与概断各国贸易，揆理度势，迥不相同。抗违者

摈之,恭顺者亦摈之,亦未免不分良莠,事出无名。自英夷贸易断后,他国颇皆欣欣向荣,盖逐利者喜彼绌而此赢,怀忿者谓此荣而彼辱。此中控驭之法,似可以夷治夷,使其相间相暌,以彼此之离心,各输忱而内向。若概与之绝,则觖望之后,转易联成一气,句绝图私。《左传》有云,彼则惧而协以谋我,故难间也。

即此一事,就可见林则徐是那时一个有眼光,识时务的政治家了。

英国兵船来到粤海以后,只想挑衅,但因林则徐早有防备,莫可如何。而且各船寄椗海中,食物淡水都感困难。林则徐曾将拢近英船各匪艇痛加烧毁,拿获接济汉奸严审惩办,并曾延烧英船,这都足以给英帝国主义以莫大的威胁。林则徐知道英帝国主义是会向别处寻衅的,他又飞咨闽、浙、江苏、山东、直隶各省,饬属严查海口,协力筹防,他的见识思虑原极周到。可是除了闽浙总督邓廷桢能够防守闽海击退敌舰以外,其他沿海各省疆吏,有谁能够顾到国难,巩固海防,同心协力,共御外侮呢?

英军战略,起初本拟封锁广东再行进攻,以谋通商,不料广东福建都严加防备,不能得势,只好变更方略,沿海向北进兵,竟于一八四〇年七月七日。即道光二十年六月初八日,攻入浙江舟山岛之定海。这算是英帝国主义蓄意侵略中国以来第一次的胜利。英军乘胜,又攻粤海。七月二十二日未刻,英夷哗喻呛等带领各兵船,潜放舢板十多只,火轮船一只,乘东风长潮之际,由九洲外洋驶至近澳迤北之关闸一带,突然开炮。幸而我方早有准备,开炮回击,敌船受伤逃去。八月初五日,冷水角龙鼓面又有敌船来攻,也经我方回击,敌方失败逃去了。

定海失守,乍浦、宁波被攻,天津告急,战事不利的消息,接二连三的传来,朝野有识,莫不惊惶。沿海疆吏除粤、闽以外,都因海防空虚,大祸将至,埋怨林则徐。京师大僚,也都泄泄沓沓,临事张皇,埋怨林则徐。有的说,林氏上年收缴鸦片,说好备价而后失约,以致激怒英人;有的说,邓廷桢在厦门击退英船,并无其事。这时道光皇帝旻宁也不再信任林则徐了;密诏两江总督伊里布为钦差大臣,赴浙视师;且敕沿海各省督抚,遇英人投书,即收受驰奏;又命侍郎黄爵滋、祁寯藻赴闽查勘。林则徐在这国人皆曰可杀的时候,还是坚持他原来的主张,上奏夷务不能歇手,并请戴罪赴浙,随营效力,以图克复。他的《密陈夷务不能歇手片》说:

> 查此次英逆所憾在粤省,而滋扰乃在浙省,虽变动若出于意外,其穷蹙正在于意中,盖逆夷所不肯灰心者,以鸦片获利之重,每岁易换纹银出洋多至数千万两,若在粤得以复兴旧业,何必远赴浙洋?现闻其于定海一带大张招帖,每鸦片一斤只卖洋钱一圆,是即在该国嗌啊啦等出产之区,尚且不敷成本,其所以甘心亏折,急于觅销者,或云以给雇资,或云以充食用。并闻其在夷洋各埠货船雇兵而来,费用之繁,日以数万金计,即炮子火药亦不能日久支持,穷蹙之形已可概见。而各国夷商之在粤者,自六月以来,贸易为英夷所阻,亦各气愤不平,均欲由该国派来兵船与之讲理,是该逆现有进退维谷之势,能不内却于心?惟其虚憍性成,愈穷蹙时愈欲显其桀骜,试其恫喝。甚且别生秘计,冀得阴售其奸。如一切皆不得行,仍必帖然俯伏。臣前此屡经体验,颇悉其情。即此时不值与之海上交锋,而第固守藩篱,亦足使之坐困也。夫自古顽苗逆命,初无损于尧舜之朝。我皇上以尧舜之治治中外,知鸦片之为害甚于洪水猛兽,即尧舜在今日,亦不能不为驱除。圣人执法惩奸,实为天下万世计,而天下万世之人亦断无以鸦片为不必禁之理。若谓夷兵之来,系由禁烟而起,则彼之以鸦片入内地者,早已包藏祸心,发之于此时,与发之于异日,其轻重当必有辨矣。溯自查办鸦片以来,幸赖乾断严明,天威震叠。茇船二万余箱之缴,系英夷领事义律自行递禀求收,现有汉夷字原禀可查,并有夷纸印封可验。继而在虎门毁化烟土,先期出示,准令夷人观看。维时来观之夷人有撰为夷文数千言以纪其事者,大意谓天朝法令,足服人心,今夷书中具载其文,谅外域尽能传诵。迨后各国来船,遵具切结,

写明如有夹带鸦片,人即正法,船货没官,亦以汉夷字合为一纸。自结之后,查验他国夷船,皆已绝无鸦片。惟英夷不遵法度,且肆鸱张,是以特奉谕旨,断其贸易。然未有浙洋之事,或尚可以仰恳恩施,今既攻占城池,戕害文武,逆情显著,中外咸闻,非惟难许通商,自当以威服叛。第恐议者以为内地船炮非外夷之敌,与其旷日持久,何如设法羁縻?抑知夷性无厌,得一步又进一步,若使威不能克,即恐患无已时,且他国效尤,更不可不虑。臣之愚昧,务思上崇国体,下慑夷情,实不敢稍存游移之见也。即以船炮而言,本为防海必需之物,虽一时难以猝办,而为长久计,亦不得不先事筹维。且广东利在通商,自道光元年至今,粤海关已征银三千余万两,收其利者,必须预防其害,若前此以关税十分之一制炮造船,则制夷已可裕如,何至尚形棘手?臣节次伏读谕旨,以税银何足计较,仰见圣主内本外末,不言有无,诚足昭垂奕禩。但粤东关税既比他省丰饶,则以通夷之银,量为防夷之用,从此制炮必求极利,造船必求极坚,似经费可以酌筹,即裨益实非浅鲜矣。臣于夷务办理不善,正在奏请治罪,何敢更献刍荛,然苟有裨国家,虽顶踵捐糜,亦不敢自惜。倘蒙格外天恩,宽其一线,或令戴罪前赴浙省随营效力,以赎前愆。臣必当殚竭血诚,以图克复。自粤省各处口隘防堵加严,察看现在情形,逆夷似无可乘之隙,藉堪仰慰宸怀。谨缮书密陈,伏祈圣鉴。谨奏。

不幸这个时候,英军已经进逼天津,义律致书中国当局,略说:

予辈攻略厦门定海等岛地,良由林则徐等纯任私意,处理广州政务,多杀英国臣民,是以英国人民愤其不法,由愚率军至贵国海疆。然此次不当处置,全出林氏之意,与贵国皇帝无关。倘使贵国夺林、邓二人之官,则即可修两国百年来之旧好。

直隶总督琦善一见此书,当即转奏清廷,略说:

> 此次英夷之变,掠沿岸地方,中华人民失生命于炮火之下,国家财力为之疲弊,皆由林则徐所取。察则徐之为人,不可委任以国家大事。盖其处事仅以果断勇决为主,绝无宽厚仁慈之意。其所为事,未得宽猛兼用之道,是以激怒英夷。致沧海扬尘,人人不能高枕,不得不归罪于则徐也。若则徐依然在职,恐干戈无停止之时,务请罢免。

不幸清帝道光外中敌人离间之计,内受群臣谗毁之言,于是降旨罢免林则徐及邓廷桢两人的官职:

> 前以鸦片流毒海内,特派林则徐驰往广东海口,会同邓廷桢查办,原期肃清内地,断绝来源,随时随地妥为办理。乃查办以来,内而奸民不能尽行惩治,外而私贩来源亦未断绝,反致英夷船只游弋沿海,福建、浙江、江苏、山东、直隶诸省,征调纷纷,糜饷劳师,此皆林则徐办理不善所致。林则徐、邓廷桢均交部分别严加处罚。林则徐并即来京,听候部议。

林则徐既已罢职,琦善前往继任,不仅广东方面从此多事,在这次鸦片战争已可判定中国必然失败了。道光二十一年春正月,琦善以香港许英,二月英人寇虎门,四月犯广州城,七月陷厦门,八月陷定海、镇海,进据宁波府。二十二年二月,攻慈溪,四月犯乍浦,五月陷宝山、上海,犯松江府,六月陷镇江,七月犯江宁。耆英、伊里布、牛鉴与英人议和,订下了割香港,赔烟款,并开五口通商的条约。从此以后,各帝国主义国家都知中国毫无抵抗能力,他们侵略中国就横行无忌了!中国的国际地位,以及国民经济之前途,就一天一天更加降落到悲惨的境地了。

自然,这次鸦片战争,中国所以失败,还有种种原因。烧烟封港,实行拒毒,那个说不应该?可是要做到这一步,就要准备武力为后盾。当时满清政府并不曾注意到这点,林则徐、邓廷桢算能注意到这点了,其他沿海各省疆吏那有这一回事?何况中国军队所用的兵船枪炮,都赶不上英军;封疆大吏,统兵将帅,又都怯懦怕死;还有各地汉奸,为虎作伥,给敌人进攻以种种便利,这样,中国怎么能够战胜英国呢?

不过,这次英帝国主义侵略中国,也曾受到一个严重的教训,这便是所谓"平英团"事件。

事件是这样的:琦善到粤以后,他的主张完全和林则徐相反,撤去海防,表示议和决心。不料英帝国主义得寸进尺,通商、赔款、还不够,胁迫琦善割让香港,琦善也都一一允许了。又还不够,并令海军再占舟山,同时进攻虎门,于是清道光帝忍无可忍,不得不下宣战之谕。只因靖逆将军奕山等怯懦无能,英军势如破竹,广州危在旦夕,时在道光在二十一年四月初七日,奕山派广州知府余保纯出城议和,休战条约的第一条是:

> 将军等允于烟价外先偿英军军费六百万圆,限五日内交付,即日先交一百万。

这六百万圆从那里来呢?当然出在广东民众身上,平时搜括来的库款不足,还令广东行商分担二百万圆,日夜搜括,怨声载道。加以官军掩饰自己抵御外侮不敢拼命的耻辱,专找老百姓出气,先后借口惩罚汉奸,胡乱杀人不少。再加英军恃胜而骄,横行街市,奸淫掳掠,无所不为。当时广东民众积下了许多不平之气,压制不住,要爆发了,导火线便是英军的这强暴行为。四月初十日,英军千余人从四方炮台回泥城,所过淫掠不堪。有一老婆婆几乎被英军轮奸死了。于是激动公愤,三元里居民敲锣聚众,打起"平英团"的旗帜。顷刻间民众聚到几千人,闻风而起的一百零三乡,四面埋伏,誓与英军决一死战。义律听到这消息,忙去援救,也身陷重围不得出。民众愈聚愈多,一时聚到几万人。英军突围不得,死了两百多人,义律差人告急于知府余保纯,奕山即命余保纯前往调解,才把义律救出重围。到了次日,赔款交付已毕,英军遂于十二日撤去广州。英船有搁浅在沙滩的,各乡民众又想前去烧毁,并夺回赠款;义律害怕,照会总督祁𡊮出示晓谕制止,民众才解散。又三山村民众,亦曾击杀英兵百余人,夺二炮,及刀枪九百余件。佛山义勇三百余人亦曾围攻英兵于龟冈炮台,乘风纵毒烟以迷其目,杀英兵数十人,还击破了前来应援的英船。广东当局把这事件奏闻清廷,清帝责问诸将调集各省大兵,何反不如区区乡勇?其一切交部议处。当时这些抗英民众的勇敢壮烈,真要叫统兵大将羞死呵!英人方面,义律又羞又愤,曾出告示,略谓"百姓此次刁抗,蒙大英官宪宽容,后勿再犯!"广东民众也回答了他一道檄文,其中说道:

尔自谓船炮无敌,何不于林制府任内攻犯广东?尔前日被围时,何不能力战自拔,而求救于首府?此次奸相受尔笼络,主款撤防,故尔得乘虚深入。倘再入内河,我百姓若不云集十万众,各出草筏,沉沙石,整枪炮,截尔首尾,火尔艘舰,歼尔丑类者,我等即非中华国民!

英军探得内河果有准备,民众势力未可轻视,竟至不敢报复。假使当时清廷奋发有为,武力与民众结合,一致抗英,英帝国主义侵略中国那能得到胜利呢?

一〇　盖棺论定谥文忠

清廷为了讨好英人,促成和议,对于林则徐,既夺其官,又谪戍新疆伊犁。林氏流到伊犁,奉命从事开垦,纵横三万余里,大兴水利。行有余力,写字作诗。字体似欧阳询,诗体学白乐天,都很巧妙,故一时无远近都求他的墨宝。不到几个月的工夫,伊犁的纸都给他写光了。原来林则徐是由科举出身,文学很有修养,说到这里,顺便把他的一生写成一段小传,这是根据清李元度《国朝先正事略》写下来的。

> 林则徐,字元抚,一字少穆,晚号竢村老人。父名宾日,岁贡生,家穷好学。有子三人,则徐居次,生于乾隆五十年(西历一七八五年),幼警敏,年十三,郡试冠军,补弟子员,二十举于乡。初为某知县文案,闽抚张师诚见其书牍,以为奇才,延为幕宾。嘉庆十六年,成进士,授编修,时年二十七,益留心经世之学。典江西、云南乡试,分校己卯会试。二十五年补御史,外授杭嘉湖道。道光二年,授淮海道,明年擢江苏按察使,决狱公平宽恕,人民称为"林青天"。丁母忧回籍。七年按察陕西。迁江宁布政,又以父忧归。十年夏,补湖北布政使,寻调湖南。十一年复调江宁,遂擢东河总督,查验秸料提埽,玩弊者惩治,十分认真,为从来河臣所未有。十二年春,调江苏巡抚。吴中洊饥,奏免逋粮,筹赈恤,清厘各属交代,尽结京控诸狱。十七年春,擢湖广总督,严禁鸦片。十八年冬入觐,派充钦差大臣,赴广东查办海口事件。明年补两广总督。又明年以清廷谋与英人议和,夺官,寻调戍新疆。二十五年秋,赐还,以四品京堂任用。同年十一月,命署陕甘总督。逾二年,又迁云南总督,加太子太保。引疾归。当时朝野上下皆以英人为中国大患,后进之士,就公请方略,公曰,"此易与耳。终为中国患者其俄罗斯乎?吾老矣,君等当见之。"然是时俄人未交中国者数十年,闻者惑焉。卒年六十六,清廷赐谥"文忠"。

唉!像林则徐这样勤劳国事,抵御外侮的人物,直到盖棺论定,才晓得他尽忠国家,给他一个忠字,可是迟了!

(新生命书局一九三三年版)

郑　和

郑　　和

一　西洋记里说南洋

有一本小说，叫做《三宝太监西洋记》，是明朝万历年间罗懋登做的。他为什么要做这部书呢？只因这位罗老先生眼见日本海盗侵略我们江浙一带沿海的地方，仅有一个戚继光将军能够抵挡一阵；不久，日本海盗又侵略我们的属国朝鲜，我们中国派到朝鲜去的援兵又接二连三的败了下来。罗老先生毕竟是一个爱国男儿，关怀国难，气愤不过，还希望负有国防责任的将帅，能够抵抗那个海盗国家的暴力。这一年，万历二十六年（西历一五九八年），日本又向朝鲜进兵，中国政府特派杨镐经略朝鲜。罗老先生的《西洋记》，就是这个年头出版的。他在这部书的叙里说道：

> 今日东事倥偬，何如西戎即序？不得比西戎即序，何可令王、郑二公见，当事者尚兴抚髀之思乎！

罗老先生希望有抵抗日本的民族英雄出现，在这篇叙文里已经很明白的说出来。他所以要做这部《西洋记》，正在寄托他那种崇拜民族英雄的思想。他所说的"王、郑二公"，就是征服海上许多番国的郑和、王景弘，也就是他所崇拜的民族英雄哩。

郑和就是三宝太监。三宝太监下西洋,究竟他所到的西洋是什么地方呢?这和现在我们平常所说的西洋不同。原来明朝时候,中国和海外交通已经很盛,红毛番(今葡萄牙)、佛郎机(今西班牙)固然和中国发生了贸易关系,尤其是南洋群岛,船舶往来非常之多。可是南洋群岛是如今地理上习用的名词,在明朝却不如此。大约明朝人以勃泥婆罗(今婆罗洲)为东西洋分界的地方。故《明史·外国传》(卷三百二十三)里说:

婆罗又名文莱,东洋尽处,西洋所自起也。

婆罗之东,如苏禄、吕宋、台湾,是为东洋;婆罗以西,如安南、暹罗、马来半岛、爪哇及苏门答剌,是为西洋。所以当时传为盛事的三宝太监下西洋,实际三宝太监所到的西洋,并不很远,就是现在我们平常所说的南洋。

不过明太祖建立国家,恰当十四世纪末叶;三宝太监下西洋,在明成祖夺取政权之后,正是十五世纪初年。那个时候,中国人关于世界的地理知识还极浅薄,关于海上的航行技术也很幼稚,郑和居然能够遍历南洋诸国,远至印度、波斯以及非洲,七次出使,海上生活至二十年之久,真是算得前无古人的海上英雄!难怪当时传为盛事,传来传去,传说成了神话,英雄成了神人了!

二　英雄传说成神话

《三宝太监西洋记》就是一部神话性质的小说。

这部小说一共一百回,第一回到第七回,叙碧峰长老降生、出家,以及降魔伏怪之事;第八回到第十四回,叙碧峰长老与张天师斗法赌胜之事;第十五回以下,则叙郑和挂印,招兵西征,国师(碧峰长老)、天师相助航海,斩除妖孽,诸番入贡,以及奉旨颁赏各官,建立祠庙等事。

这是自然的,当时航海征番真是一件了不起的大事!引起民间的惊奇诧异,轰动一时,自不在说。《封神传》、《西游记》不过纸上荒唐,郑和下西洋,却是他们的眼前事实。这事实又像有几分荒唐,于是荒唐的宗教神话就附会上去了。

无论什么妖魔鬼怪,敌得过道法,总敌不过佛法,佛道两教支配了一般人的迷信心理。三宝太监下西洋,有了佛教的国师和道教的天师相助,还怕什么妖魔鬼怪吗?于是郑和就成了神话里的人物,郑和飘海征番的事实就由传说成了神话。比如说:为什么明成祖要遣派使臣下西洋呢?《西洋记》第九回到第十回,说的是成祖听了张天师的话,想要派人到西洋去找传国玺,便是神话性质,这里只能节录一些:

  却说文武百官,谢恩已毕,各自散班,独有一个老臣跪在金阶之下,口称万岁。万岁爷道:"阶下跪的甚么人?"这老臣奏道:"臣龙虎山正一嗣教道合无为阐祖光范领道事张真人。"万岁爷道:"原来是个张天师。不知卿有何事,独跪金阶?"天师道:"臣蒙圣恩,天高地厚,有事不敢不奏。"万岁爷道:"有事但奏不妨。"天师道:"昨日诸番进贡的宝贝,都是些不至紧的。"万岁爷道:"那里又有个至紧的么?"天师道:"是有个至紧的。"万岁爷道:"朕父天母地而为之子,天下之民皆吾子,天下之财皆吾财,天下之宝皆吾宝,岂有个至紧之宝之理?"天师道:"陛下朝里的宝贝,莫说是斗量车载,就是堆积如山,也难以拒敌这一个宝。"万岁爷道:"敢是个骊龙项下的夜明珠么?"天师道:"夜明珠越发不在话下了。"万岁爷道:"似此稀奇之宝,可有个名字么?"天师道:"有个名字。"万岁爷道:"是个甚么名字?"天师道:"叫做传国宝。"……万岁爷道:"这个国玺现在何处?"天师道:"这玺在元顺帝职掌。我太祖爷分遣徐、常两个国公追擒顺帝。那顺帝越输越走,徐、常二国公越胜越追,一追追到极西上,叫做个红罗山,前面就是西洋大海,元顺帝止剩得七人七骑。这两个国公心里想道,今番斩草除根也!元顺帝心里也想道,今番送肉上砧也!那晓得天公另是一个安排,只见西洋海上一座铜桥,赤破破的架在海洋之上,元顺帝赶着白象,驼着传国玺,打从桥上竟往西番。这两个国公赶上前去,已自不见了。那座铜桥转到红罗山,天降角端,口吐人言说话,徐、常二公才自撤兵而回。故此这个历代传国玺陷在西番去了。昨日诸番进贡的宝贝,却没有传国玺在里面,却不都是些不至紧的?"……万岁爷道:"依卿说起来,传国玺又去得远哩!"天师道:"西番路途遥远,险临崎岖,一时往来不便。"万岁爷道:"须得一员能达的,往西番去走一遭。"天师还不曾回复,姚太师站在御座左侧,说道:"来说是非者,便是是非人。须就著在张真人身上要也!"万岁爷道:"张真人,这玺却在你身上要也!"

再如成祖遣派使臣下西洋,为什么恰好选了郑和呢?这在《西洋记》里(第十五回到十六回)也是神话化了的:

此时正是金鸡三唱,曙色朦胧。万岁爷升殿,文武百官进朝,只见净鞭三下响,文武两班齐。圣上道:"今日文武百官都会集在这里,朕有旨意,百官细听敷宣。"百官齐声道:"万岁,万岁,万万岁!有何旨意,臣等钦承。"圣上道:"朕今日富有四海之内,贵为天子,上承千百代帝王之统绪,下开千百代帝王之将来,所有历代帝王传国玺陷在西洋,朕甚悯焉。合行命将出师,扫荡西洋,取其国玺。先用总兵官一员,挂征西大元帅之印,朕如今取出一颗坐龙金印在这里,那一员官肯去征西,即时出班挂印。"连问了三四声,文班鸦悄不鸣,武班风停草止。圣上又问了一回。只见班部中闪出四员官来,朝衣朝冠,手执象简,一字儿跪在丹墀之前。圣上心里想道:"这四员官莫非是个挂印的来了?"心里又想道:"这四员官人物鄙萎,未可便就征西。"当驾的问道:"见朝的甚么官员?"那第一员说道:"小臣是钦天监五官灵台郎徐某。"第二员说道:"小臣是钦天监五官保章正张某。"第三员说道:"小臣是钦天监五官保章副陈某。"第四员说道:"小臣是钦天监五官絜壶正高某。"圣上道:"你们既是钦天监的官员,有何事进奏?"钦天监齐声道:"臣等夜至三更,仰观乾象,只见帅星入斗口,光射尚书垣,故此冒昧,仰奏天庭。"圣上道:"帅星入斗口,敢是五府里面公侯驸马伯么?"钦天监齐声道:"公侯驸马伯应在弼星上,不是斗口。"圣上道:"莫非是六部里面尚书侍郎么?"钦天监说道:"尚书侍郎应在左辅星上,不是斗口。"圣上道:"既不是武将,又不是文官,却那里去另寻一个将军挂印?"钦天监道:"斗口系万岁爷的左右近臣。"圣上道:"左右近臣不过是这些内官太监,他们那个去征得西洋,挂得帅印?"只见殿东首班中,履声珺珺,环珮玎玎。闪出一个青年侯伯来,垂绅正笏,万岁三呼。万岁爷龙眼观之,只见是个诚意伯刘某。圣上问道:"刘诚意有何奏章?"刘诚意道:"小臣保举一位内臣,征得西,挂得印。"圣上道:"是那一个?"刘诚意道:"现在司礼监掌印的太监,姓郑名和。"圣上道:"怎见得他征得西,挂得印?"刘诚意道:"臣观天文,察地理,知人间祸福,通过去未来。臣观此人,若论他的身材,正是下停短兮上停长,必为宰相侍君王。若是庶人生得此,金珠财宝满仓箱。若论他的面部,止是面阔风颐,石崇擅千乘之富;虎头燕颔,班超封万里之侯。又且是河目海口,食禄千钟;铁面剑眉,兵权万里。若论他的气色,红光横自三阳,一生中须知财旺;黄气发从高广,旬日内必定迁官。"圣上道:"只怕司礼监太监老了些。"刘诚意道:"干姜有枣,越老越好。正是龟息鹤形,纯阳一梦还仙境;明珠入海,太公八十遇文王。"圣上道:"却怎么又做太监?"刘诚意道:"只犯了些面似橘皮,孤刑有准;印堂太窄,妻子难留;故此在万岁爷的驾下做个太监。"圣上道:"既是司礼监,可就是三宝太监么?"左右近侍的说道:"就是三宝太监。"圣上道:"既是三宝太监,下得西洋,挂得帅印,快传旨意,宣他进朝。"

碧峰长老见了万岁爷,打个问讯,把个手儿拱一拱。……长老道:"满朝文武百官,俱征不得西洋,止有三宝太监下得西洋,征得番,这是个天造地设的。刘诚意直言保举,却不是个天地无私?"圣上道:"怎见得三宝太监下得海,征得番?"长老道:"三宝太监不是凡胎,却是上界天河里一个虾蟆精转世。他的性儿不爱高山,不爱旱路,见了水便是他的家所,故此下得海,征得番。"

这次郑和征番,航海用的船舶是怎样造的呢?铁锚又是怎样铸的呢?这也不离神话。所以《西洋记》的第十七回,说的是宝船厂鲁班助力,铁猫厂真人施能。航海用的地图是那里来的呢?说是出于圣僧金碧长老之手。还有船上所用的淡水是那里来的呢?这一段神话倒很有趣,录在这里:

碧峰长老正在千叶莲台上打坐,只见徒孙云谷说道:"元帅来拜。"国师即忙下坐,迎接相见,礼毕,分宾主坐下。长老道:"自祭海之后,连日行船何如?"〔三宝〕老爷道:"一则朝廷洪福,二则国师法力,颇行得顺遂。只有一件来,是个好中不足。"长老道:"怎么叫做个好中不足?"老爷道:"船便是行得好,只是各船上的军人都要瞌睡,没精少神,却怎么处?"长老道:"这个是一场大利害,事非小可哩!"老爷听知道一场大利害这句话,吓得他早有三分不快,说道:"瞌睡怎么叫做个大利害?敢是个睡魔相侵么?嗜有个祛倦鬼的文,将来咒他一咒何如?"长老道:"只是瞌睡,打甚么紧哩。随后还有个大病来。"老爷听知还有个大病来,心下越加慌张了,说道:"怎么还有个大病来?"长老道:"这众人是不伏水土,故此先是瞌睡病来,瞌睡不已,大病就起。"老爷道:"众人上船,已自是许多时了,怎么到如今才不伏水土?"长老道:"先前是江里,这如今是海里，自古道，海咸河淡。军人吃了这个咸水，故此脏腑不伏，生出病来。"老爷道："既是不伏水土，怎么国师船上的军人就伏水土哩？"长老道："贫僧取水时有个道理。"老爷道："求教这个道理还是何如？"长老道："贫僧有一挂数珠儿，取水之时，用他铺在水上，咸水自开，淡水自见，取来食用，各得其宜。"老爷道："怎么能殻普济宝船就好了。"长老道："这个不难。贫僧这个数珠儿，按周天三百六十五度之数。我和你宝船下洋，共有一千五百余号，贫僧把这个数珠儿散开来，大约以四只船为率，每四只船共一颗珠儿，各教以取水之法，俟回朝之日，付还贫僧。"老爷道："救人一命，胜造七级浮屠。国师阴功浩大，不尽言矣！"长老道："这是我出家人的本等。况兼又是钦差元帅严命，敢不奉承！"两家各自回船。各船军人自从得了长老的数珠儿，取水有法，食之有味，精神十倍，光彩异常，船行又顺，那一个不替国师念一声佛？那一个不称道国师无量功德？

总之，在这部《西洋记》里，关于三宝太监下西洋的史迹都是神话化了的。其他许多神奇鬼怪的记载，我们没有工夫在这里谈到。现在我们要从历史上地理上来考察三宝太监下西洋的这一件盛事。

三　三宝太监何许人

三宝太监何许人？或者问，三宝太监是谁？这本来不必成为问题的。只因当年随同郑和一道下西洋的王景弘，后人也叫他王三宝，这就不免令人发生疑问了。如林谦光的《台湾志略》里说：

> 相传明太监王三宝舟至台，投药于水中，令土番投病者于水中，

洗澡即愈。

郑和叫做郑三宝，王景弘也叫做王三宝，真是怪极！又侯鸿鉴的《南洋旅行记》中说：

> 三保洞，旁有一墓，乃明王景弘之墓。当时郑和、王景弘同游南洋，王卒于此，故葬之，误传为三保大人埋骨之地。

原来爪哇一带地方至今还有称王景弘为三保大人的。至于三宝写作三保，《明史·郑和传》，就是这样。爪哇三宝垄华侨居留的地方有大觉寺，里面有王景弘碑，也说"三宝太监王公景弘"。这样说来，三保大人、三宝太监似乎不是郑和一人的专名了。还有可疑的地方，郑和最后一次出使为宣德五年，王景弘还相随一道，有宣宗诏书可证。郑和回国以后不曾再出，王景弘却于宣德九年再使苏门答剌。究竟王景弘是不是随郑和出使，死在南洋，葬于爪哇三宝垄呢？三宝墓究竟是葬的谁呢？

我们还是相信正史。《明史·宦官传》（卷三百四）既说郑和即"世所谓三保太监"，我们就认三保太监为郑和一个人的专名了。

郑和，云南昆阳州人，先世本姓马，奉回教，到他入明宫做宦官，皇帝赐他姓郑。袁嘉毂《滇绎》卷三载有李至刚撰马公铭，今略录如下：

> 公字哈只，姓马氏。世为云南昆阳州人。祖拜颜，妣马氏。父哈只，母温氏。公生而魁梧奇伟，风裁凛凛可畏，不肯枉己附人。人有过，辄面斥无隐。性尤好善，遇贫困及鳏寡无依者，恒获赒给，未尝有倦容，故乡党靡不称公为长者。娶温氏，有妇德。子男二人，长文铭，次和，女四人。和自幼有才志，事今天子，赐姓郑，为内宫监太监，公勤明敏，谦恭谨密，不避劳勩，缙绅咸称誉焉。呜呼！观其子，而公积

累于平日与义方之训可见矣。……

我们根据《滇绎》里面的这个记载,才知道郑和的先世原是信奉回教的回回人,大约到他的高曾两代就已经华化了罢。至于他的祖父字哈只,父亲也字哈只,据近人陈援庵先生说,哈只即哈儿只。凡朝过天方归来的人,回教中照例称他做"哈儿只"。这样说来,郑和的祖父同父亲都是到过天方的,郑和能够冒险航海,胆识过人,或许遗传上有些关系,或者家庭教育上有些影响,都未可知。

四　中官出使缘何事

却说明太祖鉴于汉、唐两代宦官之祸,对于宦官限制极严,定制不得兼外臣文武衔,不得御外臣冠服,官无过四品,月米一石,衣食于内庭。尝镌铁牌置宫门:"内臣不得干预政事,预者斩。"敕诸司不得与宦官文移往来。可是到了成祖,就重用宦官起来了,因为当他围攻南京的时候,建文皇帝宫里的宦官有许多逃了出来,告诉他南京城内的虚实,于他攻下南京有很大的帮助,所以他于即位以后,对于宦官就多所委任。

至于宦官奉使出外,在明太祖时候就是常有的事,例如洪武八年曾派内侍出使河州买马。其后中官为着买马奉派出外的又有司礼监童庆诸人。这种出外,不过出京师之外,还在国内。洪武十九年,遣行人刘敏、唐敬偕中官赍磁器往赐真腊王,居然用宦官出使外国了。

成祖时候,用宦官出使外国,就成了例行公事。所以《明史》(卷三百四)里面说:"当成祖时,锐意通四夷,奉使多用中贵,西洋则郑和、王景弘,西域则李逵,迤北则海童,而西番则率使侯显。"仅就所谓西洋一方面而说,在郑和之前,已经有好几次派遣宦官出使的事,据《明史·外国传》(卷三百二十三——三百二十六),所载,记出如下:

永乐元年，命中官李兴等赍敕劳赐暹罗王。

命中官马彬等往赐爪哇西王镀金银印。

命中官马彬往使西洋琐里。

命中官尹庆奉诏抚谕古里。

遣中官尹庆使满剌加。

永乐二年

中官尹庆使爪哇，便道使苏门答剌。

恰与郑和同时，却不同一路出使外国的中官，也有许多人，记出如下：

永乐三年，命鸿胪寺序班王孜致祭真腊故王，给事中毕进、中官王琮，赍诏封其子嗣子参烈昭平牙为王。

复命中官尹庆使满剌加。

永乐五年，帝嘉占城王助兵讨安南，遣中官王贵通赍敕及银币赐之。

永乐六年，命中官张原送暹逻贡使李黑还国。

永乐七年，张原再使暹逻。

永乐十年，命中官洪保等往暹逻赐币。

命中官甘泉送满剌加王侄回国。

永乐十三年，遣侯显赍诏使榜葛剌。

永乐十四年，暹逻王子遣使告父之丧，命中官往祭。别遣官赍诏封其子为王，赐以素锦素罗。随遣使谢恩，十七年命中官杨敏等护归。

永乐十五年，遣中官张谦赍敕抚谕古麻剌朗。

永乐十六年，占城王遣其孙舍那挫来朝，命中官林贵、行人倪俊送归，有赐。

永乐十八年，榜葛剌使者懑沼纳朴儿王数举兵侵扰，诏中官侯显赍敕,谕以睦邻保境之义。

　　　永乐十九年,中官周姓者往阿丹,市得猫睛重二钱许、珊瑚树高二尺者数枝、又大珠、金珀、诸色雅姑异宝、麒麟、狮子、花猫、鹿、金钱豹、驼鸡、白鸠以归。

　　在《明史·外国传》中,关于出使海外诸国的记载,有仅云"遣使"、"命官"的,却不知道是中官还是外臣。可是已经载明为中官的,也就不算少了。当时派遣这样多的宦官做使臣,远到海外诸国,为什么只有三宝太监下西洋就传为盛事呢？据《明史·宦官传》郑和本传所载:成祖疑惠帝亡海外,欲纵迹之;且欲耀兵异域,示中国富强。我想像郑和那样大规模的出使海外,当然是事有异乎寻常的,或许真是含有这两个使命:(一)内政的,想探听那位失国的皇帝,究竟是城破的时候死了？还是逃走海外？成祖虽然夺取了政权,还是有些放心不下,睡得不安的。(二)外交的,想征服海外诸国,完成"溥天之下莫非王土"那种大一统的思想,远播中国的声威,这当然是最大的一种太平盛事,正是有雄心远略的成祖所企图的。我想三宝太监所以被派出使海外,就是这样的机缘罢。

　　为什么宦官出使海外诸国的那么多,独有这种隆重盛大的使节给了三保太监呢？这在当日成祖派遣使臣的时候,当然是有一番选择的,不仅因为郑和从他起兵夺位有功。据《西洋朝贡典录》里说:

　　　闻之和貌,身长九尺,腰大十围,洪音虎步。文皇帝初遣时,咨诸相者袁生忠彻,袁生曰,"郑三保姿貌才智,内侍中无与俦",故令统督以往。

　　这虽然也是一种传说,或许近于事实。就袁忠彻说,他是相术大家袁珙之子,而且确是成祖时候的人。他因相术劝成祖起兵,夺得帝位,成祖是极相信他的。就郑和说,他的姿貌才智容有异于寻常的地方,不是其他宦官可及。因此他就独被选派率领海军下西洋了。

五 三擒番酋扬国威

时在永乐三年（即西历纪元一四〇五年）六月，郑和及其同僚王景弘等第一次出使，统率海军将士二万七千八百余人，多赍金钱宝物。他们乘坐的"大舶"，当时又叫"宝船"，长四十四丈、广十八丈者、六十二艘。在目前我们看到了欧美各国的大邮船大军舰，郑和下西洋的大舶当然不算什么，但在十五世纪初年，一个从古以来不甚注意航海的大陆国家，居然制造了这样伟大又这样多的船舶，横行海上，就不能不算是泱泱大国之风，显出"天朝""上国"的尊严伟大。

他们的航程，从南京解缆，沿江而下，到太仓卫，谒天妃宫。出海，由崇明岛的西南，沿浙江海岸南行，寄椗福州。再从福州湾五虎门扬帆，先到占城（Champa），今安南西贡市所在之地，那时另是一国，不属安南。次到苏门答剌、爪哇诸国，到印度洋沿岸诸国，沿途颇有勾当。当抵锡兰时，锡兰王亚烈苦奈儿谋害郑和，郑和却于事先发觉，驶往他国去了。永乐五年回航，经过三佛齐等地，是年九月才回到祖国。

三佛齐一名旧港，华侨今呼巨港（Palembang），或译作渤淋邦，一译巴箖旁，今为荷属苏门答剌岛东北部的一个大都会。据《明史·外国·三佛齐传》，（卷三百二十四）所载，明成祖遣使下西洋，算是继承了太祖的遗志。

> 洪武三十年，礼官以诸番久缺贡奏闻。帝曰："洪武初，诸蕃贡使不绝。迩者安南、占城、真腊、暹逻、爪哇（一作瓜哇）、大琉球、三佛齐、浡泥、彭亨、百花、苏门答剌、西洋等三十国，以胡惟庸作乱，三佛齐乃生间谍，绐我使臣至彼，爪哇王闻知，遣人戒饬，礼送还朝，由是

商旅阻遏，诸国之意不通。惟安南、占城、真腊、暹逻、大琉球、朝贡如故，大琉球且遣子弟入学。凡诸蕃国使臣来者，皆以礼待之，我视诸国不薄，未知诸国心若何。今欲遣使爪哇，恐三佛齐中途沮之。闻三佛齐本爪哇属国，可述朕意，移咨暹逻，俾转爪哇。"于是部臣移牒曰：

  自有天地以来，即有君臣上下之分，中国四裔之防。我朝混一之初，海外诸蕃，莫不来享。岂意胡惟庸谋乱，三佛齐遂生异心，绐我信使，肆行巧诈。我圣天子一以仁义待诸蕃，何诸蕃敢背大恩，失君臣之礼？倘天子震怒，遣一偏将，将十万之师，恭行天罚，易如覆手。尔诸蕃何不思之甚？我圣天子尝曰安南、占城、真腊、暹逻、大琉球皆修臣职，惟三佛齐梗我声教，彼以蕞尔之国，敢倔强不服，自取灭亡。尔暹逻恪守臣节，天朝眷礼有加，可转达爪哇，令以大义告谕三佛齐，诚能省愆从善，则礼待如初。

原来洪武中叶时候，爪哇已经灭了三佛齐，可是没有法子平定三佛齐的内乱，于是该地华侨中有起而称雄的，梁道明、陈祖义便是这等人物。《三佛齐传》里说：

  〔永乐〕四年，旧港头目陈祖义遣子士良，〔梁〕道明遣从子观政，并来朝。祖义亦广东人，虽朝贡，而为盗海上，贡使往来者苦之，五年，郑和自西洋还，遣人招谕之，祖义诈降，潜谋邀劫。有施进卿者，告于和，祖义来袭，被擒，献于朝，伏诛。

这次郑和出使诸番，番王驯服的，就颁给他天子诏书，并颁赐金币各物，不肯归顺的就用武力压服他，三佛齐番酋陈祖义便是第一个不肯归顺，而且该他倒霉的了！

郑和第二次出使，时在永乐六年（西历一四〇八年）九月。郑和与王景弘统率海船四十八艘，载士卒二万七千余人，仍然依照前次的航路南下,也是先到占城。占城王遣其孙舍杨该贡象及方物谢恩。次到暹逻,暹逻王遣使贡方物,谢前罪。一说到暹逻的是郑和所遣别将,郑和本人却先南行,到满剌加(Malacca),奉诏敕赐冠带袍服,封西利八儿达剌为国王。王旋遣使入贡。满剌加今译麻六甲,一译马六甲,今为英属马来半岛一要埠。

再次,往锡兰(Ceylon)。先是永乐三年,有中国佛教徒朝拜锡兰佛齿寺,锡兰王很虐待他们。这位国王又不睦邻境,每每拦劫各国往来的使臣。加以郑和不忘记前次相害的仇恨,所以这次他到锡兰颇有戒心。不料锡兰王亚烈苦奈儿还是想害郑和,把郑和诱到国中,求赐金币,却一面暗中发兵五万人企图劫夺郑和的船,断绝郑和的归路。郑和只好将计就计,赶于昏夜,带步兵二千人,抄小路,乘虚捣破了他的城,生禽亚烈苦奈儿和他的妻子及其他头目,别立王弟为国王。

从锡兰又西行到小葛兰(Quilon),到柯枝(Cochin),到古里(Calicut),以上都属印度洋沿岸诸国。

前进,到忽鲁谟斯(Hormuz),波斯湾内三大岛之一。到天方(Arabia),天方原系泛称阿剌伯,此殆指麦加(Mecca)。到阿丹(Aden),阿剌伯海之南岸,今为英属地,属印度孟买行政区域。以上都属阿剌伯诸国。

永乐九年六月,郑和一行,航归祖国,献所俘锡兰王亚烈苦奈儿于朝。成祖念该王无知,赦了他,给他衣食,并送他回国,遣使赍印诰封新王。从此海外诸番愈服中国威德,贡使络绎而来。

郑和第三次出使,时在永乐十年(西历一四一二年)十一月。据《明史·外国传》(卷三百二十六)里说:"天子以西洋近国已航海贡琛,稽颡阙下,而远者犹未宾服,乃命郑和赍玺书往诸国。"郑和这次的航程也是先到占城。到彭坑(Pahang),一作彭亨,在今马来半岛之南端。到东西竺(Singapore),一作柔佛,即今新加坡。到亚鲁(Aru Islands),一作阿鲁。到南勃利(Lambri),一作南浡里。到那孤儿,一名花面王国。遍访满剌加、苏门答剌诸国，乃向印度洋沿岸诸国进发。又到柯枝、古里、溜山洋（Maldive Island）诸国。先是柯枝贡使请赐印诰封其国中之山，帝乃遣郑和赍印赐柯枝王，并撰碑文，命勒石山上。碑文云：

> 王化与天地流通，凡覆载之内举纳于甄陶者，体造化之仁也。盖天下无二理，生民无二心，忧戚喜乐之同情，安逸饱暖之同欲，奚有间于遐迩哉？任君民之寄者，当尽子民之道。《诗》云，邦畿千里，惟民所止，肇域彼四海。《书》云，东渐于海，西被于流沙，朔南暨，声教讫于四海。朕君临天下，抚治华夷，一视同仁，无间彼此。推古圣帝明王之道，以合乎天地之心，远方异域，咸使各得其所，闻风向化者，争恐后也。柯枝国远在西南距海之滨，出诸番国之外，慕中华而歆德化久矣。命令之至，拳忌鼓舞，顺附如归，咸仰天而拜曰，何幸中国圣人之教沾及于我！乃数岁以来，国内丰穰，居有室庐，食有鱼鳖，衣足布帛。老者慈幼，少者敬长，熙熙然而乐，凌厉争竞之习无有也。山无猛兽，溪绝恶鱼，海出奇珍，林产嘉木，诸物繁盛，倍越寻常。暴风不兴，疾雨不作，札瘥殄息，靡有害菑。盖甚盛矣！朕揆德薄，何能如是？非其长民者之所致欤？乃封可亦里为国王，赐以印章，俾抚治其民。并封其国中之山为镇国之山，勒碑其上，垂示无穷。而系以铭曰：
>
> 截彼高山，作镇海邦，吐烟出云，为下国洪。庞肃其烦，时其雨旸，祛彼氛妖，作彼丰成。靡菑靡瘥，永庇斯疆。优游卒岁，室家胥庆。于戏！山之嶄兮，海之深矣！勒此铭诗，相为终始！

我们读了上面这一篇碑文，也可以看出当日成祖派遣宦官出使海外诸国的用意。

再进，到忽鲁谟斯。归途经过苏门答剌，并曾寄泊爪哇。相传王景弘就死于这次，葬在爪哇，今三宝垄有此墓，恐不可靠，我在上文已经说过了。当郑和到达苏门答剌的时候，苏门答剌老王弟苏幹剌，因颁赐不及自己,大怒率兵数万人来攻,郑和勒部卒及其国人相抵抗,大破敌人,追到南渤利,生擒苏幹刺。永乐十三年七月还朝,诛苏幹刺。

六　海上横行二十载

却说自从郑和三次出使,招抚海外诸番,诸番大都俯首听命,不听命的就用武力对付,已经三次生擒番酋,中国声威,大震海外。诸番连年朝贡,络绎而来,甚至有一年两贡三贡的,成祖文皇帝满怀喜悦。

永乐十四年(西历一四一三年)十二月,满剌加、古里等十九国使臣告辞回国,皇帝因命郑和护送同行,并往赐其君长,是为第四次出使。这次航程所到,据《明史外国传》记载,明白的番国有彭亨,即彭坑。有阿丹、剌撒(大约在米梭必达迷亚附近),可见郑和这次又到了阿剌伯沿海的地方。当郑和的船行抵阿丹的时候,阿丹很尊视中华,亲率部领前来迎接。郑和也照例的宣诏赐币,应酬一番。随后航行到木骨都束(Magadoxo),今译马加多朔,在非洲的东海岸,靠印度洋;又到卜剌哇,一作不剌哇(Brawa),今译巴拉瓦,在木骨都束迤南;并到竹步(Juba),今译周巴,在卜剌哇迤南。这就证明了郑和这次出征,已经远到非洲的东海岸了。直到永乐十七年七月回国。

永乐十九年(西历一四二一年)正月,郑和第五次出使又出发了。这次的航程更不甚明了,据《明史外国传》所载,但知郑和到了祖法儿,一作佐香儿(Dzaffar),在阿剌伯海的南岸。因为祖法儿遣使偕阿丹、剌撒入贡,所以成祖命郑和赍玺书赐物前往答报。似乎郑和在这次还曾到了不剌哇等国,那就又到了非洲的东海岸。永乐二十年八月回国,这次出使时日较前几次都短。

永乐二十二年(西历一四二四年)正月,郑和第六次出使启行。这次出使的目的国为三佛齐,即旧港。

先是郑和第一次出使到三佛齐的时候,幸赖施进卿告密,得免番酋陈祖义暗中进攻的毒手。恰在那个时候,进卿遣发他的女婿邱彦诚朝贡,朝廷即命设旧港宣慰司,以施进卿为宣慰使,赐给诸印及冠带,从此屡屡入贡中国。永乐二十二年,进卿死,他的儿子济孙命人以讣闻来告,并乞继任父职,朝命许可,因此就派郑和赍纱帽银印等前往宣敕给赐。往还不到一年,出使时日要算这次最短,大约于沿途诸国,没有多少勾留。郑和归国时,成祖文皇帝已经死了。

仁宗皇帝嗣位,一年而死。嗣位之初,即下诏罢"西洋宝船"。自是出使西洋之事,一时中止。洪熙元年二月,仁宗命郑和率下番诸军守备南京,南京设守备,从郑和始。

直到宣宗宣德五年(西历一四三〇年),又遣郑和、王景弘远征海外。据《明史·外国传》(三百二十三)说:

> 帝以外蕃贡使多不至,遣郑和及王景弘遍历诸国。颁诏曰:
>> 朕恭膺天命,祇承太祖高皇帝、太宗文皇帝、仁宗昭皇帝大统,君临万邦。体祖宗之至仁,普辑宁于庶类。已大赦天下,纪元宣德。尔诸番国,远在海外,未有闻知。兹遣太监郑和、王景弘等赍诏往谕,其各敬天道,抚人民,共享太平之福!

这次是郑和出使海外的第七次,也是最后的一次。所到之地,为暹逻、满剌加、亚鲁、苏门答剌、南渤利、锡兰、柯枝、溜山洋、祖法儿、忽鲁谟斯、剌撒、木骨都束、卜剌哇、阿丹等二十多国。宣德八年七月还朝。这次出使时日最长,费时三年两个月,所到之国也似比前几次为多。"烈士暮年,壮心未已",郑和真有这种壮烈的精神!

综计郑和自永乐三年六日第一次出使。到宣德八年七月第七次出使回国,二十八年间,在国内安居之日,仅有永乐十八年,二十一年,洪熙元年至宣德四年,一共七个整年。其余二十一年,大都是过的经略海外,惊涛骇浪的生活。这样说来,"海上横行二十载",在个人确为壮图,在国家真是"盛事"!

七　星槎胜览说瀛涯

却说随同郑和出使海外的,除了王景弘以外,马欢、费信也很有名。他们两人是回教徒,大约通阿剌伯语,做了翻译员。他们都著有纪行的书。马欢著《瀛涯胜览》,纪载十九国;费信著《星槎胜览》,纪载三十九国。梁启超先生曾作《祖国大航海家郑和传》,根据这两部书所载各国,注明今为某地。现在我把它列为简表如下:

郑和出使所经诸国表
一、马来半岛以东诸国
(凡十五)
(1) 占城(Chamba or Champa)
(2) 灵山(Can-naub? Nuitracan?)
(3) 真腊(Camboja)
(4) 昆仑(Pulo Condore)
(5) 宾童龙国(Cape Padaran)
(6) 暹逻国(Siam)
(7) 彭坑(Pahang)
(8) 东西竺(Singapore)
(9) 龙牙门(Strait of Lingga)
(10) 交栏山(Billiton Island)
(11) 假里马丁(Carimata Island)
(12) 麻逸冻(Pulo Bintang?)

(13) 爪哇(Java)

(14) 重迦罗(Madura)

(15) 吉里地闷(Sandalwood?)

二、满剌加诸国

(凡三)

(1) 满剌加国(Malacca)

(2) 亚鲁(Aru Islands)

(3) 九州山(Pulo Sambihon)

三、苏门答剌诸国

(凡七)

(1) 旧港亦名浡淋邦(Paleambang)

(2) 苏门答剌国(Sumatra)

(3) 南浡里(Lambri)

(4) 那孤儿(?)

(5) 黎代(?)

(6) 龙涎屿(Pulo Way)

(7) 翠蓝屿(Andaman Island)

四、印度诸国

(凡六)

(1) 榜葛剌(Bengal)

(2) 柯枝(Chochin)

(3) 大小葛兰(Quilon)

(4) 古里国(Calicut)

(5) 锡兰(Cyelon)

(6) 溜山洋国(Maldive Island)

五、阿剌伯诸国

(凡五)

(1) 祖法儿（Djeffer）

(2) 阿丹国（Aden）

(3) 忽鲁谟斯（Hormuz or Ormuz）

(4) 天方（Arabia or Mecca）

(5) 剌撒（？）

六、阿非利加沿岸诸国

（凡三）

(1) 木骨都束（Magedexa or Magadoxo）

(2) 卜剌哇（Brawa）

(3) 竹步（Juba）

附注：

据近人李长傅先生《南洋华侨史》，所释诸国今属何地，有与梁先生不同者，今略记于下备考：

构栏山（即交栏山）　今婆罗洲西南岸之 Gelam 小岛。

假里马丁（Karimata）

麻逸洞（即麻逸冻）　今忽里洞岛（Biliton）。

重迦罗（Garggala）　即《元史》之戎牙路。其遗迹在今泗水地方。或谓小选达群岛巡沓哇岛之 Sangar。

吉里地闷　今帝汶岛（Timor）。地闷即 Tinior 之转音。吉里为 Gili 之转音，谓岛也。

那孤儿（Jagroian？）　在苏门答剌与南渤里间。

黎代（Ledé）　在那孤儿之西南，隶苏门答剌。

龙涎屿　亚齐东北一小岛，今名 Palo Bras。

灵山（Langson）　在今归仁 Qui-nhon 城北。

宾童龙（Po-nagar）　在今中圻广和。

郑和所到的番国，疑不止这三十九国。《明史·外国传》鸡笼条说：

> 永乐时，郑和遍历东西洋，靡不献琛恐后，独东番远避不至，和恶之，家贻一铜铃，俾挂诸项，盖拟之狗国也。其后，人反宝之，富者至缀数枚。

可证郑和到过台湾岛。又婆罗条说：

> 或言郑和使婆罗，有闽人从之，因留居其地，其后人竟据其国而王之。邸旁有中国碑。王有金印一，篆文作兽形，言永乐朝所赐，民间嫁娶必请此印，印背上以为荣。

可证郑和到过婆罗洲。又《西洋朝贡典录》里略说：

> 吕宋于永乐八年，随中官郑和来朝。

这就可证郑和还曾到过斐律宾群岛。再考《明史·外国传》载明郑和到过的海外诸国，还有比剌、孙剌、南巫里、加异勒、甘巴里、阿拨把丹、小阿兰、急兰丹(Kelanan?)、沙里湾、泥琐里(Soli?)、西洋琐里、麻林等十二国，但是今属何地，都待考证。总之，郑和经略海外，怀柔诸番，现在我们能够指出国名的已有五十四国之多，丰功伟烈，无与伦比，这位海上英雄的故事真够得我们来说了！

八　郑和远征之影响

说也奇怪，恰恰在十五六世纪百余年间，世界上出了好几个航海远征的伟大人物。从此新旧两大陆，东西两大洋，才算交通大开，开一个亘古未有的局面。

原来这个时候,欧洲沿海诸国莫不奖励航海。在这种情形之下,意大利人哥伦布于西历一四九二年得到西班牙女王伊萨伯拉的赞助,横断大西洋,航抵美洲的一岛,后来又发见了西印度群岛,以及南美洲海岸,前后航海四次。他发见了新大陆,当然要算他是第一个航海的伟人。

同时,又有葡萄牙人维哥达伽玛得到本国政府的帮助,于西历一四九七年,开始沿过风浪绝险的暴风岬,即好望角,航到印度。他发见了欧印间的新航路,这也可以算是一个航海的伟人。

再有葡萄牙人麦哲伦于西历一五一九——一五二二年间,横渡太平洋,航抵菲律滨群岛绕行世界一周。他是环绕地球,航行一周的第一人,这当然也要算他是一个航海的伟人。

经过哥伦布、维哥达伽玛、麦哲伦几个大航海家的冒险远征,在全世界的交通上算是划了一个新纪元。

说到我们中国,郑和航海远征,早在哥伦布发见美洲新大陆,维哥达伽玛发见印度新航路以前八九十年。可惜他虽然说是"下西洋",实际上并不曾深入西洋。还有可惜的事,在他航到非洲木骨都束的时候,不曾再稍南进,不然,在世界航海史上最先航绕好望角的不是维哥达伽玛,却是我们的郑和了。

在欧洲,哥伦布、维哥达伽玛、麦哲伦之后,有无数继起的人;在中国郑和之后,还有谁呢?不幸因此而愈觉郑和的伟大。据《明史》郑和本传里说:

> 自和后,凡将命海表者,莫不盛称和以夸外番,故俗传三保太监下西洋,为明初盛事云。

这就可以想见郑和出使远征,在当时外交上,中国声威上,有过怎样的影响。至于因他远征的结果,增进了当时中国人对于世界的地理知识,增进了当时中国人关于航海的技术能力,自然不待说了。

再就华侨移殖海外一事而说,郑和也是第一个有关系的人。华侨转移南洋,大约在唐朝已经颇有势力,所以南洋土人称中国人为唐人,中国人也自承为唐人。到了明朝,中国人移殖南洋就更见盛行了。一则郑和威震南洋,南洋土人视我中华为天朝上国,对于华侨不敢歧视。二则郑和远征,愿为华侨而同去的或许也有,还有从征军士,飘流异国,就永住那里的也很多。因为移殖南洋的华侨愈多,所以那个时候,华侨在居留地的政治上占有相当的势力。如三佛齐的梁道明施进卿,爪哇的新村主某,婆罗国王某,都在郑和远征的前后,占据那个地方,俨然君长。在欧洲势力还没有侵略到东方以前的南洋,实为中国人的势力范围。

如今南洋群岛虽然成为英、荷诸国的殖民地了,可是华侨在经济上还握有相当的势力。同时郑和的英名,还遗留于南洋,提起三宝公、三宝大人、三宝太监,谁人不晓?传说的三宝遗迹还有许多,如爪哇茂物及马来半岛麻六甲等地都有三保井。又,爪哇三宝垅,有三宝停舟处、三宝洞。在三宝洞的旁边,有三宝墩相传为郑和沉舟处。又在三宝洞前,有三宝朝,供奉郑和遗像。相传阴历六月三十日为三宝航抵爪哇纪念日,年年此日,三宝垅的大觉寺一定要沿例进香的。据说南洋有三宝庙之地甚多。但不知《明史》说的暹逻国有三宝庙,现在还存在没有?

相传三宝到暹逻的时候,番人很少,鬼怪却多。有一个鬼物要和三宝斗法,约好一夜各成寺塔。等到天色已明,鬼物的塔已经成功,三宝的寺还没有盖瓦,于是三宝引风吹斜了鬼物的塔,自己就用头上的插花做了瓦。这当然是神话了。

又南洋有一种鱼,叫做"舢板跳",脊旁有像五个指头痕迹的,相传三宝大人航海的时候,忽然有一条鱼跳进他的船中,三宝大人亲手捉着这条鱼,又把它放了,因此这种鱼的脊上就留下了他的指痕。这当然也是神话。

据说至今马来文关于郑和的记载,还有许多荒诞无稽的神话,这就可证马来人对于由中国远来的郑和这一位海上英雄已经由传说而神话化了,而郑和的威名远播海外,也就可想而知了。

　　总之,就中国海军史上说,郑和是第一个威震海外的大将;就中国外交史上说,郑和是第一个不辱使命的大使;就中国航海史上说,郑和是第一个冒险远征的大航海家;就华侨移殖史上说,郑和是第一个开拓南洋的伟人。可是郑和以后,还有谁呢?

附　　录

明史郑和传

郑和,云南人,世所谓三保太监者也。初事燕王于藩邸,从起兵有功,累擢太监。

成祖疑惠帝亡海外,欲踪迹之;且欲耀兵异域,示中国富强。永乐三年六月,命和及其侪王景弘等通使西洋。将士卒二万七千八百余人。多赍金币。造大舶修四十四丈,广十八丈者六十二。自苏州刘家河泛海,至福建。复自福建五虎门扬帆,首达占城。以次遍历诸番国,宣天子诏,因给赐其君长;不服,则以武慑之。五年九月,和等还。诸国使者随和朝见,和献所俘旧港酋长,帝大悦,爵赏有差。旧港者,故三佛齐国也。其酋陈祖义剽掠商旅,和使使招谕,祖义诈降,而潜谋邀劫,和大败其众,擒祖义,献俘,戮于都市。

六年九月再往。锡兰山国王亚烈苦奈儿诱和至国中,索金币,发兵劫和舟。和觇贼大众既出,国内虚,率所统二千余人,出不意。攻破其城,生擒亚烈苦奈儿,及其妻子官属。劫和舟者闻之,还自救,官军复大破之。九年六月献俘于朝,帝赦不诛,释归国。是时交阯已破灭,郡县其地,诸邦益震怖,来者日多。

十年十一月,复命和等往使,至苏门答剌。其前伪王子苏幹剌者,方谋弑主自立,怒和赐不及已,率兵邀击官军。和力战追擒之喃渤利,并俘其妻子,以十三年七月还朝。帝大喜,赉诸将士有差。

十四年冬,满剌加古里等十九国咸遣使朝贡,辞还,复命和等偕往赐其君长,十七年七月还。

十九年春复往,明年八月还。

二十二年正月,旧港酋长施济孙请袭宣慰使职,和赉敕印往赐之,比还,而成祖已晏驾。

洪熙元年二月,仁宗命和以下番诸军守备南京,南京设守备,自和始也。

宣德五年六月,帝以践阼岁久,而诸番国远者犹未朝贡,于是和景弘复奉命历忽鲁谟斯等十七国而还。

和经事三朝,先后七奉使。所历占城、爪哇、真腊、旧港、暹逻、古里、满剌加、渤泥、苏门答剌、阿鲁、柯枝、大葛兰、小葛兰、西洋琐里、加异勒、阿发把丹、南巫里、甘把里、锡兰山、喃渤利、彭亨、急兰丹、忽鲁谟斯、比剌、溜山、孙剌、木骨都束、麻林、剌撒、祖法儿、沙里湾泥、竹步、榜葛剌、天万、黎伐、那孤儿凡三十余国,所取无名宝物,不可胜计,而中国耗废亦不赀。

自宣德以还,远方时有至者,要不如永乐时,而和亦老且死。

自和后,凡将命海表者,莫不盛称和以夸外番。故俗称"三保太监下西洋"为明初盛事云。

(新生命书局一九三四年版)

复旦大学中国文学批评讲义(存纲要)
(一九三五年春季)

"中国文学批评讲授资料录要"篇首

四库全书提要诗文评类叙(编按:下录该叙全文)

中国文学批评讲授资料录要

一 有诗之始

A. 始自有人类

沈约《宋书·谢灵运传论》:歌咏所兴,自生民始。

B. 始自有语言

《毛诗·大序》:诗者志之所之也。……故不知手之舞之足之蹈之也。

C. 始自劳动饥饿

《韩诗外传》:劳者歌其事,饥者歌其食。

D. 始自神农黄帝

孔颖达《毛诗正义》：大庭轩辕疑其有诗者……则是为诗之渐，故疑有之也。

E. 始自唐虞

郑玄《诗谱》：诗之兴也……然则诗之道放于此乎？

二 《诗经》之来源

A. 采诗说

《礼记·王制》：天子五年一巡守……觐诸侯……命大师陈诗以观民风。

《汉书·艺文志》：古有采诗之官，王者所以观风俗，知得失，自考正也。

又《食货志》：孟春之月，群居者将散……比其音律，以闻于天子。

《左传》引《夏书》：遒人以木铎徇于路，官师相规，工执艺事以谏。杜预注：求歌谣之言也。

《孟子》：王者之迹熄而诗亡，诗亡而后《春秋》作。

B. 删诗说

《史记·孔子世家》：孔子语鲁太师，吾自卫反鲁，然后乐正……礼乐自此可得而述，以备王道，成《六艺》。

C. 称为《三百篇》

孔子称《诗》，称诗《三百》，其说见下。

《墨子》：诵《诗》三百，弦《诗》三百，歌《诗》三百，舞《诗》三百。

D. 称为《诗经》

《庄子·天运篇》：孔子谓老聃曰：……老子曰：……夫迹，履之所出，而迹岂履哉？

《礼记·经解篇》记《孔子》语：温柔敦厚，《诗》教也。其为人也温柔敦厚而不愚，则深于《诗》者也。

三 诗人自述作诗本意

《小雅·四月》：君子作歌，维以告哀。

又《节南山》:家父作诵,以究王讻。式讹尔心,以畜万邦。

又《巷伯》:寺人孟子,作为此诗。凡百君子,敬而听之。

《大雅·崧高》:吉甫作诵,其诗孔硕。其风肆好,以赠申伯。

又《烝民》:吉甫作诵,穆如清风。仲山甫永怀,以慰其心。

四 孔孟诗说

(一)孔子诗说

《论语·为政》:子曰:《诗》三百,一言以蔽之,曰,思无邪。

又《阳货》:子曰:小子,何莫学夫《诗》!……其犹正墙面而立也与?

又《季氏》:陈亢问于伯鱼……鲤退而学诗。

又《子路》:子曰:诵《诗》三百,授之以政,不达;使于四方,不能专对,虽多,亦奚以为?

又《学而》:子贡曰:贫而无谄……告诸往而知来者。

又《八佾》:子夏问曰:巧笑倩兮,美目盼兮,素以为绚兮,何谓也?子曰:绘事后素。曰:礼后乎?子曰:起予者商也?

(二)孟子诗说

《孟子·万章》:孟子谓万章曰:一乡之善士斯友一乡之善士……是以论其世也,是尚友也!

又《万章》:咸丘蒙曰,舜之不臣尧,则吾既得闻命矣。……是周无遗民也。

又《告子》:公孙丑问曰:高子曰,《小弁》,小人之诗也。孟子曰:何以言之?……孔子曰,舜其至孝矣,五十而慕。

五 司马迁之创作动机论

(一)评屈原之作《离骚》

《史记·屈原贾生列传》:屈平疾王听之不聪也……推此志也,虽与日月争光可也。

(二)自评作《史记》

a. 继续先人遗志 《史记·自序》:天子始建汉家之封……为太史,

无忘吾所欲论著矣!……

b. 绍述周孔道统　同上:先人有言……小子何敢让焉!

c. 遭祸发愤著书　同上:遭李陵之祸……至于麟止。自黄帝始。

六　扬雄之文学批评

（一）论赋

《法言·吾子》篇:或问吾子少而好赋,曰然。童子雕虫篆刻。俄而曰,壮夫不为也。

同上:或问景差唐勒宋玉枚乘之赋也……则贾谊升堂,相如入室矣,如其不用何!

同上:或曰,赋可以讽乎？曰,讽乎!讽则已,不已,吾恐不免于劝也。

《答桓谭书》:长卿赋不似从人间来……巧者不过习者之门。(见张溥《百三名家集》、《西京杂记》、严辑《全汉文》桓谭《新论·赋道》篇。)

（二）论文

a. 批评之标准(偏重思想学说方面)

《法言·吾子篇》:或曰人各是其所是……在则人,亡则书,其统一也。

又《问神篇》:圣人之辞,浑浑若川。顺则便,逆则否者,其惟川乎？

又《吾子篇》:或问公孙龙诡辞数万以为法……吾独有不户者矣!

又《君子篇》:或问圣人之言,炳若丹青有诸？曰吁!是何言欤？丹青初则炳,久则渝,渝乎哉？

b. 尚质不尚文

《法言·吾子篇》:或曰,有人焉……孔子之道,其较且易也。

c. 尚用不尚辞

《法言·吾子篇》:或曰,女有色……书恶淫辞之淈法度也。

同上:或曰,君子尚辞乎？……德之藻矣。

又《君子篇》:"淮南说之用……子长多爱,爱奇也。"

d. 尚艰深不尚平易

《法言·问神篇》：或问圣人之经，不可使易知欤？……《五经》之为众说郛。

同上："或问经之艰易……其人存则易，亡则艰。"

七　班固之文学批评

（一）论诗赋

《汉书·艺文志·诗赋略》：《传》曰，不歌而诵谓之赋。……亦可以睹风俗，知厚薄云。

（按《艺文志》分《六艺》《诸子》《诗赋》《兵书》《数术》《方技》六略，出刘歆《七略》。《七略》有《辑略》一种，论列群书大旨，实止六略。）

（二）论汉赋发生之背景

《两都赋序》：或曰，赋者古诗之流也。……而后大汉之文章炳焉与三代同风。

（三）论屈原《离骚》

《离骚序》：今屈原露才扬己……可谓妙才者也。

八　伟大之批评家王充

（一）自传

《论衡·自纪篇》：（编按：以下录《自纪》全篇）

（二）《论衡》为批评之书系有对而作

《论衡·对作篇》：（编按：以下录《对作》全篇）

（三）论批评家（鸿儒）之可贵兼论桓谭

《论衡·超奇篇》：

通书千篇以上，万卷以下……长狄之项跖，不足以喻……

王公子问于桓君山以扬子云……彼子长子云，说论之徒，君山为甲。……

又《定论篇》：

世间为文者众矣。……然则桓君山素丞相之迹存于《新论》者也。

严可均辑《全汉文》桓谭《新论》论文残语：

诸儒睹《春秋》之记录……前圣后圣，未必相袭也。

贾谊不左迁失志，则文采不发；……体具而言微也。

（四）论文人之当尊、文人之笔可尊，侧重批评家

《论衡·佚文篇》：

文人宜遵《五经》六艺为文……《论衡》篇以十数，亦一言也，曰疾虚妄。

（五）论文要旨

a. 疾虚妄——求"真美"，黜"华伪"。见（二）所举《对作篇》。

b. 文字与言同趋——"口则务在明言，笔则务在露文"，主张"浅露"。

c. 不类前人——"饰貌以强类者失形，调辞以务似者失情"，反对"文辞相袭"，即反对模仿。

d. 不合于众——"论说辩然否，安得不谪常心，逆俗耳？""如当从众顺人心者，循旧守雅，讽习而已，何辩之有？"

e. 不能纯美——"文欲显白其为，安能令文而无谴毁？""辩论是非，言不得巧。""言金，由贵家起；言粪，自贱室出。"

f. 文多胜寡——"为世用者百篇无害，不为用者一章无补。如皆为用，则多者为上，少者为下。""辩争之言，安得约径？"

以上 bcdef 各项，均见（一）所举《自纪篇》。

g. 不好奇

《论衡·艺增篇》：

世俗所患，患言事增其实……悲离其实也。

h. 不贵古

《论衡·超奇篇》：

俗好高古，而称所闻。前人之业，菜果甘甜；后人新造，蜜酪辛苦。

又《案书篇》：（编按：原漏此标题）

夫俗好珍古不贵今……为古今变心易意。

九　曹丕论文

（一）《典论·论文》（编按：下录《典论·论文》全篇）

（二）论文要旨

a. 此为论文有专篇之始。

b. 承认文学的价值——文章经国之大业，不朽之盛事。文学是无穷的，人生是短促的。

c. 揭出文人相轻的癖性——各以所长，相轻所短。贵远贱近，向声背实，暗于自见，谓己为贤。

d. 提出文气说——文以气为主，气的清浊，文的巧拙，各有个性。

e. 文分四科，人有能有不能——奏议宜雅，书论宜理，铭诔尚实，诗赋欲丽。能之者偏，唯通才能备其体。

h. 论建安七子各有所长——论文的动机，由七子相轻而作。

（三）附曹植论文

曹植《与杨德祖书》：（编按：下录该文全篇）

十　陆机《文赋》

（一）《文赋》（编按：下录该赋全文）

十一　皇甫谧与左思之赋论

（一）皇甫《三都赋序》（编按：下录该序全文）

（二）左氏《三都赋序》（略）

十二　挚虞诗赋

《文章流别论·诗赋》（编按：下录《文章流别论》）

十三　葛洪之文论（略）

十四　沈约、陆厥之论声律

（一）沈约《宋书·谢灵运传论》（编按：下录该论全篇）

（二）《南史·陆厥传》（略）

十五　裴子野《雕虫论》（编按：下录该文全篇）

十六　萧统萧纲萧绎之文学观（略）

十七　钟嵘《诗品》(略)

十八　刘勰《文心雕龙》(略)

十九　颜之推文章论(略)

二十　李谔《上隋文帝革文华书》(编按：下录该文全篇)

整 理 后 记

二〇一八年是我的硕士导师陈子展先生诞辰一百二十周年,上海古籍出版社特意赶在今年出版《陈子展文存》,非常有纪念意义。对此,我作为陈先生的弟子,首先应该向高克勤社长表示由衷的感谢,没有他的促进、坚持和鼎力支持,这部《文存》不可能顺利出版,更不可能如期问世——他还亲自担任责任编辑,让人特别感动,我想,陈先生若九泉之下有知,也定会感到十分欣慰,并对我的这一感谢表示由衷赞同。

得悉要我整理陈先生《文存》的信息,是与陈尚君学兄在复旦校园的一次偶遇,他向我打招呼,说有这么一件事,需要我承担。对我来说,作为陈先生生前带教的唯一研究生,毕业后又当了他的学术助手,理该义不容辞地担当起整理先生《文存》的任务,但毕竟工作的正式起步及正常运行,需得到有关方面的直接指示和关照,这方面,陈尚君学兄起了作用并予以实际的支持,从而促成了《文存》整理工作的开始和顺利进行。

陈先生的治学生涯长达六十多年,毕生著述宏富,而《文存》容量有限,此次所收作品,大致以一九四九年为限,收入在此之前出版或发表的著述文字。全书分为三编,各编所收文章及著作,以出版或发表的时间先后为序——

上编,论文与随笔,主要是古代文学方面的文章,间涉经学、历史等内容。少数内容重复的文章仅收其一,如一九三三年发表在《涛声》上的

《汉唐之间百戏》与一九三五年《文学期刊》刊出的《角抵百戏考》几乎全同,本书则只编入前者。

中编,杂文与旧诗,包括陈先生早年发表在报刊上的部分杂文和旧体诗作。陈先生生前杂文创作数量惊人,成就斐然,此次仅收录其杂文专辑《孔子与戏剧》,以及发表于《申报·自由谈》而未曾结集的篇章。旧体诗作以陈先生家藏旧体诗钞誊清稿为底本整理而成,共十五首,包括非常有名的《论学诗》三首,大致能代表他旧体诗创作的面貌与成就。

下编,专著选编,这部分是陈先生一九四九年以前学术著作的选编,主要包括《中国文学史讲话》和一些古代人物传记的单行本,同时收入他早年在复旦大学讲授中国文学批评课程时的讲义纲要。陈先生的名著《诗经直解》《楚辞直解》《中国近代文学之变迁》《最近三十年中国文学史》等,已于一九四九年后再版,此次不再收入。陈先生文学批评课程的讲义纲要,据复旦大学图书馆古籍部藏一九三五年春季油印稿整理而成,该讲义又题为《中国文学批评讲授资料录要》,上自先秦有诗之始,下迄隋李谔《上隋文帝革文华书》,分为二十节次,篇首冠以《四库全书提要诗文评类叙》。由讲义的节次目录、编次以及文献摘录内容,可以看出陈先生对古代文学批评史唐前时段的整体把握和内在理路,他完全可被称为中国文学批评史学科的早期开拓者之一。

陈先生一九四九年前的文章大多发表在报刊上,限于当时的印刷技术和条件,以及时间因素,部分底本漫漶,字迹难以辨认,给整理工作带来一定困难。为存原貌,《文存》所收作品,除明显讹误径行改正外,其他均不作改动。由于陈先生上世纪三、四十年代发表的论著多以句逗行之,为方便阅读,整理时个别文章酌加或酌改了部分标点(主要是书名号),引文及其他标点一仍其旧。由于陈先生行文活泼,杂文与随笔的文类往往难以界定,不少随笔学术含量又较高,故而《文存》在论文、随笔、杂文的分类上仅取其大概,不作严格区分。特别要说明的是,本书所编乃《文存》,非全集,故所选文章与著作自然难免遗珠之憾,此尚请读者诸君谅解。

在整理陈先生《文存》过程中，曾从我读博士的现上海古籍出版社第一编辑室副主任刘赛，付出了不少辛勤劳动；复旦中文系专门委派协助我工作的研究生许志恒，利用课余时间帮助复印了讲义纲要和不少文章；《文存》中编所收杂文，采用了康凌辑录的《申报·自由谈》未结集之文章（这些文章原刊《史料与阐释》，二〇一五年，总第三期）；《文存》的编就，还得到邹兆曼女士的热情帮助，她提供了陈先生生前的有关照片和珍贵手稿——在此，一并向他们表示衷心的感谢。

谨以此《文存》的整理工作，寄托我这个弟子对陈先生深深的缅怀和敬意。

特此记。

弟子　徐志啸
写于二〇一七年六月二十八日